rororo

Kassandros lächelte mit der Liebenswürdigkeit eines tollwütigen Hundes. Die Menge verstummte. «Mein Vater hat sämtliche Satrapen aus allen Teilen des Reiches zur Zusammenkunft in Triparadeisos aufgefordert. Mein Vater und ich sind entschlossen, dass niemals wieder Makedonen gegen Makedonen kämpfen sollen! Mein Vater und ich werden dafür sorgen, dass ihr, tapfere Soldaten von Makedonien, nie wieder durch die Hand eurer Kameraden Leid erfahren sollt.» Donnernder Jubel scholl zum sich verdunkelnden Himmel. Kassandros hob beide Arme, die Hände verschränkt, als habe er soeben einen Ringkampf gewonnen.

ro ro ro

Robert Fabbri, geboren 1961, lebt in London und Berlin. Er arbeitete nach seinem Studium an der University of London 25 Jahre lang als Regieassistent und war an so unterschiedlichen Filmen beteiligt wie «Die Stunde der Patrioten», «Hellraiser», «Hornblower» und «Billy Elliot – I Will Dance». Aus Leidenschaft für antike Geschichte bemalte er 3500 mazedonische, thrakische, galatische, römische und viele andere Zinnsoldaten – und begann schließlich zu schreiben. Mit seiner epischen historischen Romanserie «Vespasian» über das Leben des römischen Kaisers wurde Robert Fabbri Bestsellerautor.

Mehr zum Autor und zu seinen Büchern:
www.robertfabbri.com

Anja Schünemann studierte Literaturwissenschaft und Anglistik in Wuppertal. Seit 2000 arbeitet sie als freiberufliche Übersetzerin der verschiedensten Genres und hat seitdem große Romanprojekte und Serien von namhaften Autorinnen und Autoren wie Philippa Gregory, David Gilman sowie Robert Fabbri aus dem Englischen ins Deutsche übertragen. Historische Romane sind eines ihrer Spezialgebiete: Von der Antike bis zum Mittelalter, in die frühe Neuzeit sowie bis ins 20. Jahrhundert verfügt sie über einen reichen Wissensschatz, der ihre Übersetzungen zu einem gelungenen Leseerlebnis macht.

ROBERT FABBRI

ALEXANDERS ERBE

DER FALL DES WELTENREICHS

Historischer Roman

Aus dem Englischen
von Anja Schünemann

ROWOHLT TASCHENBUCH VERLAG

Die Originalausgabe erschien 2021 unter dem Titel
«Alexander's Legacy: The Three Paradises»
bei Corvus/Atlantic Books Ltd., London.

Deutsche Erstausgabe
Veröffentlicht im Rowohlt Taschenbuch Verlag,
Hamburg, Juli 2022

Redaktion Tobias Schumacher-Hernández
Karte und Illustration Anja Müller
Covergestaltung HAUPTMANN & KOMPANIE
Werbeagentur, Zürich
Coverabbildung Stephen Mulcahey/Trevillion Images
Satz aus der Kepler
bei hanseatenSatz-bremen, Bremen
Druck und Bindung Druckerei C.H. Beck,
Nördlingen, Germany
ISBN 978-3-499-00848-1

Die Rowohlt Verlage haben sich zu einer nachhaltigen Buchproduktion verpflichtet. Gemeinsam mit unseren Partnern und Lieferanten setzen wir uns für eine klimaneutrale Buchproduktion ein, die den Erwerb von Klimazertifikaten zur Kompensation des CO_2-Ausstoßes einschließt.
www.klimaneutralerverlag.de

FSC www.fsc.org
MIX
Papier aus verantwortungsvollen Quellen
FSC® C019821

Für meine Tochter Eliza
und ihren zukünftigen Ehemann
Tom Simpson – ich wünsche euch
beiden alles Glück in eurem
gemeinsamen Leben.

SELEUKOS
DER ELEFANTENBULLE

ROXANE
DIE WILDKATZE

POLYPERCHON
DER GRAUE

ANTIPATROS
DER REGENT

PTOLEMAIOS
DER BASTARD

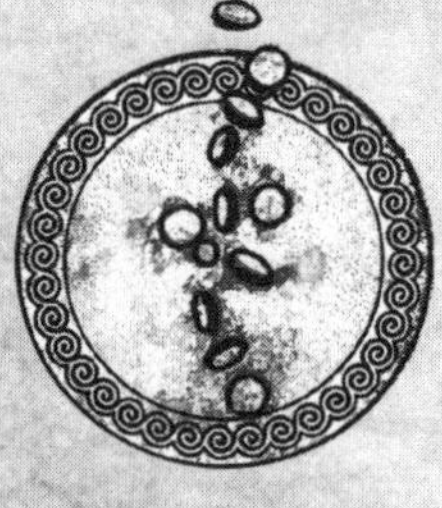

ANTIGONOS
DER EINÄUGIGE

OLYMPIAS
DIE MUTTER

EUMENES
DER LISTIGE

ADEA
DIE KRIEGERIN

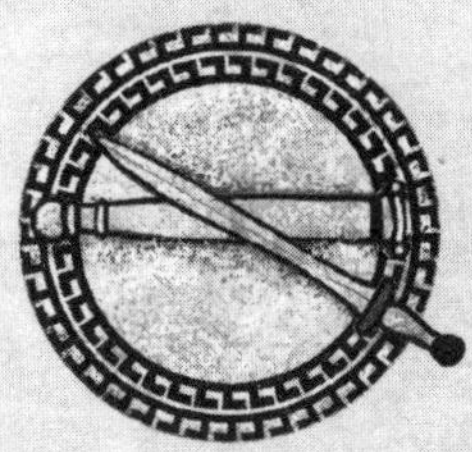

KASSANDROS
DER EIFERSÜCHTIGE

PTOLEMAIOS
DER BASTARD

Armeen haben immerfort etwas zu klagen, sinnierte Ptolemaios und stieg aus dem Boot, über einen abgetrennten Arm hinweg, der am Ostufer des Nils angespült worden war. Aber diese hat mehr Grund dazu als die meisten.

Mit einem Lächeln und einem Kopfnicken begrüßte er den makedonischen Offizier, der mit Mitte dreißig zehn Jahre jünger war als er. Der Mann erwartete ihn mit zwei Pferden. Ein paar Schritt entfernt befand sich eine berittene Eskorte, auf den Gesichtern den goldenen Schein der Sonne, die sich gen Westen neigte. «Sie sind also zu einem Gespräch bereit, Arrhidaios?»

«So ist es, Herr.» Arrhidaios bot Ptolemaios die Hand, als der im Uferschlamm von Ägyptens heiligem Fluss ausrutschte, dessen Wasser blutig verfärbt war.

Ptolemaios wehrte seine Hilfe ab. «Bleibt noch die Frage, wer die Delegation anführen wird. Perdikkas oder einer seiner ranghöchsten Offiziere?»

«Ich habe mit Seleukos, Peithon und Antigenes gesprochen. Sie sind sich darin einig, dass Perdikkas dem Frieden im Wege steht und deshalb beseitigt werden muss, falls er sich weiterhin unnachgiebig zeigt.»

Ptolemaios verzog bei dieser Vorstellung das Gesicht. Er rieb sich den muskulösen Nacken, dann ruckte er mit dem Kopf, dass es knackte. «Es wäre für uns alle besser, wenn man ihn dazu bewegen könnte, vernünftig zu verhandeln. Es besteht keine Notwendigkeit, derart drastische Maßnahmen zu ergreifen.» Er deutete auf den Fluss, dessen Ufer mit Leichen in unterschiedlichen Stadien der Verstümmelung übersät war – das Werk der zahlreichen Krokodile im Fluss. «Er hat so viele seiner Jungs bei dem Versuch verloren, über den Nil zu kommen ... Nun wird er gewiss ein Einsehen haben und sich zurückziehen, sofern man ihm mit einem Kompromiss ermöglicht, das Gesicht zu wahren.»

«Er wird dir nie verzeihen, dass du Alexanders Leichenwagen entführt und nach Ägypten geholt hast. Seine Offiziere glauben, er werde sich nicht mit dir an einen Tisch setzen, solange du ihn nicht zurückgibst.»

«Nun, er bekommt ihn nicht.» Ptolemaios grinste, und seine dunklen Augen funkelten durchtrieben. «Mag sein, dass nun ich der Unnachgiebige bin, aber das ist in meinem eigenen Interesse. Alexanders Leichnam in Memphis zu bestatten und ihn später, wenn ein angemessenes Mausoleum errichtet ist, nach Alexandria zu überführen, verschafft mir Legitimität, Arrhidaios.» Er schlug mit der Faust auf seinen Brustpanzer aus gehärtetem Leder. «Dadurch erscheine ich als sein Nachfolger in Ägypten, und ich bin entschlossen, hierzubleiben. Perdikkas mag von mir aus haben, was immer er sonst in seinem Besitz zu halten vermag, aber er bekommt Alexander nicht zurück, und Ägypten kriegt er auch nicht.»

«Dann wird er nicht verhandeln.»

«Ich befürchte, du hast recht. Der Narr hätte den Leichnam in Babylon behalten und sich darauf konzentrieren sollen, seine Position in Asien zu festigen, statt zu versuchen, sich das ganze Reich zu eigen zu machen, indem er Alexander heim nach Makedonien bringt. Alle wissen, dass es traditionell die Aufgabe eines Makedonenkönigs ist, seinen Vorgänger zu bestatten. Perdikkas wollte sich als König über uns alle erheben. Inakzeptabel.»

«Deshalb hast du recht daran getan, den Leichnam zu entführen.»

«Das war nicht allein mein Werk, mein Freund. Du hattest das Kommando über den Leichenzug. Du hast zugelassen, dass ich Perdikkas den Leichenwagen stahl.»

«Und ich habe mir genüsslich ausgemalt, wie der selbstherrliche, arrogante Hundesohn dreinschauen würde, wenn er davon erführe.»

«Ich wünschte, ich hätte sein Gesicht sehen können. Aber nun ist es zu spät.» Ptolemaios sog die Luft zwischen den Zähnen ein, dann ergriff er den Zügel seines Pferdes und streichelte ihm die Nase. «Dass es so weit kommen musste», sagte er vertraulich zu dem Tier, «dass Alexanders Nachfolger sich im Streit um seinen Leichnam gegenseitig umbringen.» Das Pferd schnaubte und stampfte mit dem Huf. Ptolemaios blies ihm in die Nüstern. «Du tust weise daran, deine Meinung für dich zu behalten, mein Freund.» Er schaute zum Lager der Perdikkaner hinüber, das etwas mehr als eine Parasange entfernt lag, durch die Hitze und den Rauch zahlreicher Kochfeuer nur verschwommen sichtbar, dann schwang er sich aufs Pferd. «Wollen wir?»

Arrhidaios nickte. Er saß ebenfalls auf und trieb sein Ross zu gemächlichem Trab an. «Unmittelbar bevor ich dir die Aufforderung schickte, über den Fluss zu kommen, hat Seleukos sich für deine Sicherheit im Lager verbürgt und zugesagt, dass du zu den Soldaten sprechen darfst. Ihm ist wirklich sehr daran gelegen, mit dir zu einer Einigung zu gelangen.»

«Das kann ich mir denken. Er ist der ehrgeizigste von Perdikkas' Offizieren. Ich mag ihn beinahe.»

«Und ich bin sicher, dass er dich beinahe mag.»

Ptolemaios warf den Kopf in den Nacken und lachte. «Ich werde jeden Beinahe-Freund brauchen, den ich bekommen kann. Ich nehme an, er spekuliert auf einen einträglichen Posten wie beispielsweise den des Satrapen von Babylonien – sofern das Amt frei werden sollte und wir Archon aus dem Weg räumen, den Perdikkas dazu ausersehen hat.»

«Ich denke, genau das hat er im Sinn. Wie jeder ehrgeizige Mann erkennt er selbst in einer Niederlage noch eine Chance.»

«Perdikkas und seine Verbündeten mögen hier im Süden gegen mich verloren haben, aber nicht im Norden. Noch wissen sie nicht, dass Eumenes Krateros und Neoptolemos besiegt und getötet hat.»

Ein verschwörerisches Lächeln umspielte Arrhidaios' Lippen. «Ich wette, wenn sie es wüssten, hätten sie nicht so rasch beschlossen, ihren Anführer umzubringen, wenn er nicht zu Gesprächen bereit ist.»

Ptolemaios schüttelte stirnrunzelnd den Kopf. Er konnte nicht anders, als den Mord zu bedauern, schließlich war Perdikkas ebenso wie er einer von Alexanders sieben Leibwächtern gewesen. «Dass es wirklich so weit kommen musste, und so bald ... Einst waren wir Waffenbrüder und eroberten gemeinsam die bekannte Welt, jetzt stoßen wir uns gegenseitig Dolche zwischen die Rippen. Und all das, weil Alexander Perdikkas seinen Ring gegeben, sich dann aber geweigert hat, einen Nachfolger zu benennen. So wird nun aus dem halb erwählten Perdikkas der tote Perdikkas.» Er beugte sich hinüber und klopfte Arrhidaios auf die Schulter. «Und ich denke, mein Freund, du und ich, wir tragen einen Großteil der Verantwortung für seinen Tod.»

Arrhidaios spuckte aus. «Er hat es sich selbst zuzuschreiben, durch seine Arroganz ist es so weit gekommen.»

Ptolemaios stimmte ihm zu. In den zwei Jahren seit Alexanders Tod in Babylon hatte Perdikkas versucht, das Reich zusammenzuhalten, indem er in überaus selbstherrlicher Weise das Kommando an sich gerissen hatte. Einzig auf der Grundlage, dass Alexander ihm auf dem Sterbebett den großen Ring von Makedonien gegeben und «Dem Stärksten» gesagt hatte – ohne jedoch zu erklären, wen er damit meinte.

Ptolemaios hatte sofort erkannt, dass mit diesen zwei Wörtern die Saat zu einem Krieg gelegt war, und er argwöhnte, dass Alexander das bewusst getan hatte, damit niemand ihn je übertreffen konnte. Wenn das wirklich die Absicht des großen Mannes gewesen war, so war sein Plan aufgegangen, denn das zuvor Undenkbare war geschehen: Binnen achtzehn Monaten nach seinem Tod hatten einstige Waffenbrüder makedonisches Blut vergossen. Ja, es war fast unverzüglich ein Krieg entbrannt, da die griechischen Stadtstaaten im Westen gegen die makedonische Herrschaft rebelliert und die im Osten stationierten griechischen Söldner ihre Posten verlassen hatten, um zurück nach Westen zu marschieren.

Mehr als zwanzigtausend schlossen sich zu einer langen Kolonne zusammen und machten sich auf den Weg in die Heimat, ans Meer. Auf Seleukos' Betreiben wurden sie bis auf den letzten Mann niedergemetzelt. Das Massaker an der Kaspischen Pforte sollte eine Warnung an andere sein, die vielleicht versuchen wollten, ihren Vorteil aus Alexanders Tod zu ziehen.

Im Westen schlug indessen Antipatros, der betagte Regent von Makedonien, die griechische Rebellion nieder, wenn auch unter erheblichen Schwierigkeiten. Er war zunächst unterlegen und musste sich in die Stadt Lamia zurückziehen. Dort wurde er den Winter über belagert. Schließlich kam der eitle und geckenhafte Leonnatos ihm zu Hilfe und durchbrach den Belagerungsring, wobei er selbst allerdings getötet wurde. So ließ der erste von Alexanders sieben Leibwächtern sein Leben.

Antipatros zog seine Truppen in Makedonien erneut zusammen und schlug mit der Hilfe von Krateros – Makedoniens größtem lebendem Feldherrn, dem Liebling der Armee – die Rebellion nieder. Er belegte Athen, die Stadt, von der die Rebellion ausgegangen war, mit einer Garnison und richtete dort eine promakedonische Oligarchie ein.

Nachdem der Westen also gesichert war, erklärte Antipatros Perdikkas den Krieg. Denn der hatte seine Tochter Nikaia erst geheiratet und dann verstoßen, während er sich insgeheim zugleich um die Hand von Alexanders Vollschwester Kleopatra bemüht hatte. Und so begann der erste Krieg zwischen Alexanders Nachfolgern. Der kleine Eumenes, Alexanders einstiger griechischer Sekretär und nunmehr Satrap von Kappadokien, unterstützte Perdikkas. Doch Eumenes konnte nicht verhindern, dass Antipatros und Krateros über den Hellespont nach Asien kamen, denn Kleitos, Perdikkas' Admiral, war abtrünnig geworden. Antipatros und Krateros unterschätzten allerdings Eumenes' kriegerische Fähigkeiten und begingen den fatalen Fehler, sich aufzuteilen: Krateros zog los, um es mit dem Griechen aufzunehmen, während Antipatros gen Süden marschierte, um Perdikkas entgegenzutreten. Der gerissene kleine Eumenes bewährte sich jedoch als Feldherr in einer Weise, wie man es ihm nicht zugetraut hätte, da er nie zuvor ein bedeutendes militärisches Kommando innegehabt hatte. Obwohl sein einstiger Verbündeter Neoptolemos die Seiten gewechselt hatte, war es ihm gelungen, Krateros zu schlagen. Dabei hatte Eumenes sowohl den großen Feldherrn als auch den Verräter Neoptolemos getötet.

Davon wusste bislang allerdings nur Ptolemaios, da seine

Kriegsflotte den Nil kontrollierte. Er hatte verhindert, dass die Kunde rasch in Perdikkas' Lager drang – hätten diese Leute von ihrem Sieg im Norden erfahren und gewusst, dass Antipatros' Armee nun zwischen ihnen und Eumenes stand, dann hätte das ihre Bereitschaft zu einem Friedensschluss entschieden gemindert.

Und so war für Ptolemaios nun Eile geboten.

SELEUKOS
DER ELEFANTENBULLE

Seleukos warf einen Blick auf die blutverschmierte Klinge in seiner Faust, dann trat er in die Menge vor Perdikkas' Zelt. Breitschultrig, stiernackig, einen Kopf größer als die meisten Männer, blickte er auf die überwiegend vollbärtigen Gesichter hinunter. Der Großteil der Soldaten war mindestens in den Vierzigern – wenigstens zehn Jahre älter als er. Sie alle waren Veteranen von Alexanders Feldzügen, und nun kämpften sie für Perdikkas gegen makedonische Landsleute, die durch die Macht der Umstände in Ptolemaios' Armee geraten waren. Die Aussicht auf einen Anteil an den Reichtümern Ägyptens hatte diese Männer dazu bewogen, sich gegen ihre einstigen Kameraden zu wenden. Doch die hatten sie geschlagen, sie daran gehindert, über den Nil zu kommen. Viele waren vom Strom mitgerissen worden, als der Schlamm im Flussbett von den Kriegselefanten aufgewühlt wurde, die Perdikkas flussaufwärts von der Überquerung in den Fluss führen ließ, um die Strömung zu bremsen. Die Katastrophe lockte Krokodile an, denen das Versagen des Befehlshabers einen Festschmaus bescherte. Zornig drängte sich nun die Menge um Perdikkas' Zelt – zornig über den grausigen Tod, den viele ihrer Kameraden hatten erleiden müssen. Im Maul eines Reptils zu enden, nachdem sie die halbe Welt erobert hatten – ein solches Schicksal konnten Alexanders stolze Veteranen nicht hinnehmen. Und für sie stand fest, wer dafür verantwortlich war.

«Was hast du getan?», grollte eine Stimme zu seiner Rechten.

Seleukos schaute sich um und sah Dokimos, einen treuen Gefolgsmann von Perdikkas, mit der Hand am Schwertheft auf sich zukommen. «Ich an deiner Stelle würde kehrtmachen, Dokimos, deinen kleinen Freund Polemon suchen und von hier verschwinden, ehe man kurzen Prozess mit dir macht – dein Beschützer ist tot.» Er hielt das blutige Messer hoch.

Hinter ihm erschienen Peithon und Antigenes, ebenfalls mit Blut an den Händen, ein bedrohliches Lächeln auf den schmalen Lippen. Dokimos zögerte kurz, schaute auf das Blut und entfernte sich dann eiligen Schrittes.

Seleukos wandte sich ab und verschwendete keinen Gedanken mehr an Dokimos, denn er hatte weit Wichtigeres zu tun. Furchtlos stieg er auf ein Fuhrwerk und reckte seinen blutigen Dolch in die Höhe. Hinter ihm kletterten seine beiden Mitverschwörer Peithon und Antigenes ebenfalls auf die behelfsmäßige Rednerbühne.

Sie werden uns entweder auf der Stelle umbringen oder uns huldigen ... Gestern hätten sie noch Ersteres getan, aber nach dem heutigen Debakel rechne ich eher mit Letzterem.

Beim Anblick von Perdikkas' drei ranghöchsten Offizieren, die sich offen zu dem Mord am Träger von Alexanders Ring bekannten, erhob sich unter den Veteranen beifälliges Raunen. Noch vor zwei Jahren, kurz nach dem frühen Tod des großen Mannes, wäre dergleichen undenkbar gewesen. Aber vor zwei Jahren wäre es auch noch undenkbar gewesen, dass ein Makedone das Blut eines Makedonen vergießen könnte.

So vieles hatte sich verändert.

«Perdikkas ist tot», verkündete Seleukos mit heller, tragender Stimme, sodass die paar Tausend Mann, die zusammengeströmt waren, ihn hören konnten. «Wir drei haben es auf uns genommen, das einzige Hindernis für einen Friedensschluss aus dem Weg zu schaffen: den Mann, durch dessen Arroganz so viele unserer Kameraden ihr Leben lassen mussten. Den skrupellosen Mann, der Nikaia, die Tochter von Antipatros, dem Regenten von Makedonien, erst heiratete und dann verstieß, wodurch er einen Keil zwischen Asien und Europa trieb. Den Mann, der sich anschließend dazu verschwor, Alexanders Vollschwester Kleopatra zu ehelichen, um sich selbst zum König aufzuschwingen. Zum König! Dabei hatte er doch gelobt, als Regent die Interessen seiner beiden Mündel zu vertreten, der rechtmäßigen Könige Alexander und Philipp.»

Aus dem Augenwinkel bemerkte er, dass zwei Frauen mit ihrem Gefolge sich abwandten und getrennt zu ihren jeweiligen Zelten zurückgingen: Roxane, die Mutter des zweijährigen Alexander, des Vierten dieses Namens, und Adea, nunmehr als Königin Eurydike bekannt, seit sie Alexanders geistesschwachen Halbbruder Philipp geheiratet hatte, den dritten makedonischen König, der den Namen führte.

Nun, da ihr wisst, was euer vormaliger Beschützer wirklich im Sinn hatte, werdet ihr zwei Huren es vielleicht für geboten erachten, euch etwas dankbarer zu zeigen.

«Ich schlage vor, im Geiste der Versöhnung und im Eingeständnis von Perdikkas' Torheit – einer Torheit, an der wir alle Anteil hatten – sollten wir Ptolemaios bitten, die Regentschaft für die beiden Könige zu übernehmen.» Er überblickte die Schar seiner Zuhörer, konnte jedoch keine Anzeichen von Ablehnung erkennen.

Mir scheint, ich habe genau den richtigen Zeitpunkt gewählt.

Wenn sie keine Einwände gegen meinen Vorschlag erheben, dann wird Ptolemaios mir zum Dank dafür Babylonien überlassen. Es liegt an ihm, im Geiste der Versöhnung weiterzumachen.

«Unser Bruder Ptolemaios – gegen den wir in kollektivem Irrsinn, aufgestachelt von Perdikkas, zu kämpfen gezwungen waren – ist im Begriff, zu Friedensgesprächen über den Fluss zu kommen. Dann werden wir ihm das Amt antragen.» Darauf folgte gedämpfte Zustimmung. «Kassandros ist ebenfalls hier.» Seleukos machte eine Geste in die Richtung, wo er zuletzt mit Antipatros' ältestem Sohn gesprochen hatte, unmittelbar bevor er in Perdikkas' Zelt eingetreten war. Doch er konnte sein verkniffenes, pockennarbiges Gesicht nicht in der Menge entdecken. «Er bringt eine Einladung von seinem Vater Antipatros an uns alle, in Triparadeisos zusammenzukommen, in den zedernbestandenen Bergen über Tripolis in Syrien, um dort eine abschließende Einigung auszuhandeln.»

Der Jubel der Menge fiel spärlicher aus als erwartet.

«Eine Einigung, die alle einschließt», rief Kassandros und sprang zu Seleukos' Überraschung hinter ihm auf das Fuhrwerk. Er lächelte der Menge mit der Liebenswürdigkeit eines tollwütigen Hundes zu, und seine blassen, tief liegenden Augen zu beiden Seiten der Adlernase blickten völlig gefühllos. Mit seinen spindeldürren Beinen, den schmalen Schultern und der schwachen Brust wirkte er fehl am Platz in dem reich verzierten Muskelpanzer und den Pteryges eines makedonischen Feldherrn – ein Vogel, der versehentlich in eine Uniform hineingeraten war. Dennoch besaß er die Fähigkeit, durch seine bloße Anwesenheit alle Aufmerksamkeit auf sich zu ziehen. Die Menge verstummte. «Mein Vater hat sämtliche Satrapen aus allen Teilen des Reiches zur Teilnahme aufgefordert. Selbst Eumenes, trotz – oder vielleicht wegen – seiner Unterstützung für Perdikkas. Mein Vater und ich sind entschlossen, dass niemals wieder Makedonen gegen Makedonen kämpfen sollen! Mein Vater und ich werden dafür sorgen, dass ihr, tapfere Soldaten von Makedonien, nie wieder durch die Hand eurer Kameraden Leid erfahren sollt.»

Donnernder Jubel scholl zum sich verdunkelnden Himmel. Kassandros hob beide Arme, die Hände verschränkt, als habe er soeben einen Ringkampf gewonnen.

Ich sehe, ich muss dich im Auge behalten, du hässlicher Wurm. Wer sich von meinen Männern lauter bejubeln lässt als ich selbst, kommt nicht ungestraft davon.

Seleukos wechselte einen kurzen, aber vielsagenden Blick mit Antigenes, dann lächelte er Kassandros zu und legte einen muskulösen, stark behaarten Arm um den drahtigen Mann. «Wohl gesprochen, Kassandros», rief er laut, sodass alle ihn hörten. «Ich sehe, wir haben ein gemeinsames Ziel.»

Kassandros bejahte, aber ein Blick in sein verkniffenes Gesicht genügte, um Seleukos vom Gegenteil zu überzeugen. Es überraschte ihn nicht.

Was könnte ich wohl gemeinsam mit dir erreichen wollen?

Er wandte sich wieder der Menge zu und gebot mit Gesten Ruhe. «Einstweilen werden wir unsere Toten beklagen, und morgen bei Tagesanbruch werden wir eine Heeresversammlung halten. Dort wollen wir hören, was Ptolemaios zu sagen hat.»

«Ist es denn klug, Ptolemaios zu den Männern sprechen zu lassen?», fragte Antigenes, während er gemeinsam mit Seleukos, Peithon und Kassandros den Satrapen von Ägypten erwartete. Die Nacht brach herein, und es wurde kälter. Ein Dutzend Lampen und zwei Feuerbecken wärmten das Kommandozelt. In ihrem Schein war der dunkle Blutfleck auf dem orientalischen Teppich zu sehen, Zeugnis des Verbrechens, das hier vor nicht einmal drei Stunden begangen worden war. Die

Leiche war heimlich fortgeschafft worden, damit dieser handfeste Beweis nicht zum Stein des Anstoßes werden und in dem neuen Regime Anlass zu Zwietracht geben konnte.

«Haben wir eine andere Wahl?», fragte Seleukos zurück und trank einen Becher Wein in einem Zug aus.

«Du sagst ‹wir›, doch in Wahrheit hast du Arrhidaios dein Wort gegeben, ohne Rücksprache mit Peithon oder mir.»

«Ich habe euch beiden Gelegenheit gegeben, Einspruch zu erheben, aber keiner von euch hat es getan.» Seleukos wischte die Kritik mit einer Handbewegung beiseite. «So oder so muss Ptolemaios Gelegenheit bekommen zu sprechen. Er hat Alexanders Leichnam, und er muss sich dafür erklären, dass er ihn entführt hat. Wenn er seine Handlungen rechtfertigt, erscheint Perdikkas' Krieg gegen ihn umso zweifelhafter.»

«Und wenn Ptolemaios sich nicht zur Zufriedenheit der Männer rechtfertigen kann?», fragte Kassandros.

Seleukos knurrte und verzog den Mund zu einem schiefen Grinsen. «Hast du schon einmal erlebt, dass Ptolemaios sich aus einer Situation nicht herausreden konnte?» Er unterbrach sich, als sei ihm eben etwas Wichtiges eingefallen. «Ach, natürlich, wie dumm von mir – du wurdest ja in Makedonien zurückgelassen, nicht wahr, Kassandros? Dann kannst du dich wohl kaum noch an ihn erinnern, auch wenn du ihn in den ersten paar Monaten nach Alexanders Tod flüchtig kennengelernt hast, ehe er nach Ägypten ging.» Seleukos tat, als forsche er angestrengt in seinem Gedächtnis. «Du *warst* doch zu der Zeit in Babylon, oder nicht?»

«Du weißt sehr wohl, dass ich dort war.»

«Doch, ja, jetzt erinnere ich mich: Du kamst an dem Tag, bevor Alexander krank wurde. Du hattest den weiten Weg von Pella auf dich genommen, weil Alexander Krateros entsandt hatte, um deinen Vater als Regenten von Makedonien abzulösen, und du brachtest einen Brief von ihm, in dem er um Bestätigung dieses Befehls bat. Seltsam, dachten wir alle, dass Antipatros seinen Sohn als Botenjungen schickt, wo doch jeder andere es auch getan hätte – erst recht da der bloße Anblick deines Gesichts genügt hätte, um Alexander rasend zu machen, so groß war seine Abneigung gegen dich.» Er lächelte dem finster dreinblickenden Kassandros liebenswürdig zu. «Doch am Ende spielte es keine Rolle, wie? Binnen drei Tagen nach deiner Ankunft war Alexander tot.» Er wechselte einen wissenden Blick mit Peithon und Antigenes. «Wie praktisch.»

Kassandros sprang auf. «Was willst du damit sagen?»

Seleukos bedeutete ihm, sich wieder zu setzen. «Nichts, Kassandros, gar nichts. Dein jüngerer Bruder Iolaos war Alexanders Mundschenk. Dass Alexander sich von ihm seinen Wein mit Wasser vermischen ließ, zeigt, wie sehr er eurer Familie vertraute, wenngleich er dich persönlich hasste.» Er ließ beiläufig seine Fingerknöchel knacken.

Kassandros warf Seleukos einen Blick puren Abscheus zu, nahm jedoch zögernd wieder Platz.

«Ich will nichts andeuten, mein Freund», sagte Seleukos noch einmal, schenkte sich unverdünnten Wein nach und zuckte die Achseln. «Rein gar nichts. Aber viele andere würden möglicherweise ungerechtfertigte Schlüsse ziehen, wenn man den Gerüchten keinen Einhalt geböte. Meinst du nicht auch, Antigenes?»

Der schlachtenerprobte General kratzte sich an seinem kahlen Schädel und zog die Unterlippe zwischen die Zähne, als müsse er eine gewichtige Angelegenheit überdenken. «Ja, ich stimme dir zu. Ein paar meiner Jungs haben sich bereits über diesen Zufall gewundert, aber ich habe ihnen gesagt, sie sollen nicht so argwöhnisch sein. Diese Ermahnung muss ich noch immer von Zeit zu Zeit wiederholen.»

Seleukos schaute ihn mitfühlend an. «Es wäre eine Schande, wenn du damit aufhörtest.»

«Oh, ich denke nicht, dass ich das täte.»

Seleukos nickte zustimmend. «Nein, das denke ich auch nicht, es sei denn, jemand sollte versuchen, sich bei unseren Jungs allzu beliebt zu machen, indem er mitreißende Reden hält und sich überschwänglich bejubeln lässt.» Er sah Kassandros direkt an. «Dann müssten wir vielleicht ... wie soll ich es ausdrücken? Die Glut in der Gerüchteküche ein wenig anfachen?»

«Das tätest du nicht. Zumal du ja weißt, dass ich mit Alexanders Tod nichts zu tun habe.»

«Weiß ich das? Weiß ich wirklich, dass du nichts damit zu tun hattest?» Seleukos wandte sich an Peithon. «Weißt du es, Peithon?»

Peithon schaute nachdenklich drein, während sein langsamer Verstand fieberhaft arbeitete. «Ich weiß nicht.» Er runzelte die Stirn. «Weiß ich es?»

«Vergiss es. Antigenes, wie steht es mit dir?»

«Im Augenblick weiß ich, dass er nichts damit zu tun hatte», bestätigte Antigenes, dann hob er mahnend den Finger. «Aber wenn er sich noch einmal zwischen uns und unsere Jungs drängen sollte wie vorhin, dann könnte es wohl sein, dass neue Hinweise ans Licht kämen.»

«Ihr Hurensöhne», stieß Kassandros hervor. «Leute wie ihr aus Familien vom Lande, Bauerntölpel mit Schafscheiße am Schwanz, drohen mir, dem Sohn des Regenten von Makedonien! Wie könnt ihr es wagen?»

«Wie wir es wagen können?» Seleukos blickte ungläubig drein. «Mein Vater Antiochos war einer von Philipps Generälen, ebenso wie Peithons Vater Krateas. Antigenes mag sich in der Truppe hochgedient haben, doch inzwischen genießt er in der ganzen Armee großes Ansehen. Vergiss nicht, er war bis unlängst einer von Krateros' ranghöchsten Offizieren, und viel höher kann man in dieser Armee nicht aufsteigen. Wir wagen es, dir zu drohen, Kassandros, weil es uns nicht passt, wie du dich bei unseren Männern einschmeichelst, mag auch dein Vater schöne Reden über Frieden und Zusammenarbeit schwingen. Wir wollen nicht, dass du dir die Loyalität der Truppen erschleichst und für uns zum Rivalen wirst. Noch ein Rivale mehr ist nicht das, was das Reich in diesen Zeiten braucht.» Er streckte die Hand aus. «Den Ring, wenn ich bitten darf.»

Kassandros machte ein bestürztes Gesicht. «Was?»

«Alexanders Ring, bitte. Stell dich nicht dumm – ich weiß, dass du ihn hast. Als wir drei das Zelt verließen, lag Perdikkas im Sterben und hatte den Ring noch am Finger, aber als wir den Leichnam wegschaffen ließen, war der Ring verschwunden. Ich habe nach dir Ausschau gehalten, während ich zu meinen Männern sprach, doch du warst nicht zu sehen, bis du plötzlich hinter mir auf das Fuhrwerk gestiegen bist. Da kamst du aus der Richtung des Zeltes. Also bitte, den Ring.»

Kassandros rührte sich nicht.

«Wenn du versuchst, damit dieses Zelt zu verlassen, bist du ein toter Mann. Wir haben heute Perdikkas getötet, Kassandros. Trotz all seiner Fehler war er doch in vielerlei Hinsicht ein großartiger Mann. Ich glaube nicht, dass irgendeiner von uns überhaupt bemerken würde, wenn ein Stück Scheiße wie du nicht mehr unter uns weilt. Den Ring!»

Langsam öffnete Kassandros einen Beutel an seinem Gürtel, die vor Hass lodernden Augen auf Seleukos gerichtet. Er zog den großen Ring von Makedonien mit der sechzehnstrahligen Sonne heraus, wog ihn in der Hand und warf ihn dann Seleukos zu, als wäre er nicht weiter von Bedeutung.

Seleukos fing den Ring auf.

«Guten Abend, die Herren», grüßte Ptolemaios, der in diesem Moment gemeinsam mit Arrhidaios ins Zelt eingelassen wurde. Er blickte in die Runde. «Ich hoffe, es gibt keine Schwierigkeiten? Was hat Kassandros dir eben gegeben? Einen Ring, wenn ich mich nicht irre? Und einen ziemlich großen.» Er schaute Kassandros mit übertriebener Missbilligung an. «Was wollte denn ein so schwacher Mann mit einem solch großen Ring?»

Kassandros sprang auf. «Sprich nicht so mit mir, Ptolemaios!»

«Wie denn?», fragte Ptolemaios überrascht. «Ich habe lediglich Tatsachen festgestellt: Es ist ein großer Ring, und du bist ein schwacher Mann. Nicht klein wie Eumenes, zugegeben, aber dennoch schwach. Du hast ja nicht einmal deinen ersten wilden Keiler erlegt.»

Kassandros grinste höhnisch. «Ihr alle haltet euch für so schlau und bildet euch ein, ihr könntet mich damit provozieren, dass ich nicht am größten Abenteuer unserer Zeit beteiligt war, sondern in der Heimat zurückblieb. ‹Seht euch nur Kassandros an, er ist ein Schwächling. Er hat nicht einmal einen Keiler auf der Jagd erlegt, ganz zu schweigen davon, dass er einer persischen Armee auf dem Schlachtfeld begegnet wäre. Er verdient nichts als Spott und Hohn.› Nun, ich will euch etwas sagen, ihr tapferen Helden: Ich mag nicht das Recht haben, bei Tische zu liegen, weil ich noch keinen Keiler erlegt habe, und ihr denkt vielleicht, ich empfinde die Schmach bei jeder Mahlzeit, da ich aufrecht auf der Liege sitzen muss wie ein Jüngling, dem gerade der erste Flaum auf der Oberlippe sprießt. Und ihr glaubt vielleicht, ich bedauere tagtäglich, dass Alexander mich zurückließ, weil er die Schwäche nicht ertragen konnte, die er – fälschlich – in mir sah. Doch ihr irrt, denn ich denke nicht so wie ihr.» Lächelnd entblößte er sein hündisches Gebiss. «Ich finde kein Vergnügen in der Jagd oder in kühnen Taten auf dem

Schlachtfeld, noch messe ich solchen Dingen einen Wert bei – warum auch? Ich bin nicht dafür gemacht, wie ihr nicht müde werdet zu betonen. Ich habe andere Prioritäten, meine Herren, und ihr werdet bald erkennen, dass sie den euren überlegen sind.» Damit wandte er sich ab und verließ das Zelt, ohne sich noch einmal umzuschauen.

«Mir scheint, ich habe da einen wunden Punkt getroffen», bemerkte Ptolemaios mit leicht verwunderter Miene. Dann wandte er sich an Seleukos. «Ich nehme an, das ist Alexanders Ring.»

«In der Tat», bestätigte Seleukos und hielt ihn Ptolemaios hin.

«Demnach gehe ich davon aus, dass Perdikkas tot ist, da er nicht hier ist, der Ring hingegen schon.»

«Wir hatten keine Wahl.»

Ptolemaios nahm den Ring und steckte ihn an die Spitze seines Zeigefingers. «Wie kam er zu Kassandros?»

«Er hat ihn von Perdikkas' Leichnam gestohlen und dachte anscheinend, wir würden es nicht bemerken.»

«Ach, tatsächlich? Ich frage mich, was er wohl damit im Sinn hatte. Wollte er ihn seinem Vater geben oder selbst behalten?»

«Gewiss wollte er ihn seinem Vater geben», sagte Antigenes mit Überzeugung.

Ptolemaios schaute den Veteranen skeptisch an, während er sich in Kassandros' frei gewordenem Stuhl niederließ. «Nach diesem kleinen Auftritt wäre ich mir nicht so sicher. Ich argwöhne, dass das kleine Wiesel seine Ziele hoch gesteckt hat.»

«Größenwahn», bemerkte Arrhidaios, der ebenfalls Platz nahm.

«Schwächling!», stieß Peithon hervor.

«Unterschätze niemals einen Mann, der das Gefühl hat, allein gegen den Rest der Welt zu stehen. Und ein solcher Mann ist Kassandros, wenn mein Eindruck mich nicht trügt. Leider kann man ihn nicht aus dem Weg schaffen, ohne es sich ernstlich mit seinem Vater zu verderben, und mir scheint, das sollte man in der derzeitigen Situation lieber vermeiden – meint ihr nicht auch?» Er nahm den Ring wieder vom Finger und beugte sich vor, um ihn Seleukos zurückzugeben. «Was gedenkst du damit zu tun?»

Seleukos wechselte einen raschen Blick mit seinen beiden Gefährten, die ihr Einverständnis signalisierten. «Vorerst verwahre ich ihn, aber wir dachten daran, dir die Regentschaft für die beiden Könige anzutragen.»

«Mir?» Ptolemaios lachte ehrlich belustigt. «Was sollte ich denn wohl mit der Regentschaft anfangen? Weshalb sollte ich mir diese Last aufbürden, da ich doch bereits Ägypten und die Kyrenaika habe? Welche Freude könnte es mir bereiten, ein Wickelkind mit seiner boshaften, giftmischenden Mutter sowie einen Schwachsinnigen und seine ehrgeizige Königin unter meinen Schutz zu nehmen?»

Seleukos' Miene verriet aufrichtige Überraschung. «Aber wir dachten, du wärst dankbar.»

«Dankbar? Dankbar genug, dass ich dir Babylonien anbieten würde? Ist es das, was du dir erhofft hast?» Ptolemaios grinste, als er Seleukos' Unbehagen sah. «Komm schon, Seleukos, du glaubst doch nicht ernsthaft, ich will ein zweiter Perdikkas werden? Niemand kann das Reich zusammenhalten, das hat er ja überzeugend demonstriert. Nein, Seleukos, von mir aus kannst du Babylonien gern haben. Und ich weiß, dass du darauf aus bist, denn ich habe beobachtet, wie du darauf hingearbeitet hast, nach Perdikkas' unvermeidlichem Sturz als die offensichtliche Wahl dazustehen. Ich muss sagen, deine Manöver haben mich beeindruckt. Aber du wirst es nicht aus meiner Hand empfangen. Behalte den Ring und sprich dir selbst Babylonien zu.»

Seleukos betrachtete den Ring, dann richtete er den Blick wieder auf Ptolemaios. «Ich will ihn nicht.»

«Natürlich willst du ihn nicht, aus demselben Grund wie ich. Also lass uns beide einen eleganten Ausweg wählen: Wir wollen je einen Stellvertreter ernennen, und diese beiden sollen sich die Regentschaft teilen. Ich an deiner Stelle würde Peithon ernennen, denn mir scheint, er schuldet dir einen großen Gefallen, weil du jene zwanzigtausend Griechen abgeschlachtet hast, ehe er der Versuchung erliegen konnte, sie in seine Armee aufzunehmen und offen in die Rebellion zu gehen. Er verdankt dir sein Leben, also ist es das Mindeste, das er tun kann.»

Peithon machte ein finsteres Gesicht.

Seleukos überdachte den Vorschlag einen Moment lang und lächelte. «Natürlich, Peithon wäre ideal, gerade weil er für das Amt so ungeeignet ist.»

«Doch er wird genügen, bis ein richtiger Rat zusammentreten kann. Soweit ich weiß, hat Antipatros euch alle nach Triparadeisos bestellt. Dort könnt ihr gemeinsam entscheiden, wer Regent werden soll.»

«‹Ihr›? Du meinst doch sicher ‹wir›?»

«Nein, Seleukos, ich meine ‹ihr›. Ich werde nicht da sein. Überhaupt denke ich nicht, dass ich Ägypten jemals wieder verlassen werde, außer um eines der angeschlossenen Gebiete zu besuchen. Ich habe alles, was ich brauche. Und Peithon kann dir alles geben, was du dir wünschst.»

Seleukos nickte. «Er braucht nichts weiter zu tun, als mir Babylon zuzusprechen. Dann kann Antipatros es mir schwerlich wieder wegnehmen, ohne die Eintracht zu zerstören, die er in Triparadeisos herbeiführen will.»

«So ist es. Und deine Position wird zusätzlich durch den Rückhalt des Mannes gestärkt, den ich ernenne: Arrhidaios.»

«Was?» Arrhidaios schaute Ptolemaios erschrocken an. «Weshalb erwählst du mich?»

«Zum Dank natürlich. Du überlässt Antipatros deinen Anteil an der Regentschaft, und er wird dich mit einer Satrapie belohnen – etwas, wozu ich nicht in der Lage bin. Ich bin sicher, dass bald eine neu zu vergeben sein wird. Genau genommen wissen wir beide, dass bereits eine zu vergeben ist.»

Arrhidaios' Augen weiteten sich. «Ah.»

Seleukos runzelte die Stirn. «Was? Was weißt du?»

Ptolemaios zuckte die Achseln. «Nun, ihr würdet es wohl früher oder später sowieso erfahren: Vor acht Tagen hat Eumenes Krateros besiegt und getötet.»

Seleukos, Antigenes und Peithon starrten Ptolemaios ungläubig an.

Seleukos erholte sich als Erster. «Das ist unmöglich.»

«Offensichtlich nicht. Und was die Sache umso beeindruckender macht: Neoptolemos hatte zuvor die Seiten gewechselt. Eumenes brachte das Gepäck seiner Armee in seine Gewalt und tötete dann Neoptolemos im Zweikampf, ehe er mit den vereinigten Truppen Krateros entgegentrat. Offenbar sorgte Eumenes dafür, dass seine makedonischen Krieger nicht erfuhren, mit wem sie es zu tun hatten – Krateros fiel im Kampf gegen Eumenes' asiatische Kavallerie. Nun ist er tot und Kleinphrygien somit ohne einen Satrapen.»

«Aber wenn Perdikkas und wir gewusst hätten, dass seine Sache im Norden siegreich war …»

«… dann wäre er jetzt wahrscheinlich noch am Leben, ich weiß. Darum habe ich verhindert, dass die Nachricht euch erreicht.»

Seleukos' hünenhafte Gestalt spannte sich vor Zorn an. «Du heimtückischer Bastard!»

«Bin ich das? Vielleicht. Ein Bastard bin ich gewiss, und man könnte mich wohl auch der Heimtücke bezichtigen. Aber ich musste sicherstellen, dass wir alle vernünftig miteinander reden können. Hätte Perdikkas von Eumenes' Sieg gewusst, dann hätte das für seine Position kaum einen Unterschied gemacht, es hätte ihn lediglich darin bestärkt, Verhandlungen zu verweigern. Ihr drei hingegen wäret gewiss weit weniger geneigt gewesen, ihn zu ermorden. Ich glaube nicht, dass ihr es getan hättet.»

«Du hast uns dazu gezwungen, ihn zu töten.»

«Ich würde nicht von Zwang sprechen, aber ja, ich habe mich nach Kräften bemüht, dafür zu sorgen, dass ihr es tun würdet, falls er sich nicht kompromissbereit zeigt. Und ich glaube, im Nachhinein werden wir alle finden, dass es so das Beste war. Wollen wir jetzt essen? Ich bin müde, da ich heute eine Schlacht geschlagen und gewonnen habe, und morgen früh muss ich zu euren Männern sprechen.»

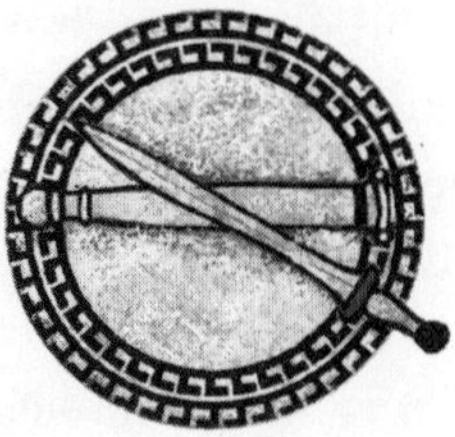

ADEA
DIE KRIEGERIN

Jetzt war es für sie dringender denn je, endlich schwanger zu werden – ihr Leben hing davon ab. Adea verfluchte die Notwendigkeit, die ihr so zuwider war. In den sechs Monaten, seit sie König Philipp geheiratet hatte und Königin Eurydike geworden war, hatte sie immer nur auf dem Höhepunkt ihres Monatszyklus zugelassen, dass er ihr beischlief. Jedes Mal hatte sie dabei gegen den Brechreiz ankämpfen müssen: der männliche Gestank, das tierische Grunzen, der Sabber, der von seinen schlaffen Lippen auf ihr Gesäß troff. Und die Erniedrigung, vor ihm zu knien, während er stöhnend seine Lust befriedigte, ohne einen Gedanken an die ihre – keine Spur von der Zärtlichkeit, welche sie mit ihren weiblichen Geliebten erlebte, die sie sich an den anderen Tagen des Monats in ihr Bett holte. Immerhin war das immer noch besser, als auf dem Rücken zu liegen und zu allem Übel seinen Atem riechen zu müssen.

Doch nun war ihr klar, dass sie die Prozedur künftig öfter als einmal im Monat über sich ergehen lassen musste. Denn wenn es stimmte, was Seleukos gesagt hatte – und es gab keinen Grund, ihm nicht zu glauben –, dann brauchte sie dringend ein Kind als Waffe. Einen Sohn, der väterlicherseits der

Enkel Philipps sein würde, des Zweiten dieses Namens, und von ihrer Seite dessen Urenkel – ein Prinz des Königshauses der Argeaden, der Herrscherdynastie von Makedonien. Dann könnte nie mehr einer wie Perdikkas – der nur entfernt mit dem Herrscherhaus verwandt war – versuchen, sich zum König zu erheben, indem er Kleopatra heiratete und sich durch ihr schwaches weibliches Erbe legitimierte.

Adeas Sohn, gezeugt von ihrem geistesschwachen Mann, hätte den stärksten Anspruch auf Alexanders Nachfolge, sogar einen stärkeren als sein eigener Sohn gleichen Namens, dessen Mutter diese asiatische Wildkatze war, ihre Erzrivalin Roxane. Denn die stammte aus dem fernen Baktrien, und in ihren Adern floss kein makedonisches Blut. Bis der kleine Alexander selbst ein Kind zeugen konnte, würden noch mehr als zehn Jahre vergehen, und in dieser Zeit konnte einem Menschen so manches zustoßen.

Dessen ist Roxane sich sicher nur allzu bewusst.

Adea schaute zu ihrem Mann hinüber, achtunddreißig Jahre alt, jedoch mit dem Verstand eines Achtjährigen. Er saß in einer Ecke und spielte mit einem geschnitzten hölzernen Elefanten, trompetete eifrig und sabberte dabei reichlich. Sein Leibarzt Tychon schaute ihm zu, und sein von Falten gezeichnetes Gesicht war milde und voller Nachsicht.

Roxane wird sich doppelt anstrengen, Philipp zu vergiften, nun, da Perdikkas nicht mehr da ist, um sie im Zaum zu halten. Wenn ich nur wüsste, was er gegen sie in der Hand hatte, dass sie ihn so fürchtete.

Adea fuhr mit dem Wetzstein über die Klinge, die sie schärfte, und genoss den metallischen Klang des Eisens.

Ich wünschte, Mutter wäre noch bei mir. Sie wüsste, wie man dieses große Kind schützen kann, so wie ihre Mutter sie einst vor Olympias schützte.

Philipps Verfassung rührte daher, dass Alexanders Mutter Olympias aus Rivalität einst versucht hatte, eine Nebenfrau Philipps aus dem Weg zu schaffen, da diese schwanger war. Das Gift hatte das ungeborene Kind nicht getötet, jedoch erheblich geschädigt.

Aber da Kynane, Adeas Mutter, tot war, musste Adea sich mit ihren siebzehn Jahren in dieser Männerwelt allein durchschlagen. Allerdings hatte ihre Mutter sie der Tradition gemäß erzogen, wie illyrische Prinzessinnen von alters her erzogen wurden. Kynane selbst war eine Tochter Philipps von Makedonien mit Audata, einer Prinzessin aus dem illyrischen Stamm der Dardaner. Sie war ihm zur Besiegelung eines Vertrags zur Frau gegeben worden. Audata hatte Kynane in allen Formen des Kampfes mit der Klinge unterwiesen, und Kynane hatte ihr Wissen an Adea weitergegeben. Ihre Fähigkeit im Gebrauch von Waffen und ihre Größe – sie war so hochgewachsen, breitschultrig und muskulös wie ein Mann – sollten Adea helfen zu überleben, als Kynane plante, sie mit Philipp zu verheiraten und nach der Macht zu greifen. Doch Kynane wurde von Perdikkas' jüngerem Bruder Alketas getötet, als dieser versuchte, die beiden Frauen auf ihrem Weg nach Babylon aufzuhalten und zur Umkehr zu bewegen.

Der kaltblütige Mord an einer Halbschwester Alexanders verursachte unter dessen Veteranen einen solchen Aufschrei, dass Perdikkas keine andere Wahl hatte, als die Heirat zuzulassen. So wurde Adea Königin, und so zog sie sich die ewige Feindschaft der mordlustigen Roxane zu, die ihre Tränke freizügig gebrauchte.

Was nutzte eine Klinge gegen die Heimtücke einer Giftmischerin? Es war Roxane bereits einmal gelungen, Philipp zu vergiften, aber dann hatte Perdikkas sie gezwungen, ihm das Gegengift zu verabreichen. Wer würde künftig solche Macht über die Hure aus dem Osten haben?

Schweren Herzens legte Adea ihre Klinge beiseite. Sie ging mit schleppenden Schritten zu ihrem Mann, nahm seine Hand und führte ihn zu ihrem Bett, das durch einen Wandschirm vom Rest des Zeltes abgetrennt war. Tychon folgte ihr, und gemeinsam entkleideten sie Philipp, der vor Aufregung keuchte, denn er wusste, welche Wonne ihn erwartete. Er war mit einem gewaltigen Glied ausgestattet und fand große Lust daran, es zu gebrauchen. Adea rieb den Penis zur Vorbereitung, während Tychon seinen Schützling festhielt – er und Adea hatten in den vergangenen Monaten eine Vorgehensweise entwickelt, um den Akt für sie ungefährlich zu gestalten, denn Philipp hatte keinen Begriff von seiner eigenen Kraft. Auch besaß er keinerlei Einfühlungsvermögen, war unfähig, Rücksicht auf seine Partnerin zu nehmen. In früheren Jahren waren sogar zwei unglückliche Sklavinnen verblutet.

Als er bereit war, drehte Adea sich um, kniete sich aufs Bett und reckte ihr Gesäß in die Höhe. Sie zog ihren Chiton hoch, dann nickte sie Tychon zu, umklammerte das Kissen und schloss die Augen. Während Philipp in sie hineinstieß, richtete sie ihre Gedanken auf den Mann, von dem sie annahm, dass er der nächste Regent sein würde: Ptolemaios. Sie fragte sich, ob er sie würde schützen können. Ägypten könnte mir gut gefallen, dachte sie, während ihr Mann sich unter Tychons wachsamem Blick an ihr betätigte.

«Zwar fühle ich mich zutiefst geschmeichelt», deklamierte Ptolemaios, während vor ihm die Sonne aufging, «zutiefst geschmeichelt, meine Brüder, doch ich bin nicht der richtige Mann, um die Regentschaft anzutreten und die Vormundschaft für die beiden Könige zu übernehmen. Wir schlagen vor, dass sich Peithon und Arrhidaios vorerst gemeinsam dieser

Aufgabe widmen, bis bei der Konferenz zu Triparadeisos über eine langfristige Lösung entschieden wurde.»

Adeas Hände umklammerten unwillkürlich die Armlehnen ihres Stuhls. Sie warf einen raschen Seitenblick zu Ptolemaios, der umgeben von seinen hochrangigen Offizieren auf der Rednerbühne stand. Vor ihm war die gesamte Armee in Reih und Glied angetreten und warf lange Schatten vor sich. Nun forderte Ptolemaios die beiden zeitweiligen Regenten auf vorzutreten und empfahl sie der Armee an. Adeas Mann saß neben ihr, ein starres Grinsen auf dem Gesicht. An seiner anderen Seite saß Roxane mit dem kleinen König auf dem Schoß. Stark geschminkte Augen blickten kalt durch den Schlitz ihres Schleiers. Adea fröstelte, als Roxane den Blick voller Hass erst auf sie, dann auf Philipp richtete.

Sie denkt, dies sei ihre Chance. Peithon und Arrhidaios bedeuten ihr nichts.

Instinktiv beugte Adea sich hinüber, um nach Philipps Hand zu greifen. Sie hörte Roxane bei dem Anblick zischen, dann spürte sie, wie ihr illyrischer Leibwächter Barzid näher an sie herantrat.

Antipatros ist jetzt unsere größte Hoffnung.

«... und helfen, die Wunden zu heilen, die Perdikkas' törichte Kriegserklärung gegen mich geschlagen hat», fuhr Ptolemaios fort. In diesem Moment brach der kleine König in lautes Geschrei aus – die langen Fingernägel seiner Mutter hatten sich vor lauter Hass auf seinen Mitkönig in die Arme des Kindes gegraben. «Ich habe die Leichen eurer Kameraden aus dem Fluss bergen lassen und dafür gesorgt, dass sie einzeln in Ehren verbrannt werden. Sobald die Gebeine abgekühlt sind, wird man sie einsammeln und euch, ihren Kameraden, übergeben, damit ihr nach eurem Gutdünken mit ihnen verfahren könnt.»

Der Beifall, der auf diese Ankündigung folgte, übertönte für kurze Zeit die Schreie des Kindes. Ptolemaios sonnte sich in der Zustimmung seines Publikums und ließ sich huldigen; die Arme weit ausgebreitet, wie um sie alle zu umarmen.

Adea empfand beinahe Mitleid mit dem Kind, als Roxane das plärrende Balg der bereitstehenden Amme in die Arme drückte, die den Knaben weit mütterlicher als die leibliche Mutter behandelte. Adea hatte durch eine Spionin im Haushalt erfahren, dass Roxane Alexander überhaupt nur selbst auf den Arm nahm, wenn sie mit ihm vor die Heeresversammlung trat. Doch Adea war nicht die Einzige, die die Szene beobachtete: Aus der Schar der Offiziere um Ptolemaios schaute Kassandros zu, und der Ausdruck seiner blassen Augen verhärtete sich. Als er Adeas Blick auffing, neigte er mit kalter Miene den Kopf, und sie erkannte, dass auch dieser Mann, selbst wenn er ihr nicht aktiv schaden wollte, zumindest nicht ihr Freund war.

Wie kann ich mich an Antipatros um Schutz wenden, wenn sein ältester Sohn gegen mich ist? Andererseits ist Kassandros – nach seinem Blick zu urteilen – auch kein Freund von Roxane und ihrem Sprössling. Offenbar ist er der gleichen Gesinnung wie Perdikkas. Ein Mann, den ich im Auge behalten und vor dem ich mich hüten muss.

Ptolemaios gebot mit Gesten Ruhe, dann kam er zum Ende seiner Rede. «Und schließlich, Brüder, habe ich noch eine schlechte Nachricht zu überbringen, eine wahrhaft schlimme Nachricht.» Er hielt inne, als müsse er erst nach Worten suchen. «Es hilft nichts, Brüder, ich kann den Schlag nicht abmildern, und so will ich es unumwunden aussprechen: Krateros ist tot.»

Augenblicke lang herrschte erschüttertes Schweigen, dann brach die Armee in Wehklagen aus. Immer lauter und lauter wurden die Klagerufe, je mehr den Männern die immense Tragweite des Ereignisses bewusst wurde. Krateros, der größte Feldherr nach Alexander selbst, war tot. Der Liebling der Armee, ungeschlagen, geliebt für seine Tüchtigkeit und seine Bereitschaft, die Entbehrungen der Männer zu teilen. Er hatte sich stets mit dem gleichen Essen begnügt, das auch seine Leute bekamen, und seine konservative Haltung dazu, dass Männer aus dem Osten in die makedonische Armee aufgenommen wurden, hatte ihm Achtung eingebracht. Er war ein Soldat unter Soldaten gewesen, einer, den die Männer für den Großteil ihres Armeelebens gekannt hatten.

Ehrlich überrascht sah Adea, wie ergraute Männer weinten. Von jahrelangen Feldzügen verhärtete Krieger zerflossen schier in Tränen, als hätten sie soeben erfahren, dass ihre gesamte Familie abgeschlachtet und die Beute vieler Jahre geraubt worden war.

Zwei Veteranen, beide weit über sechzig, stiegen auf die Rednerbühne, die Bärte nass von Tränen. «Sage uns, wie es dazu kam», forderte der eine Ptolemaios auf.

«Das will ich tun, Karanos, so ungern ich auch darüber spreche.» Ptolemaios hob die Hände in dem Versuch, die Versammlung zu beruhigen, und bald verstummte das Wehklagen. Nur noch ersticktes Schluchzen war zu hören. «Perdikkas' Unterstützer Eumenes weigerte sich, Vernunft anzunehmen und sich Antipatros und Krateros zu ergeben. Daraufhin kam es zur Schlacht, und der hinterhältige Eumenes verheimlichte vor seinen makedonischen Soldaten, dass sie es mit Krateros zu tun hatten. Unser hochgeschätzter Freund wurde von Eumenes' barbarischer Kavallerie getötet.»

Das war zu viel für die Männer, welche die letzten Jahre damit zugebracht hatten, jeden Barbaren zu vernichten, der ihnen in den Weg kam. Sie verlangten lautstark, Eumenes müsse sterben. Dann forderten sie auch den Tod von Perdikkas' Bruder Alketas sowie den seines Schwagers Attalos und seiner beiden größten Unterstützer Polemon und Dokimos, die jüngst aus dem Lager geflohen waren. Wieder bat Ptolemaios um Ruhe. «Die Heeresversammlung hat das Recht, Urteile über Menschen zu fällen, die eines Verbrechens gegen die Armee für schuldig befunden wurden. Ist es euer Wille, Eumenes für seine Beteiligung an Krateros' Tod zu verurteilen und Alketas, Attalos, Dokimos und Polemon dafür, dass sie Perdikkas unterstützten?»

Die Antwort fiel einstimmig aus.

«Tod all seinen Unterstützern und seiner Familie», verlangte der zweite Veteran.

«Ist das auch dein Wille, Karanos?»

«Jawohl.»

Bald nahm die ganze Armee den Ruf auf, unerschütterlich in ihrer Forderung.

Ptolemaios drehte sich zu den Offizieren um, die hinter ihm auf dem Podium standen. Keiner erhob Einwände. «Dann sei es so», rief er. «Hiermit ist das Todesurteil über Eumenes, Alketas, Attalos, Dokimos, Polemon sowie über Perdikkas' sämtliche Unterstützer und Angehörige verhängt. Wer immer Gelegenheit hat, einen von diesen zu töten, möge es tun. Wer dieser Pflicht nicht nachkommt –»

Die Schreie einer Frau ließen ihn verstummen. Adea suchte in der Menge nach der Urheberin. Eine Frau mit zerrissener Kleidung und zerrauftem Haar wurde zur Rednerbühne gezerrt. Die Männer wichen zur Seite, um sie durchzulassen, dabei überhäuften sie sie mit Beschimpfungen. Als die Frau sich der Rednerbühne näherte, bemerkte Adea, dass ein Ausdruck des Bedauerns über Ptolemaios' Gesicht huschte. Auch er hatte erkannt, wer sie war, und ihm war klar, was die Männer nun von ihm verlangen würden. Es handelte sich um Perdikkas' Schwester, Attalos' Frau Atalante.

«Ptolemaios! Ptolemaios!», kreischte Atalante und wand sich im Griff der vielen Hände. «Ptolemaios, befiehl ihnen, mich loszulassen.» Mit Mitte dreißig besaß sie noch immer Schönheit und Selbstsicherheit, doch beides war ihr jetzt nicht mehr anzusehen. Ebenso verschwunden war ihre hochmütige Haltung, die sie Adea gegenüber bei den wenigen Anlässen an den Tag gelegt hatte, da sie beide an Perdikkas' Tisch gespeist hatten. Adea fand, die Frau hatte sich zum Besseren verändert. Sie verübelte es Atalante noch immer, dass diese ihren Bruder Alketas vor der Rache der wütenden Menge bewahrt hatte, nachdem er ihre Mutter Kynane getötet hatte.

Mal treiben die Götter ihren Spott mit mir, doch dann sind sie mir wieder hold.

Atalante flehte Ptolemaios noch immer an. Nun fiel sie auf die Knie, und Panik schien in ihren Augen auf, als immer mehr Männer um sie herum erkannten, wer sie war, und bedrohlich herandrängten. «Ptolemaios, rette mich!»

Doch Ptolemaios konnte nichts weiter tun, als bedauernd den Kopf zu schütteln. Adea erkannte, in welcher Zwangslage er sich befand.

Das Urteil wurde über Perdikkas' gesamte Familie verhängt, Männer wie Frauen. Er kann nichts für sie tun, da er fürchten muss, man werde es ihm als Schwäche auslegen.

Aber als die Männer Atalantes Kleidung zerrissen und dabei ihre Brüste entblößten, konnte Ptolemaios nicht länger tatenlos zusehen. «Halt!», brüllte er. Zugleich drängte Seleukos sich zwischen den Offizieren auf dem Podium hindurch und stellte sich neben ihn. «Ihr werdet sie nicht entehren.» Er sprang hinunter in die Menge, dicht gefolgt von Seleukos, und bedeckte ihre Blöße mit der zerrissenen Kleidung. «Mag sie auch Perdikkas' Schwester sein, ihr werdet sie nicht entehren.»

Atalante umfasste Ptolemaios' Knie. «Danke, danke.»

Ptolemaios bückte sich und löste ihren Griff. «Danke mir nicht, Atalante, denn ich kann dich nicht retten, das Urteil ist gesprochen. Ich kann nur dafür sorgen, dass es rasch vollstreckt wird und dass deine Ehre unbefleckt bleibt.»

Dunkle, von Elend verschleierte Augen starrten zu ihm empor, und ein schwacher Klagelaut entrang sich ihrer Kehle, der gleich darauf erstarb.

Es würde mir kein Vergnügen bereiten, wenn die Männer ihr Leid zufügten, doch ihren Tod werde ich nicht bedauern. Nicht nachdem sie mich so herablassend behandelt hat, mich, eine Königin, wo sie doch nichts weiter ist als die Schwester des Regenten – des verstorbenen Regenten. Nun, möge uns dies eine Mahnung sein, wie schnell das Glück sich in diesen turbulenten Zeiten wenden kann und wo die wahre Macht liegt: Hier zählt der Wille der Armee, nicht jener der Generäle. Das muss ich mir zunutze machen.

Seleukos und Ptolemaios drängten die Männer zurück, sodass um die Todgeweihte herum eine freie Fläche entstand. Die gesamte Armee schrie nach ihrem Blut. Adea sah, wie Ptolemaios einen fragenden Blick zu Seleukos warf und dann die Schultern zuckte, als sei ihm ein Gedanke gekommen. Plötzlich schien er der Situation etwas Positives abgewinnen zu können.

Atalante erkannte die Bedeutung der Geste und zog wohl Stärke daraus, denn sie stand auf, hob den Kopf und straffte die Schultern. «Nun denn, wenn ich für die Taten meines Bruders hingerichtet werden soll, so möge es in Würde geschehen. Auf dass ihr alle Zeugen werdet, wie eine Makedonin von edler Geburt in den Tod zu gehen vermag.» Sie wandte sich an Ptolemaios und schlug ihr zerrissenes Gewand auseinander. «Du sagst, du kannst mich nicht retten – so sollst du nun selbst das Urteil vollstrecken.» Sie hob ihre linke Brust an und zeigte auf ihr Herz. «Stich hier zu, und stich fest.»

Ptolemaios verlor für ein paar Augenblicke seine sonst so entspannte Haltung, während er ihre entblößte Brust betrachtete. Er zog sein Schwert. «Halte sie an den Schultern fest, Seleukos, damit sie nicht etwa zurückzuckt und der Stich fehlgeht.»

Atalante stieß Seleukos von sich. «Ich werde nicht zurückzucken, Ptolemaios. Aber bitte ihn doch, deinen Arm ruhig zu halten, falls er zittern sollte, da du dich scheust, eine Frau kaltblütig zu töten.»

Ptolemaios lächelte und gewann seine Fassung wieder. «Ich werde nicht fehlen.»

Poliertes Eisen blitzte in der Morgensonne, mit dumpfem Laut drang die Klinge durch Fleisch bis zum Knochen. Atalante stieß den Atem aus, als Ptolemaios sein Schwert von unten in ihren Brustkorb trieb, aufwärts durch das Herz bis zum Schulterblatt. Blut quoll zwischen zitternden Lippen hervor, und ihre Augen weiteten sich; sie blickte auf die Wunde hinunter, wie um sich zu vergewissern, dass dies wirklich geschah. Sie legte Ptolemaios eine Hand auf die Schulter, dann versagten ihre Beine den Dienst, und sie sank langsam zu Boden. Seleukos half ihr, indem er sie unter dem Arm fasste. Als sie kniete, stützte sie sich mit einer Hand auf dem Boden ab, dann legte sie sich mit Seleukos' und Ptolemaios' Hilfe auf die Seite und zog die Beine an. Blut strömte nun reichlich aus der Wunde, ebenso wie aus ihrem Mund und der Nase. Zusammengekrümmt wie ein Fötus blickte sie zu Ptolemaios auf, während das Licht in ihr schwächer wurde. «Ich habe kein Unrecht getan.» Ihr Körper erschlaffte.

Sollte ich je ihr Unglück teilen, dann hoffe ich, dass auch ich es mit solcher Fassung trage.

Mit einem Blick auf ihren Mann erkannte Adea, dass er aus Atalantes Hinrichtung nicht dieselbe Lehre gezogen hatte, ganz und gar nicht. Stattdessen war er sichtlich erregt. Sie empfand bei dem Anblick Abscheu, zugleich jedoch einen eigentümlichen Drang, den Mann zu beschützen. Sie nahm seine Hand und führte ihn von der Rednerbühne, während Ptolemaios sein Schwert aus Atalantes Brust zog.

«Die Heeresversammlung hat das Urteil gefällt», hörte sie Ptolemaios rufen, während sie die hölzernen Stufen hinunterstieg, «und wenn es einmal verhängt ist, kann nur die Heeresversammlung es wieder aufheben. Es hat mir kein Vergnügen bereitet, eine Frau hinzurichten, doch es ist geschehen, und durch diesen Akt haben wir einen Punkt überschritten, von dem es kein Zurück mehr gibt. Jetzt kann es keine Verständigung mehr zwischen uns und Perdikkas' Anhängern geben. Sie werden nicht nach Triparadeisos kommen, um eine endgültige Einigung mit Antipatros auszuhandeln; von nun an sind sie unsere Feinde bis zum bitteren Ende. Alle, besonders Eumenes.»

Adea lächelte in sich hinein, während sie mit ihrem Mann davonging und ihn fest am Handgelenk hielt, damit er nicht an sich herumspielte. Ihre Zuversicht wuchs, da sie erkannt hatte, wie sie sich einen Vorteil verschaffen konnte.

Ich mag derzeit nicht viele Freunde haben, aber ich wette, bald – nachdem ich mit Karanos gesprochen habe – werde ich ein paar mehr haben als Eumenes. Und dann muss Antipatros sich auf meine Seite stellen, daran kann auch Kassandros nichts ändern.

ANTIPATROS
DER REGENT

Und wo ist Nikaia?», fragte Antipatros seinen ältesten Sohn, der ihm die Kunde aus dem Süden überbracht hatte. Aufgrund der Nachricht war der betagte Regent weit besser auf Kassandros zu sprechen als sonst. Er schenkte ihm ein Lächeln, das schon fast als ungezwungen durchgehen konnte. Die beiden saßen zusammen mit Kassandros' jüngerem Bruder Nikanor und seinem Halbbruder Iolaos unter einem Baldachin am Strand von Issos, dem Schauplatz von Alexanders erstaunlichem Sieg gegen Dareios. Damals war der König der Könige des Perserreiches vernichtend geschlagen worden und hatte weit ins Landesinnere fliehen müssen. Nun stand die Sonne tief im Westen, und um Antipatros und seine Söhne herum bereitete die Armee Makedoniens gerade ihr Abendessen zu. Die Luft war vom Geruch gebratener Meerestiere und dem Klang Tausender Stimmen erfüllt.

«Sie ist noch in Babylon, Vater, wo wir uns getrennt haben», antwortete Kassandros. Er riss ein Stück von einem Brot ab, noch ehe der Sklave es auf dem Tisch abgelegt hatte.

«Dann ist sie wenigstens vorerst in Sicherheit.»

«Einigermaßen, ja. Aber technisch gesehen wurde sie zum

Tode verurteilt, ebenso wie alle anderen Freunde und Verwandten von Perdikkas.»

«Ich glaube nicht, dass irgendwer einen Gedanken an sie verschwenden wird, solange Alketas, Attalos, Dokimos und Polemon noch frei herumlaufen», bemerkte Nikanor. Drei Jahre jünger als sein Bruder, hatte er weder dessen schlaksige, drahtige Gestalt noch das verkniffene Gesicht oder das mürrische Gebaren, sondern war für Auge und Ohr weit gefälliger.

«Sobald sie hörten, was Perdikkas widerfahren war, wussten sie, dass man sie verurteilen würde. Alketas, Dokimos und Polemon haben sich davongestohlen, niemand weiß, wohin, und Attalos hat seine Flotte aus dem Nildelta abgezogen und ist nach Tyros gesegelt.»

«Tyros?» Antipatros stöhnte. «Natürlich, ein naheliegender Gedanke – dort lagern achttausend Talente in der königlichen Schatzkammer. Damit kann er viele Männer für seine Schiffe bezahlen und Alketas mit einer Armee ausstatten, wenn sie sich zusammenschließen. Alexander brauchte zwei Jahre, um Tyros zu erobern. Ich nehme nicht an, dass irgendjemand es schneller bewerkstelligen kann, es sei denn durch Verrat. Die Perdikkaner haben zwar ihren Anführer verloren, aber geschlagen sind sie noch lange nicht.»

«Und dann ist da noch Eumenes», sagte Nikanor ebenso düster. Mit einem ängstlichen Blick zu seinem Vater begann er zu berichten, was er über dieses schmerzliche Thema wusste. «Er wurde zwar durch die Heeresversammlung verurteilt, aber nach seinem Sieg über Krateros beherrscht er noch immer Kappadokien und Phrygien.»

«Und er lässt mich wie einen Dummkopf dastehen! Doch ich werde mir diesen listigen kleinen Griechen vornehmen und meine Ehre wiederherstellen. Ich werde nicht ruhen, ehe er tot ist, komme, was wolle. Ich will versuchen, Archias den Verbanntenjäger auf ihn anzusetzen. Zwar ist es eine Sache, schutzlose Exilanten zu ermorden, aber eine gänzlich andere, einen Feldherrn inmitten seiner Armee zu töten – dennoch: Archias ist der Beste in seinem Gewerbe.» Antipatros sinnierte ein wenig über die Schmach, die Eumenes ihm zugefügt hatte, dann schüttelte er ungläubig den Kopf. «Wie konnte es nur geschehen, dass ein Sekretär einen erfahrenen Feldherrn wie Krateros besiegte?»

«Ihr hättet eure Truppen nicht aufteilen sollen, Vater», sagte Kassandros und duckte sich in Erwartung einer scharfen Zurechtweisung.

Antipatros warf seinem Sohn einen finsteren Blick zu, sagte jedoch nichts.

Rückblickend betrachtet, hat er leider recht. Aber wir müssen jetzt nach vorn blicken, nicht zurück.

«Wie lange warst du hierher unterwegs?»

«Drei Tage. Ptolemaios hat mir ein Schiff geliehen. Ich war dicht hinter Attalos' Flotte, als sie in Tyros einlief.»

Antipatros strahlte – diese Nachricht stimmte ihn zuversichtlicher. «Ptolemaios hat dich unterstützt? Der gute Junge, er ist mir ein braver Schwiegersohn. Noch besser werde ich auf ihn zu sprechen sein, wenn er mir Alexanders Leichnam wieder herausgibt. Ich verstehe sowieso nicht, was er damit in Ägypten will.»

Kassandros schüttelte den Kopf. «Diese Forderung wird er nicht erfüllen, Vater. Du tätest besser daran, sie gar nicht erst zu stellen, damit du nicht als schwach erscheinst, wenn er sich weigert. Alexander bleibt in Ägypten, mag Ptolemaios auch dein Schwiegersohn sein. Er scheint zu glauben, dass der Besitz des Leichnams ihm Legitimität verschafft. Und er hat es nicht nötig, sich um irgendjemandes Gunst zu bemühen. Das Schiff hat er mir aus reiner Höflichkeit geliehen, wie es sich für einen Schwager gehört.»

Antipatros spürte, wie die Zuneigung zu seinem Schwiegersohn dahinschwand. «Dann sollten wir es ihm wohl zurückschicken, zusammen mit einem energischen Brief, in dem ich ihn daran erinnere, dass wir als Familie zusammenhalten müssen, zu unser aller Bestem. Nicht wahr?»

«Das Schiff hat bereits wieder abgelegt. Allerdings fährt es nicht zurück, sondern weiter.»

«Weiter? Wohin?»

«Danach habe ich den Trierarchos nicht gefragt», erwiderte Kassandros, der schon wieder einen Bissen Brot im Mund hatte. «Ich war selbst völlig überrascht. Er hat mich nur abgesetzt und ist wieder aufgebrochen, sobald ich festen Boden unter den Füßen hatte.»

«Weiter, soso.» Antipatros' freundschaftliche Gefühle gegenüber Ptolemaios verflüchtigten sich vollends.

Das ist so ermüdend. Ich bin einfach zu alt für solche Spielchen.

«Gewiss hat der hinterhältige Bastard eine Nachricht an Kleopatra in Sardis geschickt. Er weiß, dass sie sofort an Eumenes schreiben wird, um ihn zu warnen. Ptolemaios spielt wie immer ein doppeltes Spiel, und ich wette, das Schiff fährt nach Makedonien weiter und setzt dort einen Boten an Land, der die Zauberin Olympias in Epirus aufsucht. Ich werde in Triparadeisos ein ruhiges, aber entschiedenes Wort mit ihm reden müssen.»

«Ich fürchte, das wird nicht möglich sein, Vater. Er wird nicht dort sein.»

Das war zu viel für Antipatros. «Was? Das ist die wichtigste Konferenz seit Alexanders Tod, und er wird nicht dort sein? Aber warum denn nicht?»

«Er erachtet es nicht für nötig, an Beratungen über den Rest des Reiches teilzunehmen, da er in Ägypten glücklich und zufrieden ist und nicht wünscht, von dort wieder fortzugehen. Er hat zu mir gesagt, er wäre mit jeder Einigung, zu der wir gelangen, einverstanden, solange er dadurch nicht behelligt wird. Und er hat hinzugefügt, er würde nicht wollen, dass die Sache unschön wird.»

«Unschön! Diesem undankbaren Bastard werde ich zeigen, was unschön ist! Wie soll ich einen dauerhaften Frieden herbeiführen, wenn nicht alle wichtigen Leute an den Verhandlungstisch kommen? Beim Ares, selbst Lysimachos wird teilnehmen, und der interessiert sich für nichts, das sich außerhalb Europas abspielt – er widmet sich ganz zufrieden der Aufgabe, die nördlichen thrakischen Stämme zu unterwerfen. Ptolemaios muss kommen!» Antipatros rieb sich mit seiner runzeligen, altersfleckigen Hand die Stirn. Er spürte jedes einzelne seiner bald achtzig Jahre.

Das ist genau der Punkt: Er muss nicht kommen. Ägypten ist praktisch eine Insel, und wenn Ptolemaios dort bleiben will, kann ich es nicht ändern. Götter, wie sehr ich wünschte, Hyperia wäre hier – ich brauche dringend weiblichen Beistand.

Er fasste sich und richtete den Blick wieder auf Kassandros und Nikanor, dann auf Iolaos, seinen drittältesten Sohn, der an einem Pfosten des Baldachins lehnte. «Also, Jungs, Perdikkas ist tot, und auf Eumenes und seine anderen Unterstützer ist ein Kopfgeld ausgesetzt, das der Verbanntenjäger gewiss nur allzu gern einfordern würde. Was bedeutet das nun für uns?»

«Viel Gutes, Vater», antwortete Kassandros prompt.

«Denke nach, bevor du redest», fuhr Antipatros ihn an. Er war nicht mehr allzu gut auf seinen Ältesten zu sprechen. «Wenn die beiden zeitweiligen Regenten beschließen sollten, dass sie das Amt dauerhaft ausüben wollen, wer wären wir dann, sie zum Rücktritt zu zwingen, ohne ihnen Gewalt anzudrohen? Dabei habe ich die Konferenz in Triparadeisos doch gerade einberufen, um der Gewalt ein Ende zu machen.

Aber wir müssen die beiden dazu bringen, ihr Amt wieder abzugeben, denn ich will im Reich stabile Verhältnisse schaffen und weitere Kämpfe vermeiden. Dazu muss ich die beiden Könige nach Makedonien holen, wo sie hingehören. Das kann ich nur, wenn ich nicht bloß Regent von Makedonien, sondern auch Regent für die Könige bin. Nur dann kann ich verhindern, dass Olympias den jungen Alexander dazu benutzt, wieder an die Macht zu gelangen.» Er besah seine Hände. «Mir bleiben bloß noch wenige Jahre, und die würde ich gern so friedlich wie möglich verleben. Ich habe genug gekämpft, jetzt möchte ich den Rest meines Lebens geruhsam zubringen. Aber das ist nicht möglich, wenn ich mich mit Olympias herumschlagen muss, die nichts unversucht lassen wird, ihren Enkel in ihre Gewalt zu bringen und den Schwachsinnigen zu ermorden.»

Antipatros stand auf, streckte seine Beine und rieb sich die Schenkel. Er verzog das Gesicht, als seine alten Knochen nach dem langen Sitzen knackten. Stets ein aktiver Mann, ein Zeitgenosse Philipps, war er von Alexander zum Regenten von Makedonien ernannt worden, als der zu seinem glorreichen Asienfeldzug aufgebrochen war. Seither hatte Antipatros im europäischen Teil des Reiches beinahe wie ein König geherrscht. Dabei war er regelmäßig mit Alexanders Mutter Olympias in Konflikt geraten, deren Verlangen nach Macht fast so groß war wie ihr Geschick, diese zu missbrauchen. Der Regent hatte viel Energie darauf verwandt zu verhindern, dass die einstige Königin sich in die Angelegenheiten des Reiches einmischte. Solange Alexander lebte, hatte er einen Verbündeten. Doch nun hatte niemand mehr genügend Einfluss auf die Frau, um ihn in seinen Bemühungen gegen sie unterstützen zu können. Antipatros war wohl bewusst, dass sie dank Ptolemaios recht bald von Perdikkas' Tod erfahren und dann versuchen würde, Roxane und das Kind in ihre Obhut zu bekommen. Sie würde die beiden benutzen, um in Makedonien Macht auszuüben und blutige Rache für all die Kränkungen zu nehmen, die sie in ihrer verzerrten Wahrnehmung erlitten hatte, seit Alexander fortgegangen war. Zweifellos waren es unzählige.

Antipatros ließ sich mit einem Seufzer wieder auf seinen Stuhl sinken und schaute Kassandros an. Er versuchte, sich jetzt, da seine gute Laune verflogen war, die Abneigung gegen seinen ältesten Sohn nicht anmerken zu lassen. «Nun, Peithon kenne ich schon seit Langem. Er ist skrupellos, aber nicht der Klügste, und er wird wohl kaum dauerhaft Regent für die Könige bleiben wollen.»

«Er hat allerdings versucht, die griechischen Söldner, die er bei ihrem Abzug aus dem Osten aufhalten sollte, in seine Armee aufzunehmen, statt gegen sie zu kämpfen», bemerkte Kassandros. Dabei beobachtete er seinen Vater aus dem Augenwinkel, denn er spürte, dass die alte Feindschaft wieder da war. «Nur die Götter und er selbst wissen, was er mit dieser Armee angefangen hätte, wenn es ihm gelungen wäre und Seleukos diese Männer nicht beizeiten abgeschlachtet hätte. Mir scheint, das zeugt schon von einem gewissen Ehrgeiz, auch wenn er es nicht sonderlich geschickt angefangen hat.»

Antipatros überdachte das. «Ich glaube nicht, dass er im Augenblick irgendetwas allzu Bedrohliches im Schilde führt. Mir wurde berichtet, Seleukos habe ein wachsames Auge auf ihn. Mich interessiert vielmehr Seleukos selbst. Ich erinnere mich vage daran, ihn in Pella kennengelernt zu haben, als er noch ein unreifer Jüngling war. Ich wüsste gern, zu was für einem Mann er herangewachsen ist.»

«Er würde dir besser gefallen als ich, Vater.»

Antipatros stutzte ob dieser Bemerkung. «Was willst du damit sagen?»

«Ich will sagen, dass er alles ist, was ich in deinen Augen nicht bin. Er ist ein Elefantenbulle von einem Mann, größer als ich und doppelt so breit in den Schultern. Die Leute mögen ihn auf Anhieb, wohingegen ich Misstrauen und Abscheu hervorrufe. Er verfügt über einen scharfen, logischen Verstand. Zum Beispiel wusste er gleich, dass –» Kassandros unterbrach sich und blickte schuldbewusst drein. «Was ich sagen will: Er besitzt die Fähigkeit, eine Entscheidung zu treffen und andere auf seine Seite zu ziehen, ohne sie zu überreden oder zu bestechen, und in einem Kampf steht er jederzeit seinen Mann. Wenn es denn zu einem käme, denn niemand würde es freiwillig im Zweikampf mit ihm aufnehmen.» Kassandros verzog sein verkniffenes Gesicht zu einem Lächeln, doch in seinen Augen lag keine Heiterkeit. «Du siehst also, Vater: alles, was ich nicht bin.»

Antipatros schwieg und betrachtete den Sand zu seinen Füßen.

Iolaos trat unbehaglich von einem Fuß auf den anderen, während er auf die Reaktion seines Vaters wartete. Nikanor murmelte etwas in aufmunterndem Ton, brachte es jedoch nicht über sich, seinen älteren Bruder anzuschauen.

«Ich habe mich bemüht», knurrte Antipatros schließlich, «aber du warst nie ein gefälliges Kind. Ständig hast du geplärrt, um deinen Willen durchzusetzen, und warst gehässig zu den anderen Knaben am Hof. Ich habe gesehen, wie du gelogen und betrogen hast, weil du dich ihnen unterlegen fühltest, und ich brannte innerlich vor Scham.» Endlich richtete er den Blick auf Kassandros. «Aber unser bisheriges Verhältnis braucht sich nicht auf die Gegenwart auszuwirken. Tu, was ich von dir verlange, und mache mich stolz, Kassandros, und vielleicht gelingt es uns dann, einander ein wenig mehr zu mögen.»

«Immer muss alles zu deinen Bedingungen geschehen.»

«Nun, zu wessen Bedingungen denn wohl sonst?» Antipatros sprang auf und zeigte mit ausgestrecktem Finger auf ihn. «Ich bin der Vater, und du bist der Sohn, es ist deine Pflicht, mir zu gehorchen und mir zu Willen zu sein. Wenn du das nicht begreifen kannst, wie Nikanor und Iolaos es begriffen haben, dann sehe ich nicht, wie ich dir noch entgegenkommen könnte.»

Kassandros hielt dem Blick seines Vaters eine Weile lang stand, dann schlug er die Augen nieder zum Zeichen, dass er sich fügte.

Das ist das erste Mal, dass ich ihn so sehe.

«Es tut mir leid, Vater», sagte Kassandros kleinlaut, «du hast recht.»

Antipatros schwieg abwartend, doch Kassandros beließ es dabei. Der alte Regent setzte sich wieder. «Nun gut, mein Sohn. Für den Anfang kannst du mir erzählen, was Seleukos nach deiner Einschätzung will.»

«Ganz einfach: Babylon.»

«Ach, tatsächlich?»

«Ja, und ich glaube, er hat es bereits.»

Antipatros tat das mit einer Handbewegung ab. «Unmöglich, nur der Regent kann Satrapien zuteilen. Außerdem ist Archon noch im Amt.»

«Archon wurde von Perdikkas ernannt. Als Peithon und Arrhidaios gemeinsam die Regentschaft übernahmen, war eine ihrer ersten Amtshandlungen, Archon abzusetzen und Babylon Seleukos zuzusprechen.»

Antipatros starrte seinen Sohn an, dann kniff er die Augen zusammen und drückte mit Daumen und Zeigefinger seine Nasenwurzel.

Natürlich. Das ist ein geschickter Zug, und ich kann es nicht rückgängig machen, ohne erheblichen Anstoß zu erregen. Ich sehe, Ptolemaios und Seleukos haben das gemeinsam eingefädelt.

Arrhidaios ist Ptolemaios' Mann. Indem er ihm den Leichenwagen zuführte, hat er sich unwiderruflich an Ptolemaios gebunden. Also würde er alles tun, was der von ihm verlangt. Peithon steht in Seleukos' Schuld, denn dieser hat ihn vor dem schweren Fehler bewahrt, die aufständischen Söldner in seine Armee aufzunehmen und sich so zum Geächteten zu machen.

«Hattest du den Eindruck, dass Ptolemaios und Seleukos sich gut verstehen?»

Kassandros zuckte die Achseln. «Nun, jedenfalls mögen sie einander lieber als mich.»

Antipatros widerstand der Versuchung anzumerken, dass er das wenig überraschend fand. «Ein Bündnis zwischen Babylonien und Ägypten wäre eine Herausforderung; es würde das Reich praktisch in Nord und Süd spalten. Ich muss etwas dagegen unternehmen, bevor es zur unumstößlichen Tatsache wird.» Er schwieg nachdenklich, ehe er fortfuhr: «Kassandros, gehe unverzüglich nach Babylon und bringe mir Nikaia nach Triparadeisos. Ich werde in einem Monat dort sein. Ich will nicht, dass sie zur Spielfigur in den Händen von Männern wird, die sich womöglich bald als meine Feinde erweisen.»

«Ja, Vater.» Kassandros blickte plötzlich besorgt drein. «Glaubst du wirklich, dass sie dich bedrohen werden?»

«Nicht mich persönlich, wohl aber das, wofür ich stehe. Mir ist jetzt klar, was sie im Schilde führen. Ihnen ist nicht daran gelegen, Macht über die Könige zu erlangen, sonst hätten sie die Regentschaft selbst übernommen, anstatt Stellvertreter einzusetzen. Die Könige sind ihnen nicht wichtig, deshalb sind sie gewillt, sie mir zu überlassen. Sie denken, dass sie dann vor mir sicher sind, da ihre Satrapien so weit von Makedonien entfernt liegen und ich wohl die Mühen scheuen werde, sie zu behelligen, wenn ich die Könige habe.»

«Das erscheint plausibel.»

Nikanor und Iolaos äußerten leise Zustimmung.

«Durchaus, nur haben sie etwas vergessen: den kleinen Hurensohn Eumenes.»

«Was ist mit ihm?»

«Wenn die Heeresversammlung ihn zum Geächteten erklärt hat, dann sollten wir ihn der Gerechtigkeit zuführen – und die Götter wissen, wie gern ich das täte, nachdem er mir solche Schmach zugefügt hat. Aber man muss sich immer in den Feind hineinversetzen: Ich an seiner Stelle würde mich nach Osten zurückziehen und nach Verbündeten Ausschau halten. Dann wird Seleukos gezwungen sein, sich entweder auf Eumenes' oder auf meine Seite zu stellen. Und so löst er sich von Ptolemaios, wie auch immer er sich entscheidet.»

Kassandros überdachte den Plan. «Das könnte gelingen, aber ziehst du wirklich in Betracht, einen solch ausgedehnten Feldzug zu unternehmen, um Eumenes in den Osten zu folgen? Bei allem Respekt – in deinem Alter?»

Antipatros lachte. «Nein, mein Junge, das ist nicht meine Absicht. Ich ziehe es vor, in der Heimat zu bleiben, während andere für mich die Drecksarbeit erledigen – in diesem Fall entweder Archias oder Antigonos.» Er wandte sich an Nikanor. «Brich unverzüglich nach Zypern auf und richte Antigonos aus, er soll so schnell wie möglich wieder aufs Festland kommen. Ich will, dass er in weniger als einem Monat mit seiner Armee in Triparadeisos ist. Er sollte sich also beeilen, die Sache mit Aristonous zu Ende zu bringen. Sage dem geharzten Kyklopen, ich beabsichtige, ihn zum militärischen Oberbefehlshaber in Asien zu machen, und seine erste Aufgabe wird sein, Jagd auf Eumenes zu machen, sofern der Verbanntenjäger ihm nicht zuvorkommt und den listigen kleinen Griechen schneller zur Strecke bringt.»

EUMENES
DER LISTIGE

Eumenes hatte am Vorabend zugesehen, wie sie abgezogen waren – fast zwölftausend Mann, und er hatte nichts tun können, um sie aufzuhalten. Zwölftausend Veteranen makedonischer Infanterie, einst Krateros' Männer, schlachtenerprobt und erfahren darin, sich von dem zu ernähren, was das Land hergab. Ideale Soldaten für ihn, hatte Eumenes sich gesagt.

Wäre da nicht die Tatsache, dass ich für den Tod ihres Feldherrn verantwortlich bin und überdies die Dreistigkeit besitze, ein Grieche zu sein, noch dazu ein nicht besonders großer.

Er schüttelte den Kopf, während er von seinem Aussichtsposten auf einem Hügel das überblickte, was ihm von seiner Armee geblieben war. Die Männer lagerten am westlichen Ende der Brücke über den Fluss Halys, auf welcher die Königsstraße von Phrygien nach Kappadokien führte. Die Truppe war zahlenmäßig nie wirklich groß gewesen, aber sie hatte ihm in bemerkenswerter Weise die Treue gehalten.

Obwohl ich ein einstiger griechischer Sekretär bin.

Den Kern seiner Armee hatte die fünfhundert Mann starke kappadokische Kavallerie gebildet, die während der Belagerung von Mazaka, der Hauptstadt Kappadokiens, zu ihm übergelaufen war: hochgewachsene, stolze, bärtige Männer, deren farbenfrohe bestickte Hosen und lange Hemdgewänder große Ähnlichkeit mit dem persischen Kleidungsstil aufwiesen. Als Rüstung trugen sie Schuppenpanzer und hohe Helme, und auch ihre Pferde waren teilweise gepanzert. Nachdem Eumenes diese Männer einmal kennengelernt hatte, liebte er sie für ihre Reitkünste und ihre Furchtlosigkeit. Sie wiederum respektierten ihn mit der Zeit, da er sie ein ums andere Mal zum Sieg führte.

Indem er diese Männer und ihren Befehlshaber Parmida dazu gebracht hatte, während der Belagerung von Mazaka die Seiten zu wechseln, hatte Eumenes Perdikkas zum Sieg über den rebellischen Satrapen Ariarathes verholfen. Anschließend hatte Eumenes sich mit seiner neuen Kavallerie darangemacht, den Rest Kappadokiens zu unterwerfen; der Satrapie, die Perdikkas ihm scherzeshalber zugesprochen hatte und die nie vollständig von den Makedonen erobert worden war. Gemeinsam hatten sie den letzten Widerstand gegen die makedonische Herrschaft hinweggefegt, und im Zuge dessen hatte er zahlreiche Söldner in seine Armee aufgenommen, überwiegend Thraker und Paphlagonier sowie einige griechische Hopliten, Peltasten und diverse leichte Krieger.

Während das Reich in einen Bürgerkrieg hineinschlitterte, war seine Armee langsam gewachsen. Makedonen waren zunächst schwer zu bekommen gewesen, abgesehen von dem kleinen Trupp Hetairenreiter, der ihn als Leibgarde begleitete, seit Alexander ihn zum Befehlshaber befördert hatte. Das änderte sich, als er Neoptolemos schlug und ihm daraufhin dessen zehntausend Mann starke Phalanx die Treue schwor. Somit verfügte Eumenes über eine ansehnliche Armee, als er Krateros entgegentrat und ihn besiegte. Er nahm die Kapitulation und den Treueeid von Krateros' Kavallerie entgegen.

Seine Infanterie war jedoch so zahlreich, dass Eumenes sie unmöglich unter Kontrolle bringen konnte, als sie die Waffen niederlegte. Er konnte nicht verhindern, dass die Männer zu Antipatros zurückkehrten. Zwei Siege hatte er errungen, zwei Siege für Perdikkas, und doch war es ihm nicht gelungen, seinen Auftrag zu erfüllen: zu verhindern, dass Antipatros' Armee in den Süden zog, während Perdikkas sich dort mit Ptolemaios herumschlug. Zwei Siege, und doch war Antipatros' Armee durchgestoßen, sodass Perdikkas in der Falle sitzen würde. Seine Sache, die Sache des Königshauses der Argeaden, würde vernichtet werden.

Eumenes hatte Perdikkas stets die Treue gehalten, so herablassend der ihn auch behandeln mochte, denn Perdikkas war der Regent für die Erben der Herrscherdynastie der Argeaden. Und Eumenes verdankte König Philipp alles – und somit seiner Familie, den Argeaden. Nachdem Eumenes' Vater und der größte Teil seiner Angehörigen von Hekataios, dem Tyrannen seiner Heimat Kardia, ermordet worden waren, hatte Eumenes in Pella Zuflucht gesucht. Dort hatte Philipp seinen scharfen Verstand und seine strukturierte Denkweise erkannt und ihn ungeachtet seiner Jugend und seiner ausländischen Herkunft zu seinem Sekretär gemacht.

Und hier war er nun und kämpfte auf der Verliererseite, weil er den Erben Philipps und Alexanders so unerschütterlich die Treue hielt. Ihm war schmerzlich bewusst, dass er das einzig und allein sich selbst zuzuschreiben hatte. «Ich hätte Perdikkas niemals aus den Augen lassen dürfen», sagte er zu seinen Gefährten: Parmida, dem Befehlshaber der kappadokischen Kavallerie, Xennias, dem Befehlshaber von Krateros' geschlagener Kavallerie, und Hieronymos, einem Landsmann und Jugendfreund, der kürzlich aus Kardia eingetroffen war. «Er ist zu plump und zu arrogant, um politisch vernünftige Entscheidungen zu treffen.» Wieder schüttelte er den Kopf, da ertönten Hornsignale im Lager, und die Männer begannen, die Zelte abzubauen. «Ich habe ihm zugeredet, Kleopatra zu heiraten und Antipatros' Angebot einer Ehe mit seiner Tochter Nikaia höflich abzulehnen, da Ptolemaios und Krateros bereits die anderen zwei Töchter des alten Mannes geehelicht haben und er so nur einer unter drei Schwiegersöhnen wäre. Aber nein, der Schwachkopf beschließt, beide zu heiraten, Nikaia und Kleopatra, als ob das niemandem auffallen würde.»

Das war Xennias neu. «Du wolltest, dass Perdikkas Kleopatra heiratet?»

Eumenes sah zu Xennias auf, der zehn Jahre jünger war als er – in den Dreißigern – und einen Kopf größer. Er runzelte die Stirn. «Natürlich, das wäre das Vernünftigste gewesen.»

«Aber du sagtest doch, du seist Perdikkas treu geblieben, weil er Regent für die beiden Könige war, und du würdest das Königshaus der Argeaden immer unterstützen. Hätte er sie geheiratet, dann hätte er –»

« – den Thron beanspruchen können. Ganz recht.»

«Aber was wäre dann aus den beiden Königen geworden, den wahren –»

« – Erben der Argeadendynastie?» Eumenes zuckte die Achseln, während er beobachtete, wie in der Ferne von Westen her ein Reiter im Galopp über die Königsstraße auf sie zukam. «Man hätte sie an einen abgeschiedenen Ort gebracht, bis sichergestellt wäre, dass sie nicht mehr gebraucht werden. Es geht um die Dynastie, nicht um einzelne Personen. Wem würdet ihr lieber dienen, einem Wickelkind und einem Schwachsinnigen oder Kleopatra, Alexanders Vollschwester, verheiratet mit Perdikkas, der selbst reichlich königliches Blut hat?»

«Ich verstehe, was du meinst.»

«Tust du das, Xennias?», fragte Hieronymos, ein Krieger, der

Speck angesetzt hatte; ehemals Soldat und nun Geschichtsschreiber. «Mir fällt es schwer. Aber deshalb bin ich wohl gekommen: um selbst Zeuge dieses Ringens zu werden und all das besser zu begreifen.»

Eumenes lächelte. «Du hast dich zu lange allein daheim in deinen Büchern vergraben, alter Freund. Meine Argumentation war schlüssig.»

Xennias dachte darüber nach, während der Reiter näher kam. «Antipatros hätte –»

« – dem Anspruch nichts entgegensetzen können. Ich weiß. Das war ja gerade der Sinn der Übung.» Eumenes seufzte bedauernd. «Es wäre zu einer friedlichen Einigung gekommen, ein Bürgerkrieg wäre vermieden worden. Krateros wäre noch am Leben – und wenn ich es mir recht überlege, Neoptolemos ebenfalls, aber so hat eben alles auch eine Schattenseite. Wir hätten uns darauf konzentrieren können, das Reich zu regieren und ein ungeheures Vermögen anzuhäufen. Es wäre auch beinahe dazu gekommen, wirklich. Ich war kurz davor, den Schaden zu beheben, den der Schwachkopf durch seine Heirat mit Nikaia angerichtet hatte. Ich hatte Kleopatra schon fast so weit, Perdikkas trotzdem noch zu ehelichen. Antipatros hatte Perdikkas wegen der Angelegenheit mit Nikaia zwar bereits den Krieg erklärt, doch es hätte noch immer einen Ausweg gegeben. Antipatros hätte sich Perdikkas nicht entgegenstellen können, wenn der mit Kleopatra an seiner Seite Alexanders Leichenzug nach Makedonien geführt hätte, um ihn in der Heimat zu bestatten. Nein, er hätte einen Rückzieher machen und die Schmach über Nikaia schlucken müssen. Der Krieg wäre beendet gewesen, noch ehe er wirklich begonnen hätte. Doch dann habe ich den denkbar schlimmsten Fehler begangen: Kleopatra hat sich geweigert, als sie erfuhr, dass Perdikkas Alexanders Leichnam an Ptolemaios verloren hatte, und ich selbst war derjenige, der es ihr verriet. Ich! Ich könnte weinen vor Scham. Ich! Nach all den Jahren voller Intrigen und diplomatischer Missionen habe ich, der es doch wirklich besser wissen sollte, etwas preisgegeben, das meine Verhandlungspartnerin noch nicht wusste. Ja, das habe ich getan! Könnt ihr das glauben? Könnt ihr euch vorstellen, dass ich so töricht war?»

Hieronymos erkannte, dass es sich um eine rhetorische Frage handelte, und schwieg. Xennias, der in erster Linie Soldat war, wusste nicht recht, ob er Ja oder Nein sagen sollte, und zuckte nur unverbindlich die Achseln. Parmida jedoch, an die Machenschaften der kappadokischen Stammesfürsten gewöhnt, schnalzte missbilligend mit der Zunge. «Nein, Herr, das kann ich nicht. Das war wirklich töricht, es grenzt schon an Irrsinn.»

«Die Frage war rhetorisch», sagte Eumenes und runzelte die Stirn ob dieser unverhohlenen Kritik.

Parmida breitete die Hände aus. «Es tut mir leid, Herr. Ich habe mich noch immer nicht daran gewöhnt, im Gespräch mit Griechen nicht zu sagen, was ich denke.»

Eumenes starrte den kappadokischen Befehlshaber an, doch der schaute gänzlich arglos drein.

Natürlich, in ihrer Religion dreht sich doch alles darum, die Lüge mit der Wahrheit zu bekämpfen. Ich vergesse immer wieder, dass man sich gegenüber diesen Ausländern ganz wörtlich und direkt ausdrücken muss.

«Vergiss es einfach. Jedenfalls wusste Kleopatra noch nicht, dass der Leichenwagen entführt worden ist. Ich hätte die Sache leicht vor ihr verheimlichen, beschönigen, irgendwie unter den Teppich kehren können, bis ich Perdikkas nach Sardis geholt hätte und die Ehe geschlossen worden wäre.» Eumenes rieb sich den Kopf und verscheuchte den Gedanken, dass sein Haar jedes Mal, wenn er darüberstrich, dünner erschien. «Aber ich habe diesen dummen Fehler nun einmal begangen, und der Krieg war die unausweichliche Folge. Und soeben musste ich zusehen, wie zwölftausend Mann, die eigentlich meine Gefangenen – oder besser noch, Teil meiner Armee – sein sollten, nach Süden losmarschiert sind, um sich dem Feind anzuschließen. Ich bin an allen Fronten gescheitert, militärisch ebenso wie diplomatisch. Nun wird mir kein Makedone jemals verzeihen, denn man wird in mir für alle Zeiten den Mann sehen, der Krateros getötet hat. Dabei habe ich mich doch mehr als jeder andere bemüht, diesen Krieg und seinen Tod zu verhindern.»

Xennias schaute auf seinen neuen Befehlshaber hinunter. «Und was tun wir jetzt?»

Wir? Er hat ‹wir› gesagt. Das ist das erste Mal seit langer Zeit, dass ein Makedone mich gefragt hat, was ‹wir› jetzt tun. Hätte nur Perdikkas dasselbe getan, dann wären wir nun nicht in dieser misslichen Lage.

«Wir kämpfen weiter für das Königshaus der Argeaden. Also marschieren wir in den Süden, um Perdikkas zu unterstützen, und hoffen, dass wir nicht zu spät kommen.» Eumenes setzte den Helm auf, den er unter den Arm geklemmt hatte. Gerade kam der Reiter im Trab zum Lagertor hereingeritten. «Kommt, meine Herren – dieser Reiter sieht aus wie ein offizieller Bote, vielleicht bringt er Rat. Die Frage ist: Kommt die Nachricht von Perdikkas oder von Antipatros?»

Sie kam von keinem der beiden, wie Eumenes erkannte, als er das Siegel auf der Dokumentenröhre betrachtete. «Kleopatra? Interessant.» Er brach das Siegel, zog den Brief aus der Röhre und entrollte ihn.

Mein lieber Eumenes, dieser Brief ist in großer Eile verfasst, denn er muss den Mördern zuvorkommen, die unweigerlich darauf aus sein werden, sich das auf dich ausgesetzte Kopfgeld zu verdienen. Ich weiß aus sicherer Quelle, dass Antipatros die Fähigkeiten des Verbanntenjägers Archias hoch schätzt. Mich erreichte soeben eine Botschaft von Ptolemaios, überbracht durch das schnellste seiner Schiffe. Wenn Antipatros die Kunde durch Eilboten auf dem Landweg erhält, muss sie ihn etwa einen Tag früher erreichen als dich dieser Brief; sollte er sie jedoch auf dem Seeweg bekommen haben, dann könnten die von ihm ausgesandten Mörder schon in Kürze bei dir sein. Perdikkas ist tot, ermordet von Seleukos, Peithon und Antigenes. Vorläufig sind Peithon und Arrhidaios die neuen Regenten, bis alle in Triparadeisos zu der Konferenz zusammenkommen und sich dort auf eine neue Regelung einigen. Dich wird man nicht zu dieser Konferenz einladen, denn als die Heeresversammlung von Krateros' Tod erfuhr, verhängte sie sogleich das Todesurteil über dich. Du bist nun ein Geächteter, und soweit ich sehe, bleiben dir nur zwei Möglichkeiten: Du kannst aus dem Reich fliehen oder deinen Männern eröffnen, wie die Dinge stehen, ehe sie es aus anderer Quelle erfahren, und darum beten, dass sie dir die Treue halten.

«‹Es besteht keine Aussicht, dass das Urteil wieder aufgehoben werden könnte.›» Eumenes verstummte, schaute von dem Brief auf und blickte in die Gesichter der Männer in den ersten Reihen. Er hatte die Heeresversammlung einberufen, sobald er den Brief gelesen hatte; nun, da seine Soldaten den Inhalt kannten, sah er keine Anzeichen von Feindseligkeit. «‹Und so wirst du keine Verbündeten mehr finden. Ich wünsche dir viel Glück. Deine Freundin Kleopatra.›» Eumenes rollte das Schriftstück zusammen. Seine versammelte Armee schwieg. Er breitete die Arme aus. «Hier stehe ich, zum Tode verurteilt. Gibt es hier einen Mann, der das Urteil vollstrecken möchte?» Noch immer blieb es still. «Soll ich aus dem Reich fliehen?»

Eumenes war überrascht, wie vehement das verneint wurde.

Beliebt zu sein, ist ein ganz neues Gefühl. Ich finde es geradezu ein wenig beunruhigend.

«Dann bleibe ich.» Daraufhin jubelten seine Männer ihm lauthals zu, schwenkten ihre Helme in der Luft und stampften mit den Füßen auf den staubigen Boden. Dieser Überschwang verwunderte Eumenes so, dass er den Jubel länger andauern ließ, als es sich geziemte. «Wenn ich bleibe», rief er schließlich laut, während er mit Gesten um Ruhe bat, «dann gibt es keine andere Möglichkeit, als zu kämpfen. Sobald ich aufhöre, bin ich ein toter Mann. Nun ist mir klar, dass ihr, indem ihr mich unterstützt, dasselbe Urteil auch über euch bringt. Jedem, der nicht meinetwegen zum Tode verurteilt werden will, stelle ich es frei zu gehen.» Wieder schwieg er, doch niemand machte Anstalten, sich zu entfernen. «Gut. Wir kehren über den Fluss nach Kappadokien zurück und überwintern dort in der Festung Nora. Im Frühjahr brechen wir zu einem Feldzug in den Westen auf und suchen uns einen geeigneten Ort, um uns der Armee zu stellen, die Antipatros gewiss gegen uns ins Feld schicken wird.»

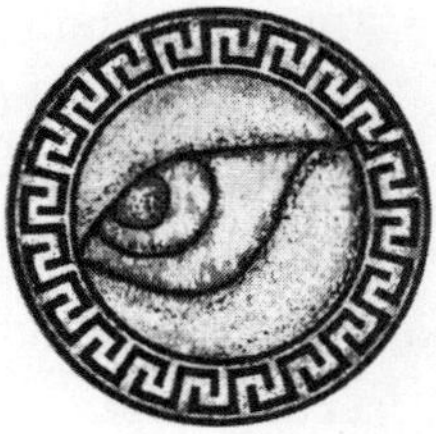

ANTIGONOS
DER EINÄUGIGE

Jetzt werde ich endlich sehen, aus welchem Holz Aristonous geschnitzt ist … Mit seinem einen Auge überblickte Antigonos die feindlichen Reihen lanzenbewehrter makedonischer Phalangiten, abgeschirmt durch leichte Bogenschützen und Schleuderer. Sie standen seinen eigenen Truppen gegenüber, die exakt gleich gerüstet, bewaffnet und aufgestellt waren, sodass es schien, als stünden sie vor einem riesenhaften Spiegel. Die beiden Armeen kämpften um die Kontrolle über Zypern, denn die Insel war zusammen mit Rhodos und Tyros der Schlüssel zur Macht über die See vor der asiatischen Küste. Doch der heutige Kampf beschränkte sich nicht auf zwei Armeen – eine für Perdikkas und eine für Antipatros –, die sich hier knapp südlich der Stadt Salamis an der Ostküste der Insel begegneten. Begeisterung durchströmte Antigonos, als sein Blick nach rechts über die gegnerische Phalanx hinwegglitt, vorbei an der einheimischen zypriotischen leichten Infanterie und Kavallerie am Strand und weiter aufs Meer hinaus. Dort im tiefen Wasser lagen die beiden Flotten in Gefechtsformation. Jede mehr als hundert Schiffe stark, bereit zur Schlacht, boten sie einen eindrucksvollen Anblick. Heute wird die Sache entschieden, sinnierte Antigonos, hob den Schlauch an die Lippen und trank einen kräftigen Schluck geharzten Weines. Dabei beobachtete er, wie in der Ferne Kleitos der Weiße, der Kapitän seiner Flotte, zum Bug des vordersten Schiffes ging. Er war nackt bis auf einen Mantel, der im Seewind wehte, und drohte dem Feind mit seinem Dreizack. Und wie könnte ich scheitern, da ich doch Poseidon auf meiner Seite habe? Ohne das wunderliche Gebaren seines Admirals weiter zu beachten, richtete er den Blick nun auf seine vom Meer abgewandte Flanke und die Masse lanzenbewehrter Kavallerie. Deren Befehlshaber war sein siebzehnjähriger Sohn Demetrios, prächtig im purpurnen Mantel.

Der dreiste kleine Lümmel kleidet sich schon wie ein König – woher hat er diesen Mantel? Den werde ich ihm abnehmen, sobald wir mit Aristonous fertig sind. Und wenn er diesmal wieder nicht meine Befehle befolgt, ziehe ich ihm das Fell über die Ohren.

In der Gewissheit, dass alles bereit war, gab Antigonos seinen Weinschlauch einem Pferdeknecht, wischte sich eine Träne ab, die aus seiner vernarbten Augenhöhle gesickert war, und saß ab. Sein Ross überließ er ebenfalls dem Pferdeknecht, der es durch die sechzehn Reihen seiner viertausend Mann starken Phalanx nach hinten führte. Erregt und voller Vorfreude auf die Schlacht rieb Antigonos sich die Hände und nahm seinen Platz in der Mitte der Frontlinie ein.

Ein graubärtiger Mann mit Augen von gleicher Farbe reichte ihm grinsend seine sechzehn Fuß lange Sarissa; die Lanze, welche die makedonische schwere Infanterie in geschlossener Formation benutzte, für wen auch immer sie gerade kämpfte.

«Danke, Philotas.» Antigonos wog die Waffe prüfend in beiden Händen. «Das wievielte Mal ist das heute?»

«Es ist das vierundsechzigste Mal, dass wir beide Schulter an Schulter stehen, mein alter Freund.»

«Und dennoch empfinde ich noch immer die gleiche Begeisterung wie beim ersten Mal. Götter, das wird gut. Wir mögen keine großen Armeen haben, aber sie sind allemal groß genug für eine ordentliche Prügelei, und die Flotten werden sich auch einen anständigen Kampf liefern. Ich überlege mir, ob ich gegen Aristonous Großmut walten lassen soll. Ich mochte ihn schon immer ganz gern, und er hat sich hier auf Zypern als würdiger Gegner erwiesen.»

In der Tat hatte Antigonos den Feldzug der vergangenen drei Monate genossen, in dessen Verlauf er den größten Teil der Insel erobert hatte. Er und sein Gegner hatten Katz und Maus gespielt; jeder hatte versucht, die Vorteile des Geländes für sich zu nutzen, denn ihre Armeen waren zahlenmäßig etwa gleich stark. Da der Bürgerkrieg auf dem Festland eskalierte, konnte keine der beiden Seiten auf Verstärkung hoffen, und so begnügten Antigonos und Aristonous sich damit, auf einer kleineren Bühne in kleinerem Maßstab Krieg zu führen. Die einzige Variable war die wechselnde Loyalität der Kleinkönige, von denen es auf der Insel nur so wimmelte. Doch um deren Truppen war es so jämmerlich bestellt, dass sie mitunter für die eigene Seite eine größere Gefahr darstellten als für den Gegner. So hatten die bisherigen Kämpfe zu keinem Ergebnis geführt, und weil die Flotten, die beide Armeen unterstützten und mit Nachschub versorgten, ebenfalls gleich stark waren, konnte auch keiner den anderen in die Enge treiben und aushungern, um eine Kapitulation zu erzwingen.

Doch nun, da die Feldzugsaison sich dem Ende näherte, hatten Antigonos und Aristonous in stummer Übereinkunft beschlossen, sich auf offenem Gelände zur Schlacht zu stellen, wo keiner einen Vorteil hatte. Es war, als seien die beiden Feldherren es leid, sich um strategische und taktische Feinheiten zu scheren, und hätten deshalb entschieden, die Sache auszumachen wie zwei Boxer bei den Olympischen Spielen, Auge in Auge, Schlag um Schlag.

Antigonos wandte sich um und nickte seinem Trompeter zu, der sechs Reihen hinter ihm stand. «Blase das Kommando zum Vorrücken.»

Fast im selben Moment ertönte von der anderen Seite das gleiche Signal, und die beiden Armeen marschierten aufeinander zu. Draußen auf dem Meer, das in der warmen Nachmittagssonne glitzerte, übertönten indessen die schrillen Pfeifen der Taktgeber das Kreischen der Möwen, die Abfall suchend um die Schiffe schwärmten.

Götter, das wird gut. Wir müssen ihnen nur standhalten, während Demetrios ihre Kavallerie ausmanövriert und ihre Flanke umgeht, um der Phalanx in den Rücken zu fallen. Und wenn es Kleitos gelingt, durchzubrechen und seine Seesoldaten ebenfalls hinter ihnen an Land zu setzen, dann können Aristonous' Jungs gar nicht mehr anders, als sich zu ergeben. Auf diese Weise sollte nicht allzu viel makedonisches Blut vergossen werden – auch wenn ich nicht will, dass meine Lanzenspitze gänzlich unbefleckt aus diesem Kampf hervorgeht.

Er schaute an seiner Waffe hinauf, die er noch immer aufgerichtet an seine Schulter gelehnt in einer Hand hielt. So konnte er seinen runden Schild – ein wenig kleiner als der eines Hopliten – mit der Linken richtig halten, um bestmöglich geschützt zu sein, während die Phalanx über das spärlich mit Gras bewachsene, sandige Gelände stapfte.

Immer weiter rückten sie vor, von den leichten Truppen abgeschirmt, die Salve um Salve ihrer Pfeile oder Schleudergeschosse losließen. Sie zielten hauptsächlich auf die entsprechenden Einheiten der gegnerischen Seite, denn auf diese Distanz die feindliche Phalanx unter Beschuss zu nehmen, wäre vergebliche Mühe gewesen: Auch diese war noch gut durch ihre Schilde geschützt.

Der Abstand zwischen beiden Seiten verringerte sich. Bei einhundert Schritt drehte Antigonos den Kopf und nickte seinem Trompeter zu. Ein Signal ertönte, das sich zu beiden Seiten durch die Formation fortpflanzte. In einer sanften Welle, ausgehend von der Mitte der Frontlinie, wurden die Sarissen gesenkt, als bräche eine Woge sich am Strand. Nun brauchten die Männer beide Hände für die Waffe und konnten den Schild nicht mehr fest vor sich halten. Stattdessen trugen sie ihn am Riemen über der linken Schulter, um wenigstens etwas geschützt zu sein. Darauf hatten die leichten Truppen gewartet: Nun konzentrierten sie sich nicht länger auf ihresgleichen, sondern zielten höher und schickten die Salven über die Köpfe der Plänkler hinweg in die Masse der schwach geschützten Infanterie in dichter Formation. Allerdings hielten dort nur die ersten fünf Reihen ihre Lanzen waagerecht – die der nächsten elf Reihen waren in immer steilerem Winkel aufgerichtet, sodass sie zahlreiche Pfeile und Steine im Flug bremsten. Einige Geschosse erreichten dennoch ihr Ziel und trafen mit dumpfem Laut auf Helme, lederne Brustpanzer, Schilde oder ungeschütztes Fleisch. Die ersten Schreie zerrissen die Luft. Verwundete und Sterbende gingen zu Boden und brachten die umgebenden Kameraden aus der Ordnung, sodass diese alle Mühe hatten, die Formation zu halten und nicht zu stolpern.

Und dann ließen die Plänkler sich zurückfallen, um nicht zwischen die Fronten zu geraten, wenn die beiden Phalangen aufeinanderprallten. Durch schmale Gassen in der Formation liefen sie nach hinten, um sich neu zu formieren, dann schickten sie Salven in hohem Bogen über die Köpfe ihrer Phalanx hinweg auf den Feind.

Als der letzte Mann der leichten Infanterie vorbeieilte, fühlte Antigonos, wie die Kameraden an seinen beiden Seiten näher rückten; die Phalanx schloss ihre Reihen dichter und machte sich für den Zusammenprall bereit. Jetzt ist es nicht mehr weit. Endlich erlebe ich einmal selbst, wie es ist, es mit einer Phalanx aufzunehmen, dachte Antigonos und warf einen Blick nach unten. Er sah, dass die Lanzenspitze des Mannes in der fünften Reihe in Bauchhöhe zwischen ihm und seinem Nebenmann herausragte, genau wie es sein sollte. Die aus der vierten Reihe befand sich anderthalb Schritt weiter vorn, dann kam die der dritten Reihe, die der zweiten und schließlich seine eigene: Auf jeden Mann in der Frontlinie kamen fünf Lanzenspitzen, die auf den Feind gerichtet waren. Wieder einmal empfand Antigonos Stolz darauf, eine außerordentliche Truppe in die Schlacht zu führen. Allerdings war ihm bewusst, dass sie es hier mit einem ebenso fähigen und disziplinierten Gegner zu tun hatten. Dies war ein Bürgerkrieg, und viele Männer der gegnerischen Armee waren von ihm oder seinen Offizieren ausgebildet worden.

Immer näher kamen sie, beide Seiten mit der sechzehnstrahligen Sonne von Makedonien auf den Schilden. Nun konnten sie schon das Weiße in den Augen des Gegners sehen. Die Lanzenspitzen der beiden vordersten Reihen berührten sich mit metallischem Klang, dann scharrten die hölzernen Schäfte aneinander. Gefährlich scharf näherten sich die Spitzen, todbringend, glänzend in der Sonne.

Götter, das wird gut. Phalanx gegen Phalanx – wer hätte gedacht, dass es jemals dazu kommen würde?

«Jetzt!», rief Antigonos und stieß im selben Moment seine Lanze so weit wie möglich nach vorn, sodass sie sich in den Hals des Mannes bohrte, der ihm entgegenmarschierte. Gleichzeitig stachen alle Männer der ersten, zweiten und dritten Reihe zu. Blitzende Klingen schnellten in beide Richtungen vor, drangen in Fleisch oder Rüstung oder gingen ins Leere. Antigonos warf sich nach vorn, wobei er sich zugleich unter einer gegnerischen Lanze hinwegduckte, und stieß seinen aufgespießten Gegner rücklings gegen den Hintermann, sodass dieser gebremst wurde und auch alle Nachfolgenden anhalten mussten. Überall entlang der Linie bot sich ein ähnliches Bild: Die Sarissen mit ihrer großen Reichweite schnellten vor und hielten die heranrückenden Truppen auf. Die Soldaten in den hinteren Reihen versuchten, ihre Vordermänner zu schieben, doch niemand wollte sich weiter in den Wald messerscharfer Lanzenspitzen vorwagen. Auf fünf Schritt Abstand kamen die beiden Phalangen zum Stillstand, und nun stachen die Männer aufeinander ein. Blut troff von den Lanzenspitzen; Männer gingen mit klaffenden Wunden zu Boden, lauthals die Götter anrufend, und sogleich nahmen andere ihren Platz ein.

Wieder und wieder stieß Antigonos mit seiner Lanze zu, Stich um Stich um Stich, und zugleich musste er beständig geschliffenen Eisenspitzen ausweichen, die in seine Richtung vorschnellten, ihn tödlich verletzen wollten. Er achtete kaum auf die Geschosse, die von oben durch den Wald aus Lanzenschäften auf ihn niedergingen. Philotas neben ihm brüllte wie immer jede Unflätigkeit, die ihm in den Sinn kam, während er unter Einsatz seiner Waffe vorwärtszudrängen versuchte, vorbei an den Lanzen der Männer in der zweiten Reihe. Da traf ihn eine glänzende Spitze in den Schenkel, und er ging zu Boden. Die anderen bemerkten es nicht, die Kämpfe nahmen ihren Fortgang, obwohl beide Seiten wussten, dass es vergeblich war: Keine Armee konnte den Kampf für sich entscheiden, und doch war auch keine bereit, ihre Anstrengungen zu verringern, damit nicht etwa die andere Seite die Oberhand gewann.

Alles hängt davon ab, was an den Flanken und draußen auf See geschieht. Wir müssen standhalten, bis sich die Sache dort entscheidet. Nur konnte Antigonos, eingeschlossen in seinem eigenen kleinen Kosmos der Gewalt, nicht weiter als zehn Schritt sehen. Die Flanken hätten sich ebenso gut auf einer anderen Insel befinden können.

Der Gestank von Blut und herausgequollenen Innereien lag in der Luft, der Boden war glitschig davon, doch noch immer schnellten die Lanzen vor, und noch immer trafen sie ihr Ziel. Keine Seite konnte vorrücken. Indessen hätte Rückzug den sicheren Tod bedeutet. Die Kräfte der Phalangen heben sich gegenseitig auf – wenn dieser Bürgerkrieg weitergeht, werde ich eine andere Taktik entwickeln müssen. Antigonos blieb keine Zeit, weiter darüber nachzudenken, denn im nächsten Moment erhob sich in den hinteren Reihen des Gegners großes Geschrei, und der quälende Hagel aus Pfeilen und Schleudergeschossen hörte auf. Die Schreie verstummten ebenso schnell, wie sie eingesetzt hatten; die Männer in Aristonous' Phalanx begannen, sich hinzusetzen.

Lanzen fielen zu Boden, und der Gegner saß oder hockte; eine Masse sich ergebender Männer. «Genug!», rief Antigonos; hinter ihm blies der Trompeter das Kommando, den Kampf einzustellen. Über die sitzenden Männer hinweg sah Antigonos Reiter, und in deren Formation konnte er einen purpurroten Mantel ausmachen.

Demetrios, guter Junge, ausnahmsweise einmal hast du dich genau an deine Anweisungen gehalten.

Antigonos ließ seine Waffe fallen und trat neben Philotas, der mit dem Gesicht nach unten auf dem Boden lag. «Wie geht es dir, alter Freund?»

Philotas drehte sich um, eine Hand auf seinen verwundeten Schenkel gepresst. Er ließ los und lächelte erleichtert. «Es blutet nicht stark. Das wird wieder, es muss nur verbunden werden. Tut allerdings verflucht weh.»

Antigonos fasste ihn an der Schulter. «Ich will, dass du zu unserer fünfundsechzigsten Schlacht wieder auf den Beinen bist, Bruder.» Dann wandte er sich an die Kameraden, die Philotas am nächsten waren. «Bringt ihn zu meinem Arzt. Und seid behutsam mit ihm, er ist schließlich nicht mehr der Jüngste.»

«Verdammter Ziegenbock», presste Philotas mit zusammengebissenen Zähnen hervor, während er versuchte aufzustehen. «Ich bin ein halbes Jahr jünger als du.»

«Antigonos!»

Der Ruf hinderte ihn daran, etwas zu erwidern, und Antigonos schaute sich nach dem Urheber um.

Der war nicht zu übersehen: Ein Offizier, um die zehn Jahre jünger als Antigonos, mit hohem Helmbusch auf dem glänzenden Bronzehelm und einem kostbaren Brustpanzer mit silberner Einlegearbeit, ritt auf einem prächtigen weißen Hengst durch die unterlegene Phalanx. Antigonos lächelte düster. «Aristonous, lange nicht gesehen.»

«Dreizehn Jahre, mein Freund, seit wir uns verabschieden mussten, weil Alexander es dir überließ, den Rest Anatoliens zu erobern.»

«So lange ist das schon her? Und nun wollte das Schicksal, dass wir gegeneinander kämpfen.» Er wies auf die Linien aus Toten und Verwundeten, die wie Gezeitenmarken anzeigten, wie weit jede Seite vorgerückt war. «Das waren gute Jungs, wenigstens die meisten von ihnen.»

«Ich wünschte, es hätte sich vermeiden lassen, aber unsere Herren haben uns nun einmal ausgesandt, um diese Insel zu besetzen. Mir scheint, ich kann mit Fug und Recht behaupten, dass ich der Ehre Genüge getan habe, sodass du sie nun besitzen magst.» Er hielt sein Ross vor Antigonos an und schaute zum Strand hinüber, an Kleitos' Seesoldaten vorbei, die hinter der Flanke seiner Armee an Land gegangen waren, und hinaus aufs Meer, wo von seiner Flotte nur noch vereinzelte Schiffe übrig waren. «Und das Meer gehört dir ebenfalls. Ich kapituliere. Wie wirst du mit meinen Männern verfahren?»

«Ich nehme sie in meine Armee auf. Ich denke, es wird sie nicht sonderlich kümmern, für wen sie kämpfen, solange sie gut und regelmäßig bezahlt werden.»

Aristonous lächelte den einäugigen Feldherrn an und saß ab. «Du kennst die Männer wahrlich gut, Antigonos, und wenn du das sagst, klingt es so einfach. Was wird aus mir? Wie wirst du mit mir verfahren?»

«Ich denke, dir gebe ich erst einmal einen Becher Wein, du bist doch sicher durstig.»

«Das ist schon viel besser», sagte Aristonous und hielt seinen soeben geleerten Becher dem Sklaven hin, um sich nachschenken zu lassen. Dabei schaute er zu Antigonos und Demetrios, die auf der anderen Seite des reichlich mit Fisch und Meeresfrüchten gedeckten Tisches lagen. «Wissen wir schon, wie viele gefallen sind?»

«Jedenfalls so viele, dass der Ehre Genüge getan ist», antwortete Demetrios und rückte seinen zusammengefalteten Mantel zurecht, den er als Polster für seinen Ellenbogen benutzte. «Die Phalanx hat sich ergeben, als wir eure Kavallerie umgangen hatten und ihr in den Rücken fielen, zusammen mit unseren Seesoldaten, die hinter ihr an Land kamen.» Er wandte sich an seinen Vater. «Ich verstehe allerdings nicht, weshalb du es für nötig erachtet hast, meinen Ruhm zu schmälern, indem du die Seesoldaten an dem Sieg teilhaben ließest. Ich wäre sehr gut allein zurechtgekommen.»

Antigonos funkelte seinen Sohn mit dem einen Auge an, während aus der wulstigen Narbe an der Stelle des anderen eine klare rosa Flüssigkeit sickerte. «Von wegen! Du bildest dir ein, du seist allein gewesen, Junge? Bei meinem haarigen, verschwitzten Arsch, das warst du nicht! Du hattest an die tausend Mann bei dir, ein jeder wenigstens so kampftüchtig wie du selbst. Du kannst nicht ohne deine Männer kämpfen, vergiss das nie. Gönne ihnen ihren Anteil an dem Ruhm, sonst wirst du eines Tages während der Schlacht ein Messer in deinem Rücken spüren. So manch ungeliebter Offizier nimmt dieses Ende.» Demetrios wollte protestieren, doch Antigonos ließ ihn nicht zu Wort kommen. «Und ich habe die Seesoldaten anlanden lassen, weil du dich in deiner ersten Schlacht so in den Kampfesrausch hineingesteigert hast, dass du den Feind tagelang kreuz und quer durch Kappadokien verfolgt hast. Ich konnte mich nicht darauf verlassen, dass du nicht wieder einfach vom Schlachtfeld verschwindest, um einem geschlagenen Feind nachzujagen.» Er beugte sich hinüber und zog den Mantel unter Demetrios' Ellenbogen weg. «Und Purpur ist Königen vorbehalten, Demetrios, bis dahin hast du noch einen weiten Weg vor dir.»

Demetrios sprang entrüstet auf. «Behandele mich nicht so erniedrigend, Vater! Erst recht nicht vor einem geschlagenen Feind.»

Antigonos zeigte auf Aristonous. «Dieser Mann hat in seinen vierzig Jahren im Felde mehr und größere Schlachten geschlagen, als du wahrscheinlich jemals erleben wirst. Heute wurde er besiegt, doch er ist kein Feind – er war einer der sieben Leibwächter des Königs von Makedonien. Im Übrigen will ich dich nicht erniedrigen, ich will dich lehren. Wenn du den Unterschied nicht erkennst, solltest du heim zu deiner Mutter gehen und nähen lernen, denn dann habe ich keine Verwendung für dich.»

Demetrios richtete den Blick abwechselnd auf die beiden älteren Männer und setzte mehrmals an, etwas zu sagen.

«Wage es», fauchte Antigonos.

Doch statt eines jugendlichen Wutausbruchs begann der jüngere Mann, laut zu lachen. Er ließ sich wieder auf der Liege nieder. «Du hast natürlich recht, Vater. Und bei dir muss ich mich entschuldigen, Aristonous – was ich gesagt habe, war unhöflich.»

Antigonos beugte sich hinüber und versetzte seinem Sohn eine Ohrfeige. «Was du gesagt hast, war unbedacht, das ist ein großer Unterschied. Aber du hast dich heute gut geschlagen – du hast genau meine Befehle ausgeführt, ohne dich zu Alleingängen hinreißen zu lassen.» Er grinste. «Beim nächsten Mal brauchen wir die Seesoldaten vielleicht nicht mehr.»

«Du hast Besuch, Antigonos», verkündete Philotas, der auf eine Krücke gestützt in das Zelt hinkte.

Antigonos schaute sich um. «Wer ist es?»

Philotas winkte jemanden herein. «Er bringt eine Botschaft von Antipatros.»

«Nikanor», sagte Antigonos, als Antipatros' Sohn eintrat. «Dann handelt es sich offenbar um eine ernste Angelegenheit.»

«Die Heeresversammlung hat also beschlossen, dass ich hingerichtet werden soll», sagte Aristonous, nachdem Nikanor ihnen berichtet hatte, was seit Perdikkas' gescheiterter Durchquerung des Nils geschehen war. Er hatte seinen Becher geleert und schaute Antigonos an. «Dann solltest du deine Pflicht gegenüber dem Heer erfüllen und das Urteil vollstrecken.»

«Solchen Blödsinn habe ich mein Lebtag noch nicht gehört!», donnerte Antigonos. «Einen der unseren hinrichten? Ich denke nicht daran!»

«Ich verstehe, dass Alketas sterben muss», bemerkte Philotas und knackte ein Krabbenbein mit einem Hammer, «sei es nur, weil er für Kynanes Tod verantwortlich ist. Und Attalos hat sein eigenes Todesurteil besiegelt, indem er die achttausend Talente aus der Schatzkammer von Tyros an sich brachte. Aber was Atalante widerfahren ist, war schändlich.»

Antigonos schüttelte den Kopf, und sein Auge funkelte zornig. «Und du, Aristonous? Du bist ein Ehrenmann. Ich werde nicht zulassen, dass du aufgrund eines unbedachten, im Aufruhr der Gefühle gefällten Urteils hingerichtet wirst. Man hätte die Männer besser lenken müssen. Eumenes war es, der Krateros getötet hat, also soll er auch dafür bezahlen, so wie Attalos und Alketas für ihre Verbrechen büßen sollen.»

Aristonous neigte den Kopf. «Du bist mir ein wahrer Trost, alter Freund.»

«Was Atalante betrifft, so hätte Ptolemaios dafür sorgen müssen, dass Frauen von der Rache ausgenommen werden. Wie tief sind wir gesunken, dass wir schon unsere Weiber hinrichten? Was sind wir für Männer? Wenn ich die Rädelsführer in die Hände bekomme, die ihren Tod gefordert haben, dann werde ich sie entmannen, bevor ich sie töte.»

«Es war ein törichter Zug», pflichtete Aristonous ihm bei. «Damit steht fest, dass es keinen Frieden geben kann, ehe Attalos und Alketas tot sind. Denn ihre Ehre gebietet, dass sie ihre Frau und Schwester rächen. Solch ein verheerender Fehler – da muss man sich schon fragen, ob nicht etwa genau das beabsichtigt war.»

Antigonos runzelte die Stirn und wandte sich an Nikanor. «Hätte Ptolemaios ihren Tod denn verhindern können?»

Nikanor zuckte die Schultern. «Ich war nicht dabei.»

«Ptolemaios tut nichts ohne Grund», bemerkte Aristonous. «Und für gewöhnlich ist es ein eigennütziger Grund. Wer profitiert am meisten von einem Krieg im Norden?»

Philotas wischte sich die Finger an einem Mundtuch ab und nahm sich noch ein Krabbenbein. «Ptolemaios hat jedenfalls sichergestellt, dass wir weiterhin beschäftigt sein werden, selbst nachdem Eumenes geschlagen ist.»

«Er hat sich schon immer durch Schläue hervorgetan, und er wollte immer hoch hinaus. Außerdem genießt er die Annehmlichkeiten des Lebens.»

Antigonos knurrte missbilligend. «Derzeit können wir nichts gegen ihn unternehmen. Ich muss die Insel besetzen, eine Garnison hier zurücklassen und den Rest der Armee nach Triparadeisos führen. Wir werden in den nächsten Tagen viel zu tun haben, wenn wir rechtzeitig dort sein wollen.»

«Und ich?», fragte Aristonous.

«Ich gebe dir ein Schiff, zwei Schiffe. Kehre mit deinen Getreuen heim nach Makedonien, ziehe dich auf deine Ländereien zurück und vermeide es, Aufmerksamkeit auf dich zu ziehen.»

«Genau das ist mein Wunsch, schon seit Alexander starb.»

«Dann kannst du ihn dir jetzt erfüllen. Ich regele die Angelegenheit mit Antipatros.»

«Ich danke dir. Ich stehe in deiner Schuld, Antigonos.»

«Das weiß ich, und du bist in der Lage, es mir zu vergelten.»

«Tatsächlich?»

«Ja, deine Güter liegen doch im Westen nahe der Grenze zu Epirus, nicht wahr?»

«Ah, ich verstehe, worauf du hinauswillst.»

«Genau. Antipatros wird Regent für die beiden Könige werden, deshalb will ich über alle Gerüchte auf dem Laufenden sein, die aus Epirus kommen. Ich will wissen, was *sie* im Schilde führt. Ich will noch vor Antipatros oder irgendjemandem sonst erfahren, was Olympias plant.»

OLYMPIAS
DIE MUTTER

Die Schlange fühlte sich kühl an. Sie glitt über ihren Bauch zu den Schenkeln, schlängelte sich an ihren Beinen hinunter, die Haut glitzernd im rötlichen Schein der Wandleuchten. Der leise Gesang ließ Olympias ganz ruhig werden, und als die erste Schlange sich von ihren Füßen löste, fühlte sie eine zweite auf ihre Schulter gleiten. Ein leises Zischeln in ihrem Ohr, dann begann die Schlange den Weg über ihre Brüste. Zum ersten Mal seit Monaten empfand Olympias so etwas wie Frieden. Endlich konnte sie den Hass, der unablässig in ihr brannte, aus ihren Gedanken verbannen, während sie sich auf die Reinheit der Schlangen konzentrierte und auf die Frage, die sie ihnen gestellt hatte.

Sie hörte, wie hinter ihr die Priesterin den Deckel vom nächsten Korb abnahm. Eine Lust durchströmte sie, die sie schon ihr Leben lang bei der bloßen Vorstellung empfand, mit einem dieser herrlichen Geschöpfe in Berührung zu kommen. Die schiere Macht in ihren schlanken Körpern und der Tod in ihren Giftzähnen erregten sie in geradezu religiöser Weise – abgesehen von den Dionysosriten war dies das Ritual, das sie am meisten befriedigte, sowohl geistlich als auch fleischlich. Wieder presste sie die Beine zusammen und fühlte, wie sich der Kopf der Schlange, der die Giftzähne gezogen worden waren, in ihr bewegte, und wieder entfuhr ihr ein langer, lustvoller Seufzer.

Der Gesang schwoll an, als die zweite Schlange den Weg über ihren Körper vollendete und die Priesterin die dritte neben Olympias' Kopf ablegte. Wieder zischte die Kreatur, glitt auf ihre Schulter und von dort über ihren ganzen Körper bis zu den Füßen. Drei in Folge, das war das denkbar günstigste Omen; eines, das sie erst wenige Male zuvor erlebt hatte. Drei Schlangen nacheinander hatten den gleichen Weg von ihrer Schulter bis hinunter zu ihren Füßen genommen.

Dreimal hatten sie ihre Frage bejaht – das genügte, das war die Antwort, um die sie ersucht hatte.

Sie presste ihre Schenkel noch mehrmals zusammen, während die Schlange sich in ihr bewegte. Schwer atmend, die Kehle wie zugeschnürt, lag sie da, der physischen Welt entrückt, in anschwellender Lust, bis sie schließlich schweißnass und keuchend zur Ruhe kam, alle Gliedmaßen von sich gestreckt. Allmählich nahm sie den Raum um sich herum wieder wahr – enttäuschend nach der inneren Reise, die sie eben zurückgelegt hatte. Olympias fühlte, wie die Schlange zwischen ihren Beinen fortgenommen wurde, dann hörte sie Schritte, als die Priesterin und ihre singenden Gehilfinnen sich zurückzogen, um sie mit ihren Gedanken allein zu lassen.

Und was für Gedanken das waren: düster und voller Hass.

Olympias gestattete sich für einige Zeit, sich darin zu suhlen. Jedoch wusste sie aus Erfahrung, dass sie sich ihnen nur kurz hingeben durfte, damit die Tiefe ihrer Bosheit ihr nicht die Kraft raubte.

Ihr schweißnasser Körper kühlte langsam ab, denn trotz der Fensterläden strich die frühherbstliche Gebirgsluft durch den Raum. Die Flammen der Wandleuchten flackerten, sodass die

Wandgemälde zum Leben zu erwachen schienen: Bilder von Frauen – und auch ein paar Männern –, die mit Schlangen kopulierten. Im Spiel von Licht und Schatten war es, als bewegten sie sich. Olympias schauderte. Sie setzte sich auf, rieb sich die Oberarme und löste ihre Gedanken von der Rache, die ihr rechtmäßig zustand, da sie seit so langer Zeit aus dem Herzen der Macht ausgeschlossen war – seit dreizehn Jahren, seit ihr Sohn Alexander in den Osten gezogen war.

Nun hatten die Schlangen gesprochen, und bald würde alles anders werden; Perdikkas würde Ptolemaios besiegen und Alexanders Leichenwagen zurückholen. Dessen war sie gewiss, denn an diesem Morgen hatte sie die Nachricht erreicht, dass Eumenes Krateros geschlagen hatte und dieser große Feldherr tot war. Somit saß Antipatros nun zwischen Eumenes und Perdikkas in der Falle. Er würde gezwungen sein, sich wieder nach Norden zu wenden und sich dem Griechen zum Kampf zu stellen. Indessen konnte Perdikkas seine Kraft gänzlich darauf richten, Ptolemaios zu besiegen. Und siegen würde er, schließlich verfügte er über die größere Veteranenarmee. Ptolemaios' Streitmacht bestand hauptsächlich aus einheimischen Zwangsrekruten, die nach makedonischer Art ausgerüstet waren.

Ja, Perdikkas würde triumphieren, das stand fest, und er und Eumenes würden Antipatros schlagen. Wenn der Leichnam zurückerobert war, würde ihre Tochter Kleopatra einwilligen, Perdikkas zu heiraten. Er würde Alexanders sterbliche Überreste im Grabhügel von Aigai beisetzen, den Thron für sich beanspruchen und den kleinen Alexander als seinen Erben adoptieren. Und dann würde sie, Olympias, durch ihre Tochter und ihren Enkel endlich Macht ausüben. Die Schlangen hatten gesprochen: Ihre Zeit des Wartens war vorüber.

Und was für eine Abrechnung es dann geben würde. Die Ersten, die leiden mussten, waren die Kröte Antipatros und seine abscheulichen Söhne. Das würde ein herrlicher Auftakt sein. Es gab keinen Zweifel, denn die Schlangen logen nie, und drei nacheinander waren über ihren ganzen Körper geglitten – das war zuvor erst zweimal geschehen, und beide Male hatte sich das Orakel bewahrheitet.

Olympias schlüpfte in einen Morgenrock und weiche Pantoffeln, dann klatschte sie in die Hände. «Bereite mir ein Bad», befahl sie ihrer Leibsklavin, die ihr schon ihr ganzes Erwachsenenleben diente, ohne dass Olympias sie je mit Namen angeredet hätte. «Lege mein bestes Gewand zurecht, das safrangelbe mit der Stickerei aus Goldfaden. Die Sklavinnen sollen sich bereithalten, mich zu frisieren und zu schminken. Welchen Schmuck ich tragen werde, entscheide ich zum Schluss. Gib den Mädchen Bescheid, dass ich für mein Gespräch mit dem König besonders gut aussehen muss, sonst setzt es für euch Hiebe, bis ihr keine Haut mehr am Rücken habt. Und schicke Thessalonike zu mir.»

Die Sklavin entfernte sich mit einer Verbeugung, um zu tun, was ihre Herrin ihr aufgetragen hatte. Ihr war wohl bewusst, dass die Worte keine leere Drohung waren, schließlich hatte sie in ihrem elenden Leben schon viele Schläge erduldet.

Olympias genoss den ängstlichen Ausdruck in den Augen der Frau. Sie trat ans Fenster, stieß die Läden auf und atmete tief die Luft, die vom Pindosgebirge im Osten herabwehte. Olympias spürte, wie die reinigende Brise den Nebel religiöser und sexueller Ekstase lichtete, und sie begann, sich im Kopf zurechtzulegen, was sie zu ihrem Neffen Aiakides sagen würde, dem jungen König von Epirus. Sie musste ihn von der Notwendigkeit überzeugen, ihr die epirotische Armee zu leihen. Sollte Polyperchon – Antipatros' Stellvertreter und während seines Aufenthalts in Asien Herrscher von Makedonien – versuchen zu verhindern, dass Kleopatra und Perdikkas nach Makedonien kamen, dann würde sie ihn mit dieser Armee bedrohen. Falls nötig, würde sie von Westen einmarschieren, während Perdikkas von Osten kam. Sie würde nicht dulden, dass seine – und damit auch ihre – Rückkehr auch nur im Geringsten verzögert wurde, erst recht nicht, nachdem sie eine so klare Antwort auf ihre Frage erhalten hatte.

Viel zu lange saß sie schon in Passaron fest, der Königsstadt dieses gebirgigen Reiches. Ihrem Status zum Trotz hatte ihr Neffe, dieses Ungeziefer, sie vom königlichen Rat von Epirus ausgeschlossen. Machtlos, isoliert und nun, da Kleopatra in Sardis weilte und auf Perdikkas wartete, mit keiner anderen standesgemäßen Gesellschaft als ihrer Ziehtochter Thessalonike, sehnte Olympias sich nach ihrer Rückkehr ins Zentrum der Politik und der Aufmerksamkeit. Was für eine Abrechnung es dann geben würde.

Olympias genoss den Gedanken an Rache, während sie auf Thessalonike wartete. Thessalonike war die Tochter ihres verstorbenen Mannes Philipp mit seiner dritten Frau Nikesipolis; zehn Jahre nach Alexander geboren, als Philipp schon lange nicht mehr mit Olympias das Bett geteilt, sondern jüngeres Fleisch vorgezogen hatte. Doch Olympias war über alle Maßen einfallsreich, und dass das Kind mit einer anderen gezeugt worden war, hieß noch lange nicht, dass es nicht ihres sein konnte – sofern es ein Mädchen war. Wäre es ein Knabe geworden, dann hätte es die erste Nacht nicht überlebt. Zum Glück für das Neugeborene war es ein Mädchen, allerdings bedeutete das für die Mutter den Tod. Sie wurde langsam über zwanzig Tage hinweg vergiftet, sodass es aussah wie ein natürlicher Tod im Kindbett. Selbstlos hatte Olympias sich daraufhin erboten, das Neugeborene anzunehmen. Auf diese Weise kam sie zu einer weiteren Tochter, die sie künftig einmal zu ihrem politischen Vorteil verheiraten konnte, um ihren Stand abzusichern. Thessalonike war zwar längst nicht so wertvoll wie Olympias' leibliche Tochter Kleopatra, doch auch sie stammte aus der Argeadendynastie. Nun hatte Olympias Verwendung für ihr gestohlenes Kind, denn die Zukunft, an die sie gedacht hatte, war eingetroffen.

«Du hast nach mir geschickt, Mutter», sagte Thessalonike und betrat mit geschmeidigen Bewegungen den Raum. Ihre Eleganz und Anmut waren wie ein mächtiger Schild, der ihr wahres Wesen verbarg – ein Wesen, das von ihrer Stiefmutter geprägt war.

Bei dieser war ich viel erfolgreicher als bei Kleopatra – diese gehört ganz und gar mir.

«In der Tat, mein Kind», erwiderte Olympias und forderte sie mit einer Geste auf, Platz zu nehmen, während sie sich ebenfalls setzte. «Wir gehen interessanten Zeiten entgegen und müssen jede Gelegenheit nutzen, Verwirrung unter unseren Feinden zu stiften und unsere Position zu stärken.»

«Die Schlangen haben gesprochen?»

«So ist es. Ich habe sie befragt, sobald ich von Eumenes' Sieg erfahren hatte. Die Zeichen hätten nicht günstiger sein können.»

«Wie lautete deine Frage?»

«Ist meine Zeit des Wartens auf die Macht in Makedonien vorüber?»

Thessalonike blickte überrascht drein. «Ist das nicht ein wenig vage? Warum hast du nicht gefragt, ob Perdikkas Ptolemaios und danach Antipatros schlagen wird?»

«Die Priesterin der Schlangen lässt nur Fragen über einen selbst zu, nicht über die Geschicke anderer. So ist es seit jeher gewesen.»

«Wenn du erlauben würdest, dass ich in den Kult eingeweiht werde, dann wüsste ich solche Dinge.»

«Eine Jungfrau kann aus naheliegenden Gründen nicht darin dienen.»

Thessalonike schnaubte. «Mutter, du weißt sehr wohl, dass ich keine Jungfrau mehr bin.»

«Was du mit deinen Sklaven oder Leibwächtern treibst, geht nur dich und sie etwas an. In den Augen der Welt musst du eine Jungfrau sein, und deshalb kannst du keine Dienerin des Kultes werden. Du tätest gut daran, dich in deiner Hochzeitsnacht darauf zu besinnen, damit du nicht etwa Kniffe anwendest, die eine, die in der Kunst der Liebe noch unerfahren ist, schwerlich erklären könnte.»

Thessalonike hielt Olympias' Blick stand. «Ich bin vierundzwanzig, ich hätte schon vor acht oder neun Jahren heiraten sollen. Du kannst nicht erwarten, dass ich mich nicht mit Männern vergnüge, nur weil du noch nicht den passenden Ehemann für mich gefunden hast – das heißt einen, der für *deine* Zwecke geeignet ist.»

Sehr gut, Mädchen. Lass ein wenig von deinem Groll heraus, dann wirst du dich gleich viel besser fühlen.

«Sprich nicht so mit mir. Ich habe große Opfer gebracht, um dir ein gutes Leben zu bieten. Wer weiß, was aus dir geworden wäre, wenn ich mich deiner nicht angenommen und dich wie mein eigenes Kind aufgezogen hätte.»

«Wahrscheinlich hättest du mich vergiftet, wie du –» Thessalonike unterbrach sich abrupt.

Olympias wartete einen Moment darauf, dass sie den Satz beendete, doch Thessalonike ließ die Worte im Raum stehen. «Wie ich was getan habe – oder wem?»

Natürlich hat sie es mittlerweile erraten, schließlich habe ich sie dazu erzogen, so zu denken wie ich. Wie könnte sie da nicht die Wahrheit erkannt haben? Umso besser.

«Lassen wir das, meine Liebe, ich möchte mit dir über deine Heirat sprechen.»

«Du willst mich Eumenes zur Frau geben?»

Sie begreift wirklich schnell. «Es erscheint folgerichtig.»

«Weil meine leibliche Mutter eine Thessalerin war, unbedeutend, aber von großer Schönheit, die Philipp aus Neigung heiratete, nicht aus dynastischen Gründen?»

«So könnte man es ausdrücken.»

«Und deshalb kann ich als halbe Argeadin einem Griechen aus Kardia zur Frau gegeben werden, ohne dass die Makedonen Anstoß nehmen. Zugleich würde dadurch Eumenes noch enger an Perdikkas und dessen neue Braut Kleopatra gebunden, weil diese meine Halbschwester ist.»

«So ist es. Du hast die Lage genau erfasst, meine Liebe. Das wird unsere Position absichern. Ganz gleich, mit wem Antipatros seine Tochter Phila verheiratet, nun, da Krateros tot und sie Witwe ist. Dank dir und Kleopatra wird es ihm nicht gelingen, einen Keil zwischen Eumenes und Perdikkas zu treiben. Ihm wird nichts anderes übrig bleiben, als sich mit ihnen zu arrangieren, wenn er nicht seine ganze Sippe ins Verderben stürzen will. Ich wette, er wird beschließen, sich für die kurze Zeit, die ihm noch bleibt, auf seinen Ländereien zur Ruhe zu setzen.»

Thessalonike musterte ihre Ziehmutter, während sie ihre Worte erwog. «Mutter, ich verstehe deine Position, aber ich werde mich nicht festlegen, solange wir nicht sicher wissen, wie das Ringen ausgeht.»

«Das wissen wir bereits, die Schlangen haben gesprochen.»

«Mag sein, dass sie gesprochen haben, aber du hast die falsche Frage gestellt.» Thessalonike erhob sich. «Und da ich selbst noch nie Zeugin der Zeremonie war, setze ich wenig Vertrauen in ihre Aussagekraft.» Sie wandte sich ab und ging davon. Im selben Moment erschien in der Tür die Sklavin. «Schließlich bist du vierundfünfzig, Mutter, das ist ein ansehnliches Alter. Deine Zeit des Wartens auf die Macht in Makedonien könnte jeden Augenblick enden, indem du einfach tot umfällst.» An der Tür hielt sie noch kurz inne, warf einen Blick über die Schulter und lächelte übertrieben liebenswürdig. «Das wollte ich nur angemerkt haben.»

«Euer Bad ist bereit, Herrin», sagte die Sklavin, während Thessalonike den Raum verließ.

«Hinaus!», schrie Olympias und warf eine kleine Dionysosfigur nach der Frau.

Olympias befielen Zweifel, obgleich sie doch sonst so fest in ihren Überzeugungen war.

Das Problem ist, sie hat recht – so, wie ich die Frage gestellt habe, ist das Ergebnis wirklich unbefriedigend. Ich werde die Zeremonie wiederholen, nachdem ich mit Aiakides gesprochen habe.

«Und wer kommt für die Kosten auf?», fragte Aiakides.

Olympias hatte damit gerechnet, dass ihr schwacher und habgieriger Neffe diese Frage als Erstes stellen würde, und war darauf vorbereitet. «Perdikkas. Aus Dankesschuld, da du seinen Anspruch auf den Thron unterstützt.»

Kleine, blutunterlaufene Augen blickten ihr aus einem Gesicht entgegen, das der Jugend des Königs zum Trotz bereits vom übermäßigen Weingenuss gezeichnet war. «Und was, wenn ich die Armee mobilisiere und wir sie über die Berge nach Makedonien führen, oder wenigstens bis an die Grenze, und warten, nur um dann zu erfahren, dass Perdikkas gar nicht auf den Thron gelangt? Wer kommt dann für die Kosten auf? Antipatros? Wohl kaum. Nein, dann muss ich in meine eigene Kasse greifen.»

Das entspannende Bad, die Freude darüber, ihre Sklavinnen auspeitschen zu lassen, und die wonnevolle Aussicht auf eine weitere Schlangenzeremonie verloren zusehends ihre Wirkung. Olympias hatte Mühe, sich zu beherrschen, wie immer, wenn sie mit ihrem Neffen sprach. «Perdikkas wird zum König erklärt werden und Kleopatra zu seiner Königin.»

Aiakides setzte eine Miene gespielter Verwirrung auf. «Ich glaube, nicht einmal eine deiner Töchter würde das Bett mit einem Toten teilen wollen. Und ganz gewiss sähen die Makedonen nicht gern eine Leiche auf ihrem Thron.» Er lächelte Olympias triumphierend an. «Denn das ist Perdikkas, werte Tante: eine Leiche.»

Olympias hatte plötzlich ein mulmiges Gefühl in der Magengrube, und sie wusste instinktiv, dass er die Wahrheit sprach. «Woher weißt du das?»

Aiakides nahm ein zusammengerolltes Schriftstück zur Hand. «Ptolemaios hat dir dies geschickt. Leider warst du ... sagen wir, anderweitig beschäftigt, als der Bote vor ein paar Stunden eintraf. Deshalb hielt ich es für das Beste nachzuschauen, wie die Botschaft lautet und ob sie wichtig genug wäre, um dich in deiner Hingabe zu stören. Denn aufgrund der Geräusche weiß ich ja, wie ernst du die Angelegenheit nimmst.» Er warf Olympias das Schriftstück mit nachlässiger Geste zu. Sie las in wachsender Verzweiflung, denn durch dieses Unglück waren all ihre Pläne zunichte.

Dieser Schwachkopf, Perdikkas, dieser Schwachkopf. Und dann das – hier schreibt Ptolemaios, dass die Kunde von Eumenes' Sieg nur knapp zu spät eintraf, um ihn zu retten. Halte mich nicht für töricht, Ptolemaios, mir ist klar, was du getan hast.

Sie warf den Brief auf den Boden und stürmte aus dem Thronsaal.

Ruhe, ich brauche Ruhe, um die Angelegenheit zu überdenken. Antipatros hat nun zwei verwitwete Töchter, Phila und Nikaia – zwei Töchter, die er erneut vergeben kann. Mit wem wird er sie verheiraten? Wem kann ich meine zwei nun anbieten? Wer wäre der wahrscheinlichste Anwärter auf den Thron?

Sie stutzte, dann stahl sich ein Lächeln auf ihr Gesicht, als ihr ein Gedanke kam. Ohne Rücksicht auf ihre Würde rannte Olympias los und hielt erst inne, als sie ihre Gemächer erreicht hatte. Dort setzte sie sich an ihr Schreibpult und tauchte nach kurzer Überlegung ihre Rohrfeder in das Tintenfass. *Olympias, Königin von Makedonien, grüßt ihre Schwester und Mitkönigin Roxane.*

ROXANE
DIE WILDKATZE

Sie ist die Erste, die mein Recht anerkennt, als Königin betitelt zu werden, stellte Roxane wohlgefällig fest. Eben hatte ihr Sekretär ihr den Brief zu Ende vorgelesen – eine Königin brauchte nicht lesen und schreiben zu können, da es doch genug Leute gab, die es ihr abnahmen. Aber tut sie das vielleicht nur, um sich meine Aufmerksamkeit zu sichern?

Roxane gab dem Sekretär einen Wink, sich zu entfernen, dann dachte sie nach. Sie lag bequem auf zahlreiche Kissen gebettet in einem Wagen, der sich schwankend und rumpelnd gen Norden bewegte. Dieser Wagen war nur ein winziger Teil der riesigen Kolonne, in der die Armee Babylons marschierte. Inzwischen befanden sie sich in Sichtweite der gepflegten Wildparks, denen der Ort Triparadeisos seinen Namen verdankte. Sie erstreckten sich über hügeliges Land, auf dem prächtige Pavillons errichtet waren und mächtige Zedern standen. Kühlende Winde machten die Reise erträglicher, und zeitweise fiel leichter Regen.

Roxane war überrascht gewesen, einen Brief von Olympias zu erhalten. Bislang hatte sie keinerlei Kontakt zu der Frau gehabt, die immerhin die Großmutter ihres Kindes war. Nun war ihre Neugier geweckt. Allerdings war offensichtlich, was Olympias wollte, wenn sie Roxane ersuchte, mit dem kleinen Alexander nach Epirus zu kommen – wo immer das sein mochte –, damit sie sie beide unter ihren Schutz nehmen konnte, nun, da Perdikkas tot war. Ebenso offensichtlich war, dass sie und Olympias dieselben Ziele hatten: den Tod des geistesschwachen Philipp sowie seiner widernatürlich mannhaften Frau und letztendlich die alleinige Herrschaft Alexanders als König von Makedonien und dem makedonischen Reich. Doch welche Pläne hat sie bis dahin für die Regentschaft?, fragte sich Roxane. Darin bestand für sie das Problem: Wer immer ihr Kind in seiner Obhut hatte, entschied über die Regentschaft, und das konnte niemals sie sein, denn sie war eine Außenseiterin, in den Augen der Makedonen eine Barbarin. Sie brauchte einen Verbündeten, einen mächtigen Verbündeten, den sie beeinflussen konnte, nun, da die Hure Adea so viele Anhänger für sich gewonnen hatte. Roxane hätte am liebsten geweint, sich die Haare gerauft und ihre Kleidung zerrissen, als sie sah, mit welcher Leichtigkeit das mit dem großen Kind verheiratete Mannweib während des langsamen Zugs nach Norden die Soldaten auf seine Seite gebracht hatte. Zwanzig Tage waren vergangen, seit sie von Ägypten aufgebrochen waren, und inzwischen schien es, als höre die gesamte Armee auf diese Frau.

Dass Adea überhaupt mit Menschen sprach, die so tief unter ihr standen, zeigte in Roxanes Augen, wie wenig sie zur Herrscherin taugte. Doch die Armee erachtete es als Adeas Recht, für den schwachsinnigen König zu sprechen. Die beiden neuen Regenten, der geistlose Peithon und der bedeutungslose Arrhidaios, konnten nichts dagegen tun. Denn Adea hatte die Männer hinter sich geeint, indem sie eine Sache vertrat, die ihnen mehr bedeutete als alles andere – mehr als Makedonien, mehr als Ruhm, als die eigene Familie oder die Götter: Geld. Geld, so hatte sich gezeigt, war das Thema, das die Gemüter erregte, denn sie hatten keines. Und es bestand auch wenig Aussicht, dass sie welches bekommen würden, ehe Antipatros in Triparadeisos eintraf. Adea hatte diese Kümmernis in einer Weise ausgenutzt, dass Roxane buchstäblich übel wurde. Die rückständigen Soldzahlungen waren nicht das Einzige, worüber die Männer der babylonischen Armee grollten – das Problem ging viel tiefer: All die Veteranen, die von Alexander ausgemustert worden waren, hatten eine Abfindung von einem Silbertalent pro Kopf erhalten. Viele von ihnen hatten sich bei Antipatros erneut verpflichtet, als sie wieder in Makedonien waren, hatten das Geld aber dennoch behalten dürfen. Hier, inmitten der Armee, waren Antigenes' dreitausend Silberschilde ein lebender Beweis dafür, dass die Prämie von Alexander ausgezahlt worden war; niemand konnte es leugnen, denn die Männer führten ihr Silbertalent im Gepäck mit. Nun wurde aber behauptet, Alexander habe die Sonderzahlung allen versprochen, auch denen, die nicht aus dem Dienst ausschieden – obwohl niemand sich genau erinnern konnte, wann er dieses Versprechen gegeben haben sollte. Und da es ihnen nicht gelungen war, in Ägypten reiche Beute zu machen, verlangten diese Männer nun einhellig, die angebliche mündliche Zusage müsse eingehalten werden.

Jeden Abend, wenn die schwerfällige Kolonne das Lager aufschlug, ging Adea zwischen den Soldaten umher und redete mit ihnen. Sie versprach, ihr Gemahl werde dafür sorgen, dass sie alles bekämen, was ihnen zustand, den ausstehenden Sold und die Prämie. Wenn sie ihn unterstützten, mit ihr als seinem Sprachrohr, dann würden sie nie wieder in die Lage kommen, so lange nicht bezahlt zu werden. *Als ob sie ein solches Versprechen halten könnte. Pah!* Roxane warf ein Kissen nach einem der beiden Mädchen, die an der Wagentür kauerten, um ihr zu Diensten zu sein. «Bringe mir eine Erfrischung!»

Doch das kühle Getränk beruhigte sie nicht, und sie trank es nur halb aus, ehe sie auch das Glas nach den unglücklichen Sklavinnen schleuderte.

Wenn ich keine Möglichkeit finde, den Schwachsinnigen und sein Weib zu vergiften, dann muss ich sie entweder untergraben oder mich selbst in die Position bringen, klar über ihnen zu stehen. Vielleicht könnte Olympias mir nützlich sein.

Sie fühlte sich mehr denn je auf sich allein gestellt. Ihr Sohn – der im nächsten Wagen reiste, damit sie nicht durch sein Quengeln belästigt wurde – war für die Soldaten kein Glücksbringer, denn sie hatte verhindert, dass die Männer auch nur in die Nähe des Kindes kamen. So sehr verabscheute sie das Gesindel, aus dem die makedonische Armee in Asien bestand. Oder überhaupt jede Armee. Diese Leute waren dazu da, für ihren König zu kämpfen und zu sterben, ohne Fragen zu stellen; es war doch nun einmal die Natur der Dinge. Doch nachdem sie jahrelang mit der makedonischen Armee gezogen war, hatte sich in einem kleinen Winkel ihres Geistes eine weniger östliche Sichtweise entwickelt, und sie begann, ihre eigene Prämisse infrage zu stellen.

Wenn das Mannweib Sicherheit und Unterstützung gewinnt, indem es sich bei den gemeinen Männern beliebt macht, dann könnte ich doch gewiss dasselbe tun, indem ich mich um die Gunst der niederen Offiziere bemühe? Sind sie wirklich so weit unter meiner Würde, dass sie mir nicht nützlich sein könnten?

«Bestellt Peithon und Arrhidaios zu mir», befahl sie ihren Sklavinnen. «Sagt ihnen, ich wünsche sie zu sprechen, sobald wir in Triparadeisos das Lager aufschlagen.»

«Ihr habt mich warten lassen.» Roxane bemühte sich, nicht allzu gereizt zu klingen, ohne jedoch das einzubüßen, was sie als ihre angeborene Autorität betrachtete. Sie sah flüchtig auf und vermochte kaum ihre Überraschung zu verbergen, als sie Seleukos vor sich stehen sah. «Wo sind Peithon und Arrhidaios?»

Seleukos schaute auf sie hinunter, wie sie da auf ihren vielen Kissen unter einem Baldachin lag, der ihren ohnehin gänzlich verhüllten Körper vor den letzten Sonnenstrahlen schützte. Zwei dunkle Augen erwiderten seinen Blick durch den schmalen Schlitz ihres Schleiers. «Erstens bin ich nicht verspätet – ich komme und gehe, wie es mir beliebt. Und zweitens werden Peithon und Arrhidaios nicht kommen, denn was immer du zu sagen hast, kannst du ebenso gut mir sagen. Im Übrigen sind sie beschäftigt.»

«Zu beschäftigt, um zu kommen, wenn ihre Königin nach ihnen verlangt?»

Seleukos seufzte und setzte sich auf den Faltstuhl, den sein Sklave für ihn mitgebracht hatte, da ihm klar gewesen war, dass Roxane keinen Gedanken an seine Bequemlichkeit verschwenden würde. «Der eine befasst sich mit den Forderungen der Armee, und der andere ist bei einer anderen herausfordernden Frau, der es ebenfalls beliebt, sich Königin zu nennen. Allerdings mit größerer Berechtigung, da sie mit einem König verheiratet ist, während du nur die Mutter von einem bist.»

Roxane konnte ihr Temperament nur mit äußerster Mühe im Zaum halten, es drohte jeden Moment mit ihr durchzugehen. Ich brauche ihn auf meiner Seite, so unverschämt er auch sein mag. Sie fasste sich. «Diese Bemerkung werde ich ignorieren, wenn auch nicht vergessen.»

«Ich zittere vor Angst. Nun sage, was du zu sagen hast, damit ich mich dringenderen Angelegenheiten widmen kann.»

Mehr denn je verabscheute Roxane die Arroganz dieser makedonischen Emporkömmlinge, die sich einbildeten, auf einer Stufe mit Alexander zu stehen. Sie nahm unter ihrem Schleier einen Schluck von ihrem Getränk, um ihre vor Zorn trockene und enge Kehle zu befeuchten. «Ich wünsche, dass du mir ein Schiff besorgst.»

Seleukos glaubte, nicht recht gehört zu haben. «Ein Schiff?»

«Ich wünsche, mit meinem Sohn, dem König, einen Besuch bei seiner Großmutter in Epirus zu machen. Sie hat brieflich darum ersucht, und da sie Alexanders Mutter ist, erwarte ich, dass ihrem Wunsch Folge geleistet wird. Als Zeichen meiner Gunst werde ich entweder dir, Peithon oder Arrhidaios gestatten, mich zu begleiten. Ihr könnt das Los entscheiden lassen – denn ich gehe davon aus, dass der Mann, der diese große Frau mit ihrem Enkel, dem rechtmäßigen König, wiedervereint, reichlich Geschenke erhalten und hoch in ihrer Gunst stehen wird.» Roxane beobachtete Seleukos, der vor ihr saß und sie mit offenem Mund und gerunzelter Stirn ungläubig anstarrte. Dann brach er in schallendes Gelächter aus, ebenso laut wie beleidigend – nie zuvor hatte jemand sie unverhohlen ausgelacht. Sie warf ein Kissen nach ihm. «Wie kannst du es wagen, dich auf meine Kosten zu amüsieren!»

Seleukos rieb sich mit dem Kissen die Augen und brachte seine Heiterkeit unter Kontrolle. «Glaubst du ernsthaft, irgendjemand bei klarem Verstand würde zulassen, dass Olympias – neben der du übrigens wie eine bescheidene, gütige und rücksichtsvolle Person erscheinst – einen der Könige in ihre Gewalt bringt, damit sie ihn als Faustpfand in ihrem immerwährenden Kampf um die Macht benutzen kann?» Wieder lachte Seleukos laut. «Und glaubst du wirklich, wenn einer von uns so töricht wäre, das zuzulassen und dich und dein Kind zu begleiten, würde Olympias uns mit Geschenken überhäufen?» Bei dieser Vorstellung erlag er einem neuerlichen Heiterkeitsausbruch. «Nein, Roxane, diesmal verlangst du wirklich zu viel, und du zeigst deutlich, dass du rein gar nichts von der dynastischen Politik Makedoniens verstehst. Olympias ist pures Gift, sie darf sich nie wieder in unsere Angelegenheiten einmischen. Ich wage sogar zu behaupten, dass alle Makedonen sich in ihrem Hass auf sie einig sind: ich, Ptolemaios, Antipatros, Attalos, Kassandros, Alketas und wie sie alle heißen.» Er erhob sich, um zu gehen. «Du bekommst kein Schiff. Über dein Schicksal und das Schicksal der Könige wird bald entschieden werden, nun, da wir Triparadeisos erreicht haben. Antipatros und die anderen werden in den nächsten Tagen eintreffen. Ich wünsche dir einen guten Abend.»

SELEUKOS
DER ELEFANTENBULLE

Wenn Olympias Intrigen spinnt, muss sie von Perdikkas' Tod erfahren haben. Seleukos überlegte, was der Brief an Roxane zu bedeuten hatte, während er nach seiner Unterredung mit ihr durch das Lager ging. Er schmunzelte noch immer darüber, wie grenzenlos verblendet die Wildkatze war.

Olympias versucht also, Einfluss auf ihren Enkel zu gewinnen – das bedeutet, sie ist unsicher, wie sie Kleopatra einsetzen soll, nun, da aus der Heirat mit Perdikkas nichts geworden ist. Antipatros wird höchst interessiert sein, wenn er von diesem Brief erfährt, erst recht da er zwei jüngst verwitwete Töchter hat. Das wird mir helfen, ihn günstig zu stimmen, sollte er mit meiner Ernennung zum Satrapen von Babylonien nicht glücklich sein.

Seleukos beschloss, sich um ein Treffen mit dem alten Regenten zu bemühen, sobald der in Triparadeisos eintraf. Während er zurück zu seinem Zelt ging, strebten um ihn herum die Soldaten der Armee von Babylon dem westlichen Rand des Lagers zu, entschlossenen Schrittes und mit zornig erhobenen Stimmen. «Wo wollt ihr hin?», fragte er ein paar Hypaspisten der von Antigenes befehligten Elite der Infanterie, bekannt als die Silberschilde.

«Weißt du denn noch nicht Bescheid, Kumpel?», erwiderte ein altgedienter Krieger. «Der König und die Königin haben eine Heeresversammlung einberufen, sie wollen –» Er brach ab, als er erkannte, mit wem er sprach.

«Ja?», half Seleukos nach, und sein Lächeln nahm einen bedrohlichen Zug an. «Was wollen sie denn?»

Der Veteran schluckte, und seine Kameraden hatten es plötzlich eilig. «Sie, nun, sie wollen ... Sie wollen uns um Rat fragen.»

«In welcher Angelegenheit wünschen sie denn euren Rat?»

Die Miene des Veteranen wurde immer unbehaglicher, als er bemerkte, dass seine Kameraden ihn mit diesem Mann allein gelassen hatten, dem größten in der ganzen Armee und im Rang so hoch über ihm. «Das haben sie nicht gesagt.»

Seleukos funkelte den Soldaten finster an. «Ihr Silberschilde habt doch alle die Prämie von einem Talent erhalten, als ihr mit Krateros aus dem Dienst entlassen wurdet. Weshalb mischt ihr euch in diesen Streit um Geld ein?»

«Es geht um den rückständigen Sold. Wir haben nichts mehr bekommen, seit wir vor mehr als zwei Jahren von Babylon aufbrachen. Perdikkas hatte versprochen, uns aus der Schatzkammer von Tyros zu bezahlen, aber die hat nun Attalos in seiner Gewalt. Also woher soll unser Geld kommen?»

Seleukos sah dem Mann einen Moment lang fest in die Augen, dann nickte er und wandte sich zum Gehen, zur offensichtlichen Erleichterung des Veteranen.

Die Disziplin lässt nach, die Armee verliert ihren Zusammenhalt. Es ist an der Zeit für eine strenge Lektion. Ich sollte mir anhören, was Adea ihnen einredet. Das Problem ist, seit dieser Schwachkopf Alketas Kynane getötet hat, ist Adea unangreifbar. Wenn sie getötet würde, gäbe es eine Meuterei.

Und diesen Umstand machte Adea sich zunutze. Eine

strenge Lektion war das Letzte, was sie der Heeresversammlung vorschlug, als sie von einem offenen Fuhrwerk aus ihre Rede hielt. An ihrer Seite saß sabbernd ihr geistesschwacher Mann, umgeben von seinen vier makedonischen Leibwächtern, an ihrer anderen Seite stand Barzid, ihr eigener Leibwächter. «Ich akzeptiere, dass wir einen Regenten brauchen», verkündete sie, und ihre sonst so tiefe Stimme klang vor Aufregung schrill. «Und ich akzeptiere die Gründe, aus denen wir derzeit zwei Regenten haben. Aber ich akzeptiere nicht, dass diese Co-Regenten Entscheidungen treffen, ohne mich einzubeziehen, mich, die Einzige, die für meinen Mann, den König, sprechen kann.»

Dieser Sichtweise schlossen sich viele an. Seleukos war überrascht, welch großen Rückhalt die Siebzehnjährige unter den ergrauten Veteranen ebenso wie unter den jüngeren Männern genoss. Diese Angelegenheit ist zu weit gegangen, ohne dass wir es bemerkt haben. «Unterstützt mich in meiner Forderung, um meines Mannes willen, der Alexanders Bruder ist und in dessen Adern echtes Argeadenblut fließt. Unterstützt mich, damit ich seiner Stimme Gehör verschaffen kann. Unterstützt mich, und ich verspreche euch, mein Mann wird dafür sorgen, dass die Prämie von einem Silbertalent an alle ausgezahlt wird, die sie noch nicht erhalten haben.»

Darauf brach gewaltiger Jubel los, den Adea mit ausgebreiteten Armen entgegennahm.

Was glaubt sie wohl, wie sie eine solch riesige Summe aufbringen kann? Die Antwort auf diese Frage erhielt Seleukos schneller als erwartet, denn nun stieg ein makedonischer Offizier neben Adea auf das Fuhrwerk.

«Und hier ist der Mann, der ein Unrecht wiedergutmachen kann.»

Stille legte sich über die Menge, als diejenigen, die dem

Neuankömmling am nächsten waren, ihn erkannten und sein Name durch die Reihen weitergesagt wurde.

Attalos! Was will der denn hier? Dann begriff Seleukos, und seine Achtung vor der jungen Königin verdoppelte sich. Oooh, das ist wirklich geschickt.

«Ja, ich weiß, die Heeresversammlung hat diesen Mann zum Tode verurteilt», fuhr Adea fort, «und ja, er war ein Unterstützer von Perdikkas. Aber bedenkt dies, Soldaten von Makedonien: Er hielt nur seiner Familie die Treue, wie jeder von euch es getan hätte. Er war mit Perdikkas' Schwester verheiratet, deren Tod ihr eingefordert habt, und er hat euch nun ein Angebot zu machen. Hört ihn an.» Sie bedeutete Attalos, das Wort zu ergreifen.

«Kameraden», hob er an, «und ich bin stolz, ‹Kameraden› zu sagen, wenngleich ihr das Todesurteil über mich verhängt habt. Kameraden, ich habe von eurer Hand gelitten, meine Frau wurde mir genommen, und wofür? Was habe ich euch jemals angetan, dass ich das verdient hätte? Ich habe die Flotte befehligt. Ich hatte nichts mit Krateros' Tod zu tun, noch hatte ich Einfluss auf meinen Schwager und hätte ihn davon abbringen können, in Ägypten einzumarschieren, wo wir so viele verloren haben. Er war zum Ende hin allzu selbstherrlich.» Er legte eine Pause ein, um seine Worte wirken zu lassen. «Ich habe euch dieses Angebot zu machen: Hebt das Todesurteil auf, das über meinem Haupt schwebt, und ich werde von Rache für meine getötete Frau absehen. Und mehr noch: Ich habe mit meiner Flotte Tyros eingenommen, und in Tyros fand ich eine Schatzkammer mit mehr als achttausend Silber- und Goldtalenten. Gold! Nicht bloß Silber. Tut, worum ich euch ersuche, und ich werde es nicht an Freigiebigkeit mangeln lassen.»

Und das glaubte ihm die Armee, nach dem Jubel zu urteilen, mit dem sie ihn freisprach.

Seleukos eilte davon, während Adea laut in den Beifall hineinrief und die Männer beschwor, sie und ihren Mann zu einer Konfrontation mit den beiden Regenten zu begleiten.

Mir scheint, ich sollte mich eher als geplant um eine Unterredung mit Antipatros bemühen.

«Und deshalb bin ich dir entgegengeritten, so schnell ich konnte», schloss Seleukos, nachdem er Antipatros von den Entwicklungen in der Armee des babylonischen Lagers berichtet hatte. «Antigonos behält die Lage im Blick. Er ist gestern eingetroffen, als ich eben im Begriff war aufzubrechen. Er hat sein Lager auf der anderen Seite des Flusses aufgeschlagen, damit seine Soldaten nicht durch die meuterische Stimmung angesteckt werden.»

«Beide, Peithon *und* Arrhidaios, haben also die Regentschaft niedergelegt?», vergewisserte sich Antipatros, während ihre Pferde den nächsten Hang in den bewaldeten, nach Harz duftenden Bergen erklommen. Die makedonische Armee aus Europa schlängelte sich hinter ihnen über den gewundenen Weg und verlor sich unten in den Tiefen des Tals.

Seleukos nickte und strich seinem Hengst über den Hals. «Sie wollten sich nicht der Auseinandersetzung mit Adea stellen, da sie die aufgestachelte Armee hinter sich hatte. Sie haben erklärt, die Regentschaft für die Könige solle auf dich übergehen, da du auch der Regent von Makedonien bist. Um ehrlich zu sein, Ptolemaios und ich hatten ohnehin nicht damit gerechnet, dass die beiden lange im Amt bleiben.»

Antipatros warf seinem Begleiter einen wissenden Blick zu. «Nur eben lange genug, um dich zum Satrapen von Babylonien zu ernennen. Und ich werde diese Ernennung wohl bestätigen müssen, um den Frieden zu wahren. Und auch zum Dank dafür, dass du mich von dem Brief der Zauberin an Roxane in Kenntnis gesetzt hast.»

Seleukos zuckte die Schultern, erwiderte jedoch nichts. Sie ritten schweigend weiter.

«Attalos kam ins Lager», sagte Seleukos nach einer Weile. «Adea hat ihn aufgefordert, zu den Männern zu sprechen.»

Antipatros schaute ihn überrascht an. «Und, ist er tot?»

«Mitnichten. Die Heeresversammlung hat das Urteil aufgehoben, und er ist mit viertausend abtrünnigen Soldaten nach Tyros zurückgekehrt. Er hat sie mit dem Versprechen geködert, ihnen die Prämie von einem Silbertalent auszuzahlen.»

«Warum ist der Rest der Armee nicht mit ihm gegangen?»

«Er hat erklärt, er werde nur die ersten viertausend nehmen, die sich freiwillig melden. Es gab ziemlichen Andrang.»

«Das kann ich mir vorstellen.»

«Unsere Quellen berichten, dass Attalos nur Truppentransporter für zweitausend Mann hat.»

«Er plant also zwei Fahrten nach Pisidien, ehe die Seewege zum Winter hin nicht mehr befahrbar sind.»

«Pisidien?»

«Dort hält Alketas sich versteckt. Er versammelt eine Armee, und sämtlichen Berichten zufolge macht er gute Fortschritte. Attalos' viertausend werden ihm äußerst gelegen kommen. Was für Truppen waren es?»

«Phalangiten, überwiegend Veteranen.»

«Was ist mit Antigenes' Hypaspisten?»

«Die haben ihre Prämie bereits ausgezahlt bekommen, ihnen geht es nur um den ausstehenden Sold. Sie waren in Versuchung zu gehen, aber Antigenes hat ihr Gepäck unter Bewachung gestellt. Ich nehme an, mit denen wirst du den meisten Ärger bekommen, wenn du sie nicht bezahlen kannst.»

Antipatros seufzte. «Wie soll ich sie denn bezahlen? In der Schatzkammer von Makedonien ist kaum genug, um diese Armee zu unterhalten, Attalos hat Tyros besetzt, und es besteht keinerlei Aussicht, von Ptolemaios etwas zu bekommen. Die großen Gold- und Silberhorte sind draußen im Osten. Die Männer werden warten müssen.»

«Das wird ihnen nicht gefallen.»

«Es nutzt nichts. Ich werde gleich nach unserer Ankunft zu ihnen sprechen.»

ANTIPATROS
DER REGENT

Ich bin zu alt, um so zu schreien. Antipatros versuchte, sich über das Gebrüll der wütenden Soldatenmeute hinweg Gehör zu verschaffen. Ein Dutzend Leibwächter schirmten ihn ab, doch die Menge drängte sich so dicht um ihn, dass die Schilde gegen die Brust ihrer Träger gepresst wurden. «Wollt ihr mich wohl anhören?», brüllte er so laut, wie er es mit seinen fast achtzig Jahren vermochte.

«Wo ist unser Geld? Wo ist unser Geld?», rief die Menge im Chor, und Fäuste wurden im Takt in die Luft gestoßen. Die ergrauten Hypaspisten standen ganz vorn und führten den Protest an.

Seleukos hat nicht übertrieben. Ich habe die Jungs noch nie so außer Rand und Band erlebt.

Er schaute zu Adea hinüber, die auf einem Podium neben ihrem Mann saß und ihm mit berechnendem Blick zulächelte.

Adea hat einiges zu verantworten, und beim Ares, sie wird sich verantworten müssen. Welchen Nutzen erhofft sie sich von einer Meuterei?

Er wich einer angebissenen Zwiebel aus, die jemand nach ihm geworfen hatte, doch gleich darauf traf ihn ein wohlgezielter Apfel. «Wie kann ich mich eurer Kümmernisse annehmen, wenn ihr mich nicht zu Wort kommen lasst?»

Es nutzte nichts. Der Sprechchor hielt an, ohne dass Antipatros Gelegenheit bekam, etwas zu erwidern. Und die ganze Zeit saß Adea da und unternahm nichts, um die Bestie, die sie geschaffen hatte, zu bändigen.

So ging es schon, seit Antipatros in Triparadeisos eingetroffen war. Er war dem Haupttrupp seiner Armee vorausgeeilt, entschlossen, die beginnende Revolte im Keim zu ersticken. Antigonos und Seleukos hatten angeboten, ihn zu begleiten, doch er hatte abgelehnt. Er hatte den Aufruhr der Gefühle in dem Lager jenseits des Flusses gewaltig unterschätzt.

Ohnmächtig stand Antipatros nun inmitten der Versammlung, musste sich die Beschimpfungen anhören und wurde immer wieder mit Früchten und Gemüse beworfen. Nie zuvor hatte er sich so gedemütigt gefühlt; nie zuvor hatte er die Soldaten von Makedonien so meuterisch erlebt.

Allerdings war ich nicht dabei, als die Infanterie Alexander in Indien zur Umkehr zwang. Ich nehme an, dort ging es in etwa so zu wie hier, und auch damals führten die Hypaspisten die Revolte an. Nur wurden sie da nicht von einer jugendlichen Harpyie aufgehetzt.

Noch einmal versuchte er, sich Gehör zu verschaffen, und wieder übertönte ihn der Sprechchor. Umso überraschter war er, als Adea plötzlich die Menge zum Schweigen brachte, einfach, indem sie aufstand.

«Soldaten von Makedonien», rief sie. «Treue Untertanen meines Gemahls.» Sie zeigte auf Antipatros. «Dies ist der Mann, dem Peithon und Arrhidaios ihre Regentschaft übertragen möchten. Hier steht er vor euch und seinem König. Ich werde ihm die Frage meines Mannes vortragen – eine Frage, die dem König sehr am Herzen liegt, da sie das Wohl seiner

Soldaten betrifft. Antipatros, wo ist der ausstehende Sold der Armee von Babylon, und wo ist ihre versprochene Prämie?»

Antipatros nahm Haltung an und räusperte sich. «Ihr alle werdet euer Geld bekommen, aber es wird noch ein wenig dauern, weil es erst aus den Schatzkammern des Ostens herbeigeschafft werden muss. Im Osten hat Alexander seinen Reichtum gehortet, und so muss er aus dem Osten hergeholt werden.»

«Ha!», rief Adea in das Murren hinein, das auf seine Antwort folgte. «Ha! Was nutzt dieser alte Mann als Regent für meinen Gemahl, wenn er nicht einmal seinen Soldaten den Sold zahlen kann, nach dem sie verlangen und der ihnen zusteht? Ich frage euch, was nutzt er? Vor drei Tagen kam Attalos und sprach zu euch. Er zahlte Geld aus. Er beglich Schulden, die nicht einmal die seinen waren. Würde er nicht besser zum Regenten für meinen Mann taugen? Er würde sich mit mir abstimmen, da ich beim König Gehör finde und die Einzige bin, die für ihn sprechen kann. König Philipp, der Bruder Alexanders, hätte endlich eine Stimme. Soldaten von Makedonien, ich schlage eurer Heeresversammlung vor, Antipatros abzusetzen und Attalos zum Regenten zu machen, und König Philipp, der Dritte dieses Namens, soll mit ihm auf einer Stufe stehen. Was sagt ihr, Soldaten von Makedonien?»

Ihre Antwort beschränkte sich nicht auf Worte – sie durchbrachen die dünne Kette aus Antipatros' Leibwächtern, packten ihn und hoben ihn hoch. «Lasst mich herunter, Kameraden», verlangte Antipatros so würdevoll, wie er es in seiner misslichen Lage vermochte, «dann setzen wir das Gespräch fort.»

«Es gibt nichts mehr zu sagen, alter Mann», rief jemand in der Menge, «außer dass du entscheidest, ob du uns mit Geld überhäufst, oder ob du es vorziehst, wenn wir dich mit Steinen überhäufen.»

Das rief grölendes Gelächter hervor. Antipatros wurde in die Luft geworfen und von unsanften Händen wieder aufgefangen, wobei Fingernägel seine Haut ritzten, und sein Chiton zerriss.

«Wir haben bereits einen Feldherrn getötet, alter Mann, da kommt es auf einen zweiten nicht mehr an.»

Auch Seleukos, Antigenes und Peithon haben einiges zu verantworten, die Hurensöhne. «Lasst mich herunter!»

Wieder wurde er hochgeworfen, ruderte hilflos mit Armen und Beinen, und das Gelächter wurde immer ausgelassener und respektloser. Dann fiel er wieder herab und schlug mit dem Rücken hart auf die steinige Erde. Mit schmerzverzerrtem Gesicht, entwürdigt, musste Antipatros sich mit jeder Faser seines Seins anstrengen, nicht zu schreien. Er hörte auf, sich zu wehren, denn ihm war klar, dass sein Schicksal buchstäblich in den Händen dieser Männer lag, auf die er kaum Einfluss hatte.

«Lasst ihn runter, ihr meuterisches Ungeziefer! Wie könnt ihr es wagen, den Regenten von Makedonien, der von Alexander persönlich ernannt wurde, derart zu misshandeln?»

Bei der Nennung des geheiligten Namens erstarb das Gelächter, und die unsanften Hände ließen ihn los. Antipatros saß auf dem Boden und schaute in bärtige Gesichter auf, die seinem Blick kaum standzuhalten vermochten.

Dass ich in meinem Alter eine solche Behandlung erdulden muss! Dafür werden Köpfe rollen.

Er rappelte sich hoch, bemüht, sich die Schmerzen nicht anmerken zu lassen, als seine alten Knie und Hüften knackten. Dann klopfte er sich den Staub vom Chiton. Zwanzig Schritt entfernt saß Antigonos hoch zu Ross. Er trug volle Rüstung, als zöge er in die Schlacht. Und tatsächlich ging es hier kaum anders zu, dachte Antipatros, der den Zorn der Umstehenden deutlich spürte.

«Gebt ihn heraus!», befahl Antigonos. Hinter ihm erschien Seleukos mit einer großen berittenen Eskorte; ihre Rosse pflügten durch die Schar aufgebrachter Soldaten.

«Wir halten ihn fest, bis er bezahlt hat», entgegnete ein Veteran und packte Antipatros mit eisernem Griff an der Schulter. Andere drängten sich um ihn und hinderten den alten Mann an der Flucht.

«Je länger ihr ihn festhaltet, umso länger und härter wird die Bestrafung ausfallen», bellte Antigonos.

«Hört nicht auf ihn», kreischte Adea. «Er hat keine Macht über meinen Mann, und mein Mann befiehlt, dass Antipatros festgehalten wird, bis er die Schuld beglichen hat!»

«Schweig, Hure!» Antigonos' Blick glitt über die Menge. «Ist es denn wirklich so weit gekommen? Erwachsene Männer von makedonischem Blut hören auf das Gerede einer unwissenden jugendlichen Amazone?» Er zeigte auf Adea und Philipp, der sabbernd neben ihr saß, das Gesicht verwirrt in Falten gelegt. Barzid griff nach seinem Schwert und spannte sich an. «Seht sie euch doch an! Bewacht von einem Illyrer, und trotzdem erhebt sie den Anspruch, eine Makedonenkönigin zu sein. Was ist sie denn in Wahrheit? Ja, sie ist Philipps Enkelin, und ja, sie ist mit Philipps Sohn verheiratet. Sie stammt vom Königshaus der Argeaden ab, und wenn sie von ihrem Mann ein Kind empfangen sollte und es ein Knabe würde, so hätte dieser einen stärkeren Anspruch auf den Thron von Makedonien als sonst irgendein lebender Mensch – sogar einen stärkeren als der Sohn, den Alexander mit der asiatischen Wildkatze gezeugt hat. Denn wir Makedonen erwählen unsere Könige, sie werden uns nicht aufgezwungen, und wir erwählen sie aus dem Hause der Argeaden.» Er warf einen Blick zu Antipatros und nickte ihm kaum merklich zu, während er weitersprach. «Aber da endet unsere Wahlfreiheit, Soldaten von Makedonien: bei der

Wahl des Königs. Von da an regiert er uns nach seinem Gutdünken, und Antipatros wurde von Alexander zum Regenten ernannt. Es steht weder uns noch der Harpyie dort zu, eine solche Entscheidung infrage zu stellen.» Erneut nickte er Antipatros verstohlen zu. Indessen bahnten Seleukos und seine Männer sich einen Weg ins Herz der Menge. Sie waren nur noch ein paar Schritte von Antipatros entfernt.

Er versucht, die Männer abzulenken, damit Seleukos zu mir vorstoßen kann.

«Und doch lasst ihr euch von ihr beeinflussen, einer Frau und noch dazu einer sehr jungen. Würdet ihr von euren Töchtern Rat annehmen oder nach ihren Launen handeln? Selbstverständlich nicht, nur Schwachköpfe lassen sich durch die Meinungen von Weibern beeinflussen. Der einzige einflussreiche Teil eines Weibes ist ihre Fotze, und als ich zuletzt eine gesehen habe, war sie frei von Meinungen.» Das rief wie beabsichtigt grölendes Gelächter hervor und fesselte die Aufmerksamkeit der Männer.

Wenn ich an meine Frau denke, kann ich mich dieser Sichtweise nicht uneingeschränkt anschließen, aber das werde ich jetzt und hier nicht diskutieren.

Während Antigonos sich weiter über das Thema ausließ, bemerkte Antipatros, dass seine Bewacher ihn nicht mehr beachteten. Er sah verstohlen zu Seleukos auf. Der zwinkerte ihm zu und wies mit einer Kopfbewegung auf ein Pferd ohne Reiter, das seine Leute mit sich führten.

Antigonos redete weiter, erörterte seine Begriffe von Treue, Gehorsam und Geduld, argumentierte, Geld sei zwar wichtig, sogar überaus wichtig, doch man müsse auch ein anderes, nicht minder wichtiges Gut in Betracht ziehen, nämlich Eintracht. «Und sie», rief er laut und zeigte anklagend mit dem Finger auf Adea, «sie ist der Eintracht nicht förderlich. Soweit ich unterrichtet bin, hat sie auf dem gesamten Marsch von Ägypten hierher in den Norden fortlaufend darauf hingearbeitet, zu spalten und dadurch zu herrschen. Ist das die Art, wie Alexander herrschte? Oder sein Vater vor ihm? Nein, Brüder, denn sonst wären wir jetzt nicht die Herren der Welt, sondern noch immer in den engen Grenzen Makedoniens eingeschlossen. Sie übt einen zersetzenden Einfluss aus. Man muss ihr Einhalt gebieten und sie lehren, wo ihr Platz ist.»

«Er lügt!», schrie Adea, und alle drehten die Köpfe nach ihr.

Auf diesen Moment hatte Antipatros nur gewartet: Er durchbrach den Ring der Männer, die ihn umstellt hatten, und stürzte zu dem Pferd, das Seleukos ihm entgegentrieb. Mit einer Kraft, die er seit Jahren nicht mehr gespürt hatte – der Kraft der Verzweiflung –, schwang er sich auf den Rücken des Tieres, packte im selben Moment die Zügel, um es zu wenden, und trieb es an, der relativen Sicherheit von Seleukos' Kavallerietrupp entgegen.

Ein Sturm der Entrüstung brach los und übertönte Antigonos' wütende Tirade gegen Adea und ihre Machenschaften, mit denen sie angeblich die Eintracht unter den Makedonen untergrub. Nun richtete sich der Zorn der Menge auch gegen Antigonos. Während Seleukos und seine Reiter die Soldaten mit der Breitseite ihrer Schwerter zurückschlugen und Antipatros zur Flucht verhalfen, erhaschte der noch einen Blick auf Antigonos, wie er von der aufgebrachten Menge umzingelt und vom Pferd gezerrt wurde.

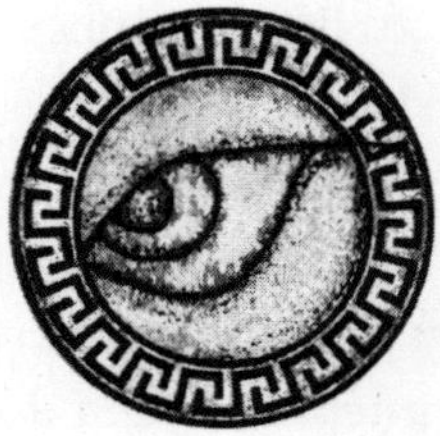

ANTIGONOS
DER EINÄUGIGE

Blut quoll aus der gebrochenen Nase und klebte an Antigonos' Fingerknöcheln, als er aufsprang und trotzig brüllend auf die Angreifer losging, die ihn umringten. Sein Pferd bäumte sich auf, schlug mit den Vorderhufen und zerschmetterte die Schädel zweier Silberschilde, die eben seinen Reiter zu sich herabgezerrt hatten.

«Macht diesen Irrsinn nicht noch schlimmer», schrie Antigonos die Männer an, die sich ihm entgegenstellten. «Mich vom Pferd zu zerren, stellt einen tätlichen Angriff auf einen ranghohen Befehlshaber dar – darauf steht in jeder Armee der Tod. Der Tod!» Das letzte Wort stieß er mit demselben Zorn hervor, der in seinem Auge loderte. «Der Tod!», wiederholte er noch einmal und blickte in die Runde der Soldaten, die ihn umzingelt hatten. «Und lasst mein Pferd in Ruhe», fuhr er die Männer an, die sich bemühten, das Tier zu beruhigen, ehe es noch jemanden tötete.

Seine offensichtliche Wut und Furchtlosigkeit ließen seine Angreifer innehalten. Der kollektive Wahn, der sie befallen hatte, war verflogen, als sie zwei ihrer Kameraden tot am Boden liegen sahen, mit zerschmetterten Schädeln, aus denen das Hirn quoll.

«So ist es besser», grollte Antigonos. «Mir scheint, ihr gebraucht zum ersten Mal an diesem Tag euren Verstand.» Er zeigte nacheinander auf die Veteranen, die um ihn herumstanden. «Ich werde alle eure Gesichter wiedererkennen, jedes einzelne! Euer Leben liegt nun in meiner Hand. Gewiss, ihr könntet versuchen, euch zu retten, indem ihr mich tötet, aber ich verspreche euch: Wenn ich nicht lebend zu meiner Armee zurückkehre, werden die Silberschilde bald nicht mehr sein, denn ihr würdet bis auf den letzten Mann getötet.» Erneut blickte er durchdringend in die Runde. Keiner der Männer vermochte ihm ins Auge zu sehen. «Nun, wenn ihr wollt, dass ich eure Gesichter wieder vergesse, dann sagt euren Kameraden, sie sollen aufhören, auf dieses alberne kleine Mädchen zu hören, und sich gedulden, bis wir alle gemeinsam mit Antipatros beschlossen haben, wie die künftige Ordnung der Dinge aussehen soll.» Er drehte sich um und bahnte sich einen Weg durch die raunende Schar der Veteranen, die ihm Platz machten. Er ergriff die Zügel seines Pferdes und schwang sich auf dessen Rücken. «Lysimachos müsste übermorgen hier sein, Jungs, dann können die Verhandlungen beginnen, und euer rückständiger Sold wird weit oben auf der Tagesordnung stehen.»

«Sollen sie doch gehen und ihn sich selbst holen», sagte Lysimachos. Er stützte sich auf den Tisch aus poliertem Zedernholz, um den die Nachfolger Alexanders versammelt waren. «Soweit ich weiß, müsste der Inhalt der Schatzkammer von Susa mehr als genügen, den ausstehenden Sold für die gesamte Armee zu zahlen. Ein Fußmarsch von anderthalbtausend Parasangen dorthin und wieder zurück, um den Schatz herzuholen, dürfte die Silberschilde ruhigstellen. Wie sagt man so schön: Über erfüllte Wünsche werden mehr Tränen vergossen als über unerfüllte.»

Antigonos lächelte in sich hinein. *Lysimachos war schon immer ein skrupelloser Hurensohn mit einem poetischen Sinn für Gerechtigkeit. Dem Osten einen großen Teil seines Reichtums zu stehlen, während die Satrapen nicht zur Verteidigung dort sind, und zugleich die Silberschilde zu bestrafen, das ist ein meisterhafter Streich. Peukestas wird toben.*

Er schaute die anderen zehn Männer in der Runde an: Alle außer Antigenes und Peithon schienen den Vorschlag gutzuheißen.

«Das wird Monate dauern», klagte Antigenes.

«Sie sollten sich glücklich schätzen, diese Monate noch zu haben», entgegnete Lysimachos. «Wären sie in meiner Armee gewesen, dann wäre jeder von ihnen vor die Wahl gestellt worden, ob man ihm die Hände oder lieber den Kopf abschlagen soll, und anschließend wäre jeweils das geschehen, wogegen sich der Betreffende entschieden hat.»

Antigenes verschränkte die Arme und sah Antipatros durchdringend an. «Und wenn ich mich weigere zu gehen, was dann?»

Antipatros seufzte müde. «Dann bekommst du deine Satrapie nicht.»

«Meine Satrapie?»

«Ja. Ich denke, alle hier werden mir zustimmen, dass dir eine Belohnung gebührt, weil du daran mitgewirkt hast, das Problem Perdikkas aus der Welt zu schaffen. Seleukos wurde offenbar Babylonien zugesprochen, und Peithon, nun ... Jedenfalls scheint mir, die Susiana wäre als Zeichen unserer Dankbarkeit angemessen.»

«Aber Peukestas –»

« – hat neben der Susiana auch die Persis. Wenn ich erst einmal die Schatzkammer von Susa leer geräumt habe, wird er keine Widerworte mehr geben, weil er fürchtet, dass ich sonst auch noch das Vermögen von Persepolis beschlagnahme. Also, nimmst du an?»

Antigenes' Miene erhellte sich. «Gewiss.»

«Gut. Ich werde deinen meuterischen Truppen sagen, dass sie ihren ausstehenden Sold bekommen, wenn sie den Schatz von Susa in die Festung Kyinda in Kilikien gebracht haben – dann und nur dann.» Antipatros blickte in die Runde. «Damit wären die Silberschilde abgehandelt. Ich werde zu ihnen sprechen, nachdem wir unsere heutigen Beratungen abgeschlossen haben. Noch Fragen?»

Lysimachos beugte sich wieder vor. «Ja, warum haben wir überhaupt unsere Zeit damit vergeudet, über den rückständigen Sold der Silberschilde zu reden?»

«Es geht um den rückständigen Sold der gesamten Armee und auch um die Frage, ob jeder Soldat eine Prämie von einem Silbertalent erhalten soll und nicht nur jene, die ausgemustert werden.»

Lysimachos' Gesicht, in dem seit Alexanders Tod ein üppiger schwarzer Bart gesprossen war, verzog sich zu einem Ausdruck ungläubiger Bestürzung. «Sie sollen die Prämie schon vor ihrer Entlassung erhalten? Beim Hades, wer ist denn auf diesen absurden Gedanken gekommen? Demnächst werdet ihr ihnen erzählen, nur weil sie in der Armee sind, bräuchten sie doch nicht etwa in Schlachten ihr Leben zu riskieren. Ach ja, und statt zu exerzieren und Geländemärsche zu absolvieren, darf jeder sich gratis mit einem Knaben vergnügen.»

Antipatros seufzte abermals. «Der Grund ist, dass die Silberschilde und noch ein paar Jungs die Prämie genommen haben und entweder – wie die Silberschilde – gar nicht erst heimgekehrt sind oder sich nach ihrer Heimkehr bei mir erneut verpflichtet und die Prämie dennoch behalten haben.»

«Nun, das war ihre Entscheidung, oder etwa nicht?» Lysimachos machte eine wegwerfende Handbewegung. «Ich werde meiner Armee gewiss nicht ein Silbertalent pro Kopf auszahlen. Was sagst du, Antigonos?»

«Bei meinem haarigen Arsch, das werde ich nicht tun.»

«Welch edle Worte. Könnten wir es uns überhaupt leisten, Antipatros?»

Antipatros rieb sich mit den Mittelfingern die Schläfen und starrte auf die Tischplatte. «Vielleicht, aber es würde für das Reich nahezu den Bankrott bedeuten.»

Lysimachos schlug mit der Faust auf den Tisch. «Warum in Ares' Namen denken wir dann überhaupt darüber nach, ganz zu schweigen davon, dass wir ernsthaft darüber reden?»

«Einverstanden», sagte Seleukos. «Der Inhalt der Schatzkammer von Susa deckt den ausstehenden Sold, weiter sollten wir nicht gehen. Eine Prämie wird erst beim Ausscheiden aus der Armee fällig, und wenn sie einmal gezahlt wurde, steht es den Männern zwar frei, sich erneut zu verpflichten, aber wenn sie dann wieder ausscheiden, erhalten sie die Zahlung nicht noch einmal.»

Guter Mann, Seleukos, jetzt können wir uns vielleicht wichtigeren Themen zuwenden. «Und wem die Bedingungen nicht passen, der wird eben ohne Abfindung davongejagt und kann in Armut sein Schicksal beklagen. Nun lasst uns zum nächsten Thema kommen. Peithon und Arrhidaios haben ihr Amt als Regenten niedergelegt.» Er schaute die beiden Männer an, die seine Aussage mit einem Kopfnicken bestätigten. Arrhidaios legte den großen Ring von Makedonien auf den Tisch. «Ich schlage vor, dass wir Antipatros die Regentschaft für die Könige antragen und er beide nach Makedonien mitnimmt. Dort werden sie und ihre aufsässigen weiblichen Anhängsel viel leichter unter Kontrolle zu halten und zum Schweigen zu bringen sein. Eine Situation wie vor drei Tagen, wo es hier beinahe zur Meuterei gekommen wäre, darf sich nicht wiederholen.»

«Dem schließe ich mich an», verkündete Kleitos der Weiße, der Kommandeur der Flotte, mit dröhnender Stimme. Da er sich nicht an Bord eines Schiffes befand, trug er zur allgemeinen Erleichterung eine militärische Uniform, statt als Poseidon verkleidet zu sein, nackt bis auf etwas Seetang. Seinen Dreizack hatte er allerdings mitgebracht, der lehnte in einer Ecke neben dem Haupteingang. «Wir brauchen eine zentrale Führung, mit der wir alle einverstanden sind, jemanden, bei dem wir uns darauf verlassen können, dass er nicht wie Perdikkas versuchen wird, sich über uns zu erheben.»

«Ja», ließ Asandros, der Satrap von Karien, sich vernehmen. «Und wenn ich mir die Bemerkung erlauben darf …»

Das werden noch lange und langweilige Tage, wenn jeder zu jedem Thema etwas zu sagen hat. Während Asandros sich nun seine Bemerkung in aller Ausführlichkeit erlaubte, lehnte Antigonos sich in seinem Stuhl zurück und schaute durch das große Fenster in der Westwand des Raumes. Sie befanden sich im geräumigen, hohen Audienzsaal des großen Palastes zwischen weitläufigen Wildparks. Durch das Fenster bot sich eine erfrischende Aussicht: Die Parklandschaft erstreckte sich, so weit das Auge reichte, und gegen die tief stehende Sonne zeichneten sich die scharfen Konturen riesiger Zedern ab. Der Ausblick wirkte wie ein gemaltes Bild.

Nacheinander ergriff jeder im Raum das Wort, pries Antipatros und sprach sich dafür aus, dass er zusätzlich zu seiner bisherigen Regentschaft in Makedonien auch Regent für die beiden Könige werden sollte. Unterdessen ließ Antigonos seine Gedanken schweifen und achtete nur mit halbem Ohr darauf, ob sein Name fiel, während er über seine Position nachdachte. Antipatros hatte nicht mehr lange zu leben, das war offensichtlich. Nach den jüngsten Strapazen der Kriege gegen die Griechen und dann gegen Perdikkas sah man dem alten Mann jedes einzelne seiner fast achtzig Jahre an.

Und wenn er nicht mehr ist, was dann? Wer wird sein Nachfolger? Kassandros? Wohl kaum – niemand könnte es ertragen, wenn dieser pickelige Widerling sich über alle erhöbe. Mag sein, dass er Makedonien unter seine Herrschaft bringen wird, und von mir aus soll er nur. Aber hier im Osten, wo der wahre Reichtum liegt, wird der Stärkste die Macht an sich reißen. Und wer wird das wohl sein?

Antigonos blickte in die Runde. Die meisten der Männer, die am Tisch saßen, verwarf er in Gedanken. Entweder besaßen sie nicht den nötigen Ehrgeiz – wie Kleitos, Asandros und der völlig unbedeutende Philoxenos, der Satrap von Kilikien –, oder sie waren zu unbeliebt – wie Lysimachos in Thrakien, Peithon in Medien und der abwesende Kassandros selbst –, oder aber sie waren schlichtweg zu alt wie Antigenes. Sein Blick blieb an Seleukos hängen.

Dieser Mann wird es noch weit bringen – jung, ehrgeizig, beliebt und noch dazu ein guter Soldat. Er wird Babylonien behalten, Antipatros wird nicht wagen, es ihm abzusprechen. Und da nun Antigenes sein Nachbar in der Susiana ist, nehme ich an, dass er sein Gebiet in nächster Zukunft auf das Doppelte vergrößert. Auch Peukestas wird erkennen, dass es seinen Interessen weitaus förderlicher ist, Seleukos zu unterstützen, als Hunderte Tagesreisen weit nach Westen und Norden auf den zu schauen, der in Makedonien regiert, wer immer das sein wird.

Er lächelte in sich hinein und dachte als Nächstes an den abwesenden Ptolemaios. Der würde sich wohl kaum für den Osten interessieren, abgesehen von Zypern und dem palästinensischen Teil der syrischen Küste, die ihm als Puffer dienen könnten.

Viel wahrscheinlicher ist, dass er den Blick gen Westen auf Karthago richten wird. Nein, Seleukos ist der aufsteigende Stern, aber er kann nicht das gesamte Gebiet beherrschen. Wenn er vernünftig ist, wird er es gar nicht erst versuchen. Soll er Babylonien, die Susiana, die Persis, Medien und meinetwegen sogar Assyrien haben, und dann mag er versuchen, ob er die Satrapien weiter im Osten halten kann. Indessen kann ich es Lysimachos in Thrakien überlassen, meine nördliche Grenze zu sichern, während ich von Phrygien aus den Rest in meine Gewalt bringe. Und dann sehen wir weiter.

Mit diesem erfreulichen und nicht unrealistischen Blick auf die Zukunft tauchte Antigonos aus seinen Überlegungen auf, als Antipatros gerade allen Anwesenden für ihre rückhaltlose Unterstützung dankte und sich den großen Ring von Makedonien an den Zeigefinger steckte. «Aber, meine Herren, auch wenn ich nominell das Amt des Regenten für die Könige annehme, halte ich es doch nicht für richtig, sie nach Makedonien zu bringen, solange es hier noch einen Krieg auszufechten gilt. Sie müssen bei der königlichen Armee bleiben, um ihr Legitimität zu verleihen. Jedoch werde ich diese Armee nicht anführen.» Er wandte sich an Antigonos. «Zum Lohn für die Tapferkeit, die er jüngst an den Tag gelegt hat, ernenne ich Antigonos zum Vormund der Könige. Außerdem wird er als Oberkommandierender Asiens dafür verantwortlich sein, den Krieg gegen Eumenes und die verbliebenen Unterstützer von Perdikkas zu Ende zu bringen.»

Welch freudige Überraschung. Antigonos neigte dankend den Kopf. *Damit bin ich der mächtigste Mann in Asien, sobald er nach Makedonien zurückkehrt.*

«Und nun, meine Herren», fuhr Antipatros mit wohlwollender Miene fort, «werde ich die Verteilung der Satrapien überdenken. Ich schlage vor, dass wir uns für heute vertagen und morgen Mittag wieder zusammenkommen. Wenn ihr mögt, nutzt die ausgezeichneten Möglichkeiten zur Jagd. Ich muss zu den Silberschilden sprechen und dann ein letztes Wort mit den beiden jungen Huren reden, die sich für Königinnen halten, um sie ins Bild zu setzen.» Antipatros schaute mit wissendem Lächeln zu Antigonos.

Das warme, wohlige Gefühl in seinem Inneren erstarb plötzlich, als Antigonos erkannte, dass seine Ernennung ein zweischneidiges Schwert war.

Das raffinierte alte Aas hat es soeben geschafft, mir die beiden bösartigsten Harpyien aufzuhalsen, die je auf Erden wandelten.

ADEA
DIE KRIEGERIN

Noch war es nicht vorbei. Gewiss konnte sie nach wie vor Einfluss auf die Männer ausüben, die ihr auf dem Marsch von Ägypten gen Norden so gefügig geworden waren. Gewiss wollten sie noch immer ihre Prämie, auch wenn die Angelegenheit mit dem rückständigen Sold nun geregelt war. Gewiss würden sie noch immer folgen, wenn sie im Namen ihres Mannes, des wahren Königs, dazu aufrief. Adea schaute sich in ihrem prächtigen Gemach in der großen Jagdresidenz von Triparadeisos um. Hier war sie von mehr Luxus umgeben, als sie je zuvor an einem Ort gesehen hatte, und doch musste sie gegen den Gedanken ankämpfen, dass es in Wahrheit nichts anderes als ein prunkvolles Gefängnis war. Kurz nachdem Antipatros ihren Männern entkommen war, hatte man sie und Philipp hierher eskortiert – zu ihrer eigenen Sicherheit, wie ihr beteuert wurde. Angesichts der zwei Wachen vor der Tür erschien diese Behauptung lächerlich. Adea wusste, dass die beiden weniger zu ihrem Schutz dort standen als um zu verhindern, dass sie den Raum verließ oder ihre Freunde zu ihr hereinkamen. Barzid war zwar offiziell noch immer ihr Leibwächter, hatte jedoch keinen Zutritt zu ihrem Gemach, und sie hatte keinen Freund, mit dem sie ihre Ängste teilen konnte. Sie schaute zu ihrem Mann hinüber, der am Fenster saß und sie betrachtete. Als ihre Blicke sich trafen, lächelte er, stellte seine Elefantenfigur ab und begann mit einem wimmernden Laut, unverhohlen zu masturbieren.

«Lass das!», schrie sie ihn an, und Galle stieg ihr in die Kehle.

Doch Philipp grinste nur, sabberte und setzte sein Tun umso eifriger fort.

Adea widerstand dem Drang, ihn zu schlagen. Sie hatte ihn noch nie geschlagen, und er hatte sie seiner körperlichen Überlegenheit und seinem zwanghaften Geschlechtstrieb zum Trotz nie angegriffen. Adea wusste wohl, wenn sie als Erste Gewalt gebrauchte, würde sich das empfindliche Gleichgewicht zwischen ihnen verschieben, und von da an wäre sie in ständiger Gefahr, misshandelt und brutal vergewaltigt zu werden. Am Ende würde ihr nichts anderes übrig bleiben, als diesem großen Kind die Kehle durchzuschneiden – und damit wäre ihr eigenes Schicksal besiegelt.

Eine neue Welle des Abscheus gegen ihren Mann stieg in ihr hoch, als ihr dämmerte: Antipatros hatte sie ausmanövriert, nun, da er die Regentschaft übernommen und die drohende Meuterei mit dem Versprechen abgewendet hatte, den ausstehenden Sold aus der Schatzkammer von Susa zu bezahlen. Ihr Mann, dieses große Kind, war nur nominell König. In Wahrheit war er ein sabbernder Schwachsinniger, dessen Schicksal untrennbar mit dem ihren verflochten war. Und doch regte sich tief in ihrem Inneren Mitleid mit dem vom Schicksal geschlagenen Mann und ein Drang, das Kind zu beschützen, das er immer bleiben würde.

Aber was kann ich tun? Mutter hätte es gewusst. Sie hätte Antipatros und Antigonos gar nicht erst ins Lager gelassen. Das war mein großer Fehler: Sobald meine Männer gegen einen von ihnen gewalttätig wurden, waren sie des Hochverrats schuldig und konnten nur auf Gnade hoffen, wenn sie sich demütig unterwarfen.

Und genau das hatten sie getan. Als Zeichen ihres guten Willens hatten sie Adea und Philipp ausgeliefert, und Barzid hatte seine Waffen abgeben müssen. Adea kämpfte gegen die Tränen an – sie war keine Frau, die weinte, und sie hatte sich geschworen, ihre Gefangenschaft würdevoll zu ertragen.

Mit einer Folge widerwärtiger Grunzlaute kam Philipp zum Erguss, den Blick auf ihre Brüste geheftet, die sich schwach unter ihrem Chiton abzeichneten.

Soll er seinen Samen verspritzen, wo immer es ihm beliebt, mir nutzt er nichts.

Und in der Tat war es so. Obwohl sie auf dem Marsch nach Norden so viele Male den Beischlaf erduldet hatte, wuchs noch immer kein Kind in ihr heran, und allmählich glaubte sie nicht mehr, von diesem viehischen Mann jemals eines zu empfangen. Ohne Kind war ihr Leben jedoch beständig in Gefahr. Ich darf nicht aufgeben, vielleicht besteht noch eine Chance. Sie betrachtete voller Abscheu Philipps Penis, der in seiner Hand glänzte und ebenso reichlich sabberte wie sein Mund. Wieder kämpfte sie mit den Tränen.

Was immer er ist, wie abscheulich ich ihn auch finde, er kann doch nichts dafür, und ich muss für seine Sicherheit sorgen. Ohne ihn bin ich nichts, und ohne mich ist er trotz seines königlichen Blutes nur ein Schwachsinniger, der kein Gehör findet. Aber muss ich denn unbedingt von ihm schwanger werden? Wer würde je erfahren, wenn es anders zuginge? Ich müsste nur jemanden an den Wachen vorbeischleusen … Oder vielleicht täten es auch die Wachen selbst – mit zweien stünden meine Chancen gleich doppelt so gut.

Adea rief eine der beiden Sklavinnen zu sich, die sie in ihr Gemach hatte mitnehmen dürfen. Ein hübsches, hellhäutiges

Ding, das ihr viel Lust bereitete. Sie befahl dem Mädchen aufzuwischen, was ihr Mann hinterlassen hatte, und ihr dann ein kaltes Getränk zu bringen.

So saß sie wenig später am offenen Fenster und sinnierte über ihr neues Problem, tröstete sich jedoch ein wenig damit, dass ihre Erzrivalin Roxane eine ähnliche Gefangenschaft erdulden musste. Da trat Antipatros ein.

«Ich hoffe, dass es dir und deinem Gemahl wohl ergeht, Adea», sagte er.

«Mein Gemahl und ich wurden meines Leibwächters beraubt und werden gegen unseren Willen gefangen gehalten, Antipatros», entgegnete Adea. Dabei benutzte sie bewusst nicht seinen Titel, so wie er auch den ihren weggelassen hatte. «Aber das weißt du ja, da du es selbst befohlen hast.»

Bei Diana, er sieht erschöpft aus. Bald werden wir von diesem alten Mann nichts mehr zu befürchten haben.

«Behalte ruhig Platz.»

«Das war meine Absicht.»

«Auch gut.» Antipatros lächelte, setzte sich unaufgefordert und legte ein paar Schriftrollen neben sich auf den Tisch. Er verzog das Gesicht und rieb sich das Kreuz, dann wies er auf Philipp, der jetzt wieder ganz in das Spiel mit seiner Elefantenfigur vertieft war. Er ließ sie auf einem Kissen hin und her galoppieren und stieß dabei schrille Trompetenlaute aus. «Und wie befindet sich der König?»

«So, wie du ihn siehst: glücklich in seiner eigenen Welt.»

«Dann ist all die Sorge, die er um den rückständigen Sold der Männer hatte, von ihm abgefallen?»

Adeas Lächeln erreichte ihre Augen nicht, die Antipatros mit Blicken durchbohrten. Ich werde mich nicht auf sein Spiel einlassen, am Ende belaste ich mich noch selbst, dachte sie.

Antipatros betrachtete sie einen Moment lang. «Ich verstehe: Wenn du auf diese Frage antworten wolltest, müsstest du eingestehen, dass in Wahrheit du diese Meuterei angestiftet hast. Du allein zu deinem persönlichen Vorteil. Und dass es nichts mit den edlen Gefühlen eines geistesschwachen Königs zu tun hatte, der um das Wohl seiner Männer besorgt war. Nein, Philipp sorgt sich mehr um seinen Elefanten als um die Geldnöte seiner Armee.»

Adea saß nur schweigend da, ohne den Blick zu senken.

Wir beide kennen die Wahrheit, aber ich werde vor ihm nichts zugeben.

«Also schön», fuhr Antipatros fort, dem ihr Schweigen als Antwort genügte. «Kommen wir zur Sache: Es wird dich nicht überraschen zu erfahren, dass wir beide bis auf Weiteres aufeinander angewiesen sind.»

Ich bin gespannt zu hören, weshalb.

«Ich werde bald nach Makedonien zurückkehren, und wenngleich ich zum Regenten ernannt wurde, werden die Könige unter Antigonos' Vormundschaft bei der königlichen Armee bleiben. Deine jüngsten Machenschaften werden sich nicht wiederholen.»

Ich werde ihm nichts versprechen.

«Ich sehe, du brauchst einen Anreiz, dich gut zu benehmen.» Antipatros nahm eines der Schriftstücke zur Hand, entrollte es und las. Dabei schüttelte er mit nachdenklicher Miene den Kopf. «Faszinierend, wirklich faszinierend.»

Er wird mir verraten, was da steht, ohne dass ich mich dazu herablassen muss zu fragen.

Antipatros legte das Schriftstück ab und erkundigte sich plötzlich geradeheraus: «Bist du schwanger?»

Adea war verblüfft über diese Direktheit.

Ich lasse es darauf ankommen, um die Wachen mache ich mir später Gedanken.

«Ja.»

Antipatros mimte übertriebene Sorge. «Wie weit?»

«Nicht mehr als einen Mond – zu früh, um sicher zu sein.»

«Dann solltest du dich vielleicht etwas schonen und davon absehen, Soldaten gegen ihre Befehlshaber aufzuwiegeln.»

Wieder antwortete sie nicht. *Mir scheint, er nimmt das allzu gelassen auf – vielleicht hat er bereits eine Schwangerschaft vermutet.*

«Weißt du, was das hier ist?», fragte Antipatros und hielt ihr das Schriftstück hin.

Du wirst es mir gleich sagen.

«Es ist ein Bericht von Perdikkas darüber, dass Roxane plante, ihr Kind gegen das männliche Neugeborene einer Sklavin auszutauschen, falls ihres ein Mädchen geworden wäre.»

Das ist allerdings interessant.

«Und Perdikkas berichtet weiter, dass er die Sklavin in Gewahrsam hielt. So verschaffte er sich Macht über die asiatische Wildkatze: indem er ihr drohte, der Armee zu erzählen, dass sie aus Eigennutz Alexanders Kind töten und durch ein anderes ersetzen wollte. Roxane erkannte ganz richtig, in welcher Gefahr sie sich befand.»

«Also so hat Perdikkas sie dazu gebracht, meinem Mann das Gegenmittel zu verabreichen, nachdem sie ihn vergiftet hatte.»

«Ganz recht.»

«Und wo ist diese Frau jetzt?»

«Aaah, das würdest du wohl gern erfahren.»

Der alte Hurensohn hat mich dazu gebracht, vor ihm eine Schwäche zu zeigen. Ach, Mutter, wärest du doch nur hier, um mir beizustehen.

Antipatros rollte das Dokument wieder zusammen. «Es mag genügen, wenn ich sage: Sie befindet sich in sicherem Gewahrsam, und Roxane weiß, dass sie noch am Leben ist.»

Er rieb sich einen roten Striemen an seinem linken Unterarm. «Ich komme eben von einer Unterredung mit ihr. Sie hat die Nachricht nicht allzu freundlich aufgenommen und jeden, der in ihrer Reichweite war, mit Ziergegenständen beworfen. Aber immerhin hat das Wissen sie überzeugt, keinen weiteren Anschlag auf das Leben deines Mannes zu verüben – bis auf Weiteres zumindest, denn solltest du Ärger machen, so könnte ich die Sklavin jederzeit beseitigen.»

«Ich verstehe.»

«Schön. Kommen wir nun zum Inhalt dieses zweiten Schriftstückes.» Er entrollte es und summte dabei leise vor sich hin.

Er scheint bemerkenswert zufrieden mit sich. Zweifellos ist er im Besitz einer verhängnisvollen Information, die ich rundheraus leugnen muss.

«Es ist ebenfalls eine faszinierende, wenn auch wenig abwechslungsreiche Lektüre.» Antipatros ließ den Blick über die Seite gleiten, dann reichte er sie Adea. «Ich denke, du wirst mir zustimmen.»

Adea schlug die Hand vor den Mund, um einen Aufschrei zu unterdrücken, als ihr klar wurde, was sie da vor sich sah. *Wie kommt er dazu? Wie kann er es wagen? Es ist so vollständig.*

«Wie du siehst, handelt es sich um eine lückenlose Auflistung der Monate seit deiner Heirat mit Philipp. In jedem davon hattest du in der Zeit zwischen Halb- und Vollmond deinen Monatsfluss.» Er beugte sich vor und zeigte auf den letzten Eintrag. «Ich möchte, dass du dir insbesondere dies hier noch einmal anschaust und mir dann meine Frage von vorhin wahrheitsgemäß beantwortest: Bist du schwanger?»

Er wusste genau, dass ich es nicht bin, als er mich vorhin fragte. Es war eine Falle. Er wollte herausfinden, inwieweit mir zu trauen ist, und ich bin darauf hereingefallen. Ach, Mutter, ich stecke wirklich in Schwierigkeiten.

Adea schluckte die Wut hinunter, die schnell in ihr hochstieg. Sie fühlte sich nackt, da hier ihre intimsten Körperfunktionen erörtert wurden.

Wer ist die Verräterin in meinem Schlafgemach?

«Ich weiß, was du dich gerade fragst: Wie kommt es, dass ich all diese Informationen habe? Die Antwort lautet: weil ich sie brauche. Du kannst jedes einzelne Mitglied deines Hausstandes töten und allein in einer Höhle leben, und ich werde dennoch erfahren, ob du diesen Monat geblutet hast oder nicht.» Antipatros tätschelte ihr Knie. «Es könnte jedes der Mädchen sein, mit denen du das Bett teilst, vielleicht sogar eine der Frauen, die deine Wäsche machen und deine Kleidung instand halten.» Er hielt nachdenklich inne. «Oder könnte es womöglich Barzid sein? Ist er dir so treu, wie du glaubst? Vielleicht war es aber auch Philipps Leibarzt Tychon oder Philipp selbst – nein, das ist allzu weit hergeholt. Möglicherweise aber dieses entzückende kleine Ding, das mich hereingelassen hat. Welch eine Schande es wäre, wenn sie es gewesen wäre und du sie bestrafen würdest – solch eine Verschwendung einer niedlichen Möse, findest du nicht? Also tu uns allen den Gefallen und bestrafe niemanden. Mach einfach weiter, als sei nichts gewesen, aber sei gewiss: Wenn du versuchst, mich zu überlisten, indem du dem Reich ein Kuckuckskind unterschiebst, wie Roxane es plante, dann werde ich davon erfahren. Und glaube mir, dann werden wir nicht so eine freundschaftliche kleine Plauderei halten wie jetzt.»

Adea sah zu dem alten Regenten auf, als dieser sich erhob. Durch die Macht, die er nun über sie hatte, war aus dem müden alten Mann, der ihr Gemach betreten hatte, eine kraftvolle, Respekt einflößende Gestalt geworden. Sie glaubte ihm, was er gesagt hatte. Nun war ihr klar, dass sie umso erbitterter kämpfen musste, um sich aus seinem Griff zu befreien, wenn sie im

Ringen um die Macht über das makedonische Reich je wieder eine Rolle spielen wollte.

«Es ist also, wie ich schon zu Beginn dieser Unterredung sagte: Wir beide sind aufeinander angewiesen. Du bist darauf angewiesen, dass ich Roxane im Zaum halte, und im Gegenzug bin ich darauf angewiesen, dass du dich aus der makedonischen Politik heraushältst.» Antipatros schaute auf sie herunter. «Falls du das nicht tust – nun, ganz ehrlich, für mich macht es keinen großen Unterschied, ob es einen König gibt oder zwei. Ich denke, wir haben uns verstanden. Wenn du mich jetzt entschuldigen würdest, ich muss darüber entscheiden, wie es in den kommenden Jahren mit dem Reich weitergehen soll.»

Wieder stiegen Adea Tränen in die Augen, aber wieder kämpfte sie dagegen an. Wohin sie den Blick auch richtete, überall drohte Gefahr. Nie zuvor hatte sie sich so allein und schutzlos gefühlt.

Ich wünschte, ich wäre ein Mann. Möge der Fluch der Götter diesen Hurensohn Antipatros treffen.

ANTIPATROS
DER REGENT

Die Gespräche mit Adea und Roxane waren zu seiner Zufriedenheit verlaufen. Antipatros schätzte Frauen von jeher hoch und hielt große Stücke auf den Rat seiner Gattin Hyperia, doch die resoluteren Vertreterinnen des weiblichen Geschlechts konnte er nur schwer ertragen. Umso befriedigter war er, die Sache gut hinter sich gebracht zu haben. Mit diesem angenehmen Gefühl nahm er am folgenden Morgen die nächste Phase seiner Bemühungen in Angriff, eine Einigung herbeizuführen, die für den Rest seines Lebens Bestand haben würde.

Ich konnte der Frage ausweichen, ob Makedonien über das Reich herrscht oder das Reich über Makedonien, indem ich die Könige in Asien belasse und selbst als Regent nach Europa zurückkehre. Nun muss ich sicherstellen, dass die Marschroute einer Armee vom einen Kontinent zum anderen weiterhin unter dem Schutz eines vertrauenswürdigen Mannes steht – auch wenn ich mich nicht erinnern kann, dass jemals irgendwer Lysimachos als einen solchen bezichtigt hätte.

Voller Zuversicht und Selbstgewissheit nahm Antipatros seinen Jagdbogen und stieg auf den bereitstehenden Wagen. Er grüßte Lysimachos in dem Gefährt neben seinem, dann befahl er dem Wagenlenker, in den Wildpark hinauszufahren, denn er wollte den Morgen auf der Jagd zubringen, ehe am Mittag die Konferenz weiterging. Hinter ihnen setzte sich ein Tross aus Fuhrwerken mit Waffen und anderen Jagdutensilien, Erfrischungen, Baldachinen und Sklaven in Bewegung, damit sie nachher in aller Bequemlichkeit Rast machen konnten.

«Das war ein ausgezeichneter Schuss», rief Lysimachos, als dem Rehbock die Beine wegknickten und er mit dem Kopf voran ins üppige Gras stürzte, die Augen im Tod weit aufgerissen. «Für einen Mann in deinem fortgeschrittenen Alter.»

Antipatros kicherte so gutmütig, wie er es noch vermochte, da er denselben Witz nun schon zum vierten Mal an diesem Vormittag hörte. «Solltest du in vierzig Jahren noch so gut schießen können, dann vergiss nicht, mir davon zu berichten, wenn du über den Styx kommst.» Er gab seinem Fahrer ein Zeichen anzuhalten, stieg vom Wagen und ging auf die Beute zu. Lysimachos löste einen weiteren Pfeil, der zitternd in dem bereits erlegten Bock stecken blieb, was Antipatros noch mehr verärgerte.

«Wollen wir nicht aufhören, so zu tun, als sei dies nichts weiter als ein geselliger Jagdausflug?», schlug Lysimachos vor, während sie bei dem Bock niederknieten. Er betrachtete das prächtige Tier wohlgefällig, dann zog er sein Jagdmesser. «Wir befinden uns mitten in der bedeutendsten Konferenz unserer Zeit. Was willst du?»

Was ich will? Ich will frei sein, meine letzten paar Jahre in Frieden zu verleben und meiner Frau noch so viele Söhne zu zeugen, wie ich es mit meiner nachlassenden Libido vermag.

«Gestern Abend ist Kassandros eingetroffen.» Lysimachos' Miene verriet, dass diese Nachricht ihn nicht erfreute. Kassandros hatte nun einmal diese Wirkung auf Menschen. «Er hat seine Schwester aus Babylon mitgebracht.»

«Nikaia?»

«Ganz recht. Bist du ihr schon einmal begegnet?»

«Ein paarmal, bevor wir nach Asien aufbrachen. Damals war sie noch ein kleines Mädchen.»

«Nun, jetzt ist sie Witwe.»

Lysimachos schlitzte mit seinem Messer den Bauch des Rehbocks auf. «Und?»

«Und ich muss dich enger an mich binden, wenn wir in Europa vor den Kriegen sicher sein wollen, die es in Asien unausweichlich geben wird.»

«Ich habe bereits eine Frau.»

«Eine Perserin, die Alexander dir bei der Massenhochzeit von Susa aufgenötigt hat. Nimm dir noch eine, Lysimachos, diesmal eine richtige. Es ist wichtig, dass wir zusammenstehen. Wir müssen Familienbande knüpfen, damit wir beide uns fortan aufeinander verlassen können.»

Lysimachos hörte auf, das Wild auszuweiden, und schaute Antipatros forschend an. «Was willst du von mir?»

«Ich will, dass du den Hellespont bewachst. Du musst dafür sorgen, dass keine Armee ihn jemals von Süden nach Norden überquert. Ich will sicherstellen, dass der Aufruhr, der Asien nach meinem Tod erschüttern wird, nicht den relativen Frieden zunichtemacht, den wir hoffentlich in Europa schaffen können.»

Lysimachos setzte sein blutiges Werk fort, indem er Fell und Muskeln durchschnitt. «Und du glaubst, wir könnten einen Krieg auf unserer Seite des Hellespont vermeiden? Obwohl doch die Zauberin Olympias stets nach Mitteln und Wegen sucht, um wieder an die Macht zu gelangen?»

Antipatros zuckte die Achseln und hielt die Bauchhöhle auf,

während Lysimachos mit beiden Händen hineingriff. «Vielleicht wird es auch in Europa Krieg geben, aber in kleinerem Maßstab. Er wird das Land nicht gänzlich verheeren, wie es geschähe, wenn eine der gewaltigen Armeen aus Asien beteiligt wäre. Sie sollen dort bleiben und die Sache unter sich ausmachen. Antigonos, Ptolemaios, Seleukos und all die anderen können von mir aus tun, was ihnen beliebt, solange sie es nicht in Europa tun.»

Lysimachos schaute auf den Haufen dampfender Innereien hinunter, der vor ihm im Gras lag. «Ich verstehe, was du meinst. Und wenn ich deine Tochter heiraten würde, könnte ich umgekehrt sicher sein, dass du nicht versuchst, von Westen nach Thrakien einzumarschieren. Somit bräuchte ich aus deiner Sicht nur den Süden zu verteidigen. Aber da ist auch noch meine Nordgrenze: der Istros. Hast du einmal daran gedacht, was nördlich davon ist?»

«Barbarenstämme?»

«Und zwar reichlich, ihre Gebiete erstrecken sich weiter, als ein Mensch sich vorstellen kann. Mit denen, die meiner Grenze am nächsten sind, liege ich entweder im Kampf oder stehe in Verhandlungen, aber es gibt Gerüchte darüber, was weiter nördlich vor sich geht. Wenn sie wahr sind, könnten unsere Pläne, Europa gegen eine Bedrohung aus dem Süden zu verteidigen, nichtig werden.»

Antipatros runzelte die Stirn. «Was für Gerüchte sind das?»

«Die Stämme im Norden werden durch eine Bewegung verdrängt, die größer ist, als es je zuvor eine gegeben hat. Ich habe das von Gefangenen erfahren, die ich bei meinem letzten Kampf gegen die Geten gemacht habe, und auch von einem Skythenkönig, mit dem ich einen Vertrag aushandelte. Hast du jemals von den Galatern und den Kallaikern gehört, zwei Stämmen eines Volkes, das wir als die Kelten kennen? Es sind riesenhafte Menschen, wenigstens einen halben Kopf größer als wir.»

Antipatros überlegte kurz, dann nickte er langsam. «Vor einigen Jahren setzte der damalige epirotische König Alexander nach Italien über, um Taras zu unterstützen. Zum Dank für seine Mühen wurde er übrigens in der Schlacht getötet. Aber wie dem auch sei, ich hatte natürlich meine Spione in seiner Armee, und diese berichteten mir, sechzig oder siebzig Jahre zuvor sei ein Volk in Italien eingefallen, das sie die Gallier nannten, riesenhafte Menschen, die uns deutlich überragten. Könnten das dieselben gewesen sein?»

«Davon gehe ich aus, da es ebenfalls Riesen waren.»

«Offenbar haben sie viele Städte im Norden und auch Rom überfallen – das ist die Stadt, die in jener Region anscheinend gerade zu einer Machtposition aufsteigt. Schließlich wurden diese Gallier zurückgeschlagen und besiedelten weite Landstriche im Norden. Mittelsmänner in Massalia, einer griechischen Kolonie an der Küste jenseits von Italien, haben mir außerdem berichtet, diese Leute seien in einer weiteren Welle über die Bergkette gekommen, welche die iberische Halbinsel begrenzt. Und als Pytheas der Entdecker vor vier Jahren von seiner Reise über die nördlichen Meere zurückkehrte, erzählte er, andere seien nach Norden gewandert und manche gar bis nach Hyperborea, sofern man das glauben kann. Pytheas hat mir jedenfalls versichert, das Land existiere wirklich und es sei eine Insel. Er behauptet, sie mit seinem Schiff umrundet zu haben.»

Lysimachos' Gesichtsausdruck verriet, dass er von so entlegenen Teilen der Welt nicht die leiseste Vorstellung hatte. «Nun, anscheinend strömen diese wandernden Völkerschaften nun in einer neuen Welle langsam gen Süden und Osten – in unsere Richtung.»

«Über welchen Zeitraum reden wir?»

«Ach, es wird noch ein paar Jahre dauern, vielleicht sogar Jahrzehnte. Sie sind kein Reitervolk, sie bewegen sich langsam und ziehen nur dann weiter, wenn sie von anderen, ebenso barbarischen Stämmen bedroht werden. Aber sie werden kommen, und nach dem, was mir zugetragen wurde, sind es zigtausend. Du wirst es nicht mehr erleben, und ich werde schon in die Jahre gekommen sein.»

Antipatros wischte sich die Hände an den Flanken des Rehbocks ab, dann streckte er sie einem Sklaven hin, der Wasser darüber goss. «Es freut mich, dass mir die Sorge erspart bleibt, aber ich bange um meine Kinder.»

«Zu Recht. Nun, jedenfalls scheint mir, wir müssen uns vorbereiten, deshalb habe ich den Bau von Festungen in die Wege geleitet. Der Istros stellt nicht für alle diese Barbaren eine Barriere da, denn diejenigen, die nach Italien vorgedrungen sind, befinden sich bereits südlich davon. Die Mehrheit ist allerdings nördlich des Flusses in den großen Wäldern im Hinterland. Ich werde deshalb eine Reihe von Festungen entlang des Flusses errichten, um zu verhindern, dass die beiden Arme der Wanderungsbewegung sich zusammenschließen. Dann werde ich noch eine Festung bauen, um den einzigen gangbaren Pass über das Haimosgebirge ins südliche Thrakien zu sichern. Wenn sie die Berge überwinden, sind Makedonien und Asien ihnen auf Gedeih und Verderb ausgeliefert.» Lysimachos stand auf und wischte sich die Hände an einem Tuch ab, das ein Sklave für ihn bereithielt. «Aber das alles wird eine kostspielige Angelegenheit.»

«Ich verstehe. Du hättest gern, dass Nikaia eine reichliche Mitgift in die Ehe bringt.»

«Es ist ja nicht für mich, es ist für Makedonien und das Reich. Wenn sie kommen und wir sie nicht aufhalten können, wird es uns übel ergehen. Wir werden Sklaven im eigenen Land.»

Antipatros blickte nachdenklich drein. «Wie es bereits den Leuten im Norden Italiens ergangen ist und zweifellos auch in Hyperborea.» Er schüttelte den Kopf über die Vorstellung, ein so fabelhafter Ort könnte wirklich existieren. «Nun gut, Nikaia bekommt eine Mitgift, die einen erheblichen Teil zu deinem Festungsbau beitragen wird.»

Lysimachos schüttelte den Kopf. «Nicht nur einen erheblichen Teil, sondern alles.»

«Ich soll das gesamte Projekt finanzieren?»

«Nicht du persönlich, sondern das Reich, es geht schließlich um unser aller Wohl. Und ich schlage vor, dass du den Anfang machst, indem du aufhörst, so viel in Form von Prämienzahlungen für die Soldaten auszugeben.»

Antipatros überdachte die Bemerkung seines zukünftigen Schwiegersohnes, dann streckte er die Hand aus. «Du argumentierst überzeugend, Lysimachos. Wir werden den Blick nach Norden richten und hoffen, dass der Istros und das Haimosgebirge uns schützen. Du bekommst dein Geld.»

«Dann werde ich deine Tochter heiraten.»

«Das freut mich sehr.»

«Rein interessehalber: Wem beabsichtigst du eigentlich Phila zur Frau zu geben, nun, da Krateros es für passend erachtet hat, sie zur Witwe zu machen?»

«Antigonos' Sohn Demetrios.»

«Aber sie ist mehr als zehn Jahre älter als ich», protestierte Demetrios, der vor seinem Vater und Antipatros stand.

«Dann besteht ja Hoffnung, dass sie zäh genug ist, deine lüsternen Exzesse auszuhalten», versetzte Antigonos. Er genoss es, dass sein Sohn Zeichen von Angst erkennen ließ – zum ersten Mal überhaupt, soweit er sich erinnern konnte.

«Sie ist keine Jungfrau mehr.»

«Ach, sei nicht albern. Das bist du auch nicht, und ich glaube kaum, dass sie sich darüber beklagen wird. Im Gegenteil: So bekommt sie zwar einen Welpen zum Bettgefährten, aber er hat wenigstens eine Ahnung, was er mit ihr anfangen soll.»

«Es ist entscheidend, dass wir unsere Familien durch Heirat aneinander binden», betonte Antipatros, als Demetrios trotzig dreinblickte. «Und du wirst tun, was dein Vater und ich sagen. Sonst wäre die Gefahr groß, dass wir Feinde werden, und davon hätte wirklich niemand etwas.»

«Es ist zu unser aller Bestem», redete Antigonos seinem Sohn zu. Er musste sich anstrengen, eine ernste Miene zu wahren, denn in Demetrios' Augen stand nunmehr schiere Panik. «Um es mit Euripides zu sagen: Man muss um des Vorteils willen zum Gatten werden, auch wider die eigene Neigung.»

«Ja, aber im Original heißt es zum Sklaven, Vater. Zum Sklaven, nicht zum Gatten. Ich werde der Sklave einer Frau sein, die älter ist als ich. Sie wird sich niemals meinem Willen beugen.»

«Ach, also da liegt das Problem? Du fürchtest, nicht Manns genug zu sein, um es mit dieser beeindruckenden Frau aufzunehmen?»

«Das habe ich nicht gesagt.»

«Was streiten wir dann noch? Ich will kein Wort mehr davon hören. Du heiratest sie und fertig. Nun verschwinde, ehe ich dich noch meinen Riemen spüren lasse wie früher.»

Als die Tür zuschlug, warteten Antipatros und Antigonos noch ein paar Augenblicke, dann brachen sie in Gelächter aus. Sie lachten schallend, bis ihnen die Augen tränten und die Bäuche wehtaten.

«Ich möchte in der Hochzeitsnacht nicht an Philas Stelle sein», brachte Antipatros schließlich heraus.

Antigonos wischte sich das Auge. «Nein, der Bengel wird ein starkes Bedürfnis haben, sich zu beweisen, das steht fest.»

«Ja, am nächsten Morgen werden ihre Sklavinnen doppelt so lange wie sonst brauchen, um das arme Mädchen ansehnlich herzurichten. Aber sie wird finden, dass es das wert ist, schließlich ist sie meine Tochter. Wenn du mich jetzt entschuldigen würdest, Antigonos – ehe wir uns wieder zusammensetzen, muss ich mit Seleukos unter vier Augen sprechen.»

SELEUKOS
DER ELEFANTENBULLE

Seleukos lehnte sich in seinem Stuhl zurück. Er hörte nur mit halbem Ohr zu, wie Antipatros als Regent diejenigen, die fest auf seiner Seite gestanden hatten, in ihren Satrapien bestätigte und jene, auf deren Treue er nicht zählen konnte, durch loyalere Männer ersetzte. Am Rande bekam Seleukos mit, dass Eumenes seines Amtes enthoben und Kappadokien stattdessen Antipatros' Sohn Nikanor zugesprochen wurde. Und während er tiefer in seine Gedanken versank, wunderte er sich kaum darüber, dass Kleitos der Weiße Menandros in Lydien ablöste und Arrhidaios mit Kleinphrygien belohnt wurde, obwohl das doch gewiss eine weitaus attraktivere Satrapie war, als er verdiente.

Anschließend verkündete Antipatros, er habe seinen ältesten Sohn zum stellvertretenden Oberkommandierenden der königlichen Armee ernannt. Die Reaktion von Antigonos und Kassandros entging Seleukos völlig, was ein Jammer war, denn er hätte seine Freude daran gehabt, die Gesichter der beiden zu sehen – das von Kassandros, da er sich genötigt sah, etwas gegen seinen Willen zu tun, und Antigonos' Entrüstung darüber, dass sein Verbündeter ihm so unverhohlen einen Spion an die Seite stellte. Dabei hatten Antipatros und er doch eben erst entschieden, ihre Kinder miteinander zu verheiraten, um sich ihrer wechselseitigen Treue zu versichern.

Doch Seleukos hatte Wichtigeres im Sinn, und so rang er sich lediglich zu einem Kopfnicken durch, als er in seiner Satrapie Babylonien bestätigt wurde. Er war noch immer ganz verwirrt über seine Unterredung mit Antipatros, kurz bevor die Konferenz wieder begonnen hatte.

Entweder trübt das Alter allmählich seinen Verstand, oder es gibt da noch etwas, das ich nicht sehe. Und wie kommt er nur auf den Gedanken, ich würde bereitwillig meine Frau verstoßen?

Anders als die anderen Männer, die in Susa persische Frauen hatten heiraten müssen, liebte Seleukos seine Apame. Er dachte nicht daran, sie zu verstoßen, um eine Makedonin von Stand zu ehelichen. Zudem hatte sie ihm zwei Kinder geboren, eine Tochter, die ihren Namen trug, und einen Sohn. Dieser hieß nach Seleukos' inzwischen verstorbenem und schmerzlich vermisstem Vater Antiochos. Es wäre ihm undankbar und hartherzig vorgekommen, Apame jetzt zu verstoßen. Zwar stammte sie aus der Wildnis Sogdiens weit draußen im Osten, doch sie war keine ungezähmte Harpyie wie Roxane. Ganz im Gegenteil: Sie war von natürlicher Schönheit und kleidete sich stets elegant, noch mehr sprach jedoch für sie, dass sie in ihrem Betragen bescheiden und vernünftig war, und vor allem war sie nicht habgierig. Deshalb war es Seleukos ein Bedürfnis, ihr jeden ihrer wenigen Wünsche zu erfüllen. Kurzum, er wusste, dass er niemals eine andere Frau finden würde, die so gut zu seinen Bedürfnissen passte und zugleich so schön und liebenswürdig war. Dass sie aus einem Fürstenhaus des Ostens stammte, konnte ihm künftig noch überaus nützlich sein, wenn er einmal daran dachte, seinen Einfluss auf die östlichen Satrapien auszuweiten. Für einen ehrgeizigen Mann wie ihn war dieser Punkt von höchster Wichtigkeit, denn mit den Truppenkontingenten, die diese Satrapien ihm zur Verfügung stellen konnten, wäre er in der Lage, sich seinen Anteil am Westen zu sichern.

Doch das lag noch in der Zukunft, wenn auch gewiss in der näheren Zukunft. Es war ein bedeutender Faktor in dem langfristigen Plan, der in Seleukos' Geist herangereift war, seit sich abgezeichnet hatte, dass Alexander seine Krankheit nicht überleben würde. Nun jedoch richtete er seine Gedanken auf die Gegenwart und die Neuigkeit, die er von Antipatros erfahren hatte: Seine Übernahme Babyloniens würde nicht so reibungslos vonstattengehen, wie er es erhofft hatte. Kassandros war jüngst aus der Stadt zurückgekehrt und hatte berichtet, Dokimos sei nach Perdikkas' Tod zurück in den Osten geflohen, nach Babylon. Dort habe er Archon getötet und sich selbst zum Satrapen erklärt. Seleukos hatte keine eigene Armee außer den Truppen, die Dokimos ihm mitsamt der Satrapie gestohlen hatte. Wie Antipatros zutreffend festgestellt hatte, befand Seleukos sich dadurch im Nachteil. Der betagte Regent hatte angeboten, ihm eine bescheidene Armee zur Verfügung zu stellen, ja, er hatte beteuert, dass er das mit Vergnügen täte, allerdings unter einer Bedingung: dass Seleukos Apame verstieß und Alexanders Schwester Kleopatra zur Frau nahm. Antipatros hatte erklärt, dass er dadurch keineswegs einen Anspruch auf den makedonischen Thron hätte, wie es bei Leonnatos oder Perdikkas der Fall gewesen wäre, die selbst königliches Blut hatten. Allerdings würde es Antipatros' dringenden Wunsch erfüllen, Kleopatra aus dem Weg zu schaffen. Und zugleich würde es Seleukos zu einer gewissen Legitimität für das verhelfen, was er vorhatte, wie der Regent mit wissendem Blick hinzugefügt hatte.

Welchen Vorteil würde Kleopatra mir bringen? Apame ist eine weit nützlichere Ehefrau, wenn ich mich nach Osten wenden will. Aber warum hat er mir das Angebot überhaupt gemacht?

Seleukos hatte natürlich rundheraus abgelehnt. Er wollte nicht die Frau, die er liebte, gegen eine eintauschen, die sich als ihm überlegen betrachten würde – sofern sie sich überhaupt dazu überreden ließe, ihn zu heiraten. Nein, es ergab einfach keinen Sinn. Dass Antipatros offenbar einen darin gesehen hatte, den er, Seleukos, nicht zu erkennen vermochte, beunruhigte ihn zutiefst. Noch mehr als die Aussicht, ohne eigene Streitmacht Dokimos aus seiner Satrapie vertreiben zu müssen.

Innerlich seufzend, beschloss er, das Problem zunächst im Hinterkopf zu behalten, in der Hoffnung, dass ihm die Antwort irgendwann einfiel.

«Wenn du nach Karien zurückgehst, Asandros», sagte Antipatros gerade, als Seleukos seine Aufmerksamkeit wieder auf das Geschehen richtete, «dann will ich, dass du Alketas aus Pisidien entfernst und mir seinen Kopf sowie seine Männer schickst.»

Asandros schien nicht begeistert über den Auftrag. «Aber ich habe selbst nicht genügend Männer.»

«Du bekommst welche. Tu es einfach. Marschiere schnell, um den Mistkerl zu überrumpeln.»

Um deine Menschenkenntnis scheint es mir nicht zum Besten bestellt zu sein – Alketas braucht den Vergleich mit diesem genusssüchtigen Kerl wirklich nicht zu scheuen.

Antipatros bedachte Asandros mit einem durchdringenden Blick, der jeden Widerspruch im Keim erstickte, dann wandte er sich wieder an die ganze Versammlung. «Und damit kommen wir endlich zu Ptolemaios, der es für passend erachtet hat, unseren Beratungen fernzubleiben.»

Unseren *Beratungen? Alter Mann, von ‹unseren› kann hier wohl kaum die Rede sein.*

«Er hat mich gebeten, in seinem Namen zu sprechen», ließ Arrhidaios sich vom unteren Ende des Tisches vernehmen.

Antipatros sah aus, als sei ihm das keineswegs neu. «So, hat er das? Nun, dann sprich.»

«Er lässt Folgendes auszurichten: Er sendet seinen Waffenbrüdern seine Grüße und wünscht euch allen nur das Beste. Er hofft, dass wir alle im neuen Geiste der Versöhnung ihn in Frieden lassen und sein Recht auf die Kyrenaika als speergewonnenes Land anerkennen, nachdem Perdikkas nicht dazu bereit war. Er hat mich gebeten, insbesondere zu betonen, dass ihm das sehr wichtig ist. Unter dieser und noch einer Bedingung wäre er geneigt, den Blick weiterhin nach Westen zu richten und nicht nach Osten.»

Antipatros verschluckte sich beinahe. «Der unverschämte Welpe stellt Bedingungen? Will er mir etwa drohen, eine Armee nach Osten zu führen, wenn ich ihm die Kyrenaika nicht überlasse?»

«Mitnichten. Die Kyrenaika ist nicht verhandelbar, er wird sie behalten, was auch immer geschieht. Ihm ist nur daran gelegen, dass du das anerkennst. Er sagt, er werde nicht mit einer Armee nach Osten marschieren, um den Süden Syriens zu erobern, wenn du ihm Zypern überlässt, denn er braucht nur entweder das eine oder das andere.»

Seleukos unterdrückte ein Lachen und tarnte es als Hustenanfall, und er war nicht der Einzige.

Man muss ihn einfach bewundern. Er warf einen verstohlenen Blick zu Antipatros und stellte wenig überraschend fest, dass der alte Mann vor Entrüstung puterrot angelaufen war.

Dann folgte die Explosion. «Ich habe ihm eine meiner Töchter zur Frau gegeben, und nun behandelt er mich so? In meinem Alter? Wie kann er es wagen, Forderungen zu stellen? Ich werde ihm Ägypten wieder abnehmen. Ich werde ...»

Seleukos verfolgte die Szene belustigt, während Arrhidaios mit gesenktem Blick dasaß, bis das Unwetter vorüber war und er sich wieder Gehör verschaffen konnte. «Er sagte, falls du so reagieren solltest, wie du es eben getan hast, solle ich dich darauf hinweisen, dass er die größte Flotte auf dem gesamten Meer hat. Er bräuchte sich nur mit Attalos in Tyros zu verbünden, dann könnten sie ihre beiden Flotten geeint seinem Kommando unterstellen, und Zypern würde binnen eines Monats ihm gehören. Allerdings täte er das lieber nicht, da er weiß, dass es dich erzürnen würde, und er möchte äußerst ungern seinen lieben Schwiegervater verärgern.»

Das war zu viel für Antipatros. Er schlug mit beiden Fäusten auf den Tisch und war außer sich vor Zorn. Jene, die während der Eroberung Asiens Ptolemaios' Gefährten gewesen waren und ihn gut kannten, vermochten ihre Belustigung kaum zu verbergen.

«Das ist nicht zum Lachen!», brüllte Antipatros, sobald er wieder in der Lage war, Worte zu artikulieren. «Wenn Ptolemaios es wagt –» Aber was Ptolemaios besser nicht wagen sollte, erfuhren die Versammelten nicht, denn plötzlich weiteten sich Antipatros' Augen vor Schmerz. Eine Hand auf sein Herz gepresst, mit der anderen auf den Tisch gestützt, sank er in seinen Stuhl.

Alles Gelächter verstummte, während der alte Mann keuchend nach Luft rang. Kassandros reagierte als Erster. Er half seinem Vater, sich auf den Boden zu legen, während die Übrigen sich um ihn scharten. Ängstlich schauten sie auf den Mann hinunter, an dem es lag, die Einigkeit unter ihnen zu erhalten. «Jemand soll seinen Arzt holen», befahl Kassandros und legte seinem Vater einen Mantel unter den Kopf.

Doch bei aller zur Schau getragenen Sorge bemerkte Seleukos in Kassandros' Augen einen raubtierhaften Blick.

Stirb jetzt nicht, du alter Hurensohn, nicht bevor ich sicher in Babylon bin.

Aber Antipatros war seinem Alter zum Trotz stark. Nachdem der sichtlich nervöse Arzt ihm einen Trank eingeflößt hatte, dauerte es nicht mehr lange, bis sein Atem wieder gleichmäßiger ging und sein Blick klar wurde. «Was gafft ihr so?», grollte er den besorgten Gesichtern entgegen, die auf ihn herunterschauten. «Helft mir lieber auf.»

Zahlreiche Hände hoben den alten Regenten in seinen Stuhl. Antipatros wehrte den Arzt ab, der ihn beschwor, sich zur Ruhe zu begeben, und schob Kassandros von sich. Er bestand darauf, die Konferenz fortzusetzen, und nachdem alle wieder auf ihren Plätzen saßen, fuhr er fort, als sei nichts geschehen. «Wenn Ptolemaios es wagt, mir zu drohen, damit ich ihm Zypern überlasse, dann hat er die falsche Taktik gewählt.»

«Wir haben in dieser Angelegenheit keine Wahl», wandte Antigonos ein. «Was er sagt, trifft zu: Seine und Attalos' Schiffe zusammen können es leicht mit Kleitos' Flotte aufnehmen. Wenn wir uns Ptolemaios' Anspruch entgegenstellen, wird er seine Drohung wahr machen und Zypern dennoch vereinnahmen. Wir könnten ihn nicht daran hindern und stünden somit als schwach da. Das könnte andere, die ihre Macht gern ausbauen würden, auf dumme Gedanken bringen.»

Der geharzte Kyklop hat eben den Blick auf mich gerichtet, während er das sagte. Entweder will er, dass ich ihn in dieser Sache unterstütze, oder er denkt, ich sei einer von denen, die Ptolemaios nacheifern könnten. Ich werde mich auf der sicheren Seite halten. Außerdem ist Antipatros nicht der Einzige, der Truppen zu vergeben hat – wenn Ptolemaios erfährt, dass ich ihn unterstützt habe …

«Ich stimme Antigonos zu. Ptolemaios könnte leicht sowohl Zypern als auch den Süden Syriens besetzen. Also sollten wir ihm besser geben, wonach er verlangt, und wenigstens einen Anschein von Frieden zwischen uns allen bewahren. Nur so können wir gemeinsam gegen Eumenes vorgehen.»

Antipatros blickte in die Runde und sah viele nickende Köpfe. «Ihr könnt doch nicht ernsthaft meinen, wir sollten Ptolemaios Zypern überlassen?»

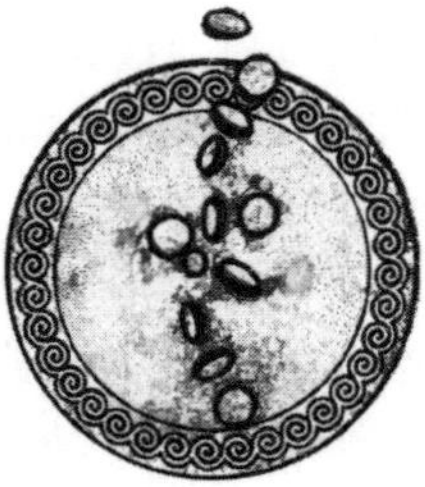

PTOLEMAIOS
DER BASTARD

Ha! Drei Monate hat es gedauert, aber ich wusste, früher oder später würde der alte Mann nicht mehr anders können, als einzuwilligen.» Ptolemaios schlug mit der flachen Hand auf den Brief, den er eben las. In seinem Überschwang redete er die Katze an, die in einem schattigen Winkel der Terrasse döste, wo er eben bei seiner Morgenmahlzeit saß. «Allerdings scheint mir, Seleukos übertreibt ein wenig, was seinen Anteil an der Entscheidung betrifft.» Er nahm sich erneut den Brief vor, denn von der Katze war offenbar keine Stellungnahme zu erwarten – sie schlummerte friedlich in der kühlen Januarbrise, die vom großen Hafen von Alexandria herüberwehte.

Mit einem weiteren triumphierenden Ausruf klatschte Ptolemaios in die Hände. «Wein, Sextus! Das muss gefeiert werden.»

«Jawohl, Herr», erwiderte sein Leibsklave auf Griechisch mit starkem Akzent und eilte davon.

«Du scheinst ein vergnügliches Morgenmahl zu genießen», bemerkte Thais, die seit zwanzig Jahren seine Mätresse war. Sie trat zu ihm auf die Terrasse heraus. Ihr Gewand war beinahe durchsichtig – sie wusste, dass Ptolemaios es liebte, wenn sie morgens so zu Tische erschien.

«Seleukos», sagte Ptolemaios, ohne aufzublicken.

«Was ist mit ihm?»

«Anscheinend stehe ich in seiner Schuld.»

Thais nahm Platz und bediente sich von den Datteln. «Weshalb?»

«Zypern.»

«Aber das hast du doch von Antipatros gefordert.»

«Ja, aber er war nicht begeistert von der Vorstellung, es mir zu überlassen.» Erst jetzt schaute er Thais an, und er lächelte, als er sah, wie sie gewandet war. Gedankenverloren strich er mit dem Handrücken seitlich an ihrer Brust entlang. «Seleukos hat die letzten drei Monate in Triparadeisos damit zugebracht, Antipatros zu überzeugen, dass ihm nichts anderes übrig bleibt.»

«Das erscheint mir als eine unverhältnismäßig lange Zeit.»

Ptolemaios ließ den Brief sinken. «Nun, er hat natürlich nicht von morgens bis abends auf ihn eingeredet. Antipatros war damit beschäftigt, die Armee neu zu organisieren. Er hat Einheiten aus seinen eigenen Truppen, denen von Antigonos und der Armee von Babylon so miteinander vermischt, dass die besonders aufsässigen Elemente aufgeteilt wurden. Und natürlich musste er an sämtliche Satrapen und die Herrscher von Gebieten außerhalb des Reiches schreiben und ihre Antworten abwarten. Er will einigermaßen stabile Zustände in Asien hinterlassen, wenn er nach Europa zurückkehrt. Ich kann es ihm nicht verdenken.»

«Ich nehme an, deshalb ist es Seleukos schließlich auch gelungen, ihn zu überzeugen, dass er dir Zypern überlässt.»

«So ist es. Seleukos kennt mich weitaus besser als der alte Mann – er weiß, dass ich meine Drohung wahr machen würde, ins südliche Syrien einzumarschieren.»

«Lag es denn in seinem Interesse, sich für dich einzusetzen?»

Ptolemaios schaute über den großen Hafen zu den Bauarbeiten hinüber, die dort im Gange waren: Gerade wurde eine riesige Mole errichtet, die den Hafen in zwei Bereiche teilen und die Insel Pharos mit dem Festland verbinden sollte. *Fortschritt an allen Fronten.* «Antipatros bildet aus den bisherigen drei Armeen zwei neue, wobei die Armee von Babylon in der von Makedonien und Antigonos' Streitmacht aufgeht. Das schmeckt Seleukos nicht, denn er braucht Soldaten, um Dokimos aus Babylon zu vertreiben – ein Vorhaben, das ich für durchaus löblich halte. Antipatros sieht die Dinge allerdings anders und hat Forderungen gestellt – welche, weiß ich nicht, aber jedenfalls sind sie für Seleukos inakzeptabel.»

«Deshalb wendet er sich nun an dich.»

«So ist es.»

«Und wirst du ihm die Truppen zur Verfügung stellen?»

«Gewiss doch, nachdem ich zum Ende des Frühjahrs hin Zypern besetzt habe. Ich denke, Seleukos kann damit rechnen, die Soldaten bis zum Sommeranfang zur Verfügung zu haben. Damit bleibt ihm noch reichlich Zeit, um Dokimos aus dem Weg zu schaffen. Er und ich können uns in Damaskos treffen und dort die Vereinbarung unterzeichnen.»

«Aber du hattest doch gesagt, du würdest Ägypten nie wieder verlassen, es sei denn, um eines der angeschlossenen Gebiete zu besuchen.» Sie schaute ihn an, Mund und Augen vor Überraschung weit offen, dann verzog ihr Gesicht sich zu einem ungläubigen Lächeln. «Du raffinierter alter Wolf. Du hattest von vornherein die Absicht, in Syrien einzumarschieren, egal, ob Antipatros dir Zypern überlässt oder nicht.»

Ptolemaios beugte sich hinüber, um sie auf den Mund zu küssen. Er genoss den süßen Geschmack ihrer Lippen, und als er hörte, wie Sextus zurückkehrte, winkte er nur ab – sein

Appetit auf Wein war jetzt zweitrangig. «Wozu zwei Schlachten schlagen, wenn das Ziel der einen auch auf einem anderen Weg zu erreichen ist? Um Zypern zu gewinnen, hätte ich mich mit Attalos verbünden müssen, und das hätten viele – mich selbst eingeschlossen – abscheulich gefunden. Womöglich hätte man es mir nie verziehen. Das hätte wiederum künftige Verhandlungen in anderen Angelegenheiten erschwert. Deshalb war es viel geschickter, allein mit der Drohung zu arbeiten, dass ich mich mit ihm verbünden könnte, anstatt es wirklich zu tun. Und wenn ich ein Abkommen mit diesem widerwärtigen Mann geschlossen hätte, was hätte ich dann nachher mit ihm angefangen? Ich hätte ihn wohl töten müssen, um das Ärgernis aus der Welt zu schaffen, aber wer hätte mir danach je wieder genügend vertraut, um ein Bündnis mit mir einzugehen? Nein, so, wie ich es angefangen habe, ist es weitaus vorteilhafter. Bis Mitte nächsten Jahres werde ich Zypern und den Süden Syriens fest in der Hand haben, bis hinauf nach Damaskos und vielleicht sogar noch weiter. Anschließend kann ich mich der Aufgabe widmen, Attalos aus Tyros zu entfernen. Und wenn mir das gelingt, wer könnte mein Verhalten dann je wieder kritisieren?»

«Du wirst also binnen sechs Monaten Zypern, Tyros, Damaskos und die anderen Hafenstädte im südlichen Syrien besetzt haben. Zudem wirst du einen freundlich gesinnten und dankbaren Seleukos in Babylonien zum Nachbarn haben, und all das mit nur sehr wenig Blutvergießen.»

«Ich hoffe, sogar ganz ohne.»

Thais kicherte, doch es war nichts Mädchenhaftes daran. «Antipatros wird dich dafür hassen.»

«Das mag sein, aber wie viel Zeit bleibt ihm noch dafür? Außerdem bin ich mit Eurydike verheiratet, und wie du ja weißt und wie er bald erfahren wird, ist sie schwanger. Würde er seinen eigenen Schwiegersohn angreifen, den Vater seines Enkels?»

«Dennoch, er wird dich hassen.»

Ptolemaios zuckte die Achseln. Er erhob sich und bot Thais die Hand. «Soll er nur. Komm, meine Liebe, ein interessanter Mann wartet darauf, von mir empfangen zu werden. Aber zuvor wollen wir noch dafür sorgen, dass du nicht umsonst solche Sorgfalt auf dein Äußeres verwandt hast.»

Einige Zeit später war sichergestellt, dass ihre Mühe nicht vergeblich gewesen war. Ein überaus beschwingter Ptolemaios betrat den Audienzsaal, in dem es noch nach frischem Putz und Farbe roch. Er kam mit nicht mehr als anderthalb Stunden Verspätung zu seiner Unterredung mit dem drahtigen kleinen Seekapitän, der sich ehrerbietig vor ihm verbeugte.

«Onesikritos, Herr», verkündete Lykortas, Ptolemaios' Hofmeister, nachdem Ptolemaios es sich auf seinem Stuhl bequem gemacht hatte. «Ehemals Trierarchos unter Alexanders Admiral Nearchos von Kreta.»

Ptolemaios nickte wohlwollend, dann nahm er die Schriftrolle von dem Tisch neben sich. «Soweit ich weiß, sind dies deine Memoiren: *Reisen mit Alexander*.»

«So ist es, Herr.» Die Stimme des Mannes war überraschend tief und klangvoll und schien nicht zu seiner schmächtigen Statur zu passen. «Ich habe den Bericht kurz nach Alexanders Tod verfasst.»

«Das ist mir bekannt. Er kursiert unter meinen Soldaten hier in Ägypten. Wie viele Kopien hast du anfertigen lassen?»

«Zehn, Herr.»

«Drei sind hier. Wo befinden sich die übrigen?»

«Eine habe ich einem Freund in Kleitos' Flotte gegeben, eine einem anderen alten Schiffskameraden, der zurzeit bei Attalos in Tyros ist. Eine ging an meinen Vetter, der in Antipatros' Kriegsflotte segelt, und die anderen sind entweder bei der Armee von Babylon oder bei der Flussflotte auf dem Euphrat.»

«Ich verstehe. Damit hat das Werk eine erhebliche Reichweite, erst recht wenn alle Besitzer ihre Exemplare weiterverleihen. Ich gehe davon aus, dass du sie darum gebeten hast.»

«Selbstverständlich. Ja, Herr, ich möchte, dass möglichst viele Menschen es lesen.»

«Um deines persönlichen Ruhmes willen oder um die Anschuldigungen zu verbreiten, die du gegen Ende erhebst – dass gewisse Leute sich verschworen hätten, Alexander zu ermorden?»

Onesikritos schluckte. «Ich wollte einfach ein Buch schreiben.»

«Ja, haben wir nicht alle diesen Wunsch? Es befriedigt die Eitelkeit. Ich schreibe eines über Alexanders Eroberungen, aber ich nenne Namen. Was nutzt es, ein Buch zu schreiben, wenn man nur in Andeutungen spricht und namentlich nicht genannten Personen unspezifische Taten unterstellt, die letztendlich aber auf Alexanders Ermordung hinauslaufen?»

«Ich habe nicht gewagt, Namen zu nennen, da ich die Konsequenzen fürchtete.»

«Nun, mein Freund, Konsequenzen wird es geben, wenn du die Namen nicht endlich nennst – und ich versichere dir, diese Konsequenzen werden äußerst unschön sein. Woher weißt du diese Dinge, über die du vor lauter Angst nicht zu sprechen wagst?»

Wieder schluckte Onesikritos. Er rang die Hände und schaute sich um, als suche er nach einem Fluchtweg – vergebens. «Ich habe einen Vetter, der in Antipatros' Flotte segelt.»

«Was ist mit ihm?»

«Er war der Trierarchos des Schiffes, mit dem Kassandros

nach Asien kam, als Antipatros ihn beauftragt hatte, Bestätigung für seine Befehle einzuholen: Alexander hatte ihn nach Babylon beordert und Krateros nach Makedonien entsandt, um ihn als Regenten abzulösen.»

«Ja, ja, das weiß ich.» Ptolemaios verlor augenblicklich das Interesse. «Ein beliebiger Bote hätte es ebenso getan, aber Antipatros schickte seinen eigenen Sohn, um Befehle bestätigen zu lassen, die doch für jedermann unmissverständlich erschienen. Und dann erkrankt Alexander, kurz nachdem der pickelige kleine Mistkerl eingetroffen ist.» Ptolemaios überlegte ein wenig. «Natürlich wurde nichts jemals schlüssig bewiesen, aber ich finde es immer wieder amüsant, Kassandros bei jeder Gelegenheit damit zu reizen, wie es gewesen sein könnte. Was weißt du über die Sache?»

«Nur was mein Vetter mir erzählt hat.»

«Ich höre.»

Onesikritos verzog das Gesicht und kniff die Augen zusammen, dann seufzte er ergeben. «Kassandros kam in Pella an Bord, bei Nacht und in großer Heimlichkeit. Am nächsten Morgen bestiegen dann Archias der Verbanntenjäger und seine sieben thrakischen Mörder das Schiff, und zwar so, dass jeder es mitbekam.»

«Spione im Hafen sollten also nicht wissen, dass Kassandros an Bord war, nur Archias, der wieder einmal einen Mordauftrag von Antipatros erhalten hatte.»

«Ihr habt es genau erfasst, Herr. Sobald die Männer an Bord waren, gab mein Vetter den Befehl zum Ablegen. Als sie Tarsos erreichten, ging Archias zuerst an Land und verschwand für ein paar Stunden. Bei seiner Rückkehr hatte er einen Beutel bei sich, den er Kassandros übergab. Der schaute hinein, lächelte und förderte daraus einen Maultierhuf zutage, der zu einer kleinen Dose gearbeitet war. Er öffnete sie, roch an dem

Inhalt, dann nickte er Archias zu und bezahlte ihn, allem Anschein nach mit einer größeren Summe. Alsdann machte sich Kassandros mit einer Kavallerietruppe auf den Weg, die ihn im Hafen erwartet hatte. Archias befahl indessen meinem Vetter, ihn nach Ephesos zu bringen, wo er für Antipatros etwas zu erledigen hatte.» Onesikritos breitete die Hände aus und hob die Schultern. «Und das ist die ganze Geschichte, Herr.»

«Ja, ist es wirklich die ganze Geschichte? Du hast mir nichts weiter erzählt, als dass ein allseits bekannter Meuchelmörder Kassandros bei seiner Ankunft in Tarsos eine Dose gab, die dieser mutmaßlich nach Babylon mitnahm. Sollte sich darin Gift befunden haben, so hätte sein Bruder Iolaos es Alexander leicht verabreichen können. Doch es gibt keinen belastbaren Beweis dafür, dass Kassandros wirklich Gift mitbrachte oder dass Antipatros hinter dem Mord steckte, sofern es denn überhaupt ein Mord war und nicht das Sumpffieber.»

«Ah, aber der entscheidende Punkt ist, was Archias sagte, als er den Huf überreichte. Es war ein Zitat von Aischylos: ‹Auf dass sich ruhig ohne Todeskampf das Auge schließt›.»

«Das sagt Kassandra in *Agamemnon*, als sie ihrem Tod entgegengeht. Nun, es sieht Archias ähnlich, so etwas zu sagen. Schließlich war er Tragödienschauspieler, ehe er entschied, dass Mord ein lukrativeres Geschäft sei. Aber es ist noch immer kein schlüssiger Beweis.» Ptolemaios überdachte das Problem. «Allerdings tut ein Mangel an Beweisen einer guten Geschichte keinen Abbruch.» Er wandte sich wieder an den einstigen Trierarchos. «Du sollst reichlich belohnt werden, Onesikritos, aber vorerst wirst du Alexandria nicht verlassen.»

Onesikritos wollte sich nach dem Grund erkundigen, doch dann schluckte er die Frage hinunter.

«Du sagtest, du hast einen alten Schiffskameraden, der bei Attalos in Tyros ist?»

«Ja, Herr.»

«Er könnte mir nützlich sein. Vielleicht werde ich dich später im Laufe des Jahres auffordern, Kontakt zu ihm aufzunehmen. Bis dahin wirst du ein Leben in aller Annehmlichkeit führen.» Nachdem Ptolemaios den Mann entlassen hatte, wandte er sich an seinen Hofmeister, einen untersetzten, überaus gepflegten Mann in langen, weiten Gewändern mit rasiertem Kopf und einem unergründlichen Ausdruck auf dem dicklippigen Gesicht. «Lykortas, suche mir den vortrefflichsten Dichter der Stadt.»

«Wie du wünschst, Herr.»

«Ich will, dass eine Schrift in herausragendem Stil verfasst wird, in der die Namen aller genannt werden, auf die Onesikritos nur angespielt hat, und noch einige mehr. Ich werde offiziell machen, dass Alexander ermordet wurde und dass Antipatros dahintersteckte. Als seine Unterstützer sollen ein paar Leute genannt werden, die mir lästig sind – unter anderem Peithon.» Er schwieg kurz und blickte überaus wohlgefällig drein. «Und um die Sache erst richtig interessant zu machen, wird die Schrift außerdem gewisse andere Personen entlasten – mich selbstverständlich, aber auch Perdikkas und Eumenes. Der kleine Grieche soll als ein Ehrenmann erscheinen, der sich gegen Alexanders Mörder stellte. Das wird für Spaltung sorgen und Antipatros' Einigung erheblich strapazieren. Unter diesen Umständen kann ich den Süden Syriens vielleicht sogar unbemerkt besetzen.»

«Ein kühnes Unterfangen, Herr, aber dürfte ich noch eine Verfeinerung vorschlagen?»

«Ich höre deine Verfeinerungsvorschläge stets mit Interesse, Lykortas.»

«Wäre es nicht besser, wenn die Wahrheit dieser Behauptungen belegt wäre?»

«Es würde ganz gewiss nicht schaden. Willst du mir etwa sagen, dass du weißt, wo der Verbanntenjäger sich gegenwärtig aufhält?»

«Antipatros hat ihn ausgesandt, um Eumenes zu ermorden. Seitdem sind vier Monate vergangen, und nach allem, was wir wissen, ist Eumenes nach wie vor am Leben.»

«Aber natürlich – der Verbanntenjäger lässt niemals einen Auftrag unerledigt. Folglich macht er noch immer Jagd auf Eumenes.»

EUMENES
DER LISTIGE

Der Winter war für den kleinen Griechen eine lange, einsame Zeit der Besinnung gewesen. Ja, er hatte seine Armee um sich, und ja, unter seinen Offizieren hatte er ein paar liebenswürdige Gefährten, doch sie waren durch eine Mischung aus persönlicher Loyalität und materieller Abhängigkeit an ihn gebunden und kein Ersatz für echte Freunde. Was Eumenes vermisste, war ein Verbündeter, der sich die Zukunft des Reiches genauso vorstellte wie er: Europa, Asien und Afrika geeint unter dem makedonischen Königshaus, die Satrapien in der Hand von Makedonen und Griechen, die sagenhaften Reichtum anhäuften. Ihm fehlte jemand, der sich wirklich Gedanken darum machte, dass Ptolemaios in Afrika praktisch autonom war und dass Antipatros keine Anstalten machte, viel mehr als das makedonische Mutterland zu beherrschen, sodass Lysimachos in Thrakien faktisch unabhängig war. Eumenes wünschte sich jemanden, den es kümmerte, dass – wenn nichts unternommen wurde – Asien in rivalisierende Königreiche zerfallen würde, die zwangsläufig immer wieder die Seiten wechseln und sich gegenseitig bekriegen würden.

Er musste seine Gedanken mit jemandem teilen, der diese Dinge verstand, anders als seine gewohnten Tischgenossen Hieronymos, Parmida und Xennias. Parmida war Kappadokier, daher konnte man von ihm kein Verständnis für dergleichen erwarten, und Xennias' Horizont reichte nicht viel weiter als bis zu seinem Geldbeutel und dem seiner Männer. Von den dreien zeigte sich Hieronymos am verständigsten, doch er betrachtete die Dinge objektiver, beobachtete eher den Lauf der Geschichte, als persönlich Anteil zu nehmen und Stellung zu beziehen.

Daher hörte Eumenes mit Interesse an, was Babrak zu berichten hatte, ein Kaufmann aus dem Volk der Pakhta, der in der Ausübung seines Gewerbes viel in Asien herumkam und deshalb eine ausgezeichnete Quelle für Informationen und Gerüchte war. Redselig, wie er war, gab Babrak allen, die es wünschten, freudig Auskunft. Außerdem liebte er das gute Essen und die edlen Weine, in deren Genuss er bei diesen Unterredungen kam. Und er hatte auch nichts dagegen, für seinen üppigen Redefluss ebenso üppig bezahlt zu werden. Nun, als gerade der Schnee schmolz, saß er mit Eumenes zusammen.

«Peukestas hat es also erwartungsgemäß übel aufgenommen, dass ihm die Kontrolle über die Schatzkammer von Susa entzogen wurde?»

Babraks dunkle Augen funkelten im Lampenschein, und sein wettergegerbtes Gesicht mit den hohen Wangenknochen verzog sich zu einem Grinsen, wobei er rot verfärbte Zähne entblößte. «Herr, wenn einer zusehen muss, wie das Objekt seiner Begierde einem anderen in die Hände fällt, und nur untätig dabeistehen kann, dann kränkt das seine Männlichkeit schwer. Natürlich würde man den Knaben noch immer begehren, aber hätte man den Mut, ihm seine Zuwendungen aufzuzwingen, wenn man wüsste, dass er bereits die Leidenschaft eines mächtigeren Mannes genossen hat?»

«Ich verstehe», sagte Eumenes, der es in Wahrheit nicht verstand. Er freute sich einfach darüber, dass Peukestas' finanzielle Ressourcen drastisch beschnitten worden waren.

Ein Mann, dem es an Geld fehlt, ist stets darauf bedacht, Freundschaften zu schließen.

«Und Antigenes ist von der Susiana aus wieder gen Westen gezogen?»

«Er war noch dort, als ich vor vier Monden aufbrach. Ich habe sogar einen sehr angenehmen Abend mit ihm verbracht, er war mehr als großzügig, wie –»

« – ich mir vorstellen kann, da er einen solchen Schatz zu seiner Verfügung hatte. Und ob ich mir das vorstellen kann. Es ist leicht, mit dem Geld anderer Leute freigiebig zu sein.»

«Herr, man sollte überhaupt nur mit solchem Geld freigiebig sein. Mit dem eigenen großzügig umzugehen, wäre Torheit und ein Zeichen von Schwäche.»

«Alexander war stets großzügig mit seinem, und ich würde nicht sagen, dass er ein schwacher Mann war.»

«Mit Verlaub, Herr, Alexander war freigiebig mit den Schätzen Asiens. Sie gehörten ihm eigentlich nicht, sondern sind ihm in die Hände gefallen. Doch ich schweife ab. Peukestas hat Rache an Antipatros dafür geschworen, wie schäbig der – seiner Ansicht nach – den Osten behandelt hat. Wie Ihr ja wisst, ist Peukestas dem Osten mit seinen Völkerschaften und Sitten sehr zugetan: Er selbst trägt Hosen und spricht mittlerweile drei oder vier Sprachen bewundernswert fließend. Er betrachtet den Osten nicht als –»

« – ein minderwertiges Anhängsel des Westens.» *Er würde das Reich nur zu gern in Ost und West spalten. Das läuft meinen Überzeugungen zuwider, und doch könnten er und ich gegen Antipatros gemeinsame Sache machen.* «Ich danke dir, Babrak, alter Freund. Das Gespräch mit dir war wie immer überaus aufschlussreich, und ich werde dir sehr gern diese Lieferung Leinen zu dem Preis abnehmen, den du genannt hast.»

Babrak stand auf und verbeugte sich, wobei er mit dem Mittelfinger der rechten Hand seine Stirn berührte. «Der Herr ist zu gütig, aber wenn es gestattet ist, würde ich ihn außerdem –»

« – um einen Gefallen bitten?»

«Der Herr hat die Gabe –»

« – die Sätze anderer zu beenden? Ja, die meisten Leute finden das nervtötend. Nenne dein Begehr.»

«Soweit ich weiß, ist Sardis Euer Ziel?»

Eumenes schaute den Pakhta überrascht an. Er hatte niemandem verraten, wohin die Armee zog. Er war einfach über die Königsstraße von Kappadokien gen Westen marschiert, sobald sie frei von Schnee war. «Wie kommst du darauf?»

«Wer den Knaben besitzen will, muss ihn zuvor draußen in seinem Feld überwältigen.»

Eumenes fand das nicht erhellend. «Und das heißt?»

«Es heißt, Herr, wenn Ihr Antipatros besiegen wollt, müsst Ihr losziehen und ihn bekämpfen. Wenn Ihr in Kappadokien bleibt, werdet Ihr zunehmend an Bedeutung verlieren, erst recht, da Nikanor nun der Satrap ist und Ihr ein Geächteter seid. Es erscheint daher nur folgerichtig, dass Ihr Euch nach Westen wendet, und ebenso folgerichtig ist, dass Ihr Euch um Hilfe an den einzigen Menschen wendet, in dem Ihr einen möglichen Verbündeten sehen könnt, da sowohl Alketas als auch Attalos keinen Zweifel daran gelassen haben –»

« – was sie von Griechen halten.»

Er ist gut informiert. Alketas hat den direkten Befehl seines Bruders verweigert, mich bei der Unterwerfung Kappadokiens zu unterstützen, und es besteht absolut kein Grund, weshalb er sich nun mit mir verbünden sollte, auch wenn wir dasselbe Ziel verfolgen.

«Somit ist Kleopatra nun Eure einzige Option, und ich würde mich Eurem Marsch dorthin der Sicherheit halber gern anschließen. Ich habe kostbare Waren, die für diese schöne Stadt bestimmt sind.»

Eumenes lächelte. «Du bist herzlich eingeladen, Babrak.»

«Der Herr ist zu gütig.» Es folgte noch eine Verbeugung. «Allerdings fühle ich mich verpflichtet, Euch mitzuteilen, dass wir auf dieser Straße nicht die Einzigen sein werden. Archias der Verbanntenjäger wartet nur darauf, dass Ihr Kappadokien verlasst. Er hofft, Euch mit der Schärfe seiner Klinge bekanntzumachen, ehe Ihr Sardis erreicht.»

Doch Eumenes machte auf dem Weg nach Sardis keine Bekanntschaft mit der Schärfe von Archias' Klinge. Stattdessen lernte er bei seiner Ankunft dort Kleopatras scharfe Zunge kennen. «Du hättest nicht herkommen sollen!» Ihr Ton war gebieterisch, ganz anders als bei seiner letzten Unterredung mit ihr. Damals hatte er sich noch für Perdikkas' Heiratsantrag eingesetzt, während der unselige Mann Alexanders Leichenwagen in den Süden verfolgte. Kleopatra hatte sich geweigert, Perdikkas zu heiraten, als sie erfuhr, dass Ptolemaios den Leichenwagen nach Ägypten entführt hatte und nicht gedachte, ihn je wieder herauszugeben. Das schwächte Perdikkas' Thronanspruch erheblich – makedonische Könige legitimierten sich traditionell dadurch, dass sie ihren Vorgänger bestatteten.

«Höre wenigstens an, was ich zu sagen habe, Kleopatra», bat Eumenes. «Du hast meine Armee heute Morgen vor den Mauern von Sardis aufmarschieren sehen. Du hast gesehen, wie meisterhaft meine kappadokische Kavallerie manövriert. Du hast gehört, wie begeistert meine makedonische Phalanx dir zujubelte und dir als Alexanders Schwester huldigte. Du hast gesehen, welche Macht hinter mir steht, ist es nicht so?»

Kleopatra, nunmehr Mitte dreißig, aber noch immer in der Blüte der Schönheit, die sie mit ihrem verstorbenen Bruder gemeinsam hatte, funkelte ihn von einem Podium aus mit ihren blauen Augen zornig an. Sie tat seine Worte mit einer wegwerfenden Geste ab. «Ich habe eine Streitmacht von weniger als fünfzehntausend Mann gesehen. Antipatros marschiert mit fast doppelt so vielen nordwärts, und Antigonos ist im Begriff, dich mit einer fast ebenso großen Armee im Osten zu umgehen, um dir den Weg abzuschneiden. Nikanor hat deine einstige Satrapie Kappadokien übernommen, du kannst dich also nirgendwohin mehr wenden. Du hast keine Chance, Eumenes. Du bist ein Geächteter. Ich werde mich nicht mit dir verbünden und mit dir untergehen. Nicht einmal um unserer alten Freundschaft willen.»

Antigonos marschiert nach Osten, um meine Flanke zu umgehen – das höre ich nicht gern, aber ich darf vor ihr auf keinen Fall den Eindruck machen, ich sei verzweifelt.

«Kleopatra, du wirst bald zu alt sein, um noch Kinder zu gebären. Die zwei, die du von Alexander von Epirus hast, können den makedonischen Thron nicht beanspruchen. Wenn du also willst, dass Alexanders Linie durch dich fortbesteht, so brauchst du einen passenden makedonischen Ehemann. Doch es ist keiner übrig – dafür hat Antipatros gesorgt, indem er eine seiner Töchter mit Ptolemaios verheiratete, demjenigen, der den stärksten Thronanspruch hätte. Wer bleibt da noch? Der Einzige, der außer Ptolemaios infrage gekommen wäre, ist Lysimachos, und den hat Antipatros aus dem Rennen genommen, indem er ihm Nikaia zur Frau gab. Falls du den Blick auf die jüngere Generation richten solltest, so wurde Phila mit Demetrios verheiratet. Der alte Mann hat alle deine Möglichkeiten zunichtegemacht. Gib es zu, Kleopatra, du wirst hier sitzen und verwelken, bis es an der Zeit ist, die letzte Reise anzutreten.»

«Diese letzte Reise käme eher, als du denkst, wenn ich mich mit dir verbünden würde. Ich kann dich nicht heiraten, du bist Grieche.»

«Es geht mir ja nicht darum, dass du mich heiraten sollst!» Eumenes hatte beträchtlich die Stimme gehoben. Er hielt inne, trank einen Schluck von seinem gekühlten Wein und atmete tief durch. «Du und ich sind in der makedonischen Welt beide Menschen zweiter Klasse, Kleopatra: ich, weil ich Grieche bin, und du, weil du eine Frau bist. Jeder für sich haben wir keine Chance, den Lauf der Dinge zu beeinflussen, aber gemeinsam? Gemeinsam können wir mächtig sein. Antipatros wurde zum Regenten für die beiden Könige ernannt, allerdings hat Antigonos sie in seiner Obhut, damit sie bei der Armee in Asien bleiben können. Aber mit welchem Recht? Kannst du mir das sagen? Wenn du aufstündest und als Alexanders Schwester die Regentschaft beanspruchtest, würde dein Blut mehr zählen als dein Geschlecht. Antipatros könnte sich deinem Anspruch unmöglich widersetzen, zumal dieser Anspruch durch eine Streitmacht unterstützt würde, meine Streitmacht. Dabei würde die Größe gar keine Rolle spielen, denn wer würde sich einer Armee entgegenstellen, die für Alexanders Schwester und die Könige streitet?»

Eumenes sah, dass sein Argument Kleopatra beeindruckte. Ihr Gesichtsausdruck wurde milder, während sie über den Vorschlag nachdachte.

Jetzt werde ich ihr die harte Wirklichkeit ihrer Situation vor Augen führen. «Deine Mutter schmiedet in einem fort Ränke gegen Antipatros. Was sollte ihn davon abhalten, auf dem Rückweg nach Makedonien hierherzukommen, dich in seine Gewalt zu bringen und mitzunehmen? Er könnte dich benutzen, um seine Legitimität weiter zu untermauern und den Anschein zu erwecken, Olympias ginge in ihrem verzweifelten

Streben nach Macht selbst gegen ihre eigene Tochter vor. Wer weiß, womöglich könnte er dich sogar zwingen, seinen pickeligen Sohn zu ehelichen.»

«Ich würde Kassandros niemals heiraten.»

«Niemals ist eine sehr lange Zeit, aber dir bleibt nicht mehr viel davon. Ein Sprössling aus einer Verbindung zwischen Alexanders Schwester und dem Sohn seines Regenten hätte einen starken Herrschaftsanspruch, und wer weiß, wie verzweifelt du noch sein wirst, wenn dein Körper erst auf den Wechsel zugeht?»

«So verzweifelt könnte ich niemals sein.»

«Bist du sicher? Wenigstens wüsstest du, dass dein Sohn den Thron besteigen würde. Man würde ihn dem Kind der Asiatin vorziehen. Wir beide wissen doch, wie konservativ dein Volk ist.»

«Ich würde mich niemals mit jemandem aus Antipatros' Familie einlassen, erst recht nicht mit einem, von dem gemunkelt wird, er habe meinen Bruder ermordet.»

«Dann tu es, Kleopatra: Beanspruche die Regentschaft. So können wir auf einen Schlag Antipatros besiegen, das Reich wieder wirklich unter die Herrschaft der Argeadendynastie bringen und dieser Scharade ein Ende machen, in der Antipatros als Stellvertreter alle Macht in Händen hält. Er hat nicht mehr lange zu leben, und was wird dann? Wird die Regentschaft erblich, sodass Kassandros der neue Machthaber wird? Willst du das etwa?»

Kleopatra betrachtete Eumenes eine Weile lang nachdenklich. Er hielt ihrem Blick stand, auch wenn er dabei unbehaglich auf seinem Stuhl herumrutschte. *Ich habe getan, was ich konnte. Nun liegt es an ihr, die richtige Entscheidung zu treffen.*

«Nein, Eumenes, das will ich nicht, aber ich werde dennoch nicht die Regentschaft beanspruchen.»

Eumenes verlor die Kontrolle über seine Gesichtszüge. «Aber weshalb nicht?»

«Weil es so kommen wird, wie du gesagt hast, dafür wird meine Mutter sorgen, indem sie mir beständig ihr Gift ins Ohr träufelt: Ich wäre versucht, als Regentin nicht für die beiden Könige zu herrschen, sondern für mein Kind, von wem auch immer ich es empfangen hätte. Ich würde unweigerlich zur Mörderin meines Halbbruders und meines Neffen werden. Ich wage nicht, mich dieser Versuchung auszusetzen. Nein, Eumenes, ich bleibe hier und werde alt. Ich werde meine beiden Kinder aus Epirus herbringen lassen, sie sollen mir ein Trost sein, und ich werde mich damit abfinden, nie wieder zu heiraten.»

Eumenes konnte kaum glauben, was er da hörte. *Wie kann sie sich die Chance auf solche Macht einfach entgehen lassen und noch dazu die Gelegenheit sicherzustellen, dass die wahre Linie der Argeaden fortbesteht?*

«Nein, Eumenes», sagte Kleopatra noch einmal mit abwehrender Geste. «Ich weiß, was du denkst, doch ich werde mich nicht umstimmen lassen. Geh jetzt und tu, was du willst, aber ziehe mich nicht in deine Pläne hinein. Du hast mir die Augen geöffnet, ich erkenne nun die Aussichtslosigkeit meiner Lage. Ich muss mich damit abfinden, dass Antipatros mich geschlagen hat.»

Es wäre sinnlos, weiter zu argumentieren. «Wenn das so ist, werde ich meine Armee in der Ebene vor der Stadt bereithalten und auf Antipatros warten. Die Männer werden umso wackerer kämpfen, da sie wissen, dass Alexanders Schwester hier ist.»

«Nein, Eumenes, geh einfach. Führe deine Armee von hier fort. Ich will mit alldem nichts zu tun haben.»

«Aber –»

«Geh!»

«Sie ließ sich nicht umstimmen», sagte Eumenes zu Xennias, als sie die Stufen vor dem Palast hinuntergingen. Ihre Eskorte aus Hetairenreiterei wartete mit den Pferden unten auf der Agora, wo reges Treiben herrschte. «Allem Anschein nach hat sie die Hoffnung aufgegeben und sich damit abgefunden, in Bedeutungslosigkeit zu versinken.»

«Hast du versucht, sie mit Geld zu locken?»

«Danke, Apollonides», sagte Eumenes, nahm dem jungen Befehlshaber seiner Eskorte die Zügel seines Pferdes ab und saß auf. «Kleopatra tut nichts für Geld, Xennias, das ist allgemein bekannt. Wenn es um ihre Ehre geht, ist sie das genaue Gegenteil ihrer Mutter. Man könnte beinahe sagen, sie wurde dazu geschaffen, Olympias' Taten aufzuwiegen.» Eumenes lächelte bei der Vorstellung. «Und ich mag beide Frauen sehr, wenn auch aus ganz unterschiedlichen Gründen.» Er trieb sein Pferd an und führte seine Männer über die Agora. Es war gerade Markttag, doch die dichte Menge teilte sich, um sie durchzulassen, denn diese Leute wussten aus reichlicher Erfahrung, wie es einem erging, der sich Soldaten in den Weg stellte. «Aber diesmal muss ich wohl leider sagen, dass Olympias' Schatten meine Pläne zunichtegemacht hat. Die Tochter kennt ihre Mutter nur allzu gut.»

«Bleiben wir hier oder ziehen wir weiter?», wollte Xennias wissen. Sie ließen die Agora nun hinter sich und ritten unter Hufgeklapper über die Heilige Straße, die von eleganten zweistöckigen Kaufmannshäusern gesäumt war, zum Osttor.

Das Zischen war kaum wahrnehmbar, doch als der Pfeil sich knapp links von Eumenes in einen hölzernen Fensterladen bohrte, war der Einschlag nicht zu überhören, ebenso wenig wie die Schreie der zwei Soldaten, die durch besser gezielte Geschosse vom Pferd gerissen wurden.

«Vorwärts!», rief Eumenes und hieb seinem Ross die Fersen

in die Flanken. Er duckte sich tief, sodass sein Kopf links neben dem Pferdehals war.

Drei weitere Pfeile, von oben auf sie abgeschossen, brachten zwei Pferde und einen Soldaten zu Fall.

Eumenes fühlte, wie sein Ross beschleunigte, da es mit seinem Pferdeverstand die Gefahr wahrnahm. Hinter ihm hallten die Hufschläge der überlebenden Reiter unnatürlich laut von den Hauswänden wider. Eumenes' Reittier zuckte mitten im Lauf und stieß einen schrillen tierischen Klagelaut aus, rannte jedoch trotz des Pfeils in seinem Hinterteil in hohem Tempo weiter. Aber gleich darauf war Geschwindigkeit nicht mehr entscheidend, denn voraus versperrten vier Mann nebeneinander die Straße. Mützen aus Fuchsfell zierten ihre Köpfe, und die langen Bärte von gleicher Farbe verbargen ihre Gesichter. Sie trugen kniehohe Lederstiefel. Breitbeinig hatten sie sich Seite an Seite auf der Straße aufgebaut, in den Händen die Waffen mit langem Griff und gebogener Klinge, von denen Eumenes wusste, dass sie einen Mann glatt entzweischneiden konnten: *Rhomphaiai.*

Mit einem raschen Blick über die Schulter sah Eumenes, dass die vier Bogenschützen nun von ihren Stellungen heruntersprangen und ebensolche Waffen aus den Hüllen auf ihren Rücken zogen. An diesem Straßenabschnitt gab es keine Seitengassen und somit keinen Fluchtweg. Der Verbanntenjäger hatte den Ort seines Hinterhalts geschickt gewählt. Eumenes und seinen Begleitern blieb nichts anderes übrig, als geradeaus weiterzureiten und zu versuchen, die Kette der Gegner zu durchbrechen. Dabei wussten sie, dass eine Rhomphaia ein Pferdebein durchschlug wie nichts.

«‹Eilte dann gerade daher auf den riesigen Held Diomedes›», deklamierte Archias aus der *Ilias* und wirbelte seine Rhomphaia durch die Luft. Die Waffe mit beiden Händen über der rechten Schulter haltend, rannte er los, mit wehendem Haar unter der Mütze und einem begeisterten Grinsen auf dem runden, beinahe knabenhaften Gesicht. Seine drei Gefährten brüllten etwas in ihrer kehligen Sprache und schlossen sich ihm ebenso freudig an.

Er wird einen plötzlichen Satz nach links machen, da er die Rhomphaia an seiner rechten Seite hält. Nunmehr galt es Kraft gegen Behändigkeit. Eumenes trieb sein Pferd wie einen lebenden Rammbock geradewegs dem heranstürmenden Archias entgegen. Doch ein Pferd ist selbst in vollem Lauf keine ernsthafte Bedrohung für einen kleinen Trupp unberittener Einzelkämpfer – sie sind zu flink. Im letzten Augenblick, als Eumenes in Erwartung von Archias' Manöver nach rechts schwenkte, wich Archias mit einem Sprung zu seiner Rechten aus, wechselte seine Waffe blitzschnell auf die andere Seite und hieb sie abwärts. Das Pferd donnerte an ihm vorbei, doch sein linkes Vorderbein blieb zurück. Krachend ging das Tier zu Boden, stieß gellende Schmerzenslaute aus, und Blut sprudelte aus dem Stumpf, der zuckte, als sei er noch mit dem Huf verbunden.

Eumenes rettete sich mit einem Sprung und rollte durch den Schwung noch ein Dutzend Schritt weiter über die Straße, während seine Männer die Blockade der übrigen drei Thraker durchbrachen. Klingen zischten durch die Luft; zwei weitere Pferde stürzten, und ein Reiter wurde in gleicher Weise verstümmelt wie sein Ross, sodass Mensch und Tier unter Klagelauten zu Boden gingen.

Jetzt hieß es schnell sein. Eumenes sprang auf und zog in derselben Bewegung bereits sein Schwert. Doch schon kam Archias mit langen Schritten auf ihn zu, ruhig und entschlossen.

«‹Und vermag nicht mehr das Haupt emporzuheben aus

dem Meer der Todesflut›», zitierte Archias, diesmal aus *König Ödipus*, wie Eumenes erkannte. Die Rhomphaia in beiden Händen, kam der Verbanntenjäger auf ihn zu.

Eumenes wich vor der furchterregenden Klinge zurück, das Schwert noch immer auf den Gegner gerichtet. *Ich muss mir etwas einfallen lassen, sonst kann ich von Glück sagen, wenn mir überhaupt noch eine Gliedmaße bleibt.*

In diesem Moment stolperte er und plumpste aufs Hinterteil. Der Stein, der ihn zu Fall gebracht hatte, rollte ein Stück über den Boden, und Eumenes griff instinktiv danach. Es war nur eine Bewegung aus dem Handgelenk, doch der Stein flog durch die Luft wie aus einer Schleuder abgeschossen, so schnell, dass die Bewegung vor dem Auge verschwamm. Das Krachen von Knochen und der Schmerzensschrei schienen losgelöst von dem Chaos um sie herum. Archias stürzte rücklings, mit den Armen rudernd, und schleuderte dabei seine Klinge himmelwärts – all das schien sehr langsam zu geschehen.

Als der Verbanntenjäger auf dem Boden aufschlug, war Xennias schon bei Eumenes. Sein Pferd hatte noch alle vier Beine. «Sitz auf», rief der Makedone und streckte Eumenes die Hand entgegen.

«Aber er lebt noch!»

Xennias kümmerte das nicht. Er packte seinen General kurzerhand unter den Armen, hob ihn hoch und ritt eilends davon, gefolgt von Apollonides und den wenigen anderen Überlebenden.

«Er lebt noch», rief Eumenes noch einmal.

«Sei lieber froh, dass du noch am Leben und an einem Stück bist.»

Am Tor setzte Xennias Eumenes ab, damit er hinter ihm aufs Pferd steigen konnte. Er schaute sich um und sah, wie Archias mühsam wieder auf die Beine kam. Seine sieben Thraker scharten sich um ihn, um ihm aufzuhelfen. Er stieß sie von sich, dann stand er da, schaute zu Eumenes und hob eine Hand wie zum Gruß. «‹Doch dem Verhängnis entrann wohl nie der Sterblichen einer› – lass dir's gesagt sein, Eumenes –, ‹nachdem er einmal gezeugt ward.›»

Damit wandte er sich ab. Eumenes wusste, dass er Antipatros' Meuchelmörder nicht zum letzten Mal gesehen hatte.

ANTIPATROS
DER REGENT

Antipatros schlug vor Enttäuschung gegen den Zeltpfosten. «Sieben Monate! Sieben Monate machst du nun schon Jagd auf ihn, Archias, und der listige kleine Grieche ist noch immer wohlauf und steht an der Spitze einer Rebellenarmee. Ich dachte, du seist der Beste.»

«‹Doch nicht alles zugleich verliehn ja die Götter den Menschen›», sagte Archias, gänzlich unbeeindruckt vom zornigen Ton seines Gönners.

«Ich scheiße auf Homer und auf sämtliche Tragödiendichter. Du bist hier nicht als Schauspieler gefragt, sondern als Kopfjäger. Wenn du lieber wieder ins Theater willst, gib mir das Geld zurück, das ich dir als Vorschuss gezahlt habe, und schere dich fort, dann suche ich mir jemand anderen für meinen Auftrag.»

«Das wird nicht nötig sein, Antipatros», erwiderte Archias, dessen Miene sich verhärtete. «Ich bringe ihn zur Strecke. Aber du musst verstehen, er hat in Kappadokien überwintert. Ich weiß nicht, ob du jemals in dieser Gegend warst – im Winter, wenn Schnee liegt, geschieht dort gar nichts. Er hat sich nicht aus seinem Schlupfloch gerührt, und wir konnten nicht zu ihm gelangen. Ich habe also abgewartet, bis er herauskam, und die erste Gelegenheit genutzt, bei der er nicht von fünfzehntausend Mann umgeben war.»

«Und du hast ihn verfehlt.»

Archias lächelte ekelhaft süßlich. «Das wird nicht wieder vorkommen. ‹Ich auch sende den Speer, für das Übrige sorge Kronion.›»

«Ziele lieber anständig, anstatt auf göttliche Hilfe zu hoffen. Und tu es bald, denn laut meinen Spionen ist er inzwischen zwei Tage von Sardis entfernt und auf dem Weg zurück in den Osten. Mir ist unbegreiflich, warum du überhaupt jetzt hier bist und nicht ihm auf den Fersen. Ernsthaft, Archias, mir scheint, du lässt nach.»

«‹Denn kein andres Wesen ist jammervoller auf Erden als der Mensch, von allem, was Leben haucht und sich reget.›»

«Ach, hör doch auf! Geh mir aus den Augen und mach dich an die Arbeit!» Antipatros sah dem Verbanntenjäger nach, der den Raum verließ, und versuchte, seinen Atem zu beruhigen.

Weshalb werde ich diesen kleinen Griechen einfach nicht los? Er hätte schon voriges Jahr tot sein sollen, und Krateros sollte noch am Leben sein. Er schloss die Augen und schüttelte den Kopf. *Ich wünschte, es wäre so, dann bräuchte ich mich nicht lange zu fragen, wer mein Nachfolger als Regent werden soll. Mir bleibt nicht mehr viel Zeit, das kann jeder Schwachkopf sehen. Ach, Krateros, du wärest der ideale Nachfolger gewesen, sogar von Alexander selbst ernannt. Kassandros hätte niemals etwas gegen meine Entscheidung einwenden können, wenn meine Wahl auf dich gefallen wäre.*

Doch Antipatros schob den Gedanken rasch von sich. Es war sinnlos, sich etwas zu wünschen, das er nicht haben konnte. Mit einem müden Seufzer wandte er sich dem eigentlichen Grund zu, weshalb er nach Sardis gekommen war.

«Ich hatte keine andere Wahl, als ihn zu empfangen», erklärte Kleopatra. «Was immer er getan haben mag, er ist ein alter Freund. Ich habe ihm gesagt, er hätte nicht herkommen sollen, und dann habe ich mir angehört, was er zu sagen hatte.»

«Und was war das?», fragte Antipatros und zog die Nase kraus, da sein eisgekühltes Erfrischungsgetränk überraschend scharf schmeckte.

«Ich werde nicht preisgeben, was mir im Vertrauen erzählt wurde.»

«Er ist ein Geächteter, er hat kein Recht auf Vertraulichkeit.»

«Das mag deine Meinung sein, ich aber sehe es anders.»

Antipatros betrachtete das Getränk in dem grünlichen Glas. «Magst du dieses asiatische Gesöff wirklich?»

«Aber ja, es ist so schön kühl.»

Antipatros knurrte und stellte sein Glas auf den Tisch. «Kleopatra, wie du weißt, hatte ich die allerhöchste Achtung vor deinem Vater und deinem Bruder, und auch dich respektiere ich sehr. Dennoch muss ich deine Beweggründe hinterfragen, wenn du den meistgesuchten Mann des Reiches zu einer Unterredung empfängst, dich anschließend weigerst, mir zu verraten, worüber gesprochen wurde, und vor allem Eumenes nicht festgehalten hast, obwohl du doch die Gelegenheit gehabt hättest. Auf wessen Seite stehst du eigentlich?»

Kleopatras Lächeln wurde breiter, und sie lachte durch die Nase. «Auf wessen Seite, Antipatros? Mir war nicht bewusst, dass es verschiedene Seiten gibt. So, wie ich es sehe, stehen wir alle auf der Seite der Argeadendynastie, es herrschen nur unterschiedliche Ansichten darüber, wie diese am besten zu unterstützen wäre.»

«Mache dich nicht über mich lustig, Kleopatra.»

«Warum nicht? Weil eine Frau nur züchtig und bescheiden dasitzen und tun sollte, was man ihr sagt?»

«Du weißt sehr wohl, dass ich so nicht denke, ich achte die Frauen. Aber Eumenes wurde durch die Heeresversammlung zum Geächteten erklärt, weil er für Krateros' Tod verantwortlich ist. Du hättest ihn festhalten sollen.»

«Ich hätte nichts dergleichen tun sollen. Immerhin habe ich ihm gesagt, er solle gehen und seine Armee mitnehmen. Eigentlich wollte er dich hier in der Ebene erwarten.»

«Warum hast du das getan? Ich wäre froh über die Gelegenheit gewesen, die Sache ein für alle Mal zu klären. Er ist der Grund, weshalb dieser Krieg kein Ende nimmt.»

«Das ist er nicht. Du selbst bist der Grund, Antipatros», versetzte sie scharf und zeigte mit dem Finger auf den alten Mann. «Du könntest alldem ein Ende machen, indem du ihn begnadigst, schließlich hat er sich nur verteidigt. Das Ganze könnte auf der Stelle beendet werden, wenn *du* es wolltest. Aber nein, du willst nicht, wie? Und soll ich dir sagen, warum nicht?»

Antipatros strich sich mit der Hand über seinen kahlen Kopf. «Eigentlich lieber nicht, aber mir scheint, ich komme nicht darum herum, es zu hören.»

«Weil du es nicht ertragen kannst, dass du und Krateros den klassischen Fehler begangen habt, eure Streitmacht aufzuteilen. Dadurch konnte ein Grieche über zwei große makedonische Feldherren triumphieren und zu allem Unglück einen von ihnen töten. Eumenes' bloße Existenz erinnert dich an deine eigene Unfähigkeit. Du glaubst, durch seinen Tod könntest du deine Selbstachtung wiederherstellen.»

Antipatros tat ihre Theorie mit einer wegwerfenden Geste ab. «Eumenes ist ein Geächteter.»

«Weil er einen Makedonen in offener Feldschlacht getötet hat. Wohingegen du, Antipatros, dergleichen auf andere Weise erledigst, und doch bist du kein Geächteter.»

Antipatros runzelte die Stirn. «Wovon redest du?»

Kleopatra klatschte in die Hände, woraufhin eine rundliche Frau mit einer Dokumentenröhre herbeieilte. «Danke, Thetima», sagte Kleopatra, nahm die Röhre und zog eine eng gewickelte Schriftrolle heraus. «Bist du ein belesener Mann, Antipatros? Hast du *Reisen mit Alexander* gelesen, verfasst von einem Griechen namens Onesikritos?»

Antipatros winkte verächtlich ab. «Wenn du dich auf die haltlosen Unterstellungen beziehst, die er gegen Ende seiner Schrift vorbringt, so handelt es sich um einen Haufen Lügen, erfunden, um sich interessant zu machen, damit sein Werk weitere Verbreitung findet.»

«In der Tat beziehe ich mich darauf, und ehrlich gesagt bin ich geneigt, dir zuzustimmen. Oder besser, ich wäre geneigt gewesen, bis ich dies erhielt.» Sie reichte ihm die Schriftrolle.

«Was ist das?»

«Es handelt sich um eine Abhandlung mit dem Titel *Alexanders letzte Tage und sein Testament.* Eine durchaus interessante Lektüre, denn darin sind all die Männer, auf die Onesikritos nur anspielt, namentlich genannt. Einer von ihnen ist Antipatros, ein anderer Kassandros und ein dritter Iolaos. Du kannst das behalten, es ist eine Kopie meines Exemplars.»

«Wann hast du es erhalten?»

«Es traf vor ein paar Tagen ein.»

«Von wo?»

«Es kam mit einem Schiff der Flotte, die Ptolemaios entsandt hat, um im Zuge eurer Vereinbarung Zypern zu besetzen. Daher nehme ich an, dass die Schrift ursprünglich aus Ägypten stammt.»

«Ptolemaios! Dieser verlogene Bastard!»

«Ist er das wirklich, Antipatros? Immerhin passt alles zusammen. Kassandros hat meinen Bruder immer gehasst, und du liebst von jeher die Macht und Unabhängigkeit, die du als

Regent von Makedonien genießt. Ein Motiv ist somit gegeben, und da Iolaos Alexanders Mundschenk war und Archias der Verbanntenjäger stets für dich die Drecksarbeit erledigt, steht auch die Methode fest. Interessanterweise werden hier außerdem Peithon, Antigonos und Roxane als Mitverschwörer genannt. Ptolemaios hingegen wird gänzlich entlastet, ebenso wie Seleukos, Eumenes und – was ich besonders interessant finde – Perdikkas, Alketas und Attalos.»

«Das sind Lügen, nichts als Lügen. Propaganda, die Ptolemaios' Interessen dient.»

«Mag sein, dass du so denkst, Antipatros, aber die Leute, die es lesen, könnten durchaus anderer Ansicht sein. Und wenn ich beschließen sollte zu glauben, was ich da gelesen habe, könnte ich dir das Leben sehr schwer machen. Ich könnte sogar Eumenes' Vorschlag folgen und selbst die Regentschaft beanspruchen, dann könnte ich dich und deinen pickeligen Sohn als Königsmörder hinrichten lassen.»

«Das würdest du nicht wagen!»

«Und ob ich das würde, und du könntest mich nicht daran hindern. Wenn du Alexanders Schwester umbringst, bist du ein toter Mann. Und du wärest gleichfalls ein toter Mann, wenn ich durch einen Unfall oder eine rätselhafte Krankheit ums Leben käme, denn ich habe Briefe hinterlassen, in denen ich dich beschuldige, meine heimliche Ermordung zu planen.»

«Du kleine Hure.»

«Nenne mich nicht so, alter Mann! Einst hast du Befehle von meinem Vater und meinem Bruder entgegengenommen; ich lasse mich von dir nicht herablassend behandeln. Und nun höre mir gut zu, Antipatros: Ich werde die Anschuldigungen aus dieser Schrift nicht öffentlich bekräftigen, aber du kannst deinen gesamten Besitz darauf verwetten, dass meine Mutter sich darauf stürzen wird. Sie wird darin eine neue Gelegenheit sehen, dich auszubooten. Dennoch, solange ich schweige, bleibt stets ein gewisser Zweifel zu deinen Gunsten.»

«Wenn du glaubst, ich wäre dir dankbar –»

«Sei still und hör zu. Im Gegenzug verlange ich, dass du aus Asien verschwindest und deine Armee mitnimmst. Beende diesen sinnlosen Rachefeldzug gegen einen Mann, der nichts als die Interessen meines Hauses im Sinn hat. Es ist in unser aller Interesse, die Heeresversammlung dazu zu bringen, dass sie das Urteil aufhebt.»

«Und was ist mit Alketas und Attalos?»

«Für sie gilt das Gleiche. Atalante zu töten, war allerdings ein schwerer Fehler, und auch wenn Attalos sich bereit erklärt hat, auf Rache zu verzichten, bezweifle ich, dass Alketas die Waffen niederlegen wird – selbst wenn sie beide begnadigt werden.»

«Ich denke, Ptolemaios hat genau das beabsichtigt, als er Atalante hinrichtete.»

«Da hast du gewiss recht, aber dennoch sollten wir versuchen, mit den beiden Frieden zu schließen.»

Antipatros blickte die gebieterische Frau an, die aufgestanden war und von ihrer Estrade aus mit stählernem Blick auf ihn herunterschaute. «Warum tust du das, Kleopatra?»

«Warum ich versuche, für Frieden zu sorgen?»

«Nein, ich meine, warum willst du mich demütigen?»

«Warum hast du deine Töchter mit den Männern verheiratet, die passende Heiratskandidaten für mich gewesen wären?»

«Ah!»

«Ganz recht, ah. In dieser Hinsicht magst du mich geschlagen haben, aber nun liegt dein Leben in meinen Händen. Diese Schrift wird weite Verbreitung finden, und mit ihr kann ich mich gegen das absichern, wovon ich inzwischen erkannt habe, dass es dein eigentliches Ziel ist: Du willst mich zwingen, deinen pickeligen Sohn zu heiraten, um unser beider Familien zu einer neuen Dynastie zu vereinen.»

«Das hier ist Eumenes' Werk, nicht wahr?»

«Du streitest es also nicht ab?»

«Selbstverständlich streite ich es ab. Ich kenne das wahre Wesen meines Sohnes, und eine Verbindung mit ihm würde ich niemandem wünschen, erst recht nicht dir, Kleopatra. Mehr noch, er wäre unerträglich grausam und rachsüchtig, wenn er auf den Thron käme. Eumenes hat dich in gewisser Weise in die Irre geführt, denn das ist nicht mein Ziel. Allerdings bin ich überzeugt, dass Kassandros in einem dunklen Winkel seines Geistes die Vorstellung hegt und sich dieses Ziel gesetzt hat.»

«Dann schützt mich diese Schrift vor ihm ebenso wie vor dir.»

«Glaubst du das?» Antipatros lächelte wehmütig und schüttelte den Kopf. «Mir ist es wichtig, wie mich die Welt sieht, aber Kassandros schert sich nicht darum.» Er stand auf und wirkte plötzlich erschöpfter als vorhin. «Aber vielleicht hast du recht – vielleicht ziehe ich diesen Krieg gegen Eumenes wirklich unnötig in die Länge. Dennoch, er muss geschlagen werden, denn er kämpft gegen dies.» Er hielt den großen Ring von Makedonien hoch. «Ich werde also nur einen Teil dessen tun, was du verlangst, Kleopatra: Ich werde mich nicht darum bemühen, dass die Heeresversammlung die Todesurteile aufhebt, denn ich weiß, dass die Männer es nicht tun werden. Sie haben Krateros zu sehr geliebt, und am Ende stünde ich nur als schwach da. Ich werde jedoch nach Europa zurückkehren und es Antigonos überlassen, den Krieg weiterzuführen.»

«Warum? Letztendlich kämpft Eumenes für die gleiche Sache: für mein Haus.»

«Nein, Eumenes kämpft für sich selbst. Aber ich bin es leid. Ich erkenne, dass nichts den Krieg wirklich beenden wird, nicht einmal Eumenes' Tod. Der Krieg wird weitergehen, bis nur noch einer übrig ist. So gut wirst du dein Volk doch kennen? Es ist unausweichlich.»

Aber wenn Antigonos den kleinen Griechen schlagen kann, gibt es vielleicht für die kurze Zeit, die mir noch bleibt, Frieden, überlegte Antipatros auf dem Ritt zurück zu seinem Lager auf demselben Gelände, das Eumenes erst zwei Tage zuvor geräumt hatte. Bei der erfreulichen Vorstellung lächelte er vor sich hin, während er im Trab über den von Wagenrädern tief gefurchten Weg ritt. Er genoss den leichten Wind von den zerklüfteten Bergen im Norden, Bergen, die er bald überqueren würde, wenn er Asien zum letzten Mal verließ.

Er nickte den Wachen am Lagertor zu und begrüßte ihren Offizier mit Namen. Nachdem er abgesessen war, überließ er sein Ross einem bereitstehenden Pferdeknecht. In Gedanken ganz bei seiner weiteren Vorgehensweise, ging Antipatros zu seinem Zelt in der Mitte des Lagers.

«Vater.» Als Iolaos ihn eintreten sah, erhob er sich von seinem Faltstuhl.

«Was gibt es, mein Junge?» Antipatros klopfte seinem Sohn auf die Schulter. Bei seinem Anblick wurde seine Stimmung noch wohlwollender.

Iolaos senkte kurz den Blick, dann sah er seinem Vater in die Augen. «Wir haben eben eine Nachricht aus dem Süden erhalten.»

Antipatros' gute Laune verflog augenblicklich. «Ptolemaios?»

«Ich fürchte, ja, Vater.»

«Was hat er nun wieder angestellt?»

Iolaos zögerte. «Er ist in Palästina einmarschiert.»

«Aber wir hatten doch vereinbart, dass er Zypern bekommt und seine Grenzen dann nicht weiter ausdehnt.»

«Mit vierzigtausend Mann.»

«Vierzigtausend? Was beabsichtigt er denn mit einer so gewaltigen Streitmacht?»

«Er hat Hierosolyma ohne Belagerung erobert.»

«Ohne Belagerung? Hat die Stadt ihm etwa einfach die Tore geöffnet?»

«Nein, Vater. Anscheinend gehören die Bewohner einem seltsamen Volk an, das bislang niemand sonderlich beachtet hat. Diese Leute nennen sich Juden und glauben nur an einen Gott. Sie pflegen die merkwürdige Sitte, zu Ehren ihres Gottes an jedem siebten Tag die Arbeit ruhen zu lassen. Auch das Kämpfen ist ihnen an diesem Tag verboten. Ptolemaios hatte Wind davon bekommen, und so gelang es ihm, die Stadt einzunehmen, indem er einfach an diesem besonderen Tag dort einmarschierte – sie nennen ihn den *Schabbath.* Niemand hat zur Verteidigung auch nur einen Finger gerührt, und so fiel die Stadt ohne Blutvergießen.»

Dieser gerissene Hurensohn – dafür könnte ich ihn beinahe bewundern.

«Dann schlug er eine Armee, die an einem späteren Tag gegen ihn ins Feld geführt wurde, als die Juden wieder kämpfen durften. Er brachte ihnen eine vernichtende Niederlage bei. Tausende Gefangene wurden anschließend nach Ägypten verschleppt, wo sie beim Bau von Alexandria eingesetzt werden sollen.»

«Und all das hat er in so kurzer Zeit bewerkstelligt, ohne dass wir davon erfuhren? Wie das?»

«Er hat sämtliche Straßen nach Norden gesperrt, sodass keine Nachricht durchkam. Und natürlich –»

«Und natürlich beherrscht er nun Zypern und somit das Meer zwischen der Insel und dem Festland, da Tyros noch in Attalos' Hand ist.» Antipatros schlug mit der Faust in seine Handfläche. «Was war ich doch für ein Dummkopf! Er hat das von vornherein so geplant, ob ich ihm Zypern überlassen würde oder nicht. Er hat mich getäuscht und sich eine langwierige Blockade der Insel erspart. Der Bastard hat gewartet, bis Antigonos und ich uns auf der Jagd nach Eumenes zu weit entfernt hatten, um etwas zu unternehmen. Wo ist er jetzt?»

«Er kommt den Fluss Jordan herauf. Wir nehmen an, dass er nach Damaskos will.»

Antipatros ließ sich in einen Stuhl fallen und vergrub das Gesicht in den Händen. «Wie dumm von mir, Seleukos keine Soldaten zu geben. Er hätte die Sache wenigstens verzögern können, uns Zeit verschaffen, um dorthin zu marschieren, den Bastard aufzuhalten und zurück nach Ägypten zu jagen. Ist denn gewiss, dass er nach Damaskos will?»

«Ja, Vater. Anscheinend will er dort jemanden treffen.»

«Wen?»

«Seleukos.»

SELEUKOS
DER ELEFANTENBULLE

Der riesige Schatten auf der Landschaft kam seit drei Stunden stetig näher. Nun konnte man erkennen, wie die Sonne sich auf poliertem Metall spiegelte, und die unterschiedlichen Einheiten in der Vorhut der Armee waren auszumachen. Doch Seleukos, der die Szene vom höchsten Turm der Festung von Damaskos überblickte, fürchtete diese Armee nicht, denn er wusste, dass bald ein Teil von ihr unter seinem Kommando stehen würde. Ptolemaios hatte vierzigtausend Mann mitgebracht, viel zu viele für seine derzeitigen Zwecke, aber genug, um ihm zehntausend zu leihen – mehr brauchte Seleukos nicht für seinen Plan, Babylon einzunehmen. Er wandte sich an den Kommandeur der makedonischen Garnison der Stadt. «Verhalten deine Jungs sich ruhig, Dreros?»

Dreros, ein alternder Veteran, der in seinen acht Jahren auf diesem bequemen Posten Speck angesetzt hatte, kratzte sich in seinem ergrauten Bart. «Die wenigen, die sich nicht friedlich verhalten wollten, haben wir weggesperrt. Die übrigen Jungs sind begeistert über die Aussicht, bald bei Ptolemaios im Sold zu stehen, denn es wird gemunkelt, dass er reichlich zahlt.»

«In der Tat, mein Freund. Ptolemaios legt Wert darauf, dass

seine Männer alles haben, was sie brauchen, um sich wohlzufühlen – das heißt, wenn sie nicht gerade für ihn kämpfen. Und anders als gewisse andere Leute zahlt er auch wirklich regelmäßig.»

«Das hatten wir lange nicht mehr. In den letzten paar Jahren haben wir kaum jemals eine Soldschatulle zu sehen bekommen. Inzwischen haben die Huren mehr Geld als unsere Jungs, und das macht sie wählerisch. So etwas habe ich noch nie erlebt – Prostituierte, die sich aufführen wie orientalische Königinnen.»

«Nun, Dreros, geh und öffne ihm die Stadttore, dann wird Ptolemaios deinen Problemen mit den Huren ein für alle Mal abhelfen. In wenigen Tagen werden sie sich mächtig dumm vorkommen, dass sie mit ihrer Gunst nicht freigiebiger waren, als die Jungs noch an Geldknappheit litten.»

Dreros grinste, dann lief er die steinerne Treppe hinunter zu seinen Männern, die unten im Hof warteten.

Seleukos ließ die Schultern kreisen, warf noch einen Blick auf die herannahende Armee und folgte Dreros dann nach unten.

Zehntausend Mann – in zwölf Tagen treffen wir mit der Transportflotte auf dem Euphrat zusammen, und dann geht es gen Süden nach Babylon. Bald ist meine Zeit gekommen.

Es war nicht schwierig gewesen, mit Ptolemaios um die Truppen zu verhandeln. Nachdem Seleukos sich in der Angelegenheit um Zypern für Ptolemaios eingesetzt hatte, war dieser ihm so dankbar, dass er seine Bitte bereitwillig gewährt hatte. Im Nachhinein bereute Seleukos sehr, nicht um mehr gebeten zu haben.

«Aber zehntausend werden reichlich genügen», sagte Ptolemaios, als sie später auf einer hohen, schattigen Terrasse mit Blick auf den Marktplatz saßen. Dort unten wimmelte es von

Soldaten, die in Kauflaune waren und so den einheimischen Händlern reichliche Einnahmen bescherten. «Wenn du gemeint hättest, du würdest mehr benötigen, dann hättest du danach fragen sollen, bevor ich mich auf den Weg machte. Den Rest der Männer brauche ich für die Belagerung von Tyros.»

«Du planst, Tyros zu belagern?»

«Selbstverständlich. Wenn ich Attalos von dort vertreibe, kann Antipatros mir wegen der Invasion im südlichen Syrien keine Vorwürfe mehr machen, denn ich kann dann mit Fug und Recht behaupten, dass es gar keine Invasion war – ich bin auf dem Weg nach Tyros nur zufällig durch dieses Gebiet gekommen. Und um meine Nachschublinien zu sichern, war ich gezwungen, in allen größeren Städten Garnisonen zurückzulassen.» Ptolemaios gab sich redlich Mühe, zerknirscht dreinzublicken. «Es tut mir ja sooo leid, dass ich dich nicht gefragt habe, Antipatros, aber du warst ja vollauf damit beschäftigt, den kleinen Eumenes zu bekämpfen, und da hielt ich es für das Beste, uns den grässlichen Attalos einfach möglichst rasch vom Hals zu schaffen. Und nein, ich werde meine Garnison nicht wieder aus Tyros abziehen, und nein, Kleitos darf mit seiner Flotte nicht in den Hafen einlaufen, und ja, von nun an werden sämtliche Steuern der Stadt von ägyptischen Beamten kassiert und nach Memphis gebracht.»

Seleukos verschluckte sich fast an seinem Wein, sodass ihm ein wenig davon aus der Nase lief. «Er wird dich hassen.»

«Das tut er ohnehin bereits, mein Freund, schon dafür, dass ich überhaupt hier bin. Also wird es nicht schaden, wenn er mich noch ein wenig mehr hasst. Ich muss sagen, Eurydike nimmt es bemerkenswert gut auf, dass ich ihrem Vater trotze. Sie hat mir nur einmal deswegen Vorwürfe gemacht, und die waren nicht allzu ernst gemeint. Ich glaube, ihre Schwangerschaft lenkt sie von meinen Schandtaten ab.»

«Meinen Glückwunsch», sagte Seleukos mit einer Herzlichkeit, die Ptolemaios überraschte.

«Danke. Ich werde mich weitaus sicherer fühlen, wenn ich erst einmal einen legitimen Erben habe. Und mehr noch, der Kleine wird Antipatros' Enkel sein. Somit hätte er auch einen Anspruch auf die Regentschaft von Makedonien, falls der alte Mann beschließen sollte, das Amt zu vererben, sodass der kleine Scheißer Kassandros sein Nachfolger wird. Nicht dass ich etwa daran dächte, ins Mutterland einzumarschieren, aber wenn ich es täte, hätte ich einen sehr guten Vorwand, und ich nehme an, unter solchen Umständen würde niemand einen Finger rühren, um dem pockennarbigen kleinen Feigling zu helfen. Der Scheißer hat nicht einmal seinen Keiler erlegt, aber er macht sich nichts daraus, bei Tisch zu sitzen.»

«Du scheinst davon auszugehen, dass Antipatros ihm die Regentschaft vererben würde und nicht vielleicht Nikanor.»

«Daran glaube ich nicht – Kassandros würde seinen Bruder umbringen, und Antipatros weiß das. Aber er könnte natürlich einen von uns benennen.»

«Oder die Entscheidung Polyperchon überlassen, der als sein Stellvertreter das Amt versieht, während er hier in Asien ist.»

Ptolemaios schüttelte den Kopf. «Nein, der ist einfach nur ein unbedeutender Pedant. Er könnte sich nicht genügend Respekt verschaffen, und Olympias würde ihn in Stücke reißen. Nun, wie dem auch sei, wir werden es wohl recht bald erfahren. Die Nachricht, dass ich dir zehntausend Mann geliehen habe, könnte ihm endlich den Rest geben. Und wenn nicht, dann wird es wohl die Kunde tun, dass du Babylon erobert hast – er war mit der bisherigen Regelung ganz zufrieden. Dokimos stellte absolut keine Bedrohung für ihn dar, da die Armee Babylons in den Armeen Makedoniens und Asiens unter seinem beziehungsweise Antigonos' Oberkommando aufgegangen ist. Nein, eine neue Macht im Süden wird ihm gar nicht gefallen. Das ist natürlich auch der Grund, weshalb er dir keine Truppen zur Verfügung gestellt hat. Ich wette, er bereut diesen dummen Fehler mittlerweile sehr. Man sollte einen talentierten Mann wie dich niemals einem so skrupellosen Mann wie mir in die Arme treiben. Welch ein törichter Fehler.»

«Aber ich denke, wir beide können dankbar sein, dass er ihn begangen hat. Ein Bündnis zwischen Babylon und Ägypten ist ein Ding von großer Kraft.»

«Und Schönheit, mein Freund. Kraft und Schönheit.» Ptolemaios hob seinen Becher darauf und leerte ihn in einem Zug. «Gemeinsam können wir unsere Unabhängigkeit von Makedonien erklären und neue Dynastien begründen.»

Seleukos musterte seinen Verbündeten ein paar Augenblicke lang, dann entschied er, dies sei der rechte Zeitpunkt, um zu sagen, was er zu sagen hatte. «Einmal angenommen, Ptolemaios, dass meine Unternehmung gelingt und Babylonien mir in die Hände fällt – ich selbst zweifle jedenfalls nicht daran. Dir ist doch gewiss klar, dass ich dann noch etwas benötige?»

«Zugang zum Meer?»

Seleukos vermochte seine Überraschung nicht zu verhehlen. «Ja. Woher wusstest du das?»

«Nun, liegt es nicht nahe? Zu deiner Sicherheit musst du sowohl den Tigris als auch den Euphrat in nördlicher Richtung bis nach Armenien kontrollieren, also wirst du Assyrien annektieren. Das ist ein riesiges Gebiet, und der dortige Handel ist ein Vermögen wert. Aber er wäre noch wertvoller, wenn du außerdem Anschluss ans Mittelmeer hättest und somit einen Zoll auf alle Waren erheben könntest, die ein- und ausgeschifft werden.»

«So sehe ich es auch.»

«Wenn du das willst, dann gib einfach acht, es dir mit mir nicht zu verderben. Wir werden Syrien unter uns aufteilen – Tyros gehört mir, Damaskos gehört mir, Berytos gehört mir; du beschränkst dich also auf die nördliche Küstenregion Syriens oben bei Issos, wo wir einst Dareios schlugen.»

«Aber dort gibt es keinen großen Hafen, nur den von Rhosos, und der genügt nicht für meine Zwecke. Und es gibt auch keine einigermaßen große Stadt.»

«Ach, Seleukos, wie soll aus dir je ein vernünftiger Herrscher werden, wenn du dir Sorgen um Dinge machst, die nicht sind? Wenn etwas nicht da ist, baust du es eben. Es gibt dort oben einen schiffbaren Fluss, den Orontes. Baue deinen Hafen an seiner Mündung und deine Stadt daneben.»

«Damit würde ich einen Konflikt mit Antigonos heraufbeschwören.»

«Wir werden ohnehin mit Antigonos in Konflikt geraten: ich, weil er mir Zypern wird abnehmen wollen, und du, weil er immer versuchen wird, sein Gebiet über die Südgrenze Anatoliens hinaus in deinen Teil von Syrien und Assyrien auszudehnen. Aber gemeinsam können wir ihn schlagen.»

Seleukos überdachte das, während er langsam seinen Wein trank. *Jetzt wird mir klar, warum Ptolemaios so hilfsbereit ist: Alles, was er jetzt für mich tut, werde ich vergelten müssen, indem ich mich mit ihm gegen Antigonos verbünde und gegen denjenigen, der nach Antipatros Regent wird. Er vollzieht eine Spaltung in Nord und Süd und macht damit die Aussicht auf ein geeintes Reich ein für alle Mal zunichte. Unser beider Herrschaftsgebiete im Süden werden Makedonien und das, was da gerade in Anatolien entsteht, aufwiegen. Wenn erst einmal eine gewisse Stabilität erreicht ist, kann ich den Blick nach Osten richten. Und dann sehen wir weiter.*

Er hob seinen Becher. «Auf unsere Freundschaft, Ptolemaios. Möge sie lange Bestand haben.»

Ptolemaios lächelte und hob ebenfalls seinen Becher. «Wir wollen doch nicht zu weit gehen, Seleukos. Auf unsere gegenseitige Unterstützung, und möge sie noch auf wenigstens eine nachfolgende Generation übergehen.»

Darauf tranken sie.

Nachdem Ptolemaios seinen Becher wieder abgestellt hatte, blickte er Seleukos nachdenklich an. «Allerdings halte ich es für unvermeidlich, dass irgendwann in späteren Generationen unsere Nachfahren nicht mehr so gut miteinander auskommen werden wie wir beide.»

Zwölf Tage später sah Seleukos zu, wie seine siebentausend Mann Infanterie an Bord der Transportschiffe gingen, die sie den Euphrat hinuntertragen sollten. Dabei sinnierte er über die Weisheit des Trinkspruches und Ptolemaios' anschließende Bemerkung. Ihm war klar geworden, dass Ptolemaios aufgrund von Eurydikes Schwangerschaft nunmehr in den Dimensionen einer Dynastie dachte – ja, er hatte das Wort sogar selbst gebraucht. Entsprechend sah er seine Position in einem anderen Licht. Seleukos selbst hatte bislang nur daran gedacht, die Macht in Babylon zu erlangen und davon ausgehend sein Herrschaftsgebiet nach Osten und Westen zu erweitern. Sein Ehrgeiz hatte sich ganz auf räumliche Ausdehnung beschränkt, ohne einen Gedanken an die zeitliche Dauer, abgesehen davon, dass er sich natürlich ein langes Leben wünschte. Ptolemaios hingegen hatte die volle Tragweite der Machtergreifung erfasst: die Begründung einer Dynastie. Das machte Seleukos bewusst, dass er daran denken sollte, Apame erneut zu schwängern, denn er hatte bislang nur einen Sohn, Antiochos, und eine Tochter. Söhne und Töchter – insbesondere Töchter – konnten eine überaus nützliche diplomatische Währung sein; wenn eine Dynastie überleben sollte, musste ihre Saat weit verbreitet werden.

In ihm reifte die ernüchternde Erkenntnis, dass seine Unternehmung nicht einfach ein Griff nach der Macht durch einen Einzelnen für die Dauer seines Lebens war – vielmehr handelte es sich um den Beginn einer Entwicklung, durch die seine Nachfahren in die Geschichtsbücher eingehen würden. Diese Überlegungen gingen Seleukos durch den Kopf, als er am nächsten Morgen der Flotte den Befehl zum Ablegen erteilte. Dabei war ihm bewusst, dass er Ptolemaios ewig dankbar sein würde, was immer auch geschehen mochte. Auch wenn ihre Nachfahren vielleicht irgendwann einmal gegeneinander kämpfen würden, Seleukos selbst würde jedenfalls nie vergessen, dass er seinen Anteil von Alexanders Reich Ptolemaios' Hilfe zu verdanken hatte.

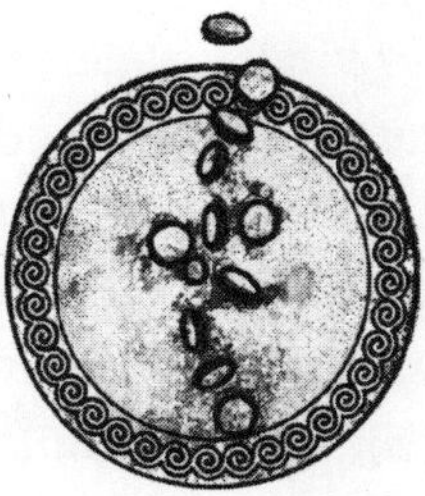

PTOLEMAIOS
DER BASTARD

Selbstverständlich war es das Richtige», sagte Ptolemaios. Er stand an der Steuerbord-Reling der Pentere, die langsam durch die Blockadeflotte vor Tyros glitt.

Thais war sichtlich nicht überzeugt. «Aber wenn du Seleukos Zugang zum Meer gewährst, wird er augenblicklich zu deinem Rivalen.»

«Das mag sein, doch zugleich dient er mir als Puffer.» Ptolemaios schwieg kurz und bewunderte die vierzig Kriegsschiffe, die in Schwadronen zu je acht auf der anderen Seite der weiten Hafenmündung patrouillierten. Die Einfahrt war durch eine Kette mit riesenhaften Gliedern versperrt. Sie waren weit genug von der Küste entfernt, dass die See klar und blau war, nicht trüb und graugrün wie das Wasser im Hafen. Es war so windstill, dass sich auf der glatten Oberfläche die hoch aufragenden Mauern der Stadt spiegelten, für deren Unterwerfung Alexander zwei Jahre gebraucht hatte. Die Flotte vor Tyros bot einen eindrucksvollen Anblick. Seit nunmehr einem halben Mond hielt sie Attalos' Kriegsschiffe im Hafen fest und verhinderte zugleich, dass Nahrungsmittel in die Stadt gebracht wurden – den Nachschub auf dem Landweg hatten Ptolemaios'

Belagerungstruppen ebenfalls abgeschnitten. Dass Attalos sich noch in der belagerten Stadt befand, war allerdings seine eigene Entscheidung gewesen: Als Ptolemaios am Vortag eingetroffen war, hatte er ihm mitsamt seiner Flotte freies Geleit nach Norden zugesichert unter der Voraussetzung, dass Attalos seine Armee und den gesamten Inhalt der Schatzkammer zurückließ. Der hatte das Angebot abgelehnt, was Ptolemaios weder überrascht noch beunruhigt hatte.

Ptolemaios richtete seine Gedanken wieder auf Seleukos und seine langfristige Strategie. «Denk doch einmal, meine Liebe: Wenn Seleukos das gesamte Gebiet von Babylon den Tigris und Euphrat hinauf und nach Westen bis zur nördlichen syrischen Küste beherrscht, habe ich nur einen einzigen Nachbarn, um den ich mir Gedanken machen muss. Er hat dann die Probleme mit Antigonos im Norden und mit wer weiß wem, der sich ein Stückchen vom Reich östlich von ihm zu eigen macht. Wenn einer von denen es mit mir aufnehmen will, so muss er zuerst durch Seleukos' Territorium. Meine Seegrenze ist durch Zypern geschützt, die Landgrenze durch Seleukos – man könnte sagen, die beiden schirmen mich ab. Natürlich war ihm nicht klar, was ich da eingefädelt habe, und mir scheint, er ist mir rührend dankbar. Dabei müsste eigentlich ich ihm für all die Schlachten danken, die er künftig für mich schlagen wird, während ich behaglich in deinen Armen liege und zuschaue.»

Thais blickte lächelnd zu Ptolemaios auf und schob ihren Arm in seinen. «Und ich stehe unter deinem Schutz – damit bin ich wohl der bestgeschützte Mensch auf Erden.» Sie schmiegte ihre Wange an seine Schulter.

Ein wohliges Gefühl stieg in Ptolemaios auf. Er legte den Arm um die Frau, deren Liebe ihm mehr bedeutete als die jeder anderen. *Mir scheint, das Leben ist allzu gut zu mir*. Er klemmte den Daumen zwischen die Finger, um Unglück abzuwehren. *So etwas sollte man nicht denken – oft geht genau dann alles schief.*

Und so kam es: So schnell, dass es selbst den erfahrensten Trierarchos in Ptolemaios' Flotte überraschte, löste sich die gewaltige Kette vor der Hafenmündung mit einer Folge scharfer metallischer Laute und fiel platschend in das schmutzige Hafenwasser. Kaum war sie tief genug gesunken, da erschien auch schon die erste Triere. Der Zeitpunkt war präzise abgepasst – das Schiff hatte bereits Angriffsgeschwindigkeit, die schrillen Pfeifentöne des Taktgebers lösten die Geräusche der geborstenen Kette ab. Kurz darauf folgten zwei weitere Schiffe, dann glitten die nächsten vier durch die Hafenmündung hinaus, danach wieder vier und immer mehr.

Völlig überrumpelt, bildete Ptolemaios' Flotte in aller Hast eine Gefechtslinie aus den Schiffen, die bisher in Schwadronen zu je acht Patrouille gefahren waren. Attalos' Blitzangriff, nunmehr auf Rammgeschwindigkeit beschleunigend, erfolgte in Form einer Speerspitze mit langem Schaft, denn immer wieder schnellten vier Trieren nebeneinander aus dem sich leerenden Hafen. Von jeder stiegen Brandpfeile auf, die in der Luft flammende Bögen beschrieben und Spuren aus Rauch hinter sich herzogen.

Ptolemaios schloss die Augen. Er konnte nicht mit ansehen, wie der Gegner seine Flotte erreichte, ehe sie sich richtig formiert hatte. Chaos brach aus, die Schiffe kamen sich gegenseitig in die Quere, stießen sich an, und Ruder verfingen sich ineinander. Doch beim hohlen Krachen und Kreischen eines hölzernen Schiffsrumpfes, der von Metall aufgerissen wurde, konnte er nicht mehr anders, als die Augen wieder zu öffnen. Das erste der angreifenden Schiffe rammte die Breitseite einer anderthalbmal so großen Pentere. Die Ruder wurden abgeknickt wie trockene Zweige, und der kupferverstärkte Bugsporn stieß so begierig und mühelos in den Rumpf hinein wie ein weitgereister Seemann in eine Hafenhure.

Die Schreie der verzweifelten Besatzung übertönten noch den Lärm des berstenden Holzes, als die entgegengesetzte Bewegung der beiden Schiffe die Wunde weiter aufriss. Meerwasser strömte in den Rumpf, ein gewaltiger Schwall wie ein Wasserfall im Gebirge zur Zeit der Schneeschmelze. Nun schlugen auch die Brandpfeile ein wie Flammenregen aus einem wütenden Vulkan. Im Stakkato bohrten sie sich in die Decks der vordersten Schwadron, während andere zischend und dampfend im Meer verschwanden. Dicht und in rascher Folge gingen die Pfeile nieder, denn Attalos verließ Tyros nicht nur mit seiner Flotte, sondern mit seiner gesamten Armee. Auf den Decks der Schiffe weiter hinten in der Formation wimmelte es von Männern, nun allesamt mit Bogen bewaffnet. Zwischen ihnen verteilt standen Feuerschalen, an denen sie ihre Pfeile entzündeten, um sie dann eilends zu lösen, denn ihnen war klar: Um ihre Flucht zu sichern, mussten sie mit aller Macht kämpfen.

Und das taten sie. Schon rammten die nächsten beiden Schiffe donnernd zwei weitere gegnerische Trieren, deren Decks bereits lichterloh in Flammen standen. Zwischen ihnen hatte das erste gerammte Schiff bereits Schlagseite, und der Angreifer ruderte von der grausigen Wunde zurück, die sein Bugsporn geschlagen hatte. Ruderer schlüpften durch Ruderluken hinaus, denn sie wollten ihr Glück lieber auf dem offenen Meer versuchen, als in ihrem zerstörten Schiff unterzugehen. Matrosen und Seesoldaten sprangen über Bord und kämpften mit ihren Kameraden um jedes Stück Treibholz, das einen Mann über Wasser halten konnte. Andere umklammerten sich gegenseitig, sodass der verzweifelte Versuch, sich zu retten, beiden gleichermaßen zum Verhängnis wurde und sie zusammen im brodelnden Wasser versanken.

Voller Ehrfurcht und Respekt beobachtete Ptolemaios den Ausbruch. Die Reihen aus je vier Schiffen im Gefolge der Speerspitze aus angreifenden Trieren teilten sich auf, zwei zu jeder Seite, und schnellten durch die Formation von Ptolemaios' Flotte, die nun zurückwich, um dem brennenden Pfeilhagel zu entgehen. Keines der überlebenden fünf Schiffe aus der ersten Schwadron war noch unbeschadet von den Flammen, und die Mannschaften rannten mit Eimern umher, um die Brände zu löschen, ehe das Feuer sich durch die knochentrockenen, mit Pech und Rosshaar kalfaterten Deckplanken fraß. Die Männer waren so mit den Löscharbeiten beschäftigt, dass keiner einen Versuch unternahm, die gegnerische Flotte auf ihrer Flucht gen Norden aufzuhalten. Im Gegenteil – Ptolemaios' übrige vier Schwadronen wichen ihr aus, denn dem dichten und anhaltenden Hagel der Brandpfeile vermochte niemand zu trotzen.

Und so musste Ptolemaios mit ansehen, wie sein Gegner mit seiner gesamten Armee entkam.

«Sollen wir die Verfolgung aufnehmen, Herr?», rief der Trierarchos laut in den Schlachtenlärm hinein.

Ptolemaios hörte ihn zuerst nicht. Erst als der Schiffsführer die Frage wiederholte, antwortete er: «Nein, lasst sie ziehen.» Seine Stimme verriet seine Erschöpfung, und er schaute mit wehmütigem Lächeln auf Thais hinunter. «Man muss an jeder Situation immer das Gute sehen, meine Liebe. Ich hatte Attalos angeboten, ihn nur mit seiner Flotte nach Norden ziehen zu lassen, damit er sich mit Alketas zusammenschließen könnte, falls er das wünschen sollte. Ich dachte mir, die beiden zusammen würden Antipatros mehr Scherereien machen und ihn beschäftigt halten, und ich hätte Tyros, ein paar tausend zusätzliche Soldaten und einen beträchtlichen Geldbetrag gewonnen. Nun ist Attalos fort und hat die Männer und die

Münzen, auf die ich gehofft hatte, mitgenommen, doch das hat auch sein Gutes: Auf diese Weise wird er für Antipatros ein noch größeres Ärgernis werden, und der wird viel zu beschäftigt sein, um sich mit mir um Tyros zu streiten. Und wie du siehst» – er deutete auf die leere Hafenmündung, die vom Rauch der brennenden Schiffe verschleiert war – «habe ich die Stadt trotz allem gewonnen. Lass uns hingehen und schauen, was Attalos mir hinterlassen hat.»

«Dort drin ist nichts, Herr», sagte der Hüter der Schatzkammer mit einer Verbeugung. Er rang die Hände und wagte nicht, Ptolemaios anzuschauen. «Er hat mich gezwungen, den gesamten Inhalt in der Nacht auf seine Schiffe verladen zu lassen.» Er wies auf die offene Tür des Gewölbes tief im Herzen der Festung.

Ptolemaios drängte sich an dem Mann vorbei, dessen Unterwürfigkeit ihn verärgerte. Er betrat die Kammer. Sie maß zwanzig Schritt im Quadrat und wurde von einem Dutzend brennender Fackeln erhellt, deren Rauch die Decke schwärzte. Ptolemaios blieb stehen und schaute sich um, sah die leeren Regale – und dann brach er auf einmal in schallendes Gelächter aus.

«Was ist?», fragte Thais und lief zu ihm.

Noch immer lachend, zeigte Ptolemaios auf den Boden. «Wie großzügig!» Dort, genau in der Mitte des Raumes, lag eine einzelne Goldmünze. «Nun kann Attalos mit Recht behaupten, dass er nicht den gesamten Inhalt der Schatzkammer mitgenommen, sondern ihn mit mir geteilt hat.» Er bückte sich, hob die Münze auf und zeigte sie Thais. «Es ist eine der Münzen mit Alexanders Gesicht darauf, die ich vor ein paar Jahren prägen ließ.»

Thais nahm das Geldstück in die Hand. «Das erste Mal, dass

ein Mensch auf einer Münze abgebildet wurde – es erweckte den Eindruck, du seist sein rechtmäßiger Erbe. Ein meisterhafter Streich.»

«Das fand ich auch. Wenn ich sie jetzt anschaue, frage ich mich, ob ich nicht noch einen Schritt weitergehen sollte.»

Thais runzelte die Stirn, dann verstand sie und nickte bedächtig. «Natürlich, wenn du deinen eigenen Kopf auf eine Münze prägen ließest, würdest du damit aller Welt kundtun, dass du der Herrscher von Ägypten bist.»

«In der Tat.» Er dachte ein wenig nach. «Die Frage ist: Würde es als derartige Provokation erscheinen, dass Antipatros womöglich seine Aufmerksamkeit von Eumenes, Attalos und Alketas auf mich richten würde, oder wäre es einfach ein klares Signal, dass Ägypten und ich nunmehr unabhängig sind?»

«Ich glaube, mein Liebster, es wäre besser, den Gedanken vorerst nicht weiterzuverfolgen. Soll Antipatros sich doch in Ruhe mit seinen Problemen im Norden beschäftigen und dann nach Makedonien zurückkehren, um dort zu sterben.»

«Ja, du hast recht. Mir bleibt immer noch reichlich Zeit, Münzen zu prägen, wenn der alte Mann nicht mehr ist und ich daran denken kann, den Titel des Pharao anzunehmen. Außerdem bleibt abzuwarten, was sein nächster Schritt sein wird, nun, da er mit Sicherheit bereits die Schrift *Alexanders letzte Tage und sein Testament* gelesen hat.»

ANTIPATROS
DER REGENT

Es soll den *Hoftagebüchern* hinzugefügt werden, die ich zu veröffentlichen beabsichtige, wenn sie gesammelt und geordnet sind», sagte Antipatros und übergab Kassandros eine Schriftrolle. «Auf diese Weise wird die Geschichte von Alexanders Eroberungszügen durch einen Augenzeugenbericht von seinem Tod vervollständigt.»

Kassandros las das Dokument und formte dabei mit den Lippen die Worte. «Mir ist nicht klar, was das nutzen soll.»

Antipatros unterdrückte einen ungeduldigen Seufzer. Er nahm die Schriftrolle und zeigte auf die entscheidenden Zeilen. «Hier steht, dass Alexander nicht einen plötzlichen, stechenden Schmerz verspürte, sondern vielmehr von einem sich langsam steigernden Fieber befallen wurde und schließlich das Bewusstsein verlor, ehe er starb.»

Kassandros kratzte sich am Hinterkopf. «Wieso spricht das gegen eine Vergiftung?»

«Weil es eben nicht plötzlich geschah.»

«Aber gestorben ist er dennoch, und dank der Lügen in *Alexanders letzte Tage und sein Testament* werden die Leute uns auch weiterhin die Schuld daran geben.»

Antipatros starrte seinen Sohn an. «Sind es denn Lügen, Kassandros? Ich weiß es nicht. Ich weiß, dass ich dir nicht aufgetragen habe, ihn zu vergiften, doch das heißt nicht, dass du es nicht getan hast.»

Kassandros wandte den Blick ab. «Selbstverständlich habe ich es nicht getan.»

Er kann mir nicht in die Augen sehen, wenn er mich anlügt. Dennoch sollte ich nicht weiter in ihn dringen. Was hätte ich davon, wenn ich ihn dazu brächte, es zuzugeben?

«Um das definitiv klarzustellen, sollten wir vielleicht noch anmerken, dass Alexander schon vor deiner Ankunft erkrankt war. Dann kann niemand mehr behaupten, du seist dafür verantwortlich. Ich werde dem Schreiber auftragen, es entsprechend zu ändern. Dann werden wir das Ganze veröffentlichen und für eine möglichst weite Verbreitung sorgen, um diese abscheulichen Gerüchte ein für alle Mal aus der Welt zu schaffen.» Antipatros wartete auf eine Reaktion seines Sohnes, doch er wurde enttäuscht.

Er schert sich nicht darum, was die Leute denken. Nun, mir scheint, das ist eher eine Stärke denn eine Schwäche.

Er rollte das Dokument wieder zusammen und legte es zwischen ihnen beiden auf den Tisch. Dann kam er auf den eigentlichen Grund zu sprechen, weshalb Kassandros ihn in seinem Lager bei Sardis aufsuchte, ehe er, Antipatros, die Heimreise nach Makedonien antrat. «Wie geht der Krieg gegen Eumenes voran, und wie schlägt Antigonos sich?»

«Es gibt eine schlechte und eine schlechte Nachricht, Vater.»

Antipatros seufzte tief. Warum gab es nur immerfort schlechte Nachrichten? «Die weniger schlechte zuerst.»

«Eumenes zieht in hohem Tempo durch die Berge des phrygischen Kernlandes, und nachdem er zum Geächteten erklärt wurde, benimmt er sich entsprechend: Er plündert Ortschaften, verkauft die Bewohner in die Sklaverei –»

«Was? Das ist ja ungeheuerlich. So etwas darf man nur auf feindlichem Gebiet tun, nicht hier innerhalb des Reiches.»

Nun war es an Kassandros, einen Seufzer zu unterdrücken. «Verstehst du denn nicht, Vater? Weil er zum Geächteten erklärt wurde, ist für ihn nun überall feindliches Gebiet. Er braucht auf nichts und niemanden mehr Rücksicht zu nehmen. Ihm geht es nur noch darum, seine Armee zusammenzuhalten, und wenn er seine Männer bezahlen muss, nimmt er sich eben, was er braucht, wann immer er es braucht. Er hat keinen Zugang zu den Schatzkammern wie du und Antigonos, also was erwartest du?»

«Ich erwarte, dass er gefasst und hingerichtet wird. Bei den Göttern, wir haben ein Kopfgeld von hundert Talenten auf ihn ausgesetzt und diese Tatsache allgemein bekannt gemacht. Weshalb hat noch keiner seiner Männer ihn verraten?»

«Weil er ein listiger kleiner Grieche ist. Als ihm zu Ohren kam, dass seine Soldaten deine Flugblätter gelesen hatten, berief er eine Heeresversammlung ein und teilte den Männern mit, er selbst habe diese Schriften in Umlauf gebracht, um sie auf die Probe zu stellen. Er verkündete, sie hätten die Probe glänzend bestanden, und dankte ihnen für ihre Treue.»

«Dieser gerissene kleine Hurensohn. Und sie haben ihm geglaubt?»

«Ja. Er sagte, du und Antigonos könntet das Kopfgeld unmöglich ausgesetzt haben, dazu wäret ihr viel zu klug – euch wäre klar, wenn ein Feldherr ein Kopfgeld auf einen anderen aussetzte, würde er damit eine Waffe schmieden, die auch gegen ihn selbst gerichtet werden könnte.»

Antipatros hob verzweifelt beide Hände. «Diese leichtgläubigen Toren.»

«Diese leichtgläubigen Toren haben unverzüglich dafür votiert, ihm eintausend Mann als zusätzliche Leibgarde zu geben für den Fall, dass jemand die *Probe* ernst nehmen sollte.»

«Das ist wohl der Grund, weshalb der Verbanntenjäger ihn noch nicht zur Strecke gebracht hat: Er wird zu gut bewacht. Haben wir denn Nachricht von ihm?»

«Archias wurde nicht mehr gesehen, seit er nach eurem letzten Gespräch Sardis verließ. Ein Gerücht ist in Umlauf, er und seine Männer seien gefangen genommen und verschleppt worden, aber von wem und wohin, ist nicht bekannt. Fest steht nur, dass er nicht mehr hinter Eumenes her ist.»

Antipatros trommelte mit den Fingern auf den Tisch. «Götter des Himmels und der Unterwelt, ich will, dass Eumenes stirbt.»

«Ja, erst recht, da er jüngst Kelainai besetzt hat.»

«Die Hauptstadt Phrygiens!»

«Ja, Antigonos hat sie ungeschützt zurückgelassen.»

«Was treibt Antigonos denn nur? Warum macht er nicht Jagd auf Eumenes?»

«Das ist es ja gerade, Vater. Um deine zweite Frage zu beantworten: Antigonos macht Jagd auf Eumenes, aber er stellt sich dabei äußerst ungeschickt an, und ich denke, er tut das absichtlich. Er ist einer der erfahrensten Generäle der Armee, und dennoch begeht er den elementaren Fehler, seine Hauptstadt so angreifbar zurückzulassen, dass der Gegner einfach hineinmarschieren kann.» Kassandros zog mit ungläubiger Miene die Schultern hoch. «Natürlich gab er sich ganz überrascht, als er hörte, dass Eumenes in die Stadt spaziert war – aber nehmen wir ihm das ab? Nein. Er wusste genau, was er da tat.»

Antipatros runzelte die Stirn. «Weshalb tat er es dann?»

«Um dich als dumm und unfähig dastehen zu lassen.»

«Aber es war doch seine Hauptstadt, die besetzt wurde.» *Moment mal – ah, ich verstehe.* Antipatros fasste sich stöhnend an den Kopf. «Natürlich, der gerissene alte Hund. Er inszeniert seine Jagd auf Eumenes. Er verfolgt ihn durch das ganze Land, bekommt ihn jedoch nie wirklich zu fassen – zweifellos absichtlich. Zum Schein setzt er alle Kräfte für diese Jagd ein und kann nicht einmal Truppen entbehren, um seine eigene Hauptstadt zu sichern, so sehr brennt er darauf, Eumenes das Handwerk zu legen, der raubend und plündernd durchs Land zieht – und was tue ich indessen? Ich sitze immer noch hier in Sardis und bereite meine Heimkehr vor. Für das gemeine Volk muss es erscheinen, als täte ich nichts, dabei bemühe ich mich doch in Wahrheit, das Reich zusammenzuhalten und dafür zu sorgen, dass die Dinge einigermaßen laufen.»

Kassandros nickte. «Wohingegen Antigonos als derjenige erscheint, der umherhetzt und wenigstens versucht, etwas gegen den Griechen zu unternehmen. Und unterdessen verheert Eumenes das Land und fügt der Bevölkerung unsägliches Leid zu.»

«Und diese Leute sehen in mir nichts als einen Zuschauer ihres Leids, wo ich als Regent doch etwas dagegen unternehmen müsste.»

«Ganz genau, Vater. In der Zwischenzeit hat dieser Schwachkopf Asandros in seinem Versuch, Alketas aus Pisidien zu entfernen, völlig versagt, und Attalos ist angeblich mit seiner Flotte auf dem Weg nach Rhodos, wo er eine hervorragende Basis hätte. Da fragen sich die Leute natürlich, was wäre, wenn Eumenes die beiden dazu bringen könnte, sich mit ihm zu verbünden. Und das ist noch nicht das Schlimmste.»

Oh nein, nicht noch mehr schlechte Nachrichten. «Sprich weiter.»

«Mehr als zehntausend Mann aus Antigonos' Streitmacht

sind von der Fahne gegangen. Möglicherweise haben sie sich einfach ein Beispiel an Eumenes genommen und entschieden, dass Raubzüge in Zeiten wie diesen ein einträgliches Geschäft sind.»

«Aber?»

«Aber ihr Befehlshaber, Holkias, stand unter Verdacht, mit den Perdikkanern zu sympathisieren.»

«Was unternimmt Antigonos deswegen?»

Kassandros zuckte die Achseln. «Er hat Leonidas, einen seiner Offiziere, entsandt. Er soll sich ihnen anschließen und tun, als sei er ebenfalls unzufrieden. Der Plan ist, dass er sich das Vertrauen der Abtrünnigen erschleicht und sie dann verrät. Einstweilen steht Antigonos mit seiner Armee zwischen diesen Leuten in Kappadokien und Eumenes in Phrygien, damit die Männer nicht zu ihm überlaufen können.»

«Nun, wenigstens etwas macht er richtig.»

«Ja, aber durch Fahnenflucht in diesem Ausmaß wurde der Eindruck verstärkt, dass Eumenes im Aufstieg begriffen ist und unsere Seite in ernsthaften Schwierigkeiten steckt. Die Leute beginnen, sich zu fragen, ob sie auf das richtige Gespann gesetzt haben.»

Antipatros musste sich eingestehen, dass sein Sohn recht hatte. Er rümpfte die Nase – wider alle Vernunft konnte er Kassandros noch weniger leiden, da dieser ihn auf seinen Fehler hingewiesen hatte.

«Dann sollte ich wohl meine Pläne verwerfen. Statt heimzukehren und den Krieg dem geharzten Kyklopen zu überlassen, werde ich meine Armee gen Norden führen, um mich des kleinen Griechen selbst anzunehmen und dieser bedrohlichen Entwicklung ein Ende zu machen. Wenn ich mich mit Nikanor koordinieren kann, der ihm von Kappadokien aus in den Rücken fällt, könnte es gelingen. Wer weiß, gemeinsam könnten wir vielleicht sogar Antigonos so blamieren, dass er sich künftig mehr anstrengt.»

«Du kannst es versuchen, aber ehrlich gesagt, ich traue ihm nicht.»

«Ich traue niemandem, doch das hält mich nicht von dem Versuch ab, andere unter meinen Willen zu beugen.»

«Mir scheint, Antigonos verfolgt mittlerweile eigene Pläne, in denen kein Platz für dich ist.»

Ich bin zu alt, um meine müden Knochen noch auf einen Feldzug zu schleppen, aber mir scheint, ich habe keine Wahl. Schließlich will ich weiterhin geachtet werden und aus einer starken Position heraus meinen Nachfolger bestimmen.

Antipatros erhob sich, entschlossen und bereit zu handeln. «Nun, damit werden wir uns befassen, nachdem ich Eumenes zur Strecke gebracht habe. Du geh zurück zu Antigonos und halte mich über alles auf dem Laufenden, was nach übermäßigem Ehrgeiz riecht. Ich nehme Iolaos mit, damit er ein wenig Erfahrung sammelt. Gemeinsam werden wir Kelainai zurückerobern.»

«Er ist nicht mehr dort, Vater», berichtete Iolaos. Soeben kehrte er mit einem berittenen Kundschaftertrupp aus Kelainai zu Antipatros zurück, der mit seiner Kolonne langsamer vorankam. «Laut den Stadtältesten ist er vor zwei Tagen mit seiner gesamten Armee abgezogen.»

Antipatros, steif vom vielen Reiten, verlagerte sein Gewicht und schaute sich in dem von zerklüfteten Bergen begrenzten Tal um. «Vor zwei Tagen? In welche Richtung ist er denn aufgebrochen?»

«Das ist es ja gerade, Vater: Er ist in alle Richtungen gegangen.»

«In alle?»

«Ja, er hat seine Armee in vier oder fünf Truppen aufgeteilt – die Berichte weichen voneinander ab – und ist in die Berge gezogen.»

«Er versteckt sich?»

Iolaos zuckte die Achseln.

Antipatros warf noch einmal einen Blick zu den Bergen seitlich des Tals. «Wir sollten Kundschafter ausschicken, um unsere Flanken zu sichern, Iolaos. Eben hatte ich das Gefühl, beobachtet zu werden. Nimm, was du an leichten Reitern brauchst. Ich will, dass du jegliche Hinterhalte entdeckst.»

Doch die Blicke aus dem Hinterhalt galten nicht Antipatros selbst, wie er weniger als eine Stunde später erkannte: Vom hinteren Ende der Kolonne, fünfzehn Stadien entfernt, ertönten Schreie. Als Antipatros sich umschaute, sah er, dass von den Gepäckfuhrwerken Rauch aufstieg; darum herum wimmelte es von asiatischen Reitern. «Mir nach!», rief er dem Kommandeur seiner Leibwache zu, während er sein Pferd wendete und es antrieb.

Mit hundert Mann Hetairenreiterei im Gefolge ritt er eilends an Reihen um Reihen Infanterie vorbei. Viele der Soldaten schauten sich ängstlich um, da das Geschrei und der Kampflärm vom Gepäcktross lauter wurden. Zu beiden Seiten des Tals sah Antipatros leichte Kavallerie schnell die Hänge herunterkommen, während andere, mit Beute beladen, wieder hinaufritten. Eine berittene Einheit thrakischer Söldner, welche die Nachhut bildete, wurde von feindlicher schwerer Reiterei daran gehindert, dem Gepäcktross zu Hilfe zu kommen. Die Reitkünste dieser Männer übertrafen alles, was Antipatros bislang in Asien gesehen hatte.

Das müssen Eumenes' Kappadokier sein, von denen ich so viel gehört habe. Wenn es uns gelingt, ihnen in den Rücken zu fallen, könnte dies unsere Chance sein, ihnen den Garaus zu machen.

Vor seinen Augen nahmen nun berittene Bogenschützen die thrakische Kavallerie von der Flanke unter Beschuss. Nicht wenige fielen den Pfeilen zum Opfer.

Antipatros trieb sein Pferd an und warf einen Blick hinter sich. Seine schildlosen, lanzenbewehrten Hetairenreiter hielten ihre schlanken Waffen zum Angriff bereit und hatten sich zu einem Keil formiert, dessen Spitze er war. *Ich sollte das nicht tun – in meinem Alter noch in vorderster Front kämpfen.*

Doch Antipatros hatte keine Wahl. Sich so kurz vor dem Zusammentreffen in die hinteren Reihen zurückzuziehen, hätte nur Schande über ihn gebracht, seinem Ruf als kämpfender Feldherr zum Trotz. «Auf sie, Jungs!», schrie er und verlangte seinem Ross das Äußerste ab. Da er selbst keine Lanze hatte, zog er sein Schwert. Sein Mantel flatterte im Wind, und die Hufschläge der zahlreichen Pferde donnerten ihm in den Ohren.

Doch der Befehlshaber der Kappadokier war kein Dummkopf, der nur sah, was vor ihm war. Als Antipatros' Männer sich den hintersten Reihen der Gegner bis auf hundert Schritt genähert hatten, ertönte aus deren Reihen ein Hornsignal, und sie wendeten wie ein Mann ihre Pferde, um der neuen Bedrohung zu begegnen. Ihre bisherigen Gegner zogen sich zurück, da die berittenen Bogenschützen an ihrer Flanke ihnen immer schwerere Verluste beibrachten.

Es lag Ewigkeiten zurück, dass Antipatros zuletzt an einem Kavallerieangriff teilgenommen hatte. Nun durchströmte ihn die Begeisterung, und er fühlte sich wieder jung. Seine Schenkel umspannten die Flanken des galoppierenden Rosses fester; unwillkürlich stieß er einen lauten Schrei aus, innerlich lachend. Er fühlte, wie die angestaute Spannung von seinen Bemühungen, nach Perdikkas' Tod das Reich zusammenzuhalten, von ihm abfiel.

Doch der gegnerische Befehlshaber war geschickt und erfahren in der Kriegsführung zu Pferde: Statt Dutzende Rosse direkt aufeinanderprallen zu lassen, wählte er einen raffinierteren Ansatz. Mit Entsetzen erkannte Antipatros unter den Hosen tragenden Kappadokiern einen Mann in griechischem Chiton, mit nackten Beinen und Kavalleriestiefeln. *Eumenes selbst! Das ist viel zu gut, um wahr zu sein.*

Als sie noch zwanzig Schritt voneinander entfernt waren, ertönte wieder das kappadokische Horn. Die Truppe teilte sich in der Mitte, die Reiter schwenkten schräg zu beiden Seiten und ritten an den Flanken der Keilformation entlang, knapp außerhalb der Reichweite der Lanzen, die daraus hervorragten. Dabei warf jeder einen Speer, und viele fanden ihr Ziel. Sie rissen Reiter von ihren Pferden, schlugen in Brust oder Hinterteil der Rosse ein oder durchbohrten ihren Schädel. Die kappadokischen Reiter waren so geschickt, so ganz und gar eins mit ihren Tieren, dass nicht einer von ihnen dabei zu Fall kam. Als der letzte von ihnen an der hintersten Reihe der Gegner vorbei war, blieb eine Spur aus toten und verwundeten Männern und Tieren zurück.

So ausmanövriert zu werden, war für Antipatros wie ein Schlag ins Gesicht. Erschüttert hielt er sein Pferd an und schaute sich nach den Kappadokiern um, die den Hang hinauf davonritten, von ihrer leichten Kavallerie im Rückzug gedeckt. Viele dieser Reiter hatten Säcke mit Beute aus dem Gepäcktross hinter sich auf ihren Pferden. Der Wind trug den Qualm von den brennenden Fuhrwerken heran, und die Schreie von Frauen zerrissen die Luft, da die Zivilisten aus dem Gefolge der Armee ihre Toten oder den Verlust der geraubten Besitztümer beklagten. Auf der anderen Seite der Kolonne zog sich ebenfalls feindliche Kavallerie hangaufwärts in den Schutz der Berge zurück.

Die Kolonne hinter dem Gepäcktross war zum Stillstand gekommen, da das Chaos ihr den Weg versperrte. Der Rest jedoch war weitermarschiert, sodass die Armee in zwei ungleiche Teile aufgespalten war.

Antipatros schlug sich mit der Faust auf den Oberschenkel und bereute es im selben Moment. *Ein Grieche mit einer Horde Barbaren im Gefolge lässt mich wie ein Schwachkopf dastehen.*

«Räumt die zerstörten Fuhrwerke aus dem Weg!», rief er dem Befehlshaber des Gepäcktrosses entgegen, der auf ihn zugerannt kam, um Bericht zu erstatten. «Und setzt euch so schnell wie möglich wieder in Bewegung, Andros. Ich werde die Kolonne bremsen, damit ihr aufholen könnt, aber ich will nicht, dass sie ganz zum Stillstand kommt – nicht nach dem, was hier geschehen ist.»

«Jawohl, Herr», erwiderte Andros und machte kehrt.

Antipatros warf einen Blick auf die toten und sterbenden Makedonen und erkannte endlich das Ausmaß des Problems, mit dem er es zu tun hatte.

Mit solcher Kavallerie und seiner Taktik des Blitzüberfalls kann Eumenes beliebig lange durchhalten. Er kann seine Späße mit uns treiben, uns zermürben, unsere Moral untergraben und ist uns immer einen Schritt voraus. Vielleicht habe ich zu hart über Antigonos geurteilt. Eumenes ist ein schwierigerer Gegner, als ich bisher annahm. Ich muss ihn dazu bringen, sich mir zu einer offenen Feldschlacht zu stellen. Das Problem ist nur: Weshalb sollte er das tun?

Doch seine Überlegungen wurden durch einen berittenen Boten unterbrochen, der sein Ross in einer Staubwolke zum Stehen brachte. «Herr! Herr!»

«Was gibt es?»

«Die Vorhut wird angegriffen!»

Antipatros richtete den Blick zur Spitze der Kolonne und

sah, dass erneut berittene Krieger die Hänge zu beiden Seiten herunterströmten. Sie warfen Speere oder lösten Pfeile und ritten sogleich in hohem Tempo wieder davon, um anderen Platz zu machen. Zu seiner Linken, fast direkt über ihm, hatte sich die kappadokische schwere Kavallerie versammelt, und nun hielten auch diese Krieger in schnellem Ritt auf die Spitze der Kolonne zu. «Zurück!», schrie Antipatros. «Zurück, ehe sie Gelegenheit haben, richtig anzugreifen.» Ohne abzuwarten, bis seine Hetairenreiter sich formiert hatten, trieb Antipatros sein nunmehr erschöpftes Pferd abermals zum Galopp an. Übelkeit stieg in ihm auf. Der Gegner spielte mit ihm, und er konnte kaum etwas tun, solange er nicht seine Armee in Kelainai einigermaßen in Sicherheit gebracht hatte. Während er an den Reihen seiner Fußsoldaten vorbeiritt, dachte er darüber nach, wie ungeeignet schwere Infanterie für solch unwegsames Gelände war, und er wünschte, er hätte Antigonos nicht so einen großen Teil seiner Reiterei überlassen.

Plötzlich schoss ihm ein Gedanke durch den Kopf: Er hatte Iolaos ausgeschickt, um etwaige Hinterhalte zu entdecken, und doch stürmten nun Reiter bergab auf ihn zu.

Iolaos!

Verzweiflung krampfte ihm das Herz zusammen. Antipatros trieb sein Pferd gnadenlos mit der Breitseite seines Schwertes an. Die Kolonne bewegte sich noch immer vorwärts, wenn auch langsamer als zuvor. Die Einheiten, die angegriffen wurden, marschierten geduckt und mit erhobenen Schilden weiter. Kavallerie von der Vorhut der Armee hatte kehrtgemacht und formierte sich nun zu einem organisierten Gegenangriff. Doch die Gegner strömten noch immer unablässig die Hänge herab, lösten Pfeile oder schleuderten Wurfspeere, ehe sie kehrtmachten, damit andere das Werk fortsetzten. Hunderte hatten sich dem Angriff angeschlossen, brandeten heran und zogen sich wieder zurück wie Meereswogen am Strand, Welle um Welle einer einlaufenden Flut.

Ohne einen Gedanken an seine eigene Sicherheit ritt Antipatros ungebremst in die nächste Gruppe mit Wurfspeeren bewaffneter paphlagonischer leichter Reiter hinein, die eben kehrtmachten, nachdem sie ihre Speere geworfen hatten. Seinen bald achtzig Jahren zum Trotz schwang er sein Schwert mit eisernem Griff über seinem Kopf und ließ es herabschnellen, um einem überraschten Jüngling mit spärlichem Bartflaum den Arm abzuschlagen. Im nächsten Moment war sein Pferd schon an dem ersten Opfer vorbeigestürmt, er riss die Klinge wieder hoch und traf den Kopf eines älteren Mannes mit langem, kunstvoll besticktem Hemdgewand und Hosen. Blut spritzte aus dem zerschmetterten Gesicht, und die phrygische Mütze flog durch die Luft, als das Opfer mit einem bestialischen Schrei zurückgeschleudert wurde. Der Schrei erstarb, als seine Kehle sich mit Blut füllte. Antipatros kämpfte sich weiter durch die lose Formation, teilte Schläge nach rechts und links aus und hatte nichts als Töten im Sinn.

Dabei kümmerte ihn nicht, dass er sich in immer größere Gefahr begab, je weiter er vordrang. Dann lief eine Bewegung durch die Gegner vor ihm wie ein Schauder, und sie hatten es plötzlich sehr eilig, sich zurückzuziehen. Viele warfen Blicke hinter sich: Die Kavallerie der Vorhut war zur Stelle, machte alle in ihrer Reichweite nieder und schlug die Übrigen in die Flucht. Der Druck auf die bedrängten Fußsoldaten ließ nach, und sie jubelten ihren Rettern zu, während sie noch immer weitermarschierten. Eumenes' Kavallerie ritt in Windeseile davon, ohne auf den einzelnen Makedonen in ihrer Mitte zu hören. Die Männer dachten nur noch daran, den scharfen Lanzenspitzen zu entgehen, die bereits viele ihrer Kameraden in den Tod geschickt hatten.

Als der Feind abzog, fand Antipatros sich allein vor der Kavallerie der Vorhut wieder. Erst jetzt holten seine Hetairenreiter ihn endlich ein. Er nickte dem Befehlshaber zu, dann drehte er sich um und blickte hangaufwärts auf die fliehende Masse. Ihm stockte der Atem: Dort, hoch oben zu seiner Rechten, kam Iolaos mit seinem Trupp. Sie ritten schräg zum Hang, um dem Feind im Rückzug auszuweichen, wobei sie den Umstand nutzten, dass dieser gänzlich aus der Ordnung gebracht war. In hohem Tempo hielten sie auf die relative Sicherheit beim vorderen Teil der Kolonne zu.

Doch der Anblick eines isolierten, schwachen Gegners war allzu verlockend für Eumenes' Kavallerie, nachdem eine weit stärkere Truppe ihrem Geplänkel ein Ende gemacht hatte. Etwa sechs Dutzend schwenkten zu Iolaos' Männern herum, um in ungestümer Hast und unter begeistertem Geheul Jagd auf sie zu machen. Die Reiter waren nicht weiter als dreihundert Schritt von ihrer Beute entfernt, jedoch weiter oben am Hang.

Dass Iolaos abgefangen werden würde, war zwar wahrscheinlich, aber nicht unabwendbar. «Ihnen nach!», schrie Antipatros dem Befehlshaber seiner Hetairenreiterei zu, und wieder einmal schlug er mit der Breitseite seines Schwertes auf sein erschöpftes Pferd ein. Das Tier wieherte schrill aus Protest, bäumte sich auf und legte die Ohren zurück. Doch beim zweiten Schlag setzte es sich mit einem Sprung vorwärts in Bewegung, so plötzlich, dass Antipatros Mühe hatte, sich auf dem Pferderücken zu halten. Er schickte ein Stoßgebet zum Kriegsgott Ares, er möge seinen Sohn behüten, bis Antipatros ihm zu Hilfe kommen konnte. Die Fußsoldaten in der Kolonne, die eben noch der Kavallerie der Vorhut zugejubelt hatten, riefen nun Iolaos' Männern Warnungen zu und feuerten sie an, schneller zu reiten.

Iolaos hatte die Gefahr erkannt und änderte die Richtung, sodass er nun direkt vor seinen Verfolgern davonritt, die nur noch hundert Schritt entfernt waren. Für kurze Zeit gelang es ihm, seinen Vorsprung zu halten, während Antipatros und seine Hetairenreiter in rasendem Ritt auf ihn zuhielten. Doch dann hörten sie das Klirren von Zaumzeug, Schnauben und stampfende Hufe, und über einem Höhenrücken, weit oben und der wilden Jagd voraus, erschienen Eumenes' Kappadokier. Ohne Zögern trieb der kleine Grieche seine Männer an, und sie ritten in halsbrecherischem Tempo geradewegs den steilen Hang hinunter. Die Rufe aus der Kolonne klangen immer verzweifelter, je klarer wurde, dass Iolaos' Trupp das Rennen nicht gewinnen konnte.

Die Verzweiflung ergriff auch von Antipatros Besitz. Er bemerkte, wie sein Pferd nachließ, denn es war schon eine beträchtliche Strecke galoppiert, und der Hang war steil. So heftig er auch auf das Tier einschlug, es wurde nicht mehr schneller, und als er sich umschaute, sah er, dass die Rosse seiner Hetairenreiterei ebenfalls am Ende ihrer Kräfte waren. Die Pferdeleiber waren schweißnass, die Mäuler schäumten.

Aber selbst wenn sie schnell wie Pegasos gewesen wären, hätten sie doch nicht verhindern können, dass Eumenes seine Kappadokier in die Flanke von Iolaos' Trupp trieb. Mehrere Pferde wurden durch die Wucht der Angreifer auf die Seite geworfen, dass ihre Reiter durch die Luft flogen. Hilflos mit den Beinen zuckend, überschlugen sich die Tiere wieder und wieder auf dem steilen Hang und zermalmten dabei ihre vormaligen Reiter; durch die Kakophonie tierischer und menschlicher Schmerzenslaute hörte man Knochen brechen.

«Iolaos!», schrie Antipatros. Er sah, wie sein Sohn die Schwertstiche zweier Gegner abwehrte und versuchte, sich aus dem Chaos zu befreien. Schlag um Schlag parierte er in wachsender Verzweiflung, und indessen gingen rings um ihn her Männer zu Boden, denn der Feind war übermächtig. Mit einer Unausweichlichkeit, die Antipatros das Herz brach, zuckte schließlich auch Iolaos' Körper heftig und versteifte sich dann.

«Mein Sohn!», schrie Antipatros zum Himmel, als Iolaos das Schwert aus der Hand fiel und er vom Pferderücken glitt.

«Halt!», ertönte eine körperlose Stimme aus der kappadokischen Formation. Ein dreifaches Hornsignal ertönte, und sofort ließen die Reiter von ihrem Gegner ab, sodass diejenigen von Iolaos' Männern, die noch zu Pferde saßen, hangabwärts fliehen konnten.

Die Kappadokier zogen sich zurück, alle, bis auf einen Mann. Eumenes saß ab, kniete neben dem reglos daliegenden Iolaos nieder und legte eine Hand an seinen Kopf. Indessen bremste Antipatros sein Pferd und sprang ab.

«Meine Männer werden sich zurückhalten, wenn deine es auch tun», sagte Eumenes.

Antipatros nickte und drehte sich zu seinen Hetairenreitern um. «Bleibt, wo ihr seid.» Er trat neben seinen Sohn, blickte in die leeren, starren Augen hinunter, und heftiges Schluchzen erschütterte seine Brust.

«Ich habe ihn erst erkannt, als es zu spät war», sagte Eumenes leise. «Es tut mir leid.»

Antipatros gab sich viele rasende Herzschläge lang seiner Trauer hin, und seine Tränen fielen auf Iolaos' Gesicht und Brust, während er den leblosen Körper in den Armen hielt. Nach einer Weile atmete er mehrmals tief ein und aus und fasste sich wieder. «Es ist der Irrsinn dieser ganzen Situation, Eumenes – wir bringen uns gegenseitig um, und wofür?» Er wies auf seinen toten Sohn. «Weshalb musste er sterben?»

«Weshalb musste überhaupt einer von ihnen sterben?», erwiderte Eumenes und schaute sich um. Das Gelände war von Leichen übersät.

Antipatros blickte seinen Feind aus blutunterlaufenen Augen an. «All das nur, weil der arrogante Welpe sich geweigert hat, einen Erben zu benennen. ‹Dem Stärksten›: Mit diesen zwei Wörtern hat er Iolaos zu einem frühen Tod verurteilt, und hier stehen wir nun, du und ich, und kämpfen miteinander um die Herrschaft über sein Erbe. Und wofür?»

Eumenes antwortete, ohne zu zögern. «Ich kämpfe, um die Herrschaft der Argeadendynastie im Reich zu bewahren. Und du?»

Antipatros dachte ein paar Augenblicke lang nach und betrachtete den Ring an seinem Finger. «Ich ebenfalls – wenigstens habe ich das geglaubt. Deshalb habe ich mich gegen Perdikkas gestellt, denn mir schien, er wollte die Macht der Könige für sich beanspruchen.»

«Und ich habe Perdikkas unterstützt, weil er die Könige repräsentierte.»

«Aber als du dann Krateros besiegtest und ich wie ein Dummkopf dastand, weil ich meine Streitmacht aufgeteilt hatte, fing ich an, die Sache persönlich zu nehmen. Das war mein Fehler, mein Stolz. Hätte ich die Angelegenheit weiter rein geschäftlich betrachtet, dann hätten wir gewiss zu einer Einigung gelangen können. Uns trennte nur eine dünne Linie. Doch das spielt nun keine Rolle mehr.» Antipatros schüttelte den Kopf und spuckte aus. «Was kümmert mich das alles noch? Ich bin damit fertig.» Er wies auf Iolaos. «Keine Sache ist es wert, dafür einen Sohn zu verlieren, und diese ganz gewiss nicht. Führt euren Krieg weiter oder legt eure Differenzen bei, mir ist es gleichgültig. Ich gehe nach Makedonien zurück, um dort in Trauer zu sterben.»

«Und die Könige?»

«Die nehme ich mit. Ich lasse nicht zu, dass sie weiterhin als Figuren im Spiel um die Macht benutzt werden.»

«Wird Antigonos sie dir denn überlassen?»

«Selbstverständlich, er hat kein Interesse an ihnen. Für ihn sind sie nutzlos. Ihm geht es nicht um Legitimität wie dir und mir. Er bringt nur die Zeit herum, bis ich nicht mehr bin, dann wird er versuchen, die Macht an sich zu reißen. Sieh den Tatsachen ins Auge, Eumenes: Das Reich ist verloren. Das Königshaus der Argeaden besteht aus einem Schwachsinnigen, einem kleinen Kind und Alexanders Bastard, denn Herakles nehme ich ebenfalls mit.»

«Was ist mit Kleopatra?»

«Was soll mit ihr sein? Ich habe dafür gesorgt, dass alle Männer, die für sie als Ehemann infrage gekommen wären, bereits vergeben sind. Ich wollte nicht, dass sie die Lage noch komplizierter macht, indem sie heiratet und ein Kind in die Welt setzt. Sie kann in Sardis bleiben oder nach Makedonien zurückkehren; ihre Zeit ist vorbei.»

«Und ich? Wirst du dafür sorgen, dass die Heeresversammlung mich begnadigt? Wenn du das tust, könnten du, Antigonos und ich uns verständigen.»

«Offen gesagt, mir ist das alles einerlei. Ich gehe aus Asien fort. Du kannst darum kämpfen oder es lassen, mich geht es nichts mehr an. Ich habe mich nach Kräften bemüht, in Triparadeisos eine Einigung zu erzielen, doch diese ist gescheitert. Ich glaube nicht, dass es dir gelingen wird, dich mit Antigonos zu verständigen, es sei denn, du wärest bereit, dich ihm unterzuordnen. Er wird versuchen, alle hinwegzufegen, die ihm im Weg stehen.»

«Wenn es so kommt, müsste ich ihn natürlich bekämpfen. Ich diene nur dem Blut der Argeadendynastie.»

Antipatros erhob sich und betrachtete den kleinen Griechen mit einer Mischung aus Unglauben und Mitleid. «Und so wird der Krieg eben fortdauern. Träume nur weiter, Eumenes, und die unausweichliche Folge wird sein –»

« – dass mehr Söhne sterben.» Eumenes stand ebenfalls auf. «Aber wenn ich aufhören würde, für die Argeadendynastie zu kämpfen, dann wären alle, die in dem Kampf bereits ihr Leben gelassen haben, umsonst gestorben. Verschaffe mir die Begnadigung, und ich werde mich weiterhin für die Sache der Könige einsetzen, statt nur ums eigene Überleben zu kämpfen.»

Voller Wehmut schaute Antipatros erst Eumenes an und blickte dann auf seinen Sohn hinunter. «Tut nur euer Schlimmstes, allesamt: du, Antigonos, Ptolemaios, Alketas, Attalos, Seleukos, ihr alle. Ihr habt einander verdient.»

SELEUKOS
DER ELEFANTENBULLE

Der Mond war untergegangen, und Dunkelheit umfing die Flotte; Dunkelheit, die umso lichtloser wirkte im Kontrast zu dem Widerschein am Himmel fern im Süden: Babylon.

Seleukos stand neben dem Steuerruder des ersten Schiffes – der einzigen Triere in der Flotte aus Truppentransportern. Er schaute zum Sternenhimmel auf, um die Zeit zu schätzen, und entschied, jetzt sei der richtige Moment. Also wandte er sich an den Trierarchos. «Denke daran, so schnell und lautlos wie möglich. Keine Pfeife, um den Takt zu geben, nur Handzeichen.»

Der Mann nickte und stampfte dreimal mit dem Fuß auf das Deck. Unten hob der Taktgeber die Faust und senkte sie dann. Mit unterdrücktem Stöhnen legten sich die hundertzwanzig Ruderer in die Riemen, und das Schiff glitt vorwärts. Die Flotte aus Transportschiffen folgte, alle voll besetzt mit Männern, die sich danach sehnten, endlich wieder festes Land unter den Füßen zu haben. Sie hissten die Segel, der Wind griff hinein und trieb sie in die Strömung hinaus. Die Schiffe nahmen Fahrt auf.

Jetzt hing alles davon ab, dass das Feuer zum richtigen Zeitpunkt gelegt wurde.

Feuer und Überraschung waren die beiden Elemente, die Seleukos helfen sollten, Dokimos in Babylon zu überwältigen, ihn zu stürzen und sich selbst zum Satrapen zu machen.

Die Überraschung, so fand er, war ihm gelungen. In den Tagen und Nächten, in denen er den Euphrat herabgekommen war, hatte die Flotte nicht zugelassen, dass irgendein anderes Schiff sie überholte. Zudem waren sie so schnell wie möglich und ohne Pause gefahren, damit auch kein Bote zu Land ihnen vorauseilen konnte. Seleukos nahm daher an, dass die Kunde von ihrem Kommen Babylon noch nicht erreicht hatte. Als zusätzliche Absicherung ließ er an beiden Ufern jeweils die Hälfte seiner Kavallerie reiten.

Und so glitten die Schiffe den Euphrat hinunter, vom Wind und der Strömung getrieben, begleitet von der Kavallerie an den Ufern, die nicht zu sehen, aber schwach zu hören war. In diesem Tempo würden sie ihr Ziel, das nur mehr drei Parasangen entfernt lag, bald erreichen.

Doch alles wäre vergebens, wenn das Feuer nicht beizeiten gelegt wurde. Es musste lichterloh brennen, wenn die Flotte die Stelle erreichte, wo der Fluss durch die Stadt Babylon hindurchströmte und sie in zwei Hälften teilte. Im Westteil der Stadt befanden sich hauptsächlich Wohnhäuser und Gewerbe. Dieser Teil war zum Land hin durch eine starke Mauer geschützt, das Flussufer jedoch bestand aus Anlegestellen und Marktplätzen. Dort hätte man ohne Schwierigkeiten mit einer Armee landen können, allerdings hätte das nichts genutzt, denn in dieser Hälfte gab es nichts von strategischem Wert. Der Palast, die Festungen und das Herz Babylons lagen am Ostufer, und dieses war durch eine imposante Mauer gesichert – genau genommen durch zwei Mauern in dreißig Schritt Abstand voneinander. Die Mauer entlang des Flusses war so hoch wie zehn Mann, mit tiefblau glasierten Ziegeln verkleidet und mit Motiven aus dem Tierreich und der Sternenkunde verziert. Um diese Mauer zu überwinden, hätte es einer langen Belagerung und einer Armee aus zigtausend Mann bedurft, von denen die meisten wahrscheinlich an einer Krankheit sterben würden, ehe die Stadt fiel. Und wenn man es von der Landseite versuchte, müsste man ebenfalls eine Mauer überwinden. Sie umschloss auch den Sommerpalast im Norden der Stadt und die Gärten, welche die gesamte östliche Hälfte umgaben, jene Gärten, für die Babylon berühmt war. Nein, soweit Seleukos sah, gab es nur einen Weg hinein. Und er hatte sich ausgiebig mit diesem Problem beschäftigt, als ihm erstmals der Gedanke gekommen war, die Stadt einzunehmen – in der Zeit, da Perdikkas immer selbstherrlicher geworden war. Die beiden Hälften der Stadt waren durch eine einzige zweihundertfünfzig Schritt lange Brücke über den Euphrat miteinander verbunden. Am östlichen Ende dieser Brücke befand sich ein hohes Tor, das jeden Abend bei Einbruch der Dunkelheit geschlossen und in der Morgendämmerung wieder geöffnet wurde. Hinter diesem Tor kam ein weiteres in der zweiten Mauer, und dahinter lag die Stadt. Würden diese zwei Tore bei Nacht geöffnet, dann würde die Stadt fallen, wenn nur genügend Männer hindurchstürmten. Seleukos hatte die Männer, die Tore jedoch waren verschlossen. Und deshalb brauchte er Feuer.

Seleukos ging über das Deck, wo seine Hetairenreiter saßen, fünfzig an der Zahl. Heute Nacht würden sie unberitten an seiner Seite kämpfen. Während er zwischen ihnen hindurchschritt, raunte er den Männern ein paar aufmunternde Worte zu. Im Bug des Schiffes angekommen, lehnte er sich an die Reling, und seine Gedanken wanderten zu seiner persischen Frau Apame. Sie war mit ihren beiden Kindern in Babylon geblieben, als er vor mehr als einem halben Jahr als stellvertretender Befehlshaber mit Perdikkas' Armee aufgebrochen war.

Wenn alles gut ging, würde er noch vor dem Mittag wieder mit ihr vereint sein.

Und dann ist Zeit, an neuem Material für künftige Eheschließungen zum Vorteil der Dynastie zu arbeiten. Er kicherte in sich hinein. Doch so scherzhaft er den Gedanken auch in Worte gefasst hatte, in Wahrheit war es ihm ernst damit, denn wenn er Babylon einmal erobert hatte, beabsichtigte er, es nie wieder zu verlieren.

Um die Sicherheit seiner Frau und seiner Kinder in Babylon machte er sich keine Gedanken. Kein Makedone würde seine Ehre beflecken, indem er eine Frau oder ein Kind dazu benutzte, gegen einen Rivalen vorzugehen. Atalantes Fall war ein Fehltritt gewesen, der sich niemals wiederholen würde – wenigstens nicht durch ehrenhafte Männer, ganz gleich, wie verhasst ihnen der Gegner sein mochte. Und das war der Punkt: Er mochte Dokimos nicht, aber er hasste ihn auch nicht, und soweit er wusste, hasste Dokimos ihn ebenfalls nicht, also bestand keinerlei Notwendigkeit, mit übermäßiger Gewalt gegen ihn vorzugehen. Seleukos würde ihm gestatten, mit seiner Familie die Stadt zu verlassen und zu gehen, wohin er wollte, so, wie Seleukos ihm auch nach Perdikkas' Ermordung Gelegenheit gegeben hatte, sich aus dem Lager zu entfernen. Dergleichen wäre nicht mehr möglich, wenn sie alle anfingen, die Familien ihrer Gegner umzubringen. Nein, Seleukos wollte in dieser Nacht nichts weiter als einen schlichten Machtwechsel mit möglichst wenig Blutvergießen. Wenn er den bisherigen Herrscher mit Respekt behandelte und nur wenige seiner Soldaten tötete, würde der Rest der Garnison sich vermutlich bereitwillig in seinen Dienst stellen. Und er brauchte dringend Soldaten, wenn er jene, die Ptolemaios ihm geliehen hatte, nach Ägypten zurückschickte.

Sofern ich sie denn zurückschicke.

Er dachte an die Möglichkeit, die Männer zu behalten, erwog das Für und Wider und kam zu dem Schluss, dass er sie keinesfalls gegen ihren Willen halten konnte. Und wenn sie die Wahl zwischen Ägypten und Babylonien hatten, würde die Mehrheit wohl Ersteres wählen, zumal die meisten von ihnen dort inzwischen eine Frau haben dürften. Nein, wenn er seine Armee vergrößern wollte – und das war dringend geboten –, dann musste er die Soldaten anderswo auftreiben. Doch dieses Problem konnte bis morgen warten. Jetzt ragte vor ihnen die Silhouette Babylons gewaltig zum Himmel auf. Jetzt musste er sich auf seinen Plan konzentrieren. Während sein Schiff am Sommerpalast im Norden der Stadt vorbeiglitt, hielt Seleukos angestrengt Ausschau nach Anzeichen für ein Feuer am Ostufer knapp hinter der Brücke, die nur noch fünfzehn Stadien entfernt war.

Er konnte nichts Ungewöhnliches entdecken. Gegen den schwachen Schein aus dem Palast abgezeichnet war nun die äußere Mauer zu sehen, hoch wie fünf Mann, welche die Palastgärten außerhalb der Osthälfte der Stadt umgab. Als das Schiff weiterfuhr, verschwand sie wieder in der Nacht. Keine Rufe ertönten vom Ufer, als die Flotte mit der Strömung weitertrieb – die Segel hatten sie schon vor einer Weile eingeholt, damit die Schiffe weniger leicht zu sehen waren.

Bald ragte vor ihnen die nördliche Festung auf. Sie stand außerhalb der eigentlichen Stadtmauern und bewachte das Ischtar-Tor, durch das die Prozessionsstraße vom Palast in die Stadt führte. Statt der äußeren Mauer war nun die blaue Stadtmauer zu sehen, und dicht dahinter funkelten die zahlreichen Lichter der südlichen Festung. Am Westufer markierte der Wachturm den Anfang der Mauer, welche den westlichen Teil der Stadt zum Land hin schützte. Nun standen zu beiden Seiten Gebäude, und es überraschte Seleukos nicht, als er die ersten Alarmrufe aus der südlichen Festung und dem Wachturm im Westen hörte. Er hatte damit gerechnet, dass man sie an dieser Stelle höchstwahrscheinlich bemerken würde, da von beiden Ufern wachsame Späher Ausschau hielten. Die Brücke lag deutlich sichtbar vor ihnen, noch etwas über tausend Schritt entfernt. Sie war über die ganze Länge mit Fackeln beleuchtet, ein zweihundertfünfzig Schritt breiter Feuerstreifen über dem dunklen Fluss. Seleukos' Herz tat einen Sprung, da er Gestalten von der Ostseite auf die Brücke strömen sah. Das konnte nur bedeuten, dass das Tor geöffnet worden war. Gleich darauf erblickte er hinter der Mauer das Feuer: Die Nebengebäude um den Esaĝila, den Tempel des Marduk, standen in Flammen, die auf den Tempel selbst überzugreifen drohten. Seleukos hatte sich gedacht, wenn irgendetwas bewirken konnte, dass die Tore geöffnet wurden, dann diese Gefahr: Man würde die Pumpen, die eigentlich zur Bewässerung der Gärten dienten, auf die Brücke bringen, um durch die Lederschläuche Wasser zum Tempel zu pumpen und ihn vor den Flammen zu bewahren. Und die Rettung würde gelingen, dafür würde Seleukos sorgen. Es war ein entscheidender Teil seines Plans.

«Vorwärts!», rief er laut, nun, da Schnelligkeit wichtiger war als Heimlichkeit. Die Ruder der Triere wurden ausgefahren, die Segel der Transportschiffe gehisst, sodass der warme Wind die Flotte schneller vorwärtstrieb. Pfeile schnellten von beiden Seiten durch die Luft, richteten jedoch wenig Schaden an, denn die Flotte hielt sich in der Flussmitte, wo nur wenige Geschosse sie erreichten.

«Schneller!», befahl Seleukos, als sie nur noch fünfhundert Schritt entfernt waren. Er sah, dass die Männer auf der Brücke vollauf mit den Pumpen und Schläuchen beschäftigt waren und den nahenden Feind noch gar nicht bemerkt hatten. Die Triere beschleunigte, dann löste sie sich von den Transportschiffen und steuerte das östliche Flussufer an. Nun erreichten sie mehr Pfeile und schlugen mit dumpfem Laut in das Deck ein. Seleukos und seine Hetairenreiter knieten neben ihren Schilden und achtete kaum auf die Geschosse – ihre ganze Aufmerksamkeit galt dem noch immer offenen Tor.

Bei zweihundert Schritt Abstand begannen die Männer an den Pumpen, zu rufen und auf die Flotte zu zeigen, doch ihre Befehlshaber und die Priester trieben sie mit Schlägen an, sich wieder ihrer Arbeit zuzuwenden – für diese Leute war das Leben einfacher Menschen nichts im Vergleich zum herrlichen Tempel des Marduk.

Seleukos lächelte in sich hinein: Genau das hatte er erwartet. Nun wusste er, dass das Tor für die Schläuche offen bleiben würde, damit die Löscharbeiten am Heiligtum weitergehen konnten. «Leitern bereithalten!»

Zehn kurze Leitern, nur zwei Mannshöhen lang, wurden nach vorn gebracht, hinter denen je fünf von Seleukos' Hetairenreitern Aufstellung nahmen.

Als sie auf fünfzig Schritt heran waren, drehte das Schiff bei, und die Backbordruder wurden eingezogen. Die Ruder an Steuerbord folgten, unmittelbar bevor der Schiffsrumpf gegen den östlichsten Pfeiler der Brücke prallte. Sogleich wurden die Leitern aufgerichtet, und Seleukos und seine Männer kletterten eilends hinauf. Er sprang über die Brüstung auf die gepflasterte Brücke, dicht gefolgt von seinen Leuten. Nun wurde die Tapferkeit der Männer an den Pumpen aufs Äußerste strapaziert: Die meisten ergriffen die Flucht, als bewaffnete Soldaten auf sie zustürmten. Doch ihre Angst war unbegründet, denn der Angriff galt nicht ihnen – jeder blieb unbehelligt, sofern er sich nicht zwischen Seleukos und sein eigentliches Ziel stellte: das zweite Tor.

Seleukos stürmte durch das erste Tor, wobei er über die ledernen Schläuche hinwegsprang und einen protestierenden

Priester beiseitestieß. Angestrengt rennend, legte er die rund dreißig Schritt zwischen den Mauern zurück. Seine Männer folgten unter Kriegsgeschrei und schlugen im Laufen mit den Schwertern gegen ihre Schilde. Vor ihnen wurde nun das zweite Tor geschlossen; die mächtigen Torflügel bewegten sich überraschend schnell in ihren mit Gänseschmalz geschmierten Angeln. Mit einem letzten Sprint gelang es Seleukos, durch das sich schließende Tor zu stürmen, als der Spalt nur noch drei Schritt breit war. Etwa ein Dutzend seiner Männer konnten hinter ihm hindurchschlüpfen, ehe die Torflügel sich krachend schlossen und die Schläuche einklemmten.

Doch ein Dutzend würde genügen. Seleukos rammte sein Schwert in einen bärtigen Veteranen – offenbar den Befehlshaber der Wache –, der sich mit erhobener Klinge auf ihn stürzen wollte. Blut spritzte, und der Mann brach zusammen. Seleukos' Männer gingen auf diejenigen Wachsoldaten los, die sich anschickten, Widerstand zu leisten. Allerdings waren nur wenige bereit, ihr Leben im Kampf gegen makedonische Landsleute zu riskieren, zumal sie nicht verstanden, worum es hier überhaupt ging. Als die wenigen tot oder sterbend am Boden lagen, knieten die Übrigen nieder zum Zeichen, dass sie sich ergaben.

«Öffnet das Tor!», befahl Seleukos.

Binnen weniger Augenblicke bewegten sich die Torflügel wieder mithilfe eines uralten Mechanismus mit Gegengewicht. Auf der Brücke hatten sich indessen die ersten Einheiten von Seleukos' Männern formiert. Hinter ihnen kletterten immer mehr aus den Schiffen herauf, während leere Transporter davonfuhren und den nächsten Platz machten.

Seleukos wartete, bis die ersten Einheiten durch das zweite Tor waren, dann wandte er sich an den General an ihrer Spitze, einen griechischen Söldner, der sich bei Ptolemaios verpflichtet hatte. «Nimm hundert Mann und kümmere dich um den Brand, Kallias. Die Leute sollen wissen, dass meine Männer den Tempel des Marduk vor dem Feuer gerettet haben.»

Kallias runzelte die Stirn. «Aber werden sie nicht auch wissen, dass das Feuer auf deine Anstiftung hin gelegt wurde, damit sie die Tore öffnen mussten?»

Seleukos lächelte und klopfte Kallias auf die Schulter. «Mag sein, dass sie das anfangs denken, aber ich werde es natürlich abstreiten. Ich werde behaupten, es sei ein Beweis, dass die Götter in dieser Unternehmung auf meiner Seite waren oder dergleichen Unfug. Wenn ich es nur oft genug wiederhole, wird es bald wahr werden. Alternative Fakten können überaus nützlich sein. Jetzt macht euch ans Werk, schließlich warten noch zwei Festungen und ein Palast darauf, mir ihre Tore zu öffnen.»

Die Garnison der südlichen Festung, die sich innerhalb der Stadtmauern befand, sah keinen Grund, länger zu Dokimos zu halten. Als die Soldaten die fünftausend Mann – die Hälfte von Seleukos' Infanterie – über die Prozessionsstraße heranmarschieren sahen, öffneten sie die Tore. Der Kommandeur der Garnison bot Seleukos förmlich sein Schwert dar, doch der nahm es nicht an. «Wenn du und deine Männer mir die Treue schwört, Temenos, werde ich den Sold, den Dokimos euch gezahlt hat, erhöhen und euch auf euren Posten belassen.»

«Du bist großmütig, Herr», erwiderte Temenos sichtlich erleichtert. «Die meisten der Jungs würden nicht fortgehen wollen, da sie hier mittlerweile Frauen haben.»

«Auch ich habe eine. Weißt du etwas von ihr?»

«Ich nehme an, sie ist noch in ihren Gemächern im Palast des Nebukadnezar, zusammen mit den Frauen, die andere Offiziere zurückgelassen haben. Dokimos hat sie nicht angerührt.»

«Sein Glück. Schicke einen Trupp deiner Männer zu meiner Frau, um ihr Bescheid zu geben, dass ich hier bin, Temenos. Sie sollen bei ihr bleiben, bis ich komme.»

Temenos machte sich sogleich daran, den Befehl auszuführen, erfreut, seinem neuen Befehlshaber so rasch einen Dienst erweisen zu können.

Auch die Wachen am Ischtar-Tor öffneten Seleukos mit freudigem Lächeln und reinem Gewissen ihr Tor und nahmen seine Bedingungen dankbar an. Der Kommandeur der nördlichen Festung gleich jenseits des Tores hatte hingegen ein anderes Verständnis von Loyalität. «Weshalb sollte ich mich ergeben? Wir haben hier drin Vorräte für wenigstens sechs Monate, und bis dahin wäre Verstärkung zur Stelle.»

«Was glaubst du denn, wer dir zu Hilfe käme?», erkundigte sich Seleukos mit aufrichtigem Interesse.

«Alketas.»

Seleukos warf den Kopf zurück und lachte. «Alketas hat sich in Pisidien verschanzt und geht nirgendwohin.»

«Dann Eumenes?»

«Das ist noch unwahrscheinlicher, seine Satrapie ist Kappadokien. Weshalb sollte er sich von den dortigen Bergfestungen entfernen, wo er sich leicht verteidigen kann, und sich der Gefahr aussetzen, dir hier zu Hilfe zu eilen? Nein, mein Freund, sieh den Tatsachen ins Auge: Du bist auf dich gestellt, und das voraussichtlich noch für sehr lange Zeit. Ich habe die Hälfte meiner Infanterie mitgebracht, während die andere Hälfte durch die Stadt gezogen ist, um strategisch wichtige Kreuzungen, Gebäude und Tore zu besetzen. Wenn du warten möchtest, bis die Sonne aufgeht, wirst du außerdem sehen, dass meine Kavallerie vor sämtlichen Toren patrouilliert. Und wie du zweifellos bereits bemerkt hast, kontrolliere ich den Fluss, sodass niemand ohne mein Wissen in die Stadt hinein- oder aus ihr herausgelangen kann. Es könnte daher einige Zeit dauern, bis es dir gelänge, einen Hilferuf hinauszuschmuggeln.»

Kurz nach Sonnenaufgang wurde der Leichnam des Kommandeurs von den Mauern geworfen. Dann öffneten sich die Tore der nördlichen Festung, und die Garnison kam unter einem Ölzweig, dem Zeichen des Waffenstillstands, herausmarschiert. Die Männer gingen mit ausgestreckten Händen, um zu zeigen, dass sie unbewaffnet waren. «Es ist gut zu wissen, dass ich hier Soldaten mit gesundem Menschenverstand übernehmen werde», kommentierte Seleukos, an Kallias gerichtet, der rußgeschwärzt auf ihn zukam. «Wie steht es um den Brand?»

«Er ist gelöscht, Herr. Sämtliche Nebengebäude um den Tempel wurden zerstört, die Wohnräume der Priester, ihre Küchen, der Speisesaal und die Lagerkammern. Der Tempel selbst ist jedoch unversehrt geblieben bis auf geringfügige Schäden durch den Rauch – die kann man mit einer Schicht Farbe und ein paar neuen Vergoldungen beheben.»

Seleukos strahlte. «Sehr schön. Ich nehme an, über die Verluste der Priester wird niemand außer ihnen selbst sonderlich betrübt sein. Gewiss werden sie bereitwillig das Gerücht streuen, der Brand sei göttliches Wirken zu meinen Gunsten gewesen, wenn ich ihnen im Gegenzug eine noch prächtigere Residenz errichte.»

Kallias grinste. «Sie sind im Allgemeinen zuallererst auf ihre eigenen Annehmlichkeiten bedacht, Herr.»

«Natürlich, wie sollte es anders sein. Jetzt nimm ein paar Männer und besetze die nördliche Festung. Diese Gefangenen hier werden dich unterstützen, nachdem sie mir die Treue geschworen haben, und dann nehmen wir uns Dokimos vor, ehe ich nach meiner Frau schicke.»

Aber Dokimos war nicht geneigt, mit jemandem zu verhandeln, den er für so weit unter seinem Stand erachtete. Dokimos weigerte sich sogar, auf die prächtig verzierte Palastmauer zu kommen, auf der vor einem Hintergrund aus smaragdgrün glasierten Ziegeln Abbildungen babylonischer Könige bei der Jagd auf Löwen und anderes Wild prangten. Stattdessen schickte er seinen Stellvertreter Polemon. «Und selbstverständlich», schloss Polemon die lange Liste seiner Forderungen, «wird er den gesamten Inhalt der Schatzkammer mitnehmen.»

«Bist du endlich fertig?», fragte Seleukos, hörbar mit seiner Geduld am Ende.

Polemon schaute Seleukos von oben herab an, was nicht schwerfiel, da er hoch auf der Mauer stand. Er rümpfte seine ausgeprägte Nase. «Ich denke schon.»

«Und er erwartet, dass ich ihm all das gewähre?» Seleukos zählte die Forderungen an den Fingern ab. «Eine Eskorte von tausend Mann und die nötigen Schiffe, um sie zu transportieren, Verpflegung für einen Monat sowie eine Reserve an Kleidung und Waffen für alle. Außerdem sämtliche Möbel und Kunstgegenstände, die er aus dem Palast mitzunehmen wünscht, eine Schar Leibsklaven für ihn und seinen Hausstand sowie Transportschiffe für alle Pferde aus seinen Stallungen. Und überdies verkündet er auch noch, er werde selbstverständlich den Inhalt der Schatzkammer mitnehmen. Habe ich etwas ausgelassen?»

«Nein.»

Seleukos schüttelte ungläubig den Kopf. «Als Perdikkas' Unterstützer seid ihr beide zum Tode verurteilt. Bis eben hatte ich noch keinerlei Absicht, dieses Urteil zu vollstrecken. Ich an deiner Stelle würde mich von diesem hochnäsigen und eingebildeten Pinsel abwenden, der Leute, deren Familie nicht aus Pella stammt, allesamt für Bauerntölpel hält. Du solltest lieber herunterkommen und dich der Gnade dieses einigermaßen beleidigten Bauerntölpels hier anbefehlen.»

Polemon, der im Hinblick auf edles Blut in etwa die gleichen Ansichten vertrat wie sein Vorgesetzter, bedachte Seleukos abermals mit einem herablassenden Blick und machte keinen Hehl aus seinem Abscheu. «Du hast nicht die Macht, uns hinrichten zu lassen.»

«Bist du wirklich so dumm? Ich bin der Satrap von Babylonien, ganz gleich, was Dokimos sich einbildet, also kann ich jeden hinrichten lassen, der mir beliebt, oder besser gesagt, der mir nicht beliebt. Und du kannst Dokimos ausrichten, dass er auf meiner Liste immer weiter nach oben rückt, je länger ich hier herumstehen muss – so wie du übrigens auch. Jetzt geh!»

Seleukos' nachdrücklicher Ton überraschte Polemon sichtlich, und er wich einen Schritt zurück, ehe er sich abwandte.

«Töte sie einfach», schlug Kallias vor, als Polemon verschwand. «Die Makedonen sind schon arrogant genug und schauen auf Griechen herab, selbst auf Spartaner wie mich. Aber wenn manche von ihnen nun auch noch auf makedonische Landsleute herabschauen, dann ist das unerträglich. Stich ihnen wenigstens die Augen aus, damit sie deinen Anblick nicht länger zu ertragen brauchen.»

«Die Vorstellung ist verlockend, mein Freund, aber was würde geschehen, wenn es Alketas und Eumenes endlich gelänge, sich zu einigen und Anatolien unter ihre Kontrolle zu bringen? Was würde das für mich bedeuten, wenn ich ihre Verbündeten hingerichtet hätte?»

EUMENES
DER LISTIGE

Der Zeitpunkt hätte nicht günstiger sein können», stellte Eumenes fest. Er musterte Alketas, Attalos, Dokimos und Polemon, die ihm gegenüberstanden. Der Wind zerrte an ihren Mänteln und ihrem Haar. Die Begegnung fand auf einer Bergkuppe zwischen schneebedeckten Gipfeln in der Gegend südlich von Ikonion an der Grenze zwischen Phrygien und Pisidien statt. Zwischen den Männern lag ein Friedenszweig, und ihre berittenen Eskorten warteten ein Stück hangabwärts, knapp außer Hörweite. Hieronymos saß hinter Eumenes und machte sich Notizen über die Verhandlungen. «Antipatros nimmt die Könige und einen Gutteil seiner Armee mit zurück nach Europa. Damit bleibt nur noch Antigonos hier in Anatolien. Wir alle wissen, dass vor ein paar Monaten dreitausend von Antigonos' Männern unter dem Kommando eines gewissen Holkias von der Fahne gegangen sind. Seine Jungs sind unzufrieden. Wenn wir unsere Truppen vereinen, sind wir stark genug, um ihn zum Narren zu halten, indem wir ihn dazu bringen, uns kreuz und quer durch das westliche Asien zu verfolgen. Wir können uns von dem ernähren, was das Land hergibt, uns nehmen, was wir brauchen – so, wie ich es bereits seit einiger Zeit tue, nur in viel größerem Maßstab. Am Ende wird Antigonos zum Gespött werden, ihm werden noch mehr Männer von der Fahne gehen, und die Einheimischen werden ihn dafür hassen, dass er uns nicht daran hindert, ihnen all das Leid zuzufügen. Schließlich wird ihm gar nichts anderes übrig bleiben, als zu verhandeln. Wir werden unsere Begnadigung fordern und dass alles wieder so wird wie früher, weiter nichts. Damit wird der Bürgerkrieg beendet sein.»

«Dann bekomme ich Babylonien zurück?», fragte Dokimos und bedachte den kleinen Griechen mit einem abschätzigen Blick.

Götter, diese hochgeborenen Makedonen haben ebenso viel Verstand wie Manieren. «Seleukos ist jetzt der dortige Satrap, Antipatros hat ihn ernannt. Es dürfte schwer werden, ihn abzusetzen, erst recht, da dir die Satrapie niemals offiziell zugesprochen wurde. Du hast sie dir einfach genommen.»

«Eines Tages wird mir der Hurensohn für das büßen, was er getan hat.»

«Was? Er soll dafür büßen, dass er dich und Polemon am Leben gelassen und euch freies Geleit nach Pisidien gewährt hat?»

«Dafür, dass er uns gedemütigt hat. Er hat uns keine Eskorte zugestanden, wir durften kein Gepäck mitnehmen, keine Sklaven, nur unsere Frauen und Kinder und jeder ein paar Chitone zum Wechseln.»

«Und eure Waffen», erinnerte Eumenes ihn. «Ihr kamt als freie Männer, nicht als Gefangene.»

«Wir beide hatten nicht eine Drachme bei uns», beklagte sich Polemon. «Nichts.»

«Aber für all eure Aufwendungen war gesorgt. Ich denke, meine Herren, ihr solltet Seleukos dankbar sein. Er hätte jedes Recht gehabt, euch beide hinrichten zu lassen. Man könnte sogar sagen, er hat gegen das Gesetz verstoßen, indem er es nicht tat.» Eumenes tat den Gedanken mit einer Handbewegung ab und richtete seine Aufmerksamkeit wieder auf Alketas und Attalos. «Denkt doch einmal: Wenn wir die Gegenseite an den Verhandlungstisch holen können, wird der Krieg beendet sein, und unsere Positionen wären gesichert.»

Die beiden Männer wechselten einen Blick, dann schauten sie wieder Eumenes an.

Mir scheint, ich könnte die Diskussion für mich entscheiden. Irgendwo in den dunklen Tiefen ihres militärischen Verstandes wissen die Makedonen eine gute Strategie zu schätzen, und möglicherweise ist in diesen beiden Prachtexemplaren dieser Teil des Verstandes soeben erwacht. Jetzt muss ich gut achtgeben, was ich sage.

«Nun, da wir keine Kriegsflotte mehr haben, ist das Binnenland unsere einzige Option.»

Attalos spannte sich an und forschte in Eumenes' Gesicht nach Anzeichen unterschwelliger Kritik.

Eumenes hob die Hand. «Ich will niemandem irgendwelche Schuld zuweisen, Attalos, ich stelle lediglich Tatsachen fest: Nachdem die Kriegsflotte von Rhodos bei der Verteidigung ihrer Insel die deinige vernichtete, haben wir Kleitos' Flotte nichts mehr entgegenzusetzen, also müssen wir uns von der Küste fernhalten. Bringt eure Männer hierher zu mir ins Landesinnere, dann werden wir gemeinsam Antigonos an der Nase herumführen. Was sagt ihr, meine Herren?»

«Ich übernehme selbstverständlich das Kommando, und Attalos ist mein Stellvertreter», erklärte Alketas.

Eumenes blickte den fünfzehn Jahre jüngeren Mann überrascht an. «Selbstverständlich nicht. Ich werde das Kommando übernehmen, und du kannst mein Stellvertreter sein.»

«Ich nehme doch keine –»

«– Befehle von einem Griechen entgegen.» *Die Götter mögen*

uns vor der Arroganz dieser Leute bewahren. Sie würden lieber den Krieg und ihr Leben verlieren, als ihre Würde geschmälert zu sehen. «Nein, du wirst von einem bewährten Truppenführer Befehle entgegennehmen – von einem, der siegt. Einem, der Neoptolemos und Krateros geschlagen hat; der Antipatros dazu gebracht hat, zu verzweifeln und heimzukehren; der Antigonos überlistet hat. Mit anderen Worten: von einem Sieger. Menschen folgen einem Sieger.» Er starrte die vier herausfordernd an und wartete, ob sie widersprechen würden.

«Auch wir sind Sieger», behauptete Alketas, doch es klang weniger entschieden als beabsichtigt.

Das war zu viel für Eumenes. «Sieger? Attalos hat soeben bei seinem unüberlegten und schlecht vorbereiteten Angriff auf Rhodos fast seine gesamte Flotte verloren. Und wenn ich sage ‹schlecht vorbereitet›, so ist das noch eine Beschönigung, denn damit gestehe ich ihm immerhin zu, er habe die Aktion überhaupt vorbereitet, was normalerweise als Grundvoraussetzung für jede militärische Unternehmung gilt. Tatsächlich ist er einfach drauflosgestolpert in der Überzeugung, ein Makedone sei einem Griechen jederzeit überlegen. Nun, vierzig Schiffe und fast fünftausend Mann sagen das Gegenteil.» Eumenes stand auf, schob seinen Stuhl zurück und zeigte wütend auf Attalos. «Versuche gar nicht erst, dich zu verteidigen, denn genau so ist es gewesen. Und was dich betrifft, Alketas – was hast du denn anderes getan, als in Pisidien herumzuschleichen? Ach ja, du hast es geschafft, Alexanders Halbschwester Kynane zu töten – das war eine Glanzleistung, wie? Die Armee hätte beinahe gemeutert, deine nunmehr verstorbene Schwester musste dich retten, und dein ebenfalls verstorbener Bruder konnte nicht mehr anders, als zuzulassen, dass die missratene Tochter der Hure Philipp heiratete, womit der arme Perdikkas ein Problem mehr hatte. Nun, geh zurück nach Pisidien und spiele dort weiter den Sieger. Oder komm zur Vernunft und begleite mich nach Phrygien. Schließe dich mir an, und gemeinsam werden wir tatsächlich eine Chance auf den Sieg haben.»

«Nur wenn ich das Kommando führe», stellte Alketas fest.

Eumenes legte den Kopf schief, als habe er nicht recht gehört, dann lächelte er schwach. «Meine Herren, ich verschwende nur meine Zeit mit euch. Unsere Verhandlungen sind beendet. Einen guten Tag euch allen. Komm, Hieronymos, ich nehme an, du hast genügend Belege für den Starrsinn der makedonischen Kriegerklasse gesammelt.» Damit wandte er sich ab und schritt zügig den Hang hinunter zu seinen kappadokischen Reitern, die ihn erwarteten.

«Du bist doch Makedone, Apollonides», sagte Eumenes zum Befehlshaber der Eskorte, da Alketas' Sturheit ihm nicht aus dem Kopf gehen wollte. Leichter Schneefall hatte eingesetzt; Flocken landeten auf dem Hals seines Pferdes, wo sie fast augenblicklich schmolzen. «Weshalb riskiert Alketas lieber sein Leben, als von einem Griechen Befehle entgegenzunehmen?»

Apollonides antwortete ohne Zögern. «Jahrhundertelang schauten die Griechen auf uns herab, betrachteten uns als Bauerntölpel, die kaum des Lesens und Schreibens kundig waren und einen griechischen Dialekt sprachen, der selbst einem Epiroten die Schamesröte ins Gesicht getrieben hätte. Die edlen Familien haben das nicht vergessen. Seit König Philipp vor zwanzig Jahren den größten Teil Griechenlands unterwarf, fühlen sie sich in ihrer Überlegenheit bestätigt, und es wäre ihnen daher unerträglich, Befehle von –»

«– Unterlegenen anzunehmen. Ja, das alles ist mir klar. Ich frage mich nur: Warum gehen sie so weit, eher sterben zu wollen, als sich von einem Griechen befehlen zu lassen? Du nimmst schließlich auch Befehle von mir an.»

«Ja, Herr, aber ich bin ein Soldat, der sich hochgedient hat.

Ich habe kein solches angeborenes Anspruchsdenken wie Alketas. Ich kam in einer Hütte zur Welt, und meinem Vater waren seine Schafe wichtiger als ich. Und zu Recht, denn die Schafe konnten die Familie ernähren, wohingegen ich nur eine Belastung war, bis ich ungefähr sechs war und mich als Hütejunge nützlich machen konnte. Als nachgeborener Sohn hatte ich kaum eine andere Wahl, als zur Armee zu gehen, und sie war sehr gut zu mir. Wie käme ich dazu, all das aufs Spiel zu setzen, nur weil du Grieche bist? Ich weiß, dass es mein Los ist, Befehle anzunehmen, und wer sie erteilt, ist mir einerlei. Alketas hingegen … Er würde nicht nur seinen Stolz und seine Würde verlieren, wenn er sich einem Griechen unterordnete – er könnte sich in seiner Heimat nie wieder blicken lassen.»

«Nun, wenn er in Pisidien bleibt, obwohl er keine Flotte zu seinem Schutz hat, dann wird er ohnehin nicht mehr heimkehren», stellte Eumenes fest. «Insofern scheint mir, es macht eigentlich keinen Unterschied.»

Sie kehrten zu seinem Lager drei Parasangen nördlich von Ikonion zurück, einer Stadt, die bereits schwer unter den Beutezügen von Eumenes' Armee gelitten hatte. Beim Näherkommen bemerkte Eumenes, dass etwas nicht stimmte: Ein Bereich des Lagers wirkte auffallend leer, dort stieg kein Rauch von Kochfeuern auf.

«Sie sind mitten in der Nacht abgezogen», erklärte Xennias. «Heimlich, still und leise – als ich es bemerkte, war es bereits zu spät. Sie waren ganz am anderen Rand des Lagers und sind einfach zwischen den Wachposten hindurch nordwärts marschiert. Sie waren schon fünfzehn Stadien weit gekommen, ehe ich sie einholte. Diokles, ihr Anführer, weigerte sich anzuhalten, und ich konnte nichts tun. Ich hätte sie schon angreifen müssen.»

«Wie können dreitausend Mann einfach so *heimlich, still und leise* aus dem Lager marschieren? Dreitausend Soldaten in voller Ausrüstung mit sämtlichem Gepäck, und das soll lautlos vonstattengegangen sein? Nein, Xennias, das kann ich mir nicht vorstellen.»

Xennias' Miene verriet sein Unbehagen darüber, dass ihm nicht geglaubt wurde. «Denke, was du willst, Herr, aber so ist es gewesen.»

Obacht, mach ihn dir nicht zum Feind. «Entschuldige, mein Freund, du hast gewiss recht. Die Frage ist: Was unternehmen wir nun? Wir können nicht einfach zulassen, dass ein Fünftel der Armee sich davonmacht. Weißt du, wohin sie wollen? Ich nehme an, zu Antigonos.»

«Nein, Herr, anscheinend hat deine Taktik ihnen gezeigt, dass Raubzüge ein lohnendes Geschäft sind: Die Männer, die vorigen Monat Antigonos von der Fahne gegangen sind, haben sich in Kappadokien eingerichtet. Nun, da Nikanor nach Makedonien zurückgerufen wurde, haben unsere Jungs –»

« – entschieden, sich ihnen anzuschließen. Das wollen wir erst mal sehen. Sorge dafür, dass unsere gesamte Kavallerie so bald wie möglich bereit zum Aufbruch ist – leichte wie schwere Reiter, Makedonen, Kappadokier, Thraker, Paphlagonier und was weiß ich wer noch alles. Diese Hurensöhne werden Kappadokien nicht erreichen.»

«Sie sind vor uns in dem Tal, fünfzehn Stadien von hier entfernt», meldete Apollonides und brachte sein Pferd so abrupt zum Stehen, dass kleine Steinchen nach allen Seiten stoben. Sein Atem bildete Dampfwolken in der kalten Gebirgsluft.

«Gut. Wir werden ihnen erst einmal nur folgen, damit unsere Pferde sich etwas erholen können, ehe wir angreifen. Wie sind sie formiert?»

«In einer regulären Kolonne. Ganz ordentlich in Reih und Glied, und es gibt keine Nachzügler.»

Eumenes überlegte kurz. «Sie haben ihre Disziplin also nicht verloren – das ist ein gutes Zeichen. Vielleicht können wir sie dazu bringen, sich wieder auf ihre Pflicht zu besinnen. Wer führt die Kolonne an?»

«Noch immer Diokles, zusammen mit zweien seiner Unterbefehlshaber.»

Eumenes lächelte grimmig entschlossen. «Dann ist er ja leicht zu finden.»

Stöhnen erhob sich aus der Kolonne, als die Kavallerie sie in hohem Tempo einholte und in zwei Reihen rechts und links an ihr entlangritt. Sie befanden sich in einem Tal, das zu beiden Seiten von graubraunen, stellenweise noch von Schnee bedeckten Hängen aus zerklüfteten Felsen und Geröll begrenzt wurde. Als Eumenes sich der Spitze der Kolonne näherte, wurden Befehle gebrüllt, und die gewaltige Menschenschlange kam recht geordnet zum Stillstand. Ängstliche Gesichter blickten ihm entgegen.

Was dachtet ihr denn? Dass ich euch einfach ziehen lasse und ihr nach Herzenslust meine Provinz ausplündern könnt, während ich kaum noch genügend Männer habe, um das Überleben zu sichern?

Eumenes hielt sein Ross ein paar Schritt vor der Spitze der Kolonne an und wendete es zu Diokles, einem graubärtigen, sehr kräftig gebauten Veteranen, dessen Haut aussah wie braunes Leder. Der betagte Befehlshaber unterließ es demonstrativ, ihn zu grüßen. «Männer, meine Männer, wohin geht ihr?» Eumenes' Stimme tönte hell und klar durch die frische Luft.

«Wir ziehen auf eigene Faust los», erwiderte Diokles. «Seit nunmehr über einem Jahr sind wir nichts als Gejagte, die plündernd durchs Land ziehen. Da dachten wir uns, wir könnten das ebenso gut ohne dich tun – so haben wir mehr Beute für uns, du verstehst?» Beim Grinsen wurden Zahnlücken und schwarze Stummel sichtbar. In den Augen des Mannes lag keinerlei Heiterkeit.

«Ihr dachtet euch also, ihr könntet losmarschieren und Kappadokien ausplündern, meine Satrapie?»

«Nun, du bist ja momentan nicht dort, wie?»

«Sobald ihr mit euren Raubzügen begonnen hättet, wäre ich zur Stelle gewesen.»

«Außerdem haben wir gehört, dass Antipatros seinen Sohn Nikanor statt deiner zum Satrapen gemacht hat.»

«Er ist nicht der legitime Satrap. Ich wurde von Perdikkas ernannt. Aber ich bin nicht hier, um mit dir Wortklauberei zu betreiben.»

«Wozu bist du dann hier, Grieche?»

«Dazu!» In einer einzigen Bewegung trieb Eumenes sein Pferd an, zog sein Schwert, beugte sich vor und fuhr dem Veteranen mit der Klinge quer über die Kehle.

Mit einem Ausdruck grenzenloser Überraschung griff Diokles sich an den Hals, doch er konnte nicht verhindern, dass das Blut in Strömen herausfloss. Auf den Gesichtern seiner Unterbefehlshaber dicht hinter ihm zeichnete sich Entsetzen ab, ebenso wie in den vorderen Reihen der Kolonne. Diokles schwankte wie ein Betrunkener, ein Röcheln drang aus seiner Kehle, während das Blut über seinen ledernen Brustpanzer lief. Dann versagten seine Beine ihm den Dienst, er brach zusammen und blieb zuckend liegen.

«Ergreift sie», rief Eumenes und zeigte auf die Unterbefehlshaber.

Sie machten keine Anstalten, sich zu widersetzen, denn vor der Kavallerie gab es kein Entkommen. Und sie leisteten auch keine Gegenwehr, als einem nach dem anderen der Kopf abgeschlagen wurde.

«Sie sind ehrenhaft gestorben», verkündete Eumenes, der hoch zu Ross auf die enthaupteten Körper hinunterschaute, «aber sie sind sinnlos gestorben, ihr Tod war die Folge einer Dummheit. Dachtet ihr wirklich, ich und Antigonos würden zulassen, dass ihr und Holkias' Männer euch zusammentut und einen Teil des Reiches verheert? Notfalls hätten wir sogar einen zeitweiligen Waffenstillstand schließen können, um gemeinsam gegen euch vorzugehen, und dann wären nicht nur diese paar Köpfe gerollt – nein, dann wäret ihr jetzt alle tot, als Warnung an jeden, der sich einbildet, er könne den Bürgerkrieg zu seinem persönlichen Vorteil ausnutzen. Was immer geschieht, wir werden die Ordnung im Reich aufrechterhalten, denn ohne Ordnung gäbe es nichts mehr, wofür zu kämpfen sich lohnen würde; weder für mich noch für Antipatros, Alketas oder Antigonos. Habt ihr mich verstanden? Jetzt nehmt euren Dienst wieder auf, dann wollen wir nicht weiter über diesen Vorfall sprechen. Aber eines sage ich euch: Antigonos wird mit Holkias weit weniger milde verfahren als ich mit euch.»

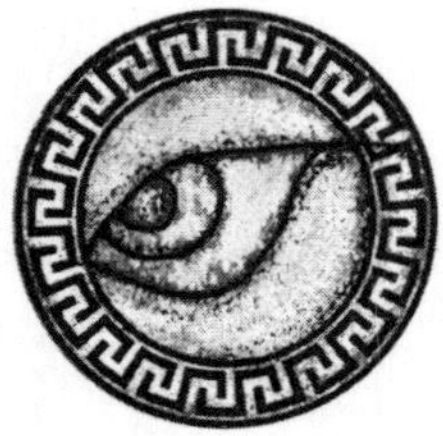

ANTIGONOS
DER EINÄUGIGE

«Unsere Informationen haben sich bestätigt, Vater. Leonidas bringt die Männer gerade aus ihrem Lager herunter», berichtete Demetrios. Er hatte auf seinem Ross die Kuppe des Berges fast erreicht, wo Antigonos mit seinem alten Freund Philotas stand und gen Osten Ausschau hielt. «Die List hat gewirkt.»

Antigonos kicherte und rieb sich die Hände. Er blickte zur tief hängenden Wolkendecke auf, die das Hochland verbarg. Von dort aus hatten Holkias und seine abtrünnigen Soldaten den Westen Kappadokiens seit einiger Zeit in Angst und Schrecken versetzt. «Dieser Leonidas ist ein guter Mann. Er muss seine Abneigung gegen mich höchst überzeugend bekundet haben, dass sie ihm so rasch vertrauten. Nur vier Monate, und schon wählen sie ihn zu ihrem Anführer. Ich frage mich, wie er das bewerkstelligt hat.»

Demetrios zuckte die Achseln. «Zweifellos hat er sie mit der Aussicht auf reiche Beute gelockt. Wie wirst du mit ihnen verfahren?»

«Ich werde sie dazu benutzen, den listigen kleinen Griechen zu überlisten. Nun mache deine Kavallerie bereit.»

Sichtlich verwirrt wendete Demetrios sein Pferd und ritt in leichtem Galopp den Hang hinab. Unten in der Flussebene stand eine viertausend Mann starke Reitertruppe in Formation bereit, je zweitausend an beiden Ufern des seichten, schnell strömenden Flusses, der nur zehn Schritt breit war.

Antigonos kicherte noch einmal vor sich hin, dann blies er in seine hohlen Hände, die von der Gebirgskälte steif waren. «Der Winter macht mir mit jedem Jahr mehr zu schaffen. Die einsetzende Kälte kriecht mir bis in die Gelenke.»

Philotas knurrte. «Und nicht nur in die Gelenke – in unserem Alter können wir von Glück sagen, wenn wir in der Zeit zwischen der Tagundnachtgleiche im Herbst und der im Frühjahr überhaupt mal eine Erektion bekommen.»

«Man sollte nicht von sich auf andere schließen, alter Freund – bei mir wirkt ein Paar warmer und williger Hände noch jederzeit Wunder.» Er schaute auf seine blassen Finger hinunter. «Ich wünschte nur, meine wären auch warm.» Doch die Temperatur vermochte seiner Stimmung nichts anzuhaben. Endlich entwickelten sich die Dinge so, wie er es erhofft hatte. Natürlich hatte er mit allem Nachdruck protestiert, wie man es von ihm erwartete, als Antipatros ihm befahl, die Könige aus seiner Obhut zu geben: Das bedeute für ihn persönlich einen Statusverlust, es sei schlecht für die Moral der Truppen, schmälere die Legitimität der königlichen Armee und dergleichen mehr – all diese Argumente waren überzeugend vorgebracht und dankenswerterweise zurückgewiesen worden. Am Ende hatte er sich gefügt, mit deutlich zur Schau getragenem Widerwillen und säuerlicher Miene, insgeheim jedoch frohlockend. Antipatros verließ Asien für immer und nahm die Könige mit – und auch die beiden Harpyien, die sich an die Könige klammerten wie von Sinnen. Vor allem aber nahm er auch diesen heimtückischen Widerling Kassandros mit.

Es war ein seltenes Hochgefühl, sich all dieses Ballasts entledigt zu haben und als alleiniger Oberkommandierender der Armee in Asien zurückzubleiben. Und nun, da Antipatros sich auf dem Heimweg befand, war Antigonos entschlossen, das Problem mit Eumenes anzupacken. Am besten würde es sein, den Mann mitsamt seiner Streitmacht auf seine Seite zu bringen, denn für das, was er plante, konnte er gar nicht genug Soldaten haben und auch nicht genug fähige Generäle, die sie anführten. Und Eumenes hatte sich zweifellos als überaus fähiger General erwiesen.

Unten in der Ebene erscholl ein Hornsignal.

«Offenbar sind die Fahnenflüchtigen in Sicht», bemerkte Philotas, als die berittene Truppe sich in Bewegung setzte, Reihe um Reihe schildloser, lanzenbewehrter makedonischer schwerer Kavallerie. Der Geruch der Männer und Pferde drang bis hinauf zu Antigonos' Aussichtsposten, und sein Wohlgefühl verstärkte sich, da lebhafte Erinnerungen an die Freuden des Krieges in ihm aufstiegen.

Er sog den Geruch tief ein, dann hob er das Gesicht zum Himmel. In diesem Moment genoss er das Leben. «Dann sollten wir uns auf den Weg machen, alter Freund.»

Die beiden stiegen den Hang hinunter, steifbeinig, wie ältere Männer sich in unwegsamem Gelände eben bewegten. Mühsam bewältigten sie den Abstieg, während die Kavallerie bereits durch das Tal ostwärts zog. Dort in der Ferne strömte eine Kolonne aus Infanterie, nur von sehr wenigen Reitern begleitet, von den dunstverschleierten Hängen herunter.

Als die Kolonne die Talsohle erreichte, beschleunigte Demetrios mit seiner Truppe von Trab zu leichtem Galopp, dann zu vollem Galopp. So legten sie die letzten fünfzehn Stadien schnell genug zurück, um zu verhindern, dass die Infanterie sich zu einer Linie formieren konnte. Die Fußsoldaten wurden im offenen Gelände von der Kavallerie überrumpelt, und da sie selbst kaum Reiter zur Unterstützung hatten, war ihr Schicksal klar: Entweder sie ergaben sich, oder sie würden vernichtet werden.

«Gut gemacht, Leonidas», lobte Antigonos, als er wenig später dazukam. Die gefangenen Soldaten saßen inzwischen alle am Boden, tuschelten untereinander und beäugten nervös die Kavallerie, die sie umzingelt hatte. «Das war eine Glanzleistung.»

«Danke, General», erwiderte Leonidas, der sich erhob und seinen Feldherrn begrüßte. «Ihre Gier wurde ihnen zum Verhängnis, wie es bei derlei Kreaturen so häufig geschieht.»

«Du verlogener Hurensohn, du Verräter!», ertönte eine Stimme, als Antigonos und Leonidas sich umarmten.

«Für dich mag er ein verlogener Hurensohn sein, Holkias», räumte Antigonos ein, «aber mir ist er ein treuer Hurensohn. Der Verräter bist du. Jetzt halte den Mund, ehe du meine Gutmütigkeit überstrapazierst.»

Holkias, ein junger Offizier, der nach dem Vorbild des großen Alexander glatt rasiert war, bedachte Leonidas und Antigonos mit finsteren Blicken, doch er befolgte Antigonos' Rat und hielt den Mund.

Antigonos beugte sich zu Leonidas hinüber und sagte leise zu ihm: «Ich habe für den Winter noch einen Auftrag für dich, diesmal in Eumenes' Lager in Nora. Du musst mir einen Offizier suchen, vorzugsweise einen von der Kavallerie, der für einen angemessenen Betrag in Gold die Seiten wechselt.»

«Es wird mir ein Vergnügen sein.»

«Diskret.»

«Wie immer.»

«Guter Mann.» Antigonos klopfte ihm auf die Schulter, dann wandte er sich an seine Gefangenen. «Ihr alle seid Hurensöhne und Verräter, jeder Einzelne von euch. Ihr alle hättet den Tod verdient, ich sollte euch auf der Stelle hinrichten lassen.» Er wies auf seine Kavallerie, die einen Ring um die Gefangenen geschlossen hatte. «Auf ein Wort von mir würden sie euch in Stücke reißen.» Zu Antigonos' Befriedigung gab es kein Geschrei, niemand flehte um sein Leben.

Sie wissen, dass ich recht habe, und sie erwarten nichts anderes. Nun, dies wird sie überraschen. «Aber ich werde den Befehl nicht erteilen. Nicht heute und an keinem anderen Tag, vorausgesetzt, ihr alle schwört bei euren Schutzgöttern, unverzüglich nach Makedonien heimzukehren und nie wieder einen Fuß auf asiatischen Boden zu setzen.»

Diese Worte trugen Antigonos überraschte Blicke ein, nicht nur von den Gefangenen, sondern auch von seinen eigenen Männern. Insbesondere Demetrios starrte seinen Vater entgeistert an.

«Jawohl, ihr habt recht gehört. Es steht euch frei zu gehen, wenn ihr schwört, niemals wiederzukommen. Nehmt ihr das Angebot an?»

Die Gefangenen brauchten nicht lange zu überlegen. Jubel hallte durch das trostlose Tal, von dem die Fahnenflüchtigen bis eben noch geglaubt hatten, dass sie es nicht lebend verlassen würden.

«Weshalb tust du das, Vater?», fragte Demetrios.

Antigonos schaute seinen Sohn an, ein belustigtes Funkeln in seinem Auge. «Eumenes hat die Rädelsführer der Männer, die ihm von der Fahne gegangen sind, hingerichtet und den Rest wieder in seinen Dienst genommen, wobei er sie auf mehrere zuverlässigere Einheiten verteilt hat. Ich habe soeben gezeigt, dass ich im Umgang mit Geächteten gnädiger bin als der listige kleine Grieche. Vergiss nicht, Eumenes' Männer sind allesamt Geächtete und könnten normalerweise nicht auf Gnade hoffen. Aber wenn ich meine Geächteten am Leben lasse, werden vielleicht nicht wenige von seinen Männern ernsthaft darüber nachdenken, zu mir überzulaufen. Und wenn ich ihn zur Schlacht stelle, werden seine Soldaten eher geneigt sein, sich zu ergeben, da sie mit gnädiger Behandlung rechnen können.» Er wies auf die Fahnenflüchtigen, die eben ihre Schwüre leisteten. Zu diesem Zweck hatten die Männer behelfsmäßige Altäre errichtet, indem sie Wurfspeere in den Boden gerammt und Schilde darüber gelegt hatten. «Außerdem, was würden sie mir nutzen? Ich könnte ihnen nie wieder trauen, und weshalb sollte ich solche Leute unter meine besten Soldaten mischen, wie Eumenes es getan hat? Nein, sollen diese Jungs doch nach Makedonien zurückgehen – dort können sie immerhin noch zum Problem für Antipatros werden.» Er rieb sich die Hände und kicherte wieder. «Alles in allem kein schlechtes Ergebnis. Und nun, mein Sohn, wollen wir zusehen, dass wir aus diesen Bergen herauskommen. Wir können in Tarsos an der Küste überwintern, statt uns in Kelainai die Eier abzufrieren, sofern wir überhaupt in die Stadt gelangen würden. Ich werde den Winter damit zubringen, mit Leonidas die dunkle Kunst der Subversion zu üben, während du dich mit Phila im Bett vergnügst.» Er hielt inne und runzelte die Stirn. «Ich war in letzter Zeit so beschäftigt, dass ich dich noch gar nicht gefragt habe, wie dir das Eheleben gefällt.»

Demetrios warf seinem Vater einen raschen Blick zu. Er wusste nicht recht, ob Antigonos sich über ihn lustig machte. «Sehr gut, danke», erwiderte er, nachdem er entschieden hatte, dass die Frage ernst gemeint war. «Sie ist so gefügig, wie ich es mir nur wünschen könnte, auch wenn sie für meinen Geschmack allzu viele Bücher liest.»

«Ach, tut sie das? Du solltest etwas dagegen unternehmen. Eine Frau sollte nicht zu gebildet sein. Am Ende kommt sie noch auf den Gedanken, eine eigene Meinung zu haben.»

Demetrios nickte. «Phila hat bereits hin und wieder ihre Ansichten geäußert, hauptsächlich über Literatur. Ich muss sagen, mir ist das zu hoch. Aber sie scheint interessiert, wenn ich mit ihr über Alexanders Feldzüge rede oder über die Kriegsführung im Allgemeinen.»

«Nun, du wirst ihr hoffentlich eine Menge zu erzählen haben, wenn wir im Frühjahr endlich den kleinen Griechen aufgespürt haben.»

«Eumenes' Armee ist kaum weiter als zwei Parasangen entfernt, jenseits der Bergkette dort im Südosten», berichtete der Kundschafter Antigonos, als dieser vier Monate später zu Beginn der Feldzugsaison seine Männer gen Norden führte.

«Wir dürfen ihn nicht vorbeilassen», entschied Antigonos nach einiger Überlegung. «Befiehl den Kundschaftern, sich zurückzuziehen. Eumenes soll nicht merken, dass wir ihn entdeckt haben, sonst schlägt er einen Bogen um uns.» Er schaute auf die Landkarte von Anatolien hinunter, die vor ihm ausgebreitet lag. Sie war so grob, dass sie wenig nutzte, doch eine bessere hatte er nicht. Philotas, Leonidas und Demetrios scharten sich um ihn. «Er ist auf dem Weg zurück nach Phrygien, um seine Beutezüge fortzusetzen.» Antigonos wandte sich an Leonidas. «Welche Stadt ist von hier aus am nächsten?»

«Orkynia, das liegt etwa zehn Parasangen nordwestlich von hier.»

«Dann ist er gewiss dorthin unterwegs. Wir werden ihn aufhalten, ehe er Schaden anrichten kann. Demetrios, du führst deine Kavallerie um seine südliche Flanke und schneidest dem kleinen Griechen den Rückzug zu seiner Basis in Kappadokien ab. Philotas und ich führen den Rest der Armee so schnell wie möglich nach Orkynia und fordern ihn vor den Toren der Stadt zur Schlacht heraus. Eumenes wird zweifellos zuerst versuchen, mit dir und deiner Kavallerie fertigzuwerden, während er den Rest seiner Armee in Stellung bringt, um es mit uns aufzunehmen. Er wird eine äußerst unliebsame Überraschung erleben.» Er schaute Leonidas an. «Kannst du unserem Mann eine Botschaft zukommen lassen, um ihm den zeitlichen Ablauf des Plans mitzuteilen?»

Leonidas lächelte. «Ich werde mich heute Nacht in ihr Lager schleichen. Sei unbesorgt, er wird bereit sein.»

Antigonos rieb sich leise kichernd die Hände. Alles verlief so, wie er es erhofft hatte, während er den Winter über angespannt Leonidas' Fortschritte beobachtet hatte. Der Preis war hoch gewesen, aber wenn der Plan aufging, würde es die Sache wert sein. Als Leonidas den Erfolg seiner Mission meldete, schmolz im Binnenland gerade der Schnee, sodass die Pässe über das Taurosgebirge wieder gangbar wurden. Demetrios hatte sich von Phila losgerissen, und Antigonos hatte seine Armee von Tarsos wieder nordwärts geführt, um Eumenes abzufangen, wenn der sein Winterquartier in Kappadokien verließ. Er hatte nicht länger als zwei Tage in der Nähe der Grenze warten müssen. Nun brauchte er nur noch seine Armee vor den Toren von Orkynia in Stellung zu bringen und der Ankunft seines Feindes zu harren.

Da Demetrios ihm den Rückzug abschneidet, wird Eumenes nichts anderes übrig bleiben, als zu kämpfen. Götter, das wird gut. Nichts ist besser, als die Saison mit einer regelrechten Feldschlacht zu beginnen, anstatt monatelang umeinander herumzutanzen. Ich hoffe nur, es wird nicht zu blutig, damit nachher möglichst viele seiner Makedonen sich mir anschließen – ich brauche jeden Mann. Außerdem mag ich den listigen kleinen Griechen irgendwie. Er hat mir nie etwas getan, und ich glaube, er hegt auch keine Feindseligkeit gegen mich. Er könnte ein überaus nützlicher Verbündeter sein.

Antigonos hielt gen Osten Ausschau. Durch den Nieselregen sah er die Vorhut von Eumenes' Armee nahen, zwei Tage nachdem seine Kundschafter sie erstmals erspäht hatten. Seine Truppe hatte einen strapaziösen Eilmarsch nach Orkynia hinter sich, einer wenig einladenden Stadt aus sehr alten, tristen grauen Steinbauten. Der einzige Vorzug, den sie zu bieten hatte, war, dass Antigonos strategisch günstig am oberen Ende eines sanften Hanges in Stellung gehen konnte, um Eumenes zu erwarten. Und hier rückte nun also der Grieche mit seiner Armee an. Nach den Berichten von Antigonos' Kundschaftern und den Spionen im feindlichen Lager handelte es sich um zwanzigtausend Mann Infanterie und an die fünftausend Reiter.

Zahlenmäßig sind wir ziemlich genau gleich stark – noch.

Vor seinen Augen löste sich nun ein Reitertrupp von der vorrückenden Armee und kam im Galopp auf ihn zu. Der Anführer hatte einen Friedenszweig an seiner Lanze befestigt.

So, er schickt also Unterhändler? Ich frage mich, was er will.

«Mein Herr Eumenes sendet seine Grüße, Herr», sagte der Unterhändler, als er vor Antigonos stand. Dieser saß auf einem Stuhl unter einem Baldachin, der ihn vor dem Regen schützte.

«Bitte richte ihm im Gegenzug die meinen aus.»

«Gewiss, Herr. Mein Herr Eumenes wünscht außerdem dir und den Deinen Gesundheit und ein langes Leben.»

«Ach, tatsächlich? Heißt das, er ergibt sich mir kampflos?»

«Gewiss nicht, Herr, er hofft lediglich, dass du und die Deinen die Kämpfe überleben werdet. Er bedauert sehr, dass es zu dieser Schlacht kommen muss, doch er sieht keine andere Möglichkeit, Herr, es sei denn, du könntest dich zur Kapitulation durchringen.»

«Eumenes hatte schon immer Humor», bemerkte Antigonos mit aufrichtiger Zuneigung. «Geh zu ihm zurück und richte ihm aus, ich bin gern bereit, seine Armee unter mein Kommando zu nehmen. Ich würde alsdann eine Heeresversammlung einberufen, um sein Todesurteil aufzuheben, und ihn anschließend zu meinem Stellvertreter in Asien machen. Außerdem würde ich ihn offiziell wieder als Satrapen von Kappadokien einsetzen.» Antigonos gab dem Unterhändler einen Wink, sich zu entfernen. «Komm wieder, wenn du seine Antwort hast.»

«Denkst du, er wird einwilligen?», fragte Philotas, als der Unterhändler auf dem Weg zurück zu Eumenes' Lager war, das fünfzehn Stadien entfernt aufgeschlagen wurde.

«Selbstverständlich nicht, er würde das Gesicht verlieren. Nein, er muss kämpfen. Aber da dieser Unterhändler noch einmal herkommen wird, plane ich eine List. Wenn dann noch ein Teil seiner Truppe zu mir überläuft, sollte der Rest seiner Armee nach dem Verlust von einigen Dutzend Mann bereit sein, sich zu ergeben. Und du, mein Freund, wirst bei dieser List mitwirken.»

Während Antigonos nun Philotas seine Rolle bei dem Täuschungsmanöver erklärte, zog der Regen ab. Die Sonne brach durch die Wolken und tauchte die kalten grauen Mauern von Orkynia in spätnachmittägliches Licht, sodass die Stadt weniger feindselig wirkte. Überall im Lager wurden Kochfeuer entfacht, die Gerüche von Holzrauch und gebratenem Hammelfleisch zogen durch die Luft, und die Stimmen der Männer wurden lauter, da ihre abendliche Weinration ihnen die Kehle schmierte.

Später, als Antigonos in seinem Zelt gerade seinen zweiten Becher unverdünnten Weines leerte, wurde der Unterhändler erneut angekündigt. Antigonos ließ Philotas rasch durch den Hintereingang hinaus, um den Unterhändler allein zu empfangen.

Der Mann grüßte ihn, in der linken Hand die Lanze mit dem Friedenszweig. «Mein Herr dankt dir für dein großzügiges Angebot und bedauert sehr, keinen Gebrauch davon machen zu können – aus Gründen, die du gewiss verstehen wirst.»

Antigonos nickte nur.

«Er bittet dich zu bedenken», fuhr der Unterhändler fort, als ihm klar wurde, dass er nicht auf eine Antwort zu warten brauchte, «dass viel Blutvergießen vermieden werden könnte, wenn du bereit wärest, dich mit ihm zu verbünden. Ihr wäret gleichrangige Partner und würdet euch das Kommando teilen, um wenigstens zu verhindern, dass der asiatische Teil des Reiches auch noch auseinanderbricht. Er würde –»

«Antigonos», fiel ihm Philotas ins Wort, der aufgeregt hereinstürzte. «Sie kommen, sie wurden soeben gesichtet. Ehe der Mond aufgeht, werden sie uns erreichen.»

Antigonos stand auf und trank seinen Wein aus. «Ausgezeichnet, alter Freund. Sind es so viele wie erwartet?»

«Eher noch mehr, aber ausschließlich Fußtruppen.»

«Mehr? Umso besser.» Er wandte sich wieder an den Unterhändler. «Was wolltest du eben sagen?»

EUMENES
DER LISTIGE

Das glaube ich nicht», erklärte Eumenes.

«Ich versichere dir, Herr, er hat genau das gesagt: Die Verstärkungstruppen seien in Sicht, und es seien mehr als erwartet – ausschließlich Infanterie. Sie würden ihr Lager bis Mondaufgang erreichen.»

Eumenes winkte verärgert ab. «Schon gut, ich glaube dir ja, dass das gesagt wurde. Ich glaube nur nicht, dass es wahr ist. Einer seiner Offiziere – nach deiner Beschreibung wahrscheinlich Philotas – platzt herein, während Antigonos gerade mit einem Unterhändler spricht, und gibt einfach so eine sensible Information preis? Nein, das glaube ich wirklich nicht. Es ist eine Täuschung, um mich glauben zu machen, ich sei zahlenmäßig stark unterlegen, damit ich kampflos aufgebe. Nun, ich falle nicht darauf herein.» Er wandte sich an seine Gefährten Hieronymos, Xennias, Parmida und Apollonides, die mit ihm am Lagerfeuer saßen. «Was sagt ihr dazu?»

«Ich bin deiner Meinung», verkündete Xennias überzeugt. «Es wirkt allzu inszeniert. Niemand würde vor einem Unterhändler der Gegenseite eine solche Information ausplaudern.»

«Niemand außer einem Schwachkopf», schränkte Parmida

ein. «Aber wie wir wissen, ist Antigonos kein Schwachkopf. Das heißt, wenn die Information echt gewesen wäre, hätte er den Offizier getadelt, anstatt ihn nach Einzelheiten zu fragen.»

«Es sei denn, er wollte uns wissen lassen, dass er Verstärkung bekommt, um eine Schlacht zu vermeiden», ließ Apollonides sich vernehmen. «Schließlich hast du selbst gesagt, dass du nicht verstehst, weshalb Antigonos und du noch gegeneinander kämpft, nun, da Antipatros mit den Königen zurück nach Europa gegangen ist.»

«Ja, das ist wahr.»

«Ob es nun stimmt oder nicht», ließ Hieronymos sich vernehmen, «es hat Verwirrung und Zweifel gestiftet, und ich wage zu behaupten, dass ebendas seine Absicht war. Deshalb denke ich, es handelt sich um eine Falschinformation, die eigens zu diesem Zweck ins Spiel gebracht wurde.»

Eumenes starrte eine Weile ins Feuer und erfreute sich an den Mustern in den glühenden Scheiten. «Letztendlich spielt es keine Rolle, ob es wahr ist oder nicht», entschied er schließlich. «So oder so muss ich es morgen früh mit ihm aufnehmen, und da meine Kavallerie zahlenmäßig überlegen ist, brauche ich mir über die Stärke seiner Fußtruppen nicht allzu viele Gedanken zu machen. Nein, meine Herren, vorerst können wir es nach Belieben glauben oder auch nicht. Morgen werden wir ohnehin erfahren, wie die Dinge wirklich stehen.»

«Die Front der Phalanx muss wenigstens zweitausend Schritt breit sein», stellte Xennias fest, als sie zu Pferde sitzend zusahen, wie Antigonos' Armee in Stellung ging. Es war am nächsten Morgen kurz nach Tagesanbruch.

«Das kann nicht sein.» Eumenes weigerte sich zu glauben, was er fünfzehnhundert Schritt entfernt am oberen Ende des sanft ansteigenden Hanges vor sich sah. «Das würde bedeuten, dass er etwas in der Größenordnung von zweiunddreißigtausend Mann hat.»

«Dann muss das mit den Verstärkungstruppen doch die Wahrheit gewesen sein.»

Eumenes starrte noch immer ungläubig auf die Phalanx, während Antigonos' Peltasten und die Kavallerie in Stellung gingen, um die Flanken der riesigen Formation zu decken. Leichte Krieger liefen scharenweise zwischen den Reihen hindurch nach vorn und fächerten sich nach beiden Seiten auf, um zu plänkeln, wenn die beiden Armeen gegeneinander vorrückten. «Ich kann es noch immer nicht glauben.» Er warf einen Blick hinter sich zu seiner eigenen Phalanx, die nicht einmal halb so groß war wie die gegnerische. Er erkannte deutlich die Sorge in den Gesichtern der Männer, die ihm am nächsten waren.

Einer solchen Übermacht werden sie sich nicht entgegenstellen, zumal sie wissen, dass Antigonos voriges Jahr seine Fahnenflüchtigen nicht hingerichtet hat.

Er schaute zu den beiden Flanken, wo Thraker, Paphlagonier, Bithynier und andere Söldner zu Fuß in Stellung waren, auf jeder Seite an die fünftausend. Dann wanderte sein Blick zu Xennias' und Apollonides' makedonischer Hetairenreiterei auf dem linken Flügel und seinen Kappadokiern auf dem rechten, beide von diverser leichter Kavallerie unterstützt.

Die Kavallerie und die unberittenen Söldner müssen den Sieg für mich erringen, wenn es denn einen Sieg für mich geben soll. Ich werde mit der Phalanx in der Mitte vor dem Gegner zurückweichen und dann die Kavallerie und die unberittenen Söldner vorschicken, um die Flanken dieses Monsters zu umgehen. Wenn ich den Gepäcktross in meine Gewalt bringen kann wie damals bei Neoptolemos, hätte ich gute Aussichten ...

Doch Eumenes' Gedankengang wurde unterbrochen, da

er eine Bewegung auf seinem linken Flügel wahrnahm: Die Hetairenreiterei rückte bereits gegen den Feind vor. «Weshalb greifen sie an, Xennias? Wer hat den Befehl dazu erteilt?»

Xennias schaute verwirrt zu, wie Apollonides seine und Xennias' Männer, insgesamt fast viertausend, den Hang hinaufführte. Sie ritten im Trab, bis sie die Hälfte der Strecke zurückgelegt hatten, dann fielen sie in leichten Galopp.

Und dann traf Eumenes mit einem Schlag die furchtbare Erkenntnis, als Antigonos' Männer ein gewaltiges Gebrüll ausstießen und die Reiter daraufhin ihre Lanzen schwenkten. «Sie gehen von der Fahne, diese Hurensöhne. Xennias, was weißt du davon?»

Xennias schüttelte den Kopf, und in seinen Augen stand schiere Überraschung. «Nichts, Herr. Bei meinen Jungs gab es keinerlei Anzeichen, und mit Apollonides' Männern rede ich kaum.»

Apollonides und seine abtrünnigen Reiter erreichten die gegnerische Linie und wendeten ihre Pferde. Hornsignale ertönten, dann setzte sich die gewaltige Armee hangabwärts in Bewegung.

Ohne diese Kavallerie bin ich verloren. «Blase zum Rückzug rückwärts!», rief Eumenes seinem Signalgeber zu, der hinter ihm wartete. Der Mann blickte ebenso entsetzt drein wie die meisten seiner Kameraden.

Ein lang gezogenes Signal ertönte, das überall in der Armee wiederholt und mit größter Erleichterung aufgenommen wurde. Ohne sich umzudrehen, begannen die Männer, Schritt für Schritt zurückzuweichen, während die gegnerische Truppe zügig vorrückte. Eumenes rührte sich nicht von der Stelle, er war wie gebannt – etwas fühlte sich völlig verkehrt an. Und dann, als die gegnerische Phalanx den Hang herunterkam, sodass der Winkel sich veränderte und er über die Köpfe der ersten Reihen hinwegschauen konnte, erkannte er es. «Sie ist nur acht Reihen tief!», rief er Xennias und Parmida zu. «Der Hurensohn hat uns überlistet: Er hat seine Phalanx in halber Tiefe aufgestellt, sodass sie doppelt so groß wirkte. Wir können das hier noch immer gewinnen.» Er wandte sich wieder an seinen Signalgeber. «Kommando ‹Halt›!»

Das Signal ertönte und wurde entlang der Linie wiederholt, doch es war zu spät: Verwirrung gewann die Oberhand, denn viele Einheiten hielten das Kommando für einen Irrtum – oder wollten es dafür halten – und setzten den Rückzug fort, während andere, standhaftere Abteilungen anhielten, um sich dem Feind entgegenzustellen. Dadurch verlor die Armee ihren Zusammenhalt.

Und dann ließ Antigonos seine Kavallerie auf sie los.

Wie Furien aus dem Schlund des Hades stürmten sie den Hang herab, brachen beim Anblick des verwirrten, aus der Ordnung geratenen Gegners in gellendes Triumphgeschrei aus; die dreitausend, die Antigonos ursprünglich gehabt hatte, und dazu die viertausend, die Eumenes von der Fahne gegangen waren. Sie fielen Eumenes' Armee in die Flanken, begeistert wie Mörder, die ein wehrloses Opfer zur Strecke brachten.

Eumenes erkannte mit einem Blick, dass die Schlacht verloren war. *Ich muss retten, was noch zu retten ist.* «Parmida, Xennias, mir nach. Wir müssen wenigstens die Kappadokier hier rausbringen!» Er wendete sein Pferd und ritt im Galopp zu seiner Elitetruppe. Die Reiter warteten schweigend angesichts der Welle des Todes, die den Hang herunter auf sie zubrandete. Für die Söldner hingegen war der Anblick der heranstürmenden Horde zu viel, sie drehten sich um und ergriffen die Flucht. Als Eumenes mit seinen Kappadokiern in Windeseile davonritt, fiel Antigonos' Kavallerie den fliehenden Fußtruppen in den Rücken, und ein großes Gemetzel begann, indessen die

Phalanx in der Mitte sich zum Zeichen der Kapitulation auf den Boden setzte.

Verraten und getäuscht, und das alles an einem einzigen Morgen, sinnierte Eumenes, während er mit der Kavallerietruppe, die ihm am meisten bedeutete, vor dem Blutvergießen floh.

Mir scheint, ich lasse nach. Dabei hielt ich mich für einen intelligenten Menschen mit einem gewissen Maß an Intuition. Jetzt bin ich so richtig in Stimmung dazu, Apollonides einen schön langsamen Tod zu bereiten. Aber alles zu seiner Zeit. Zuerst muss ich aus dieser misslichen Lage hinauskommen.

Als die Sonne ihren höchsten Stand erreichte, entschied Eumenes, es sei an der Zeit, die überstürzte Flucht zu unterbrechen. Hier auf einer Anhöhe nicht weit von der kappadokischen Grenze war er sicher genug, um seine Lage in Ruhe zu überdenken.

«Die meisten unserer berittenen Bogenschützen», meldete Xennias, nachdem sie durchgezählt hatten, «etwa die Hälfte der paphlagonischen leichten Kavallerie und der gleiche Anteil Thraker sind uns auf der Flucht gefolgt, außerdem noch ein paar leichte Reiter aus verschiedenen anderen Söldnerabteilungen. Insgesamt etwa zweitausend Mann zuzüglich der sechshundert Kappadokier.»

«Zweitausendsechshundert von zwanzigtausend», stellte Eumenes fest. Zwar überraschte ihn die Zahl nicht, aber sie ausgesprochen zu hören, wirkte dennoch ernüchternd. «Die Phalanx hat sich geschlossen ergeben, demnach muss es etwa achttausend Tote gegeben haben. Denn nachdem er die Phalanx in der Hand hatte, hat er gewiss sämtliche Söldner abgeschlachtet, damit er sie nicht zu bezahlen braucht und sie auch nicht gehen und für jemand anderen kämpfen können.

Ich weiß, wie der militärische Verstand der Makedonen arbeitet, und er ist wahrlich kein schönes Ding – Anwesende ausgenommen, versteht sich, Xennias.»

«Versteht sich, Herr.»

Eumenes schaute sich um und sah Gruppen reichlich mitgenommener Kavalleriesoldaten, die ihre verschwitzten Pferde abrieben, während andere versuchten, mit feuchtem Holz Feuer zu entzünden, um ein Mittagessen zu kochen. «Und zweifellos hat er unser gesamtes Gepäck erbeutet?»

«Ich fürchte ja, Herr. Er hat sogar Hieronymos gefangen genommen. Er hat alles, was uns gehörte.»

«Nun, damit kann er sich die Treue der Phalanx erkaufen.» Eumenes unterbrach sich. «Nein, ich darf jetzt nicht meiner Bitterkeit freien Lauf lassen, so gern ich es auch täte. Schließlich kann man diesen Männern keinen Vorwurf machen.» Er schaute Xennias an, dann Parmida. «Nun, meine Herren, wir müssen entscheiden, wie wir weiter vorgehen. Antigonos wird nach seinem Sieg gewiss Jagd auf uns machen und uns bis zurück nach Kappadokien verfolgen, um mich in seine Gewalt zu bringen und so den Krieg im Norden zu beenden. Wir wollen ihn in seinen Bestrebungen unterstützen. Xennias, du führst den Rest der Männer zurück nach Kappadokien, wir treffen uns in der Festung Nora.»

«In Nora, jawohl, Herr.»

«Sobald du dort ankommst, musst du dich daranmachen, Feuerholz und alles Essbare aus der Umgebung in die Festung zu bringen. Die Vorräte wurden zwar in unserer Abwesenheit aufgefüllt, aber wer weiß, wie lange wir dort ausharren müssen, sollte Antigonos sich für eine Belagerung entscheiden.»

«Es wird erledigt, ehe du ankommst. Wohin gehst du in der Zwischenzeit?»

«Ich werde mit Parmida und seinen Kappadokiern sowie

den berittenen Bogenschützen kehrtmachen, Antigonos umgehen und zum Ort der Schlacht zurückreiten. In seiner Eile, mich zu verfolgen, hat er meine gefallenen Söldner sicher einfach liegenlassen; wenn ich nicht dafür sorge, dass sie anständig bestattet werden und gut über den Styx kommen, wird nie wieder ein Soldat sich bei mir verpflichten wollen. Und dann» – er hielt inne und lächelte siegesgewiss – «werde ich Apollonides töten, um ein wenig von meiner Selbstachtung wiederherzustellen.»

In der folgenden Nacht schlich Eumenes, in einen Mantel gehüllt und die Kapuze tief ins Gesicht gezogen, durch Antigonos' Lager. Angestaute Erregung brodelte in ihm, nun, da die Rache zum Greifen nahe war. Es war so gewesen, wie er vermutet hatte: Er hatte das Schlachtfeld vor Orkynia von Leichen übersät vorgefunden, ein Festschmaus für Aasvögel und Fliegen. Kurzerhand hatte er seine Männer in die Stadt geschickt und die Einwohner zwangsverpflichtet, ihm zu helfen. Nachdem etwa ein halbes Dutzend Männer, die allzu lautstark protestiert hatten, hingerichtet worden waren, hatten die übrigen mitgeholfen, sechzehn riesige Scheiterhaufen zu errichten. Auf jedem lagen fünfhundert Tote, ein jeder mit einem Obolos für den Fährmann unter der Zunge. Die Münzen hatte Eumenes von der Stadtbevölkerung erpresst. Er hatte argumentiert, dass die Leichen gefleddert worden waren und das Geld daher wahrscheinlich ihr eigenes war. Der Gestank des Qualms hing noch immer in Eumenes' Kleidung, als er nun ins Herz des feindlichen Lagers vordrang. Die Soldaten der siegreichen Armee saßen um unzählige lodernde Feuer, tranken auf ihr eigenes Wohl und brachten Trinksprüche auf ihr Glück aus, das gesamte Gepäck des geschlagenen Feindes erbeutet zu haben. Die Männer prahlten und sangen aus voller Kehle, während andere sich mit den Huren aus dem Gefolge der gegnerischen Armee vergnügten, die ihnen zusammen mit dem Gepäck in die Hände gefallen waren. Den meisten der Frauen war es gleich, wer sie rammelte, wenn sie nur bezahlt, verköstigt, beschützt und nicht übermäßig oft geschlagen wurden.

Eumenes schlich unbemerkt durch dieses Chaos, eine kleine Gestalt inmitten von Tausenden. Er stieg sorgsam über Betrunkene hinweg, die am Boden lagen, und machte immer wieder einen Bogen um kopulierende Paare oder Gruppen, die an Lagerfeuern saßen. Wenn ihm jemand einen Weinschlauch hinhielt, machte er eine freundliche Geste und lehnte mit rauer, verstellter Stimme ab. So näherte er sich dem Herzen des Lagers, wo sein Opfer gewiss untergebracht war. Er strich über das Messer, das er in einer Scheide unter dem Mantel trug. Es war lang, schmal und zweischneidig, sodass man es jemandem zwischen die Rippen stoßen konnte, fast ohne Widerstand zu spüren: die Waffe eines Meuchelmörders. Eumenes liebte dieses Messer sehr.

Endlich erreichte er den riesigen Pavillon in der Mitte des Lagers: Antigonos' Hauptquartier. Dies war der Ort, wo zweifellos seine Offiziere zu einem Gelage versammelt waren und ihren Befehlshaber zu seinem überwältigenden Sieg durch Verrat und eine raffinierte Täuschung beglückwünschten. Sollen sie nur feiern, sie haben es verdient – alle bis auf einen. Eumenes kauerte sich in einen dunklen Winkel zwischen zwei Zelten und beobachtete den Eingang zum Pavillon. Dieser wurde von zwei stämmigen Phalangiten bewacht, deren Silhouetten sich gegen den Lichtschein aus dem Inneren abzeichneten.

Er würde lange warten müssen, das war Eumenes klar, doch er kam lieber zu früh, als dass er Apollonides womöglich verpasste und am nächsten Abend noch einmal wiederkommen müsste. Nein, am nächsten Abend wollte Eumenes schon wieder sicher in Nora sein. In dieser uneinnehmbaren Bergfestung konnte er abwarten, wie sich die Dinge entwickelten, und vielleicht würde er irgendwann sogar Hilfe von seinen unwilligen Beinahe-Verbündeten Alketas und Attalos erhalten – auch wenn das unwahrscheinlich war. Nein, im Grunde wartete er nicht auf Hilfe, sondern auf den Tod, und zwar auf den einer bestimmten Person: Antipatros. Eumenes hatte gesehen, wie der Lebenswille aus dem Gesicht des alten Regenten geschwunden war, als er um seinen Sohn Iolaos trauerte. Gewiss würde es nicht mehr lange dauern, und wenn Antipatros erst tot war ... Nun, wer konnte wissen, welchen Aufruhr es dann geben würde und wie sich die Loyalitäten verschieben würden? Aus seinem Schlupfloch in Nora würde Eumenes den Wechsel der Gezeiten beobachten, und vielleicht konnte er in einiger Zeit gefahrlos wieder herauskommen.

Doch nun musste Eumenes seine Gedanken wieder auf die Gegenwart richten, denn eben verließ der, auf den er wartete, den Pavillon zusammen mit einem Offizier, der Eumenes vage bekannt vorkam. Sie wandten sich nach rechts und folgten der von Fackelschein erhellten Hauptstraße des Lagers – sofern man in diesem Durcheinander wahllos aufgestellter Zelte überhaupt von einer Hauptstraße sprechen konnte. Die beiden Männer lachten und scherzten miteinander wie alte Freunde. Eumenes zog seine Kapuze tiefer ins Gesicht und folgte ihnen unauffällig, wobei er sich möglichst im Schatten hielt.

Nach einer Weile blieben sie stehen. «Ich wünsche dir eine gute Nacht, mein Freund», sagte der Offizier, der Eumenes vage bekannt vorkam. «Du wirst sehen, Antigonos ist ein überaus großzügiger Mann – der Beweis dafür erwartet dich in deinem Zelt.»

«Ich zweifle nicht daran, Leonidas», erwiderte Apollonides. «Gewiss weitaus freigiebiger als der listige kleine Grieche.»

Da irrst du, elender Verräter. Ich habe eine ganz besondere Gabe für dich, etwas für die Ewigkeit.

Die Männer trennten sich. Während Leonidas weiter der Hauptstraße folgte, betrat Apollonides ein ledernes Zelt. Es war rund mit einem Pfosten in der Mitte, die Sorte, die Offizieren vorbehalten war. Lächelnd huschte Eumenes zum Nachbarzelt hinüber, schlich darum herum und kauerte sich in den Schatten hinter Apollonides' Zelt, um zu warten. Es dauerte nicht lange, dann erlosch das Licht, das durch die Ritzen unter den Zeltwänden drang, und von drinnen war das leise, lustvolle Stöhnen einer Frau zu hören. Es wurde lauter, steigerte sich zur Ekstase, begleitet von einer Reihe tiefer, männlicher Grunzlaute. Nicht lange danach waren tiefe Atemzüge zu hören.

Eumenes wartete im Schatten, bis er es nicht mehr aushielt, dann hob er die Lederplane weit genug an, um ins Zelt zu spähen. Im schwachen Schein eines kleinen Nachtlichtes konnte er undeutlich ein Feldbett ausmachen. Nach den Umrissen zu urteilen, war die Frau noch dort.

Das macht die Angelegenheit etwas schwieriger. Es ist natürlich schade um sie, aber das ist nun einmal nicht zu ändern. Eumenes zog sein Messer, schlich zu der Stelle, wo das Bett der Zeltwand am nächsten zu sein schien, hob noch einmal die Lederplane an und kroch darunter hindurch. Drinnen angekommen, lag er reglos mit angehaltenem Atem und lauschte auf die Geräusche der Schlafenden. Nachdem er sich vergewissert hatte, dass sein Eindringen die beiden nicht geweckt hatte, kam er leise auf die Füße und schlich ans Kopfende des Bettes.

Es ging schnell, so schnell, dass ihr Körper sich kaum anspannte: Eine Hand bedeckte ihren Mund, während die Klinge durchs Auge in ihr Gehirn drang. Mit ein paar Drehungen aus dem Handgelenk zerstörte er das Organ gründlich. Sobald das erledigt war, kniete er an Apollonides' Seite der Schlafstatt nieder, presste nun ihm eine Hand auf den Mund und stach ihm die Spitze seiner Klinge seitlich in den Hals, aber nur so weit, dass sie eben durch die Haut drang. Apollonides riss die Augen auf.

«Guten Abend, Apollonides», flüsterte Eumenes, seine Hand fest auf das Gesicht des Mannes gepresst. «Halte jetzt ganz still, wir wollen doch nicht, dass diese Klinge abrutscht. Schau, was sie bei deiner reizenden kleinen Freundin angerichtet hat.» Er drehte Apollonides' Kopf zur Seite, sodass er sehen konnte, wie die Frau auf dem Rücken lag und Blut aus dem zerstörten Auge lief. «Nun würde ich dich allzu gern fragen, weshalb du mich verraten hast, aber mir scheint, ich muss meine Neugier zügeln. Denn wenn ich die Hand wegnähme, bekäme ich von dir wohl keine Antwort, sondern du würdest nur laut um Hilfe schreien.» Eumenes weidete sich an der Panik, die er in Apollonides' aufgerissenen Augen sah. «Stattdessen werde ich dir erzählen, was ich vermute, und du kannst mit den Augen antworten oder auch nicht: Ich denke, dir wurde eine Menge Geld angeboten, wahrscheinlich von dem Mann, dem du vorhin eine gute Nacht gewünscht hast. Wenn ich es mir recht überlege, scheint mir, ich habe ihn diesen Winter schon in Nora gesehen. Aber eigentlich spielt es wohl keine Rolle, wer der Mittelsmann war – jedenfalls hast du das Angebot angenommen, denn trotz allem, was du letztes Jahr über deine Treue zu mir gesagt hast – dass ich dein Feldherr sei und es dich nicht kümmere, dass ich Grieche bin –, fandest du, die Treue zu einem Griechen könne man für Geld über Bord werfen, wohingegen die Treue zu einem Makedonen eine Frage der persönlichen Ehre sei. Habe ich recht?»

In Apollonides' Augen war weder ein Schuldeingeständnis noch Leugnen zu lesen, er lag nur stocksteif da.

Eumenes zuckte die Achseln und stach seine Klinge unter dem Kinn tiefer ein. «Nun, letztendlich braucht es mich wohl nicht zu kümmern.» Er schaute in das schmerzverzerrte Gesicht, während sein Opfer den Rücken durchbog und seine Beine zuckten. «Aber wenigstens hast du mich noch gesehen, ehe du den Weg zum Fährmann angetreten hast.» Wieder drehte er die Klinge, um das Gehirn zu zerstören. «Wenn auch nicht für lange – schade für dich, aber schön für mich, denn mir wird von deinem Anblick übel, selbst jetzt noch, da du tot bist.»

Er zog die Klinge heraus und wischte sie an der Decke ab. Dann stand er auf, nahm eine zusammengerollte Nachricht aus einem Beutel an seinem Gürtel und legte sie dem Toten auf die Brust.

«‹Bis demnächst in Nora – er wird allerdings verhindert sein›», rief Antigonos laut zu den Mauern der Festung hinauf und winkte mit der Nachricht. «Sehr witzig.»

«Ja, das dachte ich mir auch», erwiderte Eumenes. Er schaute auf die kleine Gruppe hinunter, die unter einem Friedenszweig auf dem nackten Fels stand. «Ich an deiner Stelle hätte allerdings einem, der mit schnödem Geld zu kaufen ist, ohnehin nicht getraut. Im Grunde habe ich dir also einen Gefallen getan, indem ich ihn tötete.»

«Oh, da bin ich dir aber dankbar, Eumenes. Du warst schon immer für deine Selbstlosigkeit bekannt. Allerdings habe ich Apollonides nicht mit schnödem Geld gekauft, sondern mit sehr viel Geld.»

«Dennoch war es nichts als Geld. Aber das ist Vergangenheit. Ich habe meine Rache bekommen, wie du ja gesehen hast, und ich habe sie genossen. Um das Mädchen war es schade, aber nach dem zu urteilen, was ich vorher gehört habe, hatte sie wenigstens vor ihrem Tod noch reichlich Vergnügen.»

Antigonos grinste. «Sie war eine meiner liebsten.» Er wischte die Erinnerung mit einer Handbewegung beiseite. «Nun, Eumenes, kommst du heraus, um von Angesicht zu Angesicht mit mir zu sprechen?»

«Welche Garantie hätte ich, dass mir nichts zustößt?»

Antigonos bedeutete einem Mann mittleren Alters vorzutreten. «Dies ist mein Neffe Polemaios. Du kennst ihn. Wenn du zu mir herauskommst, bleibt er so lange in der Festung. Das sollte wohl als Sicherheit genügen.»

«Das Leben deines Neffen würde den Verbanntenjäger nicht interessieren. Auch wenn ich den nicht mehr gesehen habe, seit er in Sardis versuchte, mich zu töten.»

«Der Mann ist verschwunden, niemand hat ihn oder seine Fuchsficker in letzter Zeit gesehen.»

Eumenes dachte kurz nach. «Also gut, Antigonos, ich komme, um zu verhandeln.»

«Aber unter einer Bedingung: dass du nicht wieder anfängst –»

« – dir ins Wort zu fallen und deine Sätze zu beenden. Einverstanden.»

Sie umarmten sich mit erstaunlicher Herzlichkeit. Eumenes freute sich wirklich aufrichtig, einen alten Freund nach zwölf Jahren wiederzusehen, auch wenn der sich Perdikkas' Befehl verweigert hatte, ihn bei der Unterwerfung Kappadokiens zu unterstützen – ganz zu schweigen von der Niederlage, die er Eumenes neulich auf dem Schlachtfeld beigebracht hatte.

«Nun, mein Freund», sagte Antigonos, nachdem sie es sich bei Wein und gefüllten Weinblättern unter einem Baldachin bequem gemacht hatten, «willst du wirklich ewig dort drin leben?»

«Irgendwann muss ich herauskommen, aber bis dahin wird noch viel Zeit vergehen.» Eumenes betrachtete die Menge, die sich versammelte – unter Antigonos' Männern hatte sich herumgesprochen, dass der listige kleine Grieche, der Krateros getötet hatte, ein Gespräch mit ihrem Feldherrn führte. «Ich scheine von einigem Interesse zu sein. Haben diese Leute noch nie einen Griechen von unterdurchschnittlicher Größe gesehen?»

«Viele, aber keinen, der noch seine beiden Beine hatte.»

Eumenes hob seinen Becher und trank auf den Witz.

«Wenn du also nicht herauskommst –»

« – um mich gemäß dem Urteil der Heeresversammlung hinrichten zu lassen?»

«Was, wenn ich dafür sorgen könnte, dass das Urteil aufgehoben wird?»

«Dann könnten wir neu verhandeln. Du weißt ja, wo du mich findest. Ich habe Vorräte für mehr als ein Jahr, und bis dahin sieht die Welt vielleicht schon ganz anders aus. Ich habe die meisten Überlebenden meiner Armee mit Dank für die mir erwiesene Treue entlassen. Solltest du ihnen begegnen, so wäre ich dir verbunden, wenn du sie in deine Truppe aufnähmst, statt sie zu töten.»

«Es kommt darauf an, ob sie mir von Nutzen wären.»

«Oh, es sind alles gute Jungs, und das waren auch die achttausend, die du bei Orkynia niedergemetzelt hast. Wenn du dir nur die Mühe gemacht hättest, erst ein paar Worte mit ihnen zu reden.»

«Es war sehr anständig von dir, sie ordentlich zu bestatten. Das hat dir die Achtung vieler meiner Männer eingebracht.»

«Um ihre Achtung ging es mir nicht, aber ich danke ihnen trotzdem.» Eumenes hob seinen Becher, um der wachsenden Zuschauerschar zuzuprosten. Er wurde mit einem Stein belohnt, der dicht an seinem rechten Ohr vorbeiflog. Ein zweiter folgte, diesmal besser gezielt: Er traf Eumenes an der Schulter.

«Mörder!», schrie jemand. «Du hast Krateros getötet!»

Mehr Steine flogen in seine Richtung, und die Menge kam näher.

«Zurück!», brüllte Antigonos. «Zurück, ihr Schwachköpfe. Keinen Schritt weiter, sonst ist jeder, den ich nachher wiedererkenne, ein toter Mann!»

Die Menge rückte nicht weiter vor, aber noch immer wurden Steine geworfen. Eumenes fand sich in die unwürdige Lage versetzt, seinen Stuhl wie einen Schild vor sich halten zu müssen.

Antigonos stellte sich mit ausgebreiteten Armen vor ihn. Als der erste Stein ihn am Rücken traf, drehte er sich um und starrte die Männer wütend an. Da verloren sie den Kampfgeist und zogen sich zurück. «Mir war nicht klar, welche Feindseligkeit die Jungs noch immer gegen dich hegen», sagte Antigonos. Er führte Eumenes den steilen Weg hinauf zu seiner Festung, einen Arm schützend um seine Schultern gelegt. «Du ziehst dich besser wieder hinter deine Mauern zurück, zu deiner eigenen Sicherheit.»

Eumenes rang sich ein schiefes Lächeln ab. «Hattest du nicht vorhin noch gesagt, du könntest dafür sorgen, dass das Todesurteil aufgehoben wird?»

Antigonos knurrte. «Du kommst also nicht heraus, und ich bin gezwungen, diesen Felsen zu belagern.»

«Niemand zwingt dich dazu.»

«Du weißt genau, wie ich das meine. Nun, ich werde Leonidas hier zurücklassen, er kann die Belagerung befehligen. Ich selbst gehe zurück nach Westen, um mir deine Freunde Alketas und Attalos vorzunehmen.»

«Sie sind nicht meine Freunde, auch wenn ich gestehe, dass ich sie gern zu solchen gemacht hätte.»

«Ja, momentan scheint es dir an Freunden zu mangeln. Ich habe sogar Hieronymos in meinem Lager.»

«Behalte ihn vorerst, er wird sich über die Gelegenheit freuen, die Ereignisse aus deiner Perspektive mitzuverfolgen.»

«In der Tat. Ich habe ihm alles über deine heimtückischen kleinen Machenschaften erzählt und noch eine Menge mehr über alle anderen.»

Eumenes lachte. In diesem Moment wurde das Tor der Festung geöffnet, und Polemaios kam heraus. Eumenes legte Antigonos eine Hand auf die Schulter. «Eile du nur zurück nach Westen, Antigonos, und mache dir um mich keine Sorgen, während du Alketas und Attalos verfolgst. Ich bin in dieser Festung bequem und sicher aufgehoben. Komm wieder, wenn du mit den arroganten, ignoranten Hurensöhnen fertig bist. Vielleicht könntest du mir den Gefallen tun, ihnen einen langsamen, qualvollen Tod zu bereiten, schließlich bin ich zum Teil ihretwegen hier. Komm später im Jahr wieder – du wirst vielleicht feststellen, dass wir mehr gemeinsam haben als jetzt, wenn Antipatros erst seinen kleinen Ausflug mit dem Fährmann unternimmt.»

ANTIPATROS
DER REGENT

Es war ein trostloser Ort hoch auf der Klippe. Trostlos trotz des warmen Sonnenscheins und der funkelnden See, die sich weit, weit unten in die tiefblaue Ferne erstreckte. Dass der Ort so trostlos war, lag nicht an den natürlichen Gegebenheiten, sondern an dem Gemütszustand, in dem Antipatros ihn betrachtete, denn hier, ein wenig abseits von den anderen Gräbern seiner Familie, hatte er das Grabmal für seinen Sohn Iolaos errichten lassen. Es war ein doppelt mannshohes Bauwerk, dessen Wände mit Abbildungen des jungen Verstorbenen verziert waren: in der Schlacht, auf der Jagd oder beim Gastmahl auf einer Liege, in einer Hand einen Becher, in der anderen eine Schriftrolle. Antipatros kam fast jeden Tag hierher, um zu weinen. Hier fühlte er die Jahre schwer auf sich lasten. Ihm war bewusst, dass bald auch seine Gebeine hier ruhen würden, denn er war des Lebens müde und wünschte sich nichts mehr als Frieden. Frieden: Dieses Wort hallte beständig in seinem Kopf wider. Frieden, wie er sich danach sehnte, denn ihm schien, als könne nichts auf dieser Welt ihm mehr Freude bereiten. Nicht einmal in den Armen seiner Frau Hyperia fand er Trost, der seine Trauer um Iolaos vertreiben konnte. Doch etwas anderes quälte ihn noch weit mehr als die Trauer: Schuld. In jeder wachen Stunde und selbst im Schlaf fühlte er sich schuldig – schuldig, weil er den Krieg gegen Eumenes zu einer persönlichen Angelegenheit gemacht hatte, die seine Ehre betraf, und ihn deshalb nicht beendet hatte, als er rein sachlich betrachtet sinnlos geworden war. Und während er um Iolaos trauerte, wünschte er zugleich von ganzem Herzen, Kassandros wäre anstelle des Jüngeren gestorben, denn er konnte sich des Gefühls nicht erwehren, dass Iolaos zehnmal so viel wert gewesen war wie sein älterer Bruder. Kassandros' Tod hätte den Weg für Nikanor freigemacht, und dann … Nun, dann wäre die Last, die er trug, leichter geworden.

Doch es war anders gekommen: Iolaos hatte den Styx überschritten, während Kassandros noch immer im Reich der Lebenden weilte und Antipatros mit kaum verhohlener Ungeduld beobachtete. Denn auch er wusste, dass sein Vater bald sterben würde, und er dachte nur an den Nutzen, den er selbst davon hätte. Antipatros stand nun also vor der schwersten Entscheidung seines Lebens. Und während er so auf einem Felsen saß und trauervoll das Grab betrachtete, rang er mit der Frage, wie er eine Entscheidung treffen konnte, die nicht unweigerlich den Bürgerkrieg auch ins makedonische Mutterland bringen würde. Denn ihm war klar, dass Kassandros, wenn er übergangen wurde, das nicht mit einem Schulterzucken hinnehmen würde. Er würde nicht den Mann beglückwünschen, der ihm – wie Kassandros es sehen würde – sein rechtmäßiges Erbe weggenommen hatte.

Der Titel des Regenten war nicht erblich, doch das würde Kassandros nicht verstehen. Er würde finden, ihm als ältestem Sohn stünde alles zu, was sein Vater zum Zeitpunkt seines Todes besessen hatte, und ihm würde gar nicht in den Sinn kommen, dass er für das Amt nicht taugte. Wehmütig lächelnd sinnierte Antipatros darüber, dass Kassandros ironischerweise weit geeigneter für die Aufgabe wäre, wenn er die Fähigkeit besäße zu erkennen, wie ungeeignet er war.

Seufzend erhob er sich, wobei er sich mit den Händen auf seine geschwollenen Knie stützte. Er ging zu dem Grabmal und legte eine Hand daran. «Ich hätte dich nicht dort hinauf in die Berge schicken sollen, Iolaos. Ich werde mir das niemals verzeihen.» Wieder durchströmte ihn eine Welle der Trauer, gefolgt von Schuld, da er sich des Wunsches nicht erwehren konnte, Kassandros wäre dort gewesen, um die Kundschafter anzuführen. Antipatros küsste den kalten Stein, dann wandte er sich ab und ging davon. Sein Pferd nebst Reitknecht warteten ein wenig abseits auf ihn.

«Du musst etwas essen, mein Lieber», redete Hyperia ihm zu, ganz die sanfte, fürsorgliche Ehefrau. «Du wirst nicht bei Kräften bleiben, wenn du das Lamm nur anschaust.»

Antipatros riss sich aus seinen Grübeleien. «Entschuldige, Hyperia, was hast du gesagt?»

Hyperia, die mit ihm auf einer Liege ruhte, streichelte seinen Arm. «Ich sagte, du musst etwas essen.»

«Ich weiß, aber alles schmeckt mir fad. Das Essen bereitet mir keinen Genuss mehr.»

«Komm, Vater», sagte Kassandros, der auf der anderen Seite des Tisches auf der Liege saß, während Polyperchon neben ihm lag. «Iss, ob es dir schmeckt oder nicht, sonst fällst du noch vom Fleisch.»

Das käme dir doch ganz gelegen. Antipatros nahm sich ein Stück Lammrippe und riss das Fleisch vom Knochen, sei es auch nur, um sich noch ein wenig länger am Leben zu halten und so das Unvermeidliche hinauszuzögern. Während er kaute, richtete er den Blick auf Polyperchon. In den Sechzigern, kahlköpfig und mit einem runden, unscheinbaren Gesicht, mildem Blick und sanftem Gemüt, war der Mann ein idealer Stellvertreter: Er war zuverlässig, gründlich und genau, wenn auch ein wenig pedantisch. Krateros persönlich hatte ihn als seine Nummer zwei erwählt, und das war eine hohe Auszeichnung. Doch ein großartiger Gefolgsmann ist nicht unbedingt auch ein charismatischer Anführer, und einen solchen würde Makedonien brauchen, um zu verhindern, dass Kassandros die Regentschaft an sich riss und – die Götter mögen es verhüten – womöglich gar den Thron bestieg. Den Thron, der Antipatros' Freund aus Kindertagen gehört hatte, Philipp, dem Zweiten dieses Namens, und später dessen Sohn Alexander. Den Thron, den er, Antipatros, für die Erben der Argeadendynastie bewahren sollte. Er argwöhnte, dass Kassandros es auf die Herrschaft abgesehen hatte – immerhin hatte er den großen Ring von Makedonien von der Hand des toten Perdikkas gestohlen. Ewige Schande würde über ihr Haus kommen, sollte Kassandros sein Ziel erreichen und widerrechtlich den Thron beanspruchen, da es doch die Ehrenpflicht seines Vaters gewesen war, ihn zu bewahren.

Nein, er würde die Regentschaft auf Polyperchon übertragen. Vermutlich würde das sein Todesurteil sein, aber welche andere Möglichkeit gab es? Würde er Nikanor zu seinem Nachfolger machen, dann würde unweigerlich einer seiner Söhne den anderen töten müssen. Alle anderen, die infrage kamen, waren weit weniger geeignet, und die Könige selbst waren nicht fähig zu herrschen. Adea oder Roxane würden die Herrschaft übernehmen und dabei ihre je eigenen Zwecke verfolgen. Sie würden versuchen, sich gegenseitig zu ermorden, und außerdem würden die makedonische Aristokratie und die Armee sie nicht akzeptieren. Adea hatte einen weiteren Versuch unternommen, die Macht an sich zu reißen, als die Armee zurück nach Europa marschierte. Sie hatte im Namen ihres Mannes Philipp gegen die Lebensbedingungen der Männer protestiert. Wieder hatten die Soldaten wegen ihrer Bezahlung gemeutert, beziehungsweise wegen des Mangels daran. Doch diesmal war Antipatros einfach gegangen, hatte heimlich den Hellespont überquert und war nach Makedonien zurückgekehrt. Als die Armee erkannte, dass sie gestrandet war, und Adea keine Lösung für die Probleme der Männer hatte, folgten sie Antipatros zerknirscht nach Europa und flehten ihn um Vergebung an. Damit war die junge Aufwieglerin am Ende – nein, sie konnte nicht mehr herrschen. Und ihre erbitterte Rivalin Roxane kam wegen ihrer orientalischen Herkunft ebenso wenig infrage.

Damit blieb nur noch Olympias, die nichts als Rache und Tod bringen würde. Antipatros legte mit bedauerndem Kopfschütteln den abgenagten Knochen beiseite und nahm sich das nächste Rippenstück.

Polyperchon muss es sein. Ich werde an Antigonos, Lysimachos und sogar an Ptolemaios und Eumenes schreiben und sie inständig bitten, ihn gegen Kassandros zu unterstützen. Vielleicht kann Polyperchon mit ihrer Hilfe so lange überleben, bis der junge Alexander das Mannesalter erreicht. Aber was dann? Seine Mutter Roxane und seine Großmutter Olympias hätten Macht über ihn – welche Chance hätte Makedonien dann? Doch wenigstens bliebe meiner Familie die Schande erspart, dass einer meiner Nachkommen sich widerrechtlich das aneignet, was mir zu treuen Händen anvertraut wurde.

«Ich habe gehört, dass Athen eine Gesandtschaft schickt, Vater», bemerkte Kassandros in beiläufigem Ton. Er schnippte ein Bröckchen Lammfett von seinem Finger und traf damit einen Sklaven an der Brust.

«Du hast richtig gehört», erwiderte Antipatros ohne große Begeisterung.

«Es geht sicher um unsere Garnison in der Festung auf dem Munychia in Piräus?»

«Sie denken an nichts anderes. Eine Fraktion hegt die unrealistische Vorstellung, sie könnten mich überzeugen, unsere Truppen aus der Stadt abzuziehen. Sie wissen, wenn ich das täte, würden viele der demokratisch gesinnten Verbannten zurückkehren, die Oligarchie würde gestürzt und durch den unverantwortlichen Irrsinn der Demokratie ersetzt werden.»

Polyperchon nickte bedächtig, während er kaute. «Die Demokratie hat sie in ihre jetzige Lage gebracht: Männern ohne Vermögen, die daher nichts zu verlieren haben, das Wahlrecht zuzugestehen, schafft einen Nährboden für tollkühne Außenpolitik.»

Antipatros legte sein halb gegessenes Rippenstück beiseite, nahm eine grüne Olive und betrachtete sie, ehe er daran knabberte. «Mein alter Freund Phokion ist sich darüber im Klaren, deshalb hat er sich geweigert, die Gesandtschaft anzuführen. Er hat mir einen Brief geschrieben, in dem er sich für die naive Annahme der antimakedonischen Fraktion entschuldigt, ich würde aus Achtung vor ihm und unserem verstorbenen Freund Aristoteles die Garnison abziehen und so der Rückkehr der Demokratie Tür und Tor öffnen.» Zur Überraschung der ganzen Tischgesellschaft kicherte Antipatros. Es war das erste Mal seit Iolaos' Tod, dass er Heiterkeit an den Tag legte. «Phokion war ein Schüler Platons, daher versteht er die Torheiten dieses bizarren Systems sehr genau.»

Kassandros lenkte das Gespräch wie einer, der auf etwas Bestimmtes hinauswollte. «Wenn Phokion nicht kommt, wer wird dann die Delegation anführen?»

Er kennt die Antwort auf diese Frage bereits – was führt er im Schilde? «Phokion schrieb in seinem Brief, Demades habe sich freiwillig gemeldet, diese Aufgabe zusammen mit seinem Sohn

Demeas zu übernehmen. Demades glaubt, ich würde eine Gesandtschaft mit ihm an der Spitze freundlich empfangen, da er mir ein so treuer Unterstützer ist und aktiv darauf hinwirkt, promakedonische Gesetze in der Volksversammlung durchzusetzen. Außerdem verfolgt er viele seiner Mitbürger gerichtlich, die mir das Leben schwer machen.»

«Sagtest du eben ‹treu›, Vater?»

Antipatros schaute seinen Sohn stirnrunzelnd an. *Ah, darum geht es also?* «Was weißt du?»

Kassandros lächelte boshaft – eines der vielen Dinge, die Antipatros an seinem Sohn zuwider waren. «Unmittelbar nach Perdikkas' Ermordung bin ich in sein Zelt geschlüpft.»

«Und hast seinen Ring gestohlen, ich weiß.»

Kassandros war verblüfft. «Wer hat dir das erzählt?»

Antipatros betrachtete den fraglichen Ring an seinem Zeigefinger. «So ziemlich jeder. Aber sprich weiter.»

«Nun, ich hatte Zeit, mich ein wenig umzuschauen, ein paar Truhen zu öffnen und einige private Briefe durchzusehen.»

Antipatros fand nicht, dass er Kassandros für dieses Eindringen in Perdikkas' Privatsphäre kritisieren konnte. «Ich mache dir keinen Vorwurf deswegen.»

Hyperia schloss sich an. «Wissen ist schließlich Macht.»

«So ist es. Und ich habe etwas erfahren, das uns Macht über Demades verschaffen wird.»

«Was denn?»

«Es handelt sich um einen Brief, genauer gesagt drei Briefe, die zu einem Bündel verschnürt waren. Der erste war von Demades an Perdikkas, der zweite war eine Kopie von Perdikkas' Antwort und der dritte Demades' Antwort darauf.»

Antipatros horchte auf. «Und?»

«Im ersten Brief beschreibt Demades dich als ‹ein altes, verrottetes Tau›, das die einst ruhmreiche Stadt Athen in abscheuliche Knechtschaft bindet. Er schlägt alsdann ein Bündnis vor, um dich als Regenten zu stürzen: Die Armeen der griechischen Stadtstaaten und Perdikkas' Streitmacht sollten gemeinsam dafür kämpfen.»

«Dieser hinterhältige Verräter – und das nach all dem Geld, das von mir an ihn geflossen ist. Wie hat Perdikkas darauf reagiert?»

«Nun, er war durchaus interessiert. Kein Wunder, wenn man bedenkt, wie die Dinge zwischen euch zur fraglichen Zeit standen. Aber er schrieb, wenn sie dächten, er würde die Garnisonen abziehen, befänden sie sich in einem bedauernswerten Irrtum.»

«Nun, wenigstens eines hat er richtig gemacht», bemerkte Polyperchon und leckte sich die Finger.

«Ja. Und in dem dritten Brief schlägt Demades dann vor, wenn Perdikkas die Griechen vom Joch der makedonischen Herrschaft befreien und für unabhängig erklären würde, hätte er überaus willige Verbündete.»

Antipatros und Polyperchon verschluckten sich fast angesichts dieser ungeheuerlichen Lüge.

«Sie würden einem ein Messer zwischen die Rippen stoßen, sobald man ihnen den Rücken kehrt», brachte Antipatros heraus, als er sich von seinem Lachanfall erholte.

«Einem Griechen kann man niemals trauen», pflichtete Polyperchon ihm bei. «Er würde noch lügen, wenn man ihn an den Eiern packt und ihn nach seiner Lieblingsfarbe fragt.»

«Weshalb hast du mir nicht schon eher von diesen Briefen erzählt?»

Kassandros zuckte die Achseln. «Weil sie bis jetzt nicht von Belang waren. Wir waren mit Problemen in Asien beschäftigt, in Europa war es vergleichsweise ruhig. Aber nun, da wir wieder hier sind, denke ich, wir sollten den Leuten zeigen, dass wir die Dinge noch in der Hand haben. Was wünschst du, dass ich deswegen unternehme, Vater?»

«Ich würde mir wünschen, dass du Demades die kurze Lebensspanne, die ihm noch bleibt, so unschön wie möglich machst, aber leider können wir das nicht tun.»

«Warum nicht?»

«Weil wir uns an die Gesetze halten müssen, wenn wir moralische Autorität über die griechischen Stadtstaaten beanspruchen wollen. Nimm also ihn und seinen Sohn gefangen, sobald sie eintreffen. Wir werden ihnen den Prozess machen, damit alle sehen, dass die makedonische Justiz unparteiisch ist. Deinarchos der Korinther soll die Anklage erheben. Er war mir stets ein treuer Freund, und ich kann mich darauf verlassen, dass er den Prozess zu einem gerechten Urteil führt.»

«Und diese drei Briefe», deklamierte Deinarchos und hielt die belastenden Beweise einzeln in die Höhe, «diese drei Briefe allein beweisen zweifelsfrei Demades' Verrat und den seines Sohnes Demeas.» Deinarchos blickte die fünfzig Geschworenen an, die auf Bänken auf der Agora saßen, wo das Gericht tagte. «Diese Briefe beweisen, dass die Beschuldigten an Perdikkas herangetreten sind und ihm ein Bündnis gegen Antipatros, den Regenten von Makedonien, vorgeschlagen haben.» Mit dramatischer Geste wies er auf Antipatros. «Ein offensichtlicher Verrat, da Athen der makedonischen Herrschaft untersteht und Antipatros zum fraglichen Zeitpunkt der Regent von Makedonien war und es noch immer ist.»

Antipatros fühlte sich kurzatmig, während Deinarchos die Briefe nacheinander verlas und sie dann Kassandros übergab, dem Vorsitzenden des Gerichts. Dieser gab sie an die Geschworenen weiter, damit sie sich selbst vergewissern konnten. Antipatros rieb sich die Brust und schaute zu Demades und Demeas hinüber, die gleich bei ihrer Ankunft in Pella verhaftet worden waren. Demades – ein beleibter Mann, der seinen über sechzig Jahren und seinem kahlen Kopf zum Trotz noch immer größten Wert auf prächtige Kleidung legte – hatte selbst viele Schauprozesse geführt. Er saß mit belustigter Miene da und machte sich gelegentlich Notizen. Antipatros freute sich über die ausgleichende Gerechtigkeit: Erst vier Jahre zuvor hatte Demades auf Antipatros' Geheiß und für eine beträchtliche Summe dafür gesorgt, dass seine Landsleute Demosthenes und Hypereides zum Tode verurteilt wurden; nun war er selbst der Angeklagte. Er verdiente es nicht anders, nachdem er Geld von Antipatros angenommen und es dann gegen ihn benutzt hatte.

Demeas, ein eleganter, parfümierter Lebemann Ende zwanzig, der einer Verbindung zwischen seinem Vater und einer bekannten Flötenspielerin entstammte, wirkte weit weniger gelassen als Demades. Schweißflecken verunzierten seinen Chiton aus edlem Leinen, pastellblau mit prächtiger Stickerei an Saum und Ärmeln, und er fuhr sich immer wieder mit den Fingern durch die geölten Locken, die ihm bis auf die Schultern fielen.

Du dachtest, du kämest in einer glorreichen Mission her und würdest von mir bekommen, was du willst, Welpe. Stattdessen wirst du bald deine letzte Reise antreten. Antipatros verzog das Gesicht, als ein scharfer, stechender Schmerz seine Brust durchfuhr. Sein Atem ging für einige Augenblicke schneller und flacher, ehe er sich wieder beruhigte.

«Du bist nichts als ein Schreihals im Dienste Makedoniens», rief Demades laut dazwischen, als Deinarchos eine lange Liste größtenteils erfundener Schandtaten aufzählte. Angeblich sollte Demades sie alle im Laufe seiner langen Karriere begangen haben, während er sich vom einfachen Ruderer in der athenischen Flotte hocharbeitete und keine Gelegenheit ausließ, Schmiergeld einzustreichen. «Hörst du? Ein Schreihals, der sich einen Donnerkeil von Zeus geborgt hat, weil du keine eigene Waffe hast, die du mir entgegenschleudern könntest. Weshalb vergeudest du unser aller Zeit mit diesem Prozess, wenn du doch einfach den nächstbesten Schankwirt an der Straße dafür hättest bezahlen können, dass er mir ein Messer zwischen die Rippen stößt?» Er wandte sich an Antipatros. «Oder was ist mit deinem Verbanntenjäger Archias, Antipatros?» Dann schlug er sich mit theatralischer Geste vor die Stirn. «Ach, natürlich, das hatte ich ganz vergessen: Archias hat sich ja überreden lassen, nach Tyros zu Ptolemaios zu gehen, um darüber zu plaudern, wie er das Gift beschafft hat, das Kassandros mit nach Babylon nahm – du weißt schon, das Gift, mit dem Iolaos Alexander ermordet hat.»

Während das Gericht sich lautstark über diese Anschuldigung empörte, wurde Antipatros abermals die Brust eng. Er tat ein paar schnelle, flache Atemzüge. *Also dahin ist er verschwunden. Ptolemaios lässt ihn die Lügen aus* Alexanders letzte Tage und sein Testament *untermauern.*

«Mir scheint, dies hier ist ein schwerer Fehler, Antipatros», fuhr Demades inmitten des Lärms fort. «Mir scheint, nicht ich und mein Sohn sollten hier die Angeklagten sein, sondern vielmehr du und dein Sohn. Ihr solltet des Mordes angeklagt werden, des Mordes an Alexander.»

Das war zu viel für die Geschworenen. Sie sprangen auf und zeigten auf die beiden Angeklagten. «Schuldig! Schuldig!», riefen sie im Chor. Demeas wandte sich voller Entsetzen an seinen Vater, doch Demades saß nur da. Er wirkte zufrieden wie ein Mann, der an der Schwelle des Todes seine letzte, größte Schandtat eingefädelt hatte, denn er wusste, dass die Berichte über seinen Prozess sich in der gesamten hellenischen Welt verbreiten würden.

Antipatros keuchte und hielt sich die Brust. Indessen verkündete Kassandros das Todesurteil und nahm die Sache sogleich selbst in die Hand, indem er mit gezogenem Schwert vortrat.

Die Wachen packten Demeas unsanft und zwangen ihn auf die Knie. Vor den Augen des entsetzten Vaters schlug Kassandros ihm kurzerhand den Kopf ab, mit einer Kraft, die aus Zorn erwuchs und seine schmächtige Gestalt Lügen strafte. Blut spritzte, und Demeas' geölte Locken fielen zu Boden.

Mit ansehen zu müssen, wie der eigene Sohn stirbt! Das hatte er nicht verdient, Kassandros, das war Grausamkeit um der Grausamkeit willen. Wenn ich noch einen Hauch von Zweifel hatte, so ist er jetzt verflogen: Du kannst nicht herrschen.

Wieder durchfuhr stechender Schmerz Antipatros' Brust. Er schnappte nach Luft und schrie laut auf, doch niemand achtete auf ihn, denn in diesem Moment fiel Demades' Kopf. Antipatros kam mühsam auf die Beine, und ein weiterer Schrei entfuhr ihm, dann schnellte der gepflasterte Boden ihm entgegen und schlug ihm ins Gesicht.

«Gib ihm Raum zum Atmen, gute Frau», sagte eine Stimme aus der Dunkelheit. «Er kommt wieder zu sich. Wenn er genug Luft bekommt, wird er sich bald erholen.»

Doch Antipatros wusste, dass es nicht so sein würde. Er kam noch einmal zurück, aber nicht für lange. Es galt eine letzte Pflicht zu erfüllen, ehe er sich auf den Weg zum Fährmann machte. Er schlug die Augen auf.

«Mein Gemahl», sagte Hyperia, während der Arzt Antipatros in die Augen schaute. «Ich habe mir solche Sorgen gemacht.»

Mit einer schwachen Geste entließ Antipatros den Arzt. «Das brauchst du nicht, Hyperia, ich fühle mich ganz im Reinen. Rufe Kassandros, Polyperchon und die Oberhäupter der führenden Familien.»

«Sie sind bereits hier, sie warten unten.» Sie wandte sich an den Arzt. «Rufe sie herein, alle.»

«Aber Herrin –»

«Tu, was ich sage!»

Ihr scharfer Ton hinderte ihn, medizinische Einwände vorzubringen, und bald war der Raum voller Menschen.

Antipatros nahm den großen Ring von Makedonien vom Finger und betrachtete ihn mit trüben Augen, dann blickte er in die Gesichter derer, die um sein Bett versammelt waren: Hyperia, Kassandros und Polyperchon, dahinter standen die Oberhäupter der ranghohen Familien. Antipatros spürte, wie seine Kräfte schwanden und sein Atem schwächer wurde. Er unternahm eine letzte Anstrengung. «Kassandros, du musst jetzt stark sein.»

«Ja, Vater, das werde ich.»

«Du sollst den zweiten Rang hinter Polyperchon einnehmen.» Er gab seinem Stellvertreter den Ring. «Polyperchon, ich ernenne dich hier im Beisein von Zeugen zum Regenten von Makedonien und Vormund der beiden Könige.» Er tat mehrere flache Atemzüge, um seine wenige verbliebene Kraft für ein paar letzte Worte zu sammeln. «Lasst niemals zu, dass Makedonien von einer Frau regiert wird.»

KASSANDROS
DER EIFERSÜCHTIGE

Wut tobte in Kassandros, rohe, blinde Wut, als die Hand seines Vaters auf das Bett zurückfiel und ein verblüffter Polyperchon mit dem großen Ring von Makedonien dastand. Wut, als Antipatros' Augen brachen, das Lebenslicht in ihnen erlosch und er unwiderruflich seine letzte Reise antrat. Das durfte nicht sein, er musste doch noch diese entsetzliche Ungerechtigkeit zurücknehmen.

«Vater!», schrie Kassandros in das starre Gesicht des Mannes, der ihn soeben seines Erbes beraubt hatte. «Vater! Vater!» Er schlug Antipatros mit der flachen Hand auf die rechte Wange, dann mit der Rückhand auf die linke, wieder und wieder, bis grobe Hände ihn von dem Leichnam fortzerrten. «Lasst mich los! Vater! Vater!» Er befreite sich aus ihrem Griff und wandte sich wieder dem Toten zu, unmännliche Tränen in den Augen. «Ich bin dein Sohn, nicht dieser mittelmäßige Alte.» Er fuhr herum und schlug mit der Faust nach Polyperchon, der jedoch ausweichen konnte.

«Haltet ihn», befahl Hyperia mit schriller, aber gebieterischer Stimme. Sie wich vor ihrem Stiefsohn zurück, der nun wild um sich schlug.

Dieselben groben Hände packten Kassandros an Armen und Schultern, und diesmal konnte er sich nicht wieder befreien. «Hyperia, hast du gewusst, dass er das tun würde?»

«Kassandros, dein Vater ist soeben gestorben. Respektiere seinen Willen und benimm dich, wie es der Anstand gebietet. Bringe nicht Schande über dich, indem du dich gebärdest, wie es selbst eines Weibes unwürdig wäre.»

«Hast du es gewusst?»

«Nein, Kassandros, aber ich habe es geahnt. Und hätte dein Vater mich in dieser Angelegenheit um Rat gefragt, so hätte ich ihn in seiner Entscheidung bestärkt. Ein Mann von deiner Wesensart sollte nicht zu viel Macht besitzen.»

«Aber dieser verblasste Niemand?» Kassandros spuckte nach Polyperchon.

«Schafft ihn hinaus», befahl Polyperchon und steckte sich den großen Ring an den Zeigefinger. «Sperrt ihn in eine Kammer, bis er sich wieder so weit beruhigt hat, dass er sich würdevoll benehmen kann, wie es einem trauernden Sohn geziemt.»

«Würdevoll? Ich scheiße auf die Würde! Trauernder Sohn? Beraubter Sohn! Das bin ich, beraubt. Ich wurde meines Erbes beraubt, und du erwartest, dass ich es in Würde hinnehme?»

Doch Kassandros hörte auf, sich zu wehren, und ließ sich aus dem Sterbegemach durch die Schar der Trauernden führen, von denen keiner ihm in die Augen zu sehen vermochte.

Ja, schaut nur weg, ihr Schafe. Es wird eine Zeit kommen, und zwar schon sehr bald, da werdet ihr alle mich um Gefallen anbetteln, und dann wollen wir sehen, wer meinem Blick standhält. Der Gedanke besänftigte ihn so weit, dass der methodische Teil seines Verstandes wieder zu arbeiten begann und den zügellosen, haltlosen Teil verdrängte. Schon seit seiner frühen Kindheit war es so gewesen: Wenn er seinen Willen nicht bekam, wurde er von Gefühlen übermannt und verlor die Beherrschung.

Nein, ich kann die Verhältnisse nicht einfach umkehren, nur weil ich es will. Ich muss leise und subtil vorgehen, um mich am Ende durchzusetzen. Mord kommt nicht infrage – alles muss mit rechten Dingen zugehen, damit es nachher auch Bestand hat. Ich werde genau das brauchen, woran es mir so mangelt: Freunde.

Daher betrachtete Kassandros die führenden Familien Makedoniens mit neuem Interesse, als sie sich zur Beisetzung ihres verstorbenen Regenten versammelten. Wenigstens einen Vorteil hatte er auf seiner Seite: Polyperchon stammte aus einer wenig bedeutenden Sippe, denn seine Vorfahren waren zwar von edlem Blut, kamen aber ursprünglich aus Tymphaia. Diese Landschaft hatte zu Epirus gehört, bis Philipp sie zu einem Teil Makedoniens gemacht hatte. Polyperchons Vater Simmias hatte zwar eine makedonische Verwandte von hoher Geburt geheiratet und sich in Pella niedergelassen, dennoch konnte Polyperchon schwerlich behaupten, von makelloser makedonischer Abstammung zu sein. In anderer Hinsicht war hingegen Polyperchon im Vorteil, so ungern Kassandros sich das auch eingestand: Er war ein erfahrener Krieger. Auf Alexanders gesamtem Eroberungszug hatte er sich immer wieder verdient gemacht, und als Auszeichnung für seine Tapferkeit in der Schlacht von Issos war er zum Befehlshaber der Tymphaier in der Phalanx ernannt worden.

Aber was zählt für die großen Familien mehr, die Abstammung oder die eigene Leistung? Über diese Frage dachte Kassandros nach, während die Gebete gesprochen wurden und der Scheiterhaufen zu brennen begann.

Gesänge begleiteten das Prasseln des Feuers. Kassandros empfand nichts, als der Rauch vom verbrennenden Körper seines Vaters himmelwärts stieg: keine Trauer, keinen Verlust, keine Reue, keine Schuld, nichts. Er fühlte sich leer, der letzte

Verrat seines Vaters hatte in ihm alle Gefühle für den Mann ausgelöscht, dem er nie hatte gefallen können. Nie hatte er die Erwartungen seines Vaters zu erfüllen vermocht, und so hatte er nie die Wärme seines rückhaltlosen Lobes gespürt. Antipatros hatte ihn nie gemocht, und es war ihm selten gelungen, diesen Umstand zu verhehlen. Doch nun war Kassandros frei, nun musste er nicht länger um die Anerkennung des einen Mannes kämpfen, der sich stur geweigert hatte, sie ihm zu geben. Nein, all das war nun Vergangenheit, ausgelöscht und nichtig gemacht durch den größten Misstrauensbeweis, den jemals ein Vater seinem Sohn entgegenbringen konnte: ihn zu übergehen und sein Erbe auf einen anderen zu übertragen, einen, der nicht einmal entfernt zur Familie gehörte.

Kassandros wurde bewusst, wie befreiend dieser Moment war: Nie wieder würde er auf irgendjemanden außer sich selbst Rücksicht nehmen; nun, da er frei von seinem Vater war, lebte er nur noch für sich.

Doch er würde Hilfe brauchen. Sein Bruder Nikanor befand sich im fernen Kappadokien, da sein Vater ihn zu Eumenes' Nachfolger in der Satrapie bestimmt hatte. Kassandros dachte daher an seine Halbbrüder – sie waren zwar Hyperias Söhne, aber dennoch seine Blutsverwandten. Gewiss brannten sie darauf, sich einen Namen zu machen, und sie würden erkennen, dass er ihnen eher dazu verhelfen konnte als der mittelmäßige Polyperchon. Dieser würde naturgemäß seinen eigenen Sohn Alexandros begünstigen. Iolaos war der Älteste unter Kassandros' Brüdern gewesen, nach ihm kamen die Zwillinge Pleistarchos und Philippos, beide siebzehn und somit an der Schwelle zum Mannesalter. Die beiden Jüngsten – Alexarchos, vier Jahre, und Triparadeisos, der noch in den Armen seiner Amme lag – konnten vielleicht später einmal eine Rolle spielen. Und dann waren da natürlich noch seine Schwestern und Schwäger. Dort würde er am meisten Unterstützung finden, denn Antipatros hatte seine Töchter überaus geschickt verheiratet: Phila, Kassandros' Vollschwester, war in Asien mit Demetrios verheiratet, Nikaia im nördlichen Europa mit Lysimachos und Eurydike in Ägypten mit Ptolemaios. Auf jedem Kontinent eine – da würde er ansetzen. Doch zuvor musste er seine Bestürzung über die jüngste Entwicklung verdauen und sich überlegen, wie er vorgehen wollte.

«Was, wenn sie uns gefangen nehmen und als Geiseln festhalten?», fragte Pleistarchos, als Kassandros, Philippos und er am nächsten Tag in den Bergen östlich von Pella, jenseits des Flusses Axios, Jagd auf einen wilden Keiler machten.

«Ihr gehört zur Familie», erinnerte Kassandros ihn. «Glaubt ihr etwa, Phila oder Eurydike würden zulassen, dass ihre Brüder so behandelt werden, erst recht, wenn ihr in einer diplomatischen Mission kommt? Nein, Ptolemaios und Antigonos werden euch anhören. Ich brauche Geld, Männer und Schiffe. Im Gegenzug bekommen sie einen Verwandten als Herrscher von Makedonien anstatt eines Usurpators, der seine eigenen Ziele verfolgt. Wir werden alle Länder um das Meer beherrschen, wir drei und Lysimachos. Mit ihm werde ich persönlich sprechen, nachdem ich unsere Verwandten und unsere Getreuen von den Ländereien zu meiner Fahne gerufen habe. Wir werden uns gegenseitig unterstützen, ohne dass einer sich in die Angelegenheiten des anderen einmischt. Sagt ihnen das und bringt mir ihre Antworten, so schnell ihr könnt. Wenn wir nach Amphipolis kommen, wird bereits ein Schiff für euch bereitliegen. Es wird dich, Pleistarchos, in Tarsos absetzen und dann mit Philippos nach Tyros weiterfahren. Anschließend bringt es euch beide zu mir zurück. Ich werde bei Lysimachos in Thrakien sein.» Kassandros wischte sich den Schweiß von der Stirn und packte seinen dicken Sauspieß, entschlossen, endlich die Beute zur Strecke zu bringen, die zu erlegen ihm bisher nicht gelungen war.

«Du meinst, wir gehen nicht nach Pella zurück.»

«Nein. Wäre ich an Polyperchons Stelle, dann würde ich uns alle drei töten.»

Die Zwillinge wechselten einen Blick und einigten sich wortlos. «Wir werden es tun», sagten sie wie aus einem Mund.

Kassandros hatte gemeinsam mit seinen Zwillingsbrüdern Pella so kurz nach dem Leichenschmaus verlassen, wie der Anstand es zuließ. Er hatte schiefe Blicke geerntet, als er seine Absicht kundtat, auf Keilerjagd zu gehen, um sich endlich das Recht zu verdienen, bei Tische zu liegen. Nicht dass es ihm besonders wichtig gewesen wäre, seinen Keiler zu erlegen – ihm war es einerlei, in welcher Haltung er sein Abendessen einnahm. Es war einfach nur ein plausibler Vorwand, um Pella zu verlassen, durchs Land zu ziehen und bei Familien einzukehren, mit denen ihn eine Gastfreundschaft verband – Leuten, die Verständnis für seine Lage haben würden; Leuten, die finden würden, dass Kassandros als Regent für sie vorteilhafter wäre als Polyperchon. Denn er beabsichtigte, erst wieder nach Makedonien zurückzukehren, wenn er seinen rechtmäßigen Platz beanspruchen konnte.

Langsam schlichen sie weiter den Berg hinauf. Die Jagdsklaven bildeten vor ihnen zwei Linien wie die Schenkel eines Winkels, um das Wild in Richtung der drei Brüder am Scheitelpunkt zu treiben. Hinter ihnen folgten weitere Sklaven, die ihre Pferde am Zügel führten.

«Was sollen wir Antigonos und Ptolemaios sagen, wohin sie die Unterstützung schicken sollen, sofern sie sich bereit erklären?», fragte Philippos. Er hatte die Stimme zu einem Flüstern gesenkt, da die Spannung der Jagd stieg.

«Wenn ich mit Lysimachos gesprochen habe, werde ich mit den Angehörigen unserer Sippe nach Asien kommen», antwortete Kassandros. Er versuchte, das wachsende Unbehagen tief in seinem Bauch zu unterdrücken.

Ich darf mir meine Angst nicht anmerken lassen. Was auch immer geschieht, ich darf nicht kehrtmachen und davonlaufen.

Ein Ruf ging dem Angriff voraus, dann ertönte ein Schrei. Mit gewaltigem Grunzen, erbost über die Eindringlinge in seinem Revier, brach der Keiler aus seinem Kessel. Mit einem seiner Hauer schlitzte er dem Sklaven, der ihn aufgestört hatte, das Bein auf, sodass das Blut in Strömen herauslief. Donnernd stürmte er den Hang hinunter, blindwütend, ein Muskelpaket auf kurzen Beinen, gewiss doppelt so schwer wie ein ausgewachsener Mann. Kleine rote Äuglein funkelten zwischen dicken Borsten, und aus dem geifernden Maul ragten messerscharfe Hauer, die bereits blutverschmiert waren. In vollem Lauf kam das Tier bergab auf Kassandros und seine Brüder zu.

Kassandros' Herz setzte einen Schlag aus, und er fühlte, wie Urin an seinem Bein hinunterlief, doch er brachte seine Blase wieder unter Kontrolle, sodass niemand etwas bemerkte. *Das war ein Fehler.* Aber er konnte jetzt nicht davonlaufen, zumal seine Brüder der heranstürmenden Bestie bereits entgegengingen. Kassandros nahm alle Willenskraft zusammen und zwang sich, ihnen zu folgen. Indessen beeilten sich die Sklaven, den Keiler zu umzingeln, sodass er nicht entkommen konnte, ohne einen von ihnen zu töten.

Philippos stieß als Erster zu, als die erboste Kreatur in ihrem rasenden Lauf in seine Richtung schwenkte. Die Speerspitze hinterließ eine klaffende Wunde an der Seite des Tieres, drang jedoch nicht in den Brustkorb. Philippos machte einen Sprung nach links, einen Augenblick bevor die Hauer ihn entmannt hätten. Damit stand nun Kassandros dem heranstürmenden

Keiler direkt gegenüber. Er hielt seinen Speer fest vor sich, auf die Brust der Bestie gerichtet. Doch der Keiler war schlau und stieß den Speer mit einer Kopfbewegung beiseite. Im nächsten Moment hatte er Kassandros erreicht. Ein heftiger Schmerz durchfuhr den jungen Mann, und er wurde himmelwärts geschleudert, wobei er in seiner Qual laut schrie. Unter ihm stieß der Keiler einen durchdringenden tierischen Klagelaut aus, der den seinen übertönte. Krachend schlug Kassandros auf dem Boden auf, er überschlug sich und umklammerte dabei sein zertrümmertes Schienbein. Der Unterschenkel war vom Knie bis zum Knöchel aufgerissen. Indessen sah er, wie Pleistarchos mit aller Kraft seinen Speer festhielt und von dem aufgespießten Tier rückwärts geschoben wurde. Kassandros sah im Geiste noch vor sich, wie er auf der Liege saß, während sein jüngerer Bruder neben ihm lag, dann schwanden ihm die Sinne.

Schmerz, unerträglicher Schmerz riss Kassandros bald aus den Tiefen gnädiger Bewusstlosigkeit zurück in die grässliche Wirklichkeit. Er stöhnte, das Gesicht vor Qual verzerrt, und schlug mit der Faust auf seine weiche Lagerstatt.

«Lieg still», sagte eine Stimme. «Dein Bein wurde übel zugerichtet, aber ich habe den Knochen gerichtet und die Wunde genäht. Es wird einige Zeit dauern, bis alles geheilt ist, doch dein Bein wird wieder ganz in Ordnung kommen.»

Er schlug die Augen auf und sah über sich ein graubärtiges Gesicht. «Wer bist du?»

«Ich bin Nikanors Arzt.»

«Von meinem Bruder Nikanor? Aber er ist doch in Kappadokien.»

«Nein, ich diene Nikanor von Sindos.»

Der Schmerz trübte Kassandros' Denken, er konnte den Namen nicht einordnen.

«Ich kannte deine Mutter», sagte ein Mann mittleren Alters mit langem, dunkelbraunem Haar und rötlichem Bart. Er saß in einem Stuhl auf der anderen Seite des Raumes. Durch ein offenes Fenster schien die Abendsonne ins Zimmer, und ein leichter Windhauch blähte die safrangelben Vorhänge aus zartem Leinen.

«Meine Mutter ist tot.»

«Ich weiß, und ich war zutiefst betrübt, als sie starb.»

Kassandros schöpfte sofort Argwohn. «Was war sie für dich?»

Nikanor hob beschwichtigend eine Hand. «Nicht das, woran du jetzt denkst. Sie war meine Cousine, wir sind zusammen aufgewachsen. Natürlich wurden wir des Anstands halber getrennt, als wir heranwuchsen und ich zum Manne zu reifen begann, sie zur Frau. Nein, Kassandros, sie lag mir einfach sehr am Herzen. Nachdem sie deinen Vater geheiratet hatte, sahen wir uns noch gelegentlich, wenn ich nach Pella kam. Ihr Tod hat mich wirklich geschmerzt, das kann ich dir versichern.»

Kassandros verzog wieder das Gesicht, nicht nur weil sein Bein ihn quälte. «Mich hat er mehr geschmerzt, das kann ich dir versichern. Und ich bin sicher, das Kind, das in ihrem Leib mit ihr umkam, war auch nicht glücklich darüber.»

Nikanor stand auf und durchquerte den Raum. Er gab dem Arzt einen Wink, sich zu entfernen. «Du hast ein Recht, bitter zu sein. Du hast sogar eine Menge Gründe zur Bitterkeit, nicht zuletzt darüber, wie dein Vater dich behandelt hat.»

Kassandros schaute Nikanor verwirrt an. War das Mitgefühl? «Es ist üblich, dass der älteste Sohn das Erbe seines Vaters antritt.»

«Gewiss. Aber dies dürfte dich interessieren: Bevor ich mit Alexander in den Osten zog, sprach ich mit deinem Vater, der damals eben erst zum Regenten ernannt worden war. Ich fragte ihn, was genau dieses Amt mit sich brächte. Es interessierte mich, da wir in Makedonien seit mehr als hundert Jahren keinen Regenten mehr gehabt hatten. Er sagte zu mir, er habe alle Befugnisse eines Königs, mit einer Ausnahme.»

«Und die wäre?»

«Er sagte, er könne den Titel nicht weitergeben. Das sei einzig dem König vorbehalten.»

«Aber ich war sein Sohn!»

Nikanor hob beide Hände, um Kassandros zum Schweigen zu bringen. «Du hörst mir nicht zu, Kassandros: Er konnte den Titel nicht weitergeben, das ist einzig dem König vorbehalten.»

Kassandros runzelte die Stirn. Plötzlicher Schmerz zuckte über sein Gesicht, und er verbiss sich ein Stöhnen. Langsam sickerte die Bedeutung von Nikanors Worten in sein Bewusstsein. «Wenn das so ist, dann hatte er gar nicht die Macht, die Regentschaft auf Polyperchon zu übertragen.»

«Und ebenso wenig hätte er sie dir übertragen können. Das vermögen nur die Könige, und da keiner der beiden Könige in der Lage ist zu herrschen, können sie ihren Regenten nicht ernennen, ohne einen Regenten können aber wiederum diese Könige nicht herrschen. Es ist ein Paradoxon.»

Mit einem Schlag vergaß Kassandros den rasenden Schmerz in seinem Bein. *Natürlich. Warum habe ich das nicht schon eher erkannt? Es ist doch ganz offensichtlich: Mein Vater besaß nicht die Macht, seine Macht weiterzugeben.*

«Folglich ist Polyperchon nicht rechtmäßig in seinem Amt.»

«So ist es. Er hat kein Anrecht auf die Regentschaft, und ebenso wenig hättest du eines gehabt, wenn dein Vater dich nicht übergangen hätte.»

«Dann wäre es keine Rebellion, wenn ich eine Armee aufstellte.»

«Wie könnte es Rebellion sein, gegen jemanden vorzugehen,

der kein Herrscher ist? Technisch gesehen ist Makedonien derzeit herrscherlos. Würde es also mit dem Speer gewonnen, dann könntest du argumentieren, du habest kein Verbrechen begangen, sondern in legitimer Weise die Macht ergriffen.»

«Warum gibst du mir diesen Rat? Du bist mir nichts schuldig.»

«Wenn ich dir helfe, stehst du in meiner Schuld, und du könntest mir etwas geben, das ich von Polyperchon niemals bekommen werde. Ich kenne den Mann, er ist ein starker Untergebener, doch als Führer wird er schwach und unentschlossen sein. In dir erkenne ich Skrupellosigkeit und Stärke. Da ich selbst nicht danach strebe, über Makedonien zu herrschen, wäre es mir weitaus lieber, wenn du es tätest und nicht er. Soweit ich verstanden habe, bist du nicht glücklich mit der derzeitigen Situation und beabsichtigst, etwas dagegen zu unternehmen.»

«Ja.»

«Darf ich fragen, was?»

«Ich habe meine Brüder beauftragt, mit Ptolemaios zu sprechen, der noch immer in Syrien ist, und mit Antigonos, der sich derzeit auf einem Feldzug gegen Alketas und Attalos in Pisidien befindet. Ich selbst werde mit Lysimachos reden.»

«Deine drei Schwäger – ja, sie könnten hilfreich sein, und selbst wenn sie dich nicht aktiv unterstützen, könntest du sie doch gewiss dazu bringen, dein Vorhaben nicht zu behindern. Welche anderen Maßnahmen wirst du noch ergreifen?»

«Ich rufe alle Männer zusammen, die meiner Familie Treue schulden. Sie sollen den Grundstock zu einer Armee bilden. Weiter bin ich noch nicht gekommen. Ich muss erst wissen, ob meine Schwäger mir Männer, Schiffe und Geld geben werden.»

«Und wenn sie dir eine Armee zur Verfügung stellen und dazu eine Flotte für den Transport, wohin wirst du sie dann führen?»

Kassandros spürte, wie Zorn in ihm aufstieg. Es gefiel ihm nicht, so ausgefragt zu werden, erst recht, wenn die Fragen einen Mangel an vorausschauender Planung offenlegten. Er war noch nicht dazu gekommen, die Dinge gründlich zu durchdenken, es war alles so schnell gegangen. Erst einmal hatte er sich ganz darauf konzentriert, aus Pella zu entkommen.

Nikanor war sensibel genug, das zu erkennen. «Pella kommt nicht in Betracht. Jeder Makedone, der die Hauptstadt durch Krieg entweiht, würde gehasst und verachtet werden. Nein, der Krieg muss gewonnen sein, lange bevor du nach Makedonien kommst. Trage ihn unten im Süden aus, in Griechenland – sollen diese Leute doch unter den Verheerungen leiden, die zwei Armeen auf Feldzug anrichten. Du brauchst Piräus. Du musst die Garnison dort in der Festung auf dem Munychia unter dein Kommando bringen.»

«Ihr derzeitiger Befehlshaber ist Menyllos. Mein Vater hat ihn nach der Kapitulation Athens dort eingesetzt.»

«Kannst du ihm vertrauen?»

«Ich habe keinen Grund dazu, ich kenne den Mann ja kaum.»

«Dann entsende mich dorthin. Wenn ich mit einem schnellen Schiff unverzüglich aufbreche, habe ich gute Aussichten, dort einzutreffen, ehe die Kunde vom Tod deines Vaters Athen erreicht. Ich werde der Garnison die Nachricht überbringen, zusammen mit einem schriftlichen Befehl, dass du Menyllos als Kommandeur ablöst.»

«Und dann kannst du Piräus für mich halten, bis ich mit meiner Armee komme.»

«Ganz genau. Polyperchon wird gezwungen sein zu handeln. Er würde das Gesicht verlieren, wenn er tatenlos zusähe, wie du Griechenland besetzt. Er müsste also in den Süden kommen. Schlage ihn dort und marschiere dann im Triumph gen Norden, so kannst du Makedonien unter deine Herrschaft bringen, ohne dass auf dem Boden des Mutterlandes Blut vergossen wird.»

«Und was ist mit den Königen?»

Nikanor lächelte und machte eine vage Geste. «Ich an deiner Stelle würde einfach einen Schritt nach dem anderen tun. Die Könige laufen dir schließlich nicht weg.»

ADEA
DIE KRIEGERIN

Vielleicht war dies ihre Chance – höchstwahrscheinlich ihre letzte Chance –, nun, da Antipatros tot war. Freudentränen hatte sie geweint, als sie von seinem Ableben erfuhr. Der Mann, der ihr als Königin das Recht verwehrt hatte, für ihren Gemahl zu sprechen und in seinem Namen zu herrschen, konnte sich ihr nun nicht mehr in den Weg stellen. Er war nicht mehr, und er hatte seinen Sohn nicht zu seinem Nachfolger ernannt.

Die Vorstellung, Kassandros werde nach seinem Vater die Herrschaft antreten, hatte Adea verfolgt, seit sie nach Europa zurückgekehrt war. Es war offensichtlich gewesen, dass der alte Mann kein Jahr mehr zu leben hatte, und es hatte nahegelegen, dass sein ältester Sohn sein Nachfolger werden sollte. Adea wusste, dass Kassandros ihr nicht zugetan war. Überhaupt gab es in den führenden Familien des Landes kaum jemanden, der ihr gewogen war. Deshalb hatte sie ihre Appelle stets an die einfachen Soldaten gerichtet. Deren Verehrung für Alexander und sein Blut schloss auch Adeas Mann Philipp ein, der ja sein Halbbruder war, und sie selbst als Alexanders Cousine.

Adea schaute zu ihrem Mann hinüber. Sie befanden sich

in seinem Gemach hoch oben in dem Palast, der über Pella aufragte. Philipp stand mit einem starren Grinsen auf dem Gesicht da, während sein Leibsklave ihm das Schwert umschnallte und letzte Hand an seine Galauniform legte: die Uniform eines Makedonenkönigs.

Sie rieb einen Fleck von dem bronzenen Muskelkürass, den eine silberne Einlegearbeit in Gestalt sich aufbäumender Pferde zierte, mit Rubinen als Augen und Diamanten an den Hufen. Dann richtete sie den purpurnen Mantel, der über seine Schultern drapiert war und bis zum Schaft seiner wadenhohen Stiefel aus rotem Leder reichte.

Adea wischte ihm ein wenig Speichel aus dem Mundwinkel, dann trat sie zurück, um das Gesamtbild zu betrachten. «Sehr schön, Philipp, du siehst prächtig aus. Wahrhaftig wie ein König.»

Philipp kicherte und hielt eine Hand vor den Mund – in der anderen hielt er seinen Helm mit einem roten Rosshaarbusch und zwei langen weißen Federn an den Seiten. «Darf ich auf einem Pferd reiten, Adea? Ja, darf ich?»

«Heute darfst du, Philipp.»

«Oh, danke, danke.» Zum Zeichen seiner Dankbarkeit ließ er ein Rinnsal Urin an seinem Bein hinunterlaufen.

Adea war an solche Zeichen seiner Aufregung gewöhnt und schenkte dem Zwischenfall keine Beachtung, während der Leibsklave seinen Schützling trocken wischte. Er mochte ein unvollkommener König mit dem Verstand eines Achtjährigen sein, aber er war überaus fügsam und absurd dankbar für jedes Vergnügen, das Adea ihm gestattete. Und «König spielen» liebte er ganz besonders.

Sie betrachtete sich prüfend in dem Spiegel aus polierter Bronze: Ihr Brustpanzer, der Helm und die Beinschienen glänzten, und ihr Schwert hing so, wie es gehörte.

Eine Amazonenkönigin. Mutter wäre so stolz auf mich.

Nachdem sie sich vergewissert hatte, dass alles bereit war, nahm sie das zusammengerollte Schriftstück, das sie für diesen Anlass vorbereitet hatte, ergriff die schlaffe Hand ihres Mannes und führte ihn aus dem Gemach.

Die Armee von Makedonien war inzwischen eine sehr gemischte Truppe aus bartlosen Rekruten, ergrauten Veteranen, die ihre Großväter hätten sein können, und wenig erprobten, mittelmäßig ausgebildeten Garnisonstruppen, deren Erfahrung sich hauptsächlich darauf beschränkte, die einheimische Bevölkerung zu drangsalieren, der sie aufgezwungen worden waren. Aber auch wenn fragwürdig erschien, wie schlachtentauglich diese Armee war, konnte sie immerhin in tadelloser Disziplin aufmarschieren. Und so trat sie in präzisen Blöcken, teils beritten und teils zu Fuß, auf dem Paradeplatz außerhalb des Nordtores von Pella an.

Adea saß auf ihrer Stute neben ihrem Mann auf seinem Hengst, als Polyperchon im Namen der Könige den Gruß der Armee entgegennahm. Sein Sohn Alexandros war an seiner Seite, ebenso unscheinbar wie der Vater, nur dass sein ebenfalls schütteres Haar braun anstatt grau war. *Uninspirierend und langweilig, alle beide. Dies muss meine Chance sein.*

Als Adea nach rechts schaute, fing sie den Blick ihrer Rivalin Roxane auf, deren Augen kalt und hasserfüllt durch den Schlitz in ihrem Schleier starrten. Roxane saß auf dicken Polstern auf einem Fuhrwerk und hatte ihren vierjährigen Sohn neben sich. Adea wandte sich wieder ab. Sie empfand einen gewissen Triumph, da sie einen moralischen Sieg über die asiatische Wildkatze errungen hatte, indem sie zu Pferde an der Seite ihres Mannes erschien: Sie war die Kriegerkönigin, bereit, die Männer zu führen, wohingegen Roxane nichts als eine verwöhnte Prinzessin aus dem Osten war, die in Luxus schwelgte, ein krasser Gegensatz zu den Makedonen. Adea hatte es bewusst so inszeniert und war sicher, dass es nicht unbemerkt bleiben würde. Stolzgeschwellt hörte sie, wie die Armee ihrem Mann als König huldigte. Für den Moment vergaß sie, dass die Huldigung auch dem Sprössling der Hure galt. Philipp strahlte, nickte heftig und stieß seine Faust in die Luft, bis Adea ihn am Ellenbogen fasste und seinen Arm sanft nach unten zog. «Halte still, Philipp, benimm dich würdevoll, sonst holt dich der Fährmann.»

«Der Fährmann?» Philipp erstarrte und schaute sich verstohlen um, ob die gefürchtete Gestalt zu sehen wäre. Die bloße Erwähnung des Namens genügte, um das große Kind unter Kontrolle zu bringen, wenn es widerspenstig war.

Adea gestattete sich ein flüchtiges Lächeln. Es fiel ihr inzwischen so leicht, ihren Mann unter Kontrolle zu halten. In fast allen Dingen war er von ihr abhängig, und auf seine eigene Weise war er ihr leidenschaftlich verfallen. Für seine Sicherheit zu sorgen und dafür, dass er respektiert wurde, war ihr wichtigstes Anliegen, denn auch wenn allgemein bekannt war, dass er den Verstand eines Kindes besaß, war er doch vom gleichen Blut wie sein Halbbruder Alexander, und diese Tatsache hatte für die einfachen Soldaten der Armee großes Gewicht. Sie ehrten ihn als ihren König und sahen ihn als Glücksbringer an.

«Soldaten von Makedonien», rief Polyperchon mit monotoner Stimme, als der Jubel für die Könige verebbte. «Vor zwei Tagen haben wir die Begräbnisriten für Antipatros vollzogen, der unserem Land unermessliche Dienste erwiesen hat.» Er hielt den großen Ring von Makedonien in die Höhe. «Ich trete hier vor euch hin, vor diese Heeresversammlung, um zu verkünden, dass er in seiner Weisheit auf dem Sterbebett den Ring von Makedonien an mich weitergegeben hat. Ich fordere euch in aller Form auf, mich als Regenten von Makedonien und

Vormund der beiden hier anwesenden Könige Alexander und Philipp anzuerkennen. Soldaten von Makedonien, was sagt ihr?» Beim letzten Satz hob sich seine Stimme zu einem Quieken, das deutlich hörbar über den Paradeplatz hallte. Dann herrschte Stille.

Polyperchon, den Ring noch immer erhoben, schaute sich um und war sichtlich verblüfft, dass die Massen ihm nicht zujubelten. Langsam ließ er den Arm sinken. Die versammelten Soldaten begannen, untereinander zu raunen.

Dies ist meine Chance, nun erscheine ich vor ihnen als Kriegerkönigin.

Adea packte das Ross ihres Mannes am Zügel und ließ ihr eigenes Pferd vorwärtsgehen, bis sie es neben Polyperchon zum Stehen brachte. Der war sichtlich erbost über ihren Auftritt. «Soldaten von Makedonien», rief sie mit ihrer klaren Stimme, die weder schrill noch tief und so melodisch war, dass sie nach Polyperchons monotoner Ansprache wie liebliche Musik klang. «Mein Gemahl der König wünscht bekanntzugeben, dass er Polyperchon unterstützt.»

Polyperchon schaute sie überrascht an.

«Es hat allerdings seinen Preis», flüsterte Adea ihm verstohlen zu. «Soldaten von Makedonien», fuhr sie fort, «mein Gemahl der König fordert euch auf, ebenfalls Polyperchon zu unterstützen in der Gewissheit, dass König Philipp ihn in seinen Entscheidungen lenken wird. Polyperchon wird sich in allen militärischen und zivilen Fragen mit meinem Gemahl beraten, und ich, Königin Eurydike, werde euren Offizieren über diese Gespräche berichten. Polyperchon und mein Gemahl werden auf einer Stufe stehen. Unterstützt ihn, Soldaten von Makedonien, unterstützt Polyperchon als euren Regenten und Philipp als euren König.»

Augenblicklich brüllten die Männer aus Leibeskräften ihre

Zustimmung. Adea wusste, nun stand sie endlich im Zentrum der Macht, wie es ihr als einer Enkeltochter Philipps, des Zweiten dieses Namens, gebührte. Diesmal musste sie nicht die Schmach des Scheiterns erdulden wie zuvor, als Antipatros sie ausmanövriert hatte – zuerst in Triparadeisos, dann am Ufer des Hellespont, wo er sie mit der meuterischen Armee zurückgelassen hatte, jedoch ohne die Mittel, diese zu versorgen. Nein, diesmal war ihre Stellung gesichert. Diesmal konnte sie nicht wieder an den Rand gedrängt werden, denn Polyperchon verdankte ihr nun seine Position. Sie war diesem Niemand, der kein Charisma besaß, zu Hilfe gekommen, indem sie die Armee in ihren Bann geschlagen hatte.

«Was hast du getan?», zischte Alexandros, Polyperchons Sohn, ihr zu.

«Ich habe einen alten Mann gerettet, dessen Ansprache die Armee alles andere als begeistert hat, weil er keine Spur von Charisma besitzt.»

«Wenn du glaubst, ich würde künftig Philipp um seine Meinung fragen oder dergleichen», sagte Polyperchon, «dann befindest du dich in bedauernswerter Weise im Irrtum.»

«Ich glaube nichts dergleichen, alter Mann. Ich glaube, dass du mich um meine Meinung fragen wirst, da ich für den König spreche.» Sie lächelte ihn freudlos an, dann führte sie Philipps Ross vorwärts bis dicht vor die erste Reihe jubelnder Soldaten. «Winke ihnen zu, Philipp. Lächle nicht. Denke daran, wir spielen König. Könige lächeln nicht, oder?»

«Nein, Adea, Könige sind wütevoll.»

«Würdevoll, Philipp, Könige sind würdevoll.»

«Ja, Adea», sagte er folgsam und strengte sich an, würdevoll zu winken. Polyperchon kam ebenfalls nach vorn, um die Huldigung mit ihnen entgegenzunehmen.

Der Niemand hat sich soeben mit meinen Bedingungen einver-

standen erklärt, indem er sich uns angeschlossen hat. Ich habe es geschafft.

Sie schaute zu Roxane hinüber, die hilflos auf ihrem Wagen saß und nichts tun konnte.

Sie muss rasend wütend sein, da ich ihren Sohn auf den zweiten Rang verwiesen habe. Polyperchon wird bei unseren Beratungen für ihn sprechen.

Und so empfand Adea endlich einmal eine gewisse Sicherheit, zum ersten Mal, seit sie sich in Babylon mit Philipp vermählt und den Namen Königin Eurydike angenommen hatte. Ihre Verzweiflung darüber, noch immer kein Kind empfangen zu haben, rückte ein wenig in den Hintergrund. Mittlerweile hatte sie die Hoffnung aufgegeben, überhaupt jemals schwanger zu werden. Sie ließ den Beischlaf jetzt nur noch einmal im Monat über sich ergehen, die übrige Zeit überließ sie Philipp sich selbst. Doch nun besaß sie persönlich Macht, da sie in einem Rat ihren Mann vertrat, und die Liebe der Armee schützte sie, sodass Polyperchon sich ihrer nicht entledigen konnte.

Endlich würde man auf sie hören.

«Wir sollten Diogenes nach Kilikien entsenden, um mit Antigenes und Teutamos zu sprechen, da sie die Schatzkammer in Kyinda hüten», sagte Adea über den Ratstisch in der Mitte des Thronsaals zu Polyperchon. Sie übersah geflissentlich Alexandros, der – ungeladen – neben seinem Vater saß. «Er war Antipatros' Schatzmeister, daher werden die beiden ihn respektieren. Und ein Brief, von dir und meinem Gemahl unterzeichnet, wird dafür sorgen, dass ihm das Geld ausgehändigt wird, das wir brauchen. Es kann auf demselben Schiff hertransportiert werden, das ihn hinbringt. Die ganze Angelegenheit kann in zehn bis zwölf Tagen erledigt sein.»

Polyperchon schüttelte den Kopf, sichtlich nicht überzeugt.

Er bemühte sich, nicht zu Philipp zu schauen, der auf dem erhöhten Thron am Kopfende des Tisches der Beratung vorsaß und mit seiner Elefantenfigur spielte. «Alketas und Attalos sind im benachbarten Pisidien. Was, wenn sie von dem Geldtransport Wind bekommen?»

Warum kommt er immerfort mit so abwegigen Einwänden daher? Es ist stets dasselbe bei unseren Beratungen: Wir können das nicht tun, weil dieses oder jenes geschehen könnte.

«Die Rhodier haben voriges Jahr ihre Kriegsflotte vernichtet, sie befinden sich im Binnenland, und Antigonos ist auf dem Weg dorthin, um gegen sie vorzugehen, sofern er nicht bereits dort ist. Sie haben andere Sorgen, als Jagd auf ein Schatzschiff zu machen.»

«Aber sie könnten es tun», wandte Alexandros ein. «Und ist es das Risiko wert, nur um Geld herzuholen, das wir auch aus Griechenland herauspressen könnten?»

«Wer hat dich um deine Meinung gefragt?», fuhr Adea ihn unwirsch an. «Du vertrittst hier niemanden. Du hast keinen Platz in diesem Rat.»

«Er ist mein Sohn, und ich habe ihn gebeten, an der Beratung teilzunehmen», erklärte Polyperchon und schlug mit der Faust auf den Tisch. «Und er hat recht: Sie könnten von dem Transport erfahren, und am Ende wären sie stärker, als sie es jetzt bereits sind.»

Adea bedachte den hämisch grinsenden Alexandros mit einem giftigen Blick und wandte sich dann demonstrativ an seinen Vater. «Und ein Sturm *könnte* aufziehen, und das Schiff *könnte* sinken. So vieles *könnte* geschehen, aber wenn wir diese Angelegenheit nicht in Gang bringen, wird gar nichts geschehen. Wir brauchen dringend Geld hier in Makedonien, und in Kilikien lagern Hunderte Talente in Silber und Gold, also sollten wir so schnell wie möglich fünfhundert herholen. Wenn die Lage in Athen so schlimm ist, wie du sagst, dann werden wir Geld brauchen, um uns Unterstützung zu erkaufen. Wer ist überhaupt dieser Nikanor von Sindos, der das Kommando über die Garnison in Piräus übernommen hat?»

«Er ist kein Freund von mir, im Gegenteil.» Polyperchon nickte seinem Sohn zu.

«Nach den Berichten der Kundschafter, die ich auf Kassandros angesetzt hatte, wurde er auf der Jagd verletzt», begann Alexandros. «Nikanors Arzt hat ihn behandelt. Nikanor brach noch am selben Tag nach Athen auf und erreichte die Stadt, ehe die Nachricht von Antipatros' Tod eintraf, die wir losgeschickt hatten. Er übernahm die Garnison kraft eines Briefes, den Kassandros im Namen seines Vaters geschrieben hatte. Das liegt nun fast einen halben Mond zurück.»

«Und Kassandros? Wo ist er jetzt?»

Polyperchon schaute sie über den Tisch hinweg an, und aus seinen Augen sprach tiefe Besorgnis. «Als sein Bein so weit verheilt war, dass er in einer Sänfte reisen konnte, machte er sich auf den Weg nach Thrakien. Er ist dort bei Lysimachos.»

Ehe Adea etwas erwidern konnte, entstand an der Tür ein Tumult. Alle schauten sich um und sahen, wie Roxane sich an den Wachen vorbeidrängte, dicht gefolgt von der Amme mit dem kleinen Alexander sowie zwei jungen Sklavinnen.

«Weshalb wurde ich nicht von dieser Beratung in Kenntnis gesetzt?», wollte Roxane wissen.

Adea stand auf und blickte ihrer Rivalin entgegen. «Weil du nicht dem Rat angehörst.»

«Halte dein fotzenküssendes Maul, du Hure, ich habe den Regenten gefragt.» Sie baute sich vor Polyperchon auf, und ihre Augen funkelten ihn über den Rand des Gesichtsschleiers an. «Es hat bereits vier Beratungen gegeben, jedes Mal ohne mein Wissen. Ich bin die Mutter des Königs.»

«Eines der Könige», erinnerte Polyperchon sie.

Roxane zeigte auf Philipp, der nun auf dem Thron kniete und sich über seinen Elefanten duckte, als wolle er möglichst nicht beachtet werden. «Das nennst du einen König? Man hätte ihn gleich nach der Geburt erwürgen sollen.» Sie wandte sich ihrem Sohn zu, dem kleinen Alexander. «Dieser ist ein König. In seinen Adern fließt das Blut meines Mannes. Er sollte statt dieser Kreatur dort auf dem Thron sitzen. Und ich sollte einen Platz an diesem Tisch haben, um für ihn zu sprechen.»

«Polyperchon spricht für ihn», rief Adea. «Er ist der Regent.»

«Und was bist du, wenn du dich nicht gerade mit Mädchen vergnügst? Bist du etwa Regentin? Nein! Und dennoch sitzt du an diesem Tisch.»

«Ich vertrete meinen Mann.»

«Mit welchem Recht?», kreischte Roxane in voller Lautstärke.

«Durch die Akklamation der Armee, du asiatische Hure!»

Es ging blitzschnell: Eine Klinge fuhr durch die Luft, und Blut quoll aus Adeas Oberarm. Roxane holte mit dem Dolch, den sie in ihrem Ärmel versteckt hatte, zum nächsten Stich aus, doch ihre Gegnerin war zu schnell.

Als ausgebildete Kriegerin, die den Kampf mit der Klinge beherrschte, packte Adea Roxanes Handgelenk in der Abwärtsbewegung. Sie warf ihre Gegnerin zu Boden und kniete rittlings über ihr, das Handgelenk noch immer fest umklammert. «Wir wollen doch mal sehen, welche Hässlichkeit du darunter verbirgst.» Sie riss Roxane den Schleier vom Gesicht, dann sah sie überrascht auf. «Ach, du bist ja doch ganz hübsch. Du könntest mir sogar gefallen, wäre da nicht diese hässliche Narbe in deinem Gesicht.» Langsam senkte sie die Klinge.

Roxane schrie gellend, das Kind weinte und klammerte sich an seine Amme; ein Rinnsal Urin lief von dem Thron.

«Nein, Adea!», schrie Polyperchon und zerrte sie von ihrer Gegnerin herunter, während sein Sohn den Dolch an sich nahm.

Adea ließ zu, dass Polyperchon ihre Arme hinter dem Rücken festhielt. Sie genoss den Ausdruck des Entsetzens auf Roxanes Gesicht, bevor diese den Schleier wieder anlegte und sich auf die Knie aufrichtete. «Glaubst du, das könnte dich schützen?» Mit einem Ruck warf sie sich rückwärts gegen Polyperchon, und ihr Fuß schnellte vor. Roxanes Kopf wurde zurückgeschleudert, und sie stürzte wieder zu Boden. Blut aus ihrer gebrochenen Nase tränkte den Schleier. «Schafft sie fort, bevor ich die Hure töte.»

Die Sklavinnen wechselten einen raschen Blick. Sie wagten nicht, sich ihrer Herrin in dieser entwürdigenden Lage zu nähern. Beide brachen in Tränen aus.

«Wachen!», rief Alexandros. «Bringt die Königin in ihre Gemächer.»

Roxane genoss wenig Respekt bei den Männern, und so wurde sie kurzerhand aus dem Raum geschleift. Ihr weinender Sohn folgte in den Armen seiner Amme, und die Sklavenmädchen gingen in einigem Abstand hinterher, ebenfalls weinend aus Angst vor Bestrafung, da sie die Schmach ihrer Herrin mit angesehen hatten.

«So», sagte Adea und riss einen Streifen von ihrem Chiton ab, «wovon sprachen wir eben, ehe wir so unschön unterbrochen wurden?»

Polyperchon schaute sie mit unverhohlener Überraschung an. «Du willst nach diesem Vorfall die Beratung fortsetzen?»

Sie drückte den Stoff auf die Wunde an ihrem Arm, die zwar stark blutete, aber nicht tief war. «Natürlich. Die Regierungsgeschäfte müssen trotz dieser asiatischen Wildkatze weitergehen.» Sie setzte sich wieder an den Tisch. «Also, Kassandros hat Makedonien verlassen und ist nun bei seinem Schwager Lysimachos in Thrakien, richtig?»

Polyperchon musste den Kopf schütteln, um nach dieser kurzen, aber turbulenten Episode seine Gedanken zu ordnen. «Ja, das ist richtig.» Er nahm ebenfalls wieder Platz.

«Dann befindet er sich in offener Rebellion?»

«Nein, noch nicht, aber ich bin überzeugt, dass er eine solche plant. Er hat seine Brüder zu Ptolemaios und Antigonos geschickt. Er wirbt um Unterstützung.»

«Noch ein Schwager und der Vater eines dritten – er nutzt seine familiären Verbindungen, und vielleicht wird er bei wenigstens einem dieser Männer etwas erreichen. Ein Grund mehr, dass wir Geld herholen sollten.»

Polyperchon gab sich angesichts ihrer Beharrlichkeit seufzend geschlagen. «Also gut, wir werden es riskieren.»

Adea lächelte. Sie drückte noch immer den Stofffetzen auf ihre Wunde. «Gut. Es freut mich, dass wir uns einig sind, Polyperchon. Und mache dir um Alketas und Attalos keine Gedanken, Antigonos wird schon dafür sorgen, dass sie alle Hände voll zu tun haben.»

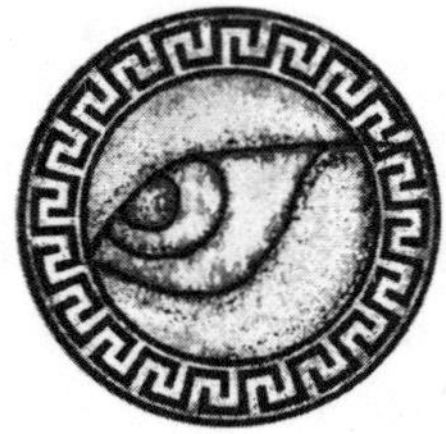

ANTIGONOS
DER EINÄUGIGE

Sie halten einen Pass östlich von Termessos besetzt, bei einer kleinen Stadt namens Kretopolis», berichtete Demetrios. Er wischte sich mit einem Tuch Staub und Schweiß vom Gesicht. «Es ist eine sehr gute Stellung – wenigstens wäre es eine, wenn sie sich formiert hätten.»

«Dann ist Alketas' Armee noch im Lager?», fragte Antigonos hoffnungsvoll, allerdings wenig überrascht.

«Ja, Vater, er weiß nicht, dass wir hier sind.»

Antigonos kicherte und rieb sich die Hände kräftiger als gewöhnlich. «Wir haben es also geschafft. Wie weit ist es bis zu diesem Pass?»

«Kaum weiter als eine Parasange, er liegt westlich und ein wenig südlich von hier. An der Nordseite gibt es einen Hang, der nicht zu steil ist. Wenn wir von dort kommen, haben wir den Vorteil, von höher gelegenem Gelände anzugreifen.»

«Guter Junge, Demetrios, ich mache doch noch einen Feldherrn aus dir.» Antigonos schaute nach dem Sonnenstand. «Wir könnten also in einer Stunde dort sein, dann bleiben uns noch ein paar Stunden Tageslicht. Das genügt. Wir sollten gleich aufbrechen, statt bis morgen bei Tagesanbruch zu warten, sonst riskieren wir, dass ihre Späher uns in der Nacht entdecken. Ich führe den Angriff mit der Phalanx an, und du kannst die Kavallerie und die Elefanten benutzen, um Gegenangriffe abzuwehren, wenn wir vorrücken. Wir werden ihnen eine unliebsame Überraschung bereiten.»

Demetrios schaute seinen Vater entgeistert an. «Du willst mit Elefanten gegen makedonische Landsleute kämpfen? Sie gegen Festungsanlagen einzusetzen ist eine Sache, aber gegen Jungs im Feld?»

«Ich weiß, das hat nie zuvor jemand getan, aber wir haben Krieg, mein Sohn, und je schneller wir die Sache beenden, umso besser. Wenn es gelingt, Eumenes zur Vernunft zu bringen, könnte das die letzte Schlacht in diesem Ringen sein.»

Doch während er das sagte, war ihm bewusst, dass er entsetzlich enttäuscht sein würde, wenn es so käme. Er liebte den Krieg, und diesen hatte er bislang besonders genossen: Phalanx gegen Phalanx, die reine Freude. Andererseits musste er gewinnen. Es wäre sinnlos, den Konflikt in die Länge zu ziehen, indem er eine Schlacht absichtlich verlor. Deshalb hatte er seine Armee in einem Gewaltmarsch von nur acht Tagen aus Kappadokien nach Pisidien geführt, täglich zwischen zwölf und fünfzehn Parasangen. Das war eine bevorzugte Taktik Alexanders gewesen, und nun hatte er, Antigonos, sie erfolgreich eingesetzt, denn hier war er nur noch eine Wegstunde von seinem Feind entfernt, der ihn weit im Osten wähnte.

Götter, das wird gut.

«Keine Hörner», befahl er, als er das Kommando zum Aufbruch gab. «Nicht, ehe wir dort sind.»

«Es ist, als stochere man in einem Ameisennest», bemerkte Antigonos lachend über das Trompeten seiner Elefanten hinweg. «Und nach dem Geruch zu urteilen, waren sie eben im Begriff, sich zu ihrer Abendmahlzeit niederzulassen.» Er schaute den Hang hinunter auf Alketas' Lager an dem wichtigsten Pass, der das Hochland Pisidiens mit der rauen Küste Pamphyliens verband. Dort unten wimmelte es von winzigen Gestalten, die umherliefen, durch die Elefanten, die plötzlich über ihnen aufgetaucht waren, in Angst und Schrecken versetzt. Die Überraschung war gelungen. Der Wind trug die Rufe der Befehlshaber heran, die verzweifelt versuchten, ihre Männer in Formation zu bringen, doch es war zu spät. Antigonos' Armee war auf dem höher gelegenen Gelände bereits in Stellung. Mit einem einfachen Handzeichen gab Antigonos das Kommando, und die gewaltige Phalanx rückte in stetigem Tempo vor, hangabwärts dem Feind entgegen, abgeschirmt durch Bogenschützen und Schleuderer und an den Flanken von Peltasten gedeckt.

Alketas hatte zahlreiche Fehler, aber der Feigheit konnte man ihn wahrlich nicht bezichtigen. Damit seiner Phalanx Zeit blieb, sich zu formieren, führte er seine dreitausend Mann Kavallerie und die unberittenen Plänkler geradewegs der anrückenden Masse feindlicher Infanterie entgegen, um deren Vormarsch aufzuhalten. Die Rosse erklommen schwer atmend den Hang, während die Reiter unter Kriegsgeschrei ihre Tiere zu größerer Anstrengung antrieben. Zischend stieg die erste Salve Pfeile in die Luft auf und verdunkelte den Himmel, doch noch immer führte Alketas seine Männer vorwärts.

Aber genau darauf hatte Antigonos gewartet: Sobald Alketas näher an ihm war als an seiner eigenen Phalanx, gab er Demetrios das vereinbarte Zeichen. Seine Herde aus zwanzig Kampfelefanten trompetete noch einmal und setzte sich schwerfällig hangabwärts in Bewegung, abgeschirmt von leichter Infanterie und mit Kavallerie an beiden Flanken – die Pferde hatten sich inzwischen an den Geruch der gewaltigen Dickhäuter gewöhnt. Durch das Gefälle gewannen die lebenden Kriegsmaschinen an Tempo und näherten sich rasch der gegnerischen Infanterie, die noch immer in erheblicher Unordnung war. Als Alketas sich von seiner Phalanx abgeschnitten und umzingelt sah, wendete er seine Kavallerie und eilte den Hang wieder hinunter. Augenblicke vor der Katastrophe gelang es ihm, seine Truppen neu zu formieren, doch damit konnte er das Unheil nur verzögern, und selbst das nicht für lange. Denn nun traf Antigonos' Ansturm eine desorganisierte Phalanx, deren ungeschützte Flanken bereits die Wut der Elefanten zu spüren bekommen hatten – viele Makedonen waren zerstampft, niedergetrampelt oder von Stoßzähnen durchbohrt worden. Die Männer hatten keine Wahl: Sie signalisierten ihre Kapitulation, indem sie sich auf den Boden setzten, in einer Bewegung, die wie eine Welle von der linken Flanke ausging – von dort, wo die Elefanten gewütet hatten. Die Welle lief durch die gesamte zehntausend Mann starke Formation bis zur noch unberührten rechten Flanke, die jedoch ebenfalls bald überwältigt worden wäre.

«Attalos, Dokimos und Polemon», redete Antigonos seine drei Gefangenen an, die in Ketten in sein Zelt geführt wurden. «Ich wünschte, wir kämen unter erfreulicheren Umständen zusammen, doch leider geltet ihr als Rebellen, über die das Todesurteil verhängt wurde.»

«Wir sind keine Rebellen», widersprach Attalos. «Wir waren meinem Schwager Perdikkas treu, der von Antigenes, Seleukos und Peithon heimtückisch ermordet wurde. Sie sind die Rebellen, nicht wir, denn sie haben den Mann getötet, dem Alexander seinen Ring gegeben hatte.»

«Nun, gegenwärtig trägt Antipatros diesen Ring, wenn auch vermutlich nicht mehr lange. Aber da die politische Situation sich jederzeit ändern könnte, bin ich geneigt, euch vorerst am Leben zu lassen und abzuwarten, ob nicht vielleicht eine

Wiederannäherung möglich ist. Bis dahin werde ich euch in Kelainai festhalten. Nun, es wäre wohl sinnlos, wenn ich euch fragte, wo Alketas ist?»

Attalos lächelte. «Ganz und gar nicht. Er ist in Termessos, und die Stadt wird ihn niemals herausgeben. Die jungen Männer dort verehren ihn als Helden.»

Antigonos knurrte. «Das werden wir ja sehen.» Er nickte den Wachen zu. «Bringt sie fort.»

Termessos thronte hoch auf einem Berg über einem weiten, fruchtbaren Tal. Zahlreiche kleine Flüsse strömten von den Hängen herab und mündeten in einen größeren Strom, der durch die Talsohle verlief. Aus der Stadt ragten hohe Türme auf, manche zur Verteidigung an den Mauern und andere im Inneren, einfach weil es ihren Eigentümern gefiel, von ihrer hohen Warte auf die Stadt hinabzuschauen. Termessos war reich und hatte allem Anschein nach weder bei der ursprünglichen Eroberung gelitten noch in dem jüngsten Bürgerkrieg, denn die Stadt hatte den Perdikkanern – und insbesondere Alketas – eisern die Treue gehalten. Vor dieser Stadt, inmitten von Feldern mit reifem Getreide, stand jetzt Antigonos mit einer Armee aus nunmehr sechzigtausend Mann Infanterie und zehntausend Mann Kavallerie – er hatte die Gefangenen aus Alketas' Streitmacht in die seine aufgenommen. Lächelnd blickte der Feldherr die Gesandtschaft aus der Stadt an, die unter einem Friedenszweig zu ihm herausgekommen war. Es war kurz vor Sonnenuntergang.

«Die Lage sieht folgendermaßen aus, meine Herren: Ich werde hier warten, bis Alketas mir ausgeliefert wird.» Er ließ den Blick über die reifen Felder gleiten. «Ich habe keine Eile, mir scheint, hier gibt es für meine Männer genug zu essen für Monate.» Er zuckte die Schultern, und sein Auge funkelte durchtrieben. «Allerdings – je länger ihr mich warten lasst, umso weniger werdet ihr diesen Winter zu essen haben. Aber das ist immer noch besser, als wenn ich die Stadt im Sturm erobern würde, nicht wahr?»

«Gewiss, Herr», sagte der graubärtige Anführer der Gesandtschaft und rang die Hände, «und wir danken dir für diese kleine Gnade. Aber die traurige Wahrheit ist, dass unsere Söhne uns nicht gehorchen. Sie werden Alketas nicht ausliefern, und wir sehen keine Möglichkeit, sie umzustimmen.»

«Was habt ihr für Söhne, die ihren Vätern nicht gehorchen?»

«Respektlose, Herr.»

Antigonos überdachte das einige Augenblicke lang. «Nun, dann steht euch dort drinnen ein schwieriger Winter bevor. Aber ich denke, uns hier draußen wird es gut ergehen, also macht euch unseretwegen nur keine Sorgen. Ich glaube, weiter habe ich euch nichts zu sagen, solange ihr nicht eure Söhne lehrt, ihre Väter zu achten. Ich gehe jetzt zu Tisch und schlage vor, ihr tut dasselbe und schickt eure Söhne ohne Essen ins Bett.»

Antigonos riss einen Schlegel von einer am Stück gebratenen Gans ab und schaute seinen jungen Gast an, der vorhin erst aus Tarsos eingetroffen war und nun neben Demetrios auf der anderen Seite des Tisches lag. Die Nachricht, die er überbracht hatte, verwunderte Antigonos. «Nun, Pleistarchos, sein Ableben überrascht mich nicht, denn seit Iolaos' Tod war er ein gebrochener Mann. Aber dass er Polyperchon zu seinem Nachfolger gemacht hat, das ist höchst interessant. Ein vortrefflicher zweiter Mann mit einem großartigen Blick fürs Detail, für die Verwaltung, Versorgung und das Rechnungswesen, aber wahrlich kein Anführer. Allein seine einschläfernde Stimme ...» Er stieß seinen alten Freund Philotas an, der neben ihm zu Tische lag. «Stell dir nur einmal vor, wie er versucht, die Armee vor einer Schlacht mit einer Rede aufzustacheln.»

Philotas verschluckte sich an seinem Wein. «Man müsste das Wecksignal blasen, sobald er fertig wäre, sonst würde das Kommando zum Vormarsch im Schnarchen der Jungs untergehen.»

Antigonos biss lachend in seinen Gänseschlegel. «Und dein Bruder ist mit dieser Entwicklung also unzufrieden, wenn ich recht verstehe?»

«Das Erbe hätte ihm zugestanden, nicht Polyperchon.»

«Mitnichten, mein Junge, es stand überhaupt niemandem zu. Antipatros hatte gar nicht das Recht, jemand anderem die Regentschaft zu übertragen, ohne eine Versammlung sämtlicher Satrapen einzuberufen – zu der es nun wohl kaum mehr kommen wird. Aber gerade darin könnte für Kassandros eine Chance liegen.»

«Dann wirst du ihm helfen?»

«Das habe ich nicht gesagt, mein Junge. Zunächst einmal: Was plant er zu tun?»

Antigonos schaute Pleistarchos stirnrunzelnd an, nachdem dieser Kassandros' Absichten erklärt hatte. «Du liegst zu Tische – hast du denn schon deinen Keiler erlegt?»

Ein Ausdruck des Stolzes huschte über Pleistarchos' Gesicht, das nicht so verkniffen war wie das seines älteren Bruders, jedoch ähnlich blass und mit rötlich blondem Bartflaum. «Ja, vor einem halben Mond.»

«Und Kassandros?», erkundigte sich Demetrios. Er selbst hatte den ersten Keiler im Alter von vierzehn Jahren getötet.

Pleistarchos' betretenes Schweigen genügte als Antwort.

«Wenige Männer mussten ihr Leben lang bei Tisch auf der Liege sitzen, und von denen hat keiner je etwas Denkwürdiges geleistet, ganz zu schweigen davon, Athen in seine Gewalt zu bringen und Polyperchon in Griechenland zum Kampf zu zwingen. Ich frage mich, ob dein Bruder wohl die Ausnahme sein wird. Mache dich gleich morgen früh auf den Weg zurück zu ihm und richte ihm aus, ich werde mir die Sache überlegen.»

«Aber du hast nicht Nein gesagt.»

«Nein, das habe ich nicht.»

«Und wenn du dich entschließt, ihm zu helfen, wirst du ihm Geld, Männer und Schiffe geben?»

«Das hängt davon ab, wie die Situation dann aussieht, sollte meine Entscheidung zu Kassandros' Gunsten ausfallen.»

In diesem Moment wurde das Gespräch unterbrochen, da der graubärtige Mann erschien, der die Gesandtschaft aus Termessos angeführt hatte.

«So», sagte Antigonos, nachdem er den Mann angehört hatte. «Ihr meint also, wenn wir uns morgen früh zurückziehen, würden eure widerspenstigen Söhne uns verfolgen, sodass die ältere Generation Gelegenheit hätte, Alketas zu ergreifen und ihn mir auszuliefern.»

«Wir hoffen es. Sie werden nachschauen wollen, welcher Schaden an der Ernte angerichtet wurde, und wir werden sie ermuntern zu gehen. Die meisten von uns werden sie begleiten. Wir lassen einige der jüngeren Väter zurück und hoffen, dass es ihnen gelingt, ihn zu fassen.»

Antigonos war wider Willen erheitert. «Wenn das gelingt, werdet ihr einen Krieg der Generationen haben. Eure Söhne werden euch nie wieder vertrauen.»

Der Graubart zuckte die Achseln. «So war es schon immer.»

Ich habe meine besser hinbekommen. «Also gut, ich werde morgen früh den Rückzug antreten, aber unter einer Bedingung.»

«Und die wäre?»

«Dass ihr mir Alketas tot ausliefert.»

Die Augen waren bereits ausgehackt, und Verwesungsgestank ging von dem Leichnam aus, der an einem Galgen zwischen Antigonos' Lager und den Mauern von Termessos hing.

«Wie lange willst du ihn noch dort lassen, Vater?», fragte Demetrios, als er und Antigonos mit einer großen bewaffneten Eskorte zurück zu ihrem Lager ritten. Eben hatten sie den besonders wortgewaltigen Unterstützern des toten Rebellen den Prozess gemacht. «Er hängt nun schon seit drei Tagen.»

Antigonos sah zu dem Leichnam auf. Die Ältesten der Stadt hatten Wort gehalten: Sie hatten Alketas gefasst und getötet, als die jüngeren Männer aus der Stadt geströmt waren, um ihre Felder in Augenschein zu nehmen und sich zu vergewissern, dass die Invasoren wirklich abzogen. Einige hatten sogar Jagd auf Nachzügler gemacht. «Ich denke, das genügt als Warnung an die Jugend der Stadt, die Dinge nicht in die eigene Hand zu nehmen.» Er wandte sich an den Offizier, der seine Eskorte befehligte. «Nehmt ihn ab und lasst ihn am Straßenrand liegen.»

«Vater! Er war ein makedonischer Edelmann.»

Antigonos wandte sich seinem Sohn zu. «Ja, er war ein makedonischer Edelmann, und als solcher hätte er wissen müssen, dass er Kynane nicht töten durfte. Dies ist seine Strafe dafür, dass er Alexanders Schwester umgebracht hat. Wenn die jungen Männer der Stadt, die ihn doch so verehren, ihn in Ehren bestatten wollen, so dürfen sie das gern tun. Ich will nichts mehr mit ihm zu tun haben.»

In Antigonos' Zelt erwartete ihn außer Philotas auch ein aufgeregter Pleistarchos.

«Ich dachte, du hättest dich schon vor drei Tagen auf den Weg zurück zu deinem Bruder gemacht.»

«Das hatte ich auch, Antigonos.» Die Augen des Jünglings leuchteten.

«Ich warne dich, alter Freund», ergriff Philotas mit ernster Stimme das Wort. «Was er zu sagen hat, könnte dich zu überstürztem Handeln verleiten. Und ich sage das als einer, der dich gut kennt.»

Antigonos schaute Pleistarchos interessiert an. «Nun?»

«Ich traf gestern wieder in Tarsos ein. Dort erwartete mich bereits das Schiff mit meinem Bruder an Bord.»

«Das freut mich zu hören, aber du hast gewiss nicht den weiten Weg hierher auf dich genommen, um mir das mitzuteilen.»

«Nein, Antigonos. Unmittelbar bevor wir ausliefen, traf ein anderes Schiff aus Makedonien ein. Ich erkannte den Mann, der von Bord ging: Es war Diogenes, der Schatzmeister meines Vaters. Mein Bruder und ich folgten ihm und seiner Eskorte, bis wir sicher sein konnten, wohin er unterwegs war, dann segelten wir eilends los, um dich schnellstmöglich aufzusuchen.»

«Und?»

«Er hat den Weg nach Kyinda eingeschlagen.»

Antigonos schaute Philotas an, der wissend lächelte. «Es scheint, als bräuchte Polyperchon Geld.»

«Wenn du es ihm wegnimmst, fängst du einen neuen Krieg an, nur drei Tage nachdem du den letzten gewonnen hast.»

Antigonos grinste. «Wir wollen nichts überstürzen.» Er wandte sich an Pleistarchos, der mit stolzgeschwellter Brust dastand. «Kannst du hundert Mann auf deinem Schiff mitnehmen?»

«Es wird eng werden, aber die Reise dauert ja nur einen Tag.»

Antigonos klopfte dem jungen Mann auf die Schulter. «Dann sollten wir aufbrechen.»

Es dämmerte bereits, als die berittene Kolonne endlich den Flusshafen von Tarsos erreichte. In ihrer Mitte rollten vier stabile Fuhrwerke, die mit Kisten beladen waren. Sklaven eilten umher und entzündeten Fackeln, damit der einträgliche Handel bis in die Nacht hinein seinen Fortgang nehmen konnte.

«Anscheinend beabsichtigt Polyperchon, eine Menge Unterstützung einzukaufen», kommentierte Philotas, als die Kolonne sich dem Schiff näherte, das neben ihrem lag.

Antigonos wandte sich ab, hantierte mit ein paar Leinen und gab sich alle Mühe, dabei seemännisch auszusehen. Er wollte den Eindruck erwecken, er bemerke gar nicht, was in unmittelbarer Nähe seines Schiffes vor sich ging. «Wir warten ab, bis sie die Kisten an Bord gebracht haben, damit sie nicht mit ihnen fliehen können.»

Philotas ging zu ihm und half ihm zum Schein mit den Leinen. «Auf diese Weise nehmen sie uns auch gleich die Arbeit ab.»

Antigonos warf einen verstohlenen Blick zu einem Lagerhaus auf der anderen Seite des Kais. Die Türflügel standen halb offen; im Schein der Fackeln, die zu beiden Seiten brannten, konnte Antigonos undeutlich Demetrios, Pleistarchos und seinen Bruder Philippos ausmachen. Sie warteten mit den Männern auf sein Zeichen.

Als die letzte Kiste auf das Schiff verladen wurde und Diogenes, der auf dem Deck stand, sie auf seiner Liste abhakte, kam das Signal: Antigonos, die Kapuze tief ins Gesicht gezogen, ging mit Philotas über die Laufplanke von Bord seines Schiffes über den Anleger und auf das Schatzschiff.

«Wer bist du?», fuhr Diogenes ihn an. «Verschwinde von meinem Schiff!»

«Ich bin der rechtmäßige Eigentümer dieses Geldes», antwortete Antigonos und schlug seine Kapuze zurück.

«Antigonos?»

«Ganz recht, Diogenes. Antipatros hat mich zum Oberkommandierenden in Asien gemacht, und das dort ist asiatisches Geld.»

«Antipatros ist tot. Polyperchon führt jetzt das Kommando.»

«Ich weiß, und es kümmert mich nicht im Mindesten. Du hast jetzt die Wahl: Entweder verlässt du das Schiff und versuchst, dich auf eigene Faust nach Makedonien durchzuschlagen, oder du bleibst an Bord und dienst einem neuen Herrn.»

«Wachen!» Doch als Diogenes um Hilfe rief, sah er, dass auf dem Anleger vor dem Schiff inzwischen hundert Mann mit gezogenen Schwertern in Stellung gegangen waren. Seine Wachen waren nirgends zu sehen.

«Mir scheint, dazu ist es etwas zu spät. Also, wie entscheidest du dich?»

Diogenes schluckte und ließ die Schultern hängen. «Meine Familie ist in Pella. Ich mache mich allein auf den Rückweg.» Er händigte Antigonos seine Liste aus und ging von Bord.

Antigonos sah rasch die Zahlen durch und stieß einen Pfiff aus. «Fünfhundert Talente – das dürfte wahrhaftig einen Krieg auslösen, Philotas. Mir wurde auch allmählich langweilig nach drei ganzen Tagen Frieden.»

«Was hast du nun vor? Willst du in Makedonien einmarschieren?»

«Ach was, weshalb sollte ich das tun, wenn ich doch jemanden habe, der es bereitwillig für mich erledigen wird?» Er schaute sich um und entdeckte die Gesuchten. «Pleistarchos, Philippos, kommt doch mal her.» Er blickte ihnen entgegen und versuchte auszumachen, wer wer war. «Geht zurück zu eurem Bruder und richtet ihm aus, ich habe Geld, Schiffe und Soldaten. Wenn er will, dass ich ihm von allem etwas leihe, damit er nach Athen marschieren und anschließend in Makedonien die Macht übernehmen kann, sollte er mich aufsuchen, ehe ich es mir anders überlege.»

«Ja, Herr», sagten die beiden wie aus einem Mund. «Danke.»

«Ach, und sagt ihm auch, dass er diese Gelegenheit eurer raschen Auffassungsgabe zu verdanken hat. Ich weiß, dass er kein besonders netter Mensch ist, aber es würde ihm nicht schaden, sich ein wenig dankbar zu zeigen. Geht jetzt.»

Die Zwillinge wandten sich ab und machten sich auf den Weg zurück zu ihrem Schiff. Indessen brachte Demetrios seine Männer auf das Schatzschiff. «Zurück nach Pisidien, Vater?»

«Ja.»

«Und was dann? Nimmst du dir Eumenes vor?»

Antigonos schüttelte lächelnd den Kopf. «In gewisser Weise schon, allerdings mit einem Brief anstatt eines Schwertes. Wir haben hier eine Gelegenheit: Da es in Europa zum Krieg kommt, können wir die Zeit nutzen, um Asien in unsere Gewalt zu bringen. Wer könnte uns bei der Planung des Feldzuges besser unterstützen als unser listiger kleiner Grieche? Die Leute, die uns nicht mögen, mögen ihn, also können wir ein paar interessante neue Freunde gewinnen. Ich werde an ihn schreiben. Sein Landsmann Hieronymos kann den Brief überbringen, damit Eumenes weiß, dass das Angebot echt ist.»

«Was genau willst du ihm anbieten?»

«Ich würde ihn zu meinem Stellvertreter machen, und wir würden gemeinsam Asien für die Könige einen. Die Aussicht wird ihn gewiss verlocken.»

Demetrios dachte darüber nach. «Wahrscheinlich wird er das Angebot annehmen. Was ist mit Polyperchon?»

«Polyperchon wird zu sehr mit Kassandros beschäftigt sein, um etwas gegen mich zu unternehmen. Und Kassandros hat es einzig auf Makedonien abgesehen. Ich lasse Ptolemaios in Ruhe, und um Seleukos kümmere ich mich später, wenn er sich nicht fügt.» Er kratzte sich nachdenklich in seinem dichten Bart. «Wenn ich es mir recht überlege, sollte ich noch einen zweiten Brief schreiben, und zwar an die Mutter aller Intrigen. Ich werde sie anstiften, Polyperchon das Leben so schwer wie möglich zu machen.»

POLYPERCHON
DER GRAUE

Nie gab es gute Nachrichten, und der Blick auf die Zukunft gab selten Anlass zu Hoffnung. Polyperchon betrachtete den Stapel offizieller Dokumente auf seinem Amtstisch und wünschte sich, es könnte wieder wie früher sein, als Antipatros oder Krateros geherrscht hatten und er sich nur um die Details zu kümmern brauchte. Er liebte Details: Die Feinheiten der Organisation, der Reiz eines ausgeglichenen Haushalts, die mehrmalige Überprüfung, ob Anweisungen wirklich weitergegeben worden waren – das waren Dinge, die er verstand und beherrschte. Und dann das Glücksgefühl, in einer Schlacht in der vordersten Reihe der Phalanx zu stehen; das Soldatenleben bestand aus Ordnung, Disziplin und Gewalt. Dieses Leben hatte Polyperchon gewählt, nicht die neue Rolle, die ihm ganz unverhofft übertragen worden war, ohne Vorwarnung und ohne seine Zustimmung. Plötzlich musste er Befehle erteilen, statt sie entgegenzunehmen und weiterzugeben. Er musste sich mit Politik herumschlagen in dem Wissen, dass eine Niederlage nicht nur das Ende seiner Karriere, sondern auch seines Lebens bedeuten konnte. Er schaute auf den großen Ring von Makedonien, den er so widerwillig an der rechten Hand trug.

Und doch kann ich mich dem nicht entziehen; selbst wenn ich meinen Posten freiwillig Kassandros überließe, würde er mich und meinen Sohn dennoch töten. Ich muss für den Rest meines Lebens versuchen zu sein, was ich nie war – und all das wegen eines einzigen dummen Fehlers.

Und es war ein dummer Fehler gewesen: Er hatte sich in Alexanders Armee hervorgetan, zuerst bei Issos, woraufhin ihm das Kommando über ein *Syntagma*, eine Einheit aus zweihundertsechsundfünfzig seiner Landsleute übertragen wurde. Im Laufe des Eroberungszuges hatte er sich langsam weiter hochgearbeitet, bis er zum weiteren Kreis um Alexander gehörte – gerade weit genug entfernt, um nicht an seinem Glanz teilzuhaben. Und hier hatte er nun den Fehler begangen, über einen Perser zu lachen, der die *Proskynesis* ausführte, das ausgestreckte Sich-Niederwerfen. Früher war diese Demutsgeste vor dem Großkönig ausgeführt worden, und Alexander war dazu übergegangen, sie von seinen persischen Untertanen zu verlangen. Polyperchon hatte über den Mann gelacht, der mit dem Kinn beinahe den Boden berührte, und gesagt, er solle fester aufschlagen. Alexander war zornig geworden, hatte ihn von seiner Liege gezerrt und vor seinen Kameraden gedemütigt: Er selbst hatte die Demutsgeste ausführen müssen, über die er sich zuvor lustig gemacht hatte. Zwar hatte niemand laut gelacht, doch Polyperchon war vollauf bewusst, dass man von nun an stets hinter seinem Rücken darüber spotten würde. Daher ging er nur allzu gern mit Krateros – der selbst nicht viel davon hielt, dass Alexander persische Sitten übernahm –, als dieser nach Makedonien zurückgeschickt wurde, um Antipatros abzulösen. Polyperchon wurde Krateros' Stellvertreter. Hätte er gewusst, wohin das einmal führen würde, so wäre er zweifellos lieber im Osten geblieben und hätte den heimlichen Spott erduldet. Später hatte Alexander zwar die erniedrigende

Geste auch von den Makedonen verlangt, um keinen Unterschied zwischen ihnen und den besiegten Völkern zu machen, doch Polyperchon war nun einmal der Erste gewesen, der die Schmach auf sich nehmen musste, und deshalb würde man ewig über ihn lachen.

Hätte er jenen verhängnisvollen Fehler nicht begangen, dann hätte er jetzt vielleicht Ptolemaios' rechte Hand sein können oder Peukestas' Quartiermeister oder sogar Eumenes' Buchhalter; ihm wäre das alles einerlei gewesen, solange jemand da war, der ihm sagte, was er zu tun hatte. So jemand fehlte ihm jetzt gerade, denn er wusste nicht, wie er auf die Neuigkeit, die er eben erfahren hatte, reagieren sollte. «Die kleine Hure Adea lag also falsch, Antigonos ist nicht treu geblieben.»

Alexandros, der am Fenster stand und zu den Bergen im Norden schaute, schüttelte den Kopf. «Nein, Vater.»

Polyperchon wandte sich an den Mann, der vor seinem Amtstisch stand. «Er hat alles genommen, Diogenes?»

Diogenes senkte bei der Erinnerung beschämt den Blick. «Bis auf die letzte Münze.»

Polyperchon vergrub das Gesicht in den Händen, eine Geste, die ihm in letzter Zeit schon fast zur Gewohnheit geworden war. «Er hat mir praktisch den Krieg erklärt, und ich würde als töricht und schwach dastehen, wenn ich nichts gegen ihn unternähme. Was soll ich tun?»

Alexandros trat an den Tisch, entließ Diogenes mit einer flüchtigen Geste und setzte sich. «Vater, jetzt ist keine Zeit für Unentschlossenheit. Du musst nach Süden marschieren, vergiss Antigonos. Ja, er hat das Geld an sich gebracht, und nein, wir werden unsere Kasse nie mehr aus der Schatzkammer von Kyinda füllen können, aber es nutzt nichts, sich darüber den Kopf zu zerbrechen. Die Frage ist: Was wird Antigonos mit seinem neu gewonnenen Reichtum anfangen? Nun, ich denke, die Antwort liegt auf der Hand.»

Polyperchon schaute zu seinem Sohn auf. Er sah einen Hoffnungsschimmer. «Tatsächlich?»

«Ja. Antigonos ist in Asien vollauf beschäftigt. Er wird nicht herkommen, um zu kämpfen, also wird er einen Stellvertreter schicken.»

Polyperchon dachte kurz nach. «Kassandros?»

«Selbstverständlich. Diogenes hat uns berichtet, dass Pleistarchos und Philippos dort waren, als das Geld geraubt wurde. Er denkt sogar, dass sie die Lieferung verraten haben, um sich bei Antigonos einzuschmeicheln. Offensichtlich ist Kassandros derjenige, der für Antigonos in Europa die Drecksarbeit erledigen wird. Er war nicht mit auf dem Eroberungszug, somit hat er kein Interesse an Asien – und viele Freunde hat er dort auch nicht. Folglich wird er in Europa operieren, und dazu braucht er eine Basis.»

«Athen?»

«Ja, Vater, Athen. Antigonos wird Kassandros Soldaten zur Verfügung stellen, und der wird nach Athen segeln. Wir müssen Piräus zurückerobern, bevor er eintrifft, damit er sich dort keinen Stützpunkt einrichten kann.»

«Wie bewerkstelligen wir das?»

«Sämtliche Stadtstaaten werden von Oligarchien regiert, die Kassandros' Vater eingerichtet hat.»

«Ja, aber das ist doch gewiss etwas Gutes. Demokratien sind tollkühn. Die Macht sollte besser in den Händen der Reichen liegen, da sie für gewöhnlich eine weit vorsichtigere Politik verfolgen, um ihren Reichtum zu bewahren und zu mehren.»

«Dem stimme ich zu, und wie gesagt, diese Regierungen wurden von Antipatros eingerichtet. Auf wessen Seite werden sie sich also stellen, wenn es zum Krieg kommt, auf unsere oder auf die von Kassandros?»

Polyperchon brauchte die Antwort nicht auszusprechen.

«Wenn also *wir* die Regierung auswechseln», fuhr Alexandros fort, «dann wird diese Treue auf uns übergehen. Die Athener Oligarchie wird nichts gegen Nikanor von Sindos in Piräus unternehmen. Phokion selbst hat sich geweigert, die Gesandtschaft an Antipatros anzuführen, und die übrigen Vertreter der Oligarchie, die vielleicht dagegen gewesen wären, haben gehört, wie es Demades und seinem Sohn ergangen ist. Wir müssen sie also entmachten und eine Regierung einsetzen, die so entschieden gegen die Garnison ist, dass sie vielleicht sogar von sich aus etwas dagegen unternimmt.»

Polyperchon breitete ratlos die Hände aus, damit sein Sohn die Lösung präsentierte.

«Du erklärst die Griechen für frei. Alle Verbannten dürfen heimkehren. Die Demokraten werden zurückkommen, und die Oligarchien werden blutig gestürzt. Mit einem Schlag haben wir im Süden so viele Verbündete, wie wir brauchen – erst recht, wenn wir auch eine Armee in der Nähe bereithalten, um allzu weitgehenden Freiheitsgedanken vorzubeugen.»

«Ich soll die Griechen für frei erklären?»

«Ja, denk doch nur, auf welche Gegenliebe das stoßen würde. Wenn in Athen wieder Demokraten an der Macht wären und ich die königliche Armee hinter mir hätte, könnte ich Nikanor von einer weit überlegeneren Position aus bedrohen und durch Verhandlungen erreichen, dass er vom Munychia abzieht, ehe Kassandros mit seiner Armee eintrifft. Der müsste dann anderswo an Land gehen, aber wo immer er das täte, würde er als feindliche Macht angesehen werden, wohingegen wir als die Retter dastehen. So werden wir ihn schlagen.» Alexandros schlug noch einmal mit der Faust auf den Tisch, sodass die Stapel mit Korrespondenz hochsprangen.

Polyperchon ordnete die Schriftstücke hastig wieder. «Ich soll die Griechen für frei erklären?»

«Ja, Vater. Aber es nutzt nichts, das nur wieder und wieder zu sagen – du musst das entsprechende Dokument aufsetzen und es dann in ganz Griechenland verbreiten.»

Damit konnte Polyperchon etwas anfangen: Es war beinahe ein Befehl, und die Umsetzung bedeutete eine Menge Arbeit. «Das werde ich tun.»

«Gut. Über die Auswirkungen all der neu geschaffenen Demokratien können wir uns Gedanken machen, wenn Kassandros erst einmal geschlagen ist. Ich spreche mit unseren Offizieren und sorge dafür, dass die Armee in zwei Tagen zum Abmarsch nach Süden bereit ist, unterstützt von der Flotte. Ich will in Attika sein, wenn sich die Kunde verbreitet, damit ich die dankbaren Delegationen empfangen und viele neue Freunde gewinnen kann. Wenn sich die Lage beruhigt hat, kannst du nach Süden kommen und dich als Erlöser Griechenlands feiern lassen, wo nun wieder jeder Bürger in jeder Stadt das Wahlrecht hat, ohne Ansicht seines Vermögens. Die Götter mögen ihnen beistehen.»

Polyperchon betrachtete voller Befriedigung die Flotte aus hundert Schiffen. Sie lagen entlang der Küste bei der Mündung des Kanals, der die drei Parasangen landeinwärts gelegene Stadt Pella mit dem Meer verband. Da der Hafen von Pella nicht genug Platz bot, hatten sich die Schiffe hier auf dem Meer versammelt, während die Armee in der Ebene außerhalb der Stadt angetreten war. Nun war alles bereit für einen neuen Vorstoß der Makedonen nach Griechenland. Die Armee hatte sich bereits unübersehbar in Marsch gesetzt, sie folgte der Küstenstraße gen Süden, die erst zum Hafen von Pydna und dann weiter nach Thessalien führte. Nun lichtete die Flotte ihre Anker, von zahlreichen Hornsignalen begleitet, die von den Klippen auf der anderen Seite der Bucht widerhallten. Die Segel wurden gesetzt, und nach wenigen Ruderschlägen trieb ein steifer Wind von Nordost die Schiffe an.

Polyperchon winkte unwillkürlich bei dem majestätischen Anblick, dann besann er sich und ließ die Hand sinken. Er packte die Zügel fester und schaute sich um, ob irgendjemand in seiner Eskorte die kindische Geste belächelte. Alle wichen seinem Blick aus.

Die Flotte verschwand in der Ferne, und Polyperchon wendete sein Pferd, um nach Pella zurückzukehren, da hörte er einen Warnruf. Polyperchon schaute nach Osten und erblickte Dutzende Segel, die gerade eben am Horizont auszumachen waren. Bei näherem Hinsehen stellte er fest, dass es sich um wenigstens sechzig Schiffe handeln musste.

«Was denkst du?», fragte Polyperchon den Befehlshaber seiner Eskorte und schirmte seine Augen mit der Hand ab.

«Ich denke, sie kommen hierher. Wenn sie nach Süden wollten, würden sie nicht in die Bucht einfahren.»

«Kannst du erkennen, was für Schiffe es sind?»

Der Offizier spähte mit zusammengekniffenen Augen in die Ferne. «Ich bin nicht sicher, Herr, aber mir scheint, es sind keine Handelsschiffe.»

«Kriegsschiffe?»

«Ich denke, Herr, wir sollten uns darauf gefasst machen, ja.»

Antigonos. Polyperchon richtete den Blick nach Süden, wo seine Flotte sich inzwischen weiter von den Neuankömmlingen entfernt hatte. *Selbst wenn ich ihnen eine Botschaft schicken könnte, müssten sie gegen den Wind zurückrudern. Woher wusste er so genau, wann der rechte Zeitpunkt für seinen Angriff wäre? Da die meisten meiner Schiffe fort sind, besteht keine Aussicht, ihn abzuwehren, ehe er Pella erreicht.*

Er wandte sich wieder an den Offizier. «Wir reiten nach Pella. Schicke einen Boten im Galopp voraus, der Hafenmeister soll die Verteidigung des Hafens vorbereiten. Wir dürfen nicht zulassen, dass diese Flotte landet.»

«Mit Verlaub, Herr, wenn das eine Invasionsflotte wäre, würde sie nicht versuchen, ihre Armee in einem feindlichen Hafen an Land zu setzen. Sie würde eine geeignete Bucht oder dergleichen in der Nähe suchen. Und wenn es eine feindliche Flotte wäre, die unsere Flotte vernichten wollte, dann würde sie doch gewiss die Schiffe verfolgen und nicht den Hafen von Pella ansteuern?»

Polyperchon kratzte sich am Kopf. Die Logik des Mannes erschien ihm schlüssig, und wenn er ihr nicht folgte, würde er wie ein panisches altes Weib dastehen. Andererseits – konnte er es sich leisten, nichts zu unternehmen? Es war zwar unwahrscheinlich, aber nicht unmöglich, dass hier eine Bedrohung nahte. «Du hast natürlich recht. Ich meine nur, wir sollten auf alle Eventualitäten vorbereitet sein. Pella ist weitgehend ungeschützt, da die Armee und die Flotte fort sind und nur noch eine kleine Garnison im Hafen und der Stadt verblieben ist. Wir müssen uns beeilen.» Er trieb sein Pferd an, schloss die Augen und stöhnte innerlich. Der Offizier hatte soeben sein Urteil infrage gestellt, und statt den Mann zurechtzuweisen, hatte er sich noch vor ihm gerechtfertigt. *So benimmt sich kein Anführer.*

Die Kette hing vor der Hafeneinfahrt, als Polyperchon mit seiner Eskorte zum Tor hineinritt. Auf den Mauern waren Bogenschützen in Stellung, und zwischen ihnen standen in Abständen Feuerbecken, an denen sie ihre Brandpfeile entzünden konnten. Artilleriegeschütze wurden bemannt, geladen und auf die Hafenmündung gerichtet, und an den Toren standen Wachmannschaften aus Seesoldaten, um jeden Versuch zu vereiteln, Truppen außerhalb der Mauern an Land zu setzen, sollte die Flotte sich als feindlich erweisen. Und für den Fall, dass sie die Kette durchbrach, waren die verbliebenen voll bemannten drei Trieren – als Botenschiffe zurückgehalten – eine letzte Verteidigungslinie.

«Sie kommen definitiv hierher, eben fahren sie an der Anhöhe dort in einer Parasange Entfernung vorbei», stellte der Hafenmeister fest und deutete in die Ferne. «Ich habe da oben einen Mann postiert, er gibt Zeichen.»

Polyperchon schaute in die Richtung. Auf einer Anhöhe im Süden waren Lichtblitze zu sehen. «Dann können wir nichts weiter tun, als zu warten.»

Als das erste Schiff in Sicht kam, spielte Polyperchon mit dem Gedanken, eine mitreißende Rede zu halten, um die Verteidiger anzufeuern. Er legte sich bereits im Kopf zurecht, was er sagen würde, da rief ein Wachposten, der oben im Turm Ausschau hielt: «Poseidon! Poseidon!»

Wieder spähte Polyperchon angestrengt in die Ferne. Tatsächlich, dort im Bug des vordersten Schiffes stand Poseidon, nackt bis auf etwas Seetang, und schwang seinen Dreizack. Kleitos der Weiße war nach Pella gekommen.

«Antigonos hat Lydien so plötzlich angegriffen», berichtete Kleitos, als er auf den Kai trat, «dass die kleine Garnison meiner Satrapie völlig überrumpelt war. Die meisten meiner Soldaten haben sich ergeben und sich dann seiner Armee angeschlossen. Er stand vor den Mauern von Sardis, noch ehe ich überhaupt von seinem Einmarsch erfahren hatte. Er sandte mir eine Botschaft, ich hätte die Wahl, ob ich unter ihm dienen wolle oder lieber in der Unterwelt. Da mir keine der beiden Möglichkeiten sonderlich zusagte, konnte ich nur noch versuchen, die Flotte aus Ephesos in Sicherheit zu bringen.» Er hielt inne und löste ein Stück feuchten Seetang von seiner Wange, dann zeigte er mit seinem Dreizack auf die Schiffe, mit denen er gekommen war. «Und wie du siehst, ist es mir gelungen. Das Letzte, was ich von ihm gehört habe, war, er sei auf dem Weg nach Kleinphrygien im Norden, um Arrhidaios vor die gleiche Wahl zu stellen.»

«Er ersetzt alle von Antipatros ernannten Satrapen durch seine eigenen Getreuen», stellte Polyperchon fest, «einen nach dem anderen.»

«Ja, deshalb entsandte ich ein schnelles Schiff, um Arrhidaios zu warnen, aber ich bezweifle, dass er Antigonos standhalten kann – dessen Armee zählt inzwischen mehr als siebzigtausend Mann.»

Polyperchon klopfte Kleitos auf die mit Seetang behängte Schulter. «Du hast richtig gehandelt. Was gibt es Neues von Asandros in Karien?»

«Ich nehme an, er wird zu Antigonos überlaufen. Unterdessen ist Kassandros mit zweien seiner Brüder und etwa fünfhundert Getreuen seiner Sippe über den Hellespont nach Asien gegangen, um sich Antigonos anzuschließen.»

Polyperchon stöhnte. «Ich hatte gehofft, seine Verletzung werde ihn länger in Thrakien festhalten. Was ist mit Nikanor in Kappadokien? Als Kassandros' Bruder wird er sich gewiss ebenfalls Antigonos unterstellen?»

«Hast du ihn noch nicht getroffen?»

«Getroffen? Wo denn?»

«Hier. In seiner Satrapie gab es eine Rebellion. Er war alles andere als beliebt und musste das Land verlassen. Die Einheimischen ziehen Eumenes vor, auch wenn er noch immer in Nora unter Belagerung steht, und Nikanor hatte nicht genügend treue Soldaten, um sich zu behaupten. Er kam durch Sardis, zwei Tage bevor ich aufbrach. Ich ließ ihn an Bord eines Schiffes gehen, das nach Makedonien fuhr. Er müsste eigentlich bereits eingetroffen sein.»

«Mir scheint, ich sollte mich einmal mit seiner Stiefmutter unterhalten.»

«Nein, das werde ich nicht tun», erklärte Hyperia und reckte trotzig das Kinn. Sie stand vor dem Ratstisch im Thronsaal des Palastes. König Philipp saß der Zusammenkunft vor, seine Elefantenfigur an sich gedrückt, mit verständnisloser Miene und laufender Nase.

Polyperchon hielt seinen Ring hoch. «Ich befehle dir im Namen Makedoniens, mir zu sagen, wo er sich aufhält.»

Hyperia machte eine wegwerfende Geste. «Du kannst von mir aus im Namen deines eigenen Arsches befehlen – wenn ich dir meinen Stiefsohn auslieferte, würdest du doch nur versuchen, ihn als Geisel gegen Kassandros zu benutzen.»

Polyperchon bestätigte diese Unterstellung nicht, noch leugnete er sie.

«Er hat nichts mit Kassandros' Rebellion zu tun», fuhr Hyperia fort, «und wenn ich eine schriftliche Zusicherung von dir bekomme, dass er nicht verhaftet wird und ihm kein Leid geschieht, dann werde ich ihn dazu bringen zu schwören, dass er nichts gegen dich unternimmt.»

«Du bist nicht in der Position zu verhandeln, Hure», fuhr Adea sie an. «Dein Stiefsohn ist ein Verräter.»

Hyperia bedachte die jugendliche Königin mit einem versteinerten Blick. «Mein Stiefsohn ist kein Verräter. Ein Verräter ist jemand, der gegen die rechtmäßige Führung des Staates zu den Waffen greift. Das ist nicht geschehen.»

«Nikanor ist Kassandros' Bruder –»

«Aber er hat sich ihm bislang nicht angeschlossen», warf Polyperchon ein.

«Unterbrich mich nicht, alter Mann.» Adea funkelte Polyperchon finster an, dann richtete sie ihren Zorn wieder gegen Hyperia. «Ich bin die Königin von Makedonien, und ich spreche für den rechtmäßigen König. Du wirst deinen Stiefsohn ausliefern, sonst lasse ich dich hinrichten.»

Hyperia starrte sie ungläubig an. «Du hast kein Recht, eine solche Drohung auszusprechen, erst recht nicht mir gegenüber.»

«Ich kann tun, was mir beliebt, im Namen König Philipps. Du wirst deinen Stiefsohn ausliefern oder die Konsequenzen tragen.»

Hyperia schüttelte ungeduldig den Kopf. «Polyperchon, erkläre der jungen Dame doch bitte, dass sie nicht die Macht dazu besitzt.»

Polyperchon zögerte. *Wenn ich Hyperia gegen Adea unterstütze, dann unterstütze ich letztendlich Kassandros' Rebellion gegen mich – eine absurde Situation. Wenn ich mich jedoch auf Adeas Seite stelle, spreche ich ihr weit größere Macht zu, als ihr in Wirklichkeit zusteht. Tatsächlich wäre sie damit mächtiger als ich – wiederum eine absurde Situation.*

«Du bekommst von mir diese schriftliche Zusicherung. Er wird weder verhaftet, noch wird ihm irgendein Leid geschehen.»

«Was!», kreischte Adea so laut, dass ihr Mann auf seinem Thron zusammenfuhr.

Hyperia beachtete sie gar nicht. «Dann werde ich ihn dazu bringen zu schwören, dass er nichts gegen dich unternimmt.»

Polyperchon nickte. «Danke, Hyperia. Du kannst gehen.»

Adea sprang auf. «Nein, sie kann nicht gehen! Sie gewährt einem Verräter Zuflucht.»

«Mitnichten, Adea. Sie schützt ihren Stiefsohn, und ich bin überzeugt, dass er sich benehmen wird, wenn diese hochgeborene Makedonin sich für ihn verbürgt.»

Adea schaute auf ihn hinunter wie auf ein widerwärtiges Insekt. «Ein schwacher alter Mann wie du sollte nicht Herrscher von Makedonien sein. Du, Polyperchon, bist ein Problem.» Sie wandte sich ab und schritt zur Tür. Philipp schaute erst sie an, dann Polyperchon, dann lief er seiner Frau nach.

«Du musst diese kleine Hure im Zaum halten», bemerkte Hyperia in sachlichem Ton, bevor sie ebenfalls den Saal verließ. «*Sie* ist ein Problem.»

Polyperchon lehnte sich in seinem Stuhl zurück und seufzte. Es stimmte: Seit Adea sich mit der Unterstützung der Armee ihren Sitz im Rat gesichert hatte, wurde sie mit jedem Tag machtgieriger.

Aber wie soll ich ihren Ehrgeiz zügeln? In diesem Moment kamen ihm Antipatros' letzte Worte wieder in den Sinn: «Lasst niemals zu, dass Makedonien von einer Frau regiert wird.» Genau das ließ er gerade zu. *Wie kann ich sie unschädlich machen?* Dann erkannte er, was er tun musste.

Wenn ich sie nicht bändigen kann, dann brauche ich die Hilfe einer Frau, die es vermag.

OLYMPIAS
DIE MUTTER

Und so opfere ich dir, Vater Zeus, zum Dank für das Leben des Knaben diesen Ochsen, diesen Keiler und diesen Widder, und durch das Opfer erkenne ich das Kind als meinen eigenen Sohn an.» Aiakides, der König von Epirus, warf die Herzen der drei Opfertiere, die aufgeschnitten auf dem Boden des Tempels lagen, in das Feuer auf dem Altar. «Ich gebe ihm den Namen Pyrrhos, und vor den Göttern und meinem Volke erkläre ich ihn zu meinem Erben und dem Erben des Königreiches Epirus.»

Ich kann nur hoffen, dass er etwas mehr Rückgrat und Abenteuergeist haben wird als du, mein verweichlichter Neffe.

Olympias beobachtete ihren Verwandten missbilligend, während er seinen zehn Tage alten Sohn den versammelten Vertretern der führenden Sippen seines Gebirgskönigreiches präsentierte. Sie stand mit den Ehefrauen dieser Männer etwas abseits in einem separaten Bereich. «Das Balg ist also gesund?», erkundigte sie sich bei Thessalonike, die neben ihr stand.

«Anderenfalls hätte man einem Sklaven aufgetragen, es auf einem Berg auszusetzen.»

Olympias betrachtete nachdenklich das schreiende Bündel, das Aiakides mit beiden Händen hoch über seinen Kopf hielt. «Nun, ich gebe dem Wurm ein paar Jahre, um zu sehen, ob aus ihm etwas zu machen ist, dann werde ich entscheiden.»

«Was entscheiden?»

«Ob er ein Recht auf Leben hat, was sonst? Epirus kann sich nicht noch so einen König leisten, wie sein Vater einer ist, sonst wird Makedonien es verschlingen – oder *würde* es verschlingen, wenn Makedonien denn einen Herrscher mit einem anständigen Paar Eier hätte, nicht so einen Weichling wie den alten Polyperchon.» Bei dem Gedanken an den neuen Regenten von Makedonien spuckte sie aus. Sie hatte die Nachricht von Polyperchons Aufstieg und Kassandros' Flucht aus Pella noch immer nicht ganz verkraftet. Allerdings hatte es sie durchaus nicht überrascht zu erfahren, dass Kassandros sich gemeinsam mit zweien seiner Brüder Antigonos in Asien angeschlossen hatte. Die Nachricht war am Morgen eingetroffen, als sie sich gerade für die *Dekate* bereit gemacht hatte, die Zeremonie der Namensgebung, die nun zum Abschluss kam. Umso überraschter war Olympias gewesen, einen Brief von Antigonos selbst zu erhalten, der ihr ein Bündnis gegen Polyperchon vorschlug – ein Bündnis, das zutiefst gegen ihre Natur ging. Sosehr sie Antipatros auch hasste – ihn, seine ganze Sippe und jeden, der sich jemals über einen von ihnen positiv geäußert hatte –, sie war doch vollauf einverstanden damit, dass er Kassandros übergangen hatte. *Das war gewiss eine öffentliche Schmach für diese boshafte kleine Ratte. Er wird sicher innerlich von Wut zerfressen.*

Sie lächelte über die beglückende Vorstellung, wie Zorn und Bitterkeit Kassandros ganz langsam verzehrten. Doch wenn sie Antigonos' Angebot annähme, wäre sie praktisch Kassandros' Verbündete.

Aiakides schritt nun durch den Tempel und zeigte seinen Sohn den vornehmen Familien, die eines Tages seine Untertanen sein würden. Währenddessen überdachte Olympias ihre Möglichkeiten. Ihr Weg zur Macht führte über ihren Enkel, König Alexander, der zurzeit in Pella residierte, nunmehr unter der Vormundschaft eines Mannes, für den «mittelmäßig» noch eine allzu schmeichelhafte Bezeichnung gewesen wäre. Die Frage war also, wie sie an das Kind herankommen und dann den sabbernden Schwachkopf beseitigen konnte, der sich aufgrund einer seltsamen Laune der Götter den Thron mit ihrem Enkel teilte.

Die Männer folgten ihrem König aus dem Tempel, und die Frauen schlossen sich an. Auf der Agora drängten sich die Bürger von Pella und bejubelten den königlichen Familienzuwachs überschwänglich, getrieben von dem Gedanken, dass der stolze Vater sich großzügig zeigen würde. Als Olympias auf den oberen Treppenabsatz hinaustrat, packte sie Thessalonike am Arm und zog sie beiseite. «Komm, wir haben Besseres zu tun, als vor dieser widerlichen Meute zu stehen. Wir müssen Entscheidungen treffen.»

«Ich denke, wir haben noch nicht genügend Informationen, um eine Entscheidung fällen zu können», sagte Thessalonike und legte Antigonos' Brief wieder auf den Tisch. Sie und Olympias saßen im Schatten eines alten Olivenbaums im Garten des Palastes. Unten in der Stadt waren die Feiern noch immer im Gange. «Du musst erst wissen, ob irgendjemand Kassandros in Griechenland unterstützen wird, bevor du Aiakides dazu überredest, in Makedonien einzumarschieren.»

«Was macht das für einen Unterschied? Die bloße Drohung, dass er nach Griechenland kommt, wird Polyperchon zum Handeln zwingen. Er muss seine Streitmacht in den Süden führen, sonst läuft er Gefahr, die Kontrolle über Griechenland gänzlich zu verlieren und wahrscheinlich auch die über Thessalien. Nun, da Antigonos den Münztransport aus Kyinda beschlagnahmt hat, kann Polyperchon es sich nicht leisten, auf die Steuereinnahmen aus den griechischen Stadtstaaten zu verzichten. Er muss den Süden verteidigen. Einer meiner Spione hat berichtet, der Befehl, die Armee zu mobilisieren, sei bereits ergangen; vielleicht befindet sich die Streitmacht inzwischen sogar schon auf dem Weg in den Süden. Makedonien bleibt ungeschützt zurück. Das ist meine Chance zurückzuerlangen, was mir gehört, und mich dafür zu entschädigen, dass ich in der Einigung von Triparadeisos gänzlich übergangen wurde. Ich wurde nicht einmal erwähnt! Wenn ich Makedonien in meine Gewalt bringe, werden sie mich schon gebührend beachten!»

«Ja, Mutter.» Thessalonike beugte sich hinüber und legte Olympias beschwichtigend eine Hand auf den Oberschenkel. «Aber du solltest jetzt nicht an Triparadeisos denken. Du weißt, dass es deinen Verstand trübt.»

Olympias atmete tief durch und beruhigte sich. Bei der bedeutendsten Konferenz ihrer Zeit gänzlich ignoriert zu werden, hatte sie tief in ihrer Eitelkeit gekränkt. «Dennoch, dies ist meine Chance.»

«Das mag sein, aber wenn du mit der epirotischen Armee in Makedonien einmarschierst, während das Land ohne Verteidigung ist, und wenn Polyperchon dann Kassandros zurückschlägt, bekommst du es mit ihm und der königlichen Armee von Makedonien zu tun. Du wärest dann die Invasorin aus dem Ausland. Dieses Risiko kannst du vermeiden, indem du einfach abwartest, wie die Sache ausgeht.»

Dazu äußerte Olympias sich nicht.

«Und denke doch, wenn Kassandros Polyperchon besiegt

und in den Norden kommt, um die Regentschaft zu beanspruchen, was dann? Willst du dann etwa gegen ihn kämpfen? Du könntest zwar Makedonien ohne großen Kampf in deine Gewalt bringen, aber nachher müsstest du gegen denjenigen Krieg führen, der sich im Süden durchsetzt, wer immer das sein wird. Einen Krieg gegen Kassandros – willst du das wirklich?»

Olympias zögerte nicht mit der Antwort. «Nach allem, was seine Sippe mir angetan hat, wäre er noch immer mein Feind.»

«Wäre er das wirklich, Mutter? Momentan ist Polyperchon als Antipatros' Nachfolger dein unmittelbarer Feind, und du hast selbst immer gesagt, der Feind deines Feindes ist dein Freund, ganz gleich, wie verabscheuungswürdig er sein mag. Und zugegeben, kaum jemand könnte verabscheuungswürdiger sein als Kassandros. Aber sollte er Polyperchon besiegen und töten, wäre es dann nicht besser, mit ihm zu einer Einigung zu gelangen, damit du nicht als diejenige dastehst, die durch eine Invasion die Macht an sich gerissen hat? Die epirotischen Truppen könnten wieder nach Hause gehen, wenn Kassandros seine Armee ins Land führt.»

«Das alles setzt voraus, dass Antigonos Kassandros wirklich eine Armee zur Verfügung stellt.»

Thessalonike lächelte und trank einen Schluck von ihrem eisgekühlten Wein. «Mutter, dieser Tage ziehen so viele Armeen durchs Reich, dass Antigonos gewiss eine entbehren kann.»

Olympias dachte über den Rat ihrer Ziehtochter nach. *Sie hat recht. Sie ist wirklich raffiniert. Ich muss warten, bis sich abzeichnet, wie die Sache ausgehen wird. Aber auf die eine oder andere Weise werde ich schon bald im Mittelpunkt der Aufmerksamkeit stehen.*

Sie nahm Antigonos' Brief zur Hand und las ihn noch einmal auf der Suche nach einer versteckten Bedeutung, die ihr bisher vielleicht entgangen war.

Der Bruch zwischen mir und Polyperchon ist nunmehr endgültig, da ich einen Transport von fünfhundert Talenten beschlagnahmt habe, die für Makedonien bestimmt waren. Somit käme mir ein Verbündeter im Westen wahrlich gelegen. Zwar möchte ich nicht anregen, mit einer epirotischen Armee in Makedonien einzumarschieren, jedoch kann ich nicht wissen, was du tätest, sollte die sogenannte königliche Armee in den Süden gerufen werden, da mein Stellvertreter an einem strategisch wichtigen Ort eintrifft. Sei versichert, dass ich dich unterstützen werde, wie auch immer du handeln magst, vorausgesetzt, du schadest mir nicht und suchst keinen Einfluss auf das Geschehen in Asien zu nehmen. Dieses steht nunmehr unter meiner persönlichen Herrschaft, und ich betrachte es nicht mehr als Teil des makedonischen Reiches. Ich verbleibe als dein Freund Antigonos.

Nein, die Bedeutung war klar: Er wollte, dass sie einmarschierte, konnte es jedoch nicht geradeheraus sagen. Kassandros war definitiv der erwähnte Stellvertreter, und Antigonos hatte erklärt, dass Asien und Makedonien von nun an zwei separate Reiche waren, die nie wieder vereint werden würden – wenigstens nicht, solange er lebte.

Was also sollte sie tun? *Auf die Schlangen kann ich nicht mehr vertrauen, seit ich beim letzten Mal ihre Antwort so gänzlich missverstanden habe – und wenn ich es täte, welche Frage sollte ich überhaupt stellen?*

«Du denkst nicht etwa wieder an die Schlangen, Mutter?»

Olympias schaute Thessalonike überrascht an. «Woher weißt du das?»

«Weil du es immer tust, wenn du vor einer Entscheidung stehst. Aber welchen Sinn hätte es, sie zurate zu ziehen, wenn du keine persönliche Frage stellen kannst? Denke daran, wie falsch ihre Antwort beim letzten Mal war.»

«Ich hatte die falsche Frage gestellt.»

«Das meine ich ja. Weshalb suchst du nicht das älteste Orakel auf, wo man nur eine Frage stellen kann?»

«‹Was soll ich tun?›» Olympias lächelte. «Ja, die Muttergöttin wird helfen. Wir machen uns gleich morgen auf den Weg nach Dodona.»

Der Eichenhain war ein friedvoller, zutiefst kultischer Ort in der Ebene zwischen dem Vorgebirge um den schneebedeckten Berg Tomaros und der Stadt Dodona. Es wimmelte dort von Pilgern, die begierig allerlei Plunder von skrupellosen Händlern kauften – Aberglaube und religiöser Eifer bildeten die Grundlage für einträgliche Geschäfte. Der Hain war seit Jahrhunderten ein Ort der Götterverehrung und eine Orakelstätte. Nur acht Parasangen südlich von Passaron gelegen, war der Ort ursprünglich der Muttergöttin Gaia geweiht worden. Später war Dione hinzugekommen, doch zur Zeit Homers war bereits Zeus an ihre Stelle getreten, und Dione war auf einen Aspekt seiner Gattin Hera reduziert worden. Aber Olympias interessierte sich nicht für die religiöse Hierarchie derer, die hier verehrt wurden – ihr ging es nur um die Verlässlichkeit des Orakels, ganz gleich, welche Gottheit dahinterstand. Sie hatte sich entschieden, die Priesterinnen der Gaia aufzusuchen.

Sanft klangen die Bronzeringe, die in den Ästen der Eichen hingen, wenn der Wind sie bewegte; heftig war der Hammerschlag, der den Widder betäubte, welchen Olympias als Opfergabe mitgebracht hatte. Das Tier ahnte nicht, dass es dazu ausersehen war, die Muttergöttin gütig zu stimmen. Es sträubte sich kaum, und als ihm die Kehle durchgeschnitten wurde, spürte es bereits nichts mehr.

Nun folgten Gebete und Gesänge. Die sieben Priesterinnen, verschleiert und in weite Gewänder aus der weißesten Wolle gehüllt, wiegten sich im Stehen hin und her, während sie der Erde unter ihren Füßen Lob und Dank sagten, dem Wesen der Muttergöttin selbst, aus der alles Leben entspringt. Dabei ließen sie mit Daumen und Mittelfingern kleine silberne Zimbeln erklingen.

Olympias und Thessalonike stimmten in die Gesänge der Priesterinnen ein, denn diese hatten sie mit den heiligen Texten vertraut gemacht und ihnen einen Tag Zeit gegeben, sie zu lernen. So sangen sie, während die Sonne über dem Berg Tomaros aufging und den schattigen Hain erhellte. Zugleich frischte der Wind auf, sodass die Windspiele in den Bäumen lauter klangen und das herbstlich gefärbte Laub raschelte.

Als die Sonne den höchsten Stand erreichte, steigerten sich die Klänge zu einem Höhepunkt, und in der darauffolgenden Stille hielten alle in religiöser Andacht den Atem an.

«Große Mutter», intonierte die Hohepriesterin, an die Erde gerichtet. «Zeige dich großzügig gegen unsere Schwester Olympias, die gekommen ist, um Rat zu erbitten. Gewähre ihr Einblick in das, was vorherbestimmt ist. Sprich durch mich, auf dass ihre Frage zu ihrer Zufriedenheit beantwortet werde.» Die Priesterin schwieg einige Zeit und lauschte auf den Klang der Windspiele in den Bäumen und das Rascheln des Laubes. Dann ließ sie sich auf ein Knie sinken, schlug ihre Zimbeln zusammen und berührte mit ihnen den Boden, sodass der Klang verstummte. «Sie ist gekommen», verkündete sie in ehrfurchtsvollem Ton. «Frage, und du sollst Weisheit erlangen.»

«Was soll ich tun?», fragte Olympias, von der Mystik des Augenblicks berührt.

Niemand regte sich. Die Priesterinnen konzentrierten sich ganz auf die Geräusche aus den Bäumen, deuteten das Rascheln der Blätter, das Knarren der Äste und die Klänge der Windspiele, da der Wind bald stärker wurde, bald wieder abflaute.

Olympias hätte nicht sagen können, wie lange sie so dastanden. Sie war wie gebannt durch die Nähe der Mutter. Sie legte eine Hand auf ihren Bauch, der, wenngleich nicht mehr fruchtbar, noch immer eine starke Erinnerung an ihre Weiblichkeit war, und rief sich die beiden Kinder ins Bewusstsein, die daraus hervorgegangen waren: Ihr Erstgeborener war tot, die Zweitgeborene wartete in Sardis darauf, dass jemand um ihre Hand anhielt, einer, der es wagte, nach dem Höchsten zu streben. Doch sie wusste, künftig würde kein Mann ihrer jemals würdig sein. Olympias betrauerte das Schicksal ihrer Kinder und ihr Unvermögen, es zu ändern. Sie betrauerte die Bitterkeit, die nunmehr ihr eigenes Leben beherrschte, und sie betete, die Antwort des Orakels möge ihr Leiden lindern.

Da ließen die sieben Priesterinnen gleichzeitig ihre Zimbeln ertönen und riefen aus: «Sie hat gesprochen!»

Ein erwartungsvolles Prickeln überlief Olympias, und ihr Herz schlug schneller.

Die Hohepriesterin hob ihren Schleier an. Ihre Augen waren geweitet und blickten ins Leere. «Hüte dich, Olympias. Unternimm noch nichts, denn was du begehrst, wird dir angeboten werden. Suche Rat bei deinem einen wahren Freund. Sein Handeln wird deine Entscheidungen lenken.»

Die Priesterin verdrehte die Augen, dann wurde ihr Blick wieder klar, und sie ließ den Schleier fallen. Ihre Kolleginnen stimmten einen leisen, eintönigen Gesang an, wobei sie Olympias den Rücken kehrten. Die Befragung des Orakels war beendet.

«Was glaubst du, was das bedeutet?», fragte Thessalonike, während sie den Hain verließen.

Über diese Frage dachte Olympias auf dem ganzen Rückweg nach Passaron nach, während sie bequem in den weichen Polstern und Fellen in ihrem geschlossenen Reisewagen lag. Ihr sollte angeboten werden, was sie begehrte – was war damit gemeint? Sie begehrte vieles: Macht, Rache, Ekstase, dass ihr Sohn noch am Leben wäre, dass Antipatros' ganze Sippe ausgelöscht würde. All das wirbelte in ihrem Kopf durcheinander, ein jedes wollte sich in den Vordergrund drängen. Und wer war ihr einer wahrer Freund? Sie hatte geglaubt, sie habe keinen.

Auch Thessalonike vermochte nichts Erhellendes über den Orakelspruch zu sagen, denn auch wenn sie viele Begierden ihrer Stiefmutter kannte, hätte sie doch nicht sagen können, welche am tiefsten brannte. Als der Wagen schließlich durch das Südtor von Passaron rollte, war Olympias noch immer unsicher, ob sie den König um eine Audienz ersuchen und ihn bitten sollte, seine Armee für den Marsch nach Westen bereit zu machen, um in Makedonien einzumarschieren. Vorbereitungen zu einer Unternehmung zu treffen, war doch gewiss nicht dasselbe, wie etwas zu unternehmen? Oder sollte sie den Orakelspruch wörtlich nehmen, sosehr es ihr auch im Innersten widerstrebte, und sich gedulden? Konnte es denn wirklich richtig sein, in einer Situation wie dieser, da Makedonien so leicht einzunehmen wäre, einfach nichts zu tun?

Als sie in ihre Gemächer zurückkehrte, war sie daher noch immer ebenso unsicher, was zu tun sei, wie bei ihrem Aufbruch. Immerhin hatte aber die Muttergöttin selbst ihr gesagt, es sei richtig, überhaupt nichts zu tun.

Olympias saß da und sinnierte darüber, wie unbefriedigend dieses Nichtstun war, als ein Bote von Polyperchon eintraf. Sie riss ihm die Schriftrolle aus der Hand, so sehr brannte sie darauf zu erfahren, welche ihrer Begierden die Mutter für vorrangig erachtete.

Sie trat mit dem Brief ans Fenster, um besser lesen zu können.

Polyperchon, Regent von Makedonien, grüßt Königin Olympias. Ich schreibe zu einer Zeit, da Makedonien, das Königreich, welches wir beide lieben, sich in großer Gefahr befindet. Es wird von Süden und Osten her bedroht, und ich wünsche sehr, dass nicht auch noch eine Bedrohung von Westen hinzukommt. Deshalb, Königin Olympias, biete ich dir ein Bündnis an. Wie du ja weißt, bin ich Regent für die beiden Könige, Alexander und Philipp. Doch ich möchte vorschlagen, dass hinfort du als Alexanders Großmutter ihn in deine Obhut nimmst und ihn auf seine Rolle in dieser Welt vorbereitest. Ich würde es daher für eine große Gunst erachten, wenn du nach Makedonien zurückkehrtest, um die Regentschaft mit mir zu teilen.

Olympias saß da und knickte gedankenverloren den Brief in ihrer Hand. *Die Regentschaft! Endlich wieder Macht.* Und mit einem Schlag wurde ihr klar, was sie wirklich begehrte: *Den Sohn meines Sohnes kennenzulernen und zu sehen, wie viel vom Vater auf das Kind übergegangen ist. Ja, große Mutter, du hast recht: Von allen Dingen, die ich begehre, ist das mein größtes Verlangen.*

Sie klatschte in die Hände, und eine Sklavin erschien. «Schicke nach Thessalonike.»

«Und doch zögerst du», stellte Thessalonike fest, nachdem sie den Brief gelesen hatte. «Warum? Es ist doch alles, was du willst: Macht und dein Enkelkind?»

Olympias nickte lächelnd. «Ja, aber ich bin überzeugt, dass

es eine Falle ist. Wer würde ein solches Angebot machen und im Gegenzug nichts verlangen?»

«Er sichert damit seine Westgrenze, das ist für Polyperchon eine ganze Menge.»

«Aber er lockt mich nach Pella, wo meine Person weit angreifbarer und gefährdeter ist.»

«Dann erinnere dich daran, was das Orakel gesagt hat: Du musst den Rat deines einen wahren Freundes einholen.»

In diesem Moment erkannte Olympias, wer seit dem Tod ihres Sohnes stets die Sache ihrer Familie unterstützt hatte. Er hatte dafür sogar in Kauf genommen, als Geächteter im Exil zu leben.

Sie setzte sich an ihren Tisch und begann zu schreiben.

Mein treuester Freund Eumenes …

EUMENES
DER LISTIGE

Eumenes lag auf dem Rücken und schaute in den Nachthimmel hinauf. In Gedanken trieb er eine recht große Wolke an, sich schneller zu bewegen und den Dreiviertelmond zu verdecken. Um sich herum hörte er den Atem der hundert Männer, die er für den Angriff ausgewählt hatte, neunzig Makedonen und zehn seiner Kappadokier. Viele hatten Seile und Sturmhaken bei sich. Sie warteten an dem von Felsbrocken übersäten Hang auf halbem Weg zwischen der Ausfallpforte der Festung Nora und den Belagerungslinien, die ihn und seine verbliebenen Getreuen seit dem Frühjahr zu Gefangenen machten. Die Männer trugen keine Rüstung und hatten ihre Waffen und Stiefel mit Lumpen umwickelt, um möglichst wenig Geräusche zu machen. Nun warteten sie den langsamen Zug der Wolke ab, und der Nervenkitzel angesichts des bevorstehenden Kampfes ließ ihre Herzen schneller schlagen.

Endlich war der Mond verdeckt, sodass die Nacht völlig dunkel war. Eumenes wandte sich an Xennias, der an seiner Seite war, und zeigte den Hang hinunter. Xennias nickte. Er schlich geduckt zwischen den Felsbrocken hindurch bergab, gefolgt von den neunzig Makedonen. Eumenes zählte im Kopf bis zweihundert, die schweißnasse Hand am lederumwickelten Griff seines Schwertes, und betete, die Wolke, die den Mond verdeckte, möge es nicht plötzlich eilig haben und schneller weiterziehen.

Als die festgesetzte Zeit verstrichen war, richtete Eumenes sich auf, wobei er achtgab, kein Geröll loszutreten. Er gab seinen Kappadokiern ein Zeichen, ihm zu folgen. Tief geduckt machte er sich auf den Weg, und zwar in die entgegengesetzte Richtung von Xennias und seiner Truppe, denn diese sollte nur für Ablenkung sorgen – die eigentliche Mission in dieser Nacht übernahm Eumenes selbst, und er brauchte dazu nur wenige Männer, wenn überhaupt. Die zehn, die er mitnahm, mit Bogen und Schwert bewaffnet, waren für den Fall da, dass etwas Unvorhergesehenes geschah und sie sich den Rückweg hinauf zur Festung freikämpfen mussten.

Behutsam stiegen sie in der tiefen Dunkelheit den Hang hinunter zu dem Graben mit der doppelt mannshohen hölzernen Palisade dahinter, der am Fuß der steilen Anhöhe mit der Festung verlief. Fast eine Parasange lang, mit Türmen in regelmäßigen Abständen, musste die Belagerungslinie mit zahlreichen Männern besetzt werden, und Antigonos' Kommandeur Leonidas hatte nicht genügend Soldaten, um das Tag und Nacht zu leisten. Wenn man den Ring durchbrechen wollte, waren daher die späten Nachtstunden die günstigste Zeit.

Ein paarmal im Laufe seiner Gefangenschaft hatte Eumenes probeweise Ausfälle oder sogar einen regelrechten Angriff auf die Belagerer unternommen, war jedoch jedes Mal zurückgeschlagen worden. In letzter Zeit hatte er diese Aktionen eigentlich nur noch fortgesetzt, um seine Leute beschäftigt zu halten. Beiden Seiten war klar, dass die Ausfälle eher eine Formsache und ein Zeitvertreib gegen die Langeweile waren, und so war man beinahe freundschaftlich miteinander umgegangen – es gab wenige Tote, und anschließend wurden die Gefangenen bereitwillig ausgetauscht. Bei dieser Mission jedoch ging es nicht darum auszubrechen, sondern vielmehr darum, jemandem Zugang zu verschaffen. Am Nachmittag hatte ein Mann durch Lichtzeichen mit einer polierten Bronzescheibe signalisiert, dass er einen Brief für Eumenes hatte. Derselbe Mann hatte schon früher Briefe gebracht, daher wusste er, was zu tun war und wie es weiterging, wenn er die Bestätigung erhielt.

Jetzt kam es nur noch darauf an, den rechten Zeitpunkt abzupassen.

Als er sich dem mit Spießen bestückten Graben näherte, kauerte Eumenes sich nieder und lauschte. In der Ferne bellte ein Fuchs, und der Ruf wurde erwidert. Reglos verharrte Eumenes, seine Männer hinter ihm angespannt und bereit zu handeln. Der Wind von Westen trug schwache Stimmen heran – zwei, vielleicht drei Männer redeten leise miteinander und schienen näher zu kommen. Wahrscheinlich handelte es sich um Wachen, die über den Wehrgang an der Rückseite der Palisade gingen. Eumenes gab seinen Männern ein Zeichen, sich zu ducken. Als er aufschaute, konnte er undeutlich die Oberkante des Walls ausmachen. Und tatsächlich, nach einem Dutzend Herzschlägen zeichneten sich über der dunklen Linie der Palisade die vagen Umrisse von Köpfen und Schultern dreier Männer ab. *Mist! Das können wir jetzt gar nicht brauchen, und es ist zu dunkel, um sie gezielt abzuschießen.*

Er sah noch einmal zum Himmel auf: Die Wolke schien ihre Stellung vor dem Mond zu halten, allerdings war unmöglich zu sagen, wie lange noch. Doch selbst wenn der Mond wieder zum Vorschein kommen sollte, wäre die Chance, drei Köpfe gleichzeitig tödlich zu treffen, äußerst gering, sogar für seine Kappadokier, die als die besten Schützen in der Festung galten – und zu Recht, er hatte reichlich Gelegenheit gehabt, sich davon zu überzeugen. Außerdem wären sie im Licht des Mondes ebenso sichtbar wie die Männer auf dem Wall, und wer konnte wissen, wer sonst noch Ausschau hielt. *Geht weiter, dann bleibt ihr vielleicht am Leben.*

Doch die Geräusche des Ablenkungsangriffs ließen die Patrouille auf dem Wehrgang innehalten. Xennias' Truppe verursachte absichtlich jede Menge Lärm, indem die Männer laut riefen, mithilfe von Sturmhaken den Wall und die Palisade erklommen und mit ihren Schwertheften gegen das Holz schlugen, dass der Krach weithin durch die Nacht scholl.

Die drei Männer auf dem Wall standen da und starrten in die Richtung, aus der der Lärm kam. «Meint ihr, sie prüfen unsere Abwehr, oder ist das wieder eine Ablenkung?», fragte einer der drei seine Kameraden.

«Ablenkung?»

«Ja, was glaubst du denn, wie Eumenes seine Briefe bekommt? Leonidas hat nur noch nicht herausgefunden, woher der Bote weiß, an welcher Stelle er denjenigen trifft, der den Brief dann zur Festung hinaufbringt.»

Ich fürchte, meine Freunde, ihr habt soeben euer Schicksal besiegelt. Eumenes gab einem seiner Männer ein Zeichen, ihm zu folgen, und bedeutete zwei anderen, zwanzig Schritt zur anderen Seite der Wachen zu gehen, dann pirschte er sich vorwärts. Das Geschrei und Getöse von dem Ablenkungsangriff übertönte jegliche Geräusche, als er sich in den Graben hinuntergleiten ließ. Er nahm sein Seil und den Sturmhaken und wartete, damit die beiden anderen Männer Zeit hatten, ihre Position zu erreichen. Dann nickte er seinem Begleiter zu, ließ den Haken über seinem Kopf kreisen und warf ihn über die Palisade. Der Aufprall an der anderen Seite ließ die Wachen zusammenzucken. Eumenes ruckte am Seil – es hielt. Er zog sich

Hand über Hand hoch, die Füße gegen die Palisade gestemmt, und sein Kamerad tat am Seil neben ihm dasselbe, während die Wachen auf sie zuliefen. Schon schwang Eumenes sich über die Kante. Er warf sich geduckt den drei Männern entgegen, die über den Wehrgang liefen, und prallte so heftig gegen sie, dass sie stürzten. Schon fuhr eine Klinge hinab und grub sich mit einem dumpfen Laut wie ein Schlachterbeil in Fleisch und Knochen. Ein Schrei gellte Eumenes in den Ohren, während er auf die Füße kam und herumfuhr. In derselben Bewegung zog er bereits sein Schwert aus der mit Lumpen umwickelten Scheide. Er ging mit gebleckten Zähnen auf die zwei Männer los, die noch auf den Beinen waren, während sein Kamerad seinem schreienden Opfer den Rest gab.

Jetzt wollte er töten, denn er genoss es. Er war nicht länger der Sekretär aus Kardia – dieser Eumenes war vor langer Zeit verschwunden, als er allein gegen Neoptolemos gekämpft und dem Toten die Rüstung abgenommen hatte. Nun war er ein Anführer, ein siegreicher Feldherr, ein Krieger, der in den vergangenen Monaten kaum etwas anderes zu tun gehabt hatte, als sich im Gebrauch seiner Waffen zu üben. Er brachte einen Wachsoldaten zur Strecke, indem er ihm die Kehle aufschlitzte, mühelos, als opfere er ein Lamm, während er sich unter einem Querschlag des zweiten Mannes duckte. Dann drehte er sich einmal um sich selbst, und aus dem Schwung heraus grub sich seine Klinge in einen muskulösen Oberschenkel, bis sie im Knochen stecken blieb. Das Schwertheft wurde Eumenes aus der Hand gerissen, als der Wachmann zusammenbrach und lauthals zu den Göttern schrie. Eumenes' andere zwei Kameraden eilten mit gezogenen Schwertern herbei, und binnen Augenblicken herrschte wieder Stille; die drei Wachen lagen reglos da. Genau in diesem Moment gab die Wolke den Mond frei, und die sich ausbreitende Blutlache glänzte in seinem Schein.

«Lasst sie, wo sie sind, aber legt sie ordentlich zurecht», flüsterte Eumenes seinen Kameraden zu.

Während sie seinen Befehl ausführten, schaute Eumenes sich hinter der Palisade um. Er lächelte, als er das Gesuchte entdeckte: Eine Gestalt huschte zwischen Trümmern hindurch, die in den Monaten der Belagerung angefallen waren. Dann eilte der Mann die Stufen zum Wehrgang hinauf.

«Gut gemacht, Helios.» Eumenes nahm die Dokumentenröhre entgegen und händigte dem Mann einen schweren Geldbeutel aus.

«Ich dachte schon, sie würden nie weggehen, Herr», bemerkte Helios und wies mit einer Kopfbewegung auf die Toten.

«Sie sind ja auch nicht weggegangen, sie sind noch hier.»

«Ja, du weißt schon, wie ich es meine, Herr.»

«Sicher. Das nächste Mal treffen wir uns zwischen dem ersten und dem zweiten Turm an der Südseite der Befestigungsanlagen. Sie haben ihr Lager dort kürzlich geräumt, weil eine Krankheit ausgebrochen ist.» Eumenes sah belustigt die Sorge in Helios' Gesicht. «Keine Angst, du hältst dich ja nicht lange dort auf. Schnell rein und schnell wieder raus, und niemand kommt zu Schaden, wie heute Nacht – abgesehen von den dreien.» Er klopfte dem Boten auf die Schulter. «Guten Rückweg.» Damit wandte er sich ab. Während der Lärm von dem Ablenkungsmanöver allmählich nachließ, nahm Eumenes sein Seil und ließ sich an der Palisade hinunter. Er fragte sich, wer ihm wohl diesmal geschrieben hatte.

... und daher möchte ich gern erfahren, wie du über die Angelegenheit denkst. Eumenes legte den Brief neben den von Antigonos und schüttelte ungläubig den Kopf. Hier saß er nun in einer Bergfestung in Kappadokien gefangen, ihm waren nicht

einmal sechshundert Mann und ihre Pferde geblieben, und doch bemühten sich sowohl Antigonos als auch Olympias um seine Gunst.

Er lächelte vor sich hin. *Die Welt ist wirklich eine andere, seit Antipatros tot ist.* Die Nachricht vom Ableben des alten Regenten war am Tag zuvor eingetroffen – Hieronymos hatte sie zusammen mit dem Brief von Antigonos überbracht. Eumenes war darauf gefasst gewesen, dass sich die politische Landschaft nach diesem bedeutenden Ereignis verändern würde, aber dass sie schon jetzt kaum noch wiederzuerkennen war, freute ihn wirklich sehr.

Dass Kassandros zugunsten von Polyperchon übergangen wurde! Damit habe ich nicht gerechnet – und Kassandros und der alte Niemand offenbar auch nicht. So, wie die Dinge sich entwickeln, würde es mich nicht mehr überraschen, wenn ich ein Angebot von Polyperchon erhielte oder wenn gar Kassandros hier auftauchte und mich um Hilfe bäte.

Er nahm sich noch einmal das Angebot von Antigonos vor. Diesmal übersprang er die Förmlichkeiten und las nur den entscheidenden Teil. *Gehe zu Leonidas und schwöre mir die Treue, dann bekommst du deine Freiheit und die Satrapie Kappadokien wieder, vorausgesetzt, du dienst in meinem Stab.*

Er dachte darüber nach, welche Folgen das für ihn hätte, dann wandte er sich wieder Olympias' Brief zu. Auch hier sprang er gleich zum wichtigsten Satz. *Wenn ich Polyperchons Angebot annähme, wärest du bereit, der Beschützer des Kindes zu werden und auch die Verantwortung für meine Sicherheit zu übernehmen?*

Er lächelte. *Alle tun so, als sei ich nie durch die Heeresversammlung zum Tode verurteilt worden. Man hat geflissentlich vergessen, dass ich Krateros getötet habe. Nun denn, Eumenes, du listiger kleiner Grieche, wie können wir beide Angebote nut-*

zen? Schließlich wäre es eine Schande, einen der beiden durch eine Ablehnung zu kränken.

Er las noch einmal den Eid, den zu schwören Antigonos von ihm forderte, schüttelte den Kopf und schnalzte mit der Zunge. *Ich soll also dir die Treue schwören und dir allein, Antigonos, dabei weiß ich doch, dass du dich der Könige entledigen musst. Du hältst mich offenbar für dumm, und das kann ich nicht auf mir sitzenlassen.* Er nahm eine Feder zur Hand und änderte den Wortlaut – nun sagte ihm der Eid schon erheblich mehr zu.

Zufrieden mit seinen Bemühungen, erhob er sich, legte beide Briefe in eine Truhe und schloss sie ab. Die neue Version des Eides in der Hand, verließ er alsdann den Raum und trat auf den Hof der Festung hinaus, wo es laut und chaotisch zuging. Fünfzig Pferde waren in einem Gerüst festgemacht, das die gesamte Breite der Fläche einnahm. Schlingen unter der Brust hielten die Tiere so, dass sie aufrecht auf den Hinterbeinen standen, und sie wurden dazu gereizt, mit den Vorderhufen zu schlagen und zu tänzeln, bis sie völlig verschwitzt waren. Eumenes sah eine Weile zu, zufrieden mit seiner Erfindung, mit der die Tiere in Form gehalten wurden. Wenn sie erschöpft waren, wurden sie losgemacht, und die nächsten fünfzig kamen an die Reihe. «Wie machen sie sich heute?», erkundigte er sich bei Parmida, der die Übung beaufsichtigte.

«Bislang gibt es keine Verletzungen, Herr.» Parmida wandte sich wieder dem Geschehen zu, denn eben wurden die nächsten Pferde hochgezogen. Zahlreiche Hände betätigten Seilzüge. Die Vorderbeine der schnaubenden, wiehernden Tiere hoben sich vom Boden – obwohl die Prozedur seit Monaten regelmäßig wiederholt wurde, sträubten sich die Pferde jedes Mal aufs Neue.

Doch die Übung wirkte: Die Pferde waren vielleicht nicht belastbar genug für eine Schlacht, aber einen längeren Marsch würden sie jederzeit durchstehen, wenn sie denn jemals aus Nora herauskämen. Eumenes hatte die Hoffnung darauf schon fast aufgegeben – bis die beiden jüngsten Briefe eingetroffen waren, erst der von Antigonos und dann heute Morgen der von Olympias. Es war eine lange und langweilige Zeit des Ausharrens gewesen, aber er hatte dafür gesorgt, dass die Männer beschäftigt waren, und war im Großen und Ganzen auch mit ihrer körperlichen Verfassung zufrieden. Die Ausfälle und die täglichen Übungen im Hof – Läufe, Ringkämpfe, Waffenübungen und Gymnastik – hatten zusammen mit der sparsamen Ernährung bewirkt, dass sie schlank, muskulös und ebenso ausdauernd blieben wie die Pferde. Eumenes beglückwünschte sich im Stillen selbst zu diesem Triumph der Führerschaft.

«Nun, was meinst du, Hieronymos?», fragte Eumenes, nachdem sein Landsmann sein Werk gelesen hatte.

«Das begünstigt die Könige und Olympias weit mehr als das Original.»

«Im Original wurde nur Antigonos erwähnt, wie du sehr wohl weißt. In dieser Version schwöre ich, Antigonos treu in seinem Bestreben zu unterstützen, das Haus der Argeaden in Gestalt von Alexander, Philipp und Olympias zu schützen – ich halte das für völlig angemessen.» Laute Rufe und ein Schrei veranlassten ihn, sich umzuschauen. Ein Mann lag am Boden, und aus einer Wunde an seinem Kopf lief Blut. Das Pferd, das ihm die Verletzung zugefügt hatte, schlug schrill wiehernd mit den Vorderhufen, während es auf der Hinterhand wild herumsprang. Das Tier war völlig außer Rand und Band. Als Eumenes sah, dass Parmida zur Stelle war und die Lage unter Kontrolle brachte, wandte er sich wieder Hieronymos zu. «Ich schwöre noch immer an erster Stelle Antigonos die Treue. Nur schwöre ich nicht, ihn zu unterstützen, wenn er sich gegen das Königshaus wendet. Ich finde, das kann man von niemandem verlangen.»

Hieronymos kratzte sich am Hinterkopf und studierte den Wortlaut des Eides noch einmal. «Ja, so könnte man es wohl sehen.»

«Gehe damit zu Leonidas und frage ihn, was er davon hält. Sage, wir halten den Eid so für annehmbarer, weil er mich nicht in eine Lage bringt, in der ich gezwungen sein könnte, Verrat zu begehen.» Er setzte eine Unschuldsmiene auf. «Schließlich würde doch niemand wollen, dass ich das tue, oder?»

Hieronymos kicherte. «Nie im Leben, mein lieber Eumenes. Wir alle wissen, dass es keinen treueren Mann gibt als dich – auch wenn mir unbegreiflich ist, weshalb deine Treue einem makedonischen Kleinkind und einem makedonischen Schwachkopf gilt. Aber vielleicht bin ich noch immer zu sehr Kardier, um das wirklich zu verstehen. Nun, immerhin hat es zur Folge, dass wir in interessanten Zeiten leben, und ich genieße es, diese zu beobachten – das ist definitiv ein Geschichtswerk wert.»

«Vielleicht solltest du anfangen, es zu schreiben?»

Hieronymos rollte das Schriftstück mit dem Eid zusammen. «Ja, darüber denke ich schon seit einer Weile nach. Ich würde Alexanders Tod als Ausgangspunkt nehmen und die Geschichte erst mit dem meinen enden lassen. Ich sehe bedeutungsvolle Jahre voraus.» Er klopfte auf die Schriftrolle. «Ich bringe dir Leonidas' Antwort noch vor Einbruch der Dunkelheit.»

«Er hat die Angelegenheit mit seinen Offizieren besprochen», berichtete Hieronymos, als er in der Abenddämmerung zurückkehrte. «Und sie waren sich darin einig, dass es nur recht und billig ist, wenn du in deinem Eid auch die Könige und Olympias erwähnst. Denn wer wollte ihnen nicht treu sein?»

«Antigonos zum Beispiel, nach dem ursprünglichen Wortlaut zu urteilen.» Eumenes bedeutete seinem Freund, ihm gegenüber an seinem Tisch Platz zu nehmen, und goss ihm einen Becher Wein ein. «Leonidas ist also töricht genug, den Wortlaut meines Eides zu akzeptieren? Unglaublich. Antigonos wird toben. Wie geht es nun weiter?»

«Leonidas ist autorisiert, deinen Eid entgegenzunehmen, also könntest du theoretisch morgen hier hinausspazieren und dein Amt als Satrap von Kappadokien wieder antreten. Du bräuchtest nicht einmal Antipatros' Sohn Nikanor zu vertreiben, der ist nämlich vergangenen Monat nach Makedonien geflohen.»

«Wie praktisch.»

«Aber was noch interessanter ist: Leonidas hat heute gehört, Kassandros habe nach Asien übergesetzt und sei bei Antigonos, der Arrhidaios in Kios an der Propontis belagert. Er bittet ihn um Hilfe.»

Ah, er wendet sich an Antigonos. Er beabsichtigt also, um Makedonien zu kämpfen, und er ist gewiss kein Freund der Könige. Wenn ich also Antigonos' Eid schwöre, dann aber auf Olympias' Ersuchen nach Makedonien gehe, mache ich mir Antigonos und Kassandros zu Feinden. Wenn ich hingegen hierbleibe, eine Armee aufstelle und abwarte, was geschieht, unter dem Vorwand, Antigonos die Treue zu halten, dann werde ich vielleicht in einiger Zeit klarer sehen, was zu tun ist.

Eumenes überdachte seine Optionen noch einige Augenblicke lang. «Wenn ich also Antigonos' Angebot annähme, müsste ich, technisch gesehen, Olympias' Ersuchen ablehnen.»

«Technisch gesehen wohl», erwiderte Hieronymos nach einiger Überlegung. «Aber du bräuchtest es ja nicht als direkte Ablehnung zu formulieren.»

Eumenes nickte und trank einen Schluck aus dem Becher, den er in beiden Händen hielt. «Du denkst in die gleiche Richtung wie ich. Wenn Leonidas so töricht war, den Wortlaut meines Eides zu akzeptieren, dann könnte ich ohne Weiteres Olympias und ihrem Enkel Alexander als Beschützer dienen, ohne gegenüber Antigonos meinen Eid zu brechen. Und ich könnte ebenso gut in seinem Stab dienen, ohne dass der Eindruck entsteht, ich sei Olympias untreu. Ich hätte, wie man so sagt, in jedem Lager einen Fuß.» Er beugte sich hinüber, um Hieronymos Wein nachzuschenken. «Würdest du für mich einen Brief an Olympias überbringen?»

«Mit Freuden. Ich fände es faszinierend, ihre Bekanntschaft zu machen.»

«Ich werde ihr raten, vorerst nichts zu unternehmen. Sie soll Polyperchons Angebot weder ablehnen noch annehmen, bis ich mehr darüber weiß, was Antigonos mit Kassandros plant.»

KASSANDROS
DER EIFERSÜCHTIGE

Er würde für immer ein Hinken zurückbehalten. Zwar nur ein leichtes Hinken, aber immerhin – es war ein Zeichen von Schwäche. Dass er die Verletzung bei einer Keilerjagd davongetragen hatte, machte die Sache nicht besser, da nicht er das Tier erlegt hatte, sondern sein jüngerer Bruder. Kassandros seufzte. Wieder einmal stellte das Leben ihn mit einer Widrigkeit auf die Probe. Die ganze Welt hatte sich gegen ihn verschworen, doch von nun an würde er sich wehren. Jetzt war seine Zeit gekommen, Hinken hin oder her.

Er betrachtete die gewaltige Flotte, deren Umrisse sich draußen auf der Propontis gegen die sinkende Sonne abzeichneten. Sie blockierte den Hafen von Kios, wo Antigonos Arrhidaios in die Enge getrieben hatte. Er hatte ihn von Kyzikos bis hierher verfolgt und verhindert, dass er eine Truppe aussandte, um Eumenes zu Hilfe zu kommen. Arrhidaios war der letzte von Antigonos' Feinden in Anatolien, nun, da Kleitos nach Makedonien geflohen war. Eumenes saß nach wie vor in Kappadokien fest, allerdings führte er Verhandlungen. Alketas war tot, und Attalos, Dokimos und Polemon befanden sich in einer Festung in der Nähe von Kelainai hinter Schloss und Riegel. Nur einer fehlte noch, dann konnte Antigonos seine Aufmerksamkeit wieder auf den Süden richten. Und vielleicht würde er ihm ja die große Flotte – oder wenigstens einen Teil davon – für seine Expedition nach Athen leihen. Dort würde Kassandros ansetzen, um Polyperchon zu schlagen und Makedonien unter seine Herrschaft zu bringen, wie es sein Geburtsrecht war.

Doch vorerst musste er sich noch gedulden, und während dieser Wartezeit würde er weitere Schmach erdulden müssen – eine bereits an diesem Abend. Er wandte sich von dem imposanten Bild ab und hinkte zu Antigonos' Zelt im Herzen seines Lagers an der asiatischen Küste. Weiter nördlich sah man Handelsschiffe in der Mündung des Bosporos verkehren, die auf der europäischen Seite von der Stadt Byzantion bewacht wurde.

Die Gäste versammelten sich bereits, als er eingelassen wurde. Lautes Gelächter war zu hören, und Wein floss, denn Antigonos hatte Lysimachos empfangen, der erst an diesem Abend unerwartet von Thrakien über die Meerenge gekommen war.

«Geld, immer fragst du nach Geld», dröhnte Antigonos grinsend und schlug Lysimachos auf den Rücken, wobei sein Wein aus dem Becher schwappte.

«Geld!», ließ Demetrios sich verächtlich vernehmen. «Wir alle brauchen Geld.»

Lysimachos bedachte den Jüngling mit einem strafenden Blick. «Wenn das Hündchen nicht still ist, bezieht es Prügel – deine Entscheidung.»

Demetrios wollte etwas erwidern, doch sein Vater hielt ihm kurzerhand den Mund zu.

Kassandros machte keinen Hehl daraus, dass er sich über Demetrios' Verlegenheit freute. Der Jüngling ließ keine Gelegenheit aus, seine aufrechte Haltung bei Tisch zu kommentieren, und neuerdings ahmte er auch sein Hinken nach. Als Gast seines Vaters blieb Kassandros kaum etwas anderes übrig, als es zu erdulden.

Aber wenn ich diese Leute nicht mehr brauche, dann werden wir ja sehen, du unverschämter, eitler Pinsel.

«Geld», rief Antigonos noch einmal aus und lenkte damit Lysimachos von Demetrios ab. «Ich habe ja kaum genug für meine eigenen Zwecke.»

Lysimachos versuchte ein Lächeln. Es war ihm noch nie gelungen, Wärme hineinzulegen, und Kassandros sah wohl, wie unaufrichtig es war. «Du, Antigonos, brauchst das Geld für deine eigenen Zwecke, wie du selbst sagst. Ich hingegen brauche es für unser aller Wohl und Sicherheit.»

«Baust du noch immer Festungen?»

«Ich bekämpfe die Geten und andere grässliche Stämme im Norden, weite die Grenzen meiner Satrapie aus und baue unsere Verteidigung gegen die Bedrohung auf, die von noch weiter nördlich auf uns zukommt. Diese Bedrohung ist sehr real. Ich brauche Geld, um meine Anstrengungen fortzusetzen. Antipatros hat mir viel versprochen, und er hatte mir auch schon einiges zur Verfügung gestellt, aber seit seinem Tod habe ich nichts mehr erhalten.» Er richtete den Blick auf Kassandros, der gerade einen Becher Wein von einem Sklaven entgegennahm, und zeigte auf ihn. «Hat er dir meine Bitte nicht überbracht?»

Antigonos schaute sich um. «Wer, er dort? Kassandros? Nun, er hat wohl etwas von Geld erwähnt, aber er hat sich nicht sonderlich dafür eingesetzt. Ihm war mehr daran gelegen, dass ich ihm eine Armee und eine Flotte zur Verfügung stellen sollte.»

«Ja, er denkt nur an sich selbst», bemerkte Lysimachos mit gehässigem Grinsen.

«Tun wir das nicht alle?», versetzte Kassandros.

Lysimachos bedachte ihn mit einem giftigen Blick. Das Verhältnis zwischen ihnen hatte sich während Kassandros' Aufenthalt in Thrakien nicht verbessert. Lysimachos hatte ihm jegliche militärische Unterstützung rundheraus verweigert, obwohl Nikaia sich für ihren Bruder eingesetzt hatte. Er hatte erklärt, er sei mit Antipatros' Wahl seines Nachfolgers gänzlich einverstanden, und nur weil er Kassandros' Schwager sei, brauche er ihn noch lange nicht zu mögen. «Ich für meinen Teil denke an das Gemeinwohl. Warum sonst sollte ich die begrenzten Mittel, die mir zur Verfügung stehen, für den Bau gewaltiger Befestigungsanlagen verwenden?» Lysimachos wandte sich wieder an Antigonos. «Geld, ich brauche Geld, und du hast Geld.»

«So einfach ist das nicht. Antigenes und seine Silberschilde bewachen die Schatzkammer von Kyinda, und er gibt mir ohne Polyperchons Einwilligung nichts heraus. Aus Antigenes' Sicht und der seines Stellvertreters Teutamos ist Polyperchon der legitime Regent, da er den Ring von Makedonien besitzt.»

«Nun, dann solltest du ihn und die Silberschilde töten.»

«Da würden meine Jungs nicht mitmachen. Viele von ihnen haben einen Vater oder Großvater bei den Silberschilden.»

«Scheiß drauf, was deine Jungs denken. Tu, was für dich am besten ist. Aber vergiss Antigenes. Ich habe von dem Vorfall in Tarsos gehört, und ich will einen Teil von diesen fünfhundert Talenten.»

Antigonos blickte gekränkt drein. «Ist das der einzige Grund, weshalb du mich besuchst, alter Freund?»

«Fünfhundert Talente!»

«Wir könnten uns wenigstens erst einmal betrinken, bevor du anfängst, in meinem eigenen Zelt Forderungen an mich zu stellen.»

«Ich werde mich betrinken, wenn du mir Geld zusagst», grollte Lysimachos mit gesenkter Stimme.

Antigonos schaute ihn ernst an. «Woher wissen wir eigentlich, ob es diese *Bedrohung*, von der du immer sprichst, wirklich gibt? Welche Beweise hast du?»

Lysimachos rang sich abermals ein Lächeln ab, diesmal mit mehr Erfolg, wenngleich es nicht weniger frostig ausfiel. «Das ist der andere Grund, weshalb ich gekommen bin.» Er wandte sich an einen thrakischen Offizier, der ihn zu dem Gastmahl begleitete. «Führe sie herein.»

Kassandros stockte der Atem, und er starrte ehrfürchtig die beiden Riesen an, die ins Zelt schlurften, zwei Männer Anfang zwanzig. Thrakische Soldaten führten sie an Ketten, die an ihren eisernen Halsreifen befestigt waren, und sie trugen schwere eiserne Hand- und Fußfesseln. Kassandros hatte bisher noch nie einen größeren Mann als Seleukos gesehen, aber die Gefangenen waren noch wenigstens einen halben Kopf größer, und sie wirkten umso riesenhafter, da ihr feuerrotes Haar zu Stacheln frisiert vom Kopf abstand. Seltsam verschlungene Muster in Grün- und Blautönen bedeckten ihre blasse Haut, unter der sich prächtige Muskeln abzeichneten. Sie hätten jeden Athleten bei den Olympischen Spielen neidisch gemacht. Blassblaue Augen starrten geradeaus und würdigten niemanden eines Blickes, als die Männer dem ungläubigen Publikum vorgeführt wurden.

«Dies, meine Herren», sagte Lysimachos, sichtlich zufrieden mit der Reaktion seiner Zuschauer, «dies ist die Bedrohung, die wir fürchten müssen: Kelten. Das hier sind zwei von Hunderttausenden, die alle ebenso groß oder noch größer sind. Sie wandern seit einiger Zeit von Nordosten her in unsere Richtung, zweifellos, da sie von anderen Stämmen aus Gegenden verdrängt wurden, die sich selbst unserer Vorstellungskraft entziehen. Bislang hatten wir Glück, sie sind an uns vorbeigezogen und weiter nach Westen gegangen. Auf ihrem Weg haben sie getötet und geplündert, dann haben sie sich Land genommen, wo immer sie sich niederlassen wollten, und die Völker versklavt, deren angestammte Heimat es war. Doch bald wird der Raum im Westen knapp werden, und sie werden ihre Blicke zurück auf uns richten.» Er trat an den nächsten Gefangenen heran, packte ihn an den Hoden und drückte zu.

Der Mann biss die Zähne zusammen, sein ganzer Körper spannte sich an, und seine Augen wurden ein wenig feucht, doch kein Laut kam über seine Lippen, und er ließ sich auch sonst keinen Schmerz anmerken.

«Seht ihr?» Lysimachos ließ die gepeinigten Hoden los. «Entweder empfinden sie keinen Schmerz, oder sie sind zu stolz, ihn zu zeigen. So oder so macht sie das zu schrecklichen Feinden.»

«Wo hast du sie gefunden?», fragte Antigonos sichtlich beeindruckt.

«Sie waren Gefangene der Geten. Ein paar meiner Thraker haben sie bei einem Überfall jenseits des Istros erbeutet.» Er blickte in ihre regungslosen Gesichter auf und schüttelte verwundert den Kopf. «Zwar hatte ich schon viel von ihnen gehört, aber diese sind die ersten, die ich mit eigenen Augen gesehen habe, und sie haben mich in meiner Entschlossenheit bestärkt, sie von unserem Land fernzuhalten. Nun, Antigonos, ehe ich dich noch einmal nach Geld frage, möchte ich dir einen Eindruck davon verschaffen, wozu sie fähig sind.» Er wandte sich an die thrakischen Wachen. «Ist die Kampfarena bereit?»

«Beinahe, Herr.»

Es war schon völlig dunkel, als die Arena fertig hergerichtet war. Sie war von hohen, soliden Zäunen umgeben, die man weder durchbrechen noch überklettern konnte. Ringsherum loderten Fackeln. Die thrakischen Wachen stießen die beiden

Kelten in die Mitte und brachten sich dann hastig in Sicherheit. Zurück blieb nur ein zitternder Sklave, der ihnen die Fesseln abnahm. Zum Lohn wurde er von einem der beiden erwürgt, ohne dass ein Zuschauer versuchte einzuschreiten. Zwei lange Schwerter wurden in die Arena geworfen. Lysimachos winkte einen der Thraker zu sich heran und flüsterte ihm etwas ins Ohr. Der Thraker rief den Männern etwas in ihrer Sprache zu.

Ich nehme an, der Sieger bleibt am Leben. Kassandros freute sich darauf, den Zweikampf der Riesen mit anzusehen.

Sie schauten sich an, nickten, dann nahm jeder ein Schwert, und sie zogen sich an entgegengesetzte Ränder der Arena zurück, fünfzehn Schritt voneinander entfernt.

Einen Moment lang herrschte Stille, dann verständigten sich die beiden Männer wiederum mit einem Nicken. Sie hoben die Gesichter zum Himmel und stießen ein Gebrüll aus, den Rücken durchgebogen, die Arme an den Seiten. Ihre Stimmen vermischten sich zu einem tödlichen Lärm, der anschwoll und verebbte.

Kassandros gefror das Blut in den Adern. *Was für gewaltige Verbündete sie wären.* Bei diesem Gedanken überlief ihn ein Schauder der Erregung.

Dann gingen sie zum Angriff über, stürmten aufeinander zu und schwangen die Waffen über ihren Köpfen. Kurz vor dem Zusammenprall sprangen sie hoch und hieben die Klingen abwärts, jeder auf den Hals des Gegners zielend. Funken sprühten, als die Schwerter mit lautem Scheppern gegeneinanderschlugen, so wuchtig, dass das Metall sich verbog. Mit herausgedrückter Brust stießen die Kelten zusammen wie zwei wilde Tiere im Brunftkampf. Sie prallten zurück, landeten sicheren Fußes und schlugen mit ihren verbogenen Klingen erneut nach Hals, Schenkel, Arm und Hüften des Gegners, so schnell, dass die Bewegung vor den Augen verschwamm. Sie parierten, wichen aus, sprangen, duckten sich, während die Schwerter bald aus dieser, bald aus jener Richtung durch die Luft zischten, abwärts, quer und von unten nach oben, immer von lauten Kampfschreien begleitet. Und dann spritzte das erste Blut auf schweißnasse Haut, doch wessen Blut es war, konnte Kassandros nicht ausmachen, und die Kämpfenden schien es nicht zu kümmern. Ihre blutverschmierten Klingen schnellten weiter durch die Luft.

Plötzlich gab es einen dumpfen, nassen Laut, und einer der Kämpfenden sah ungläubig, wie sein Arm mit dem Schwert in der Faust im Fackelschein durch die Luft flog – es war das Letzte, was er sah. Im nächsten Moment fiel der Kopf von den Schultern und schlug gleichzeitig mit den Knien des Mannes auf dem Boden auf. Blut sprudelte pulsierend aus seinen Wunden, da sein Herz noch ein paar letzte Schläge tat. Der Sieger schaute in die leeren, starren Augen hinunter und warf sein Schwert voller Abscheu von sich.

«Das, meine Herren», sagte Lysimachos, «ist echte Wut. Und wenn ihr meint, das war beeindruckend, so solltet ihr wissen: Ich habe dem Wachmann befohlen, den beiden zu sagen, dass der Sieger gepfählt wird, nicht etwa freigelassen, wie ihr sicher angenommen habt. Keiner von ihnen würde die Schande auf sich nehmen, sich einen leichten Tod zu verschaffen, um dem Pfahl zu entgehen. So denken sie. Nun stellt euch eine Völkerwanderung von Hunderttausenden solcher Männer vor, die über den Istros kommen, über den Pass durch das Haimosgebirge und dann nach Thrakien hinunter, von wo aus sie sich entweder nach Makedonien wenden oder über den Hellespont nach Anatolien gehen könnten. Stell dir das vor, Antigonos, und dann schlage mir noch einmal mein Ersuchen um Geld ab.»

Antigonos betrachtete den blutbesudelten Krieger, der reglos dastand – nur seine Brust hob und senkte sich schwer. «Du hast dein Anliegen anschaulich dargestellt, Lysimachos.»

«Sagt ihm, wenn er diesmal gewinnt, bleibt er am Leben», rief Demetrios, sprang in die Arena und zog seine Klinge. «Und gebt ihm ein neues Schwert.»

«Komm da raus, du junger Schwachkopf!», schrie Antigonos. «Was willst du beweisen?»

«Dass sie nicht unbesiegbar sind. Jetzt sag es ihm, Lysimachos.»

Lysimachos nickte dem thrakischen Wachmann zu, der dem Kelten etwas zurief. Der Mann schaute Demetrios an und lächelte verbissen. Er legte sein Schwert mit der Breitseite über sein Knie und bog es gerade. Das griechische Schwert, das man ihm als Ersatz hingeworfen hatte, stieß er mit dem Fuß beiseite. Er ließ die Schultern kreisen und führte probeweise ein paar Schläge nach rechts und links.

Heute muss mein Glückstag sein. Kassandros beugte sich vor, um besser sehen zu können. *Wie ich die Arroganz der Jugend liebe.*

Demetrios stand geduckt, sein Schwert in der rechten Hand, die linke mit der Handfläche nach unten ausgestreckt, um sich auszubalancieren. Er verlagerte sein Gewicht ständig von einem Fuß auf den anderen.

Der Kelte hörte auf, mit seinem Schwert zu schlagen, und zog sich an den Rand der Arena zurück, sodass er Demetrios direkt gegenüberstand. Er straffte die Schultern, legte den Kopf in den Nacken und schrie noch einmal himmelwärts. Demetrios rannte blitzschnell quer durch die Arena auf ihn zu und rammte dem nichtsahnenden Kelten seine Klinge von unten in die Kehle, gerade als der Schrei den Höhepunkt erreichte. Der Laut erstarb, da die Kehle sich mit Blut füllte. Der Kopf des Mannes fiel nach vorn, und er starrte seinen Mörder entgeistert an. Für einen Moment ragte der Kelte noch hoch über Demetrios auf, dann schwankte er und brach in die Knie.

Demetrios zog sein Schwert heraus, der Mann kippte vornüber und war tot. «Wenn sie wirklich kommen, Lysimachos, dann müssen wir eben eine Möglichkeit finden, sie zu schlagen. Aber ich stimme dir zu: Besser wäre es, wenn sie nicht kämen. Du solltest dein Geld bekommen.»

Von nun an wird dieser eitle Pinsel unerträglich sein. Selbst Lysimachos scheint beeindruckt. Kassandros wandte sich zum Gehen.

«Wo willst du hin?», rief Antigonos ihm nach. «Wir haben noch nicht gegessen, und du bist mein Gast.»

Seufzend ging Kassandros in das Zelt und nahm seinen Platz ein. Er saß aufrecht auf der Liege, während um ihn herum alle lagen.

«Wie stehen die Dinge im Süden und Osten?», erkundigte sich Lysimachos, nachdem die Kampftüchtigkeit und Furchtlosigkeit der Kelten sowie Demetrios' geschicktes Vorgehen dagegen zur Genüge erörtert worden waren.

«Seleukos hat sich in Babylon eingerichtet», erwiderte Antigonos, brach ein Stück Brot ab und wischte seinen Holzteller damit ab. «Anscheinend stellt er in aller Stille eine Armee auf, ich weiß allerdings nicht, wo er sie einzusetzen beabsichtigt.»

«Da Antigenes und seine Silberschilde wieder in Kilikien sind, vermute ich, er hat ein Auge auf die Susiana geworfen.»

«Möglich. Aber wie würden Peithon in Medien und Peukestas in der Persis das aufnehmen? Es könnte dazu führen, dass die beiden gemeinsame Sache gegen ihn machen.»

«Das könnte sein.»

«Und was würde Ptolemaios davon halten?»

«Ach, Ptolemaios wird es nicht kümmern, was draußen im Osten geschieht. Er zieht sich anscheinend wieder nach Ägypten zurück, nachdem er in allen größeren Städten Garnisonen stationiert hat: Damaskos, Tripolis, Tyros, Berytos. Vorerst werde ich sie nicht weiter beachten. Ich lasse ihm Zeit, sich bequem einzurichten, ehe ich gegen ihn vorgehe. Wer weiß, vielleicht nimmt Seleukos mir einen Teil der Arbeit ab, indem er versucht, sein Territorium nach Westen auszudehnen. Ich bezweifle allerdings, dass mir so viel Glück vergönnt ist.»

Lysimachos betrachtete stirnrunzelnd ein Stück Hartkäse. «Was gibt dir das Recht, gegen ihn vorzugehen?»

«Antipatros hat mich zum Oberkommandierenden von ganz Asien gemacht.»

«Er ist tot. Solltest du dir deine Ernennung nicht lieber von Polyperchon bestätigen lassen?»

Antigonos winkte ab. «Polyperchon wird sich nicht mehr lange halten.»

«Du scheinst dir dessen bemerkenswert sicher zu sein – wie kommt das?»

«Nun, Arrhidaios ist in Kios völlig abgeschnitten, also braucht man die Sache nur auszusitzen. In der Zwischenzeit kann ich ebenso gut etwas Nützliches tun, erst recht, da Polyperchon die Freiheit für alle griechischen Stadtstaaten erklärt hat. Sie werden die Oligarchen zum Tode verurteilen und wieder demokratische Regierungen einrichten, und die werden sich darum reißen, ihn zu unterstützen.» Er nahm seinen Becher und hielt ihn Kassandros entgegen. «Heute ist dein Glückstag, Kassandros, ich habe momentan mehr Truppen und Schiffe, als ich brauche. Führe sie nach Athen, um die Armee zu schlagen, die Polyperchon gegen dich ausschickt, und mache diesen Demokratien den Garaus, ehe sie wieder Fuß fassen.» Er trank einen tiefen Zug, rülpste und leerte seinen Becher dann vollends. «Du bist mir etwas schuldig, Kassandros.»

Das mag sein, aber es heißt noch nicht, dass ich die Schuld auch begleichen muss.

Kassandros lächelte Antigonos an und hob ebenfalls seinen Becher. «Es soll dein Schaden nicht sein.»

«Das will ich hoffen. Sorge dafür, dass nur einer Schaden davonträgt, nämlich Polyperchon.»

POLYPERCHON
DER GRAUE

Polyperchon seufzte tief, während er den Brief seines Sohnes noch einmal las.

Bei meiner Ankunft in Athen erfuhr ich, dass Nikanor von Sindos Söldner für die Garnison auf dem Munychia angeworben, mit seiner vergrößerten Truppe den gesamten Hafen von Piräus unter seine Kontrolle gebracht und die Einfahrt versperrt hat. Er lässt keines unserer Schiffe hinein und auch die Athener Getreideflotte nicht. Seine Position ist ziemlich sicher, wenn auch nicht völlig unangreifbar. Noch wäre es möglich, ihn zu schlagen, wenn wir rasch eine deutlich überlegene Streitmacht gegen ihn führten. Olympias hat ihm eine Botschaft geschickt und im Namen ihres Enkels, König Alexanders, verlangt, dass er die Garnison auflöst, doch er weigert sich. Ich kann nur vermuten, dass er jederzeit mit Kassandros rechnet. Der könnte schneller eintreffen, als wir glaubten, denn Gerüchten zufolge sind Antigonos und Eumenes zu einer Einigung gelangt, und die Belagerung von Nora wurde aufgehoben, sodass nun mehr Soldaten zur Verfügung stehen.

Er hielt inne, um über Olympias' Forderung nachzudenken.

Sie hat es nicht eilig, auf mein Angebot einzugehen. Aber ihr Brief an Nikanor beweist immerhin, dass sie – auch wenn sie nicht klar auf meiner Seite steht – jedenfalls entschieden gegen Kassandros ist. Und dieser jugendliche Stachel in meinem Fleisch ahnt zum Glück nichts von meinen Annäherungsversuchen gegenüber Olympias.

Er warf einen raschen Blick an Kleitos vorbei zu Adea, die am anderen Ende des Ratstisches saß, vor ihrem Mann auf seinem Thron.

Was Antigonos und Eumenes betrifft, so ist mir das Gerücht ebenfalls zu Ohren gekommen, also stimmt es sehr wahrscheinlich. Damit muss Antigonos nur noch Arrhidaios in Anatolien schlagen, und wohin wird er dann seinen Blick richten – nach Süden oder nach Westen?

Mit einem noch schwereren Seufzer richtete er seine Aufmerksamkeit wieder auf den Brief.

Ich habe die Kontrolle über die Stadt übernommen, ebenso wie über die langen Mauern, die sie mit Piräus verbinden. Trotz der Bitten Phokions und der anderen Oligarchen habe ich Hagnonides, den Anführer der demokratischen Fraktion, aus dem Exil zurückgeholt, und mit jedem Tag kehren mehr Demokraten heim. Bald werden sie in der Volksversammlung die Mehrheit ausmachen. Das trifft allerdings nicht auf alle griechischen Städte zu – in manchen, namentlich in Megalopolis, gibt es erbitterten Widerstand gegen deinen Erlass.

Ich verfüge nicht über die Mittel, es mit Nikanor aufzunehmen, die Kontrolle über Athen zu behalten und zudem den Freiheitserlass in den Oligarchien durchzusetzen, die sich dagegen sträuben. Daher möchte ich dich bitten, Vater, selbst mit Verstärkungstruppen in den Süden zu kommen. Ich schicke Klei-

tos mit diesem Brief zu dir, damit er dir etwaige Fragen beantworten kann.

Polyperchon wandte sich an Kleitos, der mittig an der Breitseite des Tisches saß. «Könnte man mit Verstärkungstruppen etwas ausrichten?»

«Ja», erwiderte Kleitos und legte die riesige Muschel ab, die er bewundert hatte. «Mit einer hinreichend großen Streitmacht könnte man Piräus von den langen Mauern aus erstürmen, und Megalopolis würde sich ergeben, wenn man es belagert. Aber um das alles zu leisten, bräuchte man mehr Männer, vielleicht auch Kampfelefanten.»

«Und wenn diese beiden Dinge erreicht wären, dann hätte Kassandros, falls er kommen sollte, keinen Zugang zu Athen oder potenziellen Verbündeten, und die letzten paar Oligarchien würden fallen, sodass ich die Kontrolle über ganz Griechenland hätte.»

«So ist es.»

«Aber du würdest Makedonien ungeschützt zurücklassen, sodass Antigonos es angreifen könnte», gab Adea zu bedenken.

Kleitos unterdrückte seinen Ärger. «Angenommen, Nikanor hält Piräus für Kassandros bis zu dessen Ankunft besetzt – und ich denke, davon ist auszugehen –, dann kommt Kassandros offensichtlich auf dem Seeweg, was bedeutet, dass er Schiffe von Antigonos bekommen muss. Nun wird unser einäugiger Freund nicht so töricht sein, ihm die gesamte Flotte zu überlassen, also muss er seine Streitmacht aufteilen.» Kleitos hielt inne und richtete den Blick auf Polyperchon, um zu sehen, ob dieser seinem Gedankengang folgte.

Was er offensichtlich tat. «Das macht zwei schwächere halbe Flotten.»

«Ganz genau.»

«Von denen jede doppelt so leicht zu schlagen ist.»

Kleitos zuckte die Achseln. «Das wollen wir hoffen. Ich schlage vor, du marschierst mit Verstärkungstruppen nach Süden und besetzt Piräus. In der Zwischenzeit führe ich meine Flotte zur Propontis. Auf dem Weg dorthin müsste ich Kassandros begegnen, und ich sollte in der Lage sein, mit ihm fertigzuwerden. Anschließend schlage ich Antigonos, sodass er nicht nach Europa herüberkommen kann.»

«Und dann entsetzt du Arrhidaios in Kios von der Belagerung, sodass wir einen Verbündeten in Asien haben.» Polyperchon lächelte, und es kam ihm vor, als sei es das erste Mal, seit er den verfluchten Ring empfangen hatte. «Es könnte perfekt sein.» Er hielt inne, dann schlug er sich mit der flachen Hand vor die Stirn. «Götter! Es *ist* perfekt. Ich brauche nur einen einzigen Brief zu schreiben, und schon haben wir noch einen Verbündeten in Asien.»

«An wen willst du schreiben?», fragte Adea argwöhnisch.

«An Eumenes.»

«Eumenes? Aber wenn die Gerüchte wahr sind, hat er jüngst einen Eid auf Antigonos geschworen.»

Also hat selbst sie schon davon gehört – dann muss es gewiss wahr sein.

«Ich habe auch eine Version dieses Gerüchtes gehört: Anscheinend hat er die Könige und Olympias in den Eid eingeschlossen. Deshalb wird er mein Angebot nicht ablehnen, und dadurch wird Antigonos in Asien ein so großes Problem haben, dass er gar keine Zeit mehr hätte, nach Europa herüberzukommen, selbst wenn er das ursprünglich beabsichtigt haben sollte.»

«Was willst du Eumenes denn anbieten?»

Es ist besser, wenn ich es ihr sage, damit sie nicht denkt, ich verheimliche etwas.

Polyperchon hob die Hand mit dem Ring und betrachtete

ihn wohlgefällig. «Als Regent werde ich ihm Antigonos' Titel des *Strategos*, des militärischen Oberkommandierenden Asiens anbieten und ihn zum Vormund der beiden Könige machen. Ich werde versprechen, sie zu einem nicht näher benannten Zeitpunkt in der Zukunft zu ihm zu bringen. Außerdem werde ich ihn autorisieren, fünfhundert Talente aus der Schatzkammer von Kyinda zu entnehmen, und Antigenes und die Silberschilde seinem Kommando unterstellen.»

Kleitos grinste über den raffinierten Plan. «Das ist ein weitreichendes Angebot. Auf diese Weise wird Antigonos zum Rebellen, und er und Eumenes werden sich zwangsläufig wieder entzweien, nachdem sie sich eben erst angefreundet haben – welch ein Jammer.»

«Ja, sie werden vielleicht auf Jahre hinaus damit beschäftigt sein, sich gegenseitig zu bekriegen. Fahre doch erst noch hinüber nach Ephesos, bevor du nach Athen zurückkehrst, und setze den Boten dort ab – je eher wir Eumenes auf unsere Seite ziehen können, umso besser.»

«Ich bleibe noch zwei Tage, dann nehme ich meine Flotte – bis auf ein paar Schiffe, die ich zurücklasse, um ein Auge auf Nikanor von Sindos in Piräus zu halten – und mache mich auf den Weg zur Propontis.»

«Mit etwas Glück wirst du bei deiner Ankunft schon erfahren, dass Eumenes und Antigonos erneut im Krieg liegen – mit dem Unterschied, dass Eumenes diesmal auch für mich, den Regenten, und die beiden Könige streitet. Auf diese Weise ist er voll und ganz legitimiert und somit im Recht. Das wird unserem einäugigen Freund zu denken geben, während er zuschaut, wie seine Schiffe versenkt werden.»

«Dann sollten wir keinen Augenblick verlieren», sagte Kleitos. Er stemmte sich mit seinem Dreizack hoch und nahm seine Muschel.

«Allerdings nicht. Ich breche morgen auf, mit leichtem Gepäck, um schnell voranzukommen.»

Polyperchon stieß die Faust in die Luft. Ein Hornsignal ertönte und setzte sich durch die Kolonne aus dreitausend Reitern, zehntausend Fußsoldaten und zweiundzwanzig Kampfelefanten fort. Das zivile Gefolge kam nicht mit auf diesen Gewaltmarsch, und der Gepäcktross würde in gemächlicherem Tempo nachfolgen.

Die Vorhut aus zweihundert leichten Reitern, Thessalern mit breitkrempigen ledernen Sonnenhüten, ritt in leichtem Galopp voraus, sobald die Kolonne sich in Marsch setzte. Bald erreichten die Männer ein Marschtempo, in dem sie zehn Parasangen an einem Tag zurücklegen konnten – kräftezehrend und kaum zu bewältigen für Fußsoldaten, die nicht Teil von Alexanders Armee gewesen waren, denn Schnelligkeit war eine der wichtigsten Waffen des großen Feldherrn gewesen.

Polyperchon warf einen Seitenblick auf König Philipp, der grinsend und sabbernd zwischen ihm und Adea ritt und sich bewundernd nach seiner Armee umschaute – so hatte er sie genannt, als er am Morgen ihren Gruß entgegengenommen hatte.

Und technisch gesehen ist sie es wohl. Aber was er mit ihr anfangen würde, wenn er selbst das Kommando innehätte, das wissen die Götter allein, und die lachen wahrscheinlich jetzt noch darüber.

Adea ritt schweigend und mit versteinerter Miene. Sie hatte ihren Wunsch nicht durchsetzen können, in Pella zurückzubleiben wie Roxane mit ihrem Sohn.

«Die königliche Armee muss wenigstens einen König bei sich haben», hatte Polyperchon erklärt, als Adea beklagt hatte, Roxane werde die Zeit nutzen und sich um gefährliche Freunde bemühen.

«Die königliche Armee sollte beide Könige bei sich haben», hatte sie entgegnet.

«Das sollte sie in der Tat», hatte er eingeräumt, «aber der andere König ist fünf Jahre alt und müsste in einem Wagen reisen, ebenso wie seine Mutter, wenn auch aus anderen Gründen. Und wir marschieren so schnell, dass wir – selbst wenn wir morgens mit zwei Königen aufbrächen – einen schon nach weniger als einer halben Wegstunde abgehängt hätten.» Wenn nur der andere nicht vom Pferd stürzt und in einem Graben landet, hatte er in Gedanken hinzugefügt. Dieser Logik hatte Adea nichts entgegenzusetzen, und so musste sie sich widerstrebend fügen.

Roxane hatte sich – wenig überraschend – nur zu gern einverstanden erklärt zurückzubleiben. Doch das war Teil von Polyperchons Plan: Er hoffte, wenn Olympias Wind davon bekäme, dass ihr Enkel mit niemand anderem als seiner Mutter in Pella war, könnte sie in Versuchung geraten, auf seine Einladung zurückzukommen.

Und wenn alles wunschgemäß verläuft, bin ich dann nach Süden, Osten und Westen hin abgesichert und brauche mir nur noch um die wilden Stämme in den Bergen im Norden Gedanken zu machen, wie es von jeher war. Mit etwas Glück wird die jugendliche Harpyie eines von Olympias' ersten Opfern.

Daher war Polyperchon bei seinem Aufbruch nach Athen außergewöhnlich zuversichtlich gestimmt. Diese Stimmung hielt die ersten vier Tage des Marsches an, bis die Kolonne Pharygai an der Küste unweit von Lamia in Ätolien erreichte. Dort kam ihm die Delegation der Athener Oligarchen entgegen, angeführt von Phokion. Dieser verlangte, dass Polyperchon sich ihren Standpunkt anhörte, und damit war es um seine Gelassenheit geschehen.

«Und Hagnonides, der Anführer der demokratischen Fraktion, ist auch soeben eingetroffen», teilte der Befehlshaber der Wache ihm mit, als Polyperchon sich gerade den Staub des Tages abwusch, um anschließend Phokion zu empfangen.

«Ach, tatsächlich? Werden die Griechen denn nicht müde, Diskussionen anzufangen, anstatt einfach zu tun, was man ihnen sagt? Nun, eigentlich ist es doch ganz praktisch so – ich werde beide zusammen empfangen.» Er trocknete sich Kopf und Hals ab und warf einem bereitstehenden Sklaven das Tuch zu. «Und sie sollten sich beeilen. Lasse den König holen, er kann der Anhörung vorsitzen. Ich mache das Ganze zu einer Gerichtsverhandlung.»

Philipp grinste und warf sich in die Brust, als alle Anwesenden aufstanden, während er seinen Platz einnahm. Der Thron stand auf einem Podium am Kopfende des Gerichtes unter freiem Himmel. Nachdem Philipp sich niedergelassen hatte, zu beiden Seiten von Leibwächtern flankiert und mit seiner Elefantenfigur in der Hand, winkte er seiner Frau zu, die neben Polyperchon Platz nahm. Er zeigte auf sich, um sicherzugehen, dass sie ihn gesehen hatte. «Ich spiele König!»

Adea bedachte ihn mit einem so tadelnden Blick, dass er sich wimmernd auf seinem Thron duckte, die Schultern hochzog und den Kopf senkte.

Polyperchon schaute die beiden Delegationen an, die auf ihre Anhörung warteten, und bedeutete ihnen vorzutreten.

«Herr Regent», redete Phokion ihn im Näherkommen an. Er war nunmehr in seinem vierundachtzigsten Jahr, und sein Bart war ebenso schneeweiß wie das schüttere Haupthaar. Er ging gebeugt und stützte sich auf einen Stock, seine Stimme jedoch war noch immer kraftvoll. «Ich möchte um dein Einverständnis ersuchen, dass einer für mich spricht, der weitaus beredter ist. Wir wären früher hier eingetroffen, wäre er nicht unterwegs erkrankt, doch mir war so dringend daran gelegen, unser Gesuch durch ihn vortragen zu lassen, dass wir unsere Reise unterbrachen, bis er sich zur Gänze erholt hatte.»

Die Götter mögen mich vor den langatmigen Reden der Griechen bewahren. Polyperchon knurrte. «Wer?»

«Es wäre eine grobe Unterlassung, wenn ich nicht zunächst seine Fähigkeiten rühmte, sowohl als Redner als auch –»

«Nenne mir einfach seinen Namen!» *Götter, diese Griechen – wie gern sie sich selbst reden hören.*

«Deinarchos von Korinth.» Phokion machte Platz für den Redner, der nun mit ernster Miene vor Polyperchon hintrat, eine Schriftrolle in der Hand.

Polyperchon wandte sich verblüfft an Phokion. «Du, ein guter Freund von Antipatros, bringst mir Deinarchos, einen anderen guten Freund von Antipatros, damit er für dich spricht? Du, der du mit Nikanor von Sindos gemeinsame Sache gemacht hast. Du, der du es gewiss nicht erwarten kannst, dass Kassandros nach Athen kommt, da er deine Sache unterstützen wird, bringst mir diesen Mann, diesen Verräter, damit er sich bei mir für dich einsetzt?»

«Ich bin kein Verräter an Makedonien», erklärte Deinarchos entschieden. «Ich war stets ein großer Unterstützer Makedoniens. Ich habe Anklage gegen Demades erhoben und dafür gesorgt, dass er verurteilt wurde.»

«Du warst stets ein großer Unterstützer von Antipatros, nicht von Makedonien. Wärest du das, so hättest du erkannt, dass Makedonien nicht Kassandros ist, Antipatros' Sohn. Und Makedonien unterstützt auch nicht die Athener Oligarchie.» Er wandte sich an den Befehlshaber der Wache. «Schafft ihn fort und findet heraus, was er über die Pläne von Kassandros und Nikanor von Sindos weiß, und dann richtet ihn hin.»

«Das kannst du nicht tun!», rief Deinarchos laut, als kräftige Soldaten ihn packten.

«Ich kann es, und ich tue es.»

«Aber ich kam in gutem Glauben her, das musst du doch sehen.»

«Ich sehe nichts als einen Unterstützer meines Feindes, der gekommen ist, um sich für einen anderen alten Freund von Antipatros einzusetzen. Und dieser will in Wahrheit nur, dass ich meinen Erlass bezüglich der Freiheit der Griechen zurückziehe, damit er und seine Kameraden an der Macht bleiben und Kassandros gegen mich unterstützen können. So etwas lasse ich nicht durchgehen! Schafft ihn fort!» Die Wachen zerrten den widerstrebenden Deinarchos davon. Indessen sinnierte Polyperchon darüber, wie gerecht es war, kurzen Prozess mit einem Mann zu machen, der seinen Lebensunterhalt damit verdient hatte, mehr Unschuldige als Schuldige gerichtlich zu verfolgen, und der dafür aus der makedonischen Staatskasse reichlich bezahlt worden war.

Im Gericht brach Geschrei los, da die beiden Delegationen ihre Ansichten zu dieser Entscheidung äußerten, eine dafür, die andere dagegen. Hagnonides, der Anführer der demokratischen Fraktion – ein Mann mit einem Gesicht wie eine Ratte und einem hageren, schlaffen Körper –, zeigte mit dem Finger auf den Unglücklichen und lachte schallend. «Das ist für all die unschuldigen Männer, die du in den Tod oder ins Exil geschickt hast!»

Polyperchon saß mit geschlossenen Augen da und rang um Fassung, was ihm umso schwerer fiel, je lauter der Tumult wurde. *Diese Leute sind mir unerträglich.* «Werdet ihr wohl still sein!», brach es schließlich so heftig aus ihm hervor, dass alle verstummten. «Ruhe, sage ich. Ruhe!» Er atmete ein paarmal tief durch, dann richtete er den Blick auf Phokion. «Du willst, dass ich meinen Freiheitserlass zurückziehe, damit die rund siebzehntausend griechischen Bürger, die Antipatros nach Thrakien verbannt hat, nicht zurückkehren und die neuntausend Bürger, deren Vermögen sich auf mehr als zweitausend Drachmen beläuft, an der Macht bleiben können. Ist es nicht so?»

«Herr Regent, diese Frage lässt sich nicht einfach mit ja oder nein beantworten. Zunächst müssen wir betrachten –»

«Nein, Phokion, das müssen wir nicht. Beantworte einfach nur die Frage: ja oder nein?»

«Aber das hieße, das eigentliche Wesen der Frage zu verkennen, nicht auf den Kern der –»

«Ja oder nein!»

«Aber eine solche Antwort –»

«Ja oder nein!»

«Im Grunde wäre die Antwort ein zurückhaltendes Ja, aber –»

«Kein Aber. Ich habe meine Antwort. Hagnonides, aus welchem Grunde bist du hier?»

«Um dir, Polyperchon, dafür zu danken, dass du unsere Rechte als Bürger Athens wiederhergestellt hast und uns hilfst, diese Oligarchen» – er spie das Wort förmlich aus – «der Gerechtigkeit zuzuführen. Wir waren Makedonien immer treu und werden es immer sein, und wir werden diese Männer in der Volksversammlung bestrafen, in der wahren demokratischen Volksversammlung Athens. Schicke sie in Tierkäfigen zurück in die Stadt, und wir werden für alles Weitere sorgen.»

Polyperchon wollte gerade etwas erwidern, da ließ schallendes Gelächter ihn verstummen. Alle Blicke richteten sich auf den König, der auf seinem Thron haltlos lachte. Er hatte die Knie angezogen, hielt sich mit beiden Händen die Seiten und gebärdete sich ganz und gar unköniglich.

«Philipp!», rief Adea und erhob sich. «Philipp, benimm dich.»

Du dummes Mädchen. So etwas sagt man nicht in der Öffentlichkeit zum König von Makedonien, mag er auch ein Schwachkopf sein.

Philipp schaute seine Frau an und versuchte, seine Heiterkeit zu zügeln. Tränen liefen ihm über das Gesicht.

«Philipp, Schluss damit.» Adea beugte sich hinüber und flüsterte ihm etwas ins Ohr.

Philipps Lachen verstummte abrupt. Er schaute sich argwöhnisch um. «Der Fährmann? Wo?»

Wieder flüsterte Adea ihm etwas zu.

Philipp nickte langsam und verständig. «Ja, ich bin König. Aber es war so komisch: Der Mann ist gekommen, um für den Mann dort zu sprechen» – er zeigte auf Phokion –, «aber stattdessen haben sie ihn fortgebracht, um ihn tot zu machen.»

«Ja, Philipp, aber das ist schon eine Weile her. Du musst dich auf das konzentrieren, was jetzt gerade geschieht.» Sie streichelte seine Wange. Er blickte zu ihr auf und sabberte.

Betretenes Schweigen lag über dem Gericht, während alle taten, als sei es völlig normal, wenn der König von Makedonien und seine Gemahlin so miteinander umgingen.

Als Adea wieder Platz nahm, brach Phokion das Schweigen. «Darf ich zu meiner Verteidigung sprechen, Herr Regent?»

«Nein, ich habe genug von euch redseligen Griechen.» Polyperchon stand auf und wandte sich zum Gehen.

«Herr Regent!», rief ein Mitglied von Phokions Delegation, eilte nach vorn und hielt Polyperchon an der Schulter zurück. «Denke doch daran, was Phokion alles für Makedonien getan hat; was wir alles für Makedonien getan haben, indem wir für Frieden unter unseren griechischen Landsleuten sorgten. Wir sind mit gutem Beispiel vorangegangen, indem wir unsere Abgaben zahlten und Männer für die Streitmacht stellten, nicht nur Fußsoldaten, sondern auch Ruderer. Wir waren stets loyal.»

Polyperchon riss sich von ihm los. «Hör auf, mich im Beisein des Königs zu belügen!»

Das war zu viel für Philipp. Er sprang von seinem Thron, entriss einer seiner Leibwachen den Speer und stürmte auf den Gesandten zu.

«Hegemon!», rief Phokion und zeigte auf die nahende Bedrohung.

Hegemon schaute sich um und konnte sich eben noch mit einem Sprung zur Seite vor der Speerspitze retten.

Polyperchon umklammerte den König mit beiden Armen und hielt ihn fest, während Hegemon sich eilends aus dem Staub machte. «Was tust du denn?»

Philipp schaute Polyperchon entrüstet an. «Er hat geschwindelt! Das hast du selbst gesagt. Man darf nicht schwindeln, das hat meine Frau mir beigebracht. Ich schwindele gar nicht mehr, nie mehr.»

«Schon, aber dafür muss man jemanden doch nicht gleich umbringen.»

«Ich spiele König, ich kann tun, was ich will.»

Polyperchon nahm Philipp den Speer aus den Händen und wandte sich an Adea. «Bringe ihn zurück in sein Zelt und versuche, ihm einzuschärfen, dass er sich auf dieser Reise anständig benehmen muss.»

«Und was ist mit uns?», wollte Phokion wissen.

«Ich lasse euch alle mit einem Schiff zurück nach Athen bringen, dann kann eure Volksversammlung über euch entscheiden, ehe ich eintreffe. Diese Angelegenheit geht Makedonien nichts an, wir mischen uns nicht in die Innenpolitik griechischer Staaten ein.» Mit dieser eklatanten Umdeutung der

Tatsachen verließ Polyperchon das Gericht, das sich in hellem Aufruhr befand.

Nur gut, dass ich dem Schwachsinnigen den Speer abgenommen habe. Selbst er hätte erkannt, dass das «geschwindelt» war.

Nachdem er die beiden Gesandtschaften auf dem Seeweg zurückgeschickt hatte, die eine in Ketten, die andere ohne, setzte Polyperchon seinen Marsch nach Süden fort. Zu seiner Erleichterung fand er Alexandros auf dem Ackerland außerhalb der Stadt vor, wo er sein Lager aufgeschlagen hatte. Damit ernährten sich nun insgesamt fünfundzwanzigtausend Mann auf Kosten Athens von dem, was das Land hergab.

«Sie haben bereits eine Abordnung geschickt und mich gebeten abzuziehen, Vater», berichtete Alexandros. Die beiden gingen zusammen durchs Lager, um sich den Männern zu zeigen, die gerade ihr Abendessen kochten. Sie grüßten einige und tauschten scherzhafte Bemerkungen mit alten Kameraden aus. «Sie argumentieren, die neue Regierung werde darunter zu leiden haben, wenn die Nahrung in der Stadt knapp wird, weil wir uns nehmen, was wir brauchen. Insbesondere machen sie sich Sorgen, weil sie Phokion hingerichtet haben. Sie haben ihn und fünf andere dazu verurteilt, den Schierlingsbecher zu trinken, nachdem diese Männer Athen so lange Jahre gedient hatten.»

«Nun, das ist ihre Schuld, sie hätten es ja nicht gleich so zu übertreiben brauchen. Verbannung hätte genügt, so hat er es schließlich seinerzeit auch gehalten: Er hat ihnen die Todesstrafe erspart, wann immer es möglich war, sie jedoch konnten sich nicht überwinden, dasselbe zu tun.»

«Und dann haben sie es auch noch verpatzt. Sie haben dem Giftmeister nicht genug Geld aus der staatlichen Kasse gegeben, um den Schierling zu kaufen. So entstand die peinliche Situation, dass am Ende der halb tote Phokion dem Giftmeister etwas von seinem eigenen Geld gab, damit er Schierling nachkaufen konnte. Das hat natürlich die Runde gemacht, und nun murrt die Bevölkerung in gewissen Stadtteilen gegen die Niedertracht von Hagnonides und seinen Anhängern.»

«So sind die Griechen nun einmal.» Polyperchon schaute zur Stadt hinüber. Die mächtigen, bunt bemalten Bauwerke auf der Akropolis hoch über der uralten Stadt leuchteten in der Abendsonne noch farbenprächtiger als sonst. «Dann sollten wir diese Angelegenheit so schnell wie möglich hinter uns bringen. Wenn wir erst Nikanor von Sindos aus Piräus vertrieben haben, kann ich den größten Teil der Armee hinüber nach Megalopolis führen, und die Athener können aufhören zu jammern.» Er erwiderte die Grüße einer Gruppe Veteranen, die er vom Sturm auf eine Festung in Baktrien wiedererkannte, erinnerte sich an ihre Namen und erkundigte sich, wie es ihnen ging, dann schlug er den Weg zurück zu seinem Zelt ein. «Wir brauchen einen Angriffsplan.»

«Ich habe bereits einen ausgearbeitet, Vater. Ich kann ihn dir unterbreiten, während wir zusammen gehen.»

«Ich denke, das dürfte ausgezeichnet funktionieren, Alexandros», sagte Polyperchon, als sie sich seinem Zelt näherten. «Hat Kleitos genug Schiffe dagelassen, um die Hafenmündung zu blockieren, damit niemand auf dem Seeweg entkommen kann?»

«Ja, Vater, zwölf werden wohl reichen.»

«Sehr schön. Kann bis morgen Abend alles vorbereitet sein?»

«Ich werde dafür sorgen.»

«Hat Olympias noch einmal an Nikanor von Sindos geschrieben?»

«Meines Wissens nicht. Ich muss gestehen, es hat mich überrascht, dass sie überhaupt Kontakt zu ihm aufgenommen hat.»

Polyperchon erwiderte den Gruß der Wachen und betrat sein Zelt. «Ich denke, sie wollte demonstrieren, dass sie auf meiner Seite steht – auch wenn sie das Angebot nicht angenommen hat, das ich ihr gemacht habe, nachdem du gen Süden aufgebrochen warst.»

«Was für ein Angebot?»

«Ja, was für ein Angebot?», echote eine weibliche Stimme.

Polyperchon schaute sich erschrocken um und sah Adea am Ratstisch sitzen. Der König hockte auf seinem Thron.

«Ich sitze hier und warte auf dich, damit wir gemeinsam über das weitere Vorgehen beraten können, und nun höre ich, dass du Olympias ein Angebot gemacht hast, ohne es mir gegenüber auch nur zu erwähnen. Was hat es damit auf sich?»

«Ach, das war nichts», wehrte Polyperchon ab, bemüht, seine Verlegenheit zu überspielen. «Ich habe ihr angeboten, sie könnte an der Grenze zwischen Makedonien und Epirus ihren Enkel treffen. Im Gegenzug sollte sie ihren Neffen daran hindern, die Situation auszunutzen, da ich mit der Armee nach Süden marschiert bin und nur fünftausend Soldaten in Makedonien zurückgelassen habe.»

Adea musterte ihn mit tiefem Argwohn. «Und das war alles?»

«Ja.»

Sie schaute ihn noch eine kleine Weile schweigend an, dann schien sie zu einer Entscheidung zu gelangen. Sie lächelte. «Nun, meine Herren, möchtet ihr vielleicht den König über den Stand der Dinge in Kenntnis setzen?»

Nachdem der Regent seinen Bericht an den unaufmerksamen König beendet und Adea ihren Mann an der Hand aus dem Zelt geführt hatte, wandte Polyperchon sich an Alexandros. «Nun?»

«Nun was?»

«Meinst du, sie hat mir geglaubt?»

«Möglich, es klang ganz plausibel. Aber was hast du Olympias denn wirklich angeboten?»

Nachdem sein Vater ihm die Wahrheit anvertraut hatte, stieß Alexandros einen Pfiff aus. «Das ist das Todesurteil für das Mädchen.»

«Ich weiß. Wir müssen sie scharf im Auge behalten für den Fall, dass sie etwas argwöhnt.»

Rufe von draußen machten der Unterredung ein Ende, und gleich darauf kam der Befehlshaber der Wache ins Zelt gestürmt. «Komm schnell, Herr!»

Polyperchon und Alexandros eilten hinaus und schauten in die Richtung, in die der Mann zeigte.

Polyperchon wurde mulmig. «Götter der Höhe und Tiefe, Kleitos hat sie verpasst, und wir sind zu spät.» Dort am Horizont waren im letzten Schein der untergehenden Sonne Segel zu sehen, viele Dutzend Segel. Kassandros war nach Athen gekommen, und sie konnten ihn nicht mehr aufhalten. Polyperchon wandte sich ab – er hatte genug gesehen. «Wir schicken morgen früh Unterhändler zu ihm. Vielleicht können wir noch verhindern, dass es wirklich zum Krieg kommt.»

Doch der Morgen brachte für Polyperchon keine neue Hoffnung, im Gegenteil. Alexandros kam eiligen Schrittes in sein Zelt. «Adea!»

«Was ist mit ihr?», fragte Polyperchon, der gerade einen Bissen in Olivenöl getunktes Brot aß.

«Sie ist fort. Und der König ist ebenfalls verschwunden.»

«Wohin?» Polyperchon sprang auf.

Alexandros zuckte die Schultern, doch Polyperchon beschlich das grässliche Gefühl, dass er die Antwort kannte. Er verließ sein Zelt, um selbst zu sehen, wie die Dinge standen.

Als er nach Piräus hinüberschaute, fand er seine Befürchtungen bestätigt: Die Flotte segelte eben davon.

«Zieht Kassandros ab, Vater?»

Polyperchon schüttelte den Kopf. «Nein, mein Sohn. Kassandros bleibt, zusammen mit der Armee, die auf diesen Schiffen gekommen ist. Die Flotte fährt in Richtung der Propontis. Adea war in all unsere Pläne eingeweiht. Sie ist mit dem König zu Kassandros übergelaufen und hat ihm von Kleitos erzählt. Kassandros hat seine Flotte ausgeschickt, um gemeinsam mit Antigonos Kleitos in die Zange zu nehmen und ihn zu vernichten.»

ANTIGONOS
DER EINÄUGIGE

Als ich davon hörte, Leonidas, war ich sprachlos.» Antigonos' eines Auge sah durchdringend zu seinem Untergebenen auf, der jüngst in seinem Lager in Chalkedon am Bosporos eingetroffen war. «Sprachlos in dem Sinne, dass ich vor Wut nur noch unartikuliert brüllen konnte und nicht mehr zu verständlicher Rede in der Lage war. Vermittelt dir das eine Vorstellung davon, wie zornig ich über dein Handeln war und noch immer bin?»

Leonidas hielt dem finsteren Blick seines Befehlshabers trotzig stand. «Du hast mich ermächtigt, mit ihm zu verhandeln, und das war Teil der Verhandlungen. Außerdem erschien es mir und allen meinen Offizieren vernünftig, dass er auch den Königen die Treue schwor. Schulden nicht wir alle ihnen Treue, ihnen und auch Olympias als Alexanders Mutter?»

«Von wegen!» Antigonos schlug mit der Faust auf den Tisch. «Bei meinem breiten, pockennarbigen Arsch, du schuldest mir Treue und mir allein!»

Leonidas fuhr erschrocken zurück. «Und du bist doch gewiss den Königen treu – nicht wahr?»

Antigonos sammelte sich. *Ich kann das nicht öffentlich ver-*

neinen, ohne zu riskieren, dass meine Untergebenen sich von mir abwenden.

«Die Könige sind in Europa, nicht mehr in Asien. Ich bin der Oberkommandierende Asiens, folglich schulden alle in Asien mir Treue, und Eumenes ist in Asien. Aber du» – Antigonos zeigte mit zitterndem Finger auf Leonidas – «du hast ihm eine Möglichkeit gegeben, sich seiner Eidespflicht zu entziehen, denn nun kann er sich darauf berufen, dass seine Treue zu den Königen einen höheren Stellenwert hat als sein Eid auf mich, und er wäre im Recht!» Während er die letzten Worte hinausschrie, stand er halb auf, dann ließ er sich schwer atmend in seinen Stuhl zurückfallen. «Der listige kleine Grieche hat also nicht nur seinen Posten als Satrap von Kappadokien wieder und stellt eine neue Streitmacht auf, sondern er kann diese Streitmacht künftig gegen jeden ins Feld führen, den die Könige oder die Zauberin Olympias für ihren Feind erachten. Und als solcher könnte ich durchaus gelten, immerhin habe ich kürzlich erst Kassandros die benötigten Schiffe und Soldaten zur Verfügung gestellt, um Polyperchon zu bedrohen, der – wie du dich erinnern wirst – offiziell, ob nun zu Recht oder nicht, der Regent und Träger des Ringes von Makedonien ist. Aufgrund deiner Torheit muss ich den Kampf gegen Eumenes noch einmal von vorn beginnen.»

«Es sei denn, er hält sich an seinen Eid auf dich.»

Antigonos fiel die Kinnlade herunter, und er starrte Leonidas einen Moment lang ungläubig an. «Wenn er das vorgehabt hätte, dann hätte er den Eid nicht abgeändert», brachte er schließlich mit erstickter Stimme heraus. «Und jetzt verschwinde, ehe ich meinen Männern befehle, dir die Eier abzureißen und sie dir in den Arsch zu stopfen, damit du sie morgen früh wieder ausscheißt.»

Leonidas verzog bei dieser Vorstellung das Gesicht, grüßte hastig und verließ das Zelt.

Antigonos stürzte einen ganzen Becher Wein hinunter, schenkte sich nach und wandte sich dann an Demetrios und Philotas, die im Halbdunkel saßen. «Hätte er mir nicht unlängst so gute Dienste geleistet, dann hätte ich ebendas getan.»

«Ich täte es dennoch», bemerkte Philotas.

Demetrios blickte seinen Vater besorgt an. «Was wirst du jetzt unternehmen?»

«Was bleibt mir schon anderes zu tun, als eine starke Truppe nach Kappadokien zu schicken, um den kleinen Griechen abermals gefangen zu nehmen? Dann stelle ich ihn vor die Wahl, einen neuen Eid zu schwören, diesmal allein auf mich, oder dieselbe Behandlung zu erfahren, die Leonidas eben noch erspart geblieben ist. Ich werde Menandros damit beauftragen – ich muss ihm zeigen, dass ich Vertrauen in ihn setze, sonst wird er sich nach Europa absetzen oder nach Süden zu Ptolemaios oder Seleukos, um ihnen seine Dienste anzubieten. Fünftausend Mann sollten genügen, die Hälfte Kavallerie und die andere Hälfte unberittene Plänkler, Söldnerpeltasten, Thraker sowie Bogenschützen und Schleuderer.» Er richtete den Blick auf seinen Sohn. «Triff die nötigen Vorkehrungen, Demetrios. Sie sollen morgen früh mit leichtem Gepäck aufbrechen. Ich will, dass sie Kappadokien erreichen, ohne dass die Kunde von ihrem Anmarsch ihnen vorauseilt. Schnelligkeit ist entscheidend. Geh schon, und sage Menandros, er soll sich bei mir melden.»

«Ja, Vater.» Demetrios stand auf und wandte sich zum Gehen.

«Und achte darauf, dass unter den Jungs keiner ist, der jemals unter Eumenes gedient hat», rief Antigonos seinem Sohn nach. «Dieser Mann besitzt eine eigentümliche Gabe, die Männer an sich zu binden.»

«Du etwa nicht, alter Freund?», fragte Philotas.

«Ach, die Jungs folgen mir schon, aber ich bin ja auch Makedone und war schon Soldat, seit ich meinen ersten Keiler erlegte, also verstehen wir uns eben, meine Männer und ich. Eumenes hingegen ist Grieche und ein ehemaliger Sekretär, und so jemanden nehmen die Jungs normalerweise nicht ernster als einen Lustknaben. Dennoch kann er sich der Treue der Makedonen, die unter ihm dienen, sicher sein, das ist nicht zu leugnen. Es ist für mich schwer zu begreifen, aber ich muss es stets berücksichtigen.»

«Du wolltest mich sprechen, Herr», sagte Menandros, als der Wachmann ihm die Zeltklappe aufhielt.

«Ja, komm her und setz dich. Ich habe einen Auftrag für dich.»

«Ich werde mein Bestes tun», sagte Menandros, nachdem er erfahren hatte, worin seine Mission bestand.

«Davon bin ich überzeugt. Und wenn du ihn zu fassen bekommst, lass dich nicht von seinen honigsüßen Worten beeindrucken. Er kann sehr überzeugend sein.»

«Ich kenne unseren listigen kleinen Griechen nur allzu gut.»

«Vater!» Demetrios stürzte herein.

«Was gibt es?»

«Vater, wir werden in Kios angegriffen.»

«Unsere dortigen Belagerungslinien?»

«Nein, vom Meer her. Sie haben die belagernde Schwadron geschlagen und all unsere Schiffe versenkt oder in ihre Gewalt gebracht bis auf die Schiffe im Hafen, denn die Sperre an der Hafenmündung hat gehalten. Als der Bote aufbrach, waren sie gerade dabei, die seeseitigen Mauern der Stadt anzugreifen.»

«Die seeseitigen Mauern? Wie das?»

«Ich weiß es nicht.»

Antigonos fluchte leise. «Nun denn, mir scheint, Polyperchon besitzt doch ein wenig militärischen Sachverstand. Ich vermute, es ist der alte Poseidon selbst mitsamt Dreizack, Seetang und allem. Er nutzt die Gelegenheit, da ich Kassandros mehr als die Hälfte meiner Schiffe geliehen habe, und kommt Arrhidaios zu Hilfe.» Dann kam ihm ein Gedanke. «Wenn er hier ist, muss er an Kassandros vorbeigekommen sein, und entweder haben sich die beiden irgendwie verpasst, oder ...»

Demetrios nahm den Faden auf. «Oder er hat ihn vernichtend geschlagen, und wir haben keine nennenswerte Kriegsflotte mehr.»

«Wir sollten uns auf den Weg machen.»

Ein niederschmetternder, wenn auch eindrucksvoller Anblick erwartete sie, als sie in einem schnellen kleinen Lembos um die Landspitze in die Bucht ruderten, an deren Ende Kios lag. Antigonos rieb sich ungläubig das Auge. «Wie haben sie das fertiggebracht?»

«Und vor allem», ließ Philotas sich vernehmen, «warum haben sie das getan? Ich dachte, sie wollten Arrhidaios befreien und ihn nicht angreifen.»

Alle drei waren völlig verblüfft, denn aus der feindlichen Flotte ragte vor der seeseitigen Mauer ein Belagerungsturm auf, wo eine so große Konstruktion eigentlich unmöglich stehen konnte.

«Belagerungstürme können nicht schwimmen», bemerkte Demetrios wenig geistreich.

«Aber Schiffe», erwiderte Philotas ebenso wenig geistreich. «Und wenn zwei Schiffe nebeneinanderliegen und mit einer Plattform verbunden sind, kann der Turm darauf stehen.»

Da begriff Antigonos, was hier vor sich ging. «Das ist gar kein Belagerungsturm – das heißt, es ist schon einer, aber er wird nicht als solcher benutzt, sondern im Gegenteil. Da wir den Hafen besetzt halten, lässt er die Garnison von den Mauern durch den Turm heruntersteigen. Die Männer werden dann auf die anderen Schiffe verteilt, und wir können nichts tun – nur zusehen und über Kleitos' Einfallsreichtum staunen. Vielleicht war es ein Fehler von mir, ihm zu drohen.»

«Wir sollten lieber nicht hierbleiben, Vater», bemerkte Demetrios und zeigte auf zwei Schiffe, die zu ihnen herumschwenkten und sich von der Flotte lösten. «Ich glaube, sie interessieren sich für uns.»

«Nun, ohne Schiffe können wir ohnehin nichts weiter tun, als aus der Entfernung zuzuschauen.» Antigonos wandte sich an den Schiffsführer. «Bringe uns von hier weg.»

Die zwanzig Ruderer auf beiden Seiten des Lembos legten sich stöhnend in die Riemen, und das Schiff wendete. Antigonos schaute sich noch einmal nach der Stadt um.

Auf eine seltsame Art tut er mir damit einen großen Gefallen: Wenn er Arrhidaios mit seinen viertausend Mann zurück nach Europa bringt, bin ich sie los. Wenn er ihn hingegen irgendwo an der Küste absetzt, ist er mir auf Gedeih und Verderb ausgeliefert. Ein Lächeln stahl sich auf sein Gesicht. *So oder so kann ich schon sehr bald wieder gefahrlos nach Süden marschieren.*

«Vater, sieh nur», rief Demetrios und zeigte nach Westen.

Dort kamen fünf oder sechs Schiffe unter Rudern um die Halbinsel mit der Stadt Kyzikos. Vier weitere folgten, dann noch ein halbes Dutzend und immer mehr, bis wenigstens hundert geradewegs in die Bucht von Kios einfuhren.

«Kassandros, ich nehme alles Schlechte zurück, was ich jemals über dich gesagt habe.» Antigonos rieb sich die Hände und richtete den Blick wieder auf Kios. «Kleitos bricht die Operation ab, um es mit ihnen aufzunehmen.» *Götter, eine Seeschlacht – das wird gut.*

Schnell wendete Kleitos seine Flotte von Kios den Neuankömmlingen entgegen, doch die Schnelligkeit brachte den Fluch der Hast mit sich: Durch ein Missverständnis zwischen den Trierarchoi der beiden Schiffe, welche die Plattform trugen, wendeten beide in verschiedene Richtungen. Sie zerrten an den Leinen, durch die sie mit ihrer Last verbunden waren, sodass der Turm ins Wanken geriet. Die Bewegung übertrug sich auf die Schiffe unter ihm, die nun ebenfalls schaukelten und das Schwanken wiederum verstärkten. Man konnte sehen, wie winzige Gestalten an der Spitze des Turms sich verzweifelt anklammerten, um sich auf der heftig in Bewegung geratenen Konstruktion zu halten, bis diese krachend gegen die Stadtmauer schlug und viele der Männer den Halt verloren. Der Turm prallte zurück und neigte sich nun zur Seeseite, wobei er die Hecks der Schiffe, die ihn trugen, hinunterdrückte. Wasser strömte ein, sodass die Ruderer in Panik gerieten und scharenweise durch ihre Ruderluken hinauskletterten. Indessen kippte der gewaltige Turm wieder in die andere Richtung, ein langsames, tödliches Pendel, und schlug zum zweiten Mal gegen die Mauer. Dabei wurde der obere Teil erheblich beschädigt, und viele der Männer, die sich noch im Inneren befanden, ließen ihr Leben. Und wieder schwang er zurück, drückte die Hecks der Trägerschiffe erneut unter Wasser, neigte sich immer stärker und kippte schließlich majestätisch und ohne Eile ins Meer, wo bereits Hunderte Seeleute verzweifelt gegen das Ertrinken ankämpften. Hoch spritzte das Wasser zu beiden Seiten des Turms auf, funkelnd in der Sonne, und weiße Gischt sprühte. Langsam kam der Turm noch einmal hoch, als versuche er, sich aus seinem nassen Grab zu erheben. Dabei erzeugte er riesige Wellen, die Schiffe in der Nähe ins Wanken brachten, dann neigte sich der Turm zum letzten Mal dem Meer zu und ging langsam unter, zusammen mit seinen einstigen Trägern.

«Man kann auch zu schlau sein», bemerkte Antigonos sichtlich befriedigt. «Aber das hält Kleitos nicht auf.»

Während sie den faszinierenden Todeskampf des Turms beobachtet hatten, hatte Kleitos, Kopf und Schultern mit Seetang behängt und den Dreizack nach vorn gerichtet, den größten Teil seiner Flotte von der Mauer abgezogen. Die Schiffe, auf deren Decks sich nun Arrhidaios' befreite Männer drängten, hatten begonnen, eine Gefechtslinie zu bilden, während die neu eingetroffene Flotte näher kam.

Als der Abstand zwischen den beiden Gegnern auf weniger als eine Parasange geschrumpft war, verringerten beide Seiten das Tempo, sodass sie ihre Formation verdichten konnten – jeder wollte verhindern, dass der Gegner durchbrach und ihm in den Rücken fiel.

Antigonos fühlte sich hilflos, da er nur aus der Entfernung beobachten konnte, wie die beiden Flotten voreinander in Stellung gingen. Zwar war er immer ein General zu Land gewesen, hatte ausschließlich Infanterie befehligt, doch es fühlte sich falsch an, hier ein bloßer Zuschauer zu sein. Immerhin würde diese Schlacht darüber entscheiden, wer die Meerenge zwischen Europa und Asien kontrollierte. Doch Antigonos gab sich keinen Illusionen hin – er war kein Flottenkommandeur. Wer immer seine zurückkehrende Flotte befehligte, konnte sicher gut auf ihn verzichten.

Die Befehlshaber riefen Kommandos, die Pfeifen der Taktgeber schrillten. Die Schiffe fuhren ihre Ruder aus wie Wasservögel, die ihre Flügel ausbreiteten, und Kleitos' Flotte setzte sich in Bewegung. Der Turm, die zwei gesunkenen Schiffe und die Hunderte ertrunkene Männer waren vergessen. Antigonos versuchte zu erkennen, was bei seiner Flotte vor sich ging, aber Kleitos' Formation war so dicht, dass es kaum größere Lücken gab, durch die er die Lage dahinter überblicken konnte.

Er bedeutete seinem Schiffsführer, in einigem Abstand zu folgen – ihr kleiner, schneller Lembos mit offenem Deck war für Kampfhandlungen ungeeignet.

Kleitos war jetzt auf Marschfahrt, die Ruder hoben und senkten sich mit einstudierter Regelmäßigkeit, und die Pfeifensignale der Taktgeber mischten sich in das Kreischen der Möwen, die über der Flotte kreisten und in das Kielwasser der Schiffe hinabstießen, um Leckerbissen zu erbeuten. So glitten die Kriegsschiffe in einer Linie vor Antigonos davon, und während sie sich dem Feind näherten, beschleunigten sie auf Angriffsgeschwindigkeit. Dann begann die Artillerie auf den Mauern von Kios zu schießen; flammende Bolzen stiegen in den Himmel auf und gingen auf die Schiffe nieder.

«Ha! Wir haben die Gelegenheit genutzt, da die Garnison die Stadt verließ, und sie in unsere Gewalt gebracht», stellte Antigonos befriedigt fest. Er hatte die Worte kaum ausgesprochen, da fiel die Sperre vor der Hafenmündung, und sechs Schiffe – der letzte Rest der belagernden Schwadron unter dem Kommando des Kreters Nearchos – glitten heraus, um Kleitos' Flotte zu verfolgen. «Sehr gut, Nearchos, versuche, Nachzügler zur Strecke zu bringen», sagte Antigonos. Er rieb sich abermals die Hände und wandte sich an seinen Schiffsführer. «Wir schließen uns ihnen an und schauen, ob es für uns etwas zu tun gibt. Öffne die Waffenkiste.»

Die Artillerie setzte den Beschuss fort, bis die Flotte an der Grenze ihrer Reichweite war. Immerhin zwei der Schiffe brannten, und der auffrischende Nordwind fachte die Flammen an. Mehr konnte man nicht erwarten.

Der Lembos holte die Schiffe ein, die aus dem Hafen glitten, und reihte sich hinten in ihre Formation ein, während sie sich den brennenden Schiffen näherten.

Die Pfeifentöne folgten immer schneller aufeinander, bis die beiden Flotten in Rammgeschwindigkeit aufeinander zurasten. Antigonos, nun mit einem Bündel Wurfspeere in der linken Hand, betete zu Poseidon, er möge ihm den Sieg schenken. Er hoffte, es möge Kleitos zum Nachteil gereichen, dass er den Gott in einem fort imitierte. Andererseits, so ging es ihm durch den Kopf, hatte der irdische Poseidon bereits viele Seeschlachten gewonnen, eine davon sogar in Antigonos' Dienst vor gut zwei Jahren bei Zypern und eine andere hier in diesen Gewässern. Sein Schutzgott schien durchaus nicht mit seiner Gunst zu geizen.

Bei Zypern war ich auf sein Können angewiesen, nun muss ich dagegen kämpfen. Es war töricht, es mir mit ihm zu verderben.

Dann trafen die ersten Schiffe krachend aufeinander: Metallverstärkte Bugsporne bohrten sich in Rümpfe; Ruder wurden abgemäht, und in das Stakkato berstenden Holzes mischten sich die Schreie der Ruderer, wenn die Enden ihnen die Brustkörbe zertrümmerten. Gleich darauf kreischte Metall an Holz, da Schiffe zurückruderten und die Bugsporne aus den zerschmetterten Rümpfen gezogen wurden.

Masten fielen und erschlugen viele auf den vollen Decks von Kleitos' Schiffen; Arrhidaios' Männer erlitten schreckliche Verluste – als sie an Bord gegangen waren, hatten sie nicht damit gerechnet, in eine Seeschlacht hineinzugeraten. Enterhaken flogen durch die Luft, packten ihre Opfer und zogen sie in eine tödliche Umarmung. Nun machten Arrhidaios' Männer sich zunutze, dass sie so viele waren: Schwer bewaffnet sprangen sie in Scharen auf die feindlichen Schiffe hinüber und überwältigten den zahlenmäßig weit unterlegenen Feind. Sie warfen die verletzten, blutenden Gegner über Bord in die brodelnde See, wo bereits viele Sterbende verzweifelt versuchten, sich über Wasser zu halten.

«Sie haben die Oberhand», stellte Philotas fest, als die Mitte von Kleitos' Linie sich vorwärtszubewegen schien.

Antigonos erkannte, dass es stimmte, und bedeutete seinem Schiffsführer umzukehren. «Zurück nach Chalkedon, hier können wir doch nichts ausrichten.»

Die sechs Schiffe, die aus dem Hafen gekommen waren, wendeten ebenfalls, nachdem sie den brennenden Nachzüglern den Rest gegeben hatten. Um die Hauptformation anzugreifen, sei es auch von hinten, fehlte es ihnen an Kampfkraft.

Die Ruderer legten sich in die Riemen, während Antigonos über das Heck die Schlacht im Auge behielt, die sich immer mehr zu seinem Nachteil entwickelte. Kleitos war inzwischen in der Mitte durchgebrochen; Antigonos' Flotte war entzweigerissen, sodass der Gegner die Schiffe nun einzeln nacheinander zur Strecke bringen konnte. Die Klagerufe der Sterbenden hallten körperlos über die Wellen, als seien sie nicht mehr mit dem Chaos verbunden, von dem sie ausgegangen waren. Während der Lembos sich weiter entfernte, dachte Antigonos über seinen nächsten Zug nach. Indessen lösten sich kleine Pulks aus Schiffen von beiden Flügeln des Schlachtengeschehens – es waren Überlebende seiner Flotte, die ostwärts auf Chalkedon zusteuerten. Von dort aus waren sie nur acht Tage zuvor mit Kurs auf Athen aufgebrochen.

Ich kann es mir nicht leisten, die Niederlage hinzunehmen. Wenn ich das täte, könnte ich in diesen Gewässern für lange Zeit nicht mehr die Oberhand gewinnen. Irgendwie muss ich es fertigbringen, eine siegreiche Flotte mit den Überresten einer besiegten zu schlagen.

Noch immer schaute er zurück auf die Katastrophe, hoffte, mehr von seinen Schiffen davonkommen zu sehen; ein paar erschienen, doch es waren nicht annähernd genug für seine Zwecke.

Plötzlich wurde ihm klar, was zu tun war. «Philotas, wenn wir zurück sind, will ich, dass du hinüber nach Byzantion gehst und alle Schiffe, Fischerboote und dergleichen anwirbst, die Männer transportieren können. Ganz gleich, was es kostet, tu es einfach.»

«Natürlich. Was hast du vor?»

Antigonos schlug seinem Sohn auf die Schulter. «Demetrios, erinnerst du dich an die Streitmacht, die du für Menandros aufgestellt hast und die morgen früh bei Tagesanbruch losmarschieren soll?»

«Ja, Vater.»

«Nun, diese Männer müssen ihren Abmarsch verschieben. Kleitos' Flotte muss irgendwo die Nacht verbringen. Versammle alle Bogenschützen, Schleuderer und Peltasten um Mitternacht unten im Hafen und zwänge sie auf sämtliche verfügbaren Schiffe. Hole überhaupt jeden dazu, der für eine solche Operation geeignet ist. Wir müssen Kleitos eine unliebsame Überraschung bereiten, noch während er seinen Sieg feiert.»

Kleitos entschied wenig überraschend, mit seiner siegreichen Flotte für die Nacht auf der thrakischen Seite der Meerenge anzulegen. Doch das kümmerte Antigonos nicht. Er dachte nicht daran, erst höflich bei Lysimachos um die Erlaubnis anzufragen, auf sein Territorium vorzudringen. Wenn alles nach Plan lief, würde er ohnehin bereits wieder in Asien sein, ehe der Satrap von Thrakien überhaupt von der Sache erfuhr.

Er kicherte vor sich hin, während die kleine Flotte aus mehr als zweihundert Schiffen und Booten jeglicher Größe nordwärts ruderte. Die Feuer am Strand und die Rufe und Gesänge der betrunkenen Soldaten wiesen ihnen den Weg. Wie viele Männer Demetrios auf den Schiffen zusammengepfercht hatte, wusste niemand so genau, denn er hatte sie in großer Eile versammelt und in noch größerer Hast eingeschifft. Antigonos' Schiff und die sechs aus dem Hafen bildeten zusammen mit einem Dutzend Trieren und zwanzig großen Handelsschiffen die erste Schwadron. Letztere Schiffe hatte Philotas in Byzantion angeworben – zu einem Preis, der selbst dem raubgierigsten Piraten Tränen in die Augen getrieben hätte. Dann kamen die Schiffe, die bei der verlorenen Schlacht davongekommen waren, vierundfünfzig unter dem Kommando von Kassandros' Getreuem Nikanor von Sindos. Die Nachhut bildeten mehr als hundert kleinere Schiffe und Boote, manche nur groß genug für fünf oder sechs Mann. Demetrios befehligte die linke Flanke, Nearchos die rechte. Doch jedes Schiff und Boot, gleich wie groß oder klein, war voll besetzt mit Soldaten, die leicht gerüstet und beweglich waren.

Mehr als fünftausend und genau die Sorte, die ich brauche, um ein regelrechtes Massaker anzurichten. Der Gedanke reizte Antigonos abermals zum Kichern. Er war entschlossen, in dieser Nacht auf seine Kosten zu kommen, um sich für den Schmerz des Tages zu entschädigen.

Als er sich den feiernden Siegern näherte, erkannte Antigonos im flackernden Feuerschein, dass sie die meisten Schiffe auf den Strand gezogen hatten. Nur etwa dreißig, die größeren der insgesamt einhundertzwanzig, lagen schaukelnd ein Stück vom Ufer entfernt vor Anker, und eine Rumpfbesatzung war an Bord geblieben, um sie zu bewachen.

Der Plan war bereits inmitten der hektischen Vorbereitungen erörtert worden, bevor sie abgelegt hatten. Jeder Befehlshaber, ob Seemann oder Infanterie, wusste, was von ihm erwartet wurde: nichts weniger als Mord. Nun teilten sich die drei Schwadronen in einiger Entfernung vom Ufer auf, weit genug auf See, dass Augen, die an die Helligkeit der vielen Lagerfeuer gewöhnt waren, sie nicht erspähen konnten. Antigonos steuerte einen Punkt tausend Schritt westlich der Flotte an, Demetrios übernahm mit seinen kleineren Booten die östliche Seite, und Nikanor von Sindos hielt mit den Kriegsschiffen, die ihm noch geblieben waren, geradewegs auf das Ufer und die davor ankernden Schiffe zu.

Zweihundert Schritt vor dem Strand gab Antigonos den Ruderern ein Zeichen, ihre Arbeit einzustellen. Die Schiffe glitten lautlos durch die ruhige See unter dem strahlenden Sternenhimmel. Zwischen den kleinen Wellen, die leise am Ufer leckten, gruben sich die gewaltigen Kiele nur ein klein wenig in den Sand, genug, um die Schiffe sacht zum Stillstand zu bringen. Nun war keine Zeit für Vorsicht – es grenzte an ein Wunder, dass sie überhaupt so nah herangekommen waren, ohne dass jemand Alarm schlug. Antigonos nickte Philotas neben sich zu und sprang von der Reling ins flache Wasser. Seine Männer folgten ihm unaufgefordert. Jeder von ihnen trug als Erkennungszeichen ein schwarzes Stirnband. Helmlos und ebenso wie die Söldnerpeltasten mit Chiton und Sandalen angetan, lediglich mit einem Speer und einem Schwert bewaffnet, den Schild am linken Arm, rannte Antigonos schweigend über den Strand auf die Lagerfeuer zu. Links von ihm fächerte sich die mit Bogen und Schleudern bewaffnete leichte Infanterie auf und lief im Bogen ein paar Hundert Schritt weit landeinwärts. Diese Männer rannten viel schneller, sie sprinteten beinahe, um in Position zu sein, wenn die Haupttrupps von beiden Seiten zuschlugen.

Antigonos hörte Philotas' rasselnden Atem und schmunzelte. *Der alte Herr ist ganz schön aus der Form – damit werde ich ihn aufziehen, wenn das hier vorbei ist und wir zusammen einen Becher Wein leeren oder auch zehn. Götter, ist das herrlich.*

Die Gesänge und das überschwängliche Gelächter wurden lauter, da die Trunkenheit immer mehr Opfer forderte, aber dennoch übertönten bald die unvermeidlichen Warnrufe den Feierlärm. Antigonos lief schneller. Als er bis auf fünfzig Schritt heran war, zischte die erste Salve der Bogenschützen und Schleuderer aus der Dunkelheit heran. Aberdutzende Geschosse schlugen in die Gegner ein oder bohrten sich zwischen liegenden Körpern in den Boden, dass kleine Sandwolken aufstoben. Antigonos rannte das letzte Stück, nunmehr aus voller Kehle schreiend, da der Überraschungsangriff gelungen war. Begeistert spießte er einen Jüngling auf, der ängstlich aufgesprungen war und sich dann vor Schreck nicht von der Stelle zu rühren vermochte. Er krümmte sich über den Speer, der ihn durchbohrt hatte. Antigonos trat ihm in den Unterleib und riss seine Waffe zurück, woraufhin der Jüngling schreiend auf die Knie fiel. Und schon lief er weiter, stieß mit seinem Speer nach Hälsen und Bäuchen und schmetterte seinen Schild in Gesichter.

Er warf sich nach vorn, beide Fäuste vorgestreckt, und riss noch in der Vorwärtsbewegung die Arme zu beiden Seiten auseinander, wobei sein Schild einen Mann bewusstlos schlug und die andere Faust einen weiteren um mehrere Zähne brachte. So brach er durch einen Pulk aus vier Seesoldaten, die bereits unsicher auf den Beinen waren. Antigonos kämpfte sich weiter vor und drang in eine Einheit aus Arrhidaios' Männern ein, die gerade versuchte, eine einigermaßen geordnete Formation einzunehmen. «Lasst nicht zu, dass sie sich formieren», schrie er den Soldaten zu, die ihm folgten, während er bereits seinen Speer im Brustkorb des Mannes versenkte, welcher der Anführer der Einheit zu sein schien. Antigonos zog sein Schwert und schlug es dem nächsten Mann aufwärts unter das Kinn, sodass der Unterkiefer herunterklappte und die abgetrennte Zunge zu Boden fiel. Dann sah er sie: Nikanors Kriegsschiffe waren zwischen denen, die am Ufer lagen, und hinderten sie an der Flucht, sodass nur wenige entkommen konnten. Männer sprangen scharenweise über die Reling, um die Besatzung der gegnerischen Schiffe zu überwältigen. Mit einer lässigen Bewegung stach Antigonos einem Seemann, der schreiend und mit seinem Schwert fuchtelnd auf ihn zustürmte, ein Auge aus. Dann hielt er inne, um Atem zu schöpfen, während die nachfolgenden Männer an ihm vorbeiströmten. Hinter ihm lagen die Toten, vor ihm kämpften die Lebenden. Doch die Gegner waren so völlig überrumpelt und standen bereits so stark unter dem Einfluss des Dionysos, dass auch die Flinken sich bald zu den Toten gesellten.

Brennendes Holz aus den Lagerfeuern wurde auf die Schiffe geworfen, die am Ufer lagen. Das war gegen Antigonos' Befehle, und vor Wut schlug er einem seiner eigenen Männer, der gerade ein feindliches Schiff in Brand stecken wollte, den Arm ab. «Lasst die Schiffe! Hört ihr? Die Schiffe sollen unversehrt bleiben! Sie gehören mir!» Doch in dem Tumult hörte ihn kaum jemand. Immer höher loderten die Flammen, und in ihrem Schein konnte er die Schiffe ausmachen, die hinaus aufs Meer entkommen waren: Die meisten wurden verfolgt und zur Strecke gebracht, aber eines, das größte, hatte sich erfolgreich verteidigt. So viele Männer auch versuchten, es zu entern, und nach den Rudern griffen, es löste sich von Nikanors Schwadron und verschwand in die Nacht hinaus. «Kleitos!» Antigonos schaute sich um. Sein Blick blieb an einem kleinen Boot mit sechs Ruderern hängen, das eben landen wollte. Er rannte darauf zu, watete durch das blutig verfärbte Wasser. «Macht kehrt!», befahl er. Der Steuermann rief seinen Ruderern die entsprechenden Kommandos zu, schnell und präzise wie einer, der sein ganzes Leben auf dem Wasser zugebracht hatte.

Antigonos kletterte mühsam an Bord. «Versuche, mich in Rufweite dieses Schiffes zu bringen.» Der Steuermann entblößte grinsend seine Zahnstummel, gab den Takt vor, und das Boot entfernte sich vom Strand, wo das Gemetzel noch immer in vollem Gange war.

«Kleitos!», rief Antigonos durch die hohlen Hände, als sie sich dem fliehenden Schiff näherten. «Kleitos, komm zurück und kämpfe für mich. Schwöre mir die Treue, Kleitos.»

Eine Gestalt erschien an der Reling und spähte zu ihnen herüber, während das Schiff sein Tempo verringerte. «Antigonos? Bist du es?»

«Kleitos, ich war im Unrecht. Ich hätte in Frieden zu dir kommen sollen.»

«Findest du nicht, dafür ist es nun ein bisschen zu spät?»

«Durchaus nicht. Ich gebe dir deine Satrapie zurück, wenn du nur erneut die Seiten wechselst und wieder mir dienst.»

Hohles Gelächter hallte über das Wasser. Antigonos erkannte undeutlich, wie Kleitos mit seinem Dreizack auf ihn zeigte.

«Du kannst niemandem Satrapien zuteilen oder absprechen, Antigonos. Das kann nur der Regent im Namen der Könige. Geh zu Polyperchon und schwöre ihm und den Königen die Treue, dann hat das Kämpfen ein Ende, und du brauchst mich nicht mehr. Du, Antigonos, du bist jetzt derjenige, der den Krieg in Gang hält. Du weigerst dich, den rechtmäßigen Regenten anzuerkennen, du hast Kassandros Schiffe gegeben. Es liegt alles an dir.»

«Ich bin der Oberkommandierende Asiens!»

«Nein, Antigonos, da irrst du. Du bist es nicht mehr. Polyperchon hat an Eumenes geschrieben und ihm das Amt angeboten. Es würde mich sehr überraschen, wenn er es ablehnte, dich etwa nicht?»

Diese Nachricht traf Antigonos wie ein Schleudergeschoss. «Das ist nicht wahr.»

«Weshalb sollte ich lügen, Antigonos? Du bist nun der Rebell, du bist der Außenseiter. Und in Anbetracht dessen denke ich nicht daran, zu dir überzulaufen und dir zu dienen – warum sollte ich? Leb wohl, Antigonos, genieße dein Leben als Geächteter!» Kleitos winkte noch einmal mit seinem Dreizack, dann verschwand er im Halbdunkel auf dem Deck.

In düsterer Stimmung watete Antigonos zurück auf den Strand. Die Kämpfe waren inzwischen beendet, das Gelände war mit Toten übersät, und dichter Rauch trübte die Luft. Da und dort brannte noch ein Schiff, doch Arbeitstrupps waren dabei, die Brände zu löschen. Andere gingen umher und sammelten die Waffen und Habseligkeiten der Besiegten ein.

«War das Kleitos?», fragte Demetrios, der mit Nikanor von Sindos im Schlepptau auf seinen Vater zukam.

«Ja. Er hat mir gesagt, mein Amt in Asien sei Eumenes angeboten worden.»

«Dasselbe hat Adea auch zu uns gesagt», bestätigte Nikanor. «Ich bin in der Hast der Vorbereitungen noch nicht dazu gekommen, es dir zu erzählen. Sie hat Polyperchon verlassen und ist mit König Philipp zu Kassandros übergelaufen. Sie war eine reiche Informationsquelle.»

«Dann ist es also wahr?»

«Ja, aber ich würde mir deswegen nicht allzu viele Gedanken machen. Polyperchons Tage sind gezählt. Wir haben auf dem Weg hierher Adea nach Makedonien gebracht. Sie hat die Regentschaft für ihren Mann beansprucht. Fortan wird sie in Pella die Entscheidungen treffen.»

«Pella interessiert mich nicht, mir geht es um Asien. Nimm dir die nötige Zeit, um die verbliebenen Schiffe instand zu setzen, und dann auf zurück nach Athen. Richte Kassandros meinen Dank aus und sage ihm, ich werde ihn in seinem Kampf gegen Polyperchon unterstützen, so gut ich kann. Im Gegenzug erwarte ich, dass er für mich dasselbe tut, wenn ich die Armee nach Süden führe, um mir Eumenes vorzunehmen.»

EUMENES
DER LISTIGE

Verlor den Schuh!»

Eumenes und Hieronymos bogen sich vor Lachen, als diese Worte im Wettstreit zwischen den Dichtern Euripides und Aischylos in Aristophanes' Komödie *Die Frösche* zum fünften Mal wiederholt wurden. Die beiden vergnügten sich gerade damit, das Stück gemeinsam laut zu lesen. Sie befanden sich in dem ummauerten Garten im Palast von Mazaka, der Hauptstadt von Kappadokien.

«Die Armee ist marschbereit, Herr», teilte Xennias Eumenes vom Eingang des Gartens her mit.

«Danke. Ich werde zu den Männern sprechen.» Eumenes wischte sich die Lachtränen ab und erhob sich. Dabei lächelte er Hieronymos zu, der auf der steinernen Bank unter einem Aprikosenbaum sitzen blieb.

Hieronymos erwiderte das Lächeln seines Landsmannes ebenso herzlich. «Aber nicht im Stil von Euripides, sonst werden die Männer am Ende jedes Satzes rufen ...»

«Verlor den Schuh!», riefen beide zugleich.

Eumenes verbiss sich das Lachen und setzte eine übertrieben ernste Miene auf. «Ich denke, ein paar inspirierende Worte vom neuen Strategos Asiens sollten sie für den Marsch über das Taurosgebirge hinunter nach Kilikien stärken, meinst du nicht auch?»

«Ich wünschte immer noch, ich hätte Antigonos' Gesicht sehen können, als ihn die Nachricht erreichte. Hast du gehört, wie er sie aufgenommen hat?»

«Er verlor den Schuh!»

Das brachte beide erneut um ihre Fassung. Als sie ihre Heiterkeit wieder gezügelt hatten, brachte Eumenes eine Antwort heraus: «Ich habe nichts mehr von ihm gehört, seit er Arrhidaios in Kios festsetzte und seinen Versuch vereitelte, mich aus der Festung Nora zu befreien, bevor ich den Eid schwor. Noch viel lieber hätte ich sein Gesicht gesehen, als Leonidas ihm berichtete, welchen Eid ich genau geschworen hatte. Aber wie dem auch sei, jedenfalls ist er nun der Geächtete, und ich habe das Recht und die Könige auf meiner Seite. Und nebenbei bemerkt auch die Schatzkammer. Packe deine Sachen, mein Freund, wir gehen zur Bank.»

Leichten Fußes stieg Eumenes die Stufen zur Rednerbühne hinauf und trat vor seine versammelte Armee. Überhaupt schien ihm alles leichtzufallen, seit er vor drei Tagen Polyperchons überraschenden Brief erhalten hatte. Anfangs hatte Eumenes nicht geglaubt, dass der Brief echt war, obwohl er wusste, dass der Überbringer sich bei Polyperchon aufgehalten hatte, seit er mit Krateros zurück nach Westen gegangen war. Doch je mehr Eumenes darüber nachdachte, umso logischer erschien ihm Polyperchons Angebot: Der bedrängte Regent wollte sich dadurch einen Verbündeten in Asien sichern und zugleich Antigonos zum Geächteten machen. Es war ein meisterhafter Streich, Eumenes selbst hätte an Polyperchons Stelle ebenso gehandelt. Und auch er hätte geflissentlich *vergessen*, das Todesurteil aufzuheben, das über seinem Haupt schwebte – ein geschickter kleiner Zug für den Fall, dass Polyperchon es sich anders überlegte und die neue Macht in Asien wieder loswerden musste. Alles in allem sehr hübsch, befand Eumenes, als er den Blick über seine Armee gleiten ließ, die in Reih und Glied angetreten war.

Keine überwältigende Streitmacht – sechstausend Mann sollte man eher eine Abteilung nennen, nicht eine Armee. Aber die Söldner werden in Scharen herbeiströmen, wenn ich erst die Tore von Kyinda öffne. Die Frage ist: Wie verfahre ich mit Antigenes, diesem herausragendsten Beispiel für die Schlichtheit des makedonischen Militärverstandes?

Die Frage beschäftigte ihn in den ersten Tagen des Marsches gen Süden am meisten, während sie ins Taurosgebirge hinaufstiegen und dann dem Lauf des Flusses Karmalas folgten, der in Windungen hinunter nach Kilikien strömte.

Als sie auf der Südseite der Bergkette ins Vorgebirge abstiegen, wurde offenkundig, wie dringend eine Lösung gefunden werden musste: Parmida – der mit seinen fünfhundert kappadokischen Reitern als Nachhut zurückgeblieben war – holte die Kolonne ein und ritt geradewegs zu Eumenes, um Bericht zu erstatten. «Nach den Meldungen meiner Kundschafter war Menandros mit einer fünftausend Mann starken Streitmacht noch zwei Tagesmärsche von Kappadokien entfernt, als wir aufbrachen. Inzwischen wird er dort eingetroffen sein.»

Eumenes, der gelassen auf seiner Stute ritt, verarbeitete die Information. «Das heißt, Antigonos hat von Polyperchons Angebot erfahren und geht zutreffend davon aus, dass ich es annehme. Er hat deshalb eine Truppe entsandt, um mich gefangen zu nehmen oder gar zu töten. Ich an seiner Stelle täte jedenfalls Letzteres.» Er wandte sich an Hieronymos, der weit weniger gelassen an seiner Seite ritt. «Ich würde sagen, Antigonos hat den ersten aggressiven Zug gemacht.»

«Polyperchons Angebot anzunehmen und dann nach Kilikien zu marschieren, ist in deinen Augen also nicht aggressiv?»

«Wie sollte es? Ich gehorche nur den Wünschen Polyperchons, des Regenten für die rechtmäßigen Könige von Makedonien, und dabei greife ich Antigonos in keiner Weise an.»

«Und du brichst auch nicht deinen Eid, da du ihn ja auch auf die Könige geschworen hast.» Hieronymos kicherte heiser. «Erwähnte ich, dass du im Ruf stehst, listig zu sein?»

«Und klein und ein Grieche. Ich frage mich, an welcher Eigenschaft der galante makedonische Feldherr wohl am meisten Anstoß nimmt.»

«Aber du bist Grieche», sagte Antigenes, als Eumenes ihm am Tor von Kyinda Polyperchons Ermächtigungsschreiben vorhielt. Die Festung, der von Nora nicht unähnlich, thronte auf einem kahlen Felsen über dem Tal des Karmalas unweit von Tarsos.

Ah, ich dachte mir schon, dass das der größte Einwand sein würde.

«Ebendeshalb hat der Regent es für passend erachtet, mir dieses Amt zuzuteilen: Als Grieche kann ich niemals Anspruch auf den Thron erheben, folglich kann er mir die Befugnisse und das Geld anvertrauen, anders als Antigonos, der seine Position zum eigenen Vorteil missbraucht hat.»

Antigenes las das Schreiben noch einmal und kratzte sich am Hinterkopf. «Ich muss also nicht nur zulassen, dass du fünfhundert Silbertalente aus der Schatzkammer entnimmst – hier steht außerdem, dass ich mich selbst und meine Silberschilde deinem Kommando unterstellen muss.»

«Nun, das erscheint mir nur folgerichtig, da ich ja durch den Regenten der beiden Könige Makedoniens zum Oberbefehlshaber von Asien ernannt wurde und du dich in Asien befindest.»

Antigenes gab das Schreiben dem Offizier an seiner Seite, einem Veteranen mittleren Alters. Dem Mann fehlte das linke Ohr, und eine Narbe verlief von der Stelle, wo es einmal gewesen war, bis zu dem, was von seiner Nase noch übrig war. «Was hältst du davon, Teutamos?»

Teutamos nahm das Ermächtigungsschreiben und las es laut, langsam und jedes Wort betonend. Als er endlich fertig war, zuckte er die Achseln und blickte stirnrunzelnd auf Eumenes hinunter. «Ist er nicht etwas klein für den Oberbefehlshaber von Asien?»

Da haben wir den zweiten Einwand – wie sehr ich den makedonischen Militärverstand doch schätze.

«Das mag durchaus sein, aber was mir an Körpergröße fehlt, mache ich durch List wett. Nun, meine Herren, ich komme von weit her. Ihr habt meine Ermächtigung gesehen, bitte führt mich nun in mein Quartier. Meine Männer werden ihr Lager unten im Tal aufschlagen. Wenn ich mich erfrischt habe, werden wir gemeinsam die Schatzkammer in Augenschein nehmen.»

Xennias trat sichtlich verlegen in Eumenes' Gemach. «Sie weigern sich, zu dir zu kommen. Sie verlangen, dass du zu ihnen kommst.»

«Oh, wir spielen also wieder einmal dieses Spielchen? Wie überaus erwachsen wir doch sind.» Eumenes ließ die Bestandsliste der Schatzkammer sinken, die er während der vergangenen halben Stunde mit großem Interesse studiert hatte. Er erhob sich, trat ans Fenster und schaute zu seiner Armee hinüber, die unten im Tal ihr Lager aufschlug. «Nun, wenn ich nachgebe und zu ihnen gehe, stehe ich als der Schwache da. Was ist zu tun? Was ist zu tun?» Er verschränkte die Hände hinter dem Rücken und betrachtete nachdenklich die Aussicht.

«Richte ihnen aus», sagte er schließlich, «ich habe mich entschieden, mir zuerst die Schatzkammer anzuschauen, ehe ich eine Besprechung anberaume. Sage, ich werde direkt dorthin gehen, und während des Rundgangs können wir miteinander reden.» Er drehte sich zu Xennias um. «Ich denke, damit sollte dem Stolz der Makedonen Genüge getan sein.»

Xennias lächelte. «Die beiden sind alte Schlachtrosse. Sie würden vor niemand anderem als ihrem König den Kopf neigen.»

«Ich bin der Stellvertreter der Könige.»

«Du missverstehst mich, Herr: Ich sagte, vor ihrem König, Einzahl, also vor Alexander persönlich, und nicht – um es mit ihren Worten zu sagen – vor dem Kind und dem Schwachsinnigen, die seinen Platz eingenommen haben.»

Eumenes nickte verständig und ging zur Tür. «Dann müssen wir wohl die richtigen Bedingungen für sie schaffen, wie?»

Doch sein Ärger über die beiden Männer, welche die Silberschilde befehligten, war vorerst vergessen, als er den Inhalt der Schatzkammer erblickte, glänzend im Schein der Fackeln. Es war, als seien die Schätze der ganzen Welt hier zusammengetragen worden, so unermesslich war dieser Reichtum: Kammer um Kammer ging von einem Korridor ab, der wenigstens hundert Schritt lang war, und jede dieser Kammern enthielt Truhen voller Münzen, Silber- und Goldbarren, Schalen mit kostbaren Steinen – darunter ein Rubin, der so groß war, dass Eumenes ihn nicht mit der Faust umschließen konnte –, Statuen aus massivem Silber und Gold, Silbergeschirr, Möbel und Alexanders Paradewaffen und -rüstung sowie kleine Ziergegenstände aus Elfenbein, farbigem Glas und Bronze. «Die Schätze des gesamten Reiches», flüsterte Eumenes ehrfürchtig.

«Und von außerhalb», fügte Antigenes in sachlichem Ton hinzu.

«Du würdest die fünfhundert Talente, die ich zu entnehmen ermächtigt bin, gar nicht vermissen.»

«Gewiss nicht.»

«Nicht dass ich vorhätte, sie zu entnehmen.»

Antigenes runzelte die Stirn. «Aber du hast ein Dokument, das dich offiziell dazu ermächtigt.»

«Ich weiß, doch was sollte ich mit all dem Geld anfangen? Nein, ich werde mir genug nehmen, um eine ansehnliche Zahl Söldner für meine Armee anzuwerben – ich sollte sagen, für unsere Armee, denn du und deine Jungs seid ja nun Teil von ihr.»

«Aber du könntest ein sehr wohlhabender Mann sein.»

Ich weiß, und glaube mir, mein teurer Freund, es schmerzt mich, was ich hier tue, aber ich muss dir zeigen, dass ich mich nicht aus reinem Eigennutz an diesem Krieg beteilige.

«Wenn ich mehr brauche, werde ich wiederkommen. Einstweilen füllt mir hundert Talente in Silbermünzen in Kisten, und dann wollen wir bekannt geben, dass wir zu überaus großzügigen Bedingungen Soldaten rekrutieren. Wir marschieren nach Süden, um den Teil Syriens, den Ptolemaios sich widerrechtlich angeeignet hat, für die Könige zurückzuerobern.»

«Wer sagt, dass wir das tun werden?», fragte Antigenes streitlustig.

«Alexander, er hat im Traum zu mir gesprochen», lautete Eumenes' Antwort. Antigenes und Teutamos starrten ihn mit einem Ausdruck an, der an religiöse Andacht grenzte. «Ja, meine Freunde, ich hatte in den vergangenen Nächten zweimal denselben Traum. Darin sprach Alexander zu mir, und er hat folgenden Rat erteilt: Wir sollen uns auf das besinnen, was Perdikkas in den ersten Tagen nach Alexanders Tod tat, bevor die Dinge aus dem Ruder liefen. Wir sollen seinen Thron in seinem Zelt aufstellen und in seinem Schatten unsere Beratungen halten. So wird sein Segen auf all unseren Beschlüssen liegen, und er wird unser Oberbefehlshaber sein – er wird wieder bei uns sein.»

«Aber wir haben keinen Thron», wandte Teutamos ein.

Sehr gut, volle Punktzahl. Du hast aufgemerkt und das Problem erfasst. Jetzt ist mir klar, warum du in den Rängen der Silberschilde so hoch aufgestiegen bist.

Eumenes legte die Fingerspitzen an die Schläfen. «Den Göttern sei Dank, dass wir dich haben, Teutamos, diesen Punkt hatte ich gar nicht bedacht. Was würdest du vorschlagen?» Er schaute sich inmitten all der Truhen mit Gold- und Silberbarren um. «Ich bin sicher, es muss einen Weg geben, Alexanders Wünsche zu erfüllen.»

Teutamos folgte Eumenes' Blick und kratzte sich am Kopf.

«Wir könnten einen herstellen», schlug Antigenes vor, und seine Miene erhellte sich ob des Geistesblitzes.

Eumenes schaute ihn ungläubig an. «Einen herstellen?»

«Ja, Eumenes, einen herstellen.» Antigenes ging zu einer Truhe, öffnete den Deckel und hob einen Goldbarren heraus. «Wir lassen einen aus massivem Gold gießen.»

«Aus massivem Gold!», rief Eumenes aus. «Aber dann wäre er doch gewiss sehr schwer zu transportieren. Wir gehen immerhin auf einen Feldzug.»

«Dann lassen wir einen Thron bauen und ihn vergolden, und darauf legen wir Alexanders Zeremonienschwert und seinen Brustpanzer.»

«Genial!» Eumenes blickte angesichts dieses raffinierten Plans ganz erstaunt drein. «Und ich werde noch eine Kleinigkeit ergänzen: Ich habe sein Diadem.»

«Was, das Diadem, das verschwand, während er aufgebahrt war?»

«Ebendasselbe.»

«Aber …»

«Aber dann habe ich es ja gestohlen? Nein, das habe ich nicht. Ich habe es mir ausgeborgt, da zur fraglichen Zeit niemand darauf achtete und ich mir dachte, es könnte irgendwann noch zu etwas gut sein. Jetzt zum Beispiel. Lasst den Thron über Nacht anfertigen, ohne allzu großen Aufwand. Dann kommen wir morgen früh davor zusammen, und ich gebe Alexander sein Diadem zurück.»

«Mögest du uns leiten und inspirieren», sagte Eumenes mit aller Ehrerbietung, die er für diese Posse aufbringen konnte. Er legte das Diadem auf den Thron, der am Kopfende des Tisches in der Mitte des Zeltes stand, das nun offiziell Alexanders Zelt war. Aber Posse hin oder her, der Trick hatte sich als bemerkenswert wirksam erwiesen: Die Männer, sowohl die von Eumenes als auch Antigenes' Silberschilde, hatten sich in Grüppchen um das Zelt herum versammelt und unterhielten sich flüsternd, um Alexanders Geist nicht zu stören, denn sie glaubten fest daran, dass er in dem Zelt wohnte. Ihre Überzeugung wurde noch gefestigt, als sie sahen, wie sein Paradekürass und das Zeremonienschwert feierlich aus der Schatzkammer in das Zelt gebracht wurden. Das Schwert war eine prächtige Waffe, einen Schritt lang, die Klinge dünn wie ein Blatt und an der breitesten Stelle eine Spanne breit. Nun glaubten die Männer wirklich, dass, auch wenn Eumenes die Befehle aussprach, diese doch in Wahrheit von Alexander selbst beziehungsweise von seinem Geist kamen.

Und Eumenes war entschlossen, ihre Leichtgläubigkeit weidlich auszunutzen.

Nun, da das Diadem auf der Sitzfläche lag, das Schwert an der Seite lehnte und der Brustpanzer über der Lehne hing, hatte der vergoldete Thron tatsächlich etwas Geheimnisvolles an sich. Eumenes räumte das im Stillen ein, während er seinen

Platz am Tisch zur Rechten Alexanders einnahm. Und wenn dieser Eindruck ihm in seinem Bestreben half, war das schließlich auch gut und schön. Antigenes und Xennias saßen ihm gegenüber, Teutamos und Parmida neben ihm – die Parteien waren so aufgeteilt, wie «Alexander es wünschte».

«Nun, meine Herren», begann Eumenes, den Blick nicht auf seine Gefährten gerichtet, sondern auf den Thron des Geistes. «Von heute an werden wir für Alexanders Sohn und Bruder, seine beiden rechtmäßigen Erben, die Gebiete zurückerobern, die ihnen genommen wurden.»

«Du forderst also», sagte Antigenes, «dass wir die Armee nach Süden führen, um gegen Ptolemaios' Garnisonen in Syrien und Phönizien zu kämpfen?»

Eumenes hob beschwichtigend die Hand. «Ich fordere gar nichts, Antigenes. Ich schlage lediglich im Namen Alexanders vor, dass wir das tun, da er es wollen würde.»

Antigenes runzelte die Stirn, doch dann nickte er zustimmend. «Und wo sollten wir zuerst zuschlagen?»

«Wir, das heißt, Alexander braucht die Häfen, damit seine Armee und die Polyperchons in Griechenland sich irgendwann zusammenschließen können. Wir benötigen also eine größere Kriegsflotte. Wie viele Schiffe haben wir derzeit in Tarsos?»

Zu seiner Überraschung hob Teutamos die Hand, eifrig wie ein Kind.

Eumenes bedachte ihn mit dem wohlwollenden Blick eines Grammatikos, der sich über die Fortschritte eines Schülers freute. «Ja, Teutamos?»

«Ich war vor ein paar Tagen in Tarsos, und dort waren rund ein Dutzend Trieren und ein paar Dieren. Sie wurden dazu eingesetzt, die Piraten in Schach zu halten, die nun wieder verstärkt ihr Unwesen an der Küste treiben, da so viele Söldner herrenlos umherziehen.»

«Dann werden wir zwei Probleme auf einen Schlag lösen, indem wir die Flotte vergrößern: Wir beschäftigen mehr Söldner, sodass diese nicht mehr in Versuchung geraten, sich als Piraten zu betätigen, und mit der vergrößerten Streitmacht können wir wirksamer gegen die Piraten vorgehen, die sich weigern, sich in unserer Kriegsflotte zu verdingen.» Er richtete den Blick auf den Thron und legte den Kopf schief, als lausche er aufmerksam. Dann nickte er. «Wir sollten uns bereit machen, um übermorgen aufzubrechen. Teutamos, du wirst in Tarsos bleiben und Söldner für die Armee und die Flotte anwerben. Wir marschieren indessen weiter südwärts nach Phönizien und bringen die Häfen in unsere Gewalt, in denen Ptolemaios Schiffe bauen lässt, mitsamt all seinen noch im Bau befindlichen Schiffen.»

PTOLEMAIOS
DER BASTARD

Es ist wahrhaftig ein erhabener Anblick», bestätigte Ptolemaios und legte einen Arm um Thais. Sie spazierten gemeinsam über den Hauptkai des sidonischen Hafens von Tyros, wo ein Schiff neben dem anderen lag. Alle rochen nach frisch behauenem Holz, und es wimmelte von Männern, die Vorräte an Bord brachten. «Einhundertdreiunddreißig Schiffe bis jetzt, keines kleiner als eine Triere. Und viele weitere sind noch im Bau. Meine Schiffsbauer entlang dieser Küste haben dieses Jahr alle Hände voll zu tun, und sie verwenden das beste Holz, das verfügbar ist: Zeder für den Rumpf, die Masten und das Deck, Eiche für den Kiel und Tanne für die Ruder. In Ägypten ist all das äußerst rar. In Zypern gibt es diese Materialien zwar in ausreichender Menge, aber ich finde, es ist doch viel besser, die Bestände anderer Leute zu nutzen. Meinst du nicht auch, meine Liebste?»

Thais nahm seine Hand von ihrer Schulter und küsste sie. Gerade kam eine Einheit Seesoldaten im Laufschritt vorbei und steuerte auf eine mächtige Pentere zu. «Und nun, da du eine zweite Kriegsflotte gebaut hast, was hast du nun damit vor?»

«Eigentlich ist es sogar meine dritte. Oder die vierte, wenn man die kleinere mitzählt, die in Apollonia in der Kyrenaika liegt.» Er hielt inne, um einen Trupp mit Tongefäßen beladener Männer vorbeizulassen. Der Aufseher verbeugte sich vor Ptolemaios, während dessen zwölf Leibwächter sich anspannten, die Hand am Schwertheft. «Eine in Alexandria, eine drüben bei Zypern, und diese wird hier in Tyros bleiben und den Küstenabschnitt sichern. Dann kann ich die Städte im Landesinneren und die kleineren Häfen ruhig sich selbst überlassen, ich habe immer noch die größte Flotte in der Region und die Möglichkeit, sie zu versorgen. Und sie liegt sicher in einer Hafenstadt, für deren Eroberung selbst Alexander seinerzeit zwei Jahre brauchte.»

«Meine Frage war nicht, wo die Flotte liegt – das sehe ich selbst. Meine Frage war, was du mit ihr vorhast.»

«Ja, das ist eine gute Frage, und die Antwort wusste ich bis vor Kurzem selbst noch nicht. Ich habe sie einfach bauen lassen, weil ich es kann und weil mir danach war.»

«Und welche Erkenntnis ist dir inzwischen gekommen?»

«Nun, ich habe einen Brief von Kassandros erhalten. Er ist kürzlich mit einer von Antigonos geliehenen Flotte in Athen eingetroffen. Er hat mich gebeten, seinen Anspruch auf die Regentschaft zu unterstützen. Ich persönlich kann mir niemanden vorstellen, der für das Amt weniger geeignet wäre als diese Giftkröte, aber er hat auch seine nützlichen Seiten. Zum Beispiel kann er beinahe so inbrünstig hassen wie Olympias. Und da er Alexander bis ins Mark hasste, würde Kassandros – anders als jeder andere Makedone – keinen Gedanken daran verschwenden, dass Olympias Alexanders Mutter war. Er hätte daher keine Skrupel, sie zu töten. Er ist der Einzige, der dazu imstande wäre, und jemand muss es bald tun.»

«Warum?», fragte Thais, während sie den fünfzehn Gruppen

zu je acht Ruderern einer Triere Platz machten, die sich mit Rudern auf den Schultern vorbeischlängelten.

«Abgesehen von der Tatsache, dass sie eine skrupellose, grausame und rachsüchtige Schlange ist?»

«Ja, abgesehen von diesen offensichtlichen Gründen.»

«Weil Polyperchon ihr Macht in Aussicht gestellt hat. Kassandros hat es mir erzählt, und er hat es von Adea, die mitsamt ihrem geliebten Schwachsinnigen von Polyperchon zu Kassandros übergelaufen ist. Angeblich hat Polyperchon Olympias eingeladen, die Erziehung des jungen Alexander in die Hand zu nehmen, damit er zu einem Makedonenkönig heranwächst und nicht zu einem genusssüchtigen, von den orientalischen Denkweisen seiner Mutter geprägten Mann. Im Grunde ein edles Ansinnen, darin sind wir uns wohl einig, aber was die Person betrifft, hätte Polyperchon keine schlechtere Wahl treffen können: Olympias wird in ihrer Rachsucht ein Blutbad in Makedonien anrichten.»

«Weshalb sollte es dich kümmern, was sie anstellt?»

«Weil ihr Ehrgeiz keine Grenzen kennt: Sie wird im Namen ihres Enkels Anspruch auf das gesamte Reich erheben. Und das Problem ist, sie ist der einzige Mensch, dem es gelingen könnte, all die verschiedenen Armeen unter einem Banner zu einen: Alexanders Banner. Alexander in Gestalt seines Sohnes und seiner Mutter. Für mich ist in diesem Szenario kein Platz. Ebenso wenig für Antigonos, Kassandros, Seleukos und wie sie alle heißen. Nein, man muss sie aufhalten, ehe sie zu weit geht, sonst ist alles in Gefahr, was wir in Triparadeisos erreicht haben.»

«Ich dachte, die Einigung von Triparadeisos sei sowieso zunichte.»

Ptolemaios dachte über diese Bemerkung nach, während er zusah, wie eine neu gebaute Triere durch die Hafeneinfahrt glitt, um sich der Flotte anzuschließen. *Einhundertvierunddreißig.* «Durchaus nicht. Ich habe immer noch Ägypten, Seleukos sitzt jetzt in Babylon, Peukestas herrscht nach wie vor in der Persis, Lysimachos in Thrakien, und Eumenes ist ein Geächteter. Die Götter allein wissen, was Peithon in Medien treibt, aber jedenfalls ist er dort, und Antigonos übt weiter das Amt des Oberkommandierenden von Asien aus – auch wenn er anscheinend das Recht in die eigene Hand nimmt und Satrapen, die ihm nicht gefallen, durch Verbündete ersetzt. Aber das betrifft die Zukunft. Vorerst ist das Einzige, was sich nennenswert verändert hat, der Status Makedoniens. Von uns anderen sitzt jeder in seinem eigenen kleinen Reich, und damit das so bleibt, bin ich bereit, diesem widerlichen Mann zu helfen.»

«Dann wirst du also Kassandros anbieten, ihm einige dieser Schiffe zu leihen, wenn Antigonos seine Flotte von ihm zurückfordert.»

«Anbieten werde ich sie ihm auf jeden Fall – ob ich sie ihm wirklich leihe, ist eine andere Frage. Aber nun, da die Schiffe fertig sind, kommt das durchaus infrage. Ich habe also eine Mehrzweckflotte. Mir scheint, ich habe in diesem Jahr einiges erreicht.»

«In der Tat.» Sie sah zu ihm auf. «Aber sage mir doch, planst du wirklich, die Städte im Landesinneren wieder aufzugeben – Damaskos, Hierosolyma, Jericho?»

«Ich plane es nicht, aber sollte jemand in den Süden kommen und versuchen, sie mir abzunehmen – ich denke da an Antigonos –, dann sehe ich keinen Grund, Krieg um sie zu führen. Einen Krieg, den ich nach derzeitigem Stand der Dinge wohl auf lange Sicht verlieren würde. Diese Städte haben für mich ihren Zweck erfüllt.»

«Welchen Zweck denn?»

«Den Hafen von Tyros mit Schiffen zu füllen, mit neuen

Schiffen.» Er machte eine Geste, die den ganzen betriebsamen Hafen einschloss. «Da sind sie nun alle. Nein, meine Liebe, jetzt, da das Werk fast vollendet ist, werde ich mit der Armee wieder nach Ägypten gehen. Ich werde in den Städten Garnisonen zurücklassen mit dem Befehl, sich nach Tyros zurückzuziehen, falls ein Feind naht. Das wären dann die Truppen, mit denen ich diese Schiffe bemannen würde, falls ich beschließen sollte, Kassandros zu unterstützen.» Er richtete den Blick zum Horizont und schüttelte den Kopf. «Nein, es ist nicht nötig, um dieses Land einen Krieg zu führen – wenigstens noch nicht.»

«Mein Herr», sagte Lykortas, Ptolemaios' Hofmeister, und kam auf ihn zu, so schnell er in seinen langen Gewändern gehen konnte.

«Was gibt es, Lykortas?»

«Es ist uns endlich gelungen, den Verbanntenjäger hierherzulocken. Archias kommt soeben an.» Der Hofmeister zeigte auf ein Schiff. Im Bug stand unverkennbar der Verbanntenjäger, umringt von seinen sieben furchterregenden Thrakern. Trotz der Hitze hier im Süden trugen sie alle ihre Fuchsfellmützen.

«Lasse ihn in den Audienzsaal führen – wohlgemerkt allein. Seine kleinen Freunde sollen nicht hören, was ich zu sagen habe.»

«Sehr wohl, Herr.»

«Und schicke meinem Trierarchos eine Nachricht, er soll mein Schiff und die Eskorten bereit machen, damit wir nach Ägypten aufbrechen können, sobald ich mit Archias gesprochen habe.»

«Sehr wohl, Herr.»

«Das ist wahrlich ein Glück, ich wollte schon seit einiger Zeit mit ihm reden», sagte Ptolemaios vor sich hin, während er Lykortas nachsah, der sich watschelnd der anlegenden Triere näherte. «Mit seiner Hilfe werde ich dafür sorgen, dass Kassandros Olympias tötet. Nun, da ich ihn hier habe, können wir wirklich heimkehren.» Er wandte sich ab und ging zurück in die Stadt.

«Ich für meinen Teil werde froh sein, nach Ägypten zurückzukehren und die Kinder wiederzusehen», bemerkte Thais, nachdem sie eine Weile einträchtig geschwiegen hatten. Sie traten eben durch das Hafentor in die engen, gedrängt vollen Straßen von Tyros. «Eurydike wird sich sicher auch freuen, dich wiederzuhaben. Und du kannst endlich deinen kleinen Sohn kennenlernen.»

Ptolemaios lächelte beim Gedanken an seinen ersten ehelichen Sohn, der im Frühjahr zur Welt gekommen war und seinen Namen trug. Seine Leibwache bahnte ihm und Thais einen Weg durch die Menge, die ihnen überwiegend freundlich gesinnt war. Es gehörte von jeher zu Ptolemaios' Politik, eroberte Städte mit Respekt zu behandeln, denn er war der Überzeugung, dass das Wohlwollen des Volkes ihm viel mehr nutzte als eine hohe Besteuerung. «Ja, ich freue mich darauf, meinen Sohn und Erben zu sehen. Ich werde wohl seine Mutter erneut schwängern müssen – nun, es ist besser, wenn ich es tue, als jemand anders.»

«Warum denn nur sie?»

Ptolemaios warf Thais einen Seitenblick zu. «Ich dachte, du wolltest keine Kinder mehr.»

Thais quiekte belustigt. «Ich! Oh nein, Ptolemaios, Liebster, das tue ich mir nicht noch einmal an. Drei sind wirklich genug, wir bleiben bei den sicheren Praktiken.» Sie zwinkerte ihm vielsagend zu und versetzte ihm einen Klaps aufs Hinterteil. Die Leibwächter taten, als bemerkten sie nichts. «Nein, ich rede von dynastischer Politik, mein Liebster, nicht davon, dass du es mit deiner Konkubine treibst.»

Ptolemaios war ebenso interessiert wie erregt. «Sprich nur

weiter. Aber fasse dich kurz, denn ich glaube, wenn wir wieder im Palast sind, brauchen wir beide erst einmal ein Bad. Und ich meine keines von der beruhigenden Sorte.» Er erwiderte den Klaps, dass seine Handfläche ebenso brannte wie ihr Hinterteil.

Thais machte einen kleinen Hüpfer. «Oooh, danke, das bringt mich in Stimmung. Wo war ich doch gleich?»

«Bei dynastischer Politik?»

«Ach ja, die dynastische Politik. Aber wenn ich es mir recht überlege, kann die warten, bis wir uns nach dem Bad wieder besser konzentrieren können.»

Thais schmiegte sich in Ptolemaios' Armbeuge, als sie gemeinsam auf einer Liege in einem schattigen Winkel der Lustgärten des Palastes ruhten. Ihr Haar war noch nass, und ihr leichtes Untergewand klebte ihr am Körper, sodass jede Rundung zu sehen war. «Nun, gehen wir einmal davon aus, du hinterlässt alles, was du vom Reich in deinen Besitz bringst, deinem legitimen Sohn. Der junge Ptolemaios, den Eurydike unlängst zur Welt gebracht hat, wäre also dein Erbe.»

Ptolemaios, noch immer nackt, tauchte aus der warmen Benommenheit geschlechtlicher Befriedigung auf, die ihn umfing, seit er bebend zum Höhepunkt gekommen war. Er küsste Thais auf die Stirn. «Richtig, vorausgesetzt, der Kleine überlebt.»

«Meine Frage ist: Wenn man bedenkt, dass Antipatros sein Großvater ist, besser gesagt war, und Kassandros sein Onkel ist – steht er dann nicht in zu enger Verbindung mit dieser Sippe? Wenn Kassandros in Makedonien die Macht übernimmt – und es liegt nahe, dass das geschehen wird, erst recht, wenn du ihn unterstützt –, kann er dort natürlich die besten makedonischen Soldaten rekrutieren. Er wird zu einer ernst zu nehmenden Macht werden, und zweifellos wird er das Kind und den Schwachsinnigen umbringen und sich selbst zum König machen.»

«Aber er wird in Europa bleiben. Er hat nicht das Zeug dazu, von dort aus zu expandieren.»

«Das sagst du, aber bedenke: Was, wenn er dich überlebt? Das ist sehr wahrscheinlich, sofern ihr beide eines natürlichen Todes sterbt, immerhin ist er deutlich jünger als du. Und wenn er dann sieht, wie sein Neffe den Thron von Ägypten besteigt, könnte ihn das nicht dazu verleiten, als Verwandter Ansprüche zu erheben?»

«Unwahrscheinlich, und selbst wenn, hätte er nicht die Mittel dazu, seine Ansprüche durchzusetzen.»

Thais nahm seinen Penis in die Hand und spielte gedankenverloren damit. «Dem stimme ich zu. Aber nun betrachte die Sache einmal andersherum: Du überlebst Kassandros, weil er in der Schlacht fällt, ermordet wird, mit einem Schiff untergeht –»

«Oder von innen heraus von Würmern zerfressen wird, weil er so widerlich ist.»

«Ja, oder das. Jedenfalls angenommen, er stirbt früh und hinterlässt Söhne, die noch zu jung sind, um ohne einen Regenten zu herrschen – wer könnte dann Anspruch auf den Thron von Makedonien erheben?»

Ptolemaios' Miene erhellte sich, da er allmählich begriff, worauf sie hinauswollte. «Ein Neffe hätte einen starken Anspruch.»

«So ist es. Erst recht, wenn dieser Neffe der Sohn von Ptolemaios wäre, der angeblich Alexanders illegitimer Halbbruder ist. Was immer geschieht, der junge Ptolemaios wird stets ein paar Jahre älter sein als Kassandros' erstgeborener Sohn – immer vorausgesetzt, es gibt überhaupt eine Frau auf der Welt, die tapfer genug ist, für ihn die Beine breit zu machen.»

Ptolemaios drehte sie zu sich herum und küsste sie auf den Mund. «Thais, du bist ein Genie.»

«Ich weiß», antwortete sie, als sie den Kuss erwidert hatte und fühlte, wie sein Penis anschwoll. «Aber könnte ein einziger Mann sowohl über Ägypten als auch über Makedonien herrschen?»

«Nicht, solange nicht auch alles Land dazwischen Teil desselben Reiches ist.»

«Du bräuchtest also noch einen zweiten Sohn. Dieser sollte aber nicht mit Kassandros' Sippe verwandt sein. Dann können er und Ptolemaios sich nicht um Makedonien streiten, weil er keinen dynastischen Anspruch auf den makedonischen Thron hätte. Dennoch muss auch dieser Sohn zum König taugen, und das schließt unsere gemeinsamen Söhne aus.»

«Wer sollte mir dann einen solchen Sohn schenken?»

«Berenike.»

«Berenike?»

«Ja, sie ist hervorragend geeignet. Sie ist die Tochter von Antigone, einer makedonischen Prinzessin, und als Kassandros' Cousine nicht zu eng mit ihm verwandt.»

«Sie ist aber auch Eurydikes Cousine. Ich glaube kaum, dass Eurydike diese Vorstellung gefallen wird.»

Thais küsste seine Brust und arbeitete sich mit den Lippen weiter nach unten vor. «Eurydike entstammt einem edlen Geschlecht, sie versteht dynastische Politik.»

Ptolemaios schloss die Augen, als Thais ihr Ziel erreichte. «Aber Berenike hat bereits Kinder.»

«Die Zwillingsmädchen kannst du wunderbar mit den Sprösslingen irgendwelcher Kleinkönige verheiraten, und der Knabe könnte dir später einmal als abhängiger Herrscher in einem deiner angeschlossenen Gebiete nützlich sein. Diese Kinder sind eher eine Bereicherung als ein Hindernis.»

«Und Berenike?»

«Hat bereits ein Auge auf dich geworfen, das weiß ich. Aber jetzt hör auf, mir Fragen zu stellen – ich bin beschäftigt, und es gehört sich nicht, mit vollem Mund zu sprechen.»

Ptolemaios lächelte und streckte sich aus, die Hände hinter dem Kopf. Er blickte in die Zweige eines Mandelbaums auf, durch dessen Laub das Sonnenlicht in Flecken fiel, und lauschte auf die Schreie der allgegenwärtigen Möwen, die über der Stadt und dem Hafen kreisten.

«Herr», sagte Lykortas, nachdem Thais bereits wieder eine angemessene Zeit in seiner Armbeuge lag.

Der Zeitpunkt war so gut gewählt, dass Ptolemaios wusste: Der Hofmeister musste sie gesehen und sich wieder zurückgezogen haben, um abzuwarten, bis sie fertig waren. «Was gibt es?»

«Der Verbanntenjäger erwartet dich im Audienzsaal.»

«Ich komme gleich.»

«Gewiss, Herr. Aber zuvor wäre da noch etwas: Unser alter Freund Babrak ist hier und möchte dich sprechen. Er sagt, er hat Neuigkeiten, die dich interessieren dürften. Es geht um Eumenes.»

«Oh, Eumenes, Eumenes, Eumenes», sagte Ptolemaios belustigt. «Du bist doch nicht nur ein schlauer und listiger kleiner Grieche, sondern auch ein überaus vom Glück begünstigter.» Er wandte sich wieder dem orientalisch aussehenden Mann zu, der auf der Terrasse der Lustgärten saß. Von hier aus hatte man einen guten Ausblick auf Tyros. «Der kleine Grieche steigt also zur Seemacht auf, wie, Babrak?»

Der Kaufmann aus dem Volk der Pakhta zeigte seine rötlich verfärbten Zähne und legte die rechte Hand an die Brust. Seine dunklen Augen blickten verlegen. «Dafür kann ich mich nicht persönlich verbürgen, Herr. Ich hörte es vor drei Tagen von einem Vetter, der mit einer Karawane kappadokisches Salz nach Babylon brachte. Wie Ihr ja wisst, kam ich gerade aus Babylon. Ich habe keinen Grund, ihm nicht zu glauben, aber wenn man einen Knaben auf dem Sklavenmarkt kauft, sollte man sich besser selbst vergewissern, dass er noch Jungfrau ist, als auf das Wort des Verkäufers zu vertrauen.»

«Ganz recht», sagte Ptolemaios, der sich im Stillen fragte, wie man sich wohl von der Jungfräulichkeit eines Knaben überzeugte, und entschied, solche Dinge den Experten zu überlassen. Er ordnete seine Gedanken und ließ sich indessen auf einem Korbstuhl mit hoher Lehne gegenüber seinem Gast nieder. «Dein Vetter sagt also, Antigonos ist nun praktisch ein Geächteter, Eumenes ist Polyperchons Oberkommandierender in Asien, und Antigenes dient unter ihm.»

Babrak neigte den Kopf und breitete die Hände aus. «Ich hätte es nicht treffender zusammenfassen können, Herr.»

«Und sie marschieren in unsere Richtung.»

«So ist es, Herr.»

Ptolemaios kicherte. «Oh, Eumenes, Eumenes, Eumenes. Du lässt nicht locker, wie? Irgendwann wird deine Beharrlichkeit noch dein Tod sein.» Er stand wieder auf, gürtete sein Gewand und blickte über die Stadt hinaus entlang der Küste nach Norden.

Ein Jammer, Berytos, Tripolis und Damaskos aufzugeben, aber Eumenes wird sie nicht lange halten können. Und Tyros bekommt er nicht.

«Was meinte dein Vetter, wann Eumenes in Syrien eintreffen wird, Babrak?»

«Er sagte, er habe Tarsos bereits verlassen und sei nun irgendwo an der Küste, an einem Ort, wo Alexander einst gegen Dareios kämpfte.»

«Bei Issos? Dann marschiert er schnell.»

Bei diesem Tempo wird er zweifellos viele meiner Schiffe erbeuten, die noch im Bau sind. Ich muss eben sicherstellen, dass ich sie mir zurückhole. Vielleicht sollte ich ein paar Aufwiegler mit reichlich Geld in sein Lager schicken, um zu sehen, ob die Treue seiner Männer zu ihm nicht zu erschüttern ist.

Er überdachte die Angelegenheit ein paar Augenblicke lang, dann nahm er einen Geldbeutel von dem Tisch neben sich, drehte sich wieder zu Babrak um und warf ihm das Geld zu. «Und was gibt es Neues aus dem Osten? Wie benimmt sich unser guter Freund Seleukos?»

«Ich hatte erst vorigen Monat ein höchst interessantes Gespräch mit Seleukos, Herr, und er war überaus großzügig zu mir, was die Entlohnung, Verköstigung und Auswahl an Bettgefährten betrifft. Wusstet Ihr, dass die Knaben im südlichen Mesopotamien für ihren Einfallsreichtum, ihre Hemmungslosigkeit und Geschmeidigkeit hoch geschätzt werden?»

«Nein, Babrak, das wusste ich nicht. Wie faszinierend, ich werde es mir gewiss merken.»

Ein verträumter Ausdruck trat in die Augen des Kaufmanns, doch als er den Geldbeutel in der Hand wog, wurde sein Blick gleich wieder klar. «Aber Seleukos scheint sich in Babylon sehr gut eingerichtet zu haben. In der Stadt wimmelte es nicht von Soldaten, wie man es so oft sieht, wenn die einheimische Bevölkerung ihren Herrscher nicht liebt. Ich glaube, er wollte, dass ich Euch erzähle, wie sicher er sich fühlt, denn er hat es geschickt so eingerichtet, dass ich einen Blick auf einen Aufmarsch seiner gesamten Armee erhaschen konnte, ohne dass er sie mir offiziell vorführte.»

«Und?»

«Eine Phalanx von gut sechzehneinhalbtausend Mann, zweitausendsiebenhundert makedonische und thessalische

Reiter, viertausend Mann Kavallerie aus diversen asiatischen Ländern, hauptsächlich berittene Bogenschützen, fünftausenddreihundert griechische und thrakische Söldnerpeltasten, zweiunddreißig Elefanten und über siebentausend leichte Krieger mit Bogen, Schleudern oder Wurfspeeren.»

«Und das weißt du so genau, nachdem du nur einen Blick auf sie erhascht hast?»

«Herr, am Anblick eines solchen Reichtums an Informationen weiden sich meine Augen wie ein Mann, der nach einer dreimonatigen Reise mit demselben Bettgefährten das erste Mal wieder einen frischen Knaben vernascht: ausgiebig und mit Dringlichkeit, doch nicht so hastig, dass es zu Fehlern käme.»

Der Mann ist besessen. «Nun ja, sehr schön, Babrak. Das ist eine rechtschaffen große Armee zur Verteidigung, aber nicht für einen Angriffskrieg. Sehr erfreulich. Lass uns ein Stück gemeinsam gehen.» Er wandte sich ab und betrat den Säulengang, der die Lustgärten in zwei Hälften teilte. Hier, hoch über der Stadt, wehte eine frische Brise. «Wohin bist du eigentlich unterwegs?», erkundigte sich Ptolemaios, während er innehielt, um eine Blüte zu bewundern, eine von vielen in einem Beet um einen sanft plätschernden Springbrunnen in Form eines riesigen Fisches.

«In Euer Land Ägypten, Herr. Nach Alexandria, um genau zu sein. Seit Ihr nach der Eroberung Hierosolymas so viele versklavte Juden dorthin brachtet, hat die Stadt für den Handel an Bedeutung gewonnen.»

«Das war der Sinn der Übung, unter anderem. Der andere Zweck war ... Nun, das spielt jetzt keine Rolle. Wenn du deine Geschäfte dort abgewickelt hast, wirst du dann wieder zurück in den Osten gehen?»

«Ja, Herr.»

«Dann komm zu mir, bevor du dich auf den Weg machst. Ich werde vor dir dort sein, da ich noch heute aufbreche – nach einer weiteren hoffentlich ergiebigen Unterredung.»

«Nachdem wir die Männer getötet hatten, die du geschickt hattest, um uns gefangen zu nehmen», berichtete Archias mit breitem, freundlichem Lächeln, «entschied ich, es sei das Beste, für eine Weile zu verschwinden. Eumenes war zu gut geschützt, aber selbst wenn ich zu ihm gelangt wäre und den kleinen Hurensohn getötet hätte, wäre ungewiss gewesen, ob ich meinen Lohn bekommen würde. Es war ja abzusehen, dass Antipatros nach dem Verlust von Iolaos nicht mehr lange zu leben hatte. ‹Denn im Unglück altern die armen Sterblichen frühe.›»

«Gewiss.» Ptolemaios fragte sich kurz, woher dieses Zitat wohl stammte, doch er schob den Gedanken von sich. «Und was hat dich letztlich veranlasst, zu mir zu kommen?»

Archias zögerte nicht mit der Antwort. «Was treibt die Menschen an? Geld, schlicht und einfach.» Er hielt inne, um an dem Wein zu schnuppern, den ein sichtlich gereizter Lykortas ihm angeboten hatte. «‹Denn dem ermüdeten Mann ist der Wein ja kräftige Stärkung›, und ich hatte eine anstrengende Reise hierher.» Er kostete einen Schluck, und seine Miene erhellte sich. «Nun verstehe ich, weshalb dein Hofmeister so unwillig war, mir diesen einzuschenken – mir, einem einstigen Tragödienschauspieler und nunmehr Kopfjäger. Viel zu gut für meinesgleichen, dachte er sich, das habe ich ihm angesehen.» Er trank noch einen Schluck und nickte anerkennend. «Köstlich. Nicht der beste, den ich je getrunken habe, und zweifellos nicht der beste, den du anzubieten hast, aber doch gut genug, um mir zu schmeicheln und zu zeigen, dass du es ernst meinst.»

Ptolemaios neigte den Kopf. Er konnte nicht anders, als

den Mann zu mögen. «Vielleicht möchtest du ja zu mir nach Alexandria kommen, wenn die Geschäfte abgeschlossen sind, dann könnten wir einen besseren Jahrgang kosten.»

«Das könnte der Beginn einer überaus fruchtbaren Beziehung sein.» Archias lächelte wieder, nahm noch einen Schluck und stellte den Becher auf den runden Marmortisch. Dann faltete er die Hände im Schoß und lehnte sich zurück, wie um aufmerksam einem Angebot zu lauschen.

Ptolemaios musterte den Verbanntenjäger einige Augenblicke lang, überrascht, wie gut er in seinen einstigen Beruf zu passen schien und wie wenig man ihm sein derzeitiges Gewerbe ansah. *Er ist sehr selbstsicher – das kann im Umgang mit Olympias nur von Vorteil sein.* «Hast du *Alexanders letzte Tage und sein Testament* gelesen?»

«Ich war Schauspieler. Selbstverständlich lese ich alles, was mit mir zu tun hat.»

«Dann weißt du auch, welche Rolle du angeblich bei Alexanders Tod gespielt hast.»

«Welche Rolle ich angeblich gespielt habe? Ptolemaios, ich habe gar keine Rolle bei Alexanders Tod gespielt, ich habe lediglich ein gewisses Gift für Kassandros beschafft und dafür einen größeren Geldbetrag erhalten. Was er nach diesem Austausch mit dem Gift tat, damit habe ich nichts zu tun.»

«Dann leugnest du also nicht, dass du Kassandros das Gift besorgt hast?»

«Natürlich nicht. Ich stehe zu dem, was ich getan habe.»

«Wärest du dann auch bereit – gegen eine beträchtliche Entschädigung, versteht sich –»

«Versteht sich.»

Ptolemaios neigte abermals den Kopf. «Versteht sich. Wärest du also bereit, zu Olympias zu gehen und ihr zu sagen, dass das, was in *Alexanders letzte Tage und sein Testament* steht, die Wahrheit ist: dass Kassandros das Gift wirklich von dir bekam?»

«Aber zum fraglichen Zeitpunkt hatte ich keine Ahnung, wofür er es haben wollte.»

«Gewiss.»

«Bis ich drei Tatsachen miteinander in Verbindung brachte: dass Kassandros mit einem Gift, welches ich für ihn beschafft hatte, nach Babylon ging; dass sein Halbbruder Iolaos Alexanders Mundschenk war und für ihn die Getränke anmischte; und schließlich Alexanders Tod ein paar Tage nach Kassandros' Eintreffen. Es kann keinen Zweifel daran geben, dass Kassandros für den Tod ihres Sohnes verantwortlich war.»

«Ganz genau.»

«Und was meinst du, wie lange ich noch leben würde, nachdem ich der rachsüchtigsten Frau auf Erden das erzählt hätte?»

«Die Gefahr wird sich im Honorar niederschlagen.»

«Und das wäre?»

«Zehn Goldtalente für dich und ein Silbertalent für jeden deiner kleinen Freunde.»

«So klein sind sie gar nicht», erwiderte Archias, der vergeblich versuchte, seine Verblüffung zu verbergen.

«Ich schließe aus deinem Gesichtsausdruck, dass die Bezahlung dir genehm ist?»

«Sie ist überaus großzügig.»

«Die Hälfte bekommst du im Voraus. Lykortas wird sich darum kümmern, wenn wir hier fertig sind. Die andere Hälfte wird ausgezahlt, wenn du anschließend zu mir nach Alexandria kommst.»

«Einverstanden. Aber sage mir, wozu unternimmst du all diese Anstrengungen, nur um Olympias zu bestätigen, was sie gewiss bereits argwöhnt?»

«Archias, für gewöhnlich erörtere ich meine Beweggründe

nicht mit anderen, aber da du ein großes Risiko auf dich nimmst, werde ich dieses eine Mal eine Ausnahme machen. Ja, sie argwöhnt bereits, wer es war, sie ist sogar überzeugt davon. Aber sie hat keine Gewissheit. Ich kenne das Wesen der Bestie, die ich reize, und wenn sie erst einen schlüssigen Beweis dafür hat, wer hinter dem Verbrechen steckt, wird sie vor keiner Gräueltat zurückschrecken, um sich zu rächen. Und wen wird ihre Rache dann treffen?»

Archias lächelte. «Kassandros.»

«Und seine ganze Sippe.»

«Er wird sie töten müssen.»

«Oder selbst sterben, zusammen mit all seinen Verwandten, und ich meine wirklich alle.»

«Aber wenn du ihren Tod wünschst, weshalb bezahlst du mich nicht einfach dafür, sie umzubringen?»

«Ich weiß, dass du diskret bist, aber irgendwie würde dennoch ans Licht kommen, dass ich den Mord an Alexanders Mutter in Auftrag gegeben habe. Dann würde es künftig vielleicht schwierig für mich, Soldaten anzuwerben, dauerhaft Verbündete zu finden und dergleichen.» Ptolemaios stand auf und gab seinem Besucher damit zu verstehen, dass die Audienz beendet war. «Ich ziehe es vor, wenn andere die weniger rühmlichen Taten für mich ausführen – in diesem Falle du und Kassandros.»

KASSANDROS
DER EIFERSÜCHTIGE

Und du kannst der Volksversammlung ausrichten, dass ich euch das Ackerland nicht zurückgebe, solange ihr nicht die Armen entrechtet – das heißt jeden, dessen Vermögen sich auf weniger als zweitausend Drachmen beläuft –, die Oligarchie wiederherstellt, den Mann meiner Wahl als Oberhaupt dieser Gruppe einsetzt und einwilligt, die Garnison zu unterhalten, die ich in der Festung auf dem Munychia in Piräus zurücklassen werde.» Kassandros blickte nacheinander in die bärtigen Gesichter der Athener Gesandtschaft, die in seinem Lager vor den Mauern Athens vor ihm stand – an derselben Stelle, wo auch Alexandros und Polyperchon gelagert hatten. Er zuckte die Achseln, wie um zu sagen: Das ist mein letztes Wort – entscheidet euch.

Ein Gesandter trat vor. «Aber Demetrios von Phaleron ist –»

« – der von mir bestimmte Mann!»

«Aber er ist Philosoph, kein Staatsmann.»

«Er ist mir und meiner Familie treu, alles andere interessiert mich nicht. Ihr habt euch das Ganze selbst eingebrockt, indem ihr Phokion und seine Freunde getötet habt.»

«Aber Demetrios von Phaleron ist noch nicht einmal vierzig.»

«Das bin ich auch nicht, und doch herrsche ich derzeit über Athen.»

«Aber er ist gar kein Athener. Wie kann einer, der kein Bürger ist, in der Volksversammlung abstimmen?»

«Glaubt ihr, das kümmert mich? Wenn es euch so wichtig ist, könnt ihr ihm ja die Bürgerrechte verleihen. Aber er ist ohnehin nicht da, um abzustimmen – er wird *euch* sagen, wie ihr abzustimmen habt.»

«Ein Diktator!»

«Ein Lenker. Jetzt geht mir aus den Augen, das alles ist nicht verhandelbar. Kommt wieder, wenn ihr euch entschieden habt, meine Bedingungen anzunehmen. Dann ziehe ich mit meiner Armee weiter, und ihr bekommt euer Land zurück. Bis dahin bleibe ich, und meine Männer essen eure Nahrung.» Kassandros entließ die Gesandtschaft mit einer Handbewegung, stand auf und ging zurück in sein Zelt. Dabei bemühte er sich, sein Hinken zu verbergen.

Diskutieren, diskutieren, die Griechen wollen immerzu nur diskutieren. Nie tun sie, was man ihnen sagt, ohne erst tausend Gründe zu nennen, weshalb sie besser etwas anderes tun sollten oder gar nichts. Ich hätte einfach einen aus der Gesandtschaft hinrichten sollen, um zu sehen, ob die anderen dann immer noch diskutieren.

Er lächelte bei der Vorstellung. *Vielleicht beim nächsten Mal.* Er setzte seinen Helm ab und warf ihn auf das Bett, dann goss er sich einen Becher Wein ein. Er trank einen großen Schluck und spürte sogleich die beruhigende Wirkung.

Seufzend ließ er sich auf einen Stuhl fallen und trank den Becher leer. Er hatte ein paar hektische Tage hinter sich, Tage, an denen er immer wieder schnell reagieren musste, um zu seinem Vorteil auszunutzen, was ihm als monumentaler Fehler auf Alexandros' Seite erschien: Nicht lange nachdem dessen Vater Polyperchon seine Armee nach Megalopolis geführt hatte, war Alexandros aus irgendeinem Grund, den Kassandros noch nicht verstand, abgezogen. Kassandros hatte zwar befürchtet, das sei eine Falle, hatte sich die Gelegenheit aber dennoch nicht entgehen lassen wollen. Er hatte also seine Armee – inzwischen durch Söldner verstärkt, aber noch immer nicht groß genug für eine ernst zu nehmende Streitmacht – aus Piräus hergeführt, um den Platz einzunehmen, den Alexandros jüngst geräumt hatte. Nichts geschah, kein Angriff erfolgte, und so war er nun der neue Herrscher Athens. Er schüttelte den Kopf über dieses unglaubliche Glück. Nun brauchte er nur noch mehr Soldaten. *Wo bleibt Nikanor?*

Kassandros hätte eigentlich schon vor Tagen mit Nikanor von Sindos gerechnet, vorausgesetzt, die Flotte von Kleitos dem Weißen hatte ihn nicht geschlagen. Das hielt er allerdings für unwahrscheinlich, sofern der Plan gelungen war, Kleitos zwischen Antigonos' Flotte in der Propontis und Nikanors in die Zange zu nehmen, wenn Letztere durch den Hellespont kam. Und es bestand kein Grund, etwas anderes anzunehmen. Dennoch gab es keine Nachricht von dem Mann, der doch bereits vor mehr als einem halben Mond aufgebrochen war. Kassandros schlug sich mit der Faust auf den Oberschenkel und bereute es sofort, denn es war sein versehrtes Bein.

Wenn Antigonos ihn zurückgehalten hat, verzeihe ich ihm das nie. Das war seine größte Sorge, denn er brauchte diese Flotte, um seine Armee auf dem Marsch nach Norden zu versorgen und sie vielleicht sogar am Engpass der Thermopylen vorbeizutransportieren, falls Polyperchon diesen besetzt haben sollte. Er verfluchte sich selbst dafür, dass er Nikanor überhaupt ausgeschickt hatte, aber Adeas Informationen über Kleitos' Bewegungen und die Aussicht, Polyperchons Kriegsflotte vernichten zu können, waren unwiderstehlich gewesen. Allerdings hatte das Ganze, sofern es gelang, eine unliebsame Konsequenz: Es half auch Antigonos. Er beherrschte fortan die asiatische Küste, und nichts konnte ihn daran hindern, seine Armee nach Europa überzusetzen, vorausgesetzt, er einigte sich mit Lysimachos.

Kassandros schäumte vor Wut, als ihm klar wurde, dass er sich womöglich selbst ein Bein gestellt hatte: Er hatte sich in ganz und gar eigennütziger Absicht feindlicher Schiffe in griechischen und makedonischen Gewässern entledigen wollen, und nun schien es, als könnte diese Unternehmung ihn seine Flotte gekostet haben – die Flotte, die er zurückzugeben versprochen hatte, in Wahrheit jedoch behalten wollte. Möglicherweise ließ Antigonos nicht zu, dass sie die Propontis wieder verließ.

Umso erleichterter war er, als seine jüngeren Zwillingsbrüder in sein Zelt gerannt kamen, strahlend vor Freude und Erleichterung. «Er ist in Sicht», verkündete Philippos.

«Wer?», fragte Kassandros unwirsch. Er hatte sich bei den Grübeleien über Nikanors Ausbleiben in seine Wut hineingesteigert.

«Nikanor von Sindos mit der Flotte.»

Kassandros sprang auf. «Götter der Unterwelt! Endlich. Ich gehe hinunter nach Piräus und nehme ihn persönlich in Empfang.»

Doch Kassandros empfand keine Erleichterung, als er die Flotte durch die breite Hafeneinfahrt gleiten sah, sondern Wut. Er zürnte nicht über die Verluste, welche die Flotte erlitten hatte – von den ursprünglich einhundertfünf Schiffen kehrten kaum mehr als zwei Drittel zurück –, sondern über die Art und Weise ihrer Rückkehr.

Er inszeniert sich, als stünde er mit mir auf einer Stufe. Wie kann er es wagen, vor meinen Augen den Ruhm für sich zu beanspruchen?

Wieder schlug Kassandros sich auf den Schenkel, und wieder bereute er es, doch die Provokation war einfach unerträglich: Nikanor von Sindos kehrte wie ein siegreicher General nach Piräus zurück – was er ja in gewisser Weise auch war. Seine Schiffe waren mit den Trophäen des Seekrieges geschmückt. Und die Garnison jubelte, als Nikanor in den Hafen einlief, und seine Seesoldaten und Matrosen jubelten ebenfalls, alle schwenkten Hüte oder Tücher, priesen lautstark die Siegesgöttin Nike und versprachen ihr reichliche Opfer.

Es kostete Kassandros gigantische Anstrengung, nicht vor Zorn zu beben. Niemand sollte ihm seine Stimmung anmerken und wissen, woran er solchen Anstoß nahm. *Ich muss diese Angelegenheit schnell ins Reine bringen, er darf nicht vorgewarnt sein.*

Daher zwang er sich zu lächeln, so gut er es eben vermochte, während Nikanors Schiff unter allgemeinem Jubel anlegte.

«Mein Freund.» Kassandros hinkte dem siegreichen General auf dem Kai entgegen und breitete zur Begrüßung die Arme aus. «Darf ich daraus schließen, dass die Unternehmung ein Erfolg war?»

Nikanor warf den Kopf zurück und lachte schallend. «Ein Erfolg, Kassandros? Sie war mehr als nur ein Erfolg: Wir haben den Gegner vollständig vernichtet. Nur ein einziges Schiff ist entkommen. Polyperchon hat keine Kriegsflotte mehr. Wir sind die Herren dieser Gewässer, Kassandros. Wir können gehen, wohin es uns beliebt.» Damit fiel Nikanor Kassandros in die Arme, und sie klopften einander auf den Rücken und versicherten sich ihrer Freundschaft und gegenseitigen Unterstützung.

«Gegenseitige Unterstützung!», stieß Kassandros hervor und bedachte Pleistarchos und Philippos mit finsteren Blicken, als hätten sie diese Ungeheuerlichkeit geäußert. «Gegenseitige Unterstützung, als seien wir Gleichgestellte! *Er* unterstützt *mich* in fragloser Loyalität, nicht umgekehrt. Das ist nicht gegenseitig!» Er hielt inne, um Luft zu holen. Er ließ sich nun schon eine ganze Weile über das Thema aus und hatte sich wieder einmal genüsslich in seine Wut hineingesteigert. «Und habt ihr ihn gehört? ‹Wir sind die Herren dieser Gewässer, Kassandros. Wir können gehen, wohin es uns beliebt.›» Er äffte Nikanors Tonfall nach. «Wir! *Wir* sind die Herren! Es gibt nur einen Herrn in Griechenland und Makedonien, und zwar mich!» Er trat gegen einen Faltschemel, sodass dieser durch die Luft flog. Die Zwillinge wichen nach entgegengesetzten Seiten aus. «Hole mir meinen Sekretär her, Pleistarchos, und du, Philippos, suche ein halbes Dutzend wirklich vertrauenswürdige Männer und bringe sie in meine Gemächer in Piräus. Ich werde Nikanor zeigen, was gegenseitige Unterstützung heißt. Ich werde ihn so erhöhen, dass der Fall umso dramatischer wird.»

Die Zwillinge eilten hinaus, Kassandros blieb vor rechtschaffener Entrüstung schäumend im Zelt zurück.

Gegenseitige Unterstützung – wie kann er es wagen? Nun, es wird eine nützliche Lektion für andere sein. Alle sollen sehen, wie es Leuten ergeht, die versuchen, sich mit mir auf eine Stufe zu stellen.

Die Ankunft des Sekretärs besänftigte Kassandros keineswegs. Er versetzte dem Mann einen Tritt ins Hinterteil, damit er schneller an sein Schreibpult ging.

«Fertig?», fragte Kassandros schroff, als der Sekretär feinen Sand über die eben vollendete Reinschrift des Briefes streute.

«Ja, Herr», flüsterte der Sekretär. Seine Stimme war noch ganz zittrig, da er zuvor ein hastiges und wütendes Diktat aufgenommen hatte.

Kassandros riss den Brief an sich und las ihn durch, dann drückte er ihn seinem Sekretär wieder in die Hände. «Setze die Namen der Oberhäupter aller führenden Familien in Pella und Umgebung darunter, außerdem den meiner Stiefmutter Hyperia und meines Bruders Nikanor.» Er hielt kurz inne und dachte an den ältesten Leibwächter Alexanders, der sich im Ruhestand auf seinen Landgütern im Westen aufhielt, nachdem Antigonos ihn auf Zypern besiegt hatte. «Aber nicht Aristonous, das hieße, die Glaubwürdigkeit allzu sehr zu strapazieren. Wenn du damit fertig bist, schreibe einen ähnlichen Brief, als käme er von den führenden Familien von Pydna, du verstehst?»

«Ja, Herr», kam die Antwort mit zitternder Stimme.

«Gut. Wenn das erledigt ist, lasse die Briefe zu mir bringen, wenn ich heute Abend mit Nikanor von Sindos spazieren gehe. Es soll der Anschein entstehen, sie seien soeben eingetroffen.»

Als die Sonne flammend am westlichen Himmel stand, spazierte Kassandros in scheinbar leutseliger Stimmung am Hafen, einen Arm um Nikanors Schultern gelegt. «Zweiundsiebzig Schiffe sind zweiundsiebzig mehr, als Polyperchon hat, mein Freund. Ja, es war eine Schande, so viele zu verlieren, aber *wir* haben noch immer genug, um den Krieg zu Polyperchon und Alexandros auf die Peloponnes zu tragen. Polyperchon sitzt gerade vor Megalopolis fest, da er die Stadt belagert. Wir bringen die Armee übers Meer zur Bucht von Argolis und setzen sie dort an Land. Ich marschiere landeinwärts und erobere Tegea von Polyperchon zurück, und dann greifen wir ihn bei Megalopolis an, sofern er bis dahin noch nicht zurückgeschlagen wurde. Indessen versorgst du mich von Athen aus mit Nachschub.»

«Gemeinsam fegen wir Polyperchon und seinen Sohn aus

Griechenland hinweg», erwiderte Nikanor und schüttelte die Faust.

Während sie weitergingen, rief eine Stimme hinter ihnen: «Kassandros! Kassandros, Herr!»

Sie schauten sich um und erblickten den Sekretär, der mit zwei Schriftrollen auf sie zugerannt kam.

«Diese beiden Briefe sind eben für dich eingetroffen, Herr! Aus Makedonien.»

Kassandros nahm dem atemlosen Sekretär die Briefe ab, entließ ihn mit einer Handbewegung und entrollte das erste Schriftstück. Seine Augen weiteten sich, während er die Worte mit den Lippen formte, und dann las er laut: «… und wir bitten dich, nein, wir flehen dich an, unverzüglich nach Makedonien zu kommen und den Thron zu besteigen.» Er schaute Nikanor mit ungläubigen Augen an, dann zeigte er ihm die Liste der Namen am Ende des Briefes. «Den Thron? Ich?»

«Aber was ist mit König Philipp?», fragte Nikanor.

«Er ist tot. Roxane hat ihn vergiftet, kurz nachdem sie in Pella eintrafen. Die führenden Familien wollen nicht das Kind aus dem Osten zum König, zusammen mit seiner mordlustigen Mutter. Sie wollen Stärke und Stabilität, und gemeinsam könnten wir ihnen beides bieten.» Er schlug Nikanor auf die Schulter und grinste breit. «Geh und erteile die nötigen Anweisungen, drei Schiffe für die Reise nach Makedonien bereit zu machen. Wir legen morgen bei Tagesanbruch ab. Der Rest der Flotte soll sich auf die Expedition auf die Peloponnes vorbereiten, zu der wir noch vor Ende des Monats aufbrechen werden. Wenn du alle Vorkehrungen getroffen hast, komm zu mir in meine Gemächer, dann sprechen wir über unsere Zukunft in Makedonien.»

«Ich werde dich nicht lange warten lassen, Kassandros, mein guter Freund», versprach Nikanor. «Dies ist unsere Gelegenheit.»

Kassandros saß in einem Raum mit geschlossenen Fensterläden und lauschte, während Philippos Nikanor über den Hof zu seinen Gemächern in Piräus führte. Er lächelte kalt entschlossen, als ihm bewusst wurde, wie sehr er das hier genoss.

Philippos öffnete die Tür. Staubkörnchen tanzten in dem Lichtstreifen, der hereinfiel, während Nikanor beschwingten Schrittes den Raum betrat.

«Alles erledigt?», fragte Kassandros und lehnte sich in seinem Stuhl zurück.

«Alles erledigt», bestätigte Nikanor. Philippos trat ebenfalls ein und schloss die Tür hinter sich, sodass der Raum im Halbdunkel lag. Nikanor erstarrte, als er das Schloss klacken hörte. «Was geht hier vor sich?»

«Was denn, mein Freund?», fragte Kassandros in unschuldigem Ton.

«Warum treffen wir uns hier im Dunkeln, und warum habt ihr die Tür abgeschlossen?»

«Ach so, das. Nun, es ist ganz einfach. Wir treffen uns im Dunkeln, damit du beim Eintreten diese wackeren Männer nicht sehen konntest.» Auf einen Wink von ihm traten sechs Soldaten aus dem Schatten vor. «Und ich habe befohlen, die Tür abzuschließen, damit du nicht hinauskannst. Ich denke, damit sollte alles geklärt sein. Ergreift ihn.»

Grobe Hände packten Nikanor, der vergeblich versuchte, sich zu wehren.

«Was tust du, Kassandros?»

«Ich verhafte dich, und jetzt mache ich dir den Prozess. Hast du gesagt: ‹*Wir* sind die Herren dieser Gewässer, Kassandros, *wir* können gehen, wohin es uns beliebt›?»

«Das kannst du nicht tun!»

«Oh doch, ich kann. Beantworte die Frage. Hast du das gesagt?»

«Das war doch nur eine Redefigur.»

«Und die Siegestrophäen zur Schau zu stellen und die Lorbeeren für den Triumph meiner Flotte zu ernten, das war wohl auch nur eine Redefigur, wie?»

«Es war ein glorreicher Sieg.»

«Ach ja, wirklich? Ich habe mit ein paar der Trierarchoi gesprochen und den Eindruck gewonnen, dass du zunächst deutlich unterlegen warst und der Ruhm für den Sieg eigentlich Antigonos gebührt. Hattest du überhaupt die Absicht, mir jemals die Wahrheit zu sagen, oder wolltest du einfach bei deiner Geschichte bleiben, du – du! – hättest einen großartigen Sieg errungen? Und was wolltest du mit diesem Ruhm anfangen? Glaubst du, ich könnte dir das Kommando über den strategisch wichtigsten Hafen Griechenlands überlassen? Einen Ort, der, mit einer ausreichend großen Garnison besetzt, nahezu uneinnehmbar ist? Glaubst du wirklich, ich sei so dumm?»

«Nein, Kassandros.»

«Nein, *Herr*. Ich stehe über dir, und doch nimmst du dir mir gegenüber Vertraulichkeiten heraus, weil du dir anscheinend aus irgendeinem Grund in den Kopf gesetzt hast, du seist mir gleichgestellt. Beantworte jetzt die Frage. Hast du gesagt: ‹*Wir* sind die Herren dieser Gewässer, Kassandros, *wir* können gehen, wohin es uns beliebt›?»

«Ja, aber ich –»

«Schuldig. Richtet ihn hin.»

«Nein …» Nikanors Kopf wurde zurückgebogen, Philippos hielt ihm mit einer Hand den Mund zu, um seinen Protest zu ersticken, und der Offizier, der die Soldaten befehligte, zog sein Schwert.

Sosehr Nikanor sich auch wehrte, sie hielten ihn fest. Sein Blick folgte angstvoll der Klinge, die immer näher kam.

Es ging schnell: Ein Stoß, und Blut quoll aus der Wunde im Bauch. Mit einer Drehung aus dem Handgelenk zog der Offizier sein Schwert zurück, und die Männer ließen Nikanor los. Er fiel auf die Knie, stöhnend vor Qual.

Kassandros erhob sich. «Öffne die Tür, Philippos.» Er schaute auf Nikanor hinunter, als der Lichtstreifen auf ihn fiel. «Tut das weh? Ich hoffe es. Nun, dir bleibt noch reichlich Zeit, um es zu genießen: Dies ist eine langsame Hinrichtung. Eine Bauchwunde, und dann verschließe ich die Tür und lasse dich hier sterben. Wenn du Glück hast, bist du vielleicht schon tot, wenn ich morgen früh mit dem Schiff nach Makedonien aufbreche.» Er wandte sich an den Offizier. «Nimm ihm Schwert und Dolch ab. Wir wollen doch nicht, dass er meine Regeln bricht, wie?» Er wandte sich zum Gehen, dann hielt er inne und schaute sich noch einmal um. «Ach, übrigens, die Briefe waren gefälscht. König Philipp ist noch am Leben, und niemand hat mich gebeten, den Thron zu besteigen – noch nicht. Aber ich mache mich dennoch morgen auf den Weg nach Makedonien. Nicht um König zu werden, sondern um die Regentschaft zu beanspruchen. Nun denn, elendes Sterben.» Er verließ den Raum, gefolgt von seinen Männern. Philippos folgte als Letzter und verschloss die Tür, sodass Nikanors lauter werdende Schmerzensschreie bei jedem mühsamen Atemzug nur noch gedämpft zu hören waren. Kassandros lächelte, als er das Schloss klacken hörte.

Er lächelte auch, als er die Menschenmenge sah, die ihn auf dem Kai im Hafen von Pella erwartete: Sie war noch größer, als er zu hoffen gewagt hatte, auch wenn er ein schnelles Boot vorausgeschickt hatte, um Adea sein Kommen anzukündigen. *Sie hat zweifellos ihre nützlichen Seiten, was man von ihrem Mann nicht behaupten kann.*

Er hielt in der Menge nach seinem Bruder Nikanor und seiner Stiefmutter Hyperia Ausschau und gestattete sich wiederum ein Lächeln, als er sie entdeckte. Das bedeutete, dass auch sie seine Nachrichten erhalten und begonnen hatten, die Kräfte seiner Sippe zusammenzuziehen.

Das Lächeln, mit dem er über die Laufplanke von Bord ging, war weit weniger aufrichtig, dafür aber umso strahlender. «Majestät», schmeichelte er König Philipp, «es ist mir eine Ehre, auf deinen Ruf herbeizueilen.»

Philipp hüpfte vor Aufregung auf und ab und sabberte reichlich aus beiden Mundwinkeln. «Ich habe dich gerufen, ja?»

«Ja, das hast du», log Kassandros, «und ich bin unverzüglich gekommen. Was beliebt meinem König?»

Philipp hörte auf zu hüpfen und kniff die Augen zusammen, als versuche er, sich zu erinnern, dann schaute er auf seine Füße hinunter. «Mit meinem Elefanten zu spielen», sagte er leise.

Adea trat vor, um die Situation zu retten. Der sorgfältig geplante, einfache Dialog, den Kassandros vorausgeschickt hatte, erwies sich als zu viel für ihren Mann. «Der König wünscht, dass sein treuer Untertan Kassandros zusammen mit mir die Regentschaft für ihn und seinen königlichen Bruder Alexander, den Vierten dieses Namens, übernimmt. König Philipp verfügt hiermit, dass Polyperchon das Amt niederlegen und den großen Ring von Makedonien zurückgeben soll.» Ihre klare Stimme trug über die Menge, die ob der Weisheit ihres Königs in begeisterten Jubel ausbrach.

Kassandros gebot mit erhobenen Händen Ruhe. «Es wird mir eine Ehre sein, meinem König und meinem Land gemäß seiner Verfügung zu dienen.»

Das riss das Volk zu neuerlichen Begeisterungsstürmen hin. Kassandros' Bruder Nikanor stand inmitten der Menge und führte den Applaus an, forderte mit Gesten dazu auf, die Lautstärke zu steigern, während an der Seite Hyperia die Damen ermunterte, ebenfalls in den Beifall einzustimmen.

«Wir begeben uns jetzt zum Palast», rief Adea, «wo der König den Erlass förmlich in Kraft setzen wird.»

«Ich hätte nicht gedacht, dass du mich genügend liebst, um mich *so* begeistert zu unterstützen, liebste Stiefmutter», bemerkte Kassandros. Er hatte sich in der Prozession ein wenig zurückfallen lassen, um neben Hyperia und Nikanor zu gehen.

Hyperia schaute ihn mit ernster Miene an. «Das hat nichts mit meinen Gefühlen für dich zu tun, Kassandros. Es geht einzig und allein um die Sicherheit unserer Familie. Da Adea sich mit dir verbündet hat, ist sie nicht länger unsere Feindin. Ich möchte, dass es so bleibt, denn sie ist ein boshaftes, gemeines Mädchen. Aber so boshaft sie auch sein mag, sie ist nichts im Vergleich zu Olympias, und dass du von nun an der Regent für ihren Enkel Alexander bist, wird die Eifersucht dieser Harpyie in ungeahnte Höhen steigern. Sie wird mit einer Armee anmarschieren. Lass es dir gesagt sein, Kassandros, wir brauchen Adea, denn Olympias wird kommen, um ihren Enkel in ihre Obhut zu nehmen, und Roxane wird ihren Schutz nur allzu gern annehmen.»

«Meinst du?»

«Wir wissen es», ließ Nikanor sich vernehmen. «Sie und Olympias haben Briefe gewechselt. Sie haben Aristonous als Mittelsmann benutzt, da seine Ländereien nahe der Grenze zu Epirus liegen. Einige unserer Männer haben die Route beobachtet, aber bislang ist es uns nicht gelungen, eine Nachricht abzufangen.»

«Nun, dann müssen wir dem wohl ein Ende machen, wie? Aber zuerst muss ich hier oben eine Armee aufstellen. Wie kommst du in dieser Angelegenheit voran?»

«Ich habe begonnen, all unsere Gefolgsleute von den Ländereien zu versammeln, die dir nicht nach Asien gefolgt waren, und ich habe unsere Verwandten aufgefordert, dasselbe zu tun. Damit müssten wir eine Kerntruppe von fast siebenhundert Mann haben, vierhundert Kavallerie, zweihundertfünfzig Infanterie. Männer, die unserer Familie ganz und gar treu sind und das Herz der Armee bilden werden.»

Kassandros zauste das Haar an Nikanors Hinterkopf. «Gut gemacht, Bruder. Dann werde ich mich mal um den Rest kümmern.»

Kassandros studierte das Dokument, dann unterzeichnete er es. «Das dürfte eine Armee von etwa zehntausend Mann ergeben, sofern alle entlassenen Veteranen dem Ruf folgen und zur Musterung antreten – genug, um Olympias zurückzuschlagen, wenn sie mit einer epirotischen Armee anrückt.» Er gab das Dokument an Adea weiter, damit sie es im Namen ihres Mannes unterzeichnete.

Adea setzte ihren Namen und den Philipps darunter und reichte das Schriftstück einem Sekretär. «Lasse fünfhundert Kopien davon anfertigen und in jede Stadt in Makedonien eine schicken.»

Der Sekretär verbeugte sich und verließ rückwärts den Ratssaal.

«Ich werde im Namen des Königs an Polyperchon schreiben», erklärte Adea, «und ihn auffordern, das Kommando über seine Armee niederzulegen und auf dich zu übertragen.»

«Er wird sich weigern», erwiderte Kassandros. «Das ist doch uns allen klar.»

«Damit wird er zum Verräter.»

«Und wir wissen ja, wie man mit Verrätern verfährt.» Kassandros stand auf. «Ich gehe noch einmal in den Süden, um ihn und seinen Sohn zu schlagen, und dann kann ich wieder in den Norden kommen, und wir kümmern uns gemeinsam um Olympias.»

«Was, wenn sie einmarschiert, bevor du zurück bist?»

«Dann nutzt du deine Kriegerinnenausbildung, auf die du so stolz bist, und führst die Armee gegen sie ins Feld.»

Zwei weibliche Generäle, die gegeneinander antreten – wohin soll das noch führen?

Doch Kassandros sah Adea an, dass sie genau davon geträumt hatte. «Tu eben, was du tun musst, und stelle sicher, dass Olympias keine Macht über ihren Enkel erlangt.» Kassandros wandte sich ab und hinkte entschlossen aus dem Raum. Er hatte es eilig, in den Süden zurückzukehren.

Wenn Polyperchon erst geschlagen ist und die Oligarchien in den griechischen Stadtstaaten wiederhergestellt sind, komme ich wieder, meine kleine Kriegerkönigin, und dann kümmern wir uns gemeinsam um Olympias. Und danach – nun, wer weiß? Jedenfalls ist in meinen Plänen kein Platz für deinen geistesschwachen König, ebenso wenig wie für Roxanes halb asiatischen Balg.

ROXANE
DIE WILDKATZE

Ihre Position war unsicher, das spürte Roxane deutlicher denn je, nun, da das Mannweib sich mit dem Feigling verbündet hatte, der nicht das Recht hatte, bei Tisch zu liegen. Und Polyperchon war im Süden vollauf mit seinen Bemühungen beschäftigt, Männern, die kaum besser waren als Sklaven, die Freiheit zu schenken. Ihre einzige Freundin war Olympias, aber auch dessen konnte sie sich nicht sicher sein. Zwar hatte Olympias vor drei Jahren in überaus schmeichelhafter Weise an sie geschrieben, doch ihre beiden jüngsten Briefe waren weitaus förmlicher. Wer konnte wissen, wo die alternde Königinwitwe jetzt stand? Doch sie war Roxanes einzige Hoffnung, denn Adea hielt die Macht in Makedonien mit jedem Tag fester in ihren Händen.

Aber wie sollte sie von hier fliehen? Olympias hatte sie beschworen, ebendas zu tun, hatte jedoch keine Vorschläge gemacht, wie es praktisch zu bewerkstelligen wäre.

Roxane saß im Halbdunkel auf einem weichen Polster, die Arme um die Knie geschlungen, das Gesicht in ihrem Gewand vergraben, und wiegte sich vor und zurück, während sie verzweifelt nach einem Ausweg aus ihrer misslichen Lage suchte:

Sie brauchte ein Transportmittel sowie Schutz für sich und ihren Sohn und auch für die Sklavinnen, die sie mitnehmen würde, damit für ihre Bequemlichkeit gesorgt war – eine große Eskorte, denn der Weg war weit und führte durch gefährliches Terrain, und ihre Reisegesellschaft würde nicht klein sein. Und sie brauchte eine Gelegenheit, denn die drei Leibwächter, die beständig über ihren Sohn wachten, waren nicht nur für seine Sicherheit da, sondern auch um zu verhindern, dass er Pella verließ. Sie würden sich wohl kaum bereitfinden, heimlich nach Epirus zu fliehen. Doch genau das musste Roxane tun, das wusste sie – zu bleiben wäre ihr Tod.

Sie fluchte darauf, dass sie wegen all der Sicherheitsvorkehrungen keine Möglichkeit fand, dem Mannweib und dessen ebenso abscheulichem Gemahl mit dem Verstand eines Kindes eines ihrer Gifte zu verabreichen. Vor langer Zeit war es ihr in Babylon einmal gelungen, Philipp zu vergiften – wie lange war das jetzt her? Es mussten fünf Jahre sein, denn so alt war ihr Sohn. Und was hatte sie in all den Jahren getan? Nichts anderes, als sich im Gefolge einer Armee durch Asien karren zu lassen und dann nach Europa. Hier lebte sie nun als gefangene Königin in dem, was in diesem rückständigen Land als Luxus galt. Sie schaute sich in ihrem Gemach im ersten Obergeschoss an der Nordseite des Palastes um. Es war prächtig ausgestattet: seidene Vorhänge, edle Webteppiche, üppig gepolsterte Liegen mit zahlreichen Kissen, polierte Holztische, auf denen edelsteinbesetzte Schalen und goldene Figuren standen, all das von ein paar flackernden Lampen schwach beleuchtet, alles ohne Wert, wenn es um ihre Sicherheit ging. Sie kämpfte einen Schluchzer nieder.

Eine Königin weint nicht. Eine Königin steht aufrecht und überwindet alle Widrigkeiten. Doch kaum war ihr dieser Gedanke durch den Kopf gegangen, da drängte die Aussichtslosigkeit ihrer Lage in ihr Bewusstsein. *Aufrecht stehen? Aufrecht stehen und was tun?* Nun entrang sich der Schluchzer ihrer Brust, denn sie konnte nicht länger das Gefühl der Ohnmacht und Hoffnungslosigkeit unterdrücken, das in ihr gewachsen war, seit man sie nach Pella gebracht hatte. Viele weitere Jahre würden vergehen, ehe ihr Sohn selbst sein Geburtsrecht ausüben konnte. Wie wahrscheinlich war es, dass er so lange überleben würde, wenn das Mannweib und der Feigling in Makedonien an der Macht waren? Zum ersten Mal seit langer Zeit versetzte sie sich in Gedanken in ihre Jugend in der rauen Landschaft Baktriens zurück, in das einfachere Leben, das sie dort geführt hatte. Ja, sie hatte alle erdenklichen Annehmlichkeiten genossen, aber sie war auch frei gewesen: Sie war durch Berge und Täler gestreift – selbstverständlich mit einer großen Eskorte –, war mit ihrem Vater und ihren Brüdern auf die Jagd gegangen, denn die Mädchen ihres Stammes lernten nicht nur spinnen und weben. Sie hatte sogar ihren Brüdern geholfen, die Hengstfohlen einzureiten. Doch all das hatte sie eingetauscht gegen die höchste Stellung, die eine Frau auf der Welt erreichen konnte – wenigstens hatte sie das damals geglaubt: Sie war die Ehefrau des großen Alexander geworden. Stattdessen war sie nun kaum mehr als eine Gefangene.

Dem Schluchzer folgten weitere, dann steigerten sie sich zu einem verzweifelten Aufschrei, und Roxane ließ sich auf eine gepolsterte Liege fallen, riss und zerrte an den kostbaren Stoffen und gab sich ganz ihrem Selbstmitleid hin.

Zu Roxanes Überraschung wurde sie plötzlich von starken Männerhänden an den Schultern gepackt und hochgezerrt. Automatisch versteckte sie ihr unverschleiertes Gesicht hinter einem zerrissenen Kissen, dann wandte sie sich dem Eindringling zu. «Aristonous? Was machst du in meinem Privatgemach? Wie kannst du es wagen!»

Aristonous schüttelte sie. «Sei still und hör zu. Was aus dir wird, kümmert mich wenig, aber Alexanders Sohn ist in großer Gefahr, und ich bin gekommen, um ihm zu helfen. Du kannst entweder hierbleiben oder mit mir kommen, aber wenn du mitkommst, erwarte ich, dass du dich zusammenreißt. Sonst lasse ich dich einfach zurück, hast du verstanden?»

«So spricht man nicht mit einer Königin.»

«Hast du verstanden? Ja oder nein?»

«Ich bin eine –»

Die Ohrfeige ließ sie verstummen. Sie starrte Aristonous entgeistert an und rieb sich die Wange, das Kissen hatte sie fallen lassen. Sie musste all ihre Kraft zusammennehmen, um das nächste Wort herauszubringen. «Ja.»

«Dann komm mit.»

«Ich muss erst packen.»

«Wenn du meinst, dann geh und tu das – ich breche jetzt sofort auf. Entweder kommst du jetzt mit oder gar nicht, mir ist es einerlei.» Damit wandte er sich ab und ging zur Tür hinaus. Roxane sah ihm unschlüssig nach, innerlich rasend vor Wut.

Dann begriff sie schlagartig, dass dies die ersehnte Gelegenheit war, wenn auch nicht in der Form, die sie sich gewünscht hätte. Sie stampfte mit dem Fuß auf, ballte die Fäuste an den Seiten und tat zum ersten Mal überhaupt etwas gegen ihren Willen, ohne dass jemand sie dazu zwang: Sie folgte Aristonous zur Tür hinaus.

Zwei ihrer Sklavinnen kauerten verstört auf dem Korridor, von einem schwer bewaffneten, wüst aussehenden Mann bewacht. «Kommt», befahl Roxane den Mädchen.

«Sie bleiben hier», grollte der Bewacher.

«Ich bin eine Königin! Sie tun, was ich sage, und du auch.»

«Und ich habe ein großes Schwert, darum wären sie gut beraten, auf mich zu hören. Und du auch.» Der Mann verzog sein pockennarbiges Gesicht zu einem anzüglichen Grinsen, packte Roxane am Arm und stieß sie hinter Aristonous her, der zu den Gemächern ihres Sohnes ging.

Andere Männer kamen aus von Fackeln erhellten Seitengängen und angrenzenden Räumen, bis ein Dutzend Personen vor der zweiflügeligen Tür zu Alexanders Gemächern versammelt waren.

Aristonous schaute sich nach Roxane um. «Klopfe an und verlange Einlass.»

Also deshalb hat er mich geholt: damit ich ihm Zutritt zu Alexanders Räumen verschaffe. Sie zögerte, wollte dagegen protestieren, dass man sie so benutzte, doch dann besann sie sich eines Besseren. Sie ging zur Tür und schlug mit der Faust dagegen. «Ich bin es, die Königin. Öffnet die Tür, ich wünsche meinen Sohn zu sehen.»

Es dauerte nur ein paar Augenblicke, dann klackte das Schloss. Aristonous warf sich mit der Schulter gegen die Tür; sie flog auf, und seine Männer stürmten hinter ihm in das Gemach. Dabei stießen sie Roxane beiseite, sodass sie auf die Knie fiel.

«Es braucht kein Blutvergießen zu geben», sagte Aristonous zu den drei Leibwächtern des jungen Königs, die ihm mit gezogenen Schwertern den Weg verstellten. «Ihr wisst, wer ich bin, und ihr wisst, dass ich dem Haus der Argeaden stets treu war, so wie ihr es seid – oder wenigstens sein solltet.»

«Was willst du, Aristonous?», fragte der mittlere der drei Männer.

«Den König in Sicherheit bringen, Koinos, zu Olympias. Wenn er hierbleibt, werden Kassandros und Adea ihn töten, sobald sie sich in ihrer Herrschaft sicher genug fühlen, um Alexanders eigenes Fleisch und Blut zu ermorden.»

Koinos wechselte einen Blick mit seinen beiden Kameraden, dann schaute er Roxane an, die sich eben wieder aufrappelte. «Was sagt seine Mutter dazu?»

Roxane unterdrückte den Drang, den Mann anzufahren. «Ich weiß, dass ihr hier für unsere Sicherheit sorgen sollt, zugleich jedoch auch unsere Kerkermeister seid. Aber wenn wir bleiben, werdet ihr in dem Versuch sterben, uns gegen Kassandros' Männer zu verteidigen, und am Ende sind wir alle tot. Wir müssen von hier fortgehen.»

Wieder schaute Koinos seine Gefährten an, und sie signalisierten wortlos ihr Einverständnis. Er wandte sich erneut an Aristonous. «Wir haben über die Angelegenheit gesprochen, seit wir heute Morgen erfuhren, dass Kassandros herkommt. Wir fanden, das könne für den König nichts Gutes verheißen. Es ist gewiss kein Verstoß gegen unseren Eid, wenn wir ihn zusammen mit seiner Mutter zu seiner Großmutter eskortieren – das können wir reinen Gewissens tun.»

Aristonous fasste ihn an der Schulter. «Es wäre wahrhaftig eine Schande gewesen, wenn ich dich hätte töten müssen, Koinos.»

Koinos grinste und wies auf eine Tür, die zu einem angrenzenden Gemach führte. Roxane lief hin und öffnete sie. Ein paar Herzschläge später kam sie wieder zum Vorschein, den zarten fünfjährigen König von Makedonien in den Armen. Er hatte die Arme um ihren Hals geschlungen, und seine Amme folgte ihr auf dem Fuß.

«Sie bleibt hier», entschied Aristonous. «Mit einer Frau und einem Kind sind wir schon genug beschwert, ich schleppe nicht noch ein altes Weib mit.»

Er wandte sich zum Gehen. Roxane schaute die Amme an, doch ihr war klar, dass sie in dieser Angelegenheit keine Wahl hatte. Sie wurde vom Strom der Ereignisse mitgerissen und konnte das Geschehen nicht beeinflussen. «Bleib hier, ich werde nach dir schicken.» Damit wandte sie sich ab und lief ihren Rettern nach.

In einem Hain vierhundert Schritt nördlich der Stadtmauern trafen sie auf drei weitere Männer, die Pferde für sie bereithielten. Sie waren aus Roxanes Gemächern über eine Hintertreppe und durch ein Gewirr aus Gängen gelaufen, um den Palastkomplex schließlich durch ein Kellerfenster zu verlassen, dessen Gitterstäbe abgeschlagen worden waren. Folglich musste die Flucht schon einige Zeit im Voraus geplant worden sein, war also keine spontane Reaktion auf Kassandros' Eintreffen und sein offizielles Bündnis mit Adea.

Roxane hatte Mühe mitzuhalten, als sie schnell über das offene Gelände liefen, das zum Vorgebirge hin anstieg. Es war dunkel, da der Mond noch nicht aufgegangen war, und Alexander wurde in ihren Armen mit jedem Schritt schwerer.

Die Männer schwangen sich wortlos auf die Pferde. Roxane setzte Alexander ab und schaute sich verwirrt um.

«Beeil dich, Frau», zischte Aristonous.

«Aber wo ist mein Wagen?»

«Sei nicht albern, steig auf die Stute da.»

«Eine Königin reitet nicht.»

«Eine Königin tut, was man ihr sagt, verdammt. Jetzt steig auf das Pferd.»

«Aber Alexander kann nicht reiten.»

«Alexander wird sterben, wenn er es nicht tut. Entweder nimmst du ihn vor dir aufs Pferd, oder du gibst ihn mir.»

Roxane schaute auf den Jungen hinunter, in dessen großen Augen Verwirrung und Angst standen. Sie atmete tief durch und hob ihn aufs Pferd. Dann besann sie sich auf ihre Kindheit, darauf, wie sie im fernen Baktrien gejagt und Hengstfohlen zugeritten hatte. Sie schwang sich rittlings auf die Stute und legte einen Arm um Alexander. Mit der freien Hand schnalzte sie mit den Zügeln, trieb das Pferd zugleich mit den Fersen an und ritt Aristonous nach. Die Aufregung und die Erinnerungen an Abenteuer ihrer Jugend gaben ihr das Gefühl, lebendig zu sein, und die plötzliche Wendung ihres Geschicks erregte Roxane. Sie rieb sich die Wange, die noch immer von Aristonous' Ohrfeige brannte, und lächelte in der Dunkelheit in sich hinein. Es war lange her, dass ein Mann sich ihr gegenüber so herrisch benommen hatte.

So ritten sie durch die Nacht, immer am Rand des Vorgebirges entlang nach Südwesten. Als der Mond aufging, kamen sie schneller voran, und so waren sie bereits zehn Parasangen von Pella entfernt, als der Himmel hinter ihnen sich allmählich lichtete – zehn Parasangen näher an der Sicherheit von Epirus und dem Schutz der Schwiegermutter, der Roxane noch nie begegnet war.

Den ganzen nächsten Tag ritten sie in großer Eile. Alexander schlief die meiste Zeit in ihren Armen. Sie hielten nur an, um die Pferde zu tränken und aus ihren Futtersäcken fressen zu lassen, während die Reiter sich mit Brot, Äpfeln und Zwiebeln stärkten und im Gebüsch ihre Notdurft verrichteten. Dann brachen sie gleich wieder auf. So ging es auch am folgenden Tag weiter. Sie mieden Städte und Dörfer und rasteten in der zweiten Nacht nur wenige Stunden, um zu schlafen. Auf diese Weise waren sie bereits mehr als hundert Parasangen von Pella entfernt und hatten die Grenze fast erreicht, als schwach die Hufschläge von Verfolgern zu ihnen drangen – das Geräusch, vor dem ihnen allen gegraut hatte, auch wenn niemand davon gesprochen hatte aus Angst, die Götter zu versuchen.

«Vorwärts!», rief Aristonous, nachdem er einen raschen Blick hinter sich geworfen hatte. «Vorwärts!» Er trieb sein Pferd zu höherem Tempo an.

Roxane schaute sich ebenfalls um. Dort in der Ferne, etwa eine Parasange hinter ihnen, aber sichtlich im Begriff aufzuholen, erblickte sie eine Einheit *Prodromoi*: leichte, lanzenbewehrte Kavallerie, ideal für die Verfolgung anderer Reiter. Aber was sie trotz der Entfernung zu einer Bedrohung machte, war der Umstand, dass jeder Mann ein Reservepferd mit sich führte – sie würden nicht so bald ermüden.

Roxane trieb ihre Stute zu leichtem Galopp an, doch ihr Sohn begann, sich in ihrem Arm zu winden und zu jammern, denn die Aufregung der Erwachsenen übertrug sich auf ihn. «Halt still! Alexander, verflucht, hör auf, so zu zappeln.» Sie trieb ihr Pferd an und mühte sich zugleich mit einem Arm ab, ihr unruhiges Kind sicher zu halten.

Sie ritten bergauf, so schnell ihre Pferde sie trugen, den Höhen des Tymphe-Massivs im Pindosgebirge und dem Pass entgegen, der sie nach Epirus führen würde. Und noch immer zappelte und quengelte der Knabe, wollte abgesetzt werden und verstand nicht, weshalb er nicht seinen Willen bekam wie sonst bei seiner Amme. Als er seine Mutter ins Handgelenk biss, schrie Roxane auf und lockerte unwillkürlich ihren Griff. Alexander stürzte auf den ausgetrockneten, von Felsbrocken übersäten Boden, prallte mit den Schulterblättern auf und überschlug sich durch den Schwung zweimal, ehe er reglos auf dem Rücken liegen blieb.

Roxane schrie. *Wenn er tot ist, bin ich es auch.* Ehe ihre Stute zum Stehen gekommen war, sprang sie ab und rannte zurück zu ihrem Sohn. «Alexander!» Sie kniete bei dem leblos daliegenden Kind nieder und nahm seinen Kopf in die Hände. Sein Haar war feucht und klebrig.

Blut! Nein, er darf nicht tot sein – ich will leben.

Sie zog ein Augenlid hoch. Erleichterung durchströmte sie, als die Pupille reagierte.

«Ist ihm etwas passiert?», rief Aristonous und wendete sein Pferd.

«Ich glaube, er ist nur bewusstlos. Er ist am Kopf verletzt, es blutet.»

«Wir müssen weiter, sie sind keine fünfzehn Stadien mehr hinter uns. Gib ihn mir.»

Widerstrebend, zugleich aber auch erleichtert hob Roxane den schlaffen Körper auf und übergab ihn Aristonous. Der legte ihn ohne irgendwelche Rücksicht auf die Würde eines Königs bäuchlings über den Widerrist seines Hengstes. «Jetzt steig wieder aufs Pferd, wir müssen fort von hier.»

Mit einem raschen Blick hinter sich stellte sie fest, dass die Staubwolke der Verfolger deutlich näher gekommen war. Sie trieb ihr Pferd an, eine kräftige Stute mit breiter Brust und großem Herzen; nun, da sie das zappelnde Kind auf ihrem Widerrist los war, schien sie die Herausforderung beinahe zu genießen. Doch der Anstieg wurde immer steiler, und sie mussten nun schräg zum Hang reiten, während ihre Verfolger – es waren wenigstens zwanzig Mann – in gerader Linie auf sie zuritten. Bald betrug der Abstand zwischen ihnen nur noch fünfhundert Schritt, auch wenn die Fliehenden immerhin den Vorteil hatten, hangaufwärts von ihren Verfolgern zu sein. Dann warf Roxane einen Blick hinunter auf die Prodromoi, und ihr wurde mulmig; ohne ihren leichten Galopp zu unterbrechen, wechselten die Männer von ihren ermüdeten Reittieren auf die frischeren Reservepferde. Nun ritten sie in gesteigertem Tempo den Hang hinauf, den Roxane und ihre Begleiter auf ihren erschöpften Pferden im Zickzack bewältigen mussten.

Aristonous hielt weiter auf den ersten Gipfel zu. Hier zwischen den zerklüfteten Felsen hätten sich vielleicht ein paar Mann verstecken können, aber nicht ein kleiner Trupp wie sie. Und noch immer holten die Verfolger auf.

«Es hilft alles nichts, Aristonous», rief Koinos von weiter hinten in der Gruppe, «sie werden uns unweigerlich einholen, es sei denn, man hielte sie so lange auf, bis du den höchsten Punkt überwunden hast. Wir wissen, was unser Eid nun von uns verlangt. Wie weit ist es bis zum Pass?»

Aristonous zeigte zum Bergrücken hinauf, der etwa fünfhundert Schritt entfernt war. Dahinter ragte ein weiterer Kamm auf und dahinter die Berggipfel. «Dort drüben beginnt er. Am Anfang ist er schmal, auf dem Weg durch die Bergkette wird er dann breiter.»

Koinos nickte. Er hatte verstanden, worauf Aristonous hinauswollte. «Dann werden wir dort unseren Eid erfüllen.»

Roxane fühlte sich an die tapferen Gefolgsmänner ihres Vaters erinnert, die ihrem Haus auf Leben und Tod dienten – Niederrangige, die sich für jene opferten, deren Leben kostbarer war. Sie trieb ihre Stute zum Äußersten in dem verzweifelten Drang, den rettenden Pass zu erreichen, und das Tier erklomm trittsicher den von Geröll übersäten Hang.

Die Rufe hinter ihnen waren nun deutlicher zu hören. Sie hallten in der klaren Bergluft von den Felswänden wider, voller Siegesgewissheit am Ende einer langen Verfolgungsjagd.

Endlich flachte der Hang ab, und die erschöpften Pferde nahmen noch einmal all ihre Kräfte zusammen, um den höchsten Punkt zu überwinden. Von da aus ging es im Galopp abwärts, und die Reiter beteten zu den Göttern, von denen sie sich unter diesen Umständen am ehesten Beistand erhofften, ihre Tiere möchten nicht stolpern. Voraus, durch ein Labyrinth aus Felsen von ihnen getrennt, erhob sich der nächste Höhenzug, doch dort ragte nicht eine einzige massive Felswand auf, sondern zwei, die ein wenig versetzt waren. Dazwischen verlief ein Pfad in das Tal, welches das Tymphe-Massiv vom Lyngos trennte. Diesem Weg folgten sie nun in großer Eile in Richtung des Passes, durch den sie sich in Sicherheit zu bringen hofften.

«Reite voraus, Aristonous», rief Koinos, als der erste Reiter des Trupps durch die Lücke zwischen den beiden Bergmassiven schlüpfte. «Wir halten sie so lange wie möglich auf.»

Roxanes Stute galoppierte in der Mitte der Gruppe den Pfad entlang. An der Engstelle wurden sie aufgehalten, da nur drei oder vier Reiter zugleich passieren konnten. Und dann war sie durch, und nach Westen tat sich ein Tal vor ihr auf, von steilen Hängen begrenzt und von den Gipfeln des Pindosgebirges bewacht.

«Wir sehen uns wieder, so oder so», rief Koinos, als der letzte Reiter durch die Engstelle war. Damit wendeten er und seine beiden Kameraden im Eingang ihre Pferde und blickten hangabwärts den Verfolgern entgegen.

Während Roxane und ihre Retter gen Westen entkamen, wurden hinter ihnen Schlachtrufe laut, Triumphgebrüll und Schmerzensschreie, Eisen schepperte, und die Pferde wieherten schrill. Je weiter sie sich entfernten, umso schwächer war der Lärm zu hören, bis der Wind ihnen nur noch einen kaum vernehmbaren Widerhall zutrug. Endlich konnten sie sich entspannen und ihre Pferde in ein gemächlicheres Tempo fallen lassen.

Eher erleichtert als ängstlich, sah Roxane einen Trupp leichter Kavallerie nahen, denn diese Reiter kamen von Westen, aus Epirus, dessen Grenze sie eben überquert hatten und wo Olympias sie erwartete.

«Halt!», rief der Befehlshaber der epirotischen Kavallerie. «Gebt euch zu erkennen.»

Aristonous ließ sein Ross im Schritt vorwärtsgehen. «Ich bin Aristonous, einstiger Leibwächter des großen Alexander. Wir bringen seinen Sohn gleichen Namens, um ihn dem Schutz seiner Großmutter, Königin Olympias, und ihres Neffen Aiakides, des Königs von Epirus, anzuvertrauen.» Er hob den jungen König hoch, der noch immer bewusstlos war. «Er braucht dringend einen Arzt.»

Der Befehlshaber ritt näher heran und betrachtete Alexander, hob sein Kinn an. «Dann solltet ihr mit mir kommen, Olympias ist beim König in Passaron.»

Bei diesen Worten durchströmte Roxane eine nie gekannte Erleichterung. Sie warf einen Blick über die Schulter und sah ihre Verfolger nun in stark verringerter Zahl unten im Pass auftauchen. Angesichts einer überlegenen Truppe stellten sie keine Bedrohung mehr dar.

Jetzt bin ich in Sicherheit, von nun an wird Olympias mich beschützen, und das verdanke ich diesem Mann. Sie lächelte Aristonous zu. Er erwiderte ihren Blick mit einem Kopfnicken, verzog jedoch keine Miene. Aber las sie da nicht Begierde in seinen Augen? Sie spürte ein Kribbeln im Bauch.

«Tritt näher», befahl Olympias, deren Ton keinerlei verwandtschaftliche Gefühle verriet. «Lass mich das Kind sehen.»

Roxane unterdrückte ihre Empörung darüber, so angeredet zu werden. Sie ging vorwärts, beide Hände auf Alexanders Schultern, den Blick fest auf Olympias gerichtet, die steif und aufrecht auf einem erhöhten Stuhl saß und auf sie und ihren Sohn herabschaute. Hinter dem Stuhl stand Thessalonike, eine Hand auf der Lehne. *Sie behandelt mich wie eine Untergebene. Und warum steht die Frau da so dicht bei ihr? Ich dachte, sie sei nichts Besseres als eine Kammerfrau.*

Olympias winkte Alexander zu sich heran. «Komm hier herauf, Kind.»

Der Knabe, noch ein wenig benommen von seinem Sturz, erstarrte. Roxane schob ihn zu den Stufen der Estrade.

«Nur das Kind.» Olympias' Stimme klang gebieterisch.

Roxane zögerte. *Wie kann sie es wagen, so mit mir zu reden?* Doch dass sie sich hier in der Position einer Bittstellerin befand, war Roxane überaus deutlich gemacht worden, seit sie früher am Tag im Palast eingetroffen war: Mehr als sechs Stunden lang hatte sie darauf warten müssen, dass Olympias sie empfing. In der Zwischenzeit hatte man Roxane in Gemächer geführt, die offensichtlich für niederrangige Gesandte vorgesehen und ihrem Stand als Königin in keiner Weise angemessen waren. Sie hatte die Schmach in stummer Wut hingenommen, entschlossen, um jeden Preis einen guten Eindruck auf die Frau zu machen, in deren Händen nun ihre Sicherheit und die ihres Kindes lagen. Sie hätte sich gern an Aristonous gewandt, doch zu ihrer Enttäuschung waren er und seine Männer verschwunden, sobald sie ihre Ankunft verkündet und sie Thessalonike übergeben hatten. Von dieser hatte Roxane noch nie gehört, und sie empfand auf Anhieb eine Abneigung gegen die Frau. Die schien ihre Gefühle zu erwidern.

Als Roxane nun zögerte, bemerkte sie einen hämischen Ausdruck in Thessalonikes Augen, der ihr große Sorge bereitete. Nun bereute sie, dass sie vorhin so herablassend mit der Frau gesprochen hatte. *Sie muss Olympias viel näherstehen, als ich annahm.*

Sie schob Alexander vorwärts, damit er allein die Stufen hinaufstieg. Der Knabe hielt den Kopf gesenkt.

Olympias fasste ihn mit einer Hand unter dem Kinn und hob es an, damit er ihr in die Augen sah. Sie musterte ihn eine kleine Weile, dann nickte sie mit geschürzten Lippen, als fände sie bestätigt, was sie bereits vermutet hatte. «Du siehst deinem Vater ähnlich, Kind, jedoch mit dem Makel der Hautfarbe, die du von deiner Mutter hast.» Sie bedachte Roxane mit einem herablassenden Blick, als sei diese nur eine Sklavin, kaum der Beachtung würdig. Dann wandte sie sich wieder an Alexander. «Sage mir deinen Namen, Kind.»

«A… A… Alexander», brachte er kaum hörbar heraus.

Olympias versetzte ihm eine Ohrfeige. «So spricht der

wahre Alexander nicht seinen Namen aus. Sage ihn mir noch einmal, Kind, und diesmal laut und energisch.»

Alexander wich zurück und drehte sich zu seiner Mutter um, die vom unteren Ende der Stufen die Arme nach ihm ausstreckte.

«Lass ihn! Das Kind muss für sich selbst sprechen und auf seinen eigenen Füßen stehen, statt am Gewandzipfel seiner Mutter zu hängen. Sage deinen Namen, Kind.»

Alexander schaute Roxane an, die ihm ermutigend zunickte. Er wandte sich wieder Olympias zu, richtete sich zu seiner vollen, wenn auch geringen Größe auf und drückte die Brust heraus. «Alexander.» Diesmal war seine Stimme klar und kräftig.

«So ist es besser. Wir werden einen König aus dir machen, der barbarischen Farbe des Gefäßes zum Trotz, das dich hervorgebracht hat.»

Das war nun zu viel für Roxane. «Wenn du mich beleidigen möchtest, dann richte die Beleidigung nicht an meinen Sohn, sondern sage sie mir ins Gesicht.»

Olympias erhob sich, ohne Roxane eines Blickes zu würdigen, und zog Alexander behutsam zu sich heran. «Ich beleidige dich, wie es mir beliebt, Barbarin. Immerhin hast du mir all die Jahre absichtlich meinen Enkel vorenthalten, obwohl ich darum gebeten habe, ihn sehen zu dürfen. Am Ende musste ich Aristonous schicken, um ihn zu holen, da du ja nichts unternommen hast, um ihn zu mir und in Sicherheit zu bringen.»

«Es stand mir nicht frei herzukommen. Ich war praktisch eine Gefangene.»

Olympias grinste höhnisch. «Eine Königin lässt sich nicht wie eine Gefangene behandeln. Was immer du dir in Makedonien für einen Stand angemaßt hast, du hast ihn dort zurückgelassen. Hier bist du nur das, was ich sage.» Sie legte Alexander eine Hand auf die Schulter und wandte sich zum Gehen.

«Aber da du nun einmal hier bist, denke daran, dass du die Bittstellerin bist, und versuche, es dir nicht zu sehr mit mir zu verderben. Schließlich bin nun ich diejenige, die dich vor Kassandros und Adea beschützt, nicht mehr Polyperchon.» Ohne sich noch einmal umzuschauen, verließ Olympias geschmeidigen Schrittes den Raum und nahm Alexander mit.

«Es war mir wirklich eine Freude, meinen Neffen kennenzulernen», sagte Thessalonike, die sich ebenfalls zum Gehen wandte.

Roxane erschrak. «Deinen Neffen?»

«Ja, ich bin Alexanders Halbschwester. Offenbar war dir das nicht bewusst, als du mich bei unserer vorigen Begegnung mit solcher Verachtung behandeltest. Vielleicht hättest du dich etwas besser erkundigen sollen, ehe du hierher flohst in der Erwartung, wie eine Königin behandelt zu werden.» Sie setzte ein übertrieben falsches Lächeln auf, dann folgte sie Olympias. Roxane blieb allein und sprachlos zurück und wünschte, sie wäre irgendwo anders, nur nicht hier, wo sie diesen Frauen auf Gedeih und Verderb ausgeliefert war.

Eine Weile musste sie gegen den Drang ankämpfen, sich einfach auf den Boden zu werfen und zu weinen. Schließlich fasste sie sich und verließ den Audienzsaal. Sie hatte einen Entschluss gefasst: Sie würde an den letzten Menschen schreiben, von dem sie sich Hilfe erhoffen konnte; sie würde an Polyperchon schreiben.

POLYPERCHON
DER GRAUE

Polyperchon starrte die beiden Köpfe an, die auf dem Boden lagen, und den Dreizack daneben, dann las er den Brief, der mit der grausigen Gabe eingetroffen war. Er seufzte in tiefem Bedauern und betrachtete wieder die Köpfe, in denen sich bereits Maden tummelten. *Kleitos, was hast du getan? Du hast meine Flotte verloren. Wie kann ich ohne sie entlang der Küste nach Norden marschieren?*

Er wandte sich an Alexandros, der mit verbissener Miene neben ihm stand. «Verbrenne sie und sorge dafür, dass die Asche mit Respekt behandelt wird.»

«Ja, Vater.» Alexandros zeigte auf den Brief. «Was steht darin?»

Polyperchon wog die Schriftrolle in der Hand. Sie fühlte sich schwer an wie ein Vorbote verheerenden Unglücks. «Der Brief ist von Lysimachos. Nachdem Kleitos Nikanor von Sindos geschlagen hatte, hat Antigonos ihn überrumpelt und gemeinsam mit den verbliebenen Schiffen von Nikanors Flotte völlig vernichtet. Nur Kleitos selbst und Arrhidaios konnten entkommen» – er wies mit einer Kopfbewegung auf die abgeschlagenen Häupter – «aber eine Patrouille von Lysimachos hat sie in Thrakien gefasst, als sie an Land kamen, um ihren Wasservorrat aufzufüllen. Lysimachos hat soeben seine Unterstützung für Antigonos und Kassandros erklärt, indem er mir die Köpfe sandte.» Er zerriss den Brief und warf die Fetzen in den Wind. «Nun auch noch die Flotte einzubüßen, nachdem ich erst vor Tagen so viele meiner Elefanten verloren habe …» Er schaute zu den Mauern von Megalopolis hinüber, die noch immer intakt waren. Das Gelände davor war von Leichen und riesigen Tierkadavern übersät. Die Stadt hatte alle Verhandlungsangebote abgelehnt, denn sie war nicht bereit, die demokratische Fraktion erneut herrschen zu lassen. Diese hatte sich schon früher als allzu ungestüm erwiesen, bevor Antipatros nach dem Lamischen Krieg in den griechischen Stadtstaaten Oligarchien eingerichtet hatte. «Nein», hatten sie gesagt und Polyperchons Erlass abgelehnt, der den Griechen die Freiheit gewährte. «Das ist nichts als eine List, um Unterstützer zu gewinnen.» Und so hatten sie sich auf Kassandros' Seite gestellt und Polyperchon getrotzt, der versuchte, die festesten Mauern auf der Peloponnes zu überwinden. Nachdem er sie tagelang unablässig mit seinen stärksten Artilleriegeschützen beschossen hatte, war seine Elefantenherde zum Einsatz gekommen: Die Tiere sollten das geschwächte Mauerwerk zum Einsturz bringen. Doch fast jede Stadt hatte einen Veteranen, der bei Alexanders Kriegen im Osten mitgekämpft hatte, und Megalopolis bildete keine Ausnahme. Dieser Veteran hatte gewusst, was auf sie zukam, und den Ältesten der Stadt geraten, Hunderte Krähenfüße schmieden zu lassen – Wurfeisen mit vier Spitzen, jede eine Handbreit lang und so angeordnet, dass immer eine Spitze nach oben zeigte, ganz gleich, wie sie fielen.

Ohne zu ahnen, welche Gefahr sie erwartete, hatte Polyperchon seine Elefanten losgeschickt. Artillerie, Bogenschützen und Schleuderer hatten sie unterstützt, indem sie die Feinde daran hinderten, auf den Mauern in Stellung zu gehen. Doch es brauchte auch niemand auf den Mauern zu sein, denn das Unheil wartete bereits auf dem Gelände vor der Stadt. Als die gewaltigen Tiere sich den Mauern näherten, war es, als beträten sie ein Feld, auf dem Schmerz gesät war. Bei jedem Schritt bohrte sich spitzes Eisen in ihre Füße, sodass sie sich trompetend auf die Hinterbeine aufrichteten. Dadurch lastete nun ihr ganzes Gewicht auf den Krähenfüßen, die bereits darin steckten. Die Tiere bäumten sich auf und landeten wieder auf den geschundenen Vorderfüßen, was ihre Qual noch steigerte, bis sie es nicht mehr ertragen konnten und sich auf dem Boden wälzten. Dabei zerquetschten sie ihre Mahuts und verletzten die unberittenen leichten Krieger, die herbeieilten, um die grässlichen Widerhaken aus ihren Füßen zu entfernen. Rasend vor Schmerz, wanden sie sich am Boden, trompeteten ihre Qual gen Himmel und waren bald von allen Seiten mit den heimtückischen Waffen gespickt, dass ihnen das Blut nur so herunterlief. Und da lagen sie nun, verwundet und unfähig, einen Ausweg aus ihrer verzweifelten Lage zu finden. Der erste Elefant war am zweiten Tag verendet, und nun, vier Tage später, verriet ein gelegentliches Zucken, dass in einem der gewaltigen Tierkörper noch immer ein Fünkchen Leben steckte.

Es ist, als hätten die Götter sich gänzlich von mir abgewandt, sinnierte Polyperchon, als er seine Lage überdachte. Er wandte sich an Alexandros. «Was gibt es Neues von Kassandros?»

«Seine Armee war noch beim Ausschiffen, als unsere Kundschafter heute Morgen zurückkehrten. Es erscheint recht sicher, dass er es auf Tegea abgesehen hat.»

«Wenn er die Stadt einnimmt, haben wir die gesamte Peloponnes verloren.»

«Attika haben wir bereits verloren. Die Athener Volksversammlung hat das Todesurteil über Hagnonides und viele Anhänger seiner demokratischen Fraktion verhängt. Sie wurden vor drei Tagen hingerichtet, kurz nachdem Kassandros aus Makedonien zurückgekehrt war.»

Polyperchon rieb sich den kahlen Kopf und seufzte tief. *Ich muss entschieden auftreten, sonst könnte ich ebenso gut gleich zu Kassandros gehen und ihm mein Schwert anbieten, damit er mich damit tötet. Ich habe keine Optionen mehr, mir bleibt nur der Norden.*

Er straffte sich, versuchte, eine zuversichtliche Miene aufzusetzen, und wandte sich an seinen Sohn. «Nimm deinen Teil der Armee und verstärke die Garnison in Tegea. Kassandros wird seine Streitmacht ungern nach Norden führen wollen, solange die Gefahr besteht, dass ihm jemand in den Rücken fällt. Die Stadt hat reichlich Vorräte, du solltest dort aushalten können, bis ich wiederkomme.»

«Wohin gehst du?»

«Nach Norden, ich eile meiner Armee voraus. Wenn Kassandros in Makedonien war, bedeutet das sicher, dass er jetzt durch Adea das Land beherrscht. Ich gehe nach Epirus; Olympias kann mich nicht abweisen, nun, da ihr Enkel so offensichtlich in Gefahr schwebt. Sie wird mich mit der epirotischen Armee unterstützen. Gemeinsam können wir Makedonien sichern, Adea töten, den Schwachsinnigen wieder in unsere Obhut nehmen, und früh im nächsten Jahr kommen wir in den Süden, um dich in Tegea zu entsetzen und Kassandros gemeinsam zu vernichten.»

Alexandros überdachte den Plan seines Vaters. «Und wenn sie nicht kommt?»

«Sie wird kommen.»

«Ich werde kommen», sagte Olympias und wandte sich von Polyperchon ab und Aiakides zu, der auf seinem Thron im Thronsaal des Palastes saß. Durch die Fenster hatte man Ausblick auf die bewaldeten Berge um Passaron. «Vorausgesetzt, mein feister Neffe stellt mir eine Armee zur Verfügung.»

Der König von Epirus kicherte freudlos. Dabei wabbelte das Doppelkinn, das er seinen jungen Jahren zum Trotz bereits hatte, und seine Augen waren glasig vom Alkohol. «Du wählst deine Worte so geschickt, Olympias, dass es beinahe unmöglich ist, dir etwas abzuschlagen – beinahe.» Er stürzte einen halben Becher Wein hinunter.

Polyperchon war klar gewesen, dass dieses Gespräch schwierig werden würde, doch auf ein solches Ausmaß an unverhohlener Feindseligkeit zwischen Olympias und Aiakides war er nicht gefasst gewesen. Er musste sein Anliegen energisch vertreten. So vehement und entschlossen, wie er es vermochte, trat er vor. «Wenn wir nicht unverzüglich mit einer Armee in Makedonien einmarschieren, während Kassandros auf der Peloponnes mit der Belagerung Tegeas beschäftigt ist, dann wird Makedonien für die wahre Herrscherdynastie der Argeaden für immer verloren sein. Kassandros nutzt Adeas Naivität aus. Er benutzt sie und Philipp, sie sollen Makedonien für ihn sichern, bis er seine gesamte Armee in den Norden führen kann. Dann wird er Philipp töten und Adea vor die Wahl stellen, entweder zu sterben oder seine Frau zu werden. So wird er sich legitimieren, indem er in die Argeadendynastie einheiratet, und das öffnet ihm die Tür dazu, sich selbst zum König zu erklären.» Er schlug mit der Faust in seine Handfläche. Olympias und Aiakides starrten ihn einen Moment lang nur an, überrascht ob seiner Heftigkeit. Er trat wieder zurück – sein dramatischer Auftritt war ihm sichtlich unangenehm.

Aiakides erholte sich als Erster und machte eine wegwerfende Geste. «Warum sollte es mich kümmern, was in Makedonien vor sich geht? Weshalb sollte ich mich für die Argeadendynastie interessieren?», fragte er und stürzte seinen Wein hinunter.

«Weil anderenfalls dein Enkel niemals den Thron von Makedonien besteigen wird», sagte Olympias im Ton einer Mutter, die auf ein störrisches Kind einredete.

Aiakides schaute verwirrt drein und hielt einem Sklaven seinen leeren Becher hin. «Mein Enkel?»

«Ja, dein Enkel. Hast du in deiner Weinseligkeit etwa das Gespräch vergessen, das wir vor fünf Jahren miteinander führten, als die Hure aus dem Osten im Begriff war, ihr Kind zur Welt zu bringen? Der Sohn deiner ältesten Tochter Deidameia mit meinem Enkel Alexander, dem Sohn des großen Alexander. Mein Versprechen steht noch, wenn du mir hilfst.»

«Natürlich habe ich das nicht vergessen», log Aiakides.

Polyperchon bemühte sich, seine Überraschung zu verbergen, während er Olympias mit neuer Hochachtung ansah.

Das ist ein genialer Plan. Die beiden sind zwar noch Kinder, aber sie könnten für künftige Stabilität stehen. Nur die eingefleischtesten Anhänger von Kassandros und Antigonos würden das nicht annehmbar finden.

Auch Aiakides rechnete im Kopf, während er seinen Wein im Becher kreisen ließ und an seinem Ohrläppchen zupfte. Endlich verriet sein Gesichtsausdruck, dass er zu einer Entscheidung gelangt war. «Das wäre in der Tat eine mächtige Verbindung, zum Ruhme meines Hauses.»

«Zum Ruhme unser beider Häuser», korrigierte Olympias ihn.

«Gewiss, beider Häuser.» Ein Schatten huschte über sein Gesicht. «Und die Mutter, Roxane?»

«Ist nicht mehr von Bedeutung, nun, da ich Alexander in meiner Gewalt habe. Sie wird tun, was man ihr sagt, wenn ihr das Leben lieb ist. Es soll ihr nicht an Annehmlichkeiten fehlen, nur darf sie selbstverständlich keinen Zugang zu irgendetwas haben, womit sie ihre Tränke brauen könnte. Auf diesen lieben kleinen Zeitvertreib wird sie verzichten müssen.»

«Wäre es nicht besser, wenn …?» Aiakides beendete den Satz nicht, sondern konzentrierte sich stattdessen auf seinen Becher.

«Darüber habe ich auch nachgedacht, aber wenn ich sie töte, könnte sich das auf den Knaben auswirken und dazu führen, dass er mich ablehnt. Das wäre meinen Plänen abträglich.»

Zweifellos will sie durch ihn herrschen. Wo wäre ich dann? Tot, es sei denn, ich unterwerfe mich ihr freiwillig.

Polyperchon zog den großen Ring von Makedonien vom Finger und hielt ihn Olympias hin. «Mir scheint, nun, da Alexander mit seiner Großmutter vereint ist und Adea und Philipp Verrat begangen haben, indem sie sich auf Kassandros' Seite stellten, ist meine Pflicht erfüllt. Nimm ihn. Er gehört jetzt dir, und ich werde dir dienen.»

In Olympias' Augen glomm Machtgier auf. Sie nahm den Ring, steckte ihn sich an den Zeigefinger und hob die Hand, um ihn zu bewundern. «Sehr hübsch, wirklich sehr hübsch. Das hast du gut gemacht, Polyperchon, nicht viele Leute könnten solche Macht aufgeben. Ich dachte, ich würde dich dafür töten müssen.»

Polyperchon war erleichtert, dass er richtiggelegen hatte. «Ehrlich gesagt wollte ich ihn nie haben. Ich bin von jeher lieber anderen gefolgt, als selbst zu führen.»

«Das kannst du ja nun wieder tun.» Sie ließ die Hand sinken und wandte sich an Aiakides. «Diese Armee, von der wir sprachen – bis wann kann ich sie bekommen?»

Der König schüttelte lächelnd den Kopf. «Du lässt wohl niemals locker, wie, Olympias?»

«Nicht, wenn ich auf etwas aus bin, das mir rechtmäßig zusteht. Also, die Armee? Wann?»

Aiakides hob die Hände zum Zeichen, dass er sich geschlagen gab. «Also gut, wir werden in Makedonien einmarschieren.»

«Wir?»

«Ja, ich werde dich begleiten und den Angriff persönlich anführen.»

«Als ausländischer Herrscher, der an der Spitze einer Invasionstruppe einmarschiert? Bist du denn noch dümmer, als ich dachte? Nein, gewiss nicht, du bist nur betrunken. *Ich* werde die Armee anführen, so kehrt die Mutter des großen Alexander mit seinem Sohn nach Makedonien zurück, um sein Erbe zu beanspruchen. Kein Makedone wird sich einem solchen Anspruch entgegenstellen, zumal die Armee, die hinter mir steht, keine fremde Streitmacht sein wird, sondern die Armee von Alexanders Verlobter, die eines Tages einen wahren Erben der Argeadendynastie zur Welt bringen wird. Du als ihr Vater, Aiakides, kannst dabei zugegen sein, aber ich denke, du wirst mir zustimmen, dass du nicht an der Spitze der Armee stehen kannst – selbst wenn du fähig wärest, dich auf den Beinen zu halten.»

Aiakides lächelte kalt, wobei er seine verfärbten Zähne entblößte. «Du denkst doch an alles, Olympias.»

«Das muss ich, da anscheinend niemand sonst dazu in der Lage ist.»

«Also schön, führe du die Armee an, wenn du es wünschst. Aber wer wird sie tatsächlich befehligen, sodass sie nicht in Chaos versinkt?»

«Du willst wohl andeuten, dass ich von militärischen Dingen keine Ahnung habe.»

«Das will ich nicht andeuten, ich stelle es fest.»

«Und ich stimme dir ausnahmsweise einmal zu. Deshalb habe ich Aristonous beauftragt, den Knaben aus Makedonien herzubringen – er wird mein General sein. Also, wann ist die Armee bereit?»

Aiakides sah ein, dass er ihrer Entschlossenheit nichts entgegenzusetzen hatte. «Frühestens in sieben Tagen.»

«Gut», sagte Olympias wohlgefällig. «Dann sind wir durch den Pass, ehe Schneefall droht, und sollten noch vor Einbruch des Winters in Pella sein.» Sie warf noch einmal einen Blick auf den Ring, dann wandte sie sich an Polyperchon. «Wann wird deine Armee hier im Norden eintreffen?»

«Etwa in zehn Tagen.»

«Ausgezeichnet. Wie lange kann Tegea der Belagerung standhalten?»

«Wenigstens bis zum nächsten Frühjahr.»

«Weiß Kassandros das?»

«Ich gehe davon aus», erwiderte er achselzuckend. «Zwischen den Männern unserer Armeen herrscht immer reger Kontakt, da viele sich von früher kennen.»

Olympias überlegte kurz und kam zu einem Entschluss. «Kassandros wird die Belagerung abbrechen, sobald er erfährt, dass wir einmarschiert sind, davon bin ich überzeugt. Er wird Makedonien als wichtiger einschätzen und sich sagen, dass er sich mit Tegea später noch befassen kann. Du kommst mit mir, und wenn wir Makedonien sicher in unserer Gewalt haben, schicke ich dich, Polyperchon, in den Süden, damit du mit den Ätoliern verhandelst. Wir brauchen sie um jeden Preis als Verbündete. Du musst sie dazu bringen, für uns den Engpass der Thermopylen zu besetzen und ihn gegen Kassandros zu verteidigen.»

«Was, wenn sie sich weigern?»

«Das werden sie nicht tun, jedenfalls nicht, wenn du ihnen im Namen des Königs völlige Unabhängigkeit zusicherst, wenn sie tun, was wir von ihnen verlangen.»

Polyperchon seufzte beinahe vor Erleichterung, endlich einmal wieder Befehle von jemandem zu erhalten, der von seiner Sache ganz und gar überzeugt war. Dann fiel ihm etwas ein. «Er hat eine Flotte. Er könnte die Thermopylen einfach auf dem Seeweg umgehen.»

Olympias lächelte ihn mit kalten Augen an. «Weil es *dir* gelungen ist, *deine* Flotte zu verlieren? Ja, daran habe ich auch schon gedacht. Aber du hast auch etwas richtig gemacht, als du den Ring trugst: Du hast Eumenes zum militärischen Oberbefehlshaber in Asien gemacht und ihm das Recht verliehen, Geld aus der Schatzkammer zu Kyinda zu entnehmen. Ich habe an ihn geschrieben, als du mir seinerzeit das Angebot machtest, nach Makedonien zurückzukehren. Er riet mir, einen günstigeren Zeitpunkt abzuwarten. Dieser Zeitpunkt ist jetzt gekommen: Ich habe das Kind, das mir Legitimität verschafft, und Eumenes hat inzwischen gewiss Schiffe. Ich werde ihm befehlen, mit ihnen, seiner Armee und reichlich Gold und Silber über die Ägäis zu kommen. Kassandros wird zwischen Eumenes und mir zermalmt werden.»

EUMENES
DER LISTIGE

Es war ein kühner Plan, den Olympias da vorschlug, das musste Eumenes einräumen. Er bewunderte ihn, weil dadurch drei Dinge erreicht wurden: Kassandros wurde aus dem Weg geräumt; seine, Olympias' und Polyperchons Truppen würden in Europa vereint sein, sodass Makedonien und Griechenland gesichert wären; und Antigonos und Ptolemaios blieben als Gegner in Asien zurück.

Höchst befriedigend. Sollen sie sich doch erst einmal eine Weile gegenseitig bekriegen. Dann sichern wir uns Lysimachos' Treue – oder wenigstens seine Bereitschaft zu einem Waffenstillstand – und führen unsere vereinten Armeen über den Hellespont, um mit Ptolemaios' Hilfe gegen Antigonos vorzugehen. Ptolemaios wäre dumm, uns nicht dabei zu unterstützen. Perfekt.

Er gab Olympias' Brief Hieronymos zu lesen, der neben ihm an dem niedrigen, mit Meeresfrüchten gedeckten Tisch lag. «Ich denke, ich sollte tun, worum sie mich ersucht. Was sagst du dazu, alter Freund? Wenn du fertig gelesen hast, kannst du den Brief für dein Geschichtswerk behalten.»

Während Hieronymos den Brief studierte, nahm Eumenes seinen Becher, ging zum Fenster hinüber, stützte sich auf das

Sims und schaute auf den geschäftigen syrischen Hafen von Rhosos hinunter. Dieser lag am südlichen Rand der großen Bucht, wo Alexander einst seinen verblüffenden Sieg bei Issos errungen hatte. Der Anblick erfreute Eumenes: Der Hafen, hinter dem am Hang das Theater aufragte, war nunmehr übervoll mit Schiffen, die er in Tarsos und entlang der Küste beschlagnahmt hatte, während er nach Phönizien vordrang und Ptolemaios' Garnisonen vor ihm zurückwichen. Als er Tyros erreicht und erkannt hatte, dass er noch nicht stark genug war, die Stadt zu erobern, hatte er in allen größeren Städten Garnisonen stationiert und sich nach Rhosos zurückgezogen. Hier versammelte er seine Flotte und rekrutierte Hunderte einheimische Phönizier als Ruderer und Matrosen. Er hatte sich für Rhosos entschieden, da dieser Hafen von allen, die er gefahrlos nutzen konnte, Europa am nächsten war. Er hatte nämlich beabsichtigt, Geld an den klammen Polyperchon in Griechenland zu schicken, damit dieser ihm im Gegenzug makedonische Soldaten zur Verfügung stellte. Doch nun hatte Olympias ihm ein besseres Angebot gemacht. Eumenes trank einen großen Schluck Wein auf sie.

Mit zunehmendem Wohlgefühl atmete er tief die salzige Luft ein und richtete sich zu seiner wenig beachtlichen Größe auf, während er den Anblick dieser gewaltigen Seestreitkraft genoss. Fast fünfzig Kriegsschiffe, dazu ebenso viele Transportschiffe, alle unter dem Befehl seines rhodischen Kommandeurs Sosigenes. Dann wanderte sein Blick nach Süden zum Lager der Armee außerhalb der Stadtmauern. Das Lager nahm fast die gleiche Fläche ein wie Rhosos selbst, und es wimmelte darin von neu eingetroffenen Söldnern. Er überschlug im Kopf, wie viele von ihnen er auf den Schiffen unterbringen konnte. *Ich denke, die meisten. Mit denen, die ich zurücklassen muss, verstärke ich die Garnisonen. Ich werde mit Sosigenes sprechen, er soll es genau ausrechnen.*

Als sich in den griechischen Städten Europas und Asiens die Kunde verbreitete, dass Eumenes zu Reichtum gelangt war und Söldner rekrutieren wollte, waren Tausende auf seinen Ruf herbeigeströmt, sodass seine Armee gewaltig angewachsen war. Nun hat sie schon bald eine ansehnliche Größe, dachte er und empfand Stolz auf das, was er geleistet hatte, seit er Geld aus Kyinda geholt hatte. Er hatte die Illusion aufrechterhalten, Alexander führe von jenseits des Grabes das Oberkommando, indem er jeden Morgen im königlichen Zelt vor dem leeren Thron Rat hielt. Antigenes und Teutamos hatten sich darein gefügt, Befehle von Eumenes anzunehmen, solange er diese als den Willen Alexanders ausgab. Bei seinen übrigen Befehlshabern Sosigenes, Xennias und Parmida bedurfte es dieses Tricks nicht.

So war Eumenes' Stärke mit jedem Tag gewachsen und mit ihr auch sein Selbstvertrauen, denn nun besaß er Legitimität: Er führte im Namen der Könige das Kommando in Asien, und Antigonos war der Geächtete. Zwar schwebte noch immer das Todesurteil über seinem Haupt, doch das war nichts als eine Formsache – es würde aufgehoben werden, sobald er nach Europa kam und dort eine Versammlung des gesamten Heeres einberufen werden konnte.

Ich werde Kassandros schlagen, mich mit Olympias und Polyperchon zusammenschließen und dann nach Asien zurückkehren, um mich dort weiter für die Sache der Könige einzusetzen. Oder eher des Königs – ich glaube nicht, dass Olympias den Schwachsinnigen länger als unbedingt nötig am Leben lässt, nachdem wir ihn in unsere Gewalt gebracht haben.

Bei diesem Gedanken zuckte Eumenes die Achseln. *Das ist eigentlich gar nicht so schlecht, solange die Argeadendynastie in Gestalt des jungen Alexander fortbesteht. Wenn auch nur die Hälfte der Gerüchte wahr ist, dann ist Adea auch nicht besser als die asiatische Wildkatze. Nun, da Olympias endlich den Kind-*

könig in ihren Klauen hält und Adea sich auf Kassandros' Seite geschlagen hat, ist ein Königsmord unvermeidlich. Besser der Schwachsinnige als der Knabe. Und dann wäre da immer noch Kleopatra …

«Was gibt es Neues von Antigonos?», fragte Hieronymos hinter ihm. Er rollte gerade Olympias' Brief zusammen.

Eumenes drehte sich zu ihm um und verzog das Gesicht. «Das ist meine einzige Sorge: Anscheinend liegt seine Flotte unter Nearchos' Kommando noch im Norden, behebt Schäden und merzt die letzten Widerstandsnester aus. Er selbst ist aber mit dem größten Teil seiner Armee nach Süden marschiert, sobald er erfuhr, dass ich gegen unsere Vereinbarung verstoßen und Polyperchons Angebot angenommen hatte. Ich rechne täglich damit, dass unsere Kundschafter ihn sichten.»

«Dann musst du schnell sein.»

«Das werde ich. Ich spreche jetzt gleich mit Sosigenes.»

«Die Flotte ist fast vollständig bemannt, und die Schatztruhen aus Kyinda werden morgen eintreffen. Sobald sie verladen sind, können wir anfangen, die Truppen einzuschiffen, Herr», antwortete Sosigenes in ermutigender Zuversicht, während sie einen Rundgang durch den Hafen machten. Der Mann war kahlköpfig, trug jedoch einen Vollbart, und seine Augen waren vom jahrelangen Blinzeln in Wind und Wetter zu Schlitzen verengt. «Das Ganze dürfte dann nicht mehr Zeit in Anspruch nehmen als den Rest des Tages und den größten Teil des darauffolgenden.»

Eumenes stieg über eine große Taurolle hinweg. «Wir könnten also in drei Tagen nach Europa aufbrechen.»

«Je nachdem, wie die Strömungsverhältnisse in der Bucht sind.»

«Was meinst du damit?»

«Sie wechseln ständig, Herr. Um eine Flotte dieser Größe sicher aufs Meer hinauszubringen, wartet man am besten ab, bis die Strömung vor der Bucht von Norden nach Süden fließt. Dann zieht sie uns vom Land fort aufs Meer hinaus. Manchmal kehrt sie sich um. Für ein einzelnes Schiff oder eine kleine Schwadron ist das unproblematisch, aber nicht für eine derart große Flotte. Wenn so viele Schiffe zum Scheitelpunkt der Bucht getrieben würden, wäre das gefährlich.»

«Dann können wir nur hoffen, dass Poseidon uns gewogen ist.»

Sosigenes deutete auf die Klippen nördlich des Hafens. «Ich steige jeden Morgen dort hinauf, um zu sehen, was der Gott im Schilde führt, und in den letzten Tagen schien er sich zu benehmen.» Er grinste durchtrieben, wobei er seine fünf verbliebenen Zähne zeigte. «Aber vielleicht hat es auch gar nichts mit Poseidon zu tun, sondern liegt nur daran, dass das Wetter schon seit einiger Zeit stabil ist.»

Ah, ein rationaler Mann. Allmählich gefällst du mir, mein rhodischer Freund. Eumenes grinste ebenfalls und klopfte Sosigenes auf die Schulter. «Ich werde dem Gott dennoch Opfer bringen lassen, damit er uns weiterhin gewogen ist.»

«Wenn du meinst, dass das etwas nutzt, Herr.»

«Wahrscheinlich nicht, aber die Soldaten treten die Seereise zuversichtlicher an, wenn sie wissen, dass ich ein paar weiße Stiere geopfert habe. Vor allem die Silberschilde.»

«Du solltest dein Geld nicht für gute Stiere vergeuden, nur um die Silberschilde bei Laune zu halten. Sie sind vermögend genug, um selbst Opfer bringen zu können, wenn sie wirklich solche Angst vor Poseidon haben.»

«Da könntest du recht haben, Sosigenes. Ich werde ihnen befehlen, sich bereit zu machen, und ihnen Zeit lassen, sich an die Vorstellung zu gewöhnen.» Eumenes wandte sich zum

Gehen, erfreut, einen Seemann kennengelernt zu haben, der anscheinend nicht im Mindesten abergläubisch war.

Doch die Silberschilde stellten Eumenes vor das nächste Problem, als er sich im königlichen Zelt vor dem leeren Thron mit ihrem Befehlshaber traf. Und es hatte nichts mit ihrem Aberglauben zu tun.

«Ptolemaios, sagst du, Antigenes?»

Der ergraute Kommandeur der angesehensten Eliteeinheit der gesamten Armee nickte und rutschte unbehaglich auf seinem Faltschemel herum. «Und nicht nur Ptolemaios' Briefe, sondern auch Antigonos' Boten; er hat seinen alten Freund Philotas und dreißig alte Trunkenbolde geschickt, die viele der Jungs kennen. Sie bieten ihnen große Geldbeträge, damit sie meutern, dich töten und dann zu Antigonos überlaufen. Sie werden später zu den Jungs sprechen.»

«Welches Angebot macht Ptolemaios uns?»

«Er hat seine Boten nur zu mir und Teutamos geschickt. Er will, dass *wir* dich töten.»

Eumenes war bestürzt. «Und das erzählst du mir?»

«Du hättest es früher oder später sowieso erfahren, und dann hättest du mich mit Fug und Recht hinrichten lassen können, wenn ich es dir verschwiegen hätte.»

«Aber warum bist du mir treu geblieben? Die angebotene Prämie war doch gewiss beträchtlich?»

Antigenes blickte wehmütig drein. «Allerdings, das kannst du mir glauben. Aber was ist schon Geld, wenn man sein Leben aufs Spiel setzt? Teutamos war dafür, aber ich konnte ihn umstimmen. Weißt du, Eumenes, du bist ja Grieche.»

«Was du nicht sagst! Es erstaunt mich, dass du es bemerkt hast, da ich mich doch all die Jahre bemüht habe, es zu verbergen. Als Nächstes wirst du mir wohl erzählen, dass du meine geringe Größe wahrgenommen hast.»

«Was ich damit sagen will, Eumenes: Du brauchst viel dringender Freunde als Ptolemaios oder Antigonos. Wenn wir dich ermorden und dann zu einem der beiden überlaufen würden, was sollte sie davon abhalten, uns zu töten, weil wir erwiesenermaßen unzuverlässige Verbündete sind? Du hingegen brauchst mich und Teutamos lebend.»

Eumenes konnte seine Belustigung nicht verbergen. «Das ist das erste Mal, dass mir ein Makedone erklärt, wie vorteilhaft es ist, Grieche zu sein: Griechen brauchen makedonische Freunde, so zweifelhaft ihre Loyalität auch sein mag, wohingegen Makedonen etwas wählerischer sein können.»

Antigenes fand nichts Komisches daran. «Das ist eine ernsthafte Überlegung, Eumenes. Ich habe es nicht so weit gebracht, nur um mir von einem den Kopf abschlagen zu lassen, der mich erst dafür bezahlt hat, einen Griechen zu töten, und dann beschließt, dass ich entbehrlich bin. Dafür habe ich deutlich zu viel Vermögen im Gepäcktross. Nein, ich halte zu dir.»

«Und wie steht es mit den Jungs?»

Antigenes' wettergegerbtes Gesicht nahm einen besorgten Ausdruck an. «Das ist der Hauptgrund, weshalb ich zu dir gekommen bin, Eumenes. Sie sind im Begriff, eine Versammlung abzuhalten. Wenn sie beschließen, dich zu töten und zu Antigonos oder Ptolemaios überzulaufen, brauchen sie nicht um ihr Leben zu fürchten – niemand würde die Schuld auf sich laden, die Silberschilde zu töten. Aber –»

« – was deine Person betrifft, wären Antigonos und Ptolemaios nicht so zimperlich, ist es das?»

«Hm, ja, so sieht es aus.»

Eumenes fand Vergnügen an diesem Gespräch. «Und du willst, dass ich komme und zu den Jungs spreche, um dein Leben zu retten?»

«Und das deine.»

Ah, der makedonische Militärverstand in Hochform: Er tut dreist so, als schere er sich um die Sicherheit eines Griechen, dabei ging es von vornherein immer nur darum, dass mein Mangel an Sicherheit auch für ihn Konsequenzen hätte.

«Deine Sorge rührt mich. Gehen wir?»

Antigenes trat an den Zelteingang und schaute nach der Sonne, die sich gen Westen neigte. «Sie wollen sich in der Abenddämmerung versammeln. Philotas wird auf dem Exerzierplatz zu ihnen sprechen.»

«Und dieser trägt Antigonos' Unterschrift.» Philotas hielt den Brief in die Höhe und drehte sich langsam, sodass alle dreitausend Mann, die um ihn versammelt waren, ihn im flackernden Schein zahlreicher Fackeln sehen konnten. «Er verlangt, dass ihr tut, was ihr ihm schuldig seid.»

Schuldigkeit gegenüber einem Geächteten – eine originelle Vorstellung, dachte Eumenes mit hochgezogener Augenbraue. Er stand im Halbdunkel im hinteren Bereich der Versammlung. *Und ihre Schuldigkeit gegenüber Antigonos besteht wohl darin, den rechtmäßig ernannten Oberkommandierenden Asiens zu ermorden.*

«Ihr müsst Eumenes unverzüglich ergreifen und töten.»

Welch eine Überraschung.

«Anderenfalls wird Antigonos euch als Verräter ansehen und seine Armee gegen euch ins Feld führen.»

Diese Ankündigung rief lautes Protestgeschrei hervor.

Philotas ließ sich nicht beirren. Er hob die Hand in dem Versuch, Ruhe herzustellen. Mühsam konnte er sich wieder Gehör verschaffen. «Ein Mann soll für euch sprechen und mir sagen, was an Antigonos' Forderung so inakzeptabel ist.»

Ein altgedienter Soldat, deutlich über siebzig, aber noch immer kräftig, drängte sich nach vorn. Er baute sich vor Philotas auf und drohte ihm mit dem Finger. «Der Regent hat uns im Namen der beiden Könige von Makedonien befohlen, Eumenes zu folgen und Antigonos als Rebellen zu behandeln. Kraft welcher Autorität erteilt Antigonos nun einen gegensätzlichen Befehl?»

Darauf erhob sich zustimmendes Raunen. *Gute Jungs. Sie mögen alte, fanatische Makedonen mit wenig Verstand sein, aber einen Befehl befolgen, das können sie – wenn es ihnen genehm ist.*

«Antigonos wurde von Antipatros zum Oberbefehlshaber in Asien ernannt, und dieser wiederum wurde von Alexander selbst als Regent eingesetzt.» Philotas schwieg kurz, um den Namen wirken zu lassen – sein Zauber genügte, um die Menge gänzlich verstummen zu lassen. «Die Regentschaft kann nicht von einem Regenten an den nächsten weitergegeben werden; nur der König kann jemanden in dieses Amt einsetzen. Folglich ist Polyperchon nicht Regent, und sein Befehl ist daher nicht rechtmäßig. Somit hat Antigonos noch immer den Oberbefehl in Asien inne, und der kleine Grieche ist nach wie vor ein Geächteter.»

Ich habe mich schon gefragt, wann wohl meine Größe zur Sprache kommt. Allerdings hat er da ein starkes Argument vorgebracht, das ich entkräften muss. Eumenes schob sich langsam durch die Menge.

«Wenn Polyperchon nicht der Regent ist, wer ist es dann?», wollte der Veteran wissen.

Philotas zuckte mit übertriebener Geste die Schultern. «Das ist nicht Antigonos' Problem. Er kann nicht das Rechtsproblem lösen, wie ein Regent ernannt werden kann, wenn keiner der beiden Könige in der Lage ist, es zu tun. Er kann lediglich –»

« – die Unsicherheit zu seinem persönlichen Vorteil ausnutzen», beendete Eumenes den Satz mit lauter Stimme. Er drängte sich auf die freie Fläche in der Mitte der Versammlung. «Denn das tut er doch, ist es nicht so, Philotas?»

«Eumenes!»

«Ja, gut beobachtet – der listige kleine Grieche persönlich. Ich kann nur annehmen, dass Antigonos dich für deine Beobachtungsgabe so hoch schätzt, denn er tut es gewiss nicht für deine Fähigkeit, schlüssig zu argumentieren. Es ist allerdings Antigonos' Problem, ja, es ist jedermanns Problem: Wer ist der rechtmäßige Regent? Und solange dieses Rechtsproblem, wie du es nennst, nicht gelöst ist, haben wir was?»

Eumenes schaute sich um, doch niemand schien eine Antwort zu wissen.

«Ich will es euch sagen. Wir haben das Zweitbeste nach einem von Alexander ernannten Regenten: Wir haben einen Regenten, der vom Regenten Alexanders ernannt wurde.» Er breitete mit großer Geste die Arme aus, schob den Kopf nach vorn und riss die Augen weit auf. «Was können wir derzeit Besseres erhoffen? Blicken wir den Tatsachen ins Auge: Ohne Polyperchon wären wir führerlos, denn er ist derjenige, der die Interessen des Königshauses der Argeaden vertritt – nicht Antigonos oder Ptolemaios oder gar Kassandros, sondern Polyperchon. Er hat die Belange der Könige im Sinn, und deshalb unterstütze ich ihn.»

Dass Adea mit ihrem geistesschwachen Liebling zu Kassandros übergelaufen ist, können wir für den Moment vernachlässigen.

«So, nun habt ihr die Wahl, ob ihr tut, wozu Antigonos euch aufgerufen hat, und mich tötet – bitte sehr, hier bin ich – oder ob ihr akzeptiert, dass ich der legitime Vertreter der Könige in Asien bin.» Er breitete die Arme aus und drehte sich einmal um sich selbst. «Hier bin ich, Jungs. Nur zu, tötet mich, wenn das eure Entscheidung ist, aber wisset: Ihr würdet Verrat begehen, und euer Leben wäre verwirkt. Vielleicht nicht morgen oder nächsten Monat, aber sobald Antigonos geschlagen ist.

Und er wird geschlagen werden, denn wenn die Söhne Makedoniens erst erkennen, dass er das Königshaus der Argeaden – die rechtmäßigen Herrscher Makedoniens – weder liebt noch ehrt, werden sie sich gegen ihn wenden. Er wird stürzen, und das uralte Gesetz Makedoniens wird obsiegen.»

Das Gebrüll war ohrenbetäubend. Eumenes reckte beide Arme rhythmisch in die Luft und sonnte sich in dem Beifall.

Nun, das war vielleicht ein wenig melodramatisch, aber so etwas schadet nie, und mir scheint, ich habe die gewünschte Wirkung erzielt – vorerst. Man muss eben an den Patriotismus der Makedonen appellieren. Götter, wie sie einen König lieben.

Dann nahm das Geschrei einen unheilvollen Klang an, und rund dreißig Männer wurden aus der Menge gezerrt und in die Mitte gestoßen. «Tötet sie!», verlangte die Masse im Chor.

Eumenes gebot mit Gesten Ruhe und schaute zu Philotas; dem Veteranen war keine Angst anzumerken. Als die Rufe verstummten, trat Eumenes auf Antigonos' Gesandten zu und wandte sich an die Menge. «Findet ihr denn, dass auch dieser Mann sterben sollte?»

Zustimmende Rufe waren die Antwort.

Eumenes schüttelte langsam und bedächtig den Kopf. «Ich sage, nein. Ich sage, dieser Mann hat lediglich getan, was ihm von seinem verblendeten General befohlen wurde, ebenso wie alle diese Männer. Nein, wir wollen nicht alte Kameraden töten, nur weil sie Befehle befolgt haben. Wenn wir einmal damit anfangen, wohin soll das noch führen? Schickt sie zurück, damit sie den anderen in ihrer Truppe erzählen können, dass wir ihnen nicht übelwollen. Wir wünschen nichts weiter, als dass die Soldaten von Makedonien geeint hinter dem Königshaus der Argeaden stehen.»

Mit einer weiteren dramatischen Geste rief Eumenes abermals zustimmendes Gebrüll hervor, und die zuvor todgeweihten Männer wurden aufgehoben und brüderlich in die Arme geschlossen.

Eumenes trat dicht an Philotas heran. «Richte deinem Kumpan aus, er kann sich mir gern jederzeit ergeben und braucht nicht um sein Leben zu fürchten.» Er klopfte ihm auf die Schulter, dann schritt er durch die jubelnde Menge. Alle schlugen ihm beifällig auf die Schultern oder den Rücken, sodass er schon fast wund war, als er bei Antigenes und Teutamos ankam. «Ihr seid mir etwas schuldig, meine Herren. Denkt daran, wenn wir wieder einmal in Bedrängnis geraten.»

Die beiden Befehlshaber nickten und murmelten ihren Dank.

Eumenes seufzte. *Nun, mehr Dank kann ein Grieche wohl von solch illustren makedonischen Veteranen nicht erwarten.*

«Sagt mir Bescheid, wenn morgen die Truppe mit den Schatzkisten aus Kyinda eintrifft. Ich will, dass die Münzen und Barren auf die Schiffe verladen werden, sobald sie hier sind.»

«Jetzt fühle ich mich schon viel besser», sagte Eumenes am folgenden Nachmittag zu Sosigenes. Eben sahen sie zu, wie die letzte der dreißig randvollen Schatztruhen sicher im Lagerraum einer frisch riechenden Triere verstaut wurde. Er wandte sich an Xennias, der neben ihm stand. «Dann fangen wir jetzt also an, die Jungs einzuschiffen.»

Xennias nahm Haltung an. «Sie halten sich im Lager bereit, Herr.»

«Wartet noch, ich sollte vorher nach der Strömung schauen.» Sosigenes blickte zu den Klippen hinauf. «Es hätte keinen Sinn, sie einzuschiffen, wenn wir nicht lossegeln können.»

«Wir müssen uns beeilen.»

«Ich weiß, Herr. Ich werde die Abfahrt nur verschieben, wenn es unbedingt erforderlich ist.»

«Ich komme mit dir, damit du das nicht etwa vergisst.»

«Wie du siehst, Herr», sagte Sosigenes fast eine Stunde später und zeigte auf einen braunen Fleck im türkisfarbenen Wasser hinunter, «fließt das Wasser aus dem Fluss südwärts, in unsere Richtung. Das zeigt an, dass die Strömung günstig ist und uns aufs Meer hinaustreiben wird.»

Eumenes runzelte die Stirn, schirmte seine Augen mit den Händen ab und spähte nach Westen, wo sich die Nachmittagssonne strahlend auf der glatten See spiegelte. «Und was ist mit denen?», fragte er hörbar angespannt. «Ist die Strömung für die Flotte dort ebenso günstig?»

Sosigenes folgte seinem Blick und holte tief Luft. «Wessen Flotte ist das?»

«Ich weiß es nicht, aber ich kann es mir denken, und die Antwort gefällt mir nicht. Mir scheint, Nearchos ist mit seinen Instandsetzungsarbeiten an Antigonos' Flotte fertig. Wie weit sind sie noch entfernt?»

Sosigenes betrachtete die drei bis vier Dutzend Silhouetten, die sich gegen die sinkende Sonne abzeichneten. «Nicht weiter als zwei Parasangen. Weniger als eine Stunde.»

Eumenes wandte sich ab und lief eilends davon.

Doch seine Schnelligkeit nutzte ihm nichts, denn als die Flotte näher kam, war zu erkennen, dass einzelne Schiffe mit Siegestrophäen geschmückt waren, und an der Rahe flatterten die Fetzen im Kampf erbeuteter Banner. Die Schiffe nahten schnell, denn der Wind stand günstig, und sie waren weit genug von der Küste entfernt, dass die Strömung ihnen nichts anhaben konnte.

Dann glitt das erste von Eumenes' Schiffen aus der Hafenmündung, anschließend die nächsten zwei in rascher Folge und dann in stetigem Strom immer mehr. Als Eumenes über den Kai rannte, gefolgt von dem keuchenden Sosigenes, sah er leblose Körper im Wasser treiben und am Boden liegen: die Leichen der Offiziere, die sich gegen die Meuterei gestellt hatten.

«Philotas und seine Männer erschienen, sobald die andere Flotte in Sicht kam», berichtete Xennias, als sie sich näherten. «Sie haben unseren phönizischen Seeleuten klargemacht, dass die Flotten zwar zahlenmäßig gleich stark seien, die von Antigonos jedoch durch den jüngst errungenen Sieg gestärkt und voller Zuversicht, wie ja auch deutlich zu sehen war. Die Männer entschieden daraufhin, lieber die Seiten zu wechseln, als zu versuchen, sich freizukämpfen. Ihr wisst ja, wie die Phönizier sind: unzuverlässig und stets bereit, sich hinter einen Sieger zu stellen.»

«Und ein Vermögen zu stehlen», ergänzte Eumenes, der seine Bitterkeit nicht verhehlen konnte. Er sah zu, wie die beiden Flotten sich zusammenschlossen, und hörte den Jubel über das Wasser schallen. *Das hat man davon, wenn man jemandem das Leben schenkt. Nun, Philotas, beim nächsten Mal werde ich nicht mehr so töricht sein.*

«Was tun wir jetzt?», fragte Xennias mit ungläubigem Kopfschütteln.

Doch Eumenes war durch den Anblick von Teutamos abgelenkt, der im Laufschritt auf ihn zukam, offenbar mit einem dringenden Anliegen.

Die Nachricht kann nicht noch schlimmer sein als das, was hier gerade geschehen ist.

«Die Kundschafter sind soeben zurück, Eumenes», meldete Teutamos atemlos. «Antigonos kommt mit mehr als fünfzigtausend Mann über das Taurosgebirge. Was tun wir jetzt?»

Eumenes lächelte. «Das werde ich nun in einem Zeitraum von hundert Herzschlägen bereits zum zweiten Mal gefragt, und beide Male von Makedonen. Mir scheint, ich sehe auf einmal nicht mehr so griechisch aus.»

Teutamos überhörte die Bemerkung und schaute sich verblüfft in dem leeren Hafen um. Er bemerkte erst jetzt, dass die Schiffe fort waren. «Wo sind sie geblieben?»

Eumenes zeigte auf die vereinigte Flotte, die nun vor Rhosos lag, und antwortete trocken: «Dort.»

Teutamos schluckte. «Und was machen wir jetzt?»

«Mir scheint, wenn ich diese Frage zum dritten Mal von einem Makedonen höre, verdient sie eine Antwort.» Er schaute nach Westen, in Richtung Europa. «Nun, da Antigonos nördlich von uns ist und wir keine Flotte mehr haben, die uns übers Meer bringen könnte, müssen wir uns von der Vorstellung verabschieden, unsere Streitmächte in Europa zu vereinen.» Eumenes wandte sich vom Westen ab. «Wir gehen landeinwärts in die östlichen Satrapien und versuchen, eine Armee auszuheben, die groß genug ist, um es mit Antigonos aufzunehmen. Er wird uns gewiss verfolgen.»

Und so marschierte Eumenes gen Osten und überließ es Olympias, mit Kassandros und Adea fertigzuwerden.

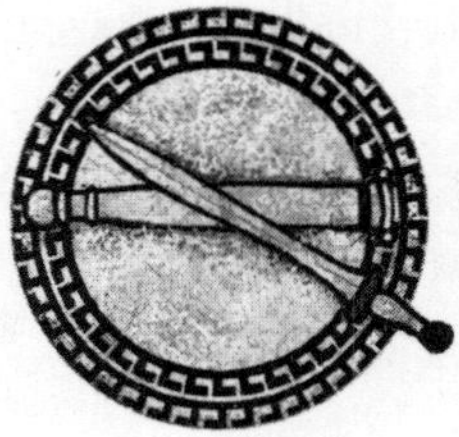

ADEA
DIE KRIEGERIN

Sie duckte sich tief, um der Klinge auszuweichen, die keine Handbreit über dem Rosshaarbusch ihres Helms hinwegschnellte. Dann verlagerte sie das Gewicht auf den rechten Fuß und machte einen Ausfall, um den Krieger mit einem tiefen Schwertstoß am Schenkel zu verletzen. Doch ihre Waffe traf nur auf das lederbezogene Holz des Schildes, den der Gegner hastig gesenkt hatte. Adea sprang zurück und hob ihren Schild, um einen blitzschnellen Stich abzufangen, der auf ihre Kehle gezielt war. Dabei stellte der Gegner den rechten Fuß so heftig vor, dass ihr Staub ins Gesicht stob. Adea widerstand dem Drang, sich die Augen zu reiben, die von Schweiß und Schmutz brannten. Sie stach nach unten zu und traf mit der stumpfen Spitze ihres Schwertes seinen Fuß knapp unterhalb der Beinschiene mit genügend Kraft, dass ihr Gegner vor Schmerz stöhnte und ein paar Schritte zurückwich. Adea erkannte ihre Chance: Sie sprang seitlich zum Gegner geduckt vorwärts und schmetterte ihren Schild gegen seinen, sodass er gezwungen war, seinen verletzten Fuß zu belasten. Mit einem weiteren Schmerzenslaut verlagerte er das Gewicht hastig wieder auf das linke Bein, während Adea ihre Klinge zwischen seinen Beinen hochriss. Sie unterbrach die Bewegung, sobald die Waffe ihn berührte. «Du bist tot!»

Den versammelten Männern entfuhren Ausrufe des Erstaunens, da sie Zeugen wurden, wie eine Frau, kaum dem Jugendalter entwachsen, ihren Befehlshaber besiegte: Kassandros' Bruder Nikanor.

«Du kämpfst wie ein Mann», sagte Nikanor mit widerwilliger Anerkennung und schaute auf die Klinge hinunter, die ihn tödlich verwundet hätte, wäre dieser Zweikampf im Ernst und in der Schlacht ausgetragen worden.

Adea riss sich den Helm vom Kopf, gab ihn ihrem Leibwächter Barzid und schüttelte ihr Haar aus. «Da irrst du, Nikanor. Ich kämpfe wie meine Mutter, die mich gelehrt hat, und sie war offensichtlich kein Mann.» Sie wischte sich mit dem Handrücken Staub und Schweiß von der Stirn.

«Sie muss eine gute Lehrerin gewesen sein», stellte Nikanor fest und bückte sich, um sich den Fuß zu reiben. Zwischen den Riemen seiner Sandale war bereits ein Bluterguss sichtbar. «Ich wurde schon lange nicht mehr geschlagen, und gewiss noch nie in solcher Öffentlichkeit.» Er wies auf die siebenhundertköpfige Menge aus Getreuen seiner Sippe: Kavallerie erster Güte und hervorragende Infanterie. Die Männer, die nicht mit Kassandros nach Asien gegangen waren, hatten sich hier in Pella versammelt, um den Kern der Armee zu bilden. «Und erst recht noch niemals von einer Frau. Was werden sie von mir denken?» Er gebot mit erhobenen Armen Ruhe. «Nun habt ihr gesehen, wie Königin Eurydike kämpfen kann, nicht wahr?»

Die Antwort fiel zustimmend aus, wenn auch noch immer etwas verwirrt, denn keiner dieser Männer wusste viel über Adea – sie hatten bisher unter Antipatros in Makedonien gedient.

«Ich werde euch im Felde befehligen, aber sie ist die Königin.

Im Namen König Philipps, ihres Gemahls, führt sie das Oberkommando über die gesamte Armee. Soldaten, die ihr meinem Hause treu seid, erkennt ihr Königin Eurydike als Oberbefehlshaberin der Armee von Makedonien an?»

Diesmal brach stürmischer Jubel los, und Waffen und Helme wurden in die Luft gereckt.

Adea nickte befriedigt. «Sie erachten es für richtig, dass du mir das Kommando über die Armee überträgst.»

«Wir beide haben das Kommando gemeinsam inne. Ich werde nach wie vor meine Männer führen.»

«Das mag sein, aber ich treffe im Namen meines Mannes die Entscheidungen. Du wirst diese Entscheidungen unterstützen, ob sie dir gefallen oder nicht.»

Nikanor schaute sie an, seine Würde war sichtlich angekratzt. Die Frau, die noch vor wenigen Monaten seinen Tod gewollt hatte, war zu seiner Verbündeten geworden, doch die Annäherung war ihm seither nicht leichtgefallen. «Die Männer von den Landgütern meiner Familie, die meinem Vater stets gedient haben, werden für dich kämpfen, wenn ich es ihnen befehle, und die neuen Rekruten vielleicht auch. Aber wie steht es mit all den Veteranen von Alexanders Feldzügen, die dem Ruf gefolgt sind? Wem gilt ihre Treue, wenn sie für einen König gegen einen König marschieren?»

«Wir werden es ihnen morgen sagen, wenn wir Truppenschau halten. Noch ist nicht gewiss, ob es Aristonous wirklich gelungen ist, Roxane und den Knaben aus Makedonien hinauszubringen.»

«Koinos und die anderen Leibwächter hielten uns am Zugang zum Pass so lange auf, bis eine epirotische Grenzpatrouille den Trupp mit Roxane und dem Knaben in ihre Obhut genommen hatte», berichtete der Offizier, der die Verfolgung der Flüchtlinge befehligt hatte, an diesem Abend dem Rat, der nun in Makedonien herrschte. «Als wir sie einholten, waren sie weit in der Überzahl. Wir hatten bei dem Kampf neun gute Jungs verloren.»

«Schwachköpfe!», rief Adea aus und schlug mit der flachen Hand auf den Ratstisch. Philipp erschrak so, dass er sich einnässte und seinen Elefanten nach dem Mann warf, der seine Frau offenbar wütend gemacht hatte. «Wie konnten drei Männer neun von euch töten und die übrigen lange genug aufhalten, dass der Knabe entkommen konnte?»

Der Offizier wich der Elefantenfigur aus und schaute Adea aus zusammengekniffenen Augen an. Zwei von Philipps Leibwächtern, die den Thron flankierten, holten das Spielzeug zurück. «Wir hatten es mit tapferen Männern zu tun, die geschworen hatten, ihren König zu schützen. Meine Jungs hatten anfangs Skrupel, sie ernsthaft zu bekämpfen. Erst nachdem wir drei der unseren verloren hatten, wurde uns klar, dass uns nichts anderes übrig blieb. Wir haben sie getötet, weil sie ihre Pflicht gegenüber ihrem und unserem König taten – das kann doch nicht richtig sein?»

Nikanor, der neben Hyperia saß, beugte sich vor und stützte die Ellenbogen auf den Tisch. «Dieser König ist ein Verräter.»

«Wie kann denn ein König ein Verräter sein? Wir waren die Verräter, weil wir seine Leibwache angriffen.»

Adea zeigte auf den sabbernden Schwachsinnigen auf dem Thron. «Ihr seid im Namen dieses Königs ausgezogen! Er ist der König!»

«Das ist Alexander auch! Und er ist nun bei Olympias in Passaron. Ich weiß das, weil wir ihnen gefolgt sind. Sie sind vor sieben Tagen dort eingetroffen. Heißt das nun, dass er nicht mehr König von Makedonien ist?»

Adea verzichtete auf eine Erwiderung, denn der Mann hatte

durchaus recht: Nun, da Aristonous den jungen König zu seiner Großmutter gebracht hatte, war jede Aussicht dahin, dass das Doppelkönigtum jemals wieder funktionieren würde – sofern man denn behaupten konnte, dass es überhaupt jemals funktioniert hatte.

Einer der Könige muss sterben, und ich werde dafür sorgen, dass es nicht mein Philipp ist.

«Geh einfach! Und schätze dich glücklich, dass du für dein Versagen nicht bestraft wirst.»

Der Offizier deutete einen Gruß an. «Uns wird also Bestrafung für unser Versagen angedroht, während sein Bruder» – er zeigte auf Nikanor – «gute Männer dafür hinrichtet, dass sie erfolgreich ihre Pflicht erfüllt haben. Wir alle haben gehört, wie es Nikanor von Sindos ergangen ist. Wo stehen die Männer von Makedonien jetzt? Beantwortet mir diese Frage, wenn ihr Zeit hattet, darüber nachzudenken. Wem dienen wir wirklich?» Er wandte sich ab und marschierte zum Ausgang, wo die anderen beiden Leibwächter Philipps standen. Er stieß die Tür mit dem Fuß auf und ging hinaus, ohne sie hinter sich zu schließen.

«Ich hätte den Mann hinrichten lassen sollen», stieß Adea hervor.

«Damit wir es morgen früh mit einer Meuterei zu tun haben?», entgegnete Nikanor und wies mit einer Kopfbewegung auf Philipps Leibwächter.

«Niemand würde gegen den rechtmäßigen König meutern!»

Hyperia legte Adea eine Hand auf den Arm. «Wir befinden uns in einer prekären Situation, die leicht aus dem Gleichgewicht geraten kann. Wir können es uns nicht leisten, jemanden gegen uns aufzubringen. Noch vor wenigen Monaten hast du mir alles Erdenkliche angedroht, weil ich mich weigerte, dir Nikanor auszuliefern – zweifellos zur Hinrichtung. Jetzt sitzen wir gemeinsam an einem Tisch und regieren in Kassandros' Abwesenheit Makedonien im Namen der Könige, obwohl einer von diesen sich nunmehr in Epirus befindet. Man könnte sagen, wir stehen jetzt auf derselben Seite, weil du die Verräterin gespielt hast: Du bist mit Philipp von dem Regenten, dem mein Mann auf dem Sterbebett den Ring von Makedonien übergab, zu dem Mann übergelaufen, der findet, dass der Ring eigentlich ihm zugestanden hätte.»

«Ich bin keine Verräterin.»

«Nein? Und doch suchst du deinen Mann über Roxanes Sohn zu stellen – da muss doch zwangsläufig einer im Unrecht sein?» Hyperia lächelte mit einer Mischung aus Mitgefühl und Belustigung und stand auf. «Manchmal weiß ich selbst nicht mehr, auf wessen Seite ich stehe. Manchmal bin ich mir nicht einmal mehr sicher, ob es überhaupt gegnerische Seiten gibt oder einfach nur zu viele Frauen, die versuchen, den Lauf der Dinge zu beeinflussen.» Mit einem fragenden Blick wandte sie sich ab und verließ den Raum.

Nikanor erhob sich, um ihr zu folgen. «Sie hat nicht ganz unrecht, Adea. Und unglücklicherweise ist die Sache schon so weit gegangen, dass es kein Zurück mehr gibt. Der Krieg spielt sich nicht länger nur im Süden und in Asien ab, sondern hat auf das makedonische Kernland übergegriffen, und das geschah deinetwegen.»

«Du denkst, Olympias wird einmarschieren?»

«Zweifellos. Sie hat jetzt einen König bei sich, der ihr Legitimität verleiht. Sie wird eher früher als später kommen. Es würde mich gar nicht überraschen, wenn sie bereits dabei wäre, die Armee von Epirus zu mobilisieren.»

«Dann sollten wir ihr entgegenmarschieren und verhindern, dass sie über die Grenze kommt.»

«Und wir müssen alles daransetzen, dass es uns gelingt,

denn wenn Olympias gewinnt ...» Ohne den Satz zu beenden, nickte er dem König knapp zu und ging.

Adea saß ein paar Augenblicke lang schweigend da und überdachte Hyperias und Nikanors Worte.

Sie haben natürlich recht, aber das kann ich niemals eingestehen. Roxane, Olympias, ich ... Wäre die Rivalität zwischen der Wildkatze aus dem Osten und mir nicht gewesen, dann hätten wir noch immer das Doppelkönigtum und Polyperchon hätte eine gerechte Sache gegen Kassandros zu verteidigen. Und nun, da Olympias aus Gier nach Macht und Aufmerksamkeit Alexander in ihre Gewalt gebracht hat, richtet sich der Kampf gegen sie, und keine Seite ist klar im Recht. An uns hat sich dieser Krieg entzündet, der Makedonien zerreißen wird. Es läuft auf einen Zweikampf hinaus, den nur einer überleben kann.

Sie schaute ihren Mann an, der wimmernd auf seinem Thron saß, besorgt über ihre ernste Miene. «Wenn wir morgen die Heeresschau halten, Philipp, dann will ich, dass du dich besonders anstrengst, König zu spielen. Wir wollen, dass die Männer ganz fest hinter dir stehen.»

Und so gab Philipp sich am nächsten Morgen alle Mühe, stillzustehen und nicht in der Nase zu bohren, während Tychon ihm die Uniform eines Makedonenkönigs anlegte: Bronze, Silber und Purpur, verziert mit Gold und Scharlach, sodass er für den flüchtigen Betrachter das Ebenbild seines gleichnamigen Vaters war: Der Eroberer Griechenlands, Thrakiens und des südlichen Illyriens schien wiederauferstanden zu sein, um die Armee zu mustern, die jeden Gegner hinwegfegen sollte.

Unter Fanfarenstößen und dem Jubel des Volkes ritt dieser neue Philipp vom Palast über die Heilige Straße. Doch die Armee, die vor diesem neuen Philipp aufmarschierte, war nur ein Schatten der Armeen, die einst Makedonien zu seinem Ruhm verholfen hatten. Die riesigen Heerscharen von damals waren im ganzen Reich verteilt und kämpften für unterschiedliche Kriegsfürsten, sodass die Armee von heute eher wie eine fliegende Kolonne von gestern anmutete. Aber trotz allem war es eine Armee, um eine Kerntruppe aus Kassandros' Gefolgsleuten aufgebaut, die Antipatros und seinen Söhnen von jeher treu waren. Diese Männer waren in Makedonien geblieben, statt an dem großen Abenteuer unter Alexanders Führung teilzunehmen; ihre Treue galt zuallererst dem Geschlecht der Antipatriden, und diesen dienten sie, ganz gleich, hinter welchen König sie sich stellten.

Die Soldaten jubelten, als Philipp, von Nikanor und Adea flankiert, sein Ross vor ihnen zum Stehen brachte und sie mit erhobener Hand grüßte. Und der Rest der Armee folgte ihrem Beispiel, wenn auch mit weniger Begeisterung, denn diese Männer waren entweder junge, noch fast bartlose Rekruten, für die Alexander ein mächtiger Mythos war, oder entlassene Veteranen, die dem Ruf gefolgt waren, wieder zu den Waffen zu greifen und ihr Land zu verteidigen. Im mittleren oder sogar hohen Alter, mit ergrauten Bärten, waren diese Männer leidenschaftlich in ihrer Treue zu dem nunmehr verstorbenen König, der sie auf einem Eroberungszug durch die Hälfte der bekannten Welt geführt hatte. Doch auch wenn Philipp seinem und Alexanders gemeinsamem Vater so ähnlich sah, unter dem sie alle in ihrer Jugend gedient hatten, drückten sie ihre Unterstützung für ihn doch weniger überschwänglich aus, als Adea gehofft hatte.

Als der Jubel abzuschwellen begann, ließ Adea ihr Pferd ein paar Schritte vorwärtsgehen und hob die Hände zum Himmel. Mit bronzenem Kürass und Beinschienen, Lederstiefeln und Pteryges, auf dem Kopf einen Helm mit hohem Rosshaarbusch und Federn, war sie das Inbild eines hochrangigen Offiziers der makedonischen Hetairenreiterei: erlesen, erfahren und loyal.

«Männer von Makedonien», rief sie, als allmählich Stille eintrat, «ihr seht hier vor euch euren König.» Sie legte eine Pause ein, doch der Jubel fiel spärlich aus. «Für ihn marschieren wir, um unser Land gegen ausländische Invasoren zu verteidigen, denn sie kommen von Westen, und wir müssen uns ihnen entgegenstellen. Wir dürfen uns nicht hinter den Mauern von Pella und Pydna verkriechen, nein, wir müssen zu Felde ziehen und die Eindringlinge an der Grenze zurückschlagen. Die geheiligte Erde Makedoniens darf nicht von epirotischen Füßen beschmutzt werden. Deshalb ist es an uns, gen Westen zu marschieren und die Ehre und Einigkeit unseres Mutterlandes zu verteidigen. Seid ihr dabei, Soldaten von Makedonien? Folgt ihr dem Ruf eures Königs?»

Das Gebrüll war nicht überwältigend, doch es genügte.

«Dann marschieren wir morgen früh bei Tagesanbruch los. Für unseren König und für unser Land! Wir marschieren für uns alle, für Makedonien und für Philipp!»

Diesmal brach donnernder Jubel los. Adea tat einen tiefen, erleichterten Atemzug.

Jetzt heißt es du oder ich, Olympias.

OLYMPIAS

DIE MUTTER

Olympias saß vor ihrem Zelt im Lager der Armee von Epirus, zwei Tagesmärsche von Passaron entfernt. Sie musterte die acht Männer, die vor ihr standen, und rümpfte die Nase. Sie hatte Thraker noch nie leiden können, und sieben von ihnen waren wie solche gekleidet. Ihre stinkenden Fuchsfellmützen waren so rot wie ihre Bärte, dazu trugen sie kniehohe Stiefel, schmuddelige Chitone und Mäntel. Sie hatten sich geweigert, ihre Rhomphaiai abzugeben, die sie auf dem Rücken trugen. Deshalb wurden sie scharf bewacht und durften sich ihr nicht nähern. Olympias' Interesse galt jedoch dem achten Mann, der unbewaffnet war und nur fünf Schritt vor ihr stand. Sie hatte schon viel von Archias dem Verbanntenjäger gehört. Hier stand er nun also und sah so ganz anders aus, als sie ihn sich vorgestellt hatte: mit rundem, lächelndem Gesicht und freundlichen Augen – das konnte doch kein Mörder sein? Und doch hatte er etwas Kaltes an sich. Sein Ruf eilte ihm voraus und flößte allen Angst ein, die Grund hatten, die Klinge eines Meuchelmörders zu fürchten. Sie selbst hatte schon oft damit gerechnet, dass Antipatros Archias beauftragen würde, sie zu ermorden. Aber auch wenn sie Todfeinde gewesen waren und sie ihrerseits viele Male versucht hatte, den alten Regenten vergiften oder auf andere Weise töten zu lassen, hatte er doch nie einen Versuch unternommen, sie aus dem Weg zu schaffen. Vielleicht hatte er nicht gewagt, Alexanders Mutter zu ermorden. Archias hingegen hatte gewiss keine derartigen Skrupel, das spürte Olympias seinem harmlosen Äußeren zum Trotz.

«Ob nun Iolaos Alexander das Gift zugeführt hat, sofern er überhaupt vergiftet wurde», sagte Archias, der direkt auf den Punkt kam, in sachlichem Ton, «das vermag ich nicht zu sagen, da ich zur fraglichen Zeit nicht in Babylon war. Jedoch kann ich mit Gewissheit sagen, dass Kassandros mich beauftragte, in Tarsos ein bestimmtes Gift zu beschaffen, was ich auch tat. Er entlohnte mich reichlich, und als er gen Süden nach Babylon weiterreiste, führte er das Gift in einem ausgehöhlten Maultierhuf versteckt mit sich. Alles andere ist reine Spekulation. Ich trage lediglich die Tatsachen vor – was ich selbst gesehen, nicht ‹aus anderer Mund vernommen.›» Auf dieses Zitat folgte eine übertriebene Verbeugung, als nähme er den Beifall eines bewundernden Publikums entgegen.

Olympias saß reglos da und konnte nur mit Mühe ihren kalten Hass bändigen. Sie hatte immer geargwöhnt, dass es sich so abgespielt habe, ja, sie hatte es felsenfest behauptet, doch im Herzen war sie nie restlos überzeugt gewesen. Selbst als ihre Tochter Kleopatra ihr die Schrift *Alexanders letzte Tage und sein Testament* schickte, in der das Geschehen genau so dargestellt wurde, hatte sie noch immer gefürchtet, es könnte bloße Propaganda sein, sosehr sie auch daran glaubte und sich wünschte, es möge wahr sein. Doch nun, da einer der Hauptakteure vor ihr stand und seine Beteiligung an der Tat zugab, war es fast mehr, als sie ertragen konnte. Sie wusste nicht, ob sie vor Erleichterung weinen oder aus brennendem Verlangen nach Rache laut schreien sollte.

Schließlich stählte Olympias sich und wandte sich an Aristonous, dessen Männer die Besucher bewachten. «Nun?», fragte sie mit gepresster Stimme. «Du warst dabei – erscheint es dir plausibel?»

«Ich war nicht in Tarsos, daher kann ich mich nicht für Archias' Behauptung verbürgen, er habe das Gift für Kassandros beschafft. Aber Polyperchon war zur fraglichen Zeit in Kilikien.»

«Ich erinnere mich, dass Kassandros auf der Durchreise in den Hafen von Tarsos kam», sagte Polyperchon. «Archias habe ich allerdings nicht gesehen. Es mag sein, dass er das Gift beschafft hat, oder auch nicht. Aber wie dem auch sei, wir alle wissen, was kurz nach Kassandros' Ankunft in Babylon geschah, und wir alle wissen auch, dass Iolaos unerklärlicherweise Alexanders Mundschenk war. Ich habe keinen Grund, an den Worten dieses Mannes zu zweifeln – im Gegenteil, weshalb sollte er dich belügen und das beträchtliche Ausmaß deines Zorns riskieren?»

Olympias nickte und wandte sich wieder an Archias, dessen Miene so gelassen und sorglos wirkte, als befinde er sich in einem angenehmen Tagtraum. «Und weshalb hast du nun meinen Zorn riskiert, indem du hergekommen bist und mir das von Angesicht zu Angesicht erzählt hast?»

«Ptolemaios hat mich dafür bezahlt. Er wollte, dass du Gewissheit über die Wahrheit erlangst.»

Ptolemaios will mich also reizen, damit ich etwas unternehme? «Ah, ich bin nun also Ptolemaios' Waffe, wie? Ich erkenne, wie sein heimtückischer Verstand arbeitet. Sehr schlau.» Olympias bedachte Archias mit einem langen, durchdringenden Blick, doch er blieb völlig gelassen. «Die Geschichte ist also wirklich wahr? Du hast das Gift für den Mörder meines Sohnes beschafft.»

«Ich habe das Gift für den Mörder deines Sohnes beschafft,

das leugne ich nicht. Und ich will auch nicht verschweigen, dass die Wirkung des Giftes bemerkenswerte Ähnlichkeit mit der Art und Weise hat, wie Alexander starb. Jedoch möchte ich betonen, dass ich nicht wusste, was Kassandros mit dem Gift vorhatte, als er mich dafür bezahlte, es ihm zu beschaffen. Deshalb fand ich mich in der Lage, Ptolemaios' Auftrag anzunehmen und die weite Reise hierher zu unternehmen, um dir die Wahrheit zu bestätigen.»

«Und weshalb sollte ich dich nicht töten, nur weil du nicht wusstest, was er mit dem Gift vorhatte?»

Archias mimte Erstaunen. «Ich hätte gedacht, das sei Grund genug. Aber solltest du einen weiteren Anreiz brauchen, unser Leben zu verschonen, anstatt dreißig oder mehr Männer in dem Versuch zu opfern, uns zu töten – und selbst dann könntest du nicht sicher sein, dass es ihnen gelingen würde –, so bedenke dies: Wenn du diesen kleinen Krieg gewinnen solltest, den du anscheinend begonnen hast, dann stehst du am Ende möglicherweise mit ein paar Gefangenen da, die dir überaus lästig und unangenehm sind – Gefangenen, die du gern tot sähest, jedoch nicht selbst töten willst. Und welcher Makedone wäre bereit, einen solchen Akt gegen das geheiligte Blut zu verüben? Ich belasse es bei dieser Frage.» Wieder verbeugte er sich, um den Beifall einer imaginären Menge entgegenzunehmen.

Er hat recht, er könnte mir noch so manches Mal überaus nützlich sein. «Wie viel hat Ptolemaios dir gezahlt?»

Archias blickte tödlich gekränkt drein. «Es geziemt sich nicht, dass ich mit dir über meine Geschäfte mit anderen Kunden sprechen soll, Königin Olympias. Ich lege größten Wert auf Diskretion.»

Olympias widerstand dem Drang, den unverschämten Mann kurzerhand töten zu lassen. «Also schön, Verbanntenjäger, du wirst hier bei der Armee bleiben, während wir in Makedonien einmarschieren. Wenn ich dann eine Verwendung für dich und deine Männer finde, schenke ich euch als Bezahlung das Leben. Wenn nicht, ist euer Leben verwirkt.»

Archias verbeugte sich noch einmal, während Olympias sich bereits abwandte und verschwand. «‹Ihr Wille treibt wie Windbö'n sie dahin.›»

«Es ist also wirklich wahr», fauchte Olympias mit zusammengebissenen Zähnen, als sie aufgebracht zurück in ihr Zelt stürmte. «Ich glaube diesem Mann.»

Thessalonike sah von dem Buch auf, in dem sie gerade las. «Ja, ich habe seinen Bericht mit angehört. Was wirst du jetzt unternehmen?»

Olympias' Augen loderten vor Hass. «Was wohl? Ich werde jede Spur von Antipatros' Sippe vom Angesicht der Erde tilgen, bis hin zu den entferntesten Vettern. Ich werde Rache an dem Geschlecht üben, das Makedoniens größten Sohn umgebracht hat – meinen Sohn!»

Mit schwarzem Herzen führte Olympias ihre Armee durch den Pass im Pindosgebirge, bis Makedonien in Sichtweite lag. Und mit jedem Tag des sechstägigen Marsches wurde ihr Herz noch schwärzer, da ihr bestätigt worden war, was sie schon immer geargwöhnt hatte. Doch sie unternahm nichts gegen das Geschwür, das in ihr wuchs. Im Gegenteil: Sie nährte und pflegte es, denn es war für sie eine treibende Kraft. Es würde sie stärken, wenn sie dem Land, das sie von der Macht ausgeschlossen und abgewiesen hatte, ihren Willen aufzwang; dem Land, das sie seit fünf Jahren nicht mehr gesehen hatte und damals auch nur kurz – zuvor war sie bereits neun Jahre im Exil gewesen. Dieses Land war die Heimat der mörderischen Sippe, die in ihrer Eifersucht ihren Sohn auf dem Höhepunkt seines Erfolgs ermordet hatte. Danach hatte diese Sippe sie von der Einigung ausgeschlossen, die in Triparadeisos ausgehandelt worden war. Und so fand Olympias, ihr Herz könne gar nicht schwarz genug sein, wenn sie erst nach Pella kam. Ihr Wille sollte sie treiben wie die Windböen, von denen Archias in seinem Sophokles-Zitat so treffend gesprochen hatte. Niemand aus jener Sippe sollte am Leben bleiben.

Dann brachten ihre Kundschafter die Nachricht, die Armee von Makedonien, etwa zehntausend Mann stark, sei nur noch einen halben Tagesmarsch entfernt. «Wir werden ihnen morgen früh gegenübertreten, Aristonous.»

«Ich würde es vorziehen, den Ort der Begegnung selbst zu bestimmen und sie hier zu erwarten.»

Olympias schüttelte den Kopf. «Meine Anwesenheit zählt mehr als hoch gelegenes Gelände mit Flüssen und Wäldern an den Flanken. Nein, wir marschieren weiter und begegnen ihnen so schnell wie möglich. Ich will rechtzeitig zum Vollmond in Pella sein. Was ich dort zu erledigen habe, duldet keinen Aufschub.»

Der Dreiviertelmond tauchte den Hain in sein blasses Licht. Olympias wiegte sich im Rhythmus der Musik und hob den Phallos aus Feigenholz über ihren mit Efeu bekränzten Kopf. Zimbeln klangen, und die Versammelten stimmten einen Gesang an, eine Hymne an Dionysos: «Ich rufe den rasenden, den tanzenden Dionysos an. Uranfänglich, von doppelter Natur, dreifach geborener Herr der Ekstase ...» Glücksgefühl durchströmte sie, während sie die ach so vertraute Hymne sang. Nun war sie der Vollendung all ihrer Pläne und Intrigen schon so nahe, dass sie beinahe das Blut schmecken konnte, welches sie vergießen würde. Sie glaubte schon die Schreie zu hören, das Flehen um Gnade, das nicht erhört werden würde, und ihr schwarzes Herz schlug schneller, so köstlich war das Vorgefühl.

«... Höre meine Stimme, o Gesegneter, und mit deinen golden gegürteten Nymphen hauche mich an im Geiste der Vollkommenheit.»

Der Gesang endete mit einem Trommelwirbel. Der weiße Stier wurde mit einem Schlag betäubt und dann mit der Doppelaxt geschlachtet. Der riesenhafte Mann, der sie führte, war ebenfalls mit Efeu bekränzt und hatte eine gewaltige Erektion. Die Klinge grub sich in den Nacken des Stieres, durchschlug das Rückgrat, und ein Schwall von Blut ergoss sich, dunkel im Fackelschein.

«Euoi! Euoi!», brüllte die Gemeinde im Chor. Die Männer stießen im Takt des Gesangs einen Thyrsos in die Luft, einen Stab aus dem Stängel des Riesenfenchel, mit Efeu umwunden und mit einem Pinienzapfen an der Spitze; die Frauen hielten ihre Phalloi für die nächste Phase der Zeremonie bereit. Da es keine Neuzugänge zu initiieren gab, wurde nun der efeubekränzte Mann, der die gewaltige Axt geschwungen hatte, rituell gesteinigt, begleitet von Pfeifen, Trommeln und Zimbeln, deren Rhythmus sich steigerte. Wein floss in Strömen, dann wurde eine verstörte Ziege in die Mitte der taumelnden Versammlung geführt.

Der Rausch hatte bereits von Olympias Besitz ergriffen, als sie nach einer blutigen Jagd das Fleisch vom zuckenden, geschundenen Körper des Tieres riss. Bald war das weinfleckige Hirschkalbfell, das sie am ansonsten nackten Körper trug, mit dem Blut der Ziege besudelt. Der letzte Rest von klarem Bewusstsein schwand, als irgendjemand grob in Olympias eindrang und sie mit heftigen Stößen in einen Zustand geschlechtlicher und religiöser Ekstase versetzte.

Und so, als Verehrerin des Dionysos, blutig und besudelt, erschien sie in der Morgendämmerung des nächsten Tages an der Spitze ihrer Armee, als diese sich formierte. Der Efeukranz saß noch auf ihrem Kopf, allerdings war er reichlich mitgenommen, ebenso wie das Hirschkalbfell, das mit Wein und Körperflüssigkeiten befleckt war. Den Phallos trug sie nicht mehr bei sich, sondern zog es vor, mit einem mannhaften Thyrsos in die Schlacht zu ziehen.

Wenn Aristonous über die Erscheinung seiner sichtlich übernächtigten Oberbefehlshaberin erstaunt war, so verbarg er es geschickt. «Wir werden in Kürze bereit sein, Königin Olympias», teilte er ihr mit. «Meine Kavallerie ist auf den Flanken in Stellung, ebenso wie die Plänkler. Ich warte nur noch auf Polyperchons Meldung, dass die Phalanx in Formation ist, dann können wir vorrücken.»

Olympias tat einen tiefen, erfrischenden Atemzug. «Sehr gut. Wo ist der Knabe?»

Aristonous zeigte auf einen Reitertrupp vor der sich formierenden Phalanx. «Thessalonike kümmert sich um ihn.»

«Und die Barbarin?»

«Roxane steht in ihrem Zelt unter Bewachung. Sie hat bereits verlangt, mit dir zu sprechen.»

«Sie kann verlangen, was immer ihr beliebt. Bald wird sie einsehen, dass sie nicht länger von Bedeutung ist, nun, da ich das Kind habe. Nutzloser Ballast, dessen ich mich unglücklicherweise nicht entledigen kann – noch nicht. Sage Thessalonike, sie soll auf mein Zeichen warten.» Sie wandte sich ab und schaute zur Armee Makedoniens hinüber, die nun keine zehn Stadien entfernt aus ihrem Lager marschierte und in Stellung ging. Sie formierte sich auf dem breiten Höhenrücken, den sie am Abend zuvor besetzt hatte, am oberen Ende des sanften Abhangs. «Dass sie auf höher gelegenem Gelände stehen, wird ihnen nichts nutzen – nicht nachdem ich mich mit dem Knaben gezeigt habe. Hat es während der Nacht viele Kontakte zwischen den beiden Lagern gegeben?»

«Reichlich. Ich habe den Befehl erteilt, nicht dagegen vorzugehen, denn du warst ja anderweitig ... nun ja, jedenfalls nicht zugegen.»

«Das ist gut. Dann wissen sie also bereits, dass sie Alexanders Sohn gegenübertreten. Das wird ihnen zu denken geben, wenn die beiden Armeen gegeneinander vorrücken.»

Unter den Schlägen zahlreicher Trommeln führte Olympias, nunmehr zu Pferde, ihre Armee an, sobald Polyperchon signalisiert hatte, dass die siebentausend Mann starke Phalanx in Stellung war. Sie rückten hangaufwärts vor, zügig wie Männer, die darauf brannten zu kämpfen. Plänkler schirmten die Front ab, und leichte Kavallerie ritt in loser Formation an den Flanken, während die schwereren Hetairenreiter geordnet in Reih und Glied trabten, die Lanzen noch aufgerichtet, ein eindrucksvoller Anblick.

Doch die Armee von Makedonien war nicht weniger beeindruckend. Sie hielt am oberen Ende des Hanges die Stellung, in Größe und Anordnung beinahe das Spiegelbild des Gegners – unter normalen Umständen wäre es ein ausgeglichener Kampf gewesen. Doch Olympias war entschlossen, dass dies hier alles andere als normal ablaufen sollte. Als sie bis auf zweihundert Schritt an den Feind heran waren, ertönten die Hornsignale zum Halt.

Stille legte sich über das Gelände, nur von gelegentlichem Wiehern, Hufescharren und dem Klirren von Zaumzeug durchbrochen. Die beiden Seiten standen sich gegenüber, vorn die Plänkler. Helmbüsche, Mäntel und Banner flatterten im Wind. Olympias ließ eine lange Zeit verstreichen, damit sich die Spannung aufbaute. Sie wusste, dass Adea nicht das Kommando zum Angriff geben würde, um nicht den Vorteil des höher gelegenen Geländes aufzugeben. Die Zeit dehnte sich, die Stille lastete immer schwerer, und die ängstliche Anspannung wuchs inmitten der Wildnis zwischen den beiden Königreichen. Diese Gegend war praktisch menschenleer, da es seit Jahrhunderten immer wieder Raubzüge über die Grenze gab.

Als sie es schließlich nicht länger aushielt, befahl Olympias den Plänklern den Rückzug. Sie liefen durch Gassen in der Formation nach hinten, sodass Olympias, noch immer in der Aufmachung einer Bacchantin, nun allein vor ihrer Armee zu Pferde saß. Sie trieb ihr Ross an und ritt auf die freie Fläche zwischen den beiden Armeen hinaus. Auf halber Strecke hielt sie an und hob ihren Thyrsos hoch über den Kopf.

Wieder ließ sie für einige Zeit die Stille ihre Wirkung tun, während jeder Mann in der gegnerischen Armee sie anschaute – viele, wie sie wusste, zum ersten Mal. Vor sich sah sie Adea und Philipp, ebenfalls zu Pferde, in der Mitte der Phalanx. *Sie tritt in der Uniform eines Soldaten auf, als würde ihr das Autorität über die Männer verschaffen – nun, wir werden ja sehen.*

«Männer von Makedonien!» Ihre Stimme war trotz des Schlafmangels und der Ausschweifungen der vergangenen Nacht klar. «Viele von euch kennen mich, aber für jene, die mich noch nicht kennen: Ich bin Olympias, die Mutter Alexanders und Großmutter des derzeitigen Königs gleichen Namens.» Sie wandte sich um und winkte Thessalonike vorwärts. Diese kam mit Alexander, der rittlings vor ihr auf dem Pferd saß. Seite an Seite verharrten sie und blickten der Armee von Makedonien entgegen. Olympias ließ wiederum die Stille einige Zeit andauern, während die Gegner Gelegenheit hatten, den Knaben anzuschauen.

«Hier steht Alexanders Sohn, und hier stehen Alexanders Mutter und seine Halbschwester. Werdet ihr, Männer von Makedonien, gegen uns vorrücken?»

Ich möchte wirklich gern sehen, wie du versuchst, sie dazu zu bringen, Adea.

ADEA
DIE KRIEGERIN

Adea schaute sich nach beiden Seiten um, als sie Olympias' Herausforderung hörte. Ihr war bewusst, dass dies ein entscheidender Moment war. Nun musste sich zeigen, ob ihre Männer bereit waren, gegen Alexanders nächste Verwandte zu kämpfen.

Zuerst war es nur ein leises Raunen im Wind, undeutlich, aber hörbar. Auch Olympias musste es vernommen oder gespürt haben, denn sie rief noch einmal: «Werdet ihr gegen uns vorrücken?»

Es traf Adea wie ein Pfeil ins Herz, als der erste Ruf ertönte: «Nein!» Sie wendete ihr Pferd, während der Ruf überall in den Reihen der Veteranen wiederholt wurde.

«Das ist euer Feind!», kreischte sie und zeigte hinter sich, dann wies sie auf Philipp. «Und dies ist euer König.» In diesem Moment erkannte sie, wie sehr sie sich verrechnet hatte.

Die erste Lanze fiel zu Boden.

Eine zweite folgte, dann eine dritte, und dann brach eine wahre Welle los – immer mehr Lanzen wurden überall in der Linie nach allen Seiten weggeworfen. «Nein! Nein! Nein!», ertönte der Ruf, und nun flogen auch Schilde. Adea schaute sich um, und Panik stieg in ihr auf, als die Meuterei um sich griff. Nirgends war ein wohlwollendes Gesicht zu entdecken, bis sie am äußersten rechten Rand der Phalanx einen kleinen Teil fest in Reih und Glied stehen sah und noch weiter außen Nikanors Kavallerie.

Männer traten aus der Formation, nicht etwa, um ihr oder Philipp etwas anzutun, sondern um zu Olympias hinüberzugehen, die noch immer dort zu Pferde saß, ihren Thyrsos hoch in der Luft schwenkte und die Hymne an Dionysos sang. Adea sah sich plötzlich in Gefahr, von ihren abtrünnigen Soldaten überrannt zu werden. Sie packte die Zügel von Philipps Ross und ritt nach rechts an der Linie entlang zu dem Teil der Truppe, der noch immer fest auf der Seite der Antipatriden stand.

Doch da nahm etwas in den Tiefen von Philipps trübem Verstand eine Bedrohung seiner selbst und seiner Frau wahr, und sein Beschützerdrang brach sich Bahn. Er entriss Adea die Zügel, hielt Olympias seinen Elefanten entgegen und trieb sein Pferd an.

«Nein, Philipp!», schrie Adea, als der König losstürmte und dabei viele der überlaufenden Soldaten beinahe niederritt. «Nein! Komm zurück!» Doch es war zu spät. In seiner Beschränktheit glaubte er, mit seinem geschnitzten Elefanten dasselbe ausrichten zu können wie mit einer Herde echter Tiere, und so setzte er seinen Angriff fort, schwenkte das Spielzeug und trompetete laut. Das bizarre Manöver rief bei allen, die es mit ansahen, Verwunderung und Gelächter hervor. Philipps Leibwächter verfolgten ihn, doch sie hatten Mühe, sich einen Weg zu bahnen.

Hilflos sah Adea die tapfere, gut gemeinte Geste ihres Mannes, sah, wie sein Pferd in der Schar der Soldaten auf dem Weg zur Gegenseite immer langsamer vorankam und schließlich anhalten musste, während seine Leibwächter von ihren Pferden gezerrt und getötet wurden. Ihm zu Hilfe zu eilen hieße, sich geradewegs in Olympias' Klauen zu begeben. Bislang hatte immerhin niemand versucht, Hand an Adea zu legen – dank ihrem Argeadenblut galt sie noch immer als unantastbar. Also bahnte sie sich mit Barzid an ihrer Seite einen Weg durch die Flut der Überläufer in die relative Sicherheit, die Nikanor und seine Männer boten.

Doch während Adeas Blut sie schützte, galt für Barzid nicht dasselbe. Als die Männer mit Schwertern auf ihn losgingen, wehrte er sich nicht, da er fürchtete, wenn er sie reizte, könnte sich ihr Zorn gegen seinen Schützling richten.

Adea schrie auf, als er blutend zu Boden ging.

«Rette dich!», schrie er noch. «Flieh!»

Und sie floh, denn ihr war klar, dass sein Opfer ihr nur wenige Augenblicke erkaufen würde, ehe die blutrünstige Horde allen Respekt vergaß und sich auch gegen sie wandte.

Sie trieb ihr Pferd an und ritt durch das Gedränge, wobei sie es vermied, irgendwem in die Augen zu schauen.

«Sie haben Philipp», rief Nikanor, als sie in Hörweite kam. «Wir müssen fort, wir haben hier keine Legitimität mehr.»

Die Wahrheit dieser Aussage traf Adea mit solcher Wucht, dass es ihr den Atem verschlug. *Ohne ihn bin ich nichts mehr, mein eigener Name zählt nicht. Ich bin bloß die Enkelin von Alexanders Vater, aber was ist das schon im Vergleich zu seiner Mutter, seinem Sohn und seiner Halbschwester, die alle zusammenstehen?*

Ihr kamen die Tränen, als sie sich nach Philipp umschaute, der noch immer auf seinem Pferd saß und seine Elefantenfigur schwenkte. Nun führten Männer, die ihm erst kürzlich die Treue geschworen hatten, sein Ross davon.

«Komm», drängte Nikanor, «hier gibt es nichts mehr zu tun. Wir müssen versuchen, zurück nach Makedonien zu fliehen und auf meinen Landgütern auszuhalten, bis Kassandros wieder in den Norden kommt.»

Adea nickte, unfähig, sich in Worten auszudrücken. All ihr Streben, ihre ganze Welt war so plötzlich in Scherben gegangen, und sie musste erkennen, wie töricht es gewesen war, es mit Olympias aufnehmen zu wollen.

Doch nun gab es Dringenderes, um das sie sich Gedanken machen musste: Es galt, fünfhundert Mann Kavallerie und zweihundert Mann Infanterie aus der zerfallenden Armee herauszuziehen und mit ihnen den weiten Weg bis zu Nikanors Grundbesitz nördlich von Pella zurückzulegen. «Ich gebe dir eine Eskorte mit», sagte Nikanor. «Du musst schnell von hier verschwinden. Dann sind wir beide sicherer.»

Adea schaute ihn fragend an. «Wie das?»

«Sie werden weniger bereit sein, in einem Angriff auf uns ihr Leben zu riskieren, wenn du nicht bei uns bist, und ich kann meine Kavallerie dazu nutzen, Verfolger aufzuhalten, die sie vielleicht auf dich ansetzen.»

Adea brauchte nicht lange zu überlegen. «Einverstanden.»

Nikanor stellte ein Dutzend seiner Männer als Eskorte für sie ab. «Reite schnell und nimm ein Schiff nach Süden zu meinem Bruder. Bei ihm bist du in Sicherheit.»

Adea bedankte sich bei Nikanor, auch wenn ihr klar war, dass die Eskorte wohl nicht nur zu ihrem Schutz, sondern auch als Bewachung gedacht war. Sie wandte sich nach Westen. Allerdings hatte sie durchaus nicht die Absicht, seinem Rat zu folgen, denn sie wusste, dass Kassandros keine Verwendung für sie haben würde, nun, da ihr Mann nicht mehr bei ihr war. Wenn sie nach Süden ginge, wäre sie tot. Für sie gab es nur noch einen Ausweg: Sie musste nach Norden ins Land ihrer Großmutter, nach Illyrien.

Ich warte, bis es Nacht wird, dann kann ich mich im Schutz der Dunkelheit absetzen.

Die Nacht war bald hereingebrochen, denn die Herbst-Tagundnachtgleiche war bereits vorüber, und das Jahr ging zur Neige. Adea lag eingerollt im Dunkeln, nur in ihren Mantel gewickelt – aus Angst vor Verfolgern hatten sie kein Feuer gemacht. Sie hielt die Augen geschlossen und stellte sich schlafend, während ihre Begleiter einer nach dem anderen anfingen zu schnarchen. Ein Mann hielt in ihrer Nähe Wache, allerdings nicht so nah bei ihr, dass der Eindruck entstand, er achte auf sie anstatt auf Eindringlinge.

Als Adea schätzte, dass die Hälfte der Zeit bis zur Wachablösung vergangen war, kroch sie unter ihrem Mantel hervor, legte ihn sich um die Schultern und schlich tief geduckt davon, fort von dem Wachposten.

«Wo willst du hin?», fragte der Mann flüsternd.

Adea blieb stehen und drehte sich zu ihm um. «Ich will einen Moment allein sein – wenn eine Königin sich denn schon rechtfertigen muss.»

Der Soldat knurrte und stand auf. «Bleib aber in Sichtweite.»

Du bist tot. Adea ging achselzuckend weiter. «Dann wäre ich ja nicht allein.»

Der Mann erwiderte nichts, doch er folgte ihr, als sie an den angebundenen Pferden vorbeiging.

Er sah das Messer nicht, das in der Dunkelheit auf seine Kehle zuschnellte, und eine Hand presste sich auf seinen Mund, sodass er nichts als ein leises Röcheln hervorbrachte. Seine Knie knickten ein, und er ging zu Boden, unfähig, sich zu wehren, da das Leben aus ihm herausströmte.

Adea wartete, bis sein Zucken schwächer wurde, dann ließ sie ihn los. Rasch nahm sie dem Toten Schwert und Dolch ab, band ihr Pferd und noch ein weiteres los und führte sie zu Fuß in westlicher Richtung in die Nacht hinein. Erst als sie das Lager ein Stück hinter sich gelassen hatte, wagte sie es, aufzusitzen und im schwachen, aber ausreichenden Schein des Dreiviertelmondes davonzureiten.

Als sie nach einer Stunde noch keine Verfolger hörte, nahm sie an, dass es an der Zeit war, sich nach Nordwesten zu wenden. Durch die Berge würde sie den Fluss Haliakmon erreichen, dessen Lauf sie nordwärts nach Illyrien folgen würde. Während der Mond sich dem Horizont näherte, ritt Adea bergauf kreuz und quer durch unwegsames Gelände. Sie hatte alle Mühe, bei dem schwachen Licht einen Weg zu finden, tröstete sich jedoch mit dem Gedanken, dass ihre Spuren auf dem zerklüfteten Boden auch nach Tagesanbruch nahezu unmöglich zu verfolgen sein würden. Als die Sonne über die Berge im Osten stieg und ihre ersten Strahlen über Adea ergoss, hatte diese ihre Wachen bereits mehr als drei Parasangen weit hinter sich gelassen und blickte ins Tal des Haliakmon hinunter.

Mit neuer Zuversicht wechselte Adea das Pferd und beschleunigte ihren Ritt. Die frische Stute wurde immer trittsicherer, da es heller wurde und Adea nun dem Verlauf des Tals folgte. Sie hielt nur an, um die Pferde am Fluss zu tränken und sie ein wenig von dem zähen Gras weiden zu lassen, während sie selbst sich mit altbackenem Brot stärkte. Und weiter ging es, immer nach Norden, soweit das Gelände es zuließ. Erst lange nach Mittag machte sie Rast, um während der heißesten Stunden des Tages zu ruhen. Mit aufkeimender Hoffnung ritt sie später den Berg hinauf, an dem der Fluss entsprang, und suchte nach dem Pass, der sie hinüber ins Tal des Eordaikos führen würde. Dieser Fluss strömte nach Illyrien hinunter. Adea fühlte sich in der rauen Landschaft heimisch, hier im Grenzgebiet zwischen dem Land ihrer Geburt und der Heimat der Sippe ihrer Großmutter hatte sie einst gejagt. Das vormals zarte Pflänzchen ihrer Hoffnung erblühte nun zu ausgewachsener Zuversicht, und so empfand Adea eher Erleichterung als Sorge, als am Eingang des engen Passes vor ihr Reiter auftauchten. Erst als es zu spät war, erkannte sie, dass es keine Landsleute von ihr waren, sondern eine Einheit Prodromoi – dieselbe Einheit, die sie ausgeschickt hatte, um Roxane auf ihrer Flucht von Makedonien nach Epirus zu verfolgen. Nun waren diese Männer auf Olympias und Alexander eingeschworen. Sie hatten offenbar erraten, was sie vorhatte, und den Pass vor ihr erreicht.

Adea wendete ihr Pferd und wollte fliehen, doch da kam noch ein Reitertrupp von den Hängen zu beiden Seiten herunter und schnitt ihr den Weg ab. Sie erkannte, dass dies ihr Ende war, und ließ alle Vorsicht fahren. Sie ritt geradewegs auf die Männer zu, zog ihr Schwert und stieß den Schlachtruf der Krieger ihrer Heimat aus, die nun so nah und doch für sie unerreichbar war. Aber ihr Pferd war ermüdet und der Boden uneben, sodass ihr Ansturm eher zu einem leichten Galopp geriet, geradewegs auf die gesenkten Lanzenspitzen der entgegenkommenden Kavallerie zu. Diese Waffen hatten eine solche Reichweite, dass Adeas Pferd tödlich getroffen zu Boden ging, noch ehe sie mit ihrem Schwert ein letztes Mal die Haut eines Gegners ritzen konnte. Sie schloss die Augen, während sie auf den Rücken fiel, und machte sich darauf gefasst, im nächsten Moment von Klingen durchbohrt zu werden. Doch sie fühlte nur einen grellen Schmerz, als ihr Kopf auf einen Felsen schlug.

«Olympias wusste, dass du ohne den Schutz deines Schwachsinnigen nicht nach Makedonien würdest zurückkehren wollen», teilte der Offizier ihr fröhlich lächelnd mit und schaute auf sie herab, während ihre Sicht allmählich klarer wurde. «Es war offensichtlich, dass du dich auf den Weg nach Illyrien machen würdest, und ebenso offensichtlich musstest du durch diesen Pass. Sie hat uns losgeschickt, um dich hier abzufangen, sobald man dich mit Nikanors Eskorte gen Westen davonreiten sah. Du warst wirklich schnell, wir haben erst einen halben Tag auf dich gewartet.»

Adea wollte sich aufsetzen, doch ihre Arme waren taub von den Fesseln und gehorchten ihr nicht. «Binde mich los. Ich bin eine Königin!»

«Du warst meine Königin, aber jetzt bist du meine Gefangene. Und zwar eine sehr kostbare. Ich muss dich nach Pella bringen und darf nicht riskieren, dass du noch einmal entkommst. Es wäre mein Ende, wenn ich ohne dich zu Olympias zurückkehren müsste.»

Olympias schaute auf Adea hinunter, die von zwei Soldaten auf die Knie gezwungen wurde. Ihrer Schmach zum Trotz gönnte Adea Olympias nicht die Genugtuung, sich gänzlich geschlagen zu geben, sondern blickte ihr fest in die Augen.

«Ah, in dem Mannweib steckt also noch immer etwas Kampfgeist, wie?», stellte Olympias fest und trommelte mit dem Zeigefinger auf die Armlehne des Throns von Makedonien.

Die Bewegung zog Adeas Blick an, dann weiteten sich ihre Augen.

Olympias lächelte kalt und triumphierend und betrachtete den großen Ring von Makedonien an ihrem Finger. «Hübsch, nicht wahr? Und er steht mir, findest du nicht auch?»

Adea verzichtete auf eine Antwort.

«Die Sache mit Ringen ist die», fuhr Olympias fort, «dass immer nur einer sie tragen kann.» Sie klopfte auf die Armlehne des Throns. «Bei Thronen verhält es sich ebenso: Darauf ist nicht genug Platz für zwei.» Sie hielt inne und musterte ihre Gefangene, die noch immer trotzig zu ihr aufsah. «Was uns zu der Frage führt: Was tun, wenn eine zweite Person darauf besteht zu teilen, was man nicht teilen kann?» Sie wandte sich an

Thessalonike, die wie immer dicht hinter ihr stand. «Wie würdest du mit der betreffenden Person verfahren, meine Liebe?»

«So, wie von jeher mit Rivalen um den Thron von Makedonien verfahren wurde.»

Olympias nickte ob dieser weisen Worte mit geschürzten Lippen. «Ein wahrhaft kluger Rat von einer so jungen Frau.» Sie wandte sich an die Wachen, die zu beiden Seiten der Tür standen. «Sagt Archias Bescheid, er soll den Usurpator hereinbringen.»

Adea konnte nicht anders, als sich umzudrehen, als die Tür geöffnet wurde und zuerst der Verbanntenjäger erschien, dann Philipp. Er war abgerissen und schmutzig, die Hände waren vor dem Körper gefesselt. Einer von Archias' Thrakern führte ihn an einer Leine, die um den Hals befestigt war.

«Adea!», rief Philipp laut. Er wollte zu ihr laufen, wurde jedoch brutal zurückgerissen. Er röchelte, und Tränen liefen über sein verdrecktes Gesicht. «Adea, sie haben mir meinen Elefanten weggenommen. Sag ihnen, sie sollen ihn mir wiedergeben, Adea. Ich will meinen Elefanten.»

«Schweig!», brüllte Olympias.

Philipp sah wimmernd zu ihr auf und nässte sich ein.

Olympias schaute angewidert auf die Lache. «Gehört diese … Kreatur dir, Adea?»

Wieder antwortete Adea nicht.

«Die bloße Vorstellung, diese Monstrosität sei des Thrones von Makedonien würdig, ist eine Schande für uns alle. Dennoch wurde er durch irgendeine kollektive Verirrung durch die Heeresversammlung zum König erklärt, und wer wäre ich, mich gegen die Wünsche der Armee zu stellen?» Olympias kniff in boshafter Schadenfreude die Augen zusammen. «Er soll sein Königreich bekommen, Adea, und du wirst es mit ihm teilen. Eskortiere sie dorthin, Archias.»

Und so führten Archias und seine Thraker Adea und Philipp durch die Straßen von Pella. Die Bevölkerung schaute in düsterem Schweigen zu, wie die Frau, die im Namen ihres Mannes praktisch über sie geherrscht hatte, rituell erniedrigt wurde. Die beiden wurden auf die Agora gebracht, an deren hinterem Ende ein neues Gebäude entstanden war: klein, niedrig und fensterlos, nur mit einer einzigen Tür, in der sich eine schmale Öffnung befand. Dort erwartete sie Polyperchon.

Adea sah die zwei Sklaven bei dem Haufen Ziegel und dem Bottich mit Mörtel neben dem Eingang bereitstehen und wandte sich panisch an Polyperchon. «Tu das nicht. Sind wir denn nicht Freunde?»

Polyperchon schüttelte den Kopf. «Du hast nichts für mich getan, als mir das Leben noch schwerer zu machen, Adea. Ich diene nun Olympias. Ich habe schon immer gern Befehle ausgeführt, und diesmal wird es mir ein Vergnügen sein.» Er öffnete die Tür, dann schnitt er ihre Fesseln durch und stieß sie in die dunkle Kammer. Philipp folgte ihr arglos hinein, denn ihm war nicht klar, was dieser Raum war.

«Nein!», schrie Adea, als die Tür zuschlug, und hämmerte mit der Faust dagegen.

Polyperchons Auge erschien in der schmalen Öffnung. «Durch dieses Loch bekommt ihr einmal am Tag etwas zu essen, im Übrigen bleibt ihr euch selbst überlassen.» Er wandte sich zum Gehen, dann kam er noch einmal zurück. «Ach, das hätte ich fast vergessen. Philipp hat dies hier verloren.» Er schob die Elefantenfigur durch die Öffnung und verschwand.

Philipp stürzte sich auf sein geliebtes Spielzeug und kicherte vergnügt, dann schaute er verwirrt seine Frau an, die wehklagte und die Götter der Höhe und Tiefe anrief. Adea wusste nicht, ob er die Geräusche von draußen wahrgenommen hatte, doch falls ja, begriff er nicht, was da zu hören war: Es waren die Sklaven, die den Eingang zumauerten.

Adea verfluchte Olympias mit aller Inbrunst, zu der sie noch fähig war; verfluchte sie dafür, dass sie ihr nicht den Tod brachte, sondern ihr Leben verlängerte.

OLYMPIAS
DIE MUTTER

Nun endlich war ihre Zeit gekommen. Nun konnte sie all die finsteren Pläne verwirklichen, die sie in schlaflosen Nächten geschmiedet hatte. Nun würde sie nicht länger am Rand stehen, unbeachtet von den Männern, die im fernen Triparadeisos gemeinsam am Tisch gesessen hatten. Nun mussten alle sie beachten, und sie würden bereuen, ihr in der Vergangenheit nicht ihre volle Aufmerksamkeit geschenkt zu haben.

Nun würde sie sich zum Mittelpunkt von allem machen.

Lächelnd stieg Olympias aus ihrem Wagen, dessen Tür Archias für sie aufhielt. Sie ging zwanzig Schritt weit und blieb vor dem Grab von Iolaos stehen, das hoch auf einer Klippe über dem Meer errichtet war. Es stand abseits von den Gräbern seiner Vorfahren, nur ein anderes Grab war dicht daneben gebaut: das von Antipatros, der verfügt hatte, seinem Sohn im Tode nah zu sein. Ein warmes Gefühl durchströmte Olympias, noch verstärkt durch die Anwesenheit von Hyperia, die von zwei Thrakern aus Archias' Trupp bewacht wurde. Der Verbanntenjäger hatte sie gefangen genommen, als sie versucht hatte, mit ihren beiden jüngsten Kindern nach Süden zu fliehen. Hyperia stand schweigend da, doch Olympias wusste wohl, dass es in ihr brodelte, denn sie hatte die vierzig Sklaven gesehen, jeder mit einem schweren Hammer, befehligt von einem weiteren Thraker.

Olympias genoss den Augenblick und zögerte noch, den Befehl zu erteilen. Die Aussicht, jetzt gleich ihre Rache zu bekommen, war ebenso köstlich wie der Akt selbst. Diese Wonne wollte sie bis zur Neige auskosten. Schließlich hatte sie alle Zeit der Welt, um ihre Rache zu üben, nachdem sie so lange auf die Gelegenheit hatte warten müssen, von ihrem Willen getrieben wie von Windböen.

Sie wandte sich an Hyperia. «Es ist wirklich ein Jammer, dass du nicht flehst und bettelst. Nun, man kann wohl nicht alles haben – auch wenn ich nicht recht verstehe, warum nicht.»

Hyperia erwiderte ihren Blick nicht minder hasserfüllt. «Alles? Du hast nichts, Olympias, gar nichts. Du bist nur eine leere Hülle, die Bitterkeit hat dein Inneres zerfressen. Ja, du kannst die Gräber der Familie meines Mannes zerstören. Ja, du kannst das Grab meines Sohnes zerstören. Ja, du kannst mich und den größten Teil meiner Familie umbringen, aber wenn du all das getan hast, was bleibt dir dann? Befriedigung? Nein, dir bleibt nichts als Angst, denn wenn du auch nur eines dieser Gräber anrührst, wird Kassandros dich töten.»

«Niemand würde es wagen, Alexanders Mutter zu töten. Das Volk liebt mich dafür, dass ich ihn in die Welt gesetzt habe. Sollte Kassandros anrücken, um es mit mir aufzunehmen, so würden seine Soldaten ihm von der Fahne gehen, wie Adeas Männer es getan haben. Außerdem wird der Verbanntenjäger sich bald um deinen Stiefsohn, dieses Wiesel, kümmern. Sobald er hier fertig ist.» Sie holte tief Luft und richtete den Blick zum Himmel. «Ich bin Makedonien. Ich und niemand anders.

Ich spucke auf eure Gräber.» Sie gab dem Thraker, der den Abrisstrupp befehligte, einen Wink.

Auf ein knappes Kommando krachten zahlreiche Hämmer in Iolaos' Grabmal und zerschmetterten die marmornen Wände. Bereits der nächste Schlag durchbrach das Mauerwerk dahinter, sodass die Kistenurne mit den Gebeinen zu sehen war.

«Das reicht!», rief Olympias und trat vor. «Holt sie heraus.» Der Thraker packte die Urne, hob sie aus ihrer Ruhestätte und ließ sie auf den Boden fallen. «Öffne sie.»

Im Handumdrehen war der Deckel aufgehebelt, und die Knochen im Inneren wurden sichtbar.

Jetzt habe ich dich, du Verräter und Sohn eines Verräters. Jetzt gehörst du mir.

Olympias griff hinein, nahm den Schädel heraus und warf ihn auf die Erde. «Zerschlagt ihn.» Ein einziger Hammerschlag genügte. Olympias schaute zu Hyperia, die nur dastand und ohne eine erkennbare Gefühlsregung mit ansah, wie die Frucht ihres Leibes geschändet wurde. *Du wirst schon noch betteln, du Hure.*

«Werft den Rest von der Klippe!» Doch Olympias empfand nicht die erwartete Befriedigung, als sie zusah, wie Iolaos' sterbliche Überreste auf die Felsen hinunterfielen, denn Hyperia weigerte sich noch immer, irgendeine Regung zu zeigen. Sie weinte nicht einmal, als die Gebeine ihres Mannes das gleiche Schicksal erlitten. Keine Träne, kein Laut, als mit den übrigen Gräbern der Familie ebenso verfahren wurde.

Verzweifelt schritt Olympias auf Hyperia zu und ohrfeigte sie links und rechts. «Du bildest dir wohl ein, du stündest über alldem, wie?»

Hyperia würdigte sie keiner Antwort.

Noch eine Ohrfeige; wiederum keine Reaktion.

«Also schön, du lässt mir keine andere Wahl. Das hier wird dich nicht kaltlassen, Hyperia.» Sie wandte sich an Archias, der bei ihrem Wagen wartete. «Bringe sie her.»

«Ich weiß, dass du meine beiden jüngsten Kinder hast, Olympias», sagte Hyperia ruhig und mit fester Stimme. «Und ich weiß, dass du sie vor meinen Augen töten wirst, damit ich mit ihrem Tod im Herzen aus dem Leben scheide.»

Olympias lächelte grausam. «Vielleicht hätte ich sie ja verschont, wenn du gebettelt hättest.»

«Nein, das hättest du nicht getan. Du hast es nicht in dir.»

«Mutter», rief Alexarchos, als Archias ihn am Arm aus dem Wagen zerrte.

Hyperia schaute sich nicht nach ihrem fünfjährigen Sohn um, und sie drehte sich auch nicht um, als sie den dreijährigen Triparadeisos verängstigt weinen hörte. «Das Vergnügen gönne ich dir nicht. Ich zeige ihnen den Weg.» Sie spuckte Olympias ins Gesicht, dann rannte sie los, schneller, als irgendjemand reagieren konnte. Flink wie eine junge Frau lief sie die dreißig Schritt bis zur Kante der Klippe und warf sich in die Luft, die Arme ausgebreitet, den Kopf in den Nacken gelegt. «Rache, Kassandros», schrie sie im Fallen. «Rache! Ra–»

Olympias entfuhr ein Aufschrei, die Klaue des Hasses presste ihr das Herz zusammen, doch es war zu spät. Der Augenblick war ihr entgangen, und sie konnte ihn nicht zurückholen. Sie wandte sich ab und stürmte zu ihrem Wagen, vorbei an den beiden verstörten Kindern, die ungläubig auf die Stelle starrten, wo ihre Mutter verschwunden war. «Sie mögen der Hure nachfolgen», fauchte Olympias Archias an, dann stieg sie in ihren Wagen und schlug die Tür zu.

«Du hast *was* getan?», rief Aristonous entgeistert aus. Sie gingen schwer bewacht über die Agora auf Adeas und Philipps Gefängnis zu.

«Ich habe die kleinen Biester mit ihrer Mutter vereint», erklärte Olympias noch einmal.

«Und du erwartest, dass das Volk von Makedonien dich als Regentin für deinen Enkel anerkennt, wenn du dich so aufführst?»

«Ich erwarte, dass das Volk von Makedonien tut, was Alexanders Mutter befiehlt.» Sie warf einen verächtlichen Blick auf die Menge, die von ihren Leibwächtern zurückgedrängt wurde. Die Leute starrten sie schweigend an. «Ob sie mich mögen oder nicht, spielt keine Rolle.»

«Hüte dich vor dem Hochmut, Olympias», mahnte Aristonous mit scharfer Stimme.

«Hüte dich davor, dich über deinen Stand zu erheben, Aristonous.» Sie sprach leise und in eisigem Ton. «Überlasse die Politik mir und konzentriere dich auf das, was ich von dir als Soldat verlange. Wie lange wird es noch dauern, bis deine Männer mir Nikanor und seine Kavallerie bringen?»

Aristonous brauchte einen Moment, um sich zu fassen, ehe er antwortete. «Sie werden bald hier sein.»

«Wie bald ist bald?»

«Heute oder morgen.»

«Alle?»

«Von den etwa dreihundert, die sich lebend auf seine Güter zurückziehen konnten, nachdem ihre Infanterie sich ergeben hatte, haben wir fast zwei Drittel gefangen genommen, darunter auch Nikanor. Die Übrigen werden wahrscheinlich nach Asien fliehen und ihre Familien mitnehmen.»

«Dann haltet ihre Familien fest.»

«Ich führe keinen Krieg gegen die Frauen und Kinder Makedoniens, Olympias.»

«Du führst gegen jeden Krieg, auf den ich dich ansetze, Aristonous. Sonst behalte ich Polyperchon hier, statt ihn zu seiner Armee in den Süden zurückkehren zu lassen, dann kann er meine Befehle ausführen. Er scheint mir weitaus beflissener zu dienen als du.»

Aristonous erwiderte nichts.

Olympias bedachte ihn mit einem finsteren Blick, ließ es jedoch dabei bewenden. «Wenn sie eintreffen, sollen sie zu ihrer Infanterie in den Pferch gesperrt werden, und Nikanor bringst du zu mir.»

«So soll es geschehen.»

«Gut. Was gibt es nun so Wichtiges, dass du mich hierher zum Königreich des Mannweibs und des Schwachsinnigen schleifst?»

Aristonous seufzte. «Höre selbst und urteile dann, ob du einen Fehler gemacht hast.»

«Ich mache keine Fehler.»

«Das kannst du selbst am besten beurteilen.»

Die Menge wurde dichter, als sie sich dem zugemauerten Gefängnis näherten, und ihr Ton war zornig. Dann hörte Olympias über den Lärm hinweg lautes Wehklagen: «Ich bin die Tochter und Enkelin makedonischer Könige. Ich bin eure Königin, und Philipp ist euer König, und seht nur, wie eine Ausländerin aus Epirus uns behandelt. Ich bin eure Königin.»

Die Menge wurde unruhiger, das Murren lauter.

«Ich bin eure Königin!»

«Es wird immer schlimmer, seit sie vor ein paar Stunden angefangen hat», erklärte Aristonous.

Hunderte Einheimische hatten sich um das Gefängnis geschart, darunter auch viele Soldaten. Die Wachen hatten alle Mühe, die Leute zurückzudrängen.

«Ich bin eure Königin, und doch werde ich schlechter behandelt als ein Tier in einem Käfig!»

Die Menge wurde immer unzufriedener.

Olympias war verwirrt. «Wie kann das sein? Sie sollten sich an ihrer Schmach weiden, nicht mit dieser kleinen Hure sympathisieren.»

Aristonous schaute sie mit übertriebener Nachsicht an. «Nicht jeder empfindet so wie du, Olympias. Manche betrachten sie wirklich als ihre Königin.»

«Ich bin ihre Königin!»

«Nein, dein König ist tot. Du kannst nicht Königin aus eigenem Recht sein. Du bist Regentin.»

«Seht, wie sie uns behandelt», klagte Adea abermals.

«Schweig!», schrie Olympias. «Schweig, Hure!»

Die Leute wandten sich um und starrten die von Leibwächtern umgebene Olympias an. «Eine Schande», murmelten viele.

«Olympias? Bist du das? Lass uns frei!»

«Ja, lass sie frei», rief eine Stimme in der Menge.

«Lass sie frei», wiederholte jemand anders, dann noch einer und noch einer, bis sich aus den vereinzelten Rufen ein Sprechchor bildete.

Bedenke wohl, was du dir wünschst. Olympias wandte sich von dem Gefängnis ab und schritt in würdevoller Haltung davon.

«Die Schuld ist also beglichen?», fragte Archias und nahm die drei Gegenstände von dem Tisch vor dem Thron.

«Die Schuld *wird* beglichen sein, wenn du meinen Befehl ausgeführt hast», korrigierte Olympias. «Komm anschließend wieder, dann sprechen wir über deinen Lohn dafür, Kassandros zu töten. Geh jetzt und tu es sauber. Ich will nicht, dass man mir unnötige Grausamkeit vorwirft. Manche aus meinem Volk scheinen eine törichte Zuneigung zu Adea und ihrem Schwachsinnigen zu empfinden.»

ADEA
DIE KRIEGERIN

Adea saß auf dem Boden, die Arme um die Knie geschlungen. Im schwachen Licht, das durch die kleine Öffnung in der zugemauerten Tür drang, schaute sie zu, wie Philipp mit seinem Elefanten spielte. Seine Beine und der Chiton waren mit seinen Exkrementen besudelt, doch er war sich seiner Notlage in keiner Weise bewusst. Ein ums andere Mal ließ er den Elefanten quer durch das Gefängnis stürmen und alle Feinde hinwegfegen. Der Anflug eines Lächelns huschte über Adeas Gesicht. Sie beneidete ihn darum, dass die grausame Wirklichkeit ihn nicht erreichte.

Doch für sie gab es einen Ausweg, einen leichten Weg. Sie tastete nach dem Gürtel an ihrer Taille – er würde genügen. Dann schaute sie zu den Deckenbalken hinauf – der mittlere wäre bestens geeignet. Es wäre so einfach gewesen, die Sache hatte nur einen Haken: Sie konnte Philipp nicht allein zurücklassen. Sie wunderte sich selbst darüber, wie sentimental die Sorge um dieses zu groß geratene Kind sie machte und dass sie den Drang verspürte, ihn zu beschützen, doch so war es nun einmal. Er hatte all das hier nicht gewollt. Hätte man ihn nur gelassen, dann hätte er glücklich und zufrieden für den Rest seines Lebens mit seinem Elefanten gespielt, solange er nicht zu hungern oder zu frieren brauchte.

Andererseits konnte sie ihn auch nicht mitnehmen. Er würde nicht begreifen, dass man sich selbst das Leben nehmen musste, um seine Ehre zu retten. Er würde um sein Leben kämpfen, wenn sie versuchte, ihn zu töten, und da er über enorme Kräfte verfügte, würde er dabei wahrscheinlich sie umbringen. Damit wäre das Problem gelöst. Doch auch das durfte sie nicht zulassen, denn dann würde ihn die Schuld verfolgen, und sein schlichtes Leben würde für ihn zur Qual werden – einer Qual, der er nicht entrinnen konnte.

Nein, es gab keinen Ausweg aus ihrem Dilemma.

Wie es zugegangen war, dass sie derart scheitern und in diese Lage geraten konnte, wusste sie selbst nicht. Alles war gut gewesen, als sie nach Babylon gekommen war, nachdem Alketas ihre Mutter Kynane getötet hatte. Sie war in der Achtung der Armee hoch aufgestiegen, hatte sich für die Rechte der Soldaten eingesetzt, dafür, dass sie ihren ausstehenden Sold gezahlt bekamen – alles, was ihr die Gunst der Armee einbrachte. Dann hatte Antipatros sie in Triparadeisos ausmanövriert und an den Rand gedrängt. Doch sie hatte sich nicht entmutigen lassen, sondern sich zur Wehr gesetzt. Wieder hatte sie sich die Kümmernisse der Soldaten zunutze gemacht, um ihre Herzen zu gewinnen. Antipatros hatte sie noch einmal überlistet, indem er sie mit der Armee in Asien zurückließ und sich nach Europa absetzte, ohne ihren Forderungen nachzugeben. Sie hatte die tiefe Schmach erlitten, keine Lösung zu den Problemen zu haben, die sie selbst geschaffen hatte. Die Armee hatte sich von ihr abgewandt, war wieder zu dem alten Regenten gelaufen und hatte ihn um Verzeihung angefleht. Doch dann war Antipatros gestorben, und Adea hatte Macht über den schwachen Polyperchon erlangt – bis sie erfuhr, dass er Olympias eingeladen hatte, ihn gegen sie zu unterstützen und seine Last zu teilen. Adea wusste gut genug über diese Harpyie Bescheid, um zu erkennen, dass sie nicht teilte. War ihr schwerster Fehler der gewesen, zu Kassandros überzulaufen, wodurch sie unwiderruflich zur Gegnerin von Alexanders Mutter wurde? Hätte sie bei dem legitimen Regenten bleiben und der Zauberin den Kampf ansagen sollen? Spielte das überhaupt noch eine Rolle? Nein, wohl nicht, denn was immer die Ursache sein mochte, nun war jedenfalls alles verloren.

Wieder hob sie den Kopf und rief mit inzwischen heiserer Stimme: «Ich bin eure Königin, und seht, wie ich behandelt werde.» Und wie zuvor kam keine Antwort. Adea lächelte düster und freudlos: Olympias war zu ihrer Schande gezwungen gewesen, den Bereich um das Gefängnis räumen zu lassen, damit die Sympathie des Volkes Adea nicht stärkte. Bald würde man sie zweifellos an einen anderen Ort bringen, wo Olympias sie im Geheimen weiter quälen konnte. Sie musste erkannt haben, dass sie sich gewaltig verschätzt hatte, denn sie hatte selbst gesehen, wie aufgebracht das Volk darüber war, dass Angehörige des Königshauses derart grausam behandelt wurden.

Dieser Gedanke ging Adea durch den Kopf, während das Licht von draußen schwächer wurde. Da hörte sie, wie die ersten Ziegel aus der Mauer gehebelt wurden. Es ging leicht, denn der Mörtel war noch nicht ganz ausgehärtet.

Sie werden uns im Dunkeln fortbringen. Wir werden wohl in einem Verlies des Palastes verschwinden und noch jahrelang am Leben erhalten werden. Sie hätte weinen mögen, wäre nur Philipp nicht gewesen – um seinetwillen musste sie stark bleiben.

Immer mehr Ziegel fielen und wurden scharrend beiseite geräumt. Dann klackte das Schloss, und die Tür öffnete sich.

«Guten Abend», sagte Archias, der in der Türöffnung erschien. Er drehte sich zu seinen Männern um. «Kommt, es werde Licht auf der Bühne.» Jemand brachte eine brennende Fackel. Archias schaute auf Adea hinunter, dann auf Philipp, und lächelte, als sei es ihm eine Freude, sie beide zu sehen. «Was wir zu tun haben, wird nicht viel Zeit in Anspruch nehmen, meine Freunde.»

Philipp wimmerte und versteckte seinen Elefanten hinter dem Rücken.

«Ach, liebes Kind, deinen Elefanten will ich nicht», sagte Archias und zog mit der rechten Hand sein Schwert. «Ich will dein Leben.» Er stellte den linken Fuß vor, wechselte die Waffe blitzschnell in die linke Hand und senkte die Spitze tief in die Kehle des arglosen Philipp.

Adea schrie auf, als Philipps Augen hervortraten und dann glasig wurden.

«So», sagte Archias und zog die Klinge zurück. «Das hat doch gar nicht wehgetan, wie?»

Adea starrte Philipp an, der tot in sich zusammensackte. Sie eilte zu ihm, kniete bei ihm nieder, hob seinen Elefanten auf und streichelte sein Haar. «Jetzt kannst du spielen, so viel du willst, mein großes Kind.» Erleichterung durchströmte sie: Nun konnte sie ihrem Leben selbst ein Ende machen.

«Ja, du hast Glück», sagte Archias, der ihre Gedanken erriet. «Olympias hat Erbarmen mit dir.»

Adea schnaubte verächtlich. «Dieses Wort kennt sie gar nicht.»

Archias dachte kurz nach. «Wie wahr – ich habe mich im Text geirrt. Verzeihung.» Er verbeugte sich wie vor einem unsichtbaren Publikum. «Wie dem auch sei, immerhin bietet sie dir an zu sterben, was einem Leben unter solchen Umständen entschieden vorzuziehen ist. Zu diesem Zweck schickt sie dir dreierlei.» Er schnippte mit den Fingern, und einer seiner Männer reichte ihm die betreffenden Gegenstände. «Ein

Schwert, eine Schlinge und ein Fläschchen Schierling. Du hast die Wahl.» Er legte eine effektvolle Pause ein und rieb sich das Kinn, als habe er etwas vergessen. «Einen Stuhl – was nutzt eine Schlinge ohne einen Stuhl? Bringt der edlen Frau einen Stuhl.»

Ein Stuhl wurde hereingetragen und vor Adea hingestellt.

Archias betrachtete die Szene und nickte befriedigt. «Mir scheint, du hast nun alle nötigen Requisiten für den letzten Akt. Hiermit sage ich dir Lebewohl.»

«Bevor du gehst», sagte Adea, löste ihren Gürtel und schob das Ende durch die Schnalle, «habe ich eine Botschaft für Olympias. Sage ihr Dank für die Gaben, die sie mir geschickt hat. Aber richte ihr aus, ich bedarf ihrer kleinen Gnaden nicht, ich wähle meinen eigenen Weg. Sie soll wissen, dass ich von eigener Hand gestorben bin und nicht durch eines der Mittel, die sie mir zur Verfügung gestellt hat.»

«Leider, mein armes Mädchen, werde ich Olympias nicht noch einmal treffen. Ich habe genug von ihr mitbekommen, um zu erkennen, dass sie wahnsinnig ist, selbst nach den Maßstäben unserer Zeit. Nein, ich gehe in den Süden. ‹Der Vorsichtige lebt am sichersten.›» Damit wandte er sich ab und ging mit seinen Männern davon. Die Tür ließ er offen.

Adea machte keine Anstalten, ihm zu folgen, denn die Wachen standen noch immer draußen. Sie würde sich nicht noch weiterer Schmach aussetzen. Nein, es gab nur noch eines zu tun, nämlich zu retten, was ihr an Würde geblieben war. Sie legte Philipps Leichnam zurecht, wischte ihm den Schmutz ab, so gut sie konnte, und schloss seine erschrockenen Augen. Zufrieden mit ihren Bemühungen, nahm sie Philipps Elefanten, dann stellte sie den Stuhl unter den mittleren Deckenbalken. Sie stieg hinauf, schlang ihren Gürtel um das Holz und verknotete ihn fest. Sie atmete noch einmal tief durch und warf einen Blick zur Tür. Die Wachen beobachteten sie mit ernsten Mienen; ihr Befehlshaber nickte anerkennend.

Es war an der Zeit. Sie legte sich die Schlinge um den Hals und zog sie fest. Die Elefantenfigur ihres Mannes in beiden Händen, sah sie für einen Moment ihre Mutter vor sich. *Sei da, wenn ich komme, Mutter.*

«Mögest du schon bald die gleichen Gaben erhalten, Olympias!» Sie stieß den Stuhl um und fühlte, wie die lederne Schlinge sich um ihren Hals zuzog. Ihre Augen traten hervor, und ihr Licht erlosch, während sie im Geiste ihren Todesfluch formulierte. *Olympias.* Ihre Beine zuckten, sie ließ den Elefanten fallen.

Mit meinem letzten Atem verfluche ich dich, Olympias.

OLYMPIAS

DIE MUTTER

Sie ist mit Würde in den Tod gegangen! Mit Würde!», schrie Olympias Aristonous ins Gesicht. Selbst Thessalonike, die in Olympias' Gemach am Fenster stand, zuckte ob ihrer Heftigkeit zusammen. «Wie können die Leute sagen, die kleine Hure sei mit Würde in den Tod gegangen, wenn ich sie doch in den Tod geschickt habe?»

Aristonous wischte sich ein Speicheltröpfchen aus dem Auge und holte tief Luft. «Archias hat die Tür offen gelassen, sodass die Wachen mit ansehen konnten, wie sie sich erhängte – mit ihrem eigenen Gürtel, nicht mit einer deiner *Gaben.*»

Die Harpyie hat mir bis zuletzt getrotzt. Olympias lief zum offenen Fenster, stieß Thessalonike beiseite und schrie über Pella hinaus: «Hure!»

«Sie sagten, sie habe es ruhig und tapfer getan, wie sie es von ihr erwartet hätten, und das haben sie auch den Leuten erzählt, die kamen, um die Leichen zu sehen.»

Olympias drehte sich um. Ihr Gesicht war puterrot angelaufen. «Die Leichen zu sehen! Wer hat den Leuten Gelegenheit gegeben, die Leichen zu sehen?»

«Die Tür stand offen.»

«Ich weiß, dass sie offen stand! Warum haben die Wachen sie nicht geschlossen?»

«Wozu? Adea und Philipp waren doch beide tot.»

Er ist schadenfroh. Olympias nahm sich mit großer Anstrengung zusammen, dann schaute sie Aristonous boshaft und entschlossen an. «Du genießt das hier, nicht wahr?»

Aristonous zuckte die Schultern. «Ich finde an alldem nichts Erfreuliches – einer der beiden Könige von Makedonien wurde soeben von der Regentin ermordet, und seine Königin hat sich erhängt und starb mit Würde. Was gibt es da zu genießen?»

Olympias' Augen wurden noch schmaler. «Auf wessen Seite stehst du eigentlich, Aristonous? Überlege gut, bevor du antwortest.»

«Das brauche ich nicht erst zu überlegen: Ich stehe auf der Seite Makedoniens.»

«Ich bin Makedonien.»

«Das sagtest du bereits.»

«Dann stehst du also auf meiner Seite.»

Aristonous schwieg.

Wie kann ich diesem Mann vertrauen? Er hegt Sympathien für die kleine Hure. Vielleicht sollte ich Archias beauftragen, sich um ihn zu kümmern, bevor … Archias?

«Wo steckt eigentlich Archias? Er sollte doch anschließend gleich zu mir zurückkommen.»

«Archias hat ein Schiff genommen, sobald er seine Mission vollendet hatte.»

«Ein Schiff!»

«Ja, ein Schiff. Das, mit dem er hergekommen war, hat auf ihn gewartet. Es wurde von Ptolemaios bezahlt.»

«Aber er sollte doch …» Olympias unterbrach sich. «Schicke ein anderes Schiff los, um ihn zurückzuholen.»

«Ich glaube nicht, dass er zurückkäme, selbst wenn wir ihn noch einholen könnten.»

Olympias ließ sich in einen Stuhl fallen. «Nun denn, wir müssen retten, was zu retten ist. Wo sind die Leichen?»

«Ich habe sie hierher in den Palast bringen lassen, bis die Begräbnisriten vollzogen werden können.»

«Begräbnisriten? Ha! Ich will, dass sie einfach in irgendeiner Grube verscharrt werden. Diese kleine Harpyie und ihr geliebter Schwachsinniger sollen nicht leicht über den Styx gelangen. Sorge dafür.»

Aristonous richtete sich zu seiner vollen Größe auf. «Ich schände keine Leichen, erst recht nicht die des Königs von Makedonien und seiner Königin.» Damit wandte er sich ab und ging davon. Ehe er den Raum verließ, schaute er sich noch einmal um. «Nur ein Wilder würde so handeln.»

Olympias biss die Zähne zusammen und unterdrückte den Drang, ihm hinterherzuschreien und ihn zurückzubeordern. *Er wird einfach weitergehen, und ich verliere das Gesicht.*

«Das lief ja prächtig», bemerkte Thessalonike.

Olympias sah zu ihr auf und fauchte: «Wenn ich deine Meinung hören will, frage ich danach.»

Thessalonike lächelte liebenswürdig und gänzlich unbeeindruckt. «Manchmal bekommst du sie eben auch umsonst. Und sie lautet folgendermaßen: Wenn du hier an der Macht bleiben willst, brauchst du Männer wie Aristonous –»

«Ich brauche niemanden. Ich bin Alexanders Mutter.»

«Wie gesagt: Du brauchst Männer wie Aristonous, und damit sie zu dir halten, musst du dein Verhalten ändern.»

«Ändern?»

«Ja, ändern. Fange an, dein Handeln durch Vernunft bestimmen zu lassen anstatt durch Hass. Du wirst deine Rache schon noch bekommen, aber für Männer wie Aristonous hat die Ehre einen sehr hohen Stellenwert, und sie lassen nicht zu, dass sie durch boshafte Racheakte befleckt wird.»

«Pah!»

Thessalonike öffnete den Mund, um ihre Ziehmutter für ihre Haltung zurechtzuweisen, doch sie besann sich eines Besseren und nahm stattdessen Platz.

Eine Weile saßen die beiden Frauen schweigend da, jede in ihre Gedanken versunken.

«Ich kann es mir nicht leisten, Adea und Philipp ein Grab zuzugestehen», sagte Olympias schließlich. «Es wäre ein Anziehungspunkt für Unzufriedene, sie würden sich zusammenrotten.»

Thessalonike neigte beifällig den Kopf. «Das ist eine vernünftige Entscheidung, die zugleich den Vorteil hat, süß nach Rache zu schmecken.»

Olympias nickte zufrieden. Sie klatschte in die Hände; ihre ältliche Leibsklavin erschien in der Tür. «Bringe mir meinen Mantel.»

Olympias schaute auf die Leichen von Adea und Philipp hinunter. Sie lagen neben einem schmalen Grab, das in der Ecke eines wenig benutzten Hofes an der Nordseite des Palastes ausgehoben worden war. Ein warmes Gefühl durchströmte Olympias. Jeder Gedanke daran, ihr Verhalten zu ändern, war verflogen. Sie wandte sich an die Sklaven, die die Toten herausgetragen hatten. «Entkleidet sie! Und dann werft sie hinein.»

«Mutter!», sagte Thessalonike warnend.

Olympias winkte ab. «Nun gönne mir doch wenigstens dieses Vergnügen.»

Die nackten Leichen wurden in das Loch geworfen, zuerst Philipp, dann Adea. Sie kam mit dem Gesicht nach oben auf ihm zu liegen, sodass ihr ganzer entblößter Körper zu sehen war. Olympias stellte sich breitbeinig über die Grube, raffte ihre Gewänder, ging ein wenig in die Knie und urinierte. Das warme Gefühl in ihr wurde stärker, je mehr sie den Moment auskostete.

Thessalonike wandte sich ab, denn sie wollte mit den Exzessen ihrer Stiefmutter nichts zu tun haben. Da sah sie Aristonous in den Hof kommen. Er brachte einen Gefangenen mit hinter dem Rücken gefesselten Händen, bewacht von zwei Soldaten. «Mutter, bitte wahre doch ein wenig Anstand, wir haben Besuch.»

Olympias schaute auf und lächelte. «Nikanor! Der Tag wird ja immer besser.» Sie richtete sich auf, strich ihre Kleidung zurecht und wartete, bis der Gefangene den Hof überquert hatte. «Er soll vor mir knien.»

«Ich bringe dir Nikanor, wie ich es versprochen habe, aber vergiss nicht, er ist ein makedonischer Edelmann», mahnte Aristonous. «Ich habe ihm mein Wort gegeben, dass er als solcher behandelt wird.»

«Das hättest du dir sparen können. Wo ist seine Kavallerie?»

«Die Männer werden gerade zu den übrigen Gefangenen in den Pferch gebracht, wie du es befohlen hast.»

«Gut. Du kannst gehen.» Sie warf den beiden Wachen finstere Blicke zu. «Zwingt ihn auf die Knie.»

Die Wachen schauten zu Aristonous, der achselzuckend davonging. Sie wechselten einen raschen Blick, dann drückten sie Nikanor mit starken Armen hinunter.

«Fühlst du dich jetzt gut?», fragte Nikanor in verächtlichem Ton.

Olympias schaute triumphierend auf ihn hinab. «Durchaus.» Sie musterte ihren Feind, weidete sich an seiner Schmach. «Deine Stiefmutter hat mich gestern um mein Vergnügen gebracht, indem sie von einer Klippe sprang, ehe ich deine beiden jüngeren Halbbrüder vor ihren Augen töten konnte. Wusstest du das?»

Nikanors Augen verrieten keine Gefühlsregung. «Auch mit mir wirst du kein Vergnügen haben.»

«Irrtum. Es wird mir großes Vergnügen bereiten, Kassandros deinen Kopf zu schicken.»

Nikanor schnaubte ungläubig. «Du begreifst nicht, was du da tust, wie? Mein Bruder hat viele Schwächen, und nicht einmal seiner eigenen Familie fällt es leicht, ihn zu mögen. Aber wenn er im Triumph in Pella Einzug hält und deinen Kopf auf einen Spieß steckt, werden die Leute ihn verehren, ihn lieben, ihn als Erlöser feiern, weil er sie von dem schlimmsten Ungeheuer befreit hat, das je auf Erden wandelte. Du sorgst dafür, dass Kassandros als ein netter Mensch dasteht.»

«Kassandros wird hier niemals herrschen.» Sie hielt ihm ihre Hand mit dem Ring vors Gesicht. «Ich habe den Ring, und was ich einmal habe, das gebe ich nicht wieder her.» In einer einzigen schnellen Bewegung zog sie eine lange Haarnadel aus ihrer Frisur und stach sie Nikanor durch das linke Auge bis ins Gehirn. Sein Körper zuckte krampfartig.

Olympias ließ die Nadel stecken und spuckte ihm ins Gesicht, als er auf den Rücken fiel. Dann sprach sie leise zu den Wachen. «Schlagt ihm den Kopf ab und schickt ihn seinem Bruder. Den Rest werft ihr zu dem anderen Abfall, und wenn die Sklaven das Grab zugeschaufelt haben, tötet auch sie.» Sie warf noch einen letzten Blick auf den zuckenden Körper am Boden und ging davon. Pure Glückseligkeit durchströmte sie. «Ich werde mir jetzt die Gefangenen ansehen, Thessalonike. Willst du mitkommen und zuschauen, wie ich mich amüsiere?»

Thessalonike lief ihr nach. «Mutter, du verlierst jedes Maß. Das hier muss aufhören, sonst wird es so kommen, wie Nikanor gesagt hat.»

«Niemals! Ich bin Alexanders Mutter. Ich bin Makedonien.»

Wenn Olympias das Hochgefühl der Rache empfunden hatte, als sie Nikanor zuckend am Boden liegen sah, so steigerte sich ihre Wonne in ungeahnte Höhen, als sie auf mehr als fünfhundert Gefangene hinunterschaute. Sie saßen mit hängenden Köpfen und gefesselten Händen auf dem staubigen Boden des Gefangenenpferchs. Wachen gingen zwischen ihnen umher und schlugen jeden, der Anstalten machte aufzubegehren. «Was von Antipatros' Verwandten und Getreuen noch übrig ist, hockt geschlagen dort unten», sagte Olympias und fuhr sich mit der Zungenspitze über die Lippen. «Ist es nicht ein köstlicher Anblick?»

«Das kannst du nicht tun», flüsterte Thessalonike ungläubig. «Wirklich, das kannst du nicht.»

«Oh doch, ich kann. Die eigentliche Frage ist: Werde ich es tun?» Sie tat, als dächte sie über ein ungemein komplexes Problem nach.

Thessalonike beobachtete sie in wachsendem Grauen, denn sie erkannte, welches Spiel Olympias spielte. «Ich will nichts mehr damit zu tun haben, Mutter. Meinetwegen schaufle dir dein eigenes Grab, aber ich werde nicht zulassen, dass du auch das meine gräbst.»

Olympias bedachte ihre Ziehtochter mit einem verächtlichen Blick, als diese davonging. «Ich hätte dich nicht für so weich gehalten. Mach, was du willst, Schwächling, aber mich bringst du nicht um mein Vergnügen.» Sie richtete den Blick wieder auf die Gefangenen im Pferch. «Tötet sie, Wachen! Tötet sie! Tötet sie alle!»

Schon wurde die erste Kehle durchgeschnitten, und das verzweifelte Klagegeschrei von fünfhundert Männern, zu einem schmählichen Tod verdammt, erhob sich zum Himmel. Olympias legte den Kopf in den Nacken, breitete die Arme weit aus und schrie ihren Triumph den Göttern zu. Sie gab sich ganz ihrem Glücksgefühl hin.

Die Einigung, welche die Männer in Triparadeisos ausgehandelt hatten, war nicht mehr von Bedeutung.

Olympias war Makedonien.

NACHWORT DES AUTORS UND DANKSAGUNG

Dieser Roman basiert teilweise auf den Werken von Diodor und Plutarch. Allerdings habe ich zum Großteil auf moderne Geschichtswerke und Biografien zurückgegriffen, deren Autoren ich zu Dank verpflichtet bin: *Der Geist auf dem Thron* von James Romm und *Dividing the Spoils* von Robin Waterfield destillieren die Primärquellen zu gut lesbaren und unterhaltsamen Erzählungen, die ich wärmstens empfehle. Jeff Champions Biografie über Antigonos den Einäugigen, John Graingers *Rise of the Seleukid Empire* und *The Wars of Alexander's Successors* von Bob Bennett und Mike Roberts sind ebenfalls hervorragende Studien der Zeit – mein Dank gebührt auch diesen Autoren.

Wieder einmal ist fast jedes Ereignis im Roman durch eine oder mehrere der wenigen Primärquellen belegt, und auch diesmal sah ich kaum einen Grund, Dinge zu erfinden, da die Tatsachen schwerlich zu übertreffen sind. Besonders interessant finde ich den Propagandakrieg zwischen Ptolemaios und Antipatros – wie mit der Veröffentlichung von *Alexanders letzte Tage und sein Testament* die Personen, auf die Onesikritos in seinen *Reisen mit Alexander* anspielt, beim Namen genannt werden und wie daraufhin Antipatros in den *Hoftagebüchern* die Vorwürfe zurückweist und «alternative Fakten» in die Welt setzt ... Anscheinend gab es das schon von alters her!

Die Umstände von Iolaos' Tod sind meine Fiktion. Wir wissen nicht, wie er starb, nur dass er bereits tot war, als Olympias die Macht an sich riss, denn sie schändete sein Grab und ließ auch Nikanor und seine Getreuen hinrichten. Auch wie sie Antipatros' Frau – der ich den Namen Hyperia gebe, da wir ihren wirklichen Namen nicht kennen – und ihre beiden jüngsten Kinder ermordete, ist meine Fiktion. Allerdings bin ich überzeugt, dass Olympias ihnen ein unschönes Ende bereitete.

Die Art und Weise, wie Seleukos Babylon einnahm, ist ebenfalls Fiktion, wir wissen jedoch, dass es dabei einen Brand im Tempelkomplex gab.

Aus erzählerischen Gründen habe ich Adeas und Philipps Inhaftierung von Pydna nach Pella verlegt. Ob wirklich Archias der Verbanntenjäger und seine Thraker die Tat ausführten, wissen wir nicht. Immerhin ist überliefert, dass Thraker die beiden töteten, daher erschien mir die Annahme plausibel.

Interessanterweise wurde in der Nähe des einstigen Termessos ein Grab entdeckt, von dem man annimmt, dass dort Alketas beigesetzt wurde. Anscheinend haben die jungen Männer der Stadt wirklich seinen Leichnam geborgen und in Ehren bestattet.

Ich möchte mich bei Will Atkinson und Sarah Hodgson bei Atlantic / Corvus dafür bedanken, dass sie weiterhin meine Bücher herausbringen – willkommen bei Corvus und guten Einstieg, Sarah. Meinem Agenten Ian Drury danke ich für seinen Einsatz und sein tiefes Verständnis der Epoche. Danke auch an Gaia Banks und Alba Arnau von der Abteilung für Auslandslizenzen bei Sheil Land Associates, dass sie die Romanreihe international vermarkten. Ferner möchte ich Susannah Hamilton, Poppy Mostyn-Owen, Kate Straker, Hanna Kenne und allen bei Atlantic/Corvus für die viele Arbeit danken, die in der Veröffentlichung eines Buches steckt. Dank gebührt auch Nicky Lovick für die gründliche Schlussredaktion.

Meine Liebe und mein Dank gelten meiner Frau Anja. Wieder einmal hatte sie Verständnis dafür, dass die Arbeit an diesem Buch mich ein halbes Jahr lang völlig in Anspruch nahm. Ich danke ihr für ihre beständige Unterstützung, gar nicht zu reden von der fantastischen Karte und den Illustrationen.

Und schließlich danke ich meinen lieben Leserinnen und Lesern, die mich auch durch dieses Abenteuer begleitet haben. Ich hoffe, wir werden weiter gemeinsam auf den Pfaden der Geschichte wandeln. Die Geschichte um Alexanders Erbe geht in *Die Schlacht um den Thron* weiter.

FIGUREN

Die Namen fiktiver Figuren sind kursiv gesetzt.

Adea – Tochter von Kynane und Alexanders Vetter Amyntas
Aiakides – der junge König von Epirus
Alexander – die Ursache sämtlicher Probleme
Alexander – Alexanders posthum geborener Sohn mit Roxane
Alexandros – Polyperchons Sohn
Alexarchos – der zweitjüngste Sohn von Antipatros und *Hyperia*
Alketas – Perdikkas' Bruder
Antigenes – altgedienter Befehlshaber der Silberschilde
Antigonos – von Alexander ernannter Satrap von Phrygien
Antipatros – in Alexanders Abwesenheit Regent in Makedonien
Apame – Seleukos' persische Frau
Apollonides – ein Kavallerieoffizier in Eumenes' Armee
Archias – ehemaliger Schauspieler, jetzt Kopfgeldjäger
Aristonous – der älteste unter Alexanders Leibwächtern
Arrhidaios – ein makedonischer Offizier in Ptolemaios' Armee
Asandros – von Alexander ernannter Satrap von Karien
Atalante – Perdikkas' Schwester, verheiratet mit Attalos

Attalos – makedonischer Offizier, Schwager von Perdikkas
Babrak – Kaufmann aus dem Volk der Pakhta
Barsine – Alexanders persische Mätresse und Mutter seines illegitimen Sohnes Herakles
Barzid – illyrischer Edelmann
Berenike – Antipatros' Großnichte und Cousine von Eurydike
Deidameia – Tochter von Aiakides, dem König von Epirus
Deinarchos – ein korinthischer Rechtsgelehrter
Demades – ein promakedonischer Athener
Demeas – Demades' Sohn
Demetrios – Sohn von Antigonos
Diokles – Anführer der Deserteure aus Eumenes' Armee
Diogenes – Schatzmeister von Antipatros und später von Polyperchon
Dokimos – ein makedonischer Edelmann und Unterstützer von Perdikkas
Dreros – Kommandeur der makedonischen Garnison in Damaskos
Eudemos – von Alexander ernannter Satrap von Indien
Eumenes – erst Philipps und später Alexanders Sekretär, ein Grieche aus Kardia
Eurydike – eine von Antipatros' Töchtern, mit Ptolemaios verheiratet
Hagnonides – Anführer der demokratischen Fraktion in Athen
Hegemon – ein Angehöriger der Athener Oligarchie
Hekataios – Tyrann von Kardia
Helios – ein Söldner im Dienste von Eumenes
Herakles – Alexanders unehelicher Sohn mit Barsine
Hieronymos – ehemaliger Soldat, jetzt Geschichtsschreiber; ein Landsmann von Eumenes
Holkias – der Anführer der Deserteure aus Antigonos' Armee

Hyperia – Antipatros' Frau

Iolaos – Antipatros' Sohn, Halbbruder von Kassandros

Kallias – Söldner, der bei Ptolemaios im Sold steht und für Seleukos kämpft

Karanos – ein makedonischer Veteran

Kassandros – Antipatros' ältester Sohn, Halbbruder von Iolaos

Kleitos – ein makedonischer Admiral mit Poseidon-Komplex

Kleopatra – Tochter von Philipp und Olympias, Alexanders Vollschwester

Koinos – Kommandeur der Leibgarde des jungen Alexander

Krateros – großer makedonischer Feldherr, in einer Schlacht gegen Eumenes gefallen

Kynane – Halbschwester Alexanders und Mutter von Adea, wurde getötet

Leonidas – ein Offizier in Antigonos' Armee, der sich besonders auf List und Täuschung versteht

Lykortas – Ptolemaios' Hofmeister

Lysimachos – einer von Alexanders sieben Leibwächtern

Magas – Antipatros' stellvertretender Befehlshaber, mit dessen Nichte verheiratet

Menandros – von Alexander ernannter Satrap von Lydien

Nearchos – ein Kreter, Alexanders ranghöchster Admiral, dient nunmehr Antigonos

Nikaia – eine von Antipatros' Töchtern, ehemals mit Perdikkas verheiratet

Nikanor – zweitältester Sohn von Antipatros und Bruder von Kassandros

Nikanor von Sindos – ein makedonischer Edelmann und Unterstützer von Kassandros

Olympias – eine von Philipps Ehefrauen, Mutter von Alexander und Kleopatra

Onesikritos – Flottenkommandeur und Verfasser von *Reisen mit Alexander*

Parmida – kappadokischer Kavallerieoffizier

Peithon – einer von Alexanders sieben Leibwächtern, Satrap von Medien

Perdikkas – einer von Alexanders sieben Leibwächtern, wurde getötet

Peukestas – einer von Alexanders sieben Leibwächtern, Satrap der Persis

Phila – Antipatros' kürzlich verwitwete Tochter

Philipp – Vater Alexanders des Großen und sein Vorgänger auf dem Thron

Philipp, eigentlich Arrhidaios – Alexanders geistig behinderter Halbbruder

Philippos – Sohn von Antipatros und *Hyperia*, Kassandros' Halbbruder

Philotas – Freund von Antigonos

Philoxenos – Satrap von Kilikien

Phokion – altgedienter Athener Feldherr und Freund von Antipatros

Phthia – Frau von Aiakides, dem König von Epirus

Pleistarchos – Sohn von Antipatros und *Hyperia*, Kassandros' Halbbruder

Polemaios – Antigonos' Neffe

Polemon – makedonischer Edelmann und Unterstützer von Perdikkas

Polyperchon – ehemals Krateros' Stellvertreter

Ptolemaios – einer von Alexanders sieben Leibwächtern, vielleicht Philipps unehelicher Sohn

Pyrrhos – Sohn von Aiakides, dem König von Epirus

Roxane – baktrische Prinzessin, Alexanders Ehefrau und Mutter des jungen Alexander

Seleukos – ein ehrgeiziger makedonischer Offizier
Sextus – Ptolemaios' Leibsklave
Sosigenes – rhodischer Flottenkommandeur im Dienste von Eumenes
Stratonike – Ehefrau von Antigonos und Mutter von Demetrios
Temenos – der makedonische Kommandeur der südlichen Festung zu Babylon
Teutamos – makedonischer Offizier, Antigenes' Stellvertreter
Thais – Ptolemaios' langjährige Mätresse
Thessalonike – Tochter von Philipp II., von Olympias an Kindes statt angenommen
Thetima – Sklavin von Kleopatra
Triparadeisos – der jüngste Sohn von Antipatros und *Hyperia*
Tychon – Betreuer und Leibarzt von Arrhidaios dem Schwachsinnigen
Xennias – makedonischer Kavallerieoffizier

LESEPROBE

ROBERT FABBRI

ALEXANDERS ERBE

DIE SCHLACHT UM DEN THRON

Historischer Roman

Aus dem Englischen von
Anja Schünemann

ROWOHLT TASCHENBUCH VERLAG

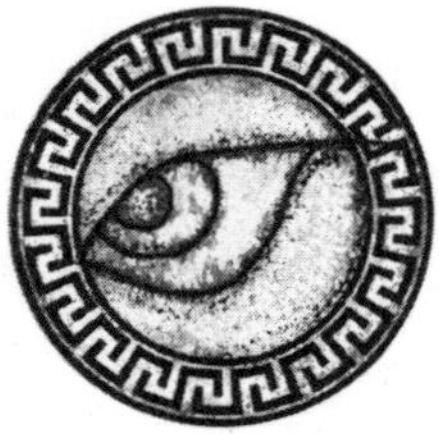

ANTIGONOS
DER EINÄUGIGE

Ehrgeiz war eine Motivation, die sich selbst verstärkte, das hatte Antigonos spät im Leben gelernt. Sie nährte sich von ihren eigenen Erfolgen, und er war ihr verfallen.

So war es nicht immer gewesen. Vor dem Tod Alexanders, des dritten Makedonenkönigs, der diesen Namen trug, war Antigonos als Satrap von Phrygien recht zufrieden gewesen. Alexander hatte ihn auf dem Posten zurückgelassen, damit er die Eroberung Zentralanatoliens vollendete, während der große Herrscher selbst weiter nach Osten zog, um ein anderes riesiges Reich dem seinen einzuverleiben. Und Antigonos war mit seinem Los glücklich gewesen, denn er liebte nichts mehr als den Kampflärm, die Gerüche und die Erregung der Schlacht. Sein Zelt war sein Zuhause, seine Männer waren seine Familie und seine Waffen seine Werkzeuge. Jahrelang hatte er praktisch für nichts anderes gelebt als für seine Feldzüge und das Glücksgefühl der Schlacht. Ja, er hatte sich eine Frau genommen, Stratonike, und ja, er hatte auch die Zeit gefunden, mit ihr zwei Kinder zu zeugen. Aber diesen Ausflug in die Häuslichkeit hatte er erst mit Ende vierzig unternommen und vorher nicht geplant.

Nun aber genügte es Antigonos nicht mehr, um des Kämpfens willen zu kämpfen, auch wenn er es noch immer in vollen Zügen genoss. Sein Blick war auf einen leeren Thron gefallen, und er hatte beschlossen, diesen zu beanspruchen, um ihn später einmal seinem ältesten Sohn Demetrios zu vererben. Antigonos würde eine Dynastie begründen, darauf war nun all sein Streben gerichtet. Gut, streng genommen saßen derzeit zwei andere auf diesem Thron – wenigstens war das sein Kenntnisstand –, aber der eine war ein Kind von fünf Jahren und der andere ein Schwachsinniger. Das Kind, Alexanders gleichnamiger Sohn, stammte aus dessen Ehe mit der asiatischen Wildkatze Roxane und war daher mit dem Makel behaftet, nur zur Hälfte makedonischer Abstammung zu sein. Der Schwachsinnige war Alexanders älterer Halbbruder, nunmehr als Philipp bekannt. Sein Verstand war beeinträchtigt, weil Olympias, Alexanders Mutter, Philipps Mutter in der Schwangerschaft vergiftet hatte, um den Weg zum Thron für ihren eigenen Sprössling frei zu halten. Das Gift hatte das Ungeborene nicht getötet, jedoch dazu geführt, dass sein Geist für immer der eines Achtjährigen blieb.

Antigonos konnte keinen der beiden als Herrscher anerkennen. Überhaupt war er nicht mehr bereit, sich irgendjemandem unterzuordnen, seit Alexander seinen letzten Atemzug getan hatte. Während der im Kreise seiner sieben Leibwächter sein Leben aushauchte, warteten alle gespannt darauf zu hören, wem er sein Weltreich hinterlassen würde. Doch Alexander sagte nur: «Dem Stärksten». Den großen Ring von Makedonien gab er Perdikkas – dem Ranghöchsten, wenngleich nicht dem Ältesten der sieben. Wer «der Stärkste» sein mochte, sagte der sterbende Herrscher allerdings nicht.

Es hatte nicht lange gedauert, bis das Reich in einen Bürgerkrieg abgeglitten war. Und schon bald war Perdikkas den Dolchstößen seiner Widersacher zum Opfer gefallen.

Dann war der letzte Mann, den Antigonos wirklich respektiert hatte, mit fast achtzig Jahren gestorben: Antipatros, der in Alexanders Abwesenheit als Regent über Makedonien geherrscht hatte. Und Antipatros' Nachfolger wurde nicht etwa sein Sohn Kassandros, sondern Polyperchon, ein Niemand, für den Antigonos keinerlei Achtung aufbrachte. Da war die Saat des Ehrgeizes in Antigonos gekeimt und gewachsen, denn er hatte erkannt: Wenn das makedonische Großreich nicht verloren gehen sollte, musste ein einziger Mann die Herrschaft ergreifen. Und für Antigonos war klar, dass er dieser Mann sein konnte. Er verlangte mit jeder Faser seines Seins danach.

Allerdings standen ihm noch viele im Weg, nicht zuletzt sein einstiger Freund Eumenes, ein Grieche aus Kardia. Dieser hatte dem Herrscherhaus der Argeaden stets unerschütterlich die Treue gehalten. Kürzlich hatte Eumenes gegen eine Vereinbarung mit Antigonos verstoßen und sich geweigert, unter ihm zu dienen. Eumenes hatte seine Armee aus seiner Satrapie Kappadokien bis nach Syrien geführt, um Söldner anzuwerben und Schiffe zu bauen. Antigonos hatte Jagd auf ihn gemacht, denn er musste Eumenes vernichten – das Vertrauen zwischen ihnen beiden war ein für alle Mal zunichte.

Und so empfand Antigonos gemischte Gefühle, als er seinen alten Freund und Kameraden Philotas empfing. Er saß unter einem Baldachin, trank geharzten Wein und überblickte das Lager seiner Armee an der Küste bei Issos – dem Schauplatz von Alexanders verblüffendem Sieg gegen den Perserkönig Dareios fünfzehn Jahre zuvor.

«Wie ich sehe, bringst du mir weder Eumenes in Ketten noch seinen Kopf in einem Sack. Ich schließe daraus, dass du nicht erfolgreich warst», bemerkte Antigonos. Er deutete auffordernd auf den Weinkrug, der auf dem Tisch stand.

«Ich habe getan, was du mir aufgetragen hast: Ich habe mit dreißig unserer Jungs sein Lager infiltriert und versucht, Eumenes' Männer gegen ihn aufzuwiegeln.» Philotas setzte sich und schenkte sich einen Becher voll.

«Und?»

«Und er ist abgezogen, vor fünf Tagen. Nach Osten in Richtung Mesopotamien.»

Antigonos knurrte und hielt ihm seinen leeren Becher zum Nachschenken hin. «Mit seiner Armee oder als Flüchtling?»

«Mit seiner Armee. Aus dem Osten hört man, dass Peithon, der Satrap von Medien, versucht hat, seinen Bruder in Parthien als Satrapen einzusetzen, nachdem er den vorigen Amtsinhaber getötet hatte. Peukestas und die übrigen östlichen Satrapen haben sich gegen ihn verbündet und ihn geschlagen. Ich nehme an, Eumenes hofft darauf, die dreißigtausend Mann starke Armee dieses östlichen Bündnisses mit seiner Streitmacht zu vereinen.»

«Dann wären sie ein starker Gegner für uns.» Antigonos dachte kurz über diese Neuigkeiten nach, dabei kratzte er sich in seinem dichten, grauen Bart, als wollte er ein kleines Nagetier daraus entfernen. «Und die Silberschilde waren gar nicht in Versuchung, Eumenes im Stich zu lassen?»

«Ich habe mich nach Kräften bemüht, sie zu überreden, aber da war nichts zu machen. Es ist bemerkenswert, wie sie ihm die Treue halten.»

«Wenn man bedenkt, dass er Grieche ist, und ein listiger kleiner Grieche noch dazu.» Wie konnte es nur dazu kommen, dass die beste Elitetruppe der gesamten Armee fest hinter Eumenes steht?, sinnierte Antigonos, während er mit seinem verbliebenen Auge finster aufs Meer hinausblickte. Das andere Auge war in der Schlacht von Chaironeia einem griechischen Pfeil zum Opfer gefallen. Nun sickerte aus der vernarbten

Augenhöhle eine blutige Träne. «Welche Gründe haben ihre Befehlshaber dir denn genannt, weshalb sie ihn unterstützen?»

«Antigenes und Teutamos trauen dir nicht. Sie fürchten, du würdest sie hinrichten, falls sie zu dir überlaufen. Sie sagen, da Eumenes Grieche ist, hat er nur wenige Freunde, deshalb ist davon auszugehen, dass er die paar, die er hat, am Leben lässt.»

«Bei meinem Arsch! Sie trauen einem Griechen mehr als mir! Bei meinem verschwitzten, haarigen Arsch! Sie sind makedonische Offiziere wie ich, und sie trauen mir nicht. Warte nur, bis ich sie in die Finger kriege, dann werde ich …» Antigonos trank ein paar große Schlucke Wein, um sich zu beruhigen.

«Das ist ja genau das, was sie befürchten, alter Freund. Und ich sah mich genötigt, einzuräumen, dass sie vermutlich nicht so falschlagen.»

«Du hast *was* getan?»

«Du hast mich schon verstanden.» Philotas beugte sich hinüber, um Antigonos' Becher abermals nachzufüllen. «Nun tu nicht so entrüstet, Antigonos. Du und ich, wir haben an die siebzigmal Schulter an Schulter in vorderster Front gekämpft, also kann ich wohl behaupten, dich ganz gut zu kennen. Natürlich würdest du sie töten. Die Silberschilde sind die erfahrenste und gefürchtetste Einheit der gesamten Armee, dreitausend Mann in den Sechzigern oder darüber, die ihr ganzes Erwachsenenleben lang nichts als Krieg gekannt haben. Darum sind sie auch die eigensinnigsten und einflussreichsten Männer in der Armee. Sie waren es, die Alexander damals in Indien zur Umkehr zwangen. Sie haben den Thronanspruch des schwachsinnigen Philipp unterstützt und uns damit in die missliche Lage gebracht, zwei Könige zu haben. Sie haben gegen Antipatros rebelliert, weil er ihnen den ausstehenden Sold nicht zahlte, du erinnerst dich? Antipatros wäre ermordet worden, hättet du und Seleukos ihn nicht gerettet. Muss ich noch mehr sagen? Nein, natürlich nicht. Diese Männer neigen dazu, Ärger zu machen. Wäre es mir gelungen, sie zum Überlaufen zu bewegen, dann wäre das einzig Vernünftige gewesen, die Anführer hinzurichten und den Rest der Truppe in irgendein entlegenes Drecksloch am äußersten Rand des Reiches zu schicken – nicht nur um deines Seelenfriedens willen, sondern auch um die Moral der gesamten Armee aufrechtzuerhalten. Also noch einmal, alter Freund: Tu nicht so entrüstet.»

Antigonos knurrte und blickte finster drein, sagte jedoch nichts. Er wusste selbst, dass Philotas recht hatte. Der Kern des Problems war, dass Eumenes ohne die Silberschilde im Herzen seiner Armee nicht überleben konnte, Antigonos hingegen schon, und das war allen Beteiligten klar.

«Ptolemaios hat auch Unterhändler geschickt», fuhr Philotas fort, «allerdings nur zu Antigenes und Teutamos, nicht zu den Männern. Die Aufforderung war aber die gleiche: Sie sollten Eumenes töten und zu ihm überlaufen.»

«Und sie fanden die Aussicht, nach Ägypten zu gehen, nicht verlockend?»

Philotas schüttelte den Kopf. «Das Problem war dasselbe: Sie wussten, dass Ptolemaios nicht zögern würde, sie zu töten. Und die Silberschilde hätte er wohl so weit wie möglich nilaufwärts stationiert, wo niemand außer den Krokodilen mehr an sie gedacht hätte.»

Ach, Ptolemaios, du hältst dich für den raffiniertesten unter Alexanders sieben Leibwächtern. Du wähnst dich in deiner Festung Ägypten sicher. Aber dich kriege ich auch noch, und zwar schon bald.

Während Antigonos das dachte, war ihm allerdings bewusst, dass von den überlebenden fünf Leibwächtern Ptolemaios in der Tat am sichersten war. Perdikkas, dem Alexander mit jenen schicksalhaften Worten den großen Ring von

Makedonien übergeben hatte, war ermordet worden, weil er selbstherrlich versucht hatte, sich dem Reich aufzuzwingen. Er hatte in Ägypten einmarschieren wollen und dabei seinen Meister gefunden.

Der eitle und arrogante Leonnatos war in der Schlacht gefallen. Er war Antipatros zu Hilfe gekommen, der in der Stadt Lamia von einer athenischen Armee belagert wurde, als kurz nach Alexanders Tod die Griechen sich gegen die makedonische Herrschaft erhoben.

Aber kann ich gegen Ptolemaios vorgehen, während Eumenes in den Osten marschiert, um dort Unterstützer zu gewinnen?

Vor diesem Problem stand Antigonos nun: Der kleine Grieche würde versuchen, sich mit dem einstigen Leibwächter im Osten zu verbünden, Peukestas, dem Satrapen der Persis. Außerdem mit der östlichen Allianz sowie mit Seleukos, dem neuen Satrapen von Babylonien, einem ehrgeizigen, im Aufstieg begriffenen Mann – *dem man das Handwerk legen musste.* Wenn es Eumenes gelänge, all diese Männer zu einem Bündnis zu einen, hätte er eine wahrhaft gewaltige Streitmacht.

Antigonos stand auf und blickte über die Küstenebene zu seiner Armee hinüber. Sie war über fünfzigtausend Mann stark, davon waren fast zehntausend Reiter. Von Tausenden Kochfeuern stieg Rauch auf, vermischt mit den Düften von gebratenem Lamm, Fisch und Meeresfrüchten. Genüsslich sog Antigonos den Geruch der lagernden Armee ein. *Götter, wie ich dieses Leben liebe.* Sein Blick wanderte über die Ebene weiter nach Norden zu der Stelle, wo er vor all den Jahren einen Teil der Phalanx befehligt hatte – jener sechzehn Reihen tiefen Formation aus Lanzenkriegern, die den Amboss der makedonischen Armee darstellte, während die Kavallerie der Hammer war. Damals hatte Alexander mit seiner Armee kehrtgemacht, die Perser, die ihn verfolgten, angegriffen und sie geschlagen.

Der Großkönig Dareios war an jenem Tag vom Schlachtfeld geflohen, und damit hatte seine Herrschaft praktisch geendet.

Antigonos schloss sein Auge und schwelgte in der Erinnerung an eine Viertelmillion Männer im Kampf auf Leben und Tod.

Götter der Unterwelt, das war ein Tag! Dergleichen werde ich nicht noch einmal erleben. Aber wenn Eumenes im Osten wirklich Verbündete findet, könnte es eine Schlacht geben, die beinahe so groß wäre.

Bei diesem Gedanken lächelte Antigonos. Er öffnete sein Auge wieder und schaute Philotas an. «Und was ist mit Eumenes' Flotte?»

«Sie war in Rhosos stationiert, ein paar Parasangen weiter südlich an der Küste. Ich konnte die Kommandeure überreden, zu dir überzulaufen, sobald sie deine Flotte erblickten, die frisch von ihrem Sieg im Norden zurückkehrte. Und nicht nur das – Eumenes hatte seinen Schatz bereits auf die Schiffe verladen, um ihn nach Europa zu bringen. Wirklich ein Jammer für ihn.»

Antigonos rieb sich kichernd die Hände. «Wie bedauerlich. Wie viel war es?»

«Dreißig Kisten mit Münzen, Gold- und Silberbarren sowie Schmuck. Wir haben noch nicht nachgezählt. Es ist alles in Rhosos.»

«Wenigstens fünfhundert Talente, schätze ich», sagte Antigonos befriedigt, als der Schatzmeister die letzte Truhe öffnete. Sie befanden sich in der Schatzkammer des Palastes zu Rhosos, drei Parasangen südlich von Issos. Antigonos klopfte seinem neunzehnjährigen Sohn Demetrios auf die Schulter. «Was hältst du davon, mein Junge?» Er beugte sich vor und zog eine rundum mit Saphiren besetzte Halskette aus einer Truhe. «Die wird deiner Mutter bestimmt gefallen und sie darüber hinwegtrösten, dass ich sie in Kelainai zurückgelassen habe. Suche du auch etwas für Phila aus – ich bin sicher, sie hat es sich verdient.»

Demetrios war inzwischen größer als sein Vater, und sein glatt rasiertes Gesicht unter dem dichten, welligen, dunkelbraunen Haar wirkte trotz der sehr ausgeprägten Nase weit gefälliger. Er schaute stolz auf Antigonos hinunter. «Und ob sie es verdient hat, Vater. Sie ist nämlich schwanger.»

Daraufhin schlug Antigonos seinem Sohn noch einmal kräftiger auf die Schulter und kicherte. «Nun, du hast dich ja auch mächtig angestrengt, mein Junge. Und du hattest schon Sorge, ihrer nicht Herr zu werden, weil sie zehn Jahre älter ist als du.»

Der Ausdruck des Stolzes wich gekränkter Würde. «Ich hatte noch nie ein Problem damit, ein Weib zu beherrschen.» Demetrios machte sich von seinem Vater los, der ihn noch immer an der Schulter gefasst hielt. «Und ich wäre dir sehr verbunden, wenn du dir solche Anspielungen verkneifen könntest, Vater, vor allem in der Öffentlichkeit.» Er warf einen finsteren Blick auf den Schatzmeister und dessen Sklaven.

Antigonos hob beschwichtigend beide Hände. «Nun sei nicht gleich beleidigt, Demetrios. Hast du schon vergessen, wie ich dich zu dieser Heirat nötigen musste? Es war ein politisch geschickter Zug, eine von Antipatros' Töchtern zu ehelichen, die außerdem zufällig die Witwe von Krateros war.»

Antigonos blickte seinem Sohn einen Moment lang in die Augen. Er fragte sich, was wohl gewesen wäre, wenn Krateros – der Liebling der Armee und nach Alexander der erfolgreichste Feldherr Makedoniens – nicht in der Schlacht gegen Eumenes gefallen wäre. Dann hätte Antipatros ihn zu seinem Nachfolger gemacht, nicht diesen Niemand Polyperchon.

Und wenn Krateros Regent wäre, dann wäre ich heute noch

nichts weiter als der Satrap von Phrygien und würde Befehle von ihm entgegennehmen. Vielleicht hat Eumenes mir einen großen Gefallen getan, indem er ihn tötete, und ich sollte dem kleinen Griechen trotz allem dankbar sein.

«Also, nimm ein Schmuckstück für die Mutter deines ungeborenen Kindes und sei nicht so empfindlich.» Er trat dichter neben seinen Sohn und senkte die Stimme. «Und denke daran, Demetrios: Ich finanziere Kassandros' Krieg in Griechenland gegen Polyperchon. Ein Teil dieses Schatzes wird bei ihm landen – genug, um sicherzustellen, dass er siegt und tief in meiner Schuld steht. Wir wissen ja, wie giftig der Mann ist, also ist davon auszugehen, dass er die Könige beseitigen und versuchen wird, den Thron von Makedonien für sich zu beanspruchen. Dein Sohn wird sein Neffe sein, und bislang hat er noch keinen Erben. Wenn wir erst einmal Asien gesichert haben …» Antigonos forderte seinen Sohn mit einer Geste auf, den Gedankengang fortzuführen.

Demetrios überlegte kurz. «Dann würden wir uns nach Westen wenden und Kassandros die Herrschaft über Makedonien entreißen.»

«Und ihn dabei töten.»

Demetrios lächelte kalt. «Dann ist mein Sohn der Thronfolger, und ich werde Regent.»

«Nein, Demetrios, du wirst König. König von Makedonien und dem makedonischen Großreich. Und dein Sohn wird den Titel erben. In ihm sind Antipatros' und deine Sippe vereint, sodass sein Anspruch unanfechtbar sein wird, denn die Erben des Argeadenhauses werden ja bis dahin tot sein. So werden wir unsere Dynastie begründen.»

Demetrios' Augen weiteten sich, als er das volle Ausmaß dessen erkannte, was sein Vater sich erträumte. «Du hast es auf das gesamte Großreich abgesehen?»

«Ja, mein Junge, ganz recht.»

«Du willst es sogar mit Ptolemaios in Ägypten aufnehmen?»

«Unbedingt, sonst müssten wir ständig mit ihm um die Kontrolle über Syrien und Zypern kämpfen. Die Frage ist nur: Nehme ich es mit ihm auf, bevor ich gegen Eumenes und den Osten vorgehe, oder erst nachher?»

«Und was ist mit Lysimachos in Thrakien?»

Antigonos winkte ab, als der Name des grausamsten unter Alexanders Leibwächtern fiel. «Der wird sich uns bereitwillig unterordnen, solange wir ihn in Thrakien in Ruhe lassen. Er ist ganz glücklich damit, dort gegen die nördlichen Stämme zu kämpfen und großes Aufhebens davon zu machen, dass er uns vor einer Invasion der Barbaren aus dem Norden schützt. Wenn wir ihm Geld geben, damit er dort oben weiter seine Festungen bauen kann, wird er uns keine Scherereien machen.»

«Und Olympias?»

«Hier zeigt sich, wie wichtig es ist, gut informiert zu sein. Komm, lass uns ein Stück gehen.» Er führte Demetrios hinaus in den Palasthof, von wo aus man den Hafen überblicken konnte. «Du hast doch sicher schon von Archias dem Verbanntenjäger gehört?»

Demetrios nickte. «Natürlich, das ist dieser ehemalige Schauspieler, der sich jetzt als Meuchelmörder betätigt.»

«Nun, vor ein paar Monaten hat Ptolemaios den Verbanntenjäger überredet, gegen ein unerhörtes Honorar nach Makedonien zu reisen und Olympias zu offenbaren, welche Rolle er selbst bei Alexanders Tod spielte.»

Demetrios schaute seinen Vater mit einer Mischung aus Neugier und Überraschung an. «Und welche wäre das?»

«Der alte Antipatros entsandte ja damals Kassandros nach Babylon, um von Alexander die Bestätigung einzuholen, dass Krateros ihn ablösen sollte. Archias fuhr auf demselben Schiff mit, allerdings nur bis Tarsos. Dort beschaffte er für Kassandros ein Gift, mit dem dieser dann seine Reise nach Babylon fortsetzte. Sehr bald nach seiner Ankunft starb Alexander. Iolaos, Kassandros' jüngerer Halbbruder, war zu jener Zeit Alexanders Mundschenk.» Antigonos schwieg, um seine Worte wirken zu lassen. Dabei beobachtete er mit zusammengekniffenem Auge, wie ein schneller, wendiger *Lembos* – ein offenes Boot – durch die Hafenmündung glitt. Die ruhige See funkelte in der Sonne.

Demetrios enttäuschte seinen Vater nicht. «Olympias hat immer behauptet, dass Alexander ermordet wurde, entweder von Antipatros selbst oder von jemandem aus seiner Familie. Sie hatte nur nie einen Beweis – bis jetzt.»

Antigonos grinste. «Jetzt hat sie Gewissheit, zumindest aus ihrer Sicht – eigentlich ist es eher ein Indiz als ein stichhaltiger Beweis, aber ihr genügt es.»

«Sie wird sich in einen Rachefeldzug stürzen.»

«Das wird sie. Wir alle wissen ja, was für ein rachsüchtiges Weib sie ist. Nur dass niemand etwas gegen sie unternehmen kann, denn als Alexanders Mutter ist sie unantastbar. Nicht einmal Antipatros hat je versucht, sie ermorden zu lassen, als sie ihm in den zehn Jahren von Alexanders Abwesenheit das Leben schwer machte. Niemand kann sie töten ...» Antigonos ließ den Gedanken in der Luft hängen.

«Es sei denn jemand, der Alexander aus tiefster Seele hasste. Jemand, der weiß, wenn er Olympias nicht beseitigt, wird sie ihn und seine ganze Sippe töten. Kassandros wird gar nichts anderes übrig bleiben, als sie umzubringen.» Demetrios schaute seinen Vater beeindruckt an. «Das war wirklich schlau von Ptolemaios.»

«In der Tat, so ungern ich es auch zugebe.» Antigonos sah zu, wie eine Gestalt von dem Lembos auf den Kai sprang, noch ehe das Boot fertig angelegt hatte. «Du siehst also, Demetrios», fuhr er fort, «wir haben da jemanden im Westen, der glaubt, in seinem eigenen Interesse zu handeln, indem er Krieg gegen Polyperchon und somit auch gegen Olympias führt. Aber in Wirklichkeit macht er den Weg für uns frei, während wir uns um Eumenes und Ptolemaios kümmern. Alles in allem eine sehr erfreuliche Lage. Und nun wähle ein Schmuckstück für deine Frau aus, die trotz ihres fortgeschrittenen Alters eine so wichtige Rolle in unserem Plan spielt.»

«Ja, Vater, das will ich tun.»

«Antigonos!» Philotas kam auf den Hof gelaufen, eine Schriftrolle in der Hand. «Das hier ist soeben von Kassandros eingetroffen.»

Antigonos nahm den Brief und las, wobei er die Worte lautlos mit den Lippen formte. «Nun, die Dinge entwickeln sich in erfreulichem Tempo.»

«Was steht denn in dem Brief, Vater?», wollte Demetrios wissen.

«Kassandros schreibt, seine Spione hätten berichtet, dass Olympias den Schwachsinnigen, König Philipp, und sein lästiges Weib Adea ermordet hat. Außerdem hat sie Hunderte von Kassandros' Unterstützern und Verwandten umgebracht. Sie hat ferner die Gräber seiner Familie geschändet und seinen Bruder, seine Stiefmutter sowie seine beiden jüngeren Halbgeschwister ermordet. Kassandros sinnt auf Rache – er wird nach Norden marschieren, sobald er auf der Peloponnes mit Polyperchons Sohn Alexandros fertig ist.» Antigonos schüttelte den Kopf und schmunzelte. «Olympias hat ihr eigenes Todesurteil besiegelt.» Er reichte seinem Sohn den Brief. «Mir scheint, wir müssen ihr dankbar sein. Sieh selbst.»

«Wirst du weitere Truppen entsenden, um Kassandros zu unterstützen?», fragte Demetrios.

«So weit kommt es noch. Wir wollen doch nicht, dass er allzu mächtig wird. Ich werde ihm Geld schicken, damit er Söldner anwerben und Leute bestechen kann, aber mehr auch nicht. Und ich werde ihn daran erinnern, dass ich meine Männer und meine Flotte zurückhaben will, sobald er Olympias getötet und Makedonien in seine Gewalt gebracht hat.»

«Meinst du, er wird deine Forderung erfüllen?»

«Nein, und das liefert mir den Vorwand, den ich brauche, um einzumarschieren.»

«Und Ptolemaios?»

«Falls nötig, könnten wir vorerst ein Zweckbündnis schmieden, damit ich mir Kassandros vornehmen kann. Somit steht für mich fest, wie jetzt zu verfahren ist: Ich lasse Ptolemaios einstweilen in Ruhe für den Fall, dass ich ihn später noch brauche. Stattdessen verfolge ich Eumenes und mache ihn unschädlich, ehe es ihm womöglich gelingt, den Osten zu einen.»

«Ist es nicht etwas zu spät im Jahr, um einen neuen Feldzug zu beginnen?»

Guter Junge, er denkt mit. «Der Marsch bis an den Tigris wird einen Monat dauern. Wir überwintern in Mesopotamien. Die Zeit nutzen wir, um unsere Vorräte zu ergänzen, und Nearchos soll inzwischen eine Flussflotte bauen, damit wir bis zur Frühjahrs-Tagundnachtgleiche mit der gesamten Armee in Babylon sein können. Es wird uns als Basis dienen, wenn wir weiter in den Osten marschieren.»

«Und Kassandros räumt indessen für uns Olympias aus dem Weg.»

Antigonos strahlte seinen Sohn an und fasste ihn abermals an der Schulter. «Ganz genau. Bis wir wieder nach Westen kommen, ist Alexanders Mutter tot und das Königshaus der Argeaden der Auslöschung einen Schritt näher.»